LA QUINTA MUJER

colección andanzas

Libros de Henning Mankell en Tusquets Editores

SERIE WALLANDER
(por orden cronológico)

Asesinos sin rostro, 1991 (Andanzas 431)
Los perros de Riga, 1992 (Andanzas 493)
La leona blanca, 1993 (Andanzas 507)
El hombre sonriente, 1994 (Andanzas 523)
La falsa pista, 1995 (Andanzas 456)
La quinta mujer, 1996 (Andanzas 408)
Pisando los talones, 1997 (Andanzas 537)
Cortafuegos, 1998 (Andanzas 556)
La pirámide, 1999 (Andanzas 572)

El retorno del profesor de baile, 2000 (Andanzas 586)
El cerebro de Kennedy, 2005 (Andanzas 614)

SERIE LINDA WALLANDER

Antes de que hiele, 2002 (Andanzas 598)

SERIE AFRICANA

Comedia infantil (Andanzas 475)

HENNING MANKELL
LA QUINTA MUJER

Traducción del sueco de Marina Torres

TUSQUETS
EDITORES

Mankell, Henning
   La quinta mujer - 1a ed. 1a reimp. - Buenos Aires : Tusquets Editores, 2006.
   488 p. ; 23x15 cm. (Andanzas; 408)

   Traducido por: Marina Torres

   ISBN 987-1210-01-9

   1. Literatura Sueca. I. Marina Torres, trad. II. Título
   CDD 839.7

Título original: *Den Femte kvinnan*

1.ª edición: mayo 2000
17.ª edición: noviembre 2005

1.ª edición argentina: enero 2005
1.ª reimpresión argentina: diciembre 2006

© Henning Mankell, 1996

© de la traducción: Marina Torres, 2000
Diseño de la colección: Guillemot-Navares
Reservados todos los derechos de esta edición para
Tusquets Editores, S.A. - Venezuela 1664 - (1096) Buenos Aires
info@tusquets.com.ar - www.tusquetseditores.com
ISBN 10: 987-1210-01-9
ISBN 13: 978-987-1210-01-5
Hecho el depósito de ley
Impreso en el mes de diciembre de 2006 en Edigraf S.A.
Delgado 834 - Buenos Aires
Impreso en la Argentina - Printed in Argentina

Índice

Argelia-Suecia. Mayo-agosto de 1993 11

Escania. 21 de septiembre-11 de octubre de 1994 21

Escania. 12-17 de octubre de 1994 147

Escania. 17 de octubre-3 de noviembre de 1994 297

Escania. 4-5 de diciembre de 1994 463

Vi a Dios en sueños y tenía dos rostros. Uno era dulce y benigno como el rostro de una madre, y el otro parecía el rostro de Satanás.

Nawal el Saadawi, *La caída del imán*

La tela de araña teje con amor y esmero su araña.

(Origen africano desconocido)

Argelia–Suecia
Mayo–agosto de 1993

Prólogo

La noche en que salieron para llevar a cabo su misión sagrada reinaba una gran tranquilidad.

El que se llamaba Farid y era el más joven de los cuatro hombres pensó después que ni siquiera los perros habían hecho el menor ruido. Habían estado envueltos por la tibia noche y el viento que llegaba acariciante en débiles ráfagas desde el desierto era casi imperceptible. Luego esperaron la caída de la noche. El coche que les había llevado por el largo camino desde Argel hasta el lugar de encuentro en Dar Aziza era viejo y tenía mala suspensión. Dos veces tuvieron que interrumpir el viaje. La primera vez, para arreglar un pinchazo en la rueda trasera de la izquierda. Para entonces no habían hecho ni siquiera la mitad del camino. Farid, que nunca antes había salido de la capital, se había sentado a la sombra de un bloque de piedra junto a la carretera y contemplaba asombrado los notables cambios del paisaje. El neumático, cuya cubierta de goma estaba reventada y gastada, se había roto enseguida, casi al norte de Bou Saada. Llevó mucho tiempo soltar las oxidadas tuercas y montar la rueda de recambio. Farid había comprendido por la conversación en voz baja de los otros que iban a retrasarse y que por eso no iban a tener tiempo de parar a comer. Luego el viaje continuó. Justo a las afueras de El Qued el motor se paró. Tardaron más de una hora en localizar la avería y en repararla pasablemente. Su líder, un hombre pálido de unos treinta años, con barba oscura y unos ojos brillantes que sólo los que viven la vocación del Profeta pueden tener, apremiaba con encolerizados chillidos al chófer, que sudaba sobre el recalentado motor. Farid no sabía su nombre. Por razones de seguridad no sabía quién era ni de dónde había venido.

Tampoco sabía cómo se llamaban los otros dos hombres.

Sólo sabía su propio nombre.

Luego continuaron, la oscuridad ya había caído sobre ellos y sólo tenían agua para beber, nada para comer.

13

Cuando por fin llegaron a El Qued la noche era, pues, muy serena.

Se detuvieron en alguna parte dentro del laberinto de calles cerca de un mercado. En cuanto se bajaron, el coche desapareció. Después, desde algún lugar se desprendió de las sombras un quinto hombre y les guió hacia otro sitio.

Fue precisamente entonces, mientras se apresuraban en la oscuridad a lo largo de calles desconocidas, cuando Farid empezó a pensar en serio en lo que pronto iba a suceder.

Con la mano podía tocar el cuchillo de filo ligeramente curvo que llevaba en una funda en las profundidades de uno de los bolsillos del caftán.

Había sido su hermano, Rachid ben Mehidi, el que primero habló con él de los extranjeros. Durante las noches tibias habían estado sentados en el tejado de la casa de su padre mirando las resplandecientes luces de Argel. Farid ya sabía entonces que Rachid ben Mehidi estaba profundamente comprometido con la lucha para convertir a su país en un estado islámico que no obedeciera a otras leyes que las prescritas por el Profeta. Todas las noches hablaba con Farid de la importancia de expulsar del país a los extranjeros. Farid se había sentido halagado de que su hermano dedicara tiempo a discutir de política con él. A pesar de que al principio no comprendía todo lo que decía. Fue sólo más tarde cuando se dio cuenta de que Rachid tenía otra razón muy diferente para dedicarle tanto tiempo. Quería que el propio Farid participase en la expulsión de los extranjeros.

Esto había ocurrido hacía más de un año. Y ahora, cuando Farid iba con los otros hombres vestidos de negro por las estrechas y oscuras callejuelas en las que el cálido aire nocturno parecía completamente inmóvil, iba camino de cumplir el deseo de Rachid. Los extranjeros iban a ser expulsados. Pero no serían escoltados hasta los puertos o los aeropuertos. Serían asesinados. Los que aún no habían venido al país preferirían así quedarse donde estaban.

«Tu misión es sagrada», había repetido constantemente Rachid. «El Profeta estará contento. Tu porvenir será muy brillante cuando hayamos transformado este país según sus deseos.»

Farid palpó el cuchillo en el bolsillo. Se lo había entregado Rachid la noche anterior, cuando se despidieron en el tejado. Tenía una hermosa empuñadura de marfil.

Se detuvieron al llegar a las afueras de la ciudad. Las calles se abrían a una plaza. El cielo estrellado sobre sus cabezas era muy claro. Estaban en las sombras junto a una casa de ladrillo con las persianas bajadas delante de las tiendas. Al otro lado de la calle había un gran chalet de piedra tras una alta verja de hierro. El hombre que les había llevado hasta allí desapareció sin ruido entre las sombras. Volvían a ser sólo cuatro. Todo estaba muy tranquilo. Farid no había experimentado nunca nada igual. En Argel no había nunca tanto silencio. Durante los diecinueve años de su vida nunca se había encontrado en un silencio tan denso como entonces.

Ni siquiera los perros, pensó. Ni siquiera los perros que están aquí en la oscuridad, puedo oír.

Había luz en algunas ventanas del chalet de enfrente. Un autobús con los focos rotos y vacilantes pasó traqueteando por la calle. Después volvió a quedarse todo en silencio.

Una de las luces de las ventanas se apagó. Farid trató de calcular el tiempo. Quizás habían estado esperando una media hora Tenía mucha hambre puesto que no había comido nada desde muy temprano por la mañana. El agua de las dos botellas también se había acabado. Pero no quería pedir más. El hombre que les dirigía se pondría furioso. Iban a realizar una misión sagrada y se le ocurría pedir agua.

Se apagó otra luz. Poco después, la última. La casa de enfrente estaba ahora a oscuras. Siguieron esperando. Luego, el líder hizo un gesto y cruzaron la calle corriendo. Junto a la verja había un viejo guarda sentado durmiendo. Tenía una porra de madera en la mano. El jefe le dio una patada. Cuando el guarda se despertó, Farid vio cómo el jefe le ponía un cuchillo en la cara y le susurraba algo al oído. Aunque la luz de la calle era escasa, Farid pudo ver el miedo en los ojos del viejo guarda. Luego se levantó y se fue de allí cojeando con las piernas agarrotadas. La verja crujió débilmente cuando la abrieron y se deslizaron en el jardín. Olía intensamente a jazmín y a alguna especia que Farid reconocía, pero cuyo nombre no recordaba. Todo seguía muy tranquilo. En un letrero que estaba junto a la alta puerta de la casa había un texto: ORDEN DE LAS HERMANAS CRISTIANAS. Farid trató de pensar qué podía significar. En ese preciso instante sintió una mano en su hombro. Dio un respingo. Era el jefe quien le tocaba. Por primera vez habló, en voz baja, para que ni siquiera el viento nocturno pudiera oír lo que se dijera.

—Somos cuatro —dijo—. Dentro de la casa hay también cuatro personas. Duermen, una en cada habitación. Están a ambos lados de un pasillo. Son viejas y no opondrán resistencia.

Farid miró a los dos hombres que estaban a su lado. Eran unos años mayores que él. De pronto Farid tuvo la seguridad de que ya habían participado en acciones anteriores. El único nuevo era él. Sin embargo no sintió la menor inquietud. Rachid le había prometido que, lo que hacía, lo hacía por el Profeta.

El jefe le miró como si hubiera leído sus pensamientos.

—En esa casa viven cuatro mujeres —dijo a continuación—. Todas son extranjeras que se han negado a abandonar voluntariamente nuestro país. Por eso han elegido la muerte. Además, son cristianas.

«Voy a matar a una mujer», pensó Farid rápidamente. Rachid no le había dicho nada de eso.

De ello sólo podía haber una explicación.

No importaba. Daba igual.

Luego, entraron en la casa. La puerta de acceso tenía una cerradura que se abrió fácilmente con la hoja de un cuchillo. Allí dentro, en lo oscuro, donde hacía mucho calor porque el aire estaba en completa quietud, encendieron linternas y subieron con sigilo la amplia escalera que recorría la casa. En el pasillo del piso superior, colgaba del techo una única bombilla. Todo seguía en absoluto silencio. Ante ellos había cuatro puertas cerradas. Ya habían sacado los cuchillos. El jefe señaló las puertas e hizo un gesto con la cabeza. Farid sabía que ahora no podía dudar. Rachid había dicho que todo tenía que suceder muy deprisa. Debía evitar mirar a los ojos. Debía mirar solamente la garganta y luego cortar, con dureza y decisión.

Después tampoco pudo recordar mucho de lo que había pasado. La mujer que yacía en la cama, con una sábana blanca por encima, tal vez tenía el cabello gris. La había visto borrosamente porque la luz que entraba de la calle era muy pálida. Se había despertado en el mismo instante en que él levantó la sábana. Pero no tuvo tiempo de gritar ni de entender lo que pasaba antes de que él, de un solo tajo, le cortara el cuello y diera rápidamente un paso atrás para que la sangre no le salpicara. Luego se dio la vuelta y regresó al pasillo. Todo había ocurrido en menos de medio minuto. En alguna parte de su interior habían sonado los segundos. Estaban a punto de abandonar el pasillo cuando uno de los hombres dijo algo en voz baja. Durante un instante el jefe se quedó petrificado como si no supiese qué hacer.

Había otra mujer en una de las habitaciones. Una quinta mujer.

No tenía que haber estado allí. Era forastera. Tal vez estaba sólo de visita.

Pero era también extranjera. El hombre que la había descubierto lo había comprobado.

El jefe entró en la habitación. Tras él, Farid vio que la mujer se había encogido en la cama. Su miedo le produjo malestar. En la otra cama yacía una mujer muerta. La blanca sábana estaba empapada en sangre.

El jefe sacó su cuchillo del bolsillo y le cortó el cuello también a la quinta mujer.

A continuación abandonaron la casa tan subrepticiamente como habían llegado. El coche les esperaba en la oscuridad. Al amanecer ya habían dejado muy atrás El Qued y a las cinco mujeres muertas.

Era el mes de mayo de 1993.

*

La carta llegó a Ystad el 19 de agosto.

Como el sello de correos era de Argelia y por tanto tenía que ser de su madre, la mujer no la abrió inmediatamente. Quería estar tranquila para leerla. Por el abultado sobre podía deducir que era una carta de muchos folios. Tampoco había tenido noticias de su madre desde hacía más de tres meses. Seguramente ahora tenía muchas cosas que contar. Dejó la carta en la mesa del cuarto de estar para leerla por la noche. En su interior albergaba una vaga pregunta. ¿Por qué habría escrito su madre esta vez el nombre y la dirección a máquina? Pero pensó que la respuesta estaría seguramente en la carta. Sólo a eso de medianoche abrió la puerta de la terraza y se acomodó en la hamaca, que apenas cabía entre todas sus macetas. Era una hermosa y cálida noche de agosto. Tal vez una de las últimas de aquel año. El otoño ya estaba ahí, invisible, al acecho. Abrió el sobre y empezó a leer.

Sólo después, cuando hubo leído la carta hasta el final y la había apartado de sí, se echó a llorar.

Dedujo también entonces que la carta tenía que haberla escrito una mujer. No fue sólo la hermosa letra lo que la convenció. Fue también algo en la elección de las palabras, en cómo la mujer desconocida, vacilante y cautelosa, trataba de contar de la manera más considerada posible todo el horror sucedido.

Pero no había nada considerado. Allí se reflejaba únicamente lo sucedido. Nada más.

La mujer que había escrito la carta se llamaba Françoise Bertrand y era policía. Sin que apareciera con toda claridad, podía deducirse que trabajaba como investigadora en la brigada central de homicidios de Argelia. Así es como había entrado en contacto con los sucesos que ocurrieron una noche de mayo en la ciudad de El Qued, al suroeste de Argel.

En apariencia, el asunto era claro, inteligible y totalmente horroroso. Unos desconocidos habían asesinado a cuatro monjas de nacionalidad francesa. Pertenecían con seguridad a los fundamentalistas que habían decidido expulsar del país a todos los ciudadanos extranjeros. El estado se debilitaría para luego destruirse a sí mismo. En el vacío que surgiera, se establecería un estado fundamentalista. Las cuatro monjas habían sido degolladas, no se había encontrado ningún rastro de los asesinos, sólo sangre, por todas partes sangre densa y coagulada.

Pero allí se encontraba también esa quinta mujer, una turista sueca que había renovado varias veces su permiso de estancia en el país y que, por casualidad, había hecho una visita a las monjas la noche en que los desconocidos se presentaron con sus cuchillos. En el pasaporte de su bolso pudieron ver que se llamaba Anna Ander, que tenía sesenta y seis años y que se encontraba legalmente en el país con visado de turista. También un billete de avión con la vuelta sin cerrar. Como ya era bastante grave lo de las cuatro monjas asesinadas, y como Anna Ander parecía viajar sola, los policías decidieron, tras presiones políticas, no darse por enterados de esta quinta mujer. Sencillamente, no estaba allí durante la noche fatal. Su cama había estado vacía. En lugar de ello la hicieron morir en un accidente de coche y la enterraron luego, sin nombre y como desconocida, en una tumba anónima. Todas sus pertenencias se hicieron desaparecer, destruyeron todas sus huellas. Y aquí es cuando entró en escena Françoise Bertrand. «Una mañana a primera hora mi jefe me llamó», escribía en su larga carta, «para decirme que fuera inmediatamente a El Qued.» La mujer ya había sido enterrada. La misión de Françoise Bertrand era hacer desaparecer los últimos restos de posibles huellas y destruir después su pasaporte y sus otras pertenencias.

Anna Ander no habría llegado ni estado jamás en Argelia. Habría dejado de existir como un asunto argelino, borrada de todos los registros. Fue entonces cuando Françoise Bertrand encontró un bolso que los descuidados policías no habían descubierto. Debió de haberse quedado detrás de un armario. O tal vez encima del alto armario y se había caído, ella no lo sabía con exactitud. Pero allí había cartas que Anna Ander había escrito, o por lo menos empezado, y estaban dirigidas a su hija, que vivía en una ciudad llamada Ystad, en la lejana Suecia. Françoise pedía disculpas por haber leído esos papeles privados. Se había valido de un artista sueco alcoholizado que ella conocía en Argel y él se las tradujo, sin sospechar de qué se trataba en realidad. Ella escribió las traducciones de las cartas y, al final, se fue clarificando una imagen. Para entonces ya había sufrido muchos remordimientos de conciencia por lo sucedido con esta quinta mujer. No sólo porque había sido brutalmente asesinada en Argelia, el país que tanto amaba Françoise y que tan herido y lacerado estaba por contradicciones internas. Había tratado de explicar lo que pasaba en su país y también había contado cosas de sí misma. Su padre había nacido en Francia pero había ido a Argelia de niño con sus padres. Allí había crecido, allí se había casado después con una argelina y Françoise, que era la hija mayor, había tenido durante mucho tiempo la sensación de estar con un pie en Francia y otro en Argelia. Pero ahora ya no tenía dudas. Su patria era Argelia. Y por eso sufría tanto con las contradicciones que desgarraban en pedazos al país. También se debía a eso que no quisiera contribuir más en ofenderse a sí misma y a su país haciendo desaparecer a esta mujer, escondiendo la verdad en un accidente de automóvil imaginario y no asumiendo siquiera la responsabilidad de que Anna Ander había estado realmente en su país. Françoise Bertrand había empezado a sufrir insomnio, escribía. Por fin se había decidido a escribir a la hija desconocida de la mujer muerta contándole la verdad. Se impuso la obligación de reprimir la lealtad que sentía hacia el cuerpo de policía. Pedía que su nombre no fuera revelado. «Es la verdad lo que escribo», decía al final de la larga carta. «Tal vez haga mal en contar lo que ha ocurrido. Pero ¿podía hacer otra cosa? Encontré un bolso con cartas que una mujer había escrito a su hija. Lo que cuento ahora es cómo han llegado a mis manos para enviarlas a mi vez a su destino.»

En su envío, Françoise Bertrand adjuntaba las cartas inacabadas.
Allí estaba también el pasaporte de Anna Ander.
Pero su hija no había leído las cartas. Las puso sobre el piso de la terraza y lloró largo rato. Al amanecer se levantó y fue a la cocina. Permaneció inmóvil mucho rato, sentada a la mesa de la cocina. Tenía la cabeza completamente vacía. Pero luego empezó a pensar. Todo le pareció de pronto muy fácil. Se dio cuenta de que todos aquellos años los había pasado dando vueltas y esperando. Antes no lo había comprendido. Ni qué esperaba ni a qué. Ahora lo sabía. Tenía una misión y ya no había por qué esperar para llevarla a cabo. Era el momento. Su madre se había ido. Una puerta se había abierto de par en par.

Se levantó y fue a buscar la caja con los trozos de papel recortados y el gran cuaderno de bitácora que estaba en un cajón debajo de la cama de su habitación. Extendió los pedazos de papel en la mesa delante de sí. Sabía que eran exactamente cuarenta y tres pedazos. En uno de ellos había una cruz negra. Luego empezó a desdoblar los trozos uno por uno.

La cruz estaba en el trozo número veintisiete. Abrió el cuaderno de bitácora y siguió las líneas con nombres hasta que llegó a la columna número veintisiete. Contempló el nombre que ella misma había escrito allí y vio cómo aparecía lentamente un rostro.

Luego cerró el libro y volvió a poner los trozos de papel en la caja.

Su madre había muerto.

Ya no había dentro de ella ninguna duda. Tampoco la posibilidad de echarse atrás.

Se daría a sí misma un año. Para elaborar el dolor, para hacer todos los preparativos. Pero no más.

Volvió a salir al balcón. Fumó un cigarrillo contemplando la ciudad que ya había despertado. La lluvia se estaba acercando desde el mar.

Poco después de las siete se acostó.

Era la mañana del 20 de agosto de 1993.

Escania
21 de septiembre-11 de octubre de 1994

1

Poco después de las diez de la noche se dio al fin por satisfecho con el poema.
Las últimas estrofas habían sido difíciles de escribir y le habían llevado mucho tiempo. Había tratado de encontrar una expresión melancólica que fuera al mismo tiempo hermosa. Varios borradores fueron a parar a la papelera. En dos ocasiones estuvo a punto de dejarlo. Pero ahora tenía el poema sobre la mesa. Era su elegía al pico mediano, un ave en vías de extinción en Suecia y que no se había vuelto a ver en el país desde los años ochenta. Otra ave más camino de ser desalojada por el hombre.
Se levantó del escritorio y estiró la espalda. Cada año le resultaba más difícil pasar mucho tiempo sentado con sus escritos.
«Un hombre viejo como yo ya no debe escribir versos», pensó. «A los setenta y ocho años los pensamientos de uno apenas tienen ya valor para nadie más que para sí mismo.» Pero sabía que eso no era cierto. Que era sólo en occidente donde se miraba a los ancianos con condescendencia o con despreciativa compasión. En otras culturas la vejez era respetada como el tiempo de la lúcida sabiduría. Seguiría escribiendo versos mientras viviera. Mientras tuviera fuerzas para coger una pluma y su cabeza estuviera tan clara como ahora. No sabía hacer otra cosa. Ya no. Antes había sido un buen vendedor de coches. Tan bueno que había dejado atrás a otros vendedores. Tenía, con razón, fama de ser duro y difícil en las discusiones y los negocios. Y por supuesto que había vendido coches. En sus buenos tiempos había tenido sucursales en Tomelilla y en Sjöbo. Pudo reunir una fortuna lo bastante grande para vivir como vivía.
Y sin embargo, eran los versos lo único que significaba algo. Todo lo demás eran necesidades superficiales. Los versos que estaban allí, en la mesa, le producían una satisfacción que no sentía apenas de otro modo.
Corrió las cortinas de las grandes ventanas que daban a los cam-

pos que se ondulaban suavemente bajando hacia el mar, que estaba en alguna parte más allá del horizonte. Luego se acercó a la librería. Nueve poemarios había publicado durante su vida. Allí estaban, juntos. Ninguno de ellos había vendido más que pequeñas ediciones. Trescientos ejemplares, algo más tal vez. Los que habían sobrado estaban en cajas, abajo en el sótano. Pero no es que los hubiera desterrado él allí. Seguían siendo su orgullo. Sin embargo, había decidido tiempo atrás que un día los quemaría. Sacaría las cajas al patio y les aplicaría una cerilla. El día en que recibiera su sentencia de muerte, de la boca de un médico o por su propia intuición de que no le quedaba mucha vida por delante, se desharía de los delgados fascículos que nadie había querido comprar. No dejaría que nadie los tirase a la basura.

Contempló los libros que estaban en los estantes. Toda su vida había leído poesía. Había aprendido muchos poemas de memoria. Tampoco se hacía ilusiones. Sus poemas no eran los mejores que se habían escrito. Pero tampoco eran los peores. En cada uno de los poemarios, aparecidos con un intervalo de aproximadamente cinco años desde finales de 1940, había estrofas que podían medirse con cualquiera. Pero él había sido vendedor de coches, no poeta. Sus poemas no habían sido reseñados en las páginas de cultura. No había recibido ninguna distinción literaria. Además, había costeado él mismo la edición de sus libros. El primer poemario que terminó lo envió a las grandes editoriales de Estocolmo. Finalmente, se lo devolvieron con breves notas impresas de rechazo. Un redactor, sin embargo, se había tomado la molestia de hacer un comentario personal diciendo que nadie podía tener interés en leer poemas que, al parecer, no trataban más que de pájaros. «La vida interior del aguzanieves no interesa», le escribió.

Después de aquello, no volvió a dirigirse a las editoriales.

Se había costeado sus ediciones él mismo. Cubiertas sencillas, texto negro sobre fondo blanco. Nada caro. Las palabras escritas entre las cubiertas eran lo único que importaba. Pese a todo, eran muchos los que, al cabo de los años, habían leído sus poemas. Muchos habían manifestado también su aprecio.

Y ahora había escrito un nuevo poemario. Sobre el pico mediano, el hermoso pájaro que ya no se podía ver en Suecia.

«Poeta de pájaros», pensó.

«Casi todo lo que he escrito trata de pájaros. De aleteos, ruidos nocturnos, reclamos aislados en la lejanía. En el mundo de las aves he vislumbrado los secretos más profundos de la vida.»

Volvió al escritorio y cogió el papel. La última estrofa había salido bien por fin. Dejó caer el papel sobre la mesa. Sintió una punzada de dolor en la espalda al seguir andando por la gran habitación. ¿Estaría enfermando? Cada día se paraba a detectar señales de que su cuerpo había empezado a fallarle. Toda su vida se había mantenido en buena forma. Nunca había fumado, había sido sobrio con la comida y la bebida. Ello le había proporcionado una buena salud. Pero pronto cumpliría ochenta años. El final de su vida se acercaba cada vez más. Fue a la cocina y se sirvió una taza de café de la cafetera, que estaba siempre puesta. El poema que había escrito le llenaba de melancolía y de alegría a un tiempo.

«El otoño de la edad», pensó. «Un nombre que le va bien. Todo lo que escribo puede ser lo último. Y estamos en septiembre. Es otoño. Tanto en el calendario como en mi vida.»

Cogió la taza de café y volvió al cuarto de estar. Se sentó con cuidado en una de las butacas de piel marrón que le habían acompañado durante más de cuarenta años. Las había comprado para celebrar su triunfo cuando obtuvo la representación de Volkswagen para el sur de Suecia. En una mesita junto al brazo del sillón estaba la fotografía de *Werner*, el pastor alemán que más echaba de menos de todos los perros que había tenido a lo largo de su vida. Hacerse viejo era quedarse solo. Las personas que han llenado la vida de uno se han ido muriendo. Al final, también los perros desaparecían en las tinieblas. Pronto sólo iba a quedar él. En un determinado momento de la vida, todas las personas estaban solas en el mundo. Sobre ese pensamiento había tratado de escribir un poema hacía poco. Pero no le había salido. ¿Tal vez debía intentarlo de nuevo ahora que había terminado la elegía sobre el pico mediano? Pero él sabía escribir sobre pájaros, no sobre personas. A los pájaros se les podía entender. Las personas eran casi siempre incomprensibles. ¿Se había entendido alguna vez a sí mismo siquiera? Escribir poemas sobre lo que no entendía sería como meterse en un terreno prohibido.

Cerró los ojos y se acordó de pronto de la pregunta de las diez mil coronas, a finales de los años cincuenta, o tal vez a principios de los sesenta. La imagen de la tele era todavía en blanco y negro. Un hombre joven se había presentado al concurso sobre el tema «Pájaros». Un hombre joven, bizco y muy repeinado. Había contestado a todas las preguntas y recibido un cheque por la, en aquella época, enorme cantidad de diez mil coronas.

Él no había estado en el estudio de la televisión, en la jaula insonorizada con los auriculares en las orejas. Él estaba justamente en este mismo sillón. Pero también había sabido todas las respuestas. Ni siquiera hubiera necesitado pedir más tiempo para pensar. Pero a él nadie le había dado diez mil coronas. Nadie sabía de sus enormes conocimientos sobre pájaros. Él había seguido escribiendo sus poemas.

Salió de sus ensoñaciones con un respingo. Un ruido había captado su atención. Prestó oídos en la habitación a oscuras. ¿Andaba alguien por el patio?

Desechó la idea. Eran sólo figuraciones. Hacerse viejo significaba entre otras muchas cosas que uno se inquietaba por nada. Tenía buenas cerraduras en las puertas. En su habitación, en el piso de arriba, tenía una escopeta de perdigones, y una pistola a mano en un cajón de la cocina. Si algún intruso llegaba a su aislada finca, situada justo al norte de Ystad, estaba en condiciones de defenderse. Y no dudaría en hacerlo.

Se levantó del sillón. Sintió otra punzada en la espalda. El dolor iba y venía en oleadas. Dejó la taza de café en la encimera de la cocina y miró su reloj de pulsera. Casi las once. Era hora de salir. Miró con los ojos entrecerrados el termómetro de la parte de fuera de la ventana de la cocina y vio que la temperatura era de siete grados sobre cero. La presión atmosférica estaba subiendo. Un viento suave procedente del suroeste soplaba sobre Escania. Se daban las condiciones ideales, pensó. Esta noche pasarían bandadas de aves en dirección sur. Las voladoras de grandes distancias pasarían a millares con alas invisibles sobre su cabeza. Él no podría verlas. Pero sí sentirlas en la oscuridad, muy en lo alto. Durante más de cincuenta años se había pasado una incalculable cantidad de noches de otoño en los campos, sólo para poder experimentar la sensación de que las bandadas nocturnas estaban allí, sobre él.

Es todo un cielo el que se traslada, pensaba muchas veces.

Orquestas sinfónicas completas de silenciosas aves canoras que emigran ante el invierno que se acerca, en dirección a países más cálidos. Muy dentro de sus genes llevan el instinto de partir. Y su insuperable capacidad de navegar según las estrellas y los campos magnéticos las guía siempre con acierto. Buscan los vientos favorables, han almacenado sus capas de grasa, están en condiciones de mantenerse en el aire horas y horas.

Todo un cielo, vibrante de alas, se va a su peregrinación de todos los años. Bandadas de pájaros hacia La Meca.

¿Qué es un hombre comparado con un ave migratoria nocturna? ¿Un hombre viejo y solo, pegado a la tierra? Y allá, muy en lo alto, todo un cielo que se va.

Pensaba con frecuencia que era como realizar un acto religioso. Su propia misa solemne otoñal, estar allí en la oscuridad sintiendo cómo se iban las aves migratorias. Y luego, a la llegada de la primavera, estar allí también para recibirlas.

Las bandadas nocturnas eran su religión.

Fue al vestíbulo y se quedó de pie con la mano en el perchero. Luego volvió al cuarto de estar y se puso el jersey que estaba en un taburete junto al escritorio.

Hacerse viejo significaba, además de todos los otros achaques, que también se empezaba a tener frío antes.

Contempló una vez más el poema terminado en la mesa. La elegía al pico mediano. Había salido finalmente como él quería. Tal vez iba a vivir lo bastante para poder reunir los poemas suficientes para un décimo y último libro de poesía. Ya se podía figurar el título: «Misa solemne en la noche».

Fue de nuevo al vestíbulo, se puso la cazadora y se encajó una gorra de visera bien baja sobre la frente. Luego abrió la puerta exterior. El aire del otoño estaba lleno de olor a tierra húmeda. Cerró la puerta tras de sí y dejó que los ojos se fuesen acostumbrando a la oscuridad. El jardín estaba desierto. A distancia se adivinaba un reflejo de la iluminación de Ystad. Por lo demás, vivía tan lejos de su vecino más próximo que sólo le rodeaban las tinieblas. El cielo estrellado estaba casi completamente despejado. Nubes aisladas se vislumbraban en el horizonte.

Era una noche en la que las bandadas de aves iban a pasar sobre su cabeza.

Echó a andar. La finca donde vivía era antigua, constaba de tres cuerpos. El cuarto se había quemado una vez a principios de siglo. Había conservado el canto rodado que había en el patio. Había invertido mucho dinero en hacer una profunda y continua renovación de su finca. A su muerte legaría todo a la asociación Kulturen, de Lund. No se había casado, no tenía hijos. Había vendido coches y se había hecho rico. Había tenido perros. Y luego habían estado los pájaros sobre su cabeza.

«No me arrepiento de nada», pensó mientras seguía el sendero que le llevaba a la torre que él mismo había construido y donde acostumbraba a mirar las aves nocturnas. «No me arrepiento de nada puesto que carece de sentido arrepentirse.»

Era una hermosa noche de septiembre.

Y sin embargo había algo que le desazonaba.

Se detuvo a escuchar en el sendero. Pero todo lo que se oía era el débil susurro del viento. Siguió andando. ¿Era tal vez el dolor lo que le desazonaba? ¿Los pinchazos repentinos en la espalda? La inquietud nacía de su interior.

Se detuvo de nuevo y se volvió. No había nada. Estaba solo. El sendero iba cuesta abajo. Luego llegaría a un montículo. Delante del montículo había una gran zanja en la que había colocado una pasarela. En lo alto del montículo estaba la torre. Desde la puerta exterior de la casa, eran exactamente doscientos cuarenta y siete metros. Se preguntó cuántas veces habría recorrido aquel sendero. Se sabía todos los recodos, todos los hoyos. Y sin embargo iba despacio y con cuidado. No quería correr el riesgo de caerse y romperse una pierna. El esqueleto de los viejos es frágil. Eso lo sabía. Si le ingresaban en un hospital con rotura de fémur se moriría porque no podría soportar estar acostado sin hacer nada en una cama de hospital. Empezaría a pensar en su vida. Y entonces no habría nada que pudiera salvarle.

Se paró de repente. Un búho gritó. En algún lugar, cerca, se quebró una rama. El ruido había llegado de la arboleda de más allá del montículo de la torre. Permaneció inmóvil con todos los sentidos alerta. El búho volvió a gritar. Luego se quedó todo de nuevo en silencio. Masculló, descontento de sí mismo, cuando siguió andando.

«Viejo y nervioso», pensó. «Con miedo a los fantasmas y a la oscuridad.»

Ahora ya podía ver la torre. Una sombra negra que se perfilaba contra el cielo de la noche. Veinte metros más y estaría en la pasarela que llevaba sobre la honda zanja. Siguió andando. No se volvió a oír al búho. Un cárabo, pensó.

Sin ninguna duda, era un cárabo.

De pronto se paró en seco. Había llegado a la pasarela que estaba sobre la zanja.

Era algo en la torre de la loma. Algo que era diferente. Entrecerró los ojos para poder distinguir detalles en la oscuridad. No podía decir de qué se trataba. Pero algo había cambiado.

«Figuraciones mías», pensó. «Todo está igual. La torre que construí hace diez años no ha cambiado. Son mis ojos, que se han vuelto turbios. Sólo eso.» Dio unos pasos más, entró en la pasarela y sintió los tablones de madera bajo los pies. Siguió contemplando la torre.

«No está igual», pensó. «De no saberlo, hubiera creído que se había hecho un metro más alta desde ayer noche. O que todo es un sueño. Que me estoy viendo a mí mismo allá arriba en la torre.»

En el mismo instante en que tuvo ese pensamiento, se dio cuenta de que era verdad. Había alguien arriba, en la torre. Una sombra inmóvil. Un ramalazo de miedo pasó por él como una ráfaga. Luego se enfureció. Alguien se había metido en sus propiedades, se había subido a su torre sin haberle pedido permiso. Probablemente era un cazador furtivo, al acecho de alguno de los venados que solían andar por el bosquecillo, al otro lado de la colina. Le parecía difícil imaginar que se tratara de otro observador de pájaros.

Le gritó a la sombra de la torre. No hubo respuesta, no hubo movimiento. De nuevo se sintió inseguro. Tenían que ser sus ojos, que estaban turbios y le engañaban.

Volvió a gritar sin obtener respuesta. Luego echó a andar por la pasarela.

Cuando las tablas se quebraron cayó de cabeza. La zanja tenía más de dos metros de profundidad. Cayó de bruces y no tuvo tiempo de extender las manos para apoyarse.

Luego sintió un dolor punzante. No procedía de ninguna parte y le atravesaba por completo. Era como si alguien aplicase hierros candentes en diferentes puntos de su cuerpo. El dolor era tan fuerte que ni siquiera fue capaz de gritar. Justo antes de morir se dio cuenta de que no había llegado al fondo de la zanja. Se había quedado colgando de su propio dolor.

En lo último que pensó fue en los pájaros nocturnos que pasaban en bandadas por algún sitio muy por encima de él.

El cielo que se movía hacia el sur.

Por última vez intentó librarse del dolor.

Luego se acabó.

Eran las once y veinte, la noche del 21 de septiembre de 1994.

Precisamente esa noche pasaron grandes bandadas de tordos y de zorzales en dirección sur.

Venían del norte y volaban en una línea recta hacia el suroeste sobre el balneario de Falsterbo, camino del calor que les esperaba allá lejos.

*

Cuando todo quedó en silencio, bajó cautelosamente la escalera de la torre. Iluminó la zanja con su linterna. El hombre que se había llamado Holger Eriksson estaba muerto.

Apagó la lámpara y permaneció inmóvil en la oscuridad.

Luego se alejó de allí con rapidez.

2

Apenas pasadas las cinco de la mañana del lunes 26 de septiembre, Kurt Wallander se despertó en su cama en el piso de la calle de Mariagatan, en el centro de Ystad.

Lo primero que hizo al abrir los ojos fue mirarse las manos. Estaban morenas. Volvió a apoyarse en la almohada y escuchó la lluvia otoñal que tamborileaba contra los cristales del dormitorio. Una sensación de bienestar se apoderó de él al pensar en el viaje que había llegado a su fin dos días antes en el aeropuerto de Kastrup. Había pasado una semana entera con su padre en Roma. Hacía mucho calor y él se había puesto moreno. Por las tardes, cuando más apretaba el calor, buscaban algún banco en Villa Borghese, donde su padre se sentaba a la sombra mientras él se quitaba la camisa y cerraba los ojos bajo el sol. Ésa era la única diferencia que habían tenido durante todo el viaje, pues a su padre le resultaba imposible comprender que fuera tan presumido que dedicara tiempo a broncearse. Pero había sido una controversia insignificante, casi como si sólo hubiera surgido para que tuvieran un poco de perspectiva respecto al viaje.

«El feliz viaje», pensó Wallander tumbado en su cama. «Fuimos a Roma mi padre y yo y todo resultó bien. Mejor de lo que jamás hubiera podido figurarme o esperar.»

Miró el reloj de la mesilla, junto a la cama. Iba a reincorporarse al trabajo esa mañana. Pero no tenía prisa. Podía quedarse un rato más en la cama. Se inclinó sobre el montón de periódicos que había hojeado la noche anterior. Empezó a leer los resultados de las elecciones. Como estaba en Roma el día de los comicios, había votado por correo. Ahora podía constatar que los socialdemócratas habían obtenido más del cuarenta y cinco por ciento de los votos. Pero ¿qué podía significar eso, en realidad? ¿Implicaba algún cambio?

Dejó caer el periódico en el suelo. Regresó de nuevo a Roma con el pensamiento.

Se habían hospedado en un hotel barato cercano al Campo dei

Fiori. Desde una terraza que se extendía sobre sus habitaciones tenían una amplia y hermosa vista de la ciudad. Allí tomaban su café por la mañana y planeaban lo que iban a hacer durante el día. No habían surgido discusiones. El padre de Wallander sabía en todo momento lo que quería ver. Wallander se preocupaba a veces de que quería demasiadas cosas, de que no iba a tener fuerzas. En todo momento estuvo pendiente también de que su padre diera muestras de confusión o de ausencia. La enfermedad estaba allí, latente, los dos lo sabían. La enfermedad de extraño nombre: Alzheimer. Pero durante toda esa semana, la semana del viaje feliz, el padre mostró un humor excelente. A Wallander casi se le hacía un nudo en la garganta porque el viaje perteneciera ya al pasado, porque fuera algo ya ocurrido y ahora sólo quedara como un recuerdo. Nunca más volverían a Roma, era la única vez que habían hecho el viaje, él y su padre, que pronto cumpliría ochenta años.

Allí había habido momentos de gran intimidad entre ellos. Por primera vez en casi cuarenta años.

Wallander pensó en el descubrimiento que había hecho: que eran muy parecidos, mucho más de lo que antes había querido reconocer. Entre otras cosas, que los dos eran personas muy madrugadoras. Cuando Wallander informó a su padre de que el hotel no servía el desayuno antes de las siete, éste protestó inmediatamente. Agarró a Wallander para bajar a la recepción y en una mezcla del sueco de Escania, algunas palabras inglesas, posiblemente algo de alemán y sobre todo con unas cuantas palabras inconexas en italiano, consiguió dejar claro que él quería el *breakfast presto*. No *tardi*. Absolutamente no *tardi*. Por alguna razón había dicho también varias veces *passaggio a livello* cuando explicó la necesidad de que el hotel adelantase el servicio de desayuno por lo menos una hora, a las seis, la hora a la cual o se les servía el desayuno o se verían obligados a buscar otro hotel. *Passaggio a livello*, decía su padre, y el personal de la recepción le contempló con asombro, pero también con respeto.

Por supuesto que consiguieron el desayuno a las seis. Wallander vio después en su diccionario de italiano que *passaggio a livello* significaba nudo de comunicaciones. Supuso que su padre se había confundido con alguna otra frase. Pero no barruntaba con cuál y tenía el suficiente sentido común para no preguntar nada.

Wallander escuchaba la lluvia. El viaje a Roma, una sola y breve semana, que en el recuerdo era como una experiencia inmensa y asombrosa. Su padre no solamente se había mostrado decidido acerca de la hora en que quería desayunar. También, de manera natural y muy consciente había guiado a su hijo por la ciudad y había sabido lo que quería ver. Nada había ocurrido al azar, Wallander comprendió que su padre había planeado ese viaje toda su vida. Fue una peregrinación, una romería, en la que había podido tomar parte. Él fue un componente del viaje del padre, un servidor invisible pero siempre presente. Había un significado secreto en el viaje que nunca podría entender del todo. Su padre había ido a Roma para ver algo que ya parecía haber experimentado en su interior antes.

El tercer día visitaron la Capilla Sixtina. Casi una hora entera se pasó el padre de Wallander contemplando el techo pintado por Miguel Ángel. Fue como ver a un anciano dirigir una oración sin palabras directamente al cielo. El propio Wallander sintió dolor en la nuca y tuvo que dejar de mirar. Se dio cuenta de que estaba viendo algo muy hermoso. Pero también de que su padre veía infinitamente más. Durante un instante se preguntó maliciosamente si tal vez su padre buscaba un urogallo o una puesta de sol en el gran fresco de la cúpula. Pero se arrepintió de su pensamiento. No cabía la menor duda de que su padre, por muy banal que fuese como pintor, estaba contemplando la obra de un maestro con devoción y entusiasmo.

Wallander abrió los ojos. Seguía el golpeteo de la lluvia.

Fue esa misma tarde, la tercera en la era común romana, cuando tuvo la sensación de que su padre preparaba algo que quería mantener en secreto. No sabía de dónde procedía la sensación. Habían cenado en la Via Veneto; a Wallander le había parecido demasiado caro, pero su padre se empeñó en que podían permitírselo. Estaban haciendo su primer y último viaje juntos a Roma. Así que tenían que permitirse comer bien. Luego volvieron a casa paseando despacio por la ciudad. La tarde era tibia, por todas partes había gente y el padre de Wallander estuvo hablando de los frescos de la Capilla Sixtina. Se equivocaron dos veces antes de llegar al hotel. El padre de Wallander disfrutaba de un gran respeto después de la insurrección del desayuno y les dieron las llaves con grandes reverencias. Subieron a pie, se dieron las buenas noches en el pasillo y cerraron la puerta de sus habitaciones. Wallander se acostó y se puso a escuchar los ruidos que subían de la calle. Tal vez pensaba en Baiba, tal vez sólo estaba a punto de dormirse.

Pero de súbito se sintió totalmente despierto. Algo le había desazonado. Después de un rato se puso la bata y bajó a la recepción. Todo estaba en silencio. El portero de noche estaba sentado viendo una pequeña televisión con el sonido muy bajo en la habitación de detrás de la recepción. Wallander compró una botella de agua mineral. El recepcionista era un joven que trabajaba por las noches para financiar sus estudios de teología. Eso ya se lo había contado a Wallander la primera vez que bajó a la recepción a comprar agua. Tenía el pelo oscuro y rizado, era de Padua, se llamaba Mario y hablaba inglés estupendamente. Wallander estaba con la botella de agua en la mano cuando de pronto se oyó a sí mismo pedir al joven portero de noche que subiera a su habitación a despertarle si su padre aparecía por la recepción durante la noche y a lo mejor hasta salía del hotel. El recepcionista se había quedado mirándole, tal vez sorprendido, tal vez había trabajado lo bastante para que ningún deseo nocturno de los huéspedes pudiera sorprenderle. Había inclinado la cabeza diciendo, sí, sí, claro, si el viejo señor Wallander salía por la noche, él llamaría inmediatamente a la puerta de la habitación número 32.

Fue la sexta noche cuando ocurrió. Ese día habían estado paseando por el Foro y también habían visitado la Galleria Doria Pamphili. Por la noche habían pasado por los oscuros túneles que llevaban a la Escalinata di Piazza di Spagna desde Villa Borghese y allí cenaron de manera que Wallander se escandalizó cuando vio la cuenta. Era una de sus últimas noches, el viaje feliz que ya no podía ser más que justamente eso, feliz, se acercaba a su fin. El padre de Wallander mostraba la misma energía y la misma curiosidad de todos los días hasta entonces. Habían seguido paseando por la ciudad y se habían detenido en un bar para tomar un café y brindar con una copa de *grappa*. En el hotel, les dieron sus respectivas llaves, la noche era tan cálida como todas las otras noches aquella semana de septiembre y Wallander se durmió en cuanto puso la cabeza en la almohada.

A la una y media llamaron a la puerta.

En un primer momento no supo dónde estaba. Pero cuando aún medio dormido corrió a abrir, el portero de noche le explicó en su excelente inglés que el viejo *signor* Wallander acababa de dejar el hotel. Wallander se vistió apresuradamente. Al salir vio a su padre andar con pasos decididos por el otro lado de la calle. Wallander le siguió a distancia, pensando que ahora, por primera vez en su vida, estaba siguiendo a su propio padre, y se había dado cuenta de que sus presentimientos habían sido acertados. Al principio Wallander no estaba seguro de adónde se dirigían. Luego, cuando las calles empezaron a estrecharse, advirtió que se dirigían a la Escalinata. Siguió manteniendo la distancia con su padre. Y luego, en la cálida noche romana, le vio subir los muchos escalones de la Escalinata hasta llegar a la iglesia de las dos torres. Una vez allí, su padre se sentó; se le vislumbraba como un puntito negro allá en lo alto, y Wallander se mantuvo escondido en las sombras. Su padre permaneció allí casi una hora. Luego se incorporó y volvió a bajar las escaleras. Wallander continuó siguiéndole, ésa había sido la misión más secreta que jamás había llevado a cabo, y no tardaron en llegar a la Fontana de Trevi, donde su padre, sin embargo, no echó ninguna moneda por encima del hombro sino que se limitó a contemplar el agua que salía a chorros en la gran fuente. Su cara estaba entonces tan iluminada por una farola, que Wallander pudo notar un destello en sus ojos.

Luego regresaron al hotel.

Al día siguiente tomaron el avión de Alitalia para Copenhague, el padre de Wallander sentado junto a la ventanilla, de la misma manera que en el viaje de ida, y Wallander vio en sus manos que se había puesto moreno. Hasta que no tomaron el transbordador de vuelta a Limhamn no le preguntó a su padre si estaba contento del viaje. Éste asintió con la cabeza, murmuró algo inaudible y Wallander supo que más entusiasmo que eso no podía pedir. Gertrud estaba esperándoles en Limhamn y les llevó a casa. Dejaron a Wallander en Ystad y cuando éste llamó por teléfono más tarde para preguntar si todo estaba en orden, Gertrud contestó que su padre ya estaba en su estudio pintando su eternamente repetido motivo, la puesta de sol sobre un paisaje inmóvil y en calma.

Wallander se levantó de la cama y fue a la cocina. Eran las cinco y media. Hizo café. «¿Por qué salió por la noche? ¿Por qué se sentó allí en la escalera? ¿Qué era lo que brillaba en sus ojos junto a la fuente?»

No tenía respuesta. Pero había vislumbrado un rápido trasunto del secreto paisaje interior de su padre. Por su parte había tenido la prudencia de mantenerse al otro lado de la invisible valla. Tampoco le preguntaría jamás acerca de su paseo solitario por Roma aquella noche.

Mientras se hacía el café, Wallander fue al cuarto de baño. Notó satisfecho que tenía un aspecto saludable y enérgico. El sol había desteñido su pelo. Quizá tanta pasta había hecho que ganara un poco de peso. Pero dejó estar la balanza del cuarto de baño. Se sentía descansado. Eso era lo más importante. Y estaba contento de que el viaje se hubiera realizado.

La certeza de que pronto, dentro de pocas horas, volvería a ser policía no le causaba ninguna molestia. Con frecuencia, tras unas vacaciones, le resultaba difícil volver al trabajo. Especialmente los últimos años, la desgana había sido muy grande. Tenía periodos también en los que abrigaba serios pensamientos de dejar la policía y buscar otro trabajo, tal vez como responsable de seguridad en alguna empresa. Pero él era policía. Esa certeza había madurado lentamente, pero de manera irrevocable. Otra cosa no iba a ser jamás.

Mientras se duchaba se acordó de lo que había pasado unos meses antes, durante el cálido verano y el Campeonato Mundial de Fútbol, tan afortunado para Suecia. Todavía pensaba con angustia en la desesperada persecución de un asesino en serie que finalmente había resultado ser un muchacho trastornado de sólo catorce años. Durante la semana que pasaron en Roma, todos los pensamientos acerca de los sobrecogedores sucesos del verano habían estado como borrados de su conciencia. Ahora volvían. Una semana en Roma no cambiaba nada. Era al mismo mundo al que ahora regresaba.

Se quedó sentado a la mesa de la cocina hasta pasadas las siete. La lluvia seguía cayendo ininterrumpidamente. El calor italiano era ya como un recuerdo lejano. El otoño había llegado a Escania.

A las siete y media, Wallander dejó su piso y cogió el coche para ir a la comisaría. Su colega Martinsson llegó al mismo tiempo y aparcó el coche al lado. Se saludaron con rapidez bajo la lluvia y se apresuraron hacia la entrada del edificio.

—¿Qué tal el viaje? —preguntó Martinsson—. Y bienvenido, por cierto.

—Mi padre está muy contento —contestó Wallander.

—¿Y tú?

—Fue un viaje agradable. Y caluroso.

Entraron. Ebba, recepcionista de la policía de Ystad durante más de treinta años, le saludó con una amplia sonrisa.

—¿Se puede poner uno así de moreno en Italia en el mes septiembre? —dijo sorprendida.

—Pues sí —contestó Wallander—. Si uno se pone al sol.

Enfilaron el pasillo. Wallander pensó que debería haber comprado algo para Ebba. Se irritó consigo mismo por no haberlo pensado antes.

—Aquí todo está en orden —dijo Martinsson—. Nada de importancia. Casi nada de nada.

—A lo mejor tenemos un otoño tranquilo —replicó Wallander no muy convencido.

Martinsson se fue a buscar café. Wallander abrió la puerta de su despacho. Todo permanecía como lo había dejado. La mesa, vacía. Se quitó la chaqueta y entreabrió la ventana. En un cesto para el correo, alguien había puesto unos cuantos informes de la Jefatura de Policía. Cogió el de arriba, pero lo dejó en la mesa sin leer.

Pensó en la complicada investigación sobre el contrabando de coches entre Suecia y los antiguos países del Este a la que se había venido dedicando durante casi un año. Si no había pasado nada especial durante su ausencia, continuaría con ese expediente.

Se preguntó si se vería obligado a dedicarle tiempo a eso hasta que, dentro de aproximadamente quince años, le llegase la jubilación.

A las ocho y cuarto se levantó y fue a la sala de reuniones. A las ocho y media se reunía la policía criminal de Ystad para dar un repaso al trabajo que había durante la semana. Wallander fue saludando a la gente. Todos admiraron su bronceado. Luego se sentó en su lugar habitual. Notó que el ambiente era como de costumbre un lunes por la mañana en otoño, gris y fatigado, un poco ausente. Se preguntó fugazmente cuántas mañanas de lunes había pasado en esa habitación. Como la nueva jefa, Lisa Holgersson, estaba en Estocolmo, dirigió la reunión Hansson. Martinsson tenía razón. No habían ocurrido muchas cosas durante la semana que Wallander pasó fuera.

—Supongo que tendré que volver a mi contrabando de coches —dijo Wallander, sin tratar de disimular su resignación.

—Si no quieres dedicarte a un robo —replicó Hansson, alentador—. En una floristería.

Wallander le miró sorprendido.

—¿Un robo en una floristería? ¿Y qué robaron? ¿Tulipanes?

—Por lo que hemos podido ver, nada —contestó Svedberg rascándose la calva.

En ese preciso momento se abrió la puerta y entró Ann-Britt Höglund apresuradamente. Como su marido era mecánico ambulante y parecía estar siempre de viaje en algún país lejano del que nadie había oído hablar siquiera, ella estaba sola con los dos hijos. Sus mañanas eran caóticas y llegaba con frecuencia tarde a las reuniones. Ann-Britt Höglund llevaba ahora un año largo en la policía de Ystad. Era la más joven. Al principio, algunos de los policías más viejos, entre ellos Svedberg y Hansson, manifestaron abiertamente su desaprobación por tener una colega mujer. Pero Wallander, que se dio cuenta muy pronto de que tenía mucha capacidad para el oficio de policía, la había defendido. Nadie comentaba ya sus frecuentes retrasos. Por lo menos, cuando él estaba delante. Ella se sentó y saludó alegremente a Wallander, como si estuviera sorprendida de que realmente hubiera vuelto.

—Estamos hablando de la floristería —informó Hansson—. Pensábamos que quizá Kurt podía verlo.

—El robo fue el jueves por la noche —dijo ella—. La dependienta que trabaja allí lo descubrió cuando llegó el viernes por la mañana. Los ladrones entraron por una ventana por la parte de atrás de la casa.

—¿Qué fue lo que robaron? —preguntó Wallander.

—Nada.

Wallander hizo una mueca.

—¿Qué significa eso? ¿Nada?

Ann-Britt Höglund se encogió de hombros.

—Nada significa nada.

—Había manchas de sangre en el suelo —dijo Svedberg—. Y el dueño está de viaje.

—Parece todo muy raro —comentó Wallander—. ¿Puede verdaderamente ser algo a lo que valga la pena dedicar mucho tiempo?

—Todo *es* extraño —replicó Ann-Britt Höglund—. Si vale la pena dedicarle tiempo o no, no sabría decirlo.

Wallander pensó rápidamente que podía librarse de empezar enseguida a escarbar en el desesperante informe sobre todos los coches que en un flujo constante salían ilegalmente del país. Se concedería un día para acostumbrarse a que ya no estaba en Roma.

—Puedo echarle un vistazo.

—Yo lo llevo. La floristería está en el centro.

La reunión terminó. La lluvia seguía. Wallander cogió su chaqueta. Se dirigieron al centro en su coche.

—¿Qué tal el viaje? —preguntó ella cuando se pararon ante un semáforo delante del hospital.

—He visto la Capilla Sixtina —contestó Wallander mientras miraba la lluvia—. Y he visto a mi padre de buen humor durante toda una semana.

—Parece que ha sido un viaje agradable —dijo ella.

Cambió el semáforo y continuaron. Ella le fue guiando, porque él no sabía exactamente dónde estaba la floristería.

—Y por aquí, ¿qué tal? —preguntó Wallander.

—En una semana no cambia nada —contestó ella—. Todo ha estado tranquilo.

—¿Y nuestra nueva jefa?

—Está en Estocolmo discutiendo todas las propuestas de reducción de gastos. Va a resultar bien. Por lo menos tan bien como Björk.

Wallander le echó una mirada rápida.

—Nunca creí que te gustase Björk.

—Hacía lo que podía. ¿Qué más se puede pedir?

37

—Nada —dijo Wallander—. Nada de nada.

Se detuvieron en la calle Västra Vallgatan, en la esquina con Pottmakargränd. La floristería se llamaba Cymbia. El letrero se movía con las ráfagas de viento. Se quedaron sentados en el coche. Ann-Britt Höglund le dio a Wallander unos papeles en una funda de plástico. Wallander les echó una ojeada mientras escuchaba.

—El dueño de la tienda se llama Gösta Runfeldt. Está de viaje. La dependienta llegó a la tienda poco antes de las nueve el viernes por la mañana. Vio que una ventana en la parte de atrás estaba rota. Había cristales fuera, en la calle, y por la parte de dentro. Dentro de la tienda, en el suelo había huellas de sangre. No parecía que habían robado nada. Tampoco se guardaba dinero en la tienda por la noche. Llamó a la policía a las nueve y tres minutos. Yo llegué poco después de las diez. Era como ella había dicho. Una ventana rota. Manchas de sangre en el piso. Nada robado. Un poco raro todo.

Wallander reflexionó.

—¿Ni siquiera una flor? —preguntó.

—Eso dijo la dependienta.

—¿Se puede uno acordar realmente del número exacto de flores que se tiene en cada florero?

Le devolvió los papeles que le había dado.

—Podemos preguntarle —dijo Ann-Britt Höglund—. La tienda está abierta.

Cuando Wallander abrió la puerta, tintineó una campanilla. Los olores que había en la tienda le recordaron los jardines de Roma. No había clientes. De una habitación interior salió una mujer de unos cincuenta años. Saludó con la cabeza al verles.

—He traído conmigo a un colega —explicó Ann-Britt Höglund.

Wallander saludó.

—Te conozco por los periódicos —dijo la mujer[*].

—Espero que no haya sido nada negativo —repuso Wallander.

—No, no —contestó la mujer—. Sólo buenas palabras.

En los papeles que Ann-Britt Höglund le había dado en el coche Wallander había visto que la mujer que trabajaba en la tienda se llamaba Vanja Andersson y tenía cincuenta y tres años.

Wallander se desplazó despacio por la tienda. Llevado por una vie-

---

[*] El tuteo inmediato entre desconocidos y personas de distinto rango es la forma habitual de comunicación en Suecia. Aunque pueda resultar llamativo para los lectores de habla hispana, se ha optado por mantener este rasgo sociológico en la traducción. *(N. de la T.)*

ja costumbre, miraba muy bien dónde ponía los pies. El húmedo aroma de las flores continuaba llenándole de recuerdos. Pasó por detrás del mostrador y se detuvo junto a una puerta trasera cuya parte superior consistía en una ventana de cristales. La masilla de la ventana era reciente. Fue por ahí por donde el ladrón o los ladrones habían entrado. Wallander contempló el suelo, que era de planchas de plástico unidas.

—Supongo que era aquí donde había sangre —dijo.

—No —contestó Ann-Britt Höglund—. Las manchas de sangre estaban en la tienda.

Wallander arrugó la frente, sorprendido. Luego la siguió hasta volver a las flores. Ann-Britt Höglund se colocó en mitad de la tienda.

—Aquí —dijo—. Justo aquí.

—Pero ¿nada allí, junto a la ventana rota?

—Nada. ¿Te das cuenta ahora de por qué me parece todo tan raro? ¿Por qué hay sangre aquí y no junto a la ventana? Eso, si partimos de la base de que fue el que rompió la ventana quien se cortó.

—¿Quién iba a ser si no? —preguntó Wallander.

—Eso es. ¿Quién iba a ser si no?

Wallander dio otra vuelta por la tienda. Intentó imaginar el desarrollo de los hechos. Alguien había roto los cristales y había entrado en la tienda. En mitad del piso de la tienda, había habido sangre. No habían robado nada.

Cada delito se ajusta a una especie de planificación o de lógica. Aparte de los crímenes de pura demencia. Lo sabía por la experiencia de muchos años. Pero no había nadie que cometiera la locura de forzar la puerta de una floristería para no robar nada, pensó Wallander.

No tenía pies ni cabeza.

—Supongo que eran gotas de sangre —dijo.

Para su sorpresa, Ann-Britt Höglund negó con la cabeza.

—Era un pequeño charco. Ni una gota.

Wallander seguía reflexionando, pero no dijo nada. No tenía nada que decir. Luego, se volvió hacia la dependienta, que estaba en segundo plano y esperó.

—Así que no robaron nada...

—Nada.

—¿Ni siquiera unas flores?

—No, que yo sepa.

—¿Sabes exactamente cuántas flores tiene en la tienda en todo momento?

—Sí.

La respuesta fue rápida y segura. Wallander asintió.
—¿Tienes alguna explicación para este robo?
—No.
—Tú no eres la dueña de la tienda.
—El dueño se llama Gösta Runfeldt. Yo soy su empleada.
—Si no estoy mal informado, él está de viaje. ¿Has estado en contacto con él?
—No es posible.
Wallander la miró con atención.
—¿Por qué no es posible?
—Está en un safari de orquídeas en África.
Wallander sopesó rápidamente lo que acababa de oír.
—¿Puedes decir algo más de eso? ¿De ese safari de orquídeas?
—Gösta es un apasionado de las orquídeas —dijo Vanja Andersson—. De las orquídeas lo sabe todo. Viaja por todo el mundo y estudia todas las especies que hay. Está escribiendo un libro sobre la historia de las orquídeas. En este momento está en África. No sé dónde. Sólo sé que estará de vuelta el miércoles de la semana que viene.
Wallander asintió.
—Tendremos que hablar con él cuando vuelva. Tal vez puedas pedirle que nos llame.
Vanja Andersson prometió hacerlo. Un cliente entró en la tienda. Ann-Britt Höglund y Wallander salieron a la lluvia. Se sentaron en el coche, pero Wallander esperó un poco antes de arrancar.
—Uno puede, naturalmente, pensar en un ladrón que comete un error —dijo—. Un ladrón que se equivoca de ventana. Hay una tienda de informática justo al lado.
—¿Y el charco de sangre?
Wallander se encogió de hombros.
—Tal vez el ladrón no notó la herida. Tal vez estuvo con el brazo en alto, mirando a su alrededor. La sangre gotea. Y la sangre que gotea en el mismo sitio forma antes o después un charco.
Ella hizo un gesto afirmativo. Wallander puso en marcha el motor.
—Será un asunto para el del seguro —dijo Wallander—. Nada más.
Volvieron a la comisaría en plena lluvia.
Eran ya las once.
El lunes 26 de septiembre de 1994.
En la mente de Wallander, el viaje a Roma ya había empezado a esfumarse como un lento espejismo.

3

El martes 27 de septiembre, la lluvia seguía cayendo sobre Escania. Los meteorólogos habían anunciado que al cálido verano le seguiría un otoño lluvioso. Hasta el momento no había ocurrido nada que contradijera sus pronósticos.

La noche anterior, cuando Wallander volvió a casa después de su primer día de trabajo tras el viaje a Italia y preparó una cena chapucera que luego se obligó a comer de muy mala gana, trató varias veces de hablar con su hija Linda, que vivía en Estocolmo. Dejó abierta la puerta del balcón porque la persistente lluvia había parado un rato. Notó que se sentía irritado porque Linda no había llamado para preguntar cómo había ido el viaje. Trató de convencerse, aunque sin lograrlo del todo, de que era porque tenía mucho que hacer. Precisamente ese otoño combinaba sus estudios en una escuela de teatro privada con el trabajo como camarera en un restaurante del barrio de Kungsholm.

A las once llamó también por teléfono a Riga para hablar con Baiba. Para entonces había empezado a llover de nuevo y hacía viento. Se dio cuenta de que ya resultaba difícil recordar los cálidos días de Roma.

Pero si había hecho otra cosa en Roma aparte de disfrutar del calor y servirle de compañía a su padre era pensar en Baiba. Cuando Baiba y él, en el verano, sólo unos meses antes, habían ido juntos a Dinamarca, y Wallander se sentía agotado y triste a consecuencia de la ingrata persecución del asesino de catorce años, uno de los últimos días de su estancia le había preguntado si quería casarse con él. Ella le contestó con evasivas, sin cerrar necesariamente todas las puertas. Tampoco intentó disimular las razones de sus dudas. Habían paseado por la inmensa playa de Skagen, donde se encuentran los dos mares, y donde, por cierto, Wallander había paseado también, muchos años antes, con Mona, su primera esposa, y también en una ocasión posterior, cuando tuvo una depresión y se planteó muy seriamente dejar la policía. Las tardes habían sido casi tropicales por el calor. De algún modo se dieron cuenta de que un partido del Mundial de Fútbol mantenía a la gente pegada a la televisión y dejaba las playas inusualmente desiertas. Iban paseando por allí, cogiendo piedrecillas y caracolas, y Baiba dijo que no estaba segura de poder pensar en vivir con un policía por segunda vez en su vida.

Su primer marido, el comandante de policía letón Karlis, había sido asesinado en 1992. Fue entonces cuando Wallander la conoció, durante unos días confusos e irreales que pasó en Riga. En Roma, Wallander se había hecho la pregunta de si verdaderamente y en lo más profundo de su interior quería casarse una segunda vez. ¿Era necesario siquiera casarse? ¿Atarse con lazos formales y complicados que apenas tenían ya la menor validez en estos tiempos que eran los suyos? Él había vivido un largo matrimonio con la madre de Linda. Cuando un día, hacía cinco años, ella le hizo enfrentarse de repente con el hecho de que quería separarse, se quedó completamente perplejo, sin entender nada. Era ahora cuando, por primera vez, creía comprender y, por lo menos en parte, tal vez también aceptar las razones por las que ella había querido empezar una nueva vida sin él. Ahora podía darse cuenta de por qué había pasado lo que tenía que pasar. Podía abarcar la parte que le correspondía, reconocer incluso que con su constante ausencia y su creciente desinterés por lo que era importante en la vida de ella, tenía la mayor parte de culpa. Si es que podía hablarse de culpa. Una parte del camino la habían hecho juntos. Después, los caminos se fueron separando, tan despacio e inadvertidamente que sólo cuando ya era demasiado tarde quedó claro lo que había ocurrido. Y entonces ya cada uno estaba fuera de la vista del otro.

Había pensado mucho en esto durante los días de Roma. Y, al fin, llegó a la conclusión de que verdaderamente quería casarse con Baiba. Quería que ella se trasladase a Ystad. Y se había decidido también a dejar su piso de la calle de Mariagatan y cambiarlo por un chalet. En algún lugar próximo en las afueras de la ciudad. Con un jardín ya hecho. Un chalet barato, pero en un estado que él pudiera hacerse cargo de todas las reparaciones. También había pensado en si se compraría el perro con el que durante tanto tiempo había soñado.

De todo eso había hablado con Baiba aquel lunes por la tarde cuando volvía a llover sobre Ystad. Fue como seguir la conversación que había tenido en su cabeza en Roma. También entonces había hablado con ella, aunque no estaba presente. En alguna ocasión había empezado a hablar en voz alta consigo mismo. Por supuesto que eso no se le escapó a su padre, que caminaba a su lado en plena canícula. Su padre, en un tono mordaz, pero no del todo antipático, había preguntado quién de los dos estaba en realidad envejeciendo y perdiendo la cabeza.

Ella contestó enseguida. A él le pareció contenta. Le contó el viaje y después repitió la pregunta que le había hecho en el verano. Durante un instante, el silencio fue y vino entre Riga e Ystad. Luego, ella dijo que también había estado pensando. Sus dudas seguían ahí, no habían disminuido, pero tampoco aumentado.

—Ven —dijo Wallander—. De esto no podemos hablar por un cable telefónico.

—Bueno —dijo ella—. Iré.

No habían decidido cuándo. De eso hablarían más tarde. Ella trabajaba en la Universidad de Riga. Tenía que planear sus periodos vacacionales con mucha antelación. Pero cuando Wallander colgó el auricular, le pareció que sentía la seguridad de que estaba en camino de una nueva fase de su vida. Ella iba a venir. Él iba a casarse de nuevo.

Esa noche tardó mucho en dormirse. Varias veces se levantó de la cama, se puso junto a la ventana de la cocina a mirar llover. Pensó que iba a echar de menos la farola que se balanceaba fuera, sola al viento.

A pesar de que había dormido poco, se levantó pronto la mañana del martes. Ya a las siete y pocos minutos aparcó el coche junto a la comisaría y anduvo deprisa bajo la lluvia y contra el viento. Cuando llegó a su despacho se había decidido a ocuparse inmediatamente del abundante material sobre los robos de coches. Cuanto más lo aplazase, más le pesaría la desgana y la falta de inspiración. Colgó su chaqueta en la silla de las visitas para que se secara. Luego levantó el montón de casi medio metro de material de informes que estaba en un estante. Acababa de empezar a organizar los archivadores cuando llamaron a la puerta. Wallander vio que era Martinsson. Le dijo que entrara.

—Cuando tú no estás, yo siempre soy el primero en llegar por las mañanas —dijo Martinsson—. Ahora ya vuelvo a ser el segundo.

—He echado de menos mis coches —contestó Wallander señalando los archivadores que llenaban la mesa.

Martinsson tenía un papel en la mano.

—Se me olvidó darte esto ayer —dijo—. Lisa Holgersson quiere que tú lo veas.

—¿Qué es?

—Léelo. Ya sabes que la gente piensa que los policías tenemos que dar nuestra opinión sobre unas cosas y otras.

—¿Es para una comisión de estudio?

—Más o menos.

Wallander miró inquisitivo a Martinsson, que raras veces daba respuestas vagas. Hacía unos años, Martinsson había sido miembro del Partido Liberal y probablemente había alimentado sueños de hacer una carrera política. Por lo que sabía Wallander, ese sueño se fue apagando poco a poco a medida que el partido se iba encogiendo. Decidió no hacer el menor comentario acerca de los resultados del partido en las elecciones celebradas la semana anterior.

Martinsson se marchó. Wallander se sentó y leyó el papel que le acababan de dar. Después de leerlo dos veces estaba furioso. No podía recordar la última vez que había estado tan enfadado.

Salió al pasillo y entró en el despacho de Svedberg, cuya puerta, como de costumbre, estaba entornada.

—¿Has visto esto? —preguntó Wallander agitando el papel de Martinsson.

Svedberg movió la cabeza negativamente.

—¿Qué es?

—Es de una organización recién creada y quieren saber si la policía tiene algo en contra del nombre.

—Y el nombre es...

—Han pensado llamarse Amigos del Hacha.

Svedberg miró a Wallander sin entender nada.

—¿Amigos del Hacha?

—Amigos del Hacha. Y ahora quieren saber si, teniendo en cuenta lo que ocurrió aquí en el verano, el nombre podría interpretarse mal. Porque esta organización no tiene como objetivo dedicarse a arrancarle el cuero cabelludo a la gente.

—¿Qué van a hacer, pues?

—Si lo he entendido bien, es una especie de asociación local que quiere intentar crear un museo de instrumentos manuales antiguos.

—Eso parece interesante, ¿no? ¿Por qué estás tan alterado?

—Porque piensan que la policía tiene tiempo de opinar sobre estas cosas. Personalmente me puede parecer que «Amigos del Hacha» es un nombre un poco raro para una asociación local. Pero como policía, me indigna que tengamos que dedicar tiempo a cosas así.

—Díselo a la superioridad.

—Claro que se lo diré.

—Aunque seguramente no va a estar de acuerdo contigo. Ahora todos vamos a ser policías de barrio otra vez.

Wallander comprendió que con toda probabilidad, Svedberg tenía razón. Durante todos los años que llevaba de policía, el cuerpo había sufrido innumerables y profundas reformas. Muy en especial habían tratado de la siempre complicada relación con esa vaga y amenazadora sombra llamada «la gente común y corriente». Esa gente común y corriente, que pendía como una pesadilla tanto sobre la Jefatura de Policía como sobre cada individuo policía, se caracterizaba por una sola cosa: desconfianza. El último intento de dar gusto a la gente era transformar todo el cuerpo de policía sueco en una policía local de alcance nacional. Nadie sabía exactamente cómo iba a llevarse a cabo. El jefe nacional había clavado en todas las puertas que pudo sus tesis sobre lo importante que era que la policía se hiciera *visible*. Pero como nadie había oído hablar nunca de que la policía hubiera sido invisible, tampoco se podía entender cómo seguir esta nueva liturgia. Patrullar a pie ya se hacía. Ahora también iban en bici en pequeños y campechanos minicomandos. El jefe se refería seguramente a una visibilidad espiritual. De ahí procedía el que se hubiera vuelto a desempolvar el proyecto de la policía de barrio. Policía de barrio sonaba agradablemente, como una blanda almohada bajo la cabeza. Pero cómo combinarlo con el hecho de que la criminalidad en Suecia era cada vez más grave y más violenta, no había nadie que supiera explicarlo bien. No obstante, seguro que formaba parte de esta nueva estrategia que se dedicara tiempo a pronunciarse sobre la conveniencia de que una nueva asociación local se llamase Amigos del Hacha.

Wallander salió de la habitación y fue a buscar una taza de café. Luego se encerró en su despacho y empezó a meterse de nuevo en el abundante material del informe. Al principio le resultó difícil concentrarse. Los pensamientos sobre la conversación con Baiba la noche anterior se hacían presentes todo el tiempo. Pero se obligó a ser policía de nuevo. Al cabo de unas horas había repasado el informe y retomado el punto donde lo había dejado antes de su viaje a Italia. Telefoneó a un policía de Gotemburgo con el que colaboraba. Hablaron de algunos puntos de contacto. Cuando terminó la conversación ya eran las doce. Wallander notó que tenía hambre. Cogió el coche, se dirigió al centro y comió en un restaurante. A la una ya estaba de nuevo en la comisaría. Se acababa de sentar cuando sonó el teléfono. Era Ebba desde la recepción.

—Tienes visita —dijo.
—¿Quién?
—Un hombre que se llama Tyrén. Quiere hablar contigo.
—¿Sobre qué?
—Sobre alguien que quizás haya desaparecido.
—¿No hay nadie más que pueda encargarse?

—Es que dice que quiere hablar contigo como sea.

Wallander miró los archivadores extendidos sobre la mesa. Nada en ellos era tan urgente que le impidiera recibir una denuncia de desaparición.

—Mándamelo —dijo y colgó el auricular.

Abrió la puerta y empezó a apartar los archivadores de la mesa. Cuando levantó la vista, había un hombre en el umbral. Wallander no le había visto nunca antes. Iba vestido con un mono que decía que trabajaba en las gasolineras OK. Cuando entró en la habitación, Wallander notó un olor a aceite y a gasolina.

Wallander le dio la mano y le dijo que se sentara. El hombre tenía unos cincuenta años, el pelo ralo y gris y estaba sin afeitar. Se presentó como Sven Tyrén.

—Querías hablar conmigo —dijo Wallander.

—Sé que eres un buen policía —dijo Sven Tyrén. Su acento de Escania indicaba que era del oeste, de la misma zona que Wallander.

—La mayoría de los policías son buenos —contestó Wallander.

La respuesta de Sven Tyrén le sorprendió.

—Sabes que eso no es verdad —dijo Sven Tyrén—. Yo he estado en la cárcel más de una vez. Y me he encontrado con muchos policías que, hablando claro, eran unos hijos de puta.

Sus palabras fueron dichas con tal énfasis que Wallander se quedó sin saber qué decir. Decidió no seguir la discusión.

—Me figuro que no has venido hasta aquí sólo para decir eso. ¿No era algo de una desaparición?

Sven Tyrén le daba vueltas a su visera de OK con los dedos.

—Se mire como se mire, es raro —dijo.

Wallander había encontrado un cuaderno de notas en un cajón y pasó las hojas hasta llegar a una en blanco.

—Vamos a ver si empezamos por el principio —dijo—. ¿Quién es la persona que parece haber desaparecido? ¿Qué es lo que hay de raro?

—Holger Eriksson.

—¿Quién es Holger Eriksson?

—Un cliente.

—Supongo que tienes una gasolinera.

Sven Tyrén movió la cabeza negativamente.

—Yo transporto fuel. Me encargo del distrito norte de Ystad. Holger Eriksson vive entre Högestad y Lödinge. Llamó por teléfono a la oficina para decir que el depósito empezaba a vaciarse. Convinimos que le haría el suministro el jueves por la mañana. Pero cuando llegué, no contestaba nadie.

Wallander tomaba notas.
—¿Te refieres a este jueves?
—Al día veintidós.
—Y ¿cuándo llamó?
—El lunes.
Wallander reflexionó.
—¿No ha podido haber un malentendido?
—Le he estado llevando fuel a Holger Eriksson durante más de diez años. Nunca ha habido ningún malentendido.
—¿Qué pasó, pues? ¿Cuándo te diste cuenta de que no estaba en casa?
—Su toma de fuel estaba cerrada con llave, así que me fui. Le dejé una nota en el buzón.
—Y ¿qué pasó luego?
—Nada.
Wallander soltó el lápiz.
—Cuando uno reparte fuel como yo, se da uno cuenta de las costumbres de la gente —prosiguió Sven Tyrén—. No podía dejar de pensar en Holger Eriksson. No podía ser que estuviera de viaje. Así que volví a pasarme por allí ayer por la tarde. Después del trabajo. Con mi coche. La nota seguía en el buzón. Debajo de todo el correo que había llegado desde el jueves. Entré al patio y llamé a la puerta. No había nadie. El coche estaba en el garaje.
—¿Vive solo?
—Holger Eriksson es soltero. Se ha hecho rico vendiendo coches. Además escribe poesías. Me dio un libro una vez.
De pronto Wallander se acordó de que había visto el nombre de Holger Eriksson en una estantería en la que había obras de diferentes autores de la región, un día que estuvo en la librería de Ystad. Había ido en busca de algo para regalarle a Svedberg en su cuarenta cumpleaños.
—Había algo más que no era normal —dijo Sven Tyrén—. La puerta no estaba cerrada con llave. Se me ocurrió que quizás estuviera enfermo. Al fin y al cabo tiene casi ochenta años. Entré. En la casa no había nadie, aunque la cafetera estaba encendida. Olía. El café se había consumido. Fue entonces cuando me decidí a venir. Hay algo que no es normal.
Wallander se dio cuenta de que la preocupación de Sven Tyrén era auténtica. Sin embargo, sabía por experiencia que la mayor parte de las desapariciones se resolvían por sí mismas. Son muy raras las veces en las que pasa algo grave.
—¿No tiene vecinos? —preguntó Wallander.

—La finca está muy apartada.
—¿Qué piensas que ha podido pasar?
La respuesta de Sven Tyrén no se hizo esperar.
—Que está muerto. Creo que alguien le ha matado.
Wallander no dijo nada. Esperaba una continuación. Pero no la hubo.
—¿Por qué crees eso?
—No es normal —dijo Sven Tyrén—. Había encargado el fuel. Siempre estaba en casa cuando yo llegaba. Él no hubiera dejado la cafetera encendida. No hubiera salido sin cerrar la puerta con llave. Aunque no hiciera más que dar un paseo por la finca.
—¿Te dio la impresión de que hubiera habido un robo en la casa?
—Todo estaba como siempre. Excepto lo de la cafetera.
—O sea, que has estado en su casa antes...
—Siempre que iba con el fuel. Solía invitarme a tomar un café. Y me leía alguna de sus poesías. Como seguramente estaba bastante solo, creo que se alegraba de mis visitas.
Wallander reflexionó.
—Dijiste que creías que estaba muerto. Pero también que creías que alguien le había matado. ¿Por qué habrían de hacerlo? ¿Tenía enemigos?
—No, que yo sepa.
—Pero ¿era rico?
—Sí.
—¿Cómo lo sabes?
—Lo sabe todo el mundo.
Wallander dejó el interrogatorio.
—Nos ocuparemos de ello —dijo—. Seguramente hay una explicación natural para el hecho de que no esté. Es lo que suele ocurrir.
Wallander anotó la dirección. Para su sorpresa, la finca se llamaba El Retiro. Luego acompañó a Sven Tyrén a la recepción.
—Estoy seguro de que ha pasado algo —dijo Sven Tyrén como despedida—. No es normal que no esté cuando le llevo el fuel.
—Te daré noticias —dijo Wallander.
En ese momento entró Hansson en la recepción.
—¿Quién coño tiene toda la entrada bloqueada con un camión cisterna?
—Yo —respondió Sven Tyrén tranquilamente—. Ya me voy.
—¿Quién era? —preguntó Hansson cuando Tyrén hubo desaparecido.
—Vino a denunciar una desaparición —contestó Wallander—. ¿Has oído hablar de un escritor que se llama Holger Eriksson?
—¿Un escritor?

—O un vendedor de coches.
—¿Cuál de las dos cosas?
—Parece que ha sido las dos cosas. Y según ese conductor del camión cisterna, ha desaparecido.
Fueron a buscar café.
—¿Es algo serio? —preguntó Hansson.
—El del camión cisterna parecía en todo caso preocupado.
—Me pareció reconocerle —dijo Hansson.
Wallander tenía mucho respeto por la memoria de Hansson. Cuando él olvidaba un nombre, recurría casi siempre a Hansson en busca de ayuda.
—Se llama Sven Tyrén —dijo Wallander—. Dijo que había estado en la cárcel más de una vez.
Hansson hizo memoria.
—Me parece que ha estado envuelto en algunas historias de malos tratos —dijo después de unos minutos—. Hace bastantes años.
Wallander escuchaba pensativo.
—Creo que voy a ir a la finca de Eriksson —anunció—. Voy a registrarle en la lista de personas desaparecidas.
Wallander entró en su despacho, cogió la chaqueta y se metió la dirección de El Retiro en el bolsillo. En realidad debería haber empezado por rellenar el impreso indicado para registrar las denuncias de personas desaparecidas. Pero lo dejó estar de momento. Eran las dos y media cuando salió de la comisaría. La intensa lluvia había cedido y se había convertido en una pertinaz llovizna. Tiritó de frío al ir hacia su coche. Wallander se dirigió al norte y no tuvo ninguna dificultad en encontrar la finca. Como su nombre indicaba, estaba muy retirada, en lo alto de una colina. Los pardos campos bajaban inclinados hasta el mar que, sin embargo, no podía ver. Una bandada de grajos alborotaba en un árbol. Wallander levantó la tapa del buzón. Estaba vacío. Supuso que había sido Sven Tyrén quien había recogido el correo. Wallander entró en el patio adoquinado. Todo estaba muy bien cuidado. Se quedó parado escuchando el silencio. La finca constaba de tres alas. Un día habría sido un cuadrado completo. O se había tirado una de las alas o se había quemado. Wallander admiró el tejado de paja. Sven Tyrén estaba en lo cierto. Una persona que podía permitirse el lujo de tener un tejado así era una persona adinerada. Wallander fue hacia la puerta y llamó al timbre. Luego golpeó con los nudillos. Abrió la puerta y entró. Se quedó escuchando. El correo estaba en un taburete junto a un paragüero. Varios prismáticos colgaban de la pared. Una de las fundas estaba abierta y vacía. Wallander recorrió la casa despacio. To-

davía quedaba el olor de la cafetera que se había quemado. Se detuvo junto a una mesa escritorio que estaba en el gran cuarto de estar, en dos planos, y con las vigas del techo a la vista, y contempló un papel que había sobre la superficie marrón de la mesa. Como la luz era escasa lo cogió con la punta de los dedos y fue hacia una ventana.

Era un poema sobre un pájaro. Sobre un pico mediano.

Abajo de todo había una fecha escrita: 21 DE SEPTIEMBRE DE 1994. A LAS 22:12.

Justamente esa noche, Wallander y su padre habían estado cenando en un restaurante próximo a la Piazza del Popolo.

Allí, en aquella casa silenciosa, era ya como un sueño lejano e irreal.

Wallander devolvió el papel al escritorio. «A las diez de la noche del miércoles escribió un poema y puso incluso la hora exacta. Al día siguiente Sven Tyrén tiene que suministrarle fuel. Y no está. Y la puerta sin cerrar con llave.»

A Wallander se le ocurrió una idea y fue en busca del depósito de fuel. El contador indicaba que el depósito estaba casi vacío.

Regresó a la casa. Se sentó en un viejo sillón de mimbre y miró a su alrededor.

Algo le decía que Sven Tyrén tenía razón.

Holger Eriksson estaba realmente desaparecido. No sólo ausente.

Al cabo de un rato Wallander se levantó y miró en varios armarios hasta encontrar un par de llaves de repuesto. Cerró con llave y abandonó la casa. La lluvia volvía a ser intensa. Poco antes de las cinco estaba de nuevo en Ystad. Rellenó un impreso en el que se denunciaba la desaparición de Holger Eriksson. Al día siguiente temprano empezaría a buscarle en serio.

Wallander se fue a casa. Paró en el camino y compró una pizza. Luego se sentó ante la tele a comerla. Linda seguía sin llamar. Poco después de las once se acostó y se durmió casi enseguida.

A las cuatro de la mañana fue arrancado abruptamente del sueño por la necesidad de vomitar. Sólo llegó a mitad de camino del lavabo. Al mismo tiempo notó que tenía diarrea. Se le había descompuesto el estómago. No podría asegurar si se debía a la pizza o a una infección que quizás arrastraba desde Italia. A las siete de la mañana estaba tan agotado que llamó a la comisaría para decir que no iría ese día. Habló con Martinsson.

—Supongo que te has enterado de lo que ha pasado —preguntó Martinsson.

—Lo único que sé es que no paro de vomitar y de cagar —contestó Wallander.
—Se ha hundido un transbordador esta noche —continuó Martinsson—. A las afueras de Tallinn. Parece que han muerto cientos de personas. Y la mayoría son suecos. Dicen que había muchos policías en el transbordador.
Wallander sintió de nuevo ganas de vomitar. Pero se mantuvo al teléfono.
—¿Policías de Ystad? —preguntó inquieto.
—No de los nuestros. Pero es horrible lo que ha pasado.
A Wallander le costaba creer lo que decía Martinsson. ¿Cientos de muertos en una catástrofe de navegación? Esas cosas no pasan. Por lo menos, no en las proximidades de Suecia.
—Creo que no puedo seguir hablando —dijo—. Tengo que vomitar otra vez. Pero en mi mesa hay un papel sobre un hombre que se llama Holger Eriksson. Ha desaparecido. Uno de vosotros tiene que ocuparse de ello.
Tiró el auricular y llegó con el tiempo justo al cuarto de baño para vomitar de nuevo. Cuando se encaminaba a la cama, sonó el teléfono.
Esta vez era Mona. Su ex esposa. Le asaltó la preocupación. Ella no llamaba más que cuando pasaba algo con Linda.
—He hablado con Linda —dijo—. No iba en el transbordador.
Wallander tardó un momento en comprender lo que quería decir.
—¿Quieres decir en el transbordador que se ha hundido?
—¿Qué iba a querer decir si no? Cuando cientos de personas mueren en un accidente no puedo por menos de llamar a mi hija y cerciorarme de que está bien.
—Tienes toda la razón, desde luego —dijo Wallander—. Disculpa si tardo en comprender las cosas. Es que estoy enfermo. Tengo vómitos. Gastroenteritis. ¿Podemos hablar otro día, quizá?
—Sólo quería tranquilizarte —dijo ella.
La conversación se acabó. Wallander volvió a la cama.
Pensó un instante en Holger Eriksson. Y en la catástrofe del transbordador que al parecer había ocurrido durante la noche.
Tenía fiebre. No tardó en dormirse.
Casi al mismo tiempo cesó la lluvia.

4

Después de unas horas había empezado a roer las cuerdas. La sensación de que estaba volviéndose loco había estado allí todo el tiempo. No podía ver, algo le tapaba los ojos y oscurecía el mundo. Tampoco podía oír. Algo que habían metido en sus oídos le oprimía los tímpanos. Los sonidos estaban allí. Pero procedían de dentro. Un zumbido interior que pugnaba por salir, no al contrario. Lo que más le atormentaba era, con todo, que no podía moverse. Eso era lo que le estaba volviendo loco. A pesar de que estaba tumbado, completamente tendido de espaldas, tenía todo el tiempo la sensación de que se caía, una caída vertiginosa, sin fin. Tal vez era sólo una alucinación, una imagen exterior del hecho de que se rompía en pedazos por dentro. La locura estaba separando su cuerpo y su conciencia en partes que ya no se relacionaban entre sí.

Sin embargo, intentaba aferrarse a la realidad. Se obligaba desesperadamente a pensar. La racionalidad y la capacidad de mantener la calma al máximo le darían quizá la explicación de lo que había ocurrido. «¿Por qué no podía moverse? ¿Dónde estaba? Y ¿por qué?»

Había intentado combatir el pánico y la insidiosa locura hasta el máximo obligándose a tener control del tiempo. Contaba minutos y horas, se obligaba a seguir una rutina imposible que no tenía principio ni tampoco fin. Como la luz no cambiaba —estaba siempre igual de oscuro, y se había despertado donde yacía, atado, de espaldas— y no tenía memoria de ningún traslado, no había un principio. Podía haber nacido donde estaba.

Era en esa sensación en la que la locura tenía su inicio. Durante los breves instantes en los que lograba alejar de sí el pánico y pensar con claridad, trataba de aferrarse a todo lo que, sin embargo, parecía tener que ver con la realidad.

Había algo de lo que podía partir.

Aquello sobre lo que yacía. Eso no eran figuraciones. Sabía que estaba acostado de espaldas y que aquello sobre lo que estaba acostado era duro.

La camisa se le había arrugado por encima de la cadera izquierda y tenía la piel directamente encima de lo que le sostenía. La superficie era rugosa. Cuando trató de moverse sintió que le raspaba la piel. Estaba sobre un suelo de cemento.

¿Por qué estaba allí? ¿Cómo había llegado allí? Volvió al último punto de partida normal que había tenido, antes de que la repentina oscuridad hubiera caído sobre él. Pero ya ahí empezaba a resultar todo confuso. Sabía lo que había ocurrido. Y sin embargo, no. Y fue al empezar a dudar de lo que eran figuraciones y de lo que había ocurrido realmente cuando cayó presa del pánico. Entonces pudo empezar a llorar. Por poco tiempo, intensamente, pero terminó con idéntica rapidez, puesto que nadie podía oírle. Nunca lloraba cuando nadie le oía. Hay personas que sólo lloran cuando nadie puede oírlas. Pero él no era así.

En realidad, eso era lo único de lo que estaba completamente seguro. De que nadie podía oírle. Dondequiera que se encontrara, dondequiera que se hubiera echado este espantoso suelo de cemento, aunque flotase libremente en un universo por completo desconocido para él, no había nadie cerca. Nadie que pudiera oírle.

Más allá de la acechante locura estaban los únicos puntos de referencia que le quedaban. De todo lo demás había sido despojado, no sólo de su identidad sino también de sus pantalones. *Había sido la noche antes de emprender el viaje a Nairobi. Casi a medianoche; ya había cerrado la maleta y se había sentado a la mesa escritorio para repasar una última vez sus documentos de viaje. Todavía podía verlo todo muy claramente ante sí. Sin saberlo entonces, se encontraba en una sala de espera de la muerte que una persona desconocida había dispuesto para él. El pasaporte estaba a la izquierda del escritorio. Tenía en la mano los pasajes de vuelo. En las rodillas, el sobre de plástico con los billetes de dólares, las tarjetas de crédito y los cheques de viaje, esperando a que los controlara también. Sonó el teléfono. Lo apartó todo, cogió el auricular y contestó.*

Como había sido la última voz viva que había oído, se agarraba a ella con todas las fuerzas que le quedaban. Era el último eslabón que le unía a esa realidad que todavía mantenía la locura a distancia.

Era una hermosa voz, muy suave y agradable, y supo inmediatamente que había hablado con una mujer desconocida. Una mujer a la que nunca en su vida había visto.

Quería comprar rosas. Primero se había disculpado por llamar y molestar tan tarde. Pero tenía una gran necesidad de comprar rosas. No había dicho por qué, pero él la había creído de inmediato. Era inimaginable que alguien fingiese necesitar rosas. No recordaba haber pre-

53

guntado, ni a ella ni a sí mismo, qué era lo que había ocurrido, por qué se había dado cuenta de repente de que no tenía las rosas que necesitaba, a pesar de que era muy tarde y ya no había ninguna floristería abierta.

Pero no había dudado. Vivía cerca de su tienda, aún no era tan tarde como para estar acostado. Le llevaría a lo sumo diez minutos hacerle ese favor.

Ahora que yacía en la oscuridad, recordando, se dio cuenta de que había algo que no podía explicar. *Él había tenido todo el tiempo la sensación de que la mujer que llamaba estaba en un lugar cercano. Había una razón, no se sabía cuál, que hacía que ella le hubiera llamado precisamente a él. ¿Quién era ella? ¿Qué había pasado después?*

Se había puesto el abrigo y había salido a la calle. Llevaba en la mano las llaves de la tienda. No hacía viento, pero una ráfaga fría le alcanzó cuando iba por la calle mojada. Había llovido, un chaparrón repentino que terminó con la misma rapidez con que había empezado. Se había parado delante de la puerta de la tienda que daba a la calle. Se acordaba de que la había abierto y había entrado. Luego, el mundo estalló en pedazos.

No era ya capaz de decir cuántas veces había ido por la calle en sus pensamientos, cuando el pánico cedía un poco, por un instante, haciendo un alto en el constante y tembloroso dolor. Tenía que haber habido alguien allí. «Yo esperaba que hubiera una mujer a la puerta de la tienda. Pero allí no había nadie. Podía haberme dado la vuelta e irme a casa. Podía haberme enfadado porque alguien me había hecho objeto de una broma pesada. Pero abrí la tienda porque sabía que ella vendría. Dijo que necesitaba verdaderamente las rosas.»

Nadie miente sobre rosas.

La calle estaba desierta. Eso lo sabía con seguridad. Un solo detalle en la imagen le inquietaba. Había visto un coche aparcado en algún punto impreciso. Con las luces encendidas. Cuando él se volvió hacia la puerta para buscar el orificio de la cerradura y abrir, el coche estaba a su espalda. Con los faros encendidos. Y después se había hundido el mundo en un penetrante resplandor.

Sólo encontraba una explicación y le ponía histérico de terror: tenía que haber sido un asalto. Detrás de él, en las sombras, había alguien a quien no había visto. Pero ¿una mujer que llama una noche y pide rosas?

No llegaba más allá. Ahí terminaba todo lo que era comprensible y posible de entender con la razón. Y era entonces cuando, con un violento esfuerzo, conseguía retorcer las manos atadas hasta acercarlas a la boca para poder empezar a morder las cuerdas. Al principio había tirado de las cuerdas con los dientes como si fuera un hambriento animal depredador que se echase sobre un cadáver. Enseguida se rompió un diente del maxilar inferior. El dolor fue violento al principio, para desaparecer tan rápidamente como había empezado. Cuando volvió a roer las cuerdas —pensando en sí mismo como un animal apresado que roía su propio hueso para liberarse— lo hizo despacio.

Roer las duras y resecas cuerdas era como una mano piadosa. Si no podía liberarse, al menos al roer alejaba de sí la locura. Mientras mordía las cuerdas podía pensar con relativa claridad. Había sido atacado. Le tenían preso, tirado en el suelo. Dos veces al día, o tal vez por la noche, se oían sonidos rasposos junto a él. Una mano enfundada en un guante le abría la boca y le echaba agua. Nunca otra cosa, agua, ni fría ni caliente. La mano que le cogía las mandíbulas era más decidida que dura. Luego le metían una paja en la boca. Él sorbía un caldo tibio y luego volvía a quedar solo en la oscuridad y el silencio.

Le habían asaltado, estaba atado. Bajo él, un suelo de cemento. Alguien le mantenía con vida. Pensó que ahora llevaba ya una semana allí. Trató de entender por qué. Tenía que haber un error. Pero ¿qué error? ¿Por qué tenía que estar una persona tirada y atada en un suelo de cemento? En alguna parte de su cabeza barruntaba que la locura tenía su origen en una idea que, simplemente, no se atrevía a dejar aflorar. No había ningún error. Lo horroroso que le ocurría estaba destinado justamente a él, a nadie más que a él, y ¿cómo iba a terminar en realidad? La pesadilla quizás iba a durar toda la eternidad y no sabía por qué.

Dos veces al día, o por la noche, le daban agua y comida. Dos veces al día también, le arrastraban por los pies hasta que llegaba a un agujero que había en el suelo. No llevaba pantalones, habían desaparecido. Sólo llevaba la camisa, y lo arrastraban de nuevo hasta el mismo sitio cuando había terminado. No tenía nada con que limpiarse. Además tenía las manos atadas. Notaba olor en torno suyo.

A suciedad. Pero también a perfume.

¿Era una persona que estaba cerca de él? ¿La mujer que quería comprar rosas? ¿O era sólo un par de manos enguantadas? Manos que le arrastraban hasta el agujero del suelo. Y un tenue y casi imperceptible aroma a perfume que se mantenía tras las comidas y las visitas al retrete. De alguna parte tenían que venir las manos y el perfume.

Por supuesto que había tratado de hablar a aquellas manos. En alguna parte tenía que haber una boca. Y oídos. Quienquiera que le hubiera hecho esto debía también poder oír lo que él tenía que decir.

Cada vez que sentía las manos sobre su cara o sus hombros había tratado de hablar de algún modo. Imploraba, se enfurecía, trataba de ser su propio abogado defensor hablando con serenidad y premeditadamente.

«Hay unos derechos», había sostenido, sollozando a veces y a veces furioso. «Unos derechos que incluso los presos tienen. El derecho a saber por qué se ha perdido todo derecho. Si alguien despoja a una persona de ese derecho, el universo ya no tiene el menor sentido.»

Ni siquiera pedía que le dejaran en libertad. Sólo quería, al principio, saber por qué estaba preso. Nada más. Pero por lo menos eso.

No obtenía respuesta. Las manos no tenían cuerpo, no tenían boca, no tenían oídos. Finalmente había rugido y gritado presa de la máxima angustia. Pero ni siquiera se notó la menor reacción en las manos. Sólo la paja en la boca. Y el leve aroma de un perfume intenso y acre.

Vislumbró su perdición. Lo único que le mantenía era el roer tenazmente las cuerdas. Todavía, después de lo que debía de ser ya por lo menos una semana, apenas había podido roer más que la dura superficie de la cuerda. Pero era así como podía imaginarse la única salvación posible. Sobrevivía royendo. Dentro de una semana más, habría regresado del viaje en mitad del cual debería estar ahora mismo, si no hubiera bajado a la tienda a buscar un manojo de rosas. Estaría en el interior de un bosque de orquídeas en Kenia y su conciencia se habría llenado de los aromas más maravillosos. Dentro de una semana le esperaban de vuelta. Y cuando no volviera, Vanja Andersson empezaría a preguntarse qué pasaba. Si es que no lo estaba haciendo ya. Era otra posibilidad que no debía perder de vista. La agencia de viajes debía tener control de sus clientes. Él había pagado su billete, pero nunca había acudido al aeropuerto de Kastrup. Alguien tenía que echarle en falta. Vanja Andersson y la agencia de viajes eran sus únicas posibilidades de salvación. Mientras tanto, él roería las cuerdas para no perder el juicio por completo. El que todavía le quedaba.

Sabía que estaba en el infierno. Pero ignoraba por qué.

El miedo estaba en sus dientes, que tallaban las duras cuerdas. El miedo y la única salvación imaginable.

Seguía royendo.

Y entremedias lloraba. Le daban calambres. Pero, con todo, seguía royendo.

*

Había dispuesto la habitación como un altar.
Nadie podía sospechar el secreto. Nadie que no supiera. Y era ella sola la que tenía ese saber.
Una vez, la habitación había consistido en muchas pequeñas habitaciones. Con techos bajos, sombrías paredes, iluminadas únicamente por la incierta luz que se filtraba por los orificios de las ventanas, encajadas en las profundidades de los gruesos muros. Así era todo la primera vez que ella estuvo allí. En todo caso, en sus recuerdos más tempranos. Aún podía rememorar el verano. Fue la última vez que vio a su abuela materna. A principios de otoño desapareció. Pero aquel verano aún había estado sentada bajo el manzano, y ella misma convertida en una sombra. Tenía casi noventa años y padecía un cáncer. Permaneció sentada, inmóvil, el último verano, inaccesible al mundo, y los nietos tenían la orden de no molestarla. De no gritar cerca de ella, de acercarse a ella sólo cuando ella les llamara.
En una ocasión, la abuela levantó la mano y le hizo seña de que se acercara. Ella fue a su lado con aprensión. La vejez era peligrosa, en ella había enfermedades y muerte, oscuros sepulcros y miedo. Pero su abuela se limitó a mirarla con su dulce sonrisa que el cáncer nunca logró corroer. Tal vez dijera algo; no podía, en tal caso, recordar qué. Pero su abuela había estado allí y había sido un verano feliz. Debía de haber sido en 1952 o 1953. Un tiempo infinitamente lejano. Las catástrofes estaban todavía muy lejos.
Entonces las habitaciones eran pequeñas. Hasta que ella no se hizo cargo de la casa, a finales de los años sesenta, no empezó la gran transformación. No tiró sola todos los tabiques que podían sacrificarse sin riesgo de que la casa se cayera. La habían ayudado algunos primos, jóvenes que querían hacer alarde de sus fuerzas. Pero ella misma le daba al martillo de manera que toda la casa retemblaba y la argamasa caía. Del polvo había emergido luego esta gran habitación y lo único que ella había conservado era el gran horno de amasar que ahora campeaba como una extraña roca en mitad de la habitación. Todos los que aquella vez, después de la gran transformación, entraban en su casa, se asombraban al ver lo bonita que había quedado. Era la antigua casa y, sin embargo, algo completamente distinto. La luz entraba a raudales por las ventanas recientemente abiertas. Si quería penumbra, cerraba las contraventanas de roble macizo que había hecho colocar en la fachada de la casa. Había rescatado los viejos suelos y había dejado que el techo quedara abierto hacia la viguería superior.

Alguien había dicho que recordaba a una iglesia.
Después de aquello, ella también empezó a ver la habitación como su santuario privado. Cuando estaba allí sola, se encontraba en el centro del mundo. Podía sentirse totalmente tranquila, lejos de todos los peligros que acechaban fuera.
Hubo periodos en los que visitaba su catedral raras veces. Los horarios de su vida siempre habían sido muy variables. En varias ocasiones se había planteado también la cuestión de si no debería deshacerse de la casa. Demasiados recuerdos habían sobrevivido a las mazas. Pero no podía dejar la habitación con el gran horno emboscado, la roca blanca que había conservado pero tapiada. El horno se había convertido en una parte de sí misma. A veces lo veía como el último reducto que le quedaba por defender en su vida.
Luego llegó la carta de Argel.
Después de eso, todo cambió.
No volvió nunca más a pensar en dejar su casa.

El miércoles 28 de septiembre llegó a Vollsjö poco después de las tres de la tarde. Había conducido desde Hässleholm y antes de dirigirse a su casa, que estaba a las afueras del pueblo, se paró junto a la tienda a hacer la compra. Sabía lo que quería. De lo único que no estaba segura era de si necesitaba reponer sus reservas de pajillas. Por seguridad cogió un paquete extra. La dependienta la saludó con la cabeza. Ella le devolvió la sonrisa y comentó algo sobre el tiempo. Luego hablaron de la espantosa catástrofe del transbordador. Pagó y siguió conduciendo. Sus vecinos más próximos no estaban. Sólo pasaban un mes de verano en Vollsjö. Eran alemanes, vivían en Hamburgo y nunca iban a Escania más que en julio. Se saludaban pero, por lo demás, no tenían ningún trato.
Abrió la puerta exterior. En el vestíbulo se detuvo a escuchar. Fue hacia la gran sala y se quedó inmóvil junto al horno. Todo estaba en silencio. Exactamente tan en silencio como ella deseaba que estuviera el mundo.
El que yacía allí abajo, en el horno, no podía oírla. Ella sabía que estaba vivo, pero no tenía necesidad de que su respiración la molestase. Tampoco su llanto.
Pensó que una inspiración secreta la había hecho llegar a este inesperado resultado. Para empezar, cuando decidió conservar la casa y no venderla para poner el dinero en el banco. Y después, cuando decidió conservar el horno. No fue hasta más tarde, cuando le llegó la carta de

Argel y ella comprendió lo que tenía que hacer, cuando el horno desveló su verdadero significado.

La alarma del reloj de pulsera interrumpió sus pensamientos. Dentro de una hora llegarían sus invitados. Antes, tenía que darle su comida al hombre que estaba en el horno. Llevaba allí tres días. No tardaría en estar tan débil que ya no podría oponer resistencia. Sacó su horario del bolso y vio que estaba libre desde el próximo domingo por la tarde hasta el martes por la mañana. Entonces tendría que ocurrir. Entonces le sacaría y le contaría lo que había pasado.

No había pensado aún de qué manera le mataría luego. Había diferentes posibilidades. Pero todavía tenía tiempo. Pensaría en lo que él había hecho y entonces comprendería de qué manera tenía que morir.

Fue a la cocina a calentar la sopa. Como era minuciosa con la higiene, había fregado el recipiente cerrado de plástico que usaba cuando le daba de comer. En otro recipiente echó agua. Cada día iba reduciendo la cantidad que le daba. No le daría más que lo estrictamente necesario para mantenerle con vida. Cuando terminó de preparar la comida, se puso un par de guantes de plástico, se echó unas gotas de perfume detrás de las orejas y entró en la habitación en la que estaba el horno. En la parte de atrás había una trampilla escondida tras unas piedras sueltas. Era más bien como un tubo que medía casi un metro y que tenía que sacar con cuidado. Antes de meterle allí dentro había instalado un poderoso altavoz y descorrido la trampilla. Había puesto música a todo volumen, pero no se había oído nada.

Se inclinó hacia delante para poder verle. Cuando puso su mano en una de las piernas del hombre, no se movió. Durante un instante temió que hubiera muerto. Luego le oyó jadear. «Está débil», pensó. «Pronto se acabará la espera.»

Una vez que le hubo dado la comida, acercado al agujero y devuelto a su sitio, cerró la trampilla. Fregó, arregló la cocina y se sentó a la mesa a tomar una taza de café. Sacó del bolso la revista del sindicato y la hojeó despacio. Según el nuevo escalafón, ganaría ciento setenta y cuatro coronas más, retroactivamente desde el primero de julio. Volvió a mirar el reloj. Rara vez pasaban más de diez minutos sin que le echara una mirada. Era una parte de su identidad. Su vida y su trabajo se sostenían sobre una planificación del tiempo minuciosamente elaborada. Nada le hacía tanto daño como que los horarios no pudieran cumplirse. No cabían explicaciones. Lo vivía siempre como una responsabilidad personal. Sabía bien que algunos de sus colegas se reían de ella a sus espaldas. Eso le dolía. Pero nunca decía nada. El silencio era una parte de sí misma. De su propio mecanismo. Aunque no siempre hubiera sido así.

Podía recordar su propia voz. Cuando era pequeña. Era fuerte. Pero no estridente. La mudez había venido luego. Al ver toda la sangre. Y su madre se estaba muriendo. No había gritado aquella vez. Se había escondido en su propio silencio. En él había podido hacerse invisible.

Fue entonces cuando ocurrió. Cuando su madre, acostada en una mesa, sangrando y llorando, la había despojado de la hermana que había esperado tanto tiempo.

Volvió a mirar el reloj. No tardarían en llegar. Era miércoles, el día en que se reunían. Ella hubiera preferido que fuera durante el día. Habría proporcionado más regularidad. Pero su horario no se lo permitía. También sabía que nunca podría influir en ello.

Había colocado cinco sillas. En casa no quería tener más. La intimidad podía perderse. Bastante difícil era ya crear un clima de intimidad tan grande que aquellas mujeres silenciosas se atrevieran a empezar a hablar. Fue al dormitorio y empezó a quitarse el uniforme. Por cada prenda que se quitaba recitaba una oración. Y recordaba el pasado. *Fue su madre la que le había hablado de Antonio. El hombre que una vez, en su juventud, mucho antes de la segunda guerra mundial, conociera en un tren entre Colonia y Munich. No habían encontrado asiento y se quedaron apretujados en el pasillo lleno de humo. Las luces de los barcos que navegaban por el Rin pasaban por fuera de las sucias ventanas; viajaban de noche y Antonio le contó que iba a hacerse sacerdote de la Iglesia católica. Había dicho que la misa empezaba en cuanto los curas se cambiaban de ropa. El sagrado ritual tenía un comienzo que significaba que los sacerdotes pasaban por un procedimiento de purificación. Por cada prenda que se quitaban o se ponían rezaban una oración. Con cada prenda se acercaban un paso más a su sagrada misión.*

Después, nunca pudo olvidar el recuerdo de su madre del encuentro con Antonio en el pasillo del tren. Y ahora, cuando se daba cuenta de que ella misma era una sacerdotisa, una persona que se confería a sí misma la grandiosa misión de predicar que la justicia era sagrada, empezaba también a ver su cambio de ropa como algo más que una simple sustitución de prendas de vestir. Pero las plegarias que rezaba no formaban parte de una conversación con Dios. En un mundo caótico y absurdo, Dios era lo más absurdo de todo. El sello del mundo era un Dios ausente. Las plegarias se las dirigía a sí misma. A la que había sido de niña. Antes de que se le derrumbara todo. Antes de que su madre le hubiera quitado lo que más había deseado. Antes de que los siniestros hombres se hubieran alzando ante ella con miradas que parecían sinuosas serpientes amenazadoras.

Se quitó la ropa rezando y retrocediendo hasta su niñez. Puso el uniforme sobre la cama. Luego se vistió con telas blandas de colores suaves. Algo ocurría en su interior. Era como si se transformase su piel, como si su piel volviera también a ser una parte de aquella niña.

Por último, se puso la peluca y las gafas. La oración final se fue apagando en su interior. «Arre, arre, caballito, el caballo no tiene nombre, nombre, nombre...»

Pudo oír cómo el primer coche frenaba en el patio. Se miró la cara en el gran espejo. *No era la Bella Durmiente la que había despertado de su sueño. Era la Cenicienta.*

Estaba lista.

Ahora era otra. Puso su uniforme en una bolsa de plástico, estiró la colcha y salió de la habitación. Aunque nadie más iba a entrar en ella, cerró la puerta con llave y se aseguró de ello con el picaporte.

Poco antes de las seis estaban reunidas. Pero faltaba una de las mujeres. Una de las presentes contó que la habían llevado al hospital la noche antes porque le habían empezado los dolores. Con dos semanas de adelanto. A lo mejor a esas horas ya había nacido el niño.

Ella decidió enseguida ir a visitarla al hospital al día siguiente. Quería verla. Quería ver su cara después de todo lo que había sufrido.

Luego escuchó sus historias. De vez en cuando hacía un ademán como si escribiese algo en el cuaderno que tenía en la mano. Pero sólo escribía cifras. Hacía horarios todo el tiempo. Cifras, horas, distancias. Era un juego que la seguía siempre, un juego que se había vuelto más y más como un conjuro. No necesitaba apuntar nada para recordar. Todas las palabras que articulaban las asustadas voces, toda la angustia que ahora se atrevían a manifestar se quedaban grabadas en su conciencia. Podía ver cómo se aliviaba algo en cada una de ellas. Tal vez sólo por un instante. Pero ¿qué era la vida más que una sucesión de instantes? *Los horarios de nuevo. Horas que se encontraban, que se sucedían. La vida era como un péndulo. Iba de un lado a otro entre dolor y alivio. Sin interrupción, siempre.*

Estaba sentada de manera que podía ver el gran horno detrás de las mujeres. La luz era tenue. La habitación estaba en una suave penumbra. Ella se imaginaba la luz como algo femenino. El horno era como una roca, inmóvil, mudo, en medio de un mar desierto.

Estuvieron hablando un par de horas. Luego tomaron té en la cocina. Todas sabían cuándo volverían a reunirse la próxima vez. Nadie tendría nunca la menor duda acerca de las horas que les daba.

Eran las ocho y media cuando las acompañó hasta la salida. Les dio la mano, recibió su agradecimiento. Cuando el último coche hubo desaparecido, volvió a la casa. En el dormitorio cambió su ropa, la peluca y las gafas. Cogió la bolsa de plástico con el uniforme y salió de la habitación. En la cocina lavó las tazas del té. Luego apagó todas las luces y cogió el bolso.

Durante un breve instante se quedó quieta en la oscuridad junto al horno. Todo estaba en silencio.

Luego se fue de la casa. Estaba lloviznando. Se sentó en el coche y condujo hacia Ystad.

Antes de la medianoche, ya dormía en su cama.

5

Cuando Wallander despertó el jueves por la mañana, se sintió descansado. Las molestias del estómago habían cesado. Se levantó poco después de las seis y vio en el termómetro que estaba fuera de la ventana de la cocina, que la temperatura era de cinco grados sobre cero. Pesadas nubes cubrían el cielo. Las calles estaban mojadas. Pero no llovía. Llegó a la comisaría poco después de las siete. Seguía reinando la tranquilidad de la mañana. Cuando iba por el pasillo hacia su despacho, se preguntó si habrían logrado encontrar a Holger Eriksson. Se quitó la chaqueta y se sentó en el sillón. En la mesa había unas notas de teléfonos. Ebba le recordaba que tenía hora con el óptico ese día. Se le había olvidado. Al mismo tiempo comprendía que era una visita ineludible que tenía por delante. Necesitaba gafas para leer. Si pasaba demasiado rato inclinado sobre sus papeles, le entraba dolor de cabeza y las letras empezaban a moverse, a juntarse y a borrarse. Pronto cumpliría cuarenta y siete años. Eso era un hecho. La edad se hacía sentir. En otra nota vio que Per Åkeson quería hablar con él. Como Åkeson era madrugador, le llamó inmediatamente a la fiscalía, que estaba en otra parte del edificio de la policía. Le dijeron que Åkeson estaría en Malmö todo el día. Wallander dejó la nota a un lado y fue a buscar una taza de café. Luego se echó hacia atrás en su silla y trató de esbozar una estrategia para avanzar en lo del contrabando de coches del que tenía que ocuparse. En toda criminalidad organizada había por lo general un punto débil, una articulación que podía romperse si se recargaba con la dureza suficiente. Para que la policía tuviera una mínima esperanza de detener a los contrabandistas, tenían que concentrarse en encontrar precisamente ese punto.

El timbre del teléfono interrumpió sus pensamientos. Era Lisa Holgersson, la nueva jefa, que le daba la bienvenida por su regreso a casa.

—¿Qué tal el viaje? —preguntó.

—Resultó estupendo —contestó Wallander.

—Uno redescubre a sus padres —dijo ella.

—Y ellos tal vez cambian de opinión respecto a sus hijos.
Ella se excusó rápidamente. Wallander oyó que alguien entraba en su despacho y decía algo. Pensó que Björk nunca le hubiera preguntado cómo le había ido el viaje. Ella volvió al auricular.
—He estado unos días en Estocolmo. Y el viaje tuvo poco de divertido.
—¿Qué es lo que se les ha ocurrido ahora?
—Me refiero al *Estonia*. A todos los policías que murieron.
Wallander guardó silencio. Se le debía haber ocurrido a él.
—Podrás imaginarte el ambiente que se respiraba —continuó ella—. ¿Cómo íbamos a estar allí sentados discutiendo problemas de coordinación entre la Jefatura Nacional y los diferentes distritos de la policía del país?
—Ante la muerte estamos tan indefensos como los demás —dijo Wallander—. Aunque quizá no debiera ser así. Hemos visto tanto... Nos parece que estamos acostumbrados. Pero no lo estamos.
—Se hunde un transbordador una noche tormentosa y de pronto la muerte vuelve a hacerse visible en Suecia. Después de haberla escondido y negado todo lo posible.
—Seguramente tienes razón. Aunque no lo he pensado.
La oyó aclararse la garganta por el teléfono. Al cabo de unos segundos volvió a hablar.
—Discutimos problemas de cooperación —dijo—. Y la eterna cuestión de las prioridades.
—Yo pienso que tenemos que detener delincuentes —dijo Wallander—. Y llevarlos a los tribunales y ocuparnos de aportar las pruebas suficientes para que sean condenados.
—Si fuera así de fácil... —suspiró ella.
—Me alegro de no ser jefe.
—Yo también me pregunto a veces... —dijo y dejó la continuación en el aire. Wallander creyó que iba a dar por terminada la conversación, pero volvió a hablar.
—Prometí que irías a la Academia de Policía a primeros de diciembre. Quieren que des una conferencia sobre la investigación que hicimos aquí el verano pasado. Si no me equivoco, lo han pedido los propios alumnos.
Wallander se quedó horrorizado.
—No puedo. Yo no soy capaz de estar delante de un grupo de personas haciendo como que enseño algo. Que lo haga otro. A Martinsson se le da bien hablar. Estuvo a punto de dedicarse a la política en una ocasión.

—Prometí que irías tú —dijo ella riéndose—. Seguro que saldrá bien.
—Me daré de baja por enfermedad —contestó Wallander.
—Falta mucho aún hasta diciembre. Ya hablaremos de ello más adelante. En realidad, lo que quería es saber qué tal había salido el viaje. Ya veo que salió muy bien.
—Y aquí todo está tranquilo —respondió Wallander—. Sólo tenemos una desaparición. Pero se han ocupado de ella otros.
—¿Una desaparición?

Wallander informó brevemente de su conversación con Sven Tyrén y de la preocupación porque Holger Eriksson no estaba en casa cuando le llevó el fuel.

—¿Con cuánta frecuencia ocurre algo verdaderamente serio? —preguntó ella después—. Cuando desaparece alguien. ¿Qué dicen las estadísticas?

—Lo que dicen, no lo sé —contestó Wallander—. Pero sé en cambio que muy raras veces ha ocurrido un crimen o una desgracia. Cuando se trata de personas viejas y seniles, lo más probable es que se hayan perdido. Cuando se trata de jóvenes, lo que hay detrás es, sobre todo, rebeldía ante los padres o ganas de aventura. Muy raras veces ocurre algo serio.

Wallander recordó la última vez que había ocurrido. Pensó con disgusto en aquella agente inmobiliario que desapareció y luego la encontraron asesinada, tirada en un pozo. Había sucedido unos años antes y fue una de sus experiencias más desagradables como policía.

Terminaron de hablar. Wallander estaba firmemente decidido a no acudir a la Academia de Policía para dar la conferencia. Claro que era halagador que se lo hubieran pedido. Pero el desagrado era más fuerte. Pensaba también que podría convencer a Martinsson de que fuera en su lugar.

Regresó a sus pensamientos sobre los contrabandistas de coches. Buscó mentalmente el eslabón por el que podrían romper la organización. Poco después de las ocho fue a buscar más café. Como tenía hambre, cogió también unos bizcochos. El estómago ya no parecía estar mal. Acababa de sentarse cuando Martinsson llamó a la puerta y entró.

—¿Estás mejor? —preguntó.
—Estoy bien —dijo Wallander—. ¿Cómo va lo de Holger Eriksson?

Martinsson le miró sin comprender.
—¿Lo de quién?
—Holger Eriksson. El hombre del que escribí un informe y que puede estar desaparecido. Te hablé de él por teléfono.

Martinsson negó con la cabeza.

65

—¿Cuándo me lo dijiste?
—Ayer por la mañana. Cuando estaba enfermo —dijo Wallander.
—Pues no debí de darme cuenta. Estaba bastante alterado por el accidente del transbordador.
Wallander se levantó del sillón.
—¿Ha llegado Hansson? —preguntó—. Tenemos que ocuparnos de esto inmediatamente.
—Le vi por el pasillo —contestó Martinsson.
Fueron a su despacho. Hansson estaba sentado contemplando un billete de lotería caducado cuando ellos entraron. Lo rompió y dejó caer los trozos en la papelera.
—Holger Eriksson —dijo Wallander—. El hombre que tal vez haya desaparecido. ¿Te acuerdas del camión cisterna que bloqueó la entrada de esta casa el martes?
Hansson afirmó con la cabeza.
—El hombre que se llamaba Sven Tyrén —continuó Wallander—. Que tú te acordabas de que había estado implicado en algunas historias de malos tratos.
—Me acuerdo —dijo Hansson.
A Wallander le costaba trabajo disimular su impaciencia.
—Pues vino a denunciar la desaparición de una persona. Yo cogí el coche y fui a la finca donde vive Holger Eriksson y de donde se supone que ha desaparecido. Escribí un informe sobre ello. Luego, cuando me puse enfermo ayer por la mañana, llamé por teléfono y dije que os ocupaseis del asunto. Me pareció grave.
—Seguramente ha quedado a la espera —dijo Martinsson—. La culpa es mía.
Wallander comprendió que no podía enfadarse.
—Estas cosas, en realidad, no deben ocurrir —dijo—. Pero podemos decir, claro está, que fue por culpa de una serie de circunstancias desafortunadas. Voy a ir a la finca otra vez. Si no está allí, tenemos que empezar a buscarle. Espero que no le encontremos muerto en cualquier sitio. Pensando en que han pasado veinticuatro horas completamente inútiles.
—¿Vamos a hacer una batida? —preguntó Martinsson.
—Aún no —dijo Wallander—. Voy a ir yo primero. Pero llamaré.
Wallander fue a su despacho y buscó en el listín de teléfonos el número de las gasolineras OK. Respondió una chica a la primera llamada. Wallander se presentó y dijo que tenía que hablar con Sven Tyrén.
—Está haciendo el reparto —dijo la chica—. Pero tiene teléfono en la cabina.

Wallander escribió el número en el margen de uno de los memorandos de la Jefatura Nacional de Policía. Luego marcó el número. El auricular chirrió cuando contestó Sven Tyrén.
—Me parece que es posible que tengas razón —dijo Wallander—. Que Holger Eriksson ha desaparecido.
—Pues claro que tengo razón, joder —contestó Tyrén—. ¿Tanto tiempo hace falta para entenderlo?
Wallander no contestó a la pregunta.
—¿Hay alguna otra cosa que deberías contarme? —preguntó en cambio.
—¿Por ejemplo?
—Tú sabrás. ¿No tiene parientes a quienes visitar? ¿No viaja? ¿Quién le conoce bien? Todo lo que pueda explicar que no esté.
—No hay ninguna explicación —contestó Tyrén—. Ya lo he dicho. Por eso fui a la policía.
Wallander reflexionó. No había ninguna razón para que Sven Tyrén no dijese la verdad. Su preocupación era absolutamente auténtica.
—¿Dónde estás ahora? —preguntó Wallander.
—Estoy de regreso de Malmö —contestó Tyrén—. He estado en la terminal reponiendo.
—Yo cojo el coche y voy a la finca de Eriksson —dijo Wallander—. ¿Puedes pasar por allí?
—Sí —contestó Tyrén—. Dentro de una hora estoy allí. Sólo tengo que hacer antes una entrega en una residencia de ancianos. No vaya a ser que los viejos pasen frío.
Wallander puso fin a la conversación y abandonó el edificio de la policía. Había empezado a lloviznar.

No se sentía contento mientras dejaba atrás Ystad. Si no hubiera tenido mal el estómago, nunca habría ocurrido el malentendido.
Ahora también estaba convencido de que la inquietud de Sven Tyrén no era injustificada. En el fondo, lo sabía desde el martes. Y ahora era jueves. Y no había pasado nada.
Cuando llegó a la finca de Holger Eriksson, la lluvia se había intensificado. Se puso las botas de goma que guardaba en el maletero. Cuando abrió el buzón de correos, vio que había un periódico y unas cuantas cartas. Entró en el patio y llamó a la puerta. Luego abrió con las llaves de repuesto. Trató de descubrir si había estado allí alguien. Pero todo estaba como cuando él lo había dejado. La funda de los prismáticos, en la pared del vestíbulo, seguía estando vacía. El papel soli-

tario estaba sobre el escritorio. Wallander salió al patio de nuevo. Durante un momento se quedó quieto contemplando pensativo una caseta vacía. En algún lugar en un sembrado alborotaba una bandada de cornejas. Alguna liebre muerta, pensó ausente. Luego fue a su coche y cogió una linterna. Empezó a buscar por toda la casa metódicamente. Holger Eriksson mantenía un orden ejemplar por todas partes. Wallander se pasó un buen rato admirando una vieja Harley-Davidson, pulida y reluciente, que estaba en un ala de la finca que era una combinación de garaje y taller. Al mismo tiempo, oyó que un camión se acercaba por la carretera. Salió y se encontró con Sven Tyrén. Wallander sacudió la cabeza negativamente cuando Tyrén se bajó de la cabina y le miró.

—Aquí no está —dijo Wallander.

Entraron en la casa. Wallander llevó a Tyrén a la cocina. En uno de los bolsillos de la chaqueta encontró unos papeles doblados; pero no un lápiz. Cogió el que estaba en el escritorio junto al poema sobre el pico mediano.

—Yo ya no tengo nada más que decir —dijo Sven Tyrén con una actitud de repulsa—. ¿No sería mejor que empezaseis a buscarle de una vez?

—Uno siempre tiene algo más que decir de lo que cree —dijo Wallander sin disimular que la actitud de Tyrén le había irritado.

—¿Qué es lo que yo no sé que sé?

—¿Hablaste tú con él cuando encargó el fuel?

—Él llamó a la oficina. Tenemos una chica allí. Es la que escribe los albaranes. Ella siempre sabe dónde estoy. Hablamos por teléfono varias veces al día.

—¿Y él estaba como siempre cuando llamó?

—Eso casi tienes que preguntárselo a ella.

—Lo haré —dijo Wallander—. ¿Cómo se llama?

—Rut. Rut Eriksson.

Wallander apuntó.

—Me paré aquí un día a principios de agosto —dijo Tyrén—. Fue la última vez que le vi. Y estaba como siempre. Me invitó a tomar café y me leyó un par de versos que acababa de escribir. Además contaba chistes muy bien. Pero eran muy fuertes.

—¿Qué quieres decir? ¿Fuertes?

—Casi me hacían salir los colores.

Wallander le miró con fijeza. Luego se dio cuenta de repente de que estaba pensando en su padre, que también sabía contar chistes fuertes.

—¿No te dio nunca la impresión de que se estaba volviendo senil?
—Tenía la cabeza tan clara como tú y yo juntos.
Wallander contempló a Tyrén mientras trataba de decidir si había sido objeto de un agravio o no. Lo dejó pasar por alto.
—¿No tiene familia?
—No había estado casado nunca. No tiene hijos. Ninguna amiga. No que yo sepa.
—¿Y otros parientes?
—No hablaba nunca de nadie. Había decidido que todos sus bienes los heredaría no sé qué institución de Lund.
—¿Qué institución?
Tyrén se encogió de hombros.
—Una especie de museo local. Qué sé yo.
Wallander pensó con cierto malestar en los Amigos del Hacha. Luego dio por supuesto que Holger Eriksson había pensado que la asociación Kulturen de Lund heredase su finca. Tomó nota en sus papeles.
—¿Sabes si tiene alguna otra cosa?
—Como... ¿por ejemplo?
—Otra finca tal vez. Un edificio en la ciudad. Quizás un piso.
Tyrén pensó antes de contestar.
—No —dijo luego—. Tenía sólo esta finca. El resto está en el banco. En el Banco Comercial.
—¿Cómo lo sabes?
—Las facturas de fuel las pagaba a través del Banco Comercial.
Wallander asintió. Dobló sus papeles. No tenía nada más que preguntar. Ahora estaba convencido de que algo le había pasado a Holger Eriksson.
—Ya te daré noticias —dijo Wallander levantándose.
—¿Qué va a pasar ahora?
—La policía tiene sus rutinas —contestó Wallander.
Salieron al patio.
—Yo me quedaría encantado para ayudar a buscarle —dijo Tyrén.
—Mejor que no —contestó Wallander—. Preferimos hacer esto a nuestro modo.
Sven Tyrén no protestó. Se subió al camión cisterna y demostró su habilidad como conductor al dar la vuelta en el pequeño espacio que tenía a su disposición. Wallander se quedó viendo cómo desaparecía el vehículo. Después se puso en la linde de los sembrados y miró en dirección a un bosquecillo que se divisaba en la lejanía. La bandada de cornejas seguía alborotando. Wallander sacó el teléfono del bolsillo y llamó a la central. Pidió que le pusieran con Martinsson.

—¿Qué tal va eso? —preguntó Martinsson.
—Empezaremos con una batida —contestó Wallander—. Hansson tiene la dirección. Quiero que se haga lo más pronto posible. Empieza enviando aquí un par de patrullas con perros.

Wallander estaba a punto de terminar la conversación cuando Martinsson le retuvo.

—Hay una cosa más —añadió—. Busqué en el ordenador si teníamos algo sobre Holger Eriksson. Sólo por rutina. Y teníamos.

Wallander apretó el auricular sobre la oreja. Al mismo tiempo se movió hasta quedar de pie bajo un árbol al abrigo de la lluvia.

—¿Qué? —preguntó.
—Hace cosa de un año denunció que le habían entrado en la casa. Por cierto, ¿es verdad que la finca se llama El Retiro?
—Así es —contestó Wallander—. ¡Sigue!
—La denuncia fue registrada el 19 de octubre de 1993. Svedberg se ocupó del asunto. Le pregunté, pero se ha olvidado de todo hace tiempo.
—¿Qué pasó? —preguntó Wallander.
—La denuncia de Holger Eriksson era un poco rara —dijo Martinsson un tanto dudoso.
—¿Cómo que rara? —preguntó Wallander con impaciencia.
—No habían robado nada. Pero él estaba seguro de que alguien había entrado en su casa.
—¿Y qué pasó luego?
—Nada. Se sobreseyó todo. Ni siquiera mandamos a nadie puesto que no faltaba nada. Pero la denuncia está aquí. Y la puso Holger Eriksson.
—Qué extraño —dijo Wallander—. Ya lo veremos más despacio. Ocúpate de que las patrullas con los perros lleguen cuanto antes.

Martinsson se echó a reír al teléfono.

—¿No hay nada que te choque en la denuncia de Eriksson? —preguntó.
—¿Cómo?
—Que es la segunda vez en el curso de unos días que hablamos de robos en los que no se ha robado nada.

Wallander comprendió que Martinsson tenía razón. Nada faltaba tampoco en la floristería de la calle de Västra Vallgatan.

—Ahí se acaban todas las semejanzas —dijo Wallander.
—El dueño de la floristería está también desaparecido —replicó Martinsson.

—No —contestó Wallander—. Está en Kenia. No ha desaparecido. En cambio Holger Eriksson sí parece que ha desaparecido.

Wallander puso fin a la conversación y se metió el teléfono en el bolsillo. Se cerró bien la chaqueta. Regresó al garaje y siguió buscando. Qué era lo que buscaba, no lo sabía muy bien. Nada importante habría de ocurrir antes de que llegaran las patrullas con los perros. Entonces organizarían la batida y empezarían a hablar con los vecinos. Al cabo de un rato interrumpió la búsqueda y volvió a la casa. En la cocina tomó un vaso de agua. Las cañerías restallaron cuando abrió el grifo. Otra señal de que nadie había estado en la casa en varios días.

Mientras vaciaba el vaso contempló distraídamente las cornejas que alborotaban en la lejanía. Posó el vaso y volvió a salir. Llovía persistentemente. Las cornejas graznaban. De pronto Wallander se detuvo. Se acordó de la funda de prismáticos vacía que colgaba de la pared junto a la puerta de la calle. Se quedó completamente inmóvil tratando de pensar. Luego echó a andar despacio por el borde del sembrado. El barro se apelmazaba bajo las botas. Vio un sendero que atravesaba el sembrado. Lo siguió con la mirada y vio que llevaba al montículo de la torre. Calculó la distancia en unos doscientos metros. Echó a andar por él. El barro estaba más duro. No se pegaba a las botas. Las cornejas volaron hacia el campo, desaparecieron y volvieron otra vez. Wallander pensó que allí debía de haber una hondonada o un foso. Siguió andando. La torre se hacía más visible. Supuso que se usaba en la caza de liebres o de corzos. En la parte inferior del montículo, por el lado opuesto, había un bosquecillo. Probablemente era también propiedad de Eriksson. Luego vio que lo que tenía delante era un foso. Algunas gruesas tablas parecían haberse hundido. Las cornejas alborotaban cada vez más conforme se acercaba. Después emprendieron el vuelo hacia arriba, todas al mismo tiempo, y desaparecieron. Wallander siguió andando hasta el foso y miró hacia abajo.

Se sobresaltó y dio un paso atrás. Inmediatamente sintió ganas de vomitar.

Después diría que aquello era de lo peor que había visto nunca. Y durante sus numerosos años como policía se había visto obligado a ver muchas cosas que hubiera preferido no ver.

Pero allí, con la lluvia mojándole el interior de la chaqueta y la camisa, tardó en darse cuenta de qué era lo que veía. Lo que tenía delante era algo extraño e irreal. Algo con lo que jamás se había encontrado antes.

Lo único completamente claro era que en el foso había una persona muerta.

Se puso en cuclillas con precaución. Se dio cuenta de que tuvo que obligarse a mirar. El foso era profundo, dos metros por lo menos. Una serie de afiladas estacas estaban clavadas en el fondo de la zanja. En esas estacas había un hombre ensartado. Las estacas ensangrentadas, con sus extremos como puntas de lanza, habían atravesado el cuerpo en algunas partes. El hombre yacía boca abajo. Colgaba de las estacas. Las cornejas le habían picoteado la nuca. Wallander se incorporó. Notó que le temblaban las piernas. En algún lugar, a lo lejos, oyó coches que se acercaban. Supuso que eran las primeras patrullas con perros. Dio un paso atrás. Las estacas parecían de bambú. Como gruesas cañas de pescar, con puntas afiladas como punzones. Luego observó los tablones que se habían caído en el foso. Como el sendero continuaba del otro lado, tenían que haber formado una pasarela. ¿Por qué se habían roto? Eran tablones gruesos que podían aguantar mucha carga. Además, el foso no tenía más de dos metros de anchura.

Cuando oyó ladrar a un perro se volvió y se encaminó hacia la finca. Se encontraba muy mal. Además tenía miedo. Una cosa era encontrar a una persona asesinada. Pero ¿la manera en que ello había ocurrido. «Alguien había clavado afiladas estacas en el fondo del foso. El hombre había sido atravesado por ellas.»

Hizo un alto en el sendero y respiró hondo.

Le rondaban por la cabeza recuerdos del verano. ¿Iba a volver a ocurrir? ¿No había límites de ninguna clase a lo que podía suceder en el país? ¿Quién es capaz de atravesar a un anciano con estacas en un foso?

Siguió andando. Delante de la casa esperaban dos policías con perros. Vio también a Ann-Britt Höglund y a Hansson.

Ambos llevaban impermeables con capucha.

Cuando Wallander llegó al final del sendero y entró en el patio adoquinado, ellos vieron inmediatamente que algo había sucedido.

Wallander se secó la lluvia de la cara y dijo lo que pasaba. Se dio cuenta de que se le quebraba la voz. Se volvió y señaló la bandada de cornejas que había vuelto cuando él dejó el foso.

—Está allí abajo —anunció—. Está muerto. Es un asesinato. Hay que pedir movilización general.

Esperaron a que dijera algo más.

Pero no dijo nada.

6

A la caída de la noche del jueves 29 de septiembre, los policías habían levantado una protección contra la lluvia encima del foso en el que colgaba el cadáver de Holger Eriksson, atravesado por nueve estacas de bambú. El barro ensangrentado que había en el fondo de la zanja se subió a paladas. El macabro trabajo y la persistente lluvia hacían del lugar del crimen uno de los más lúgubres y repugnantes que Wallander y sus colegas hubieran visto jamás. El barro se adhería y se quedaba pegado a sus botas, tropezaban con cables eléctricos que serpenteaban por el barro y la intensa luz de los reflectores que se habían colocado reforzaba la impresión de irrealidad y malestar. Para entonces también habían localizado a Sven Tyrén, que identificó al hombre que colgaba de las estacas. Era Holger Eriksson, de ello no cabía la menor duda. La búsqueda del desaparecido había terminado antes de empezar. Tyrén estuvo notablemente sereno, como si en realidad no fuera consciente de lo que tenía delante de sus ojos. Luego anduvo moviéndose sin parar durante varias horas por fuera de los acordonamientos, sin decir una palabra, hasta que Wallander se dio cuenta de pronto de que había desaparecido.

Wallander se había sentido como una rata cautiva y empapada de agua allí abajo en el foso. Había visto en sus colaboradores más próximos que sólo a base de esforzarse al máximo soportaban lo que estaban haciendo. Tanto Svedberg como Hansson habían tenido que dejar el foso en diferentes ocasiones a causa de un malestar súbito. Pero Ann-Britt Höglund, a quien él hubiera querido mandar a casa ya a primeras horas de la tarde, parecía sorprendentemente indiferente a lo que se traía entre manos. Lisa Holgersson acudió en cuanto Wallander encontró el cuerpo. Había organizado el difícil lugar del crimen de modo que la gente no resbalara y cayera sin necesidad. En una ocasión, un joven aspirante a policía tropezó en el barro y cayó al foso. Se hirió en una mano con una de las estacas y el médico, que estaba tratando de ver cómo subir el cadáver, tuvo que ocuparse de la cura. Wallander vio casualmente cómo resbalaba el aspirante y se dio cuenta, en un relámpago, cómo había tenido lugar la caída y la muerte de

Holger Eriksson. Casi lo primero que él había hecho, junto con Nyberg, que era el técnico, fue estudiar las gruesas tablas. Sven Tyrén había confirmado que estaban puestas a modo de pasarela sobre el foso. Fue el propio Holger Eriksson quien las puso allí. En una ocasión, Tyrén le había acompañado a la torre del montículo. Wallander se dio cuenta de que Holger Eriksson era un apasionado observador de pájaros. Aquella no era una torre de caza sino de observación. Los prismáticos de la funda vacía los encontraron colgando del cuello de Holger Eriksson. Sven Nyberg no tardó muchos minutos en comprobar que los tablones habían sido serrados hasta que su capacidad de aguante se había vuelto casi inexistente. Wallander, después de esa información, salió del foso y se alejó para poder pensar, intentando ver el desarrollo de los hechos. Pero no había podido. Sólo cuando Nyberg hubo comprobado que los prismáticos estaban provistos del aparato que permitía ver en la oscuridad, empezó Wallander a barruntar cómo había ocurrido todo. Al mismo tiempo le costaba aceptar su propia composición de lugar. Si estaba en lo cierto, tenían ante sí un lugar del crimen preparado y planeado con una perfección tan espeluznante y brutal que casi parecía inverosímil.

Bien entrada la noche empezaron la labor de extraer el cuerpo de Holger Eriksson del foso. Junto con el médico y Lisa Holgersson, se habían visto obligados a decidir entre arrancar las estacas, serrarlas o elegir la casi insoportable opción de desclavar el cuerpo.

Eligieran esto último, por consejo de Wallander. Él y sus colaboradores necesitaban ver el lugar del crimen tal y como era antes de que Holger Eriksson pisase los tablones y se precipitase hacia su muerte. Wallander se sintió obligado a participar en esta desagradable fase final en la que desclavaron y, posteriormente, trasladaron el cuerpo de Holger Eriksson. Era más de medianoche cuando terminaron, la lluvia había amainado sin dar señales de querer cesar, y lo único que se oía era el generador eléctrico y el ruido de pies enfundados en botas, chapoteando en el barro.

Luego se produjo un instante de inactividad. No pasaba nada. Alguien apareció con café. Caras cansadas brillaban fantasmagóricas en la intensa luz blanca. Wallander pensó que tenía que sobreponerse y dar una visión de conjunto de la situación. ¿Qué había ocurrido, en realidad? ¿Cómo iban a continuar? Ahora todos estaban agotados y ya era muy tarde. Se sentían afectados, empapados de agua y hambrientos. Martinsson tenía un teléfono pegado a la oreja. Wallander se preguntó distraídamente si estaría hablando con su mujer, siempre tan inquieta. Pero cuando terminó la conversación y se guardó el teléfono en el bolsillo, les informó de que un meteorólogo de guardia había asegurado que la lluvia cesaría durante la noche. Wallander decidió que lo mejor que podían hacer ahora era esperar al amanecer. Aún no habían empezado a perseguir a un posible asesino, buscaban todavía unos cuantos puntos de partida en los que pudieran concentrarse. Las patrullas con perros que habían acudido al lugar para empezar la búsqueda de Holger Eriksson no habían encontrado ningún rastro. En una ocasión, durante la noche, Wallander y Nyberg subieron a la torre, pero no pudieron ver ni encontrar nada que les hiciera avanzar. Como Lisa Holgersson estaba allí todavía, Wallander se dirigió a ella.

—Ahora mismo no hacemos nada —dijo—. Yo propongo que nos reunamos aquí de nuevo al amanecer. Lo mejor que podemos hacer es descansar.

Nadie tuvo nada que objetar. Todos querían irse de allí. Todos, excepto Sven Nyberg. Wallander sabía que él se quedaría. Seguiría con su trabajo durante la noche y estaría allí cuando ellos volviesen. Cuando ya los otros empezaban a moverse hacia los coches que estaban en el patio, Wallander se quedó rezagado.

—¿Qué piensas? —preguntó.

—No pienso nada —contestó Sven Nyberg—. Nada, salvo que nunca en mi vida he visto cosa parecida.

Wallander asintió en silencio. Tampoco él había visto nada semejante.

Se quedaron mirando el foso. El plástico estaba levantado.

—¿Qué es, en realidad, lo que estamos viendo? —preguntó Wallander.

—Una copia de una trampa asiática para animales salvajes —contestó Nyberg—. También se usa en las guerras.

Wallander asintió.

—En Suecia no hay un bambú así de fuerte —siguió Nyberg—. Lo importamos como cañas de pescar o como material de decoración.

—Además, aquí en Escania no hay animales salvajes —dijo Wallander pensativo—. Y tampoco hay guerra. ¿Qué es entonces esto que estamos viendo ahora mismo?

—Algo que está fuera de lugar aquí —respondió Nyberg—. Algo que no se corresponde. Y que me da miedo.

Wallander le miró con atención. Eran raras las veces que Nyberg hablaba tanto. Que además expresara desagrado y miedo era completamente insólito.

—No trabajes hasta muy tarde —dijo a modo de despedida.

Nyberg no contestó.

Wallander saltó por encima del acordonamiento, saludó con un gesto a los policías que vigilarían el lugar del crimen durante la noche y siguió hacia la finca. En mitad del sendero estaba Lisa Holgersson, que se había detenido para esperarle. Tenía una linterna en la mano.

—Tenemos periodistas allá arriba —dijo—. ¿Qué podemos decirles?

—No mucho —contestó Wallander.

—Ni siquiera podemos darles el nombre de Holger Eriksson —replicó ella.

Wallander reflexionó antes de contestar.

—Creo que sí podemos —dijo luego—. Me hago responsable de que ese conductor del camión cisterna sabe verdaderamente lo que dice. Que Holger Eriksson no tenía familiar alguno. Si no tenemos a nadie a quien darle la noticia de la muerte, igual nos da revelar su nombre. Hasta puede ayudarnos.

Siguieron andando. A lo lejos, detrás de ellos, brillaban los reflectores fantasmalmente.

—¿Podemos decir algo más? —preguntó ella.

—Que se trata de un asesinato —contestó Wallander—. Eso, por lo menos, sí que lo podemos establecer con toda seguridad. Pero no tenemos motivo, ni pista alguna del asesino.

—¿Te has hecho alguna composición de lugar?

Wallander notó lo cansado que estaba. Cada idea, cada palabra que tenía que pronunciar le costaba un esfuerzo casi insuperable.

—No he visto nada más que lo que has visto tú —dijo—. Pero todo está perfectamente planeado. Holger Eriksson ha caído directo en una trampa que le ha atrapado. Eso hace que se puedan sacar por lo menos tres conclusiones sin mayor dificultad.

Volvieron a detenerse. Ahora la lluvia había amainado bastante.

—En primer lugar, podemos partir de la base de que quien hizo esto conocía a Holger Eriksson y algunas de sus costumbres —empezó Wallander—. En segundo lugar, el autor estaba verdaderamente decidido a matarle.

Wallander hizo ademán de echar a andar de nuevo.

—¿Dijiste que sabíamos tres cosas?

Wallander contempló su cara pálida a la luz de la linterna. Se preguntó vagamente cómo sería su propio aspecto. ¿Se le habría disuelto con la lluvia nocturna el color tostado del viaje a Italia?

—El criminal no quería únicamente quitarle la vida a Holger Eriksson —dijo—. También quería hacerle daño. Holger Eriksson puede haber estado colgado de esas estacas bastante tiempo antes de morir. Nadie podía oírle. Sólo las cornejas. Tal vez los médicos puedan decirnos más adelante cuánto tiempo duró su tormento.

Lisa Holgersson hizo muecas de malestar.

–¿Quién es capaz de hacer algo así? –preguntó mientras seguía andando.

–No lo sé –contestó Wallander–. Lo único que sé es que tengo náuseas.

Cuando llegaron al borde del sembrado encontraron a dos periodistas muertos de frío y a un fotógrafo esperándoles. Wallander saludó con la cabeza. Los conocía a todos de otras veces. Miró a Lisa Holgersson, que movió la cabeza negativamente. Wallander contó lo más concisamente posible lo que había ocurrido. Cuando quisieron hacer preguntas levantó la mano en señal de rechazo. Los periodistas desaparecieron.

–Tienes buena fama como policía criminal –dijo Lisa Holgersson–. Me di cuenta este verano de tu capacidad. No hay un solo distrito policial en Suecia que no quisiera contarte entre los suyos.

Se habían detenido junto al coche de ella. Wallander se dio cuenta de que lo decía en serio. Pero estaba demasiado cansado como para darse por aludido.

–Dispón todo esto como mejor te parezca –siguió ella–. Di cómo quieres organizarlo, que ya me ocuparé yo de que se haga así.

Wallander asintió.

–Veremos dentro de unas horas. Ahora lo que necesitamos es dormir, tanto tú como yo.

Cuando Wallander llegó a su casa en la calle de Mariagatan, eran casi las dos. Se preparó unos bocadillos y se los comió en la mesa de la cocina. Luego se tumbó encima de la cama, en el dormitorio. Puso el despertador para que sonase justo después de las cinco.

A las siete, en el gris amanecer, ya estaban reunidos. El meteorólogo acertó. Había dejado de llover. Pero había vuelto a hacer viento y más frío. Los policías que se quedaron por la noche tuvieron que improvisar, junto con Nyberg, puntos de sujeción para que no se volara el plástico que cubría el lugar del crimen. Cuando luego dejó de llover de repente, a Nyberg le dio un ataque de furor contra los caprichosos dioses del tiempo. Como no parecía muy probable que volviera enseguida la lluvia, habían vuelto a quitar la cubierta de plástico. Eso hizo que Nyberg y los otros técnicos estuvieran ahora trabajando en el fondo del foso, completamente desprotegidos bajo el cortante viento.

En el coche, camino de la finca de Eriksson, Wallander había tratado de pensar cómo organizar la investigación. No sabían nada de

Holger Eriksson. El hecho de que fuera rico podía, claro está, constituir un posible motivo. Pero Wallander lo dudaba ya desde el primer momento. Las afiladas estacas del foso hablaban otro idioma. No era capaz de descifrarlo, no sabía adónde apuntaba, pero sentía ya la inquietud de que iban a vérselas con algo que no estaban preparados para comprender.

Como de costumbre cuando se sentía inseguro, sus pensamientos le llevaron a Rydberg, el viejo policía que en tiempos había sido su maestro y sin cuyos conocimientos sospechaba que él no habría sido más que un investigador mediocre. Pronto haría cuatro años que Rydberg había muerto de un cáncer. Wallander se estremeció al advertir lo rápido que había pasado el tiempo. Luego se preguntó qué es lo que hubiera hecho Rydberg. «Paciencia», pensó. «Rydberg hubiera ido derecho al grano de su Sermón de la Montaña. Me hubiera dicho que ahora, más que nunca, hay que atenerse a la ley de la paciencia.»

Instalaron un cuartel general provisional para seguir la investigación en la casa de Eriksson. Wallander trató de formular las principales tareas y de que se distribuyeran de la forma más eficaz posible.

A esa temprana hora de la mañana, cuando todos estaban cansados y ojerosos, Wallander intentó la misión imposible de hacer un resumen.

En realidad sólo tenía una cosa que decir: no tenían nada a lo que agarrarse.

—Sabemos muy poco —empezó—. Sven Tyrén, el chófer de un camión cisterna, denuncia algo que piensa que puede ser una desaparición. Eso fue el martes. Sobre la base de lo que dijo Sven Tyrén y pensando en la fecha del poema, podemos deducir que el asesinato se produjo en algún momento después de las diez de la noche, el miércoles de la semana pasada. No podemos decir exactamente cuándo, pero, en todo caso, no ha sido antes. Tendremos que esperar a ver lo que dice el examen forense.

Wallander hizo una pausa. Nadie tenía preguntas. Svedberg se sonó la nariz. Tenía los ojos brillantes. Wallander pensó que debía de tener fiebre y, por tanto, quedarse en casa en la cama. Al mismo tiempo, tanto Svedberg como él sabían que ahora se necesitaban todas las fuerzas que hubiera disponibles.

—De Holger Eriksson no sabemos muchas cosas —siguió Wallander—. Un ex comerciante de coches. Rico, soltero, sin hijos. Era una especie de poeta local y además, por lo visto, tenía interés por los pájaros.

—Tal vez sepamos algo más, sin embargo —interrumpió Hansson—.

Holger Eriksson era una persona conocida. Por lo menos aquí en la comarca y, sobre todo, hace diez o veinte años. Podría decirse que tenía fama de ser un chalán de coches. Mano dura. No soportaba a los sindicatos. Ganó dinero a espuertas. Involucrado en pleitos de impuestos y sospechoso de toda una serie de irregularidades. Pero nunca fue condenado, si no recuerdo mal.

–Quieres decir, en otras palabras, que podía tener enemigos –dijo Wallander.

–De eso podemos estar bastante seguros. Pero con eso no quiero decir que estuvieran dispuestos a cometer un asesinato. Sobre todo no de la manera en que ha ocurrido.

Wallander decidió esperar antes de empezar a hablar de las puntiagudas estacas y los tablones serrados. Quería hacer las cosas con orden. Sobre todo, para tener ordenados todos los detalles en su propia y fatigada cabeza. También eso era algo que Rydberg le había recordado con frecuencia. *Una investigación criminal es una especie de construcción. Todo hay que hacerlo en el orden adecuado para que funcione.*

–Trazar un mapa de Holger Eriksson y de su vida es lo primero que hay que hacer –dijo Wallander–. Pero antes de repartirnos el trabajo, quiero tratar de dar una idea de cómo pienso yo que han sucedido las cosas.

Estaban sentados en torno a la gran mesa redonda de la cocina. A lo lejos, podían ver por las ventanas el acordonamiento y el plástico blanco que revoloteaba con el viento. Nyberg parecía un espantapájaros, vestido de amarillo, en el barro, agitando los brazos. Wallander podía oír en su interior la voz cansada e irritada de Nyberg. Pero sabía que era hábil y minucioso. Si movía los brazos, tenía razones para hacerlo.

Wallander notó que su atención se agudizaba por momentos. Le había pasado muchas veces. Justo en ese instante el equipo de investigación empezó a rastrear.

–Creo que lo que ha pasado es lo siguiente –comenzó Wallander, hablando despacio y eligiendo las palabras con cuidado–. En algún momento después de las diez de la noche del miércoles o quizás a primera hora del jueves, Holger Eriksson sale de su casa. Deja la puerta abierta porque tiene la intención de volver pronto. Además no se aleja de sus propiedades. Lleva unos prismáticos. Nyberg ha comprobado que están provistos de mira nocturna. Baja por el sendero hacia el foso en el que ha colocado una pasarela. Seguramente iba camino de la torre que se alza en el pequeño montículo al otro lado de la zanja. A Holger Eriksson le interesan los pájaros. Precisamente ahora, en septiembre y octubre, las aves migratorias se van hacia el sur. No sé muy bien cómo ni en qué orden se van. Pero he oído que la mayoría, y tal vez las bandadas más grandes, salen y emprenden el vuelo por las noches. Eso puede explicar los prismáticos nocturnos y la hora. Si es que todo eso no ha ocurrido por la mañana. Pasa por la pasarela, que se hunde, pues los tablones han sido serrados casi por completo con antelación. Cae directamente en el foso, de bruces, y queda clavado en las estacas. Ahí muere. Si ha gritado pidiendo ayuda, nadie le ha oído. La casa está, como ya habéis visto, muy aislada. No sin motivo el nombre de la finca es El Retiro.

Sirvió café de uno de los termos de la policía antes de continuar.

—Yo creo que ha sucedido así —dijo—. Eso supone bastantes más preguntas que respuestas. Pero es por aquí por donde hay que empezar. Tenemos entre manos un asesinato muy bien planeado. Brutal y espantoso. No tenemos un móvil claro, ni siquiera posible, y tampoco una pista clara que seguir.

Se hizo una pausa. Wallander dejó vagar la mirada en torno a la mesa. Por último fue Ann-Britt Höglund quien rompió el silencio.

—Hay otra cosa importante. Quien ha hecho esto no ha tenido ningún interés en ocultar el crimen.

Wallander asintió. Había pensado llegar precisamente a ese punto.

—Creo que existe la posibilidad de que sea aún más que eso —dijo—. Si nos fijamos en la brutal trampa, se puede interpretar como una pura ostentación de atrocidad.

—¿Nos ha tocado otro loco que buscar? —preguntó Svedberg.

Todos los que estaban sentados en torno a la mesa sabían lo que quería decir. El verano aún estaba cerca.

—No podemos descartar ese riesgo —dijo Wallander—. En realidad no podemos descartar absolutamente nada.

—Parece un cepo para osos —dijo Hansson—. O algo por el estilo como sale en alguna vieja película de guerra en Asia. La combinación es extraña. Un cepo para osos y un observador de pájaros.

—O comerciante de coches —terció Martinsson.

—O poeta —dijo Ann-Britt Höglund—. Tenemos donde escoger.

Eran ya las siete y media. La reunión había terminado. Por el momento seguirían utilizando la cocina de Holger Eriksson cuando tuvieran necesidad de reunirse. Svedberg cogió el coche y se fue para hablar con calma con Sven Tyrén y la chica de la empresa de gasóleo que había tomado el encargo de Holger Eriksson. Ann-Britt Höglund se ocuparía de que todos los vecinos de la zona fuesen avisados e interrogados. Wallander se acordó del correo en el buzón y le pidió que hablase también con el cartero. Hansson, con ayuda de alguno de los técnicos de Nyberg, registraría la casa, mientras Lisa Holgersson y Martinsson organizarían juntos el resto de las tareas.

La rueda de la búsqueda había empezado a girar.

Wallander se puso la chaqueta y fue, luchando contra el viento, hacia el foso en el que se batía el plástico. Nubes desgarradas se perseguían por el cielo. Caminaba encogido a causa del viento. De repente oyó el ruido característico de los ansares en vuelo. Se paró y miró al cielo. Tardó un poco en descubrir a los pájaros. Era una pequeña bandada que volaba muy alto, por debajo de las nubes, en dirección suroeste. Supuso que, al igual que todas las demás aves migratorias de Escania, dejarían el país por el istmo de Falsterbo.

Wallander se quedó pensativo contemplando a los pájaros. Pensó en el poema que había en la mesa. Luego siguió andando, y se dio cuenta de que su inquietud iba en aumento todo el tiempo.

Había algo en toda aquella acción brutal que le sobrecogía. Podía ser una erupción de odio ciego o de locura. Pero también podía haber cálculo y frialdad detrás del asesinato. No sabía decir qué le inspiraba más miedo.

Nyberg y sus técnicos habían empezado a extraer del barro las ensangrentadas estacas cuando Wallander llegó al foso. Cada estaca era envuelta en un pedazo de plástico y llevada a un coche que estaba esperando. Nyberg tenía manchas de barro en la cara y se movía con brusquedad y pesadamente en el fondo del foso.

Wallander pensó que estaba viendo el fondo de una tumba.

—¿Qué tal va eso? —preguntó fingiendo animación.

Nyberg masculló algo inaudible como respuesta. Wallander resolvió que lo más oportuno de momento era ahorrarse todas las preguntas. Nyberg era susceptible y tenía mal genio y siempre estaba dispuesto a reñir con cualquiera. La opinión general de la policía de Ystad era que Nyberg no dudaría un segundo en gritarle al mismísimo jefe nacional si encontraba la menor razón para ello.

Los policías habían construido un puente provisional sobre el foso. Wallander fue hacia el montículo que había al otro lado. Las ráfagas de viento le tiraban de la chaqueta. Contempló la torre, que tenía una altura de unos tres metros. La habían construido con el mismo tipo de maderas que Holger Eriksson había usado para su pasarela. Habían colocado una escalera de tijera en el exterior de la torre. Wallander subió por ella. La plataforma no tendría mucho más de un metro cuadrado. El viento le azotaba la cara. A pesar de que sólo estaba a unos tres metros por encima del montículo, el paisaje cambiaba completamente. Vislumbró a Nyberg en el foso. A lo lejos vio la finca de Eriksson. Se puso en cuclillas y empezó a examinar la plataforma. De pronto se arrepintió de haber subido a la torre antes de que Nyberg hubiera terminado con su examen pericial y bajó rápidamente. Luego trató de colocarse al abrigo de la torre. Se sintió muy cansado. Algo le escocía, además, en su interior. Intentó darle nombre a la sensación. ¿Desaliento? Poco había durado la alegría. El viaje a Italia. La decisión de hacerse con una casa, tal vez también con un perro. Y Baiba, que iba a venir.

Pero hay un viejo atravesado por estacas en un foso y el mundo vuelve a escaparse bajo sus pies.

Se preguntó cuánto tiempo iba a aguantar.

Hizo un esfuerzo para apartar sus sombríos pensamientos. Tenían que encontrar cuanto antes al autor de esta macabra trampa mortal para Holger Eriksson. Wallander bajó del montículo deslizándose con cuidado. A distancia pudo ver a Martinsson acercándose por el sendero. Como siempre, con prisas. Wallander fue a su encuentro. Seguía sintiendo aún que andaba a tientas y vacilante. ¿Cómo afrontar la investigación? Buscaba un punto de arranque. Pero le parecía que no lo encontraba.

Luego se fijó en la cara de Martinsson y vio que había pasado algo.

—¿Qué pasa? —preguntó.

—Tienes que telefonear a una tal Vanja Andersson.

Wallander tuvo que rebuscar en la memoria para acordarse. La floristería de la calle Västra Vallgatan.

—Eso tendrá que esperar —dijo sorprendido—. ¿Cómo coño vamos a tener tiempo ahora?

—No estoy tan seguro de ello —dijo Martinsson, que parecía casi molesto por tener que llevarle la contraria.

—¿Por qué no?

—Parece que el dueño de la floristería esa nunca llegó a ir a Nairobi. Gösta Runfeldt.

Wallander seguía sin comprender qué decía Martinsson.

—Se ve que ella llamó a la agencia de viajes para saber el momento preciso en que iba a regresar. Y entonces se enteró.

—¿De qué se enteró?

—De que Gösta Runfeldt no se había presentado en el aeropuerto de Kastrup. De que no había ido a África. A pesar de tener el billete.

Wallander miraba fijamente a Martinsson.

—Así que eso significa que hay otra persona que parece que ha desaparecido —concluyó Martinsson vacilante.

Wallander no contestó.

Eran las nueve de la mañana del viernes 30 de septiembre.

7

A Wallander le costó dos horas darse cuenta de que Martinsson estaba en lo cierto. En el camino de regreso a Ystad, después de haberse decidido a ir solo a ver a Vanja Andersson, recordó también algo que se había dicho anteriormente, que había otra coincidencia más entre ambos casos. Holger Eriksson denunció ante la policía de Ystad que habían entrado en su casa, pero que, al parecer, no le habían robado nada. Y a Gösta Runfeldt le habían entrado en la tienda, donde tampoco parecía haber desaparecido nada. Wallander conducía hacia Ystad con una inquietud creciente en su fuero interno. El asesinato de Holger Eriksson era ya demasiado. No hacía ninguna falta otra desaparición. En todo caso, no una que revelase tener relación con Holger Eriksson. No necesitaban en absoluto otro foso con estacas afiladas. Wallander conducía a una velocidad a todas luces excesiva, como si tratase de dejar atrás una idea, la idea de que, una vez más en su vida, iba derecho al encuentro de una pesadilla. De vez en cuando pisaba el freno, como si le diera orden al coche, y a sí mismo, de calmarse y empezar a pensar con sentido común. ¿Qué es lo que había, en realidad, que indicara que Gösta Runfeldt estaba verdaderamente desaparecido? Podía haber una explicación lógica. Lo que había sucedido con Holger Eriksson no pasaba, en realidad, nunca. Y, sobre todo, no pasaba dos veces. En todo caso, no en Escania y desde luego, terminantemente, no en Ystad. Tenía que haber una explicación y esa explicación se la iba a dar Vanja Andersson.

Pero Wallander no lograba nunca convencerse. Antes de dirigirse a la floristería, paró en la comisaría. Se encontró con Ann-Britt Höglund en el pasillo y entró con ella en el comedor, donde algunos policías de tráfico de aspecto fatigado estaban sentados medio dormidos ante el paquete del almuerzo. Fueron a buscar café y se sentaron a una mesa. Wallander le contó la llamada telefónica que había recibido Martinsson y la reacción de ella fue la misma. Incredulidad. Tenía que ser una mera casualidad.

Pero Wallander le pidió a Ann-Britt Höglund que buscase una copia de la denuncia del robo que Holger Eriksson había hecho un año antes. Le dijo también que tratase de ver si existía alguna otra relación entre Holger Eriksson y Gösta Runfeldt. Si la había, debería encontrarse con facilidad en los ordenadores. Sabía que ella tenía muchas otras cosas que hacer. Pero era importante que hiciera eso enseguida. Era para *limpiar antes de que llegaran los invitados*. Él mismo se dio cuenta de lo desafortunada que resultaba la imagen. No entendía de dónde se la había sacado. Ella le miró inquisitiva, esperando una continuación. Pero no la hubo.

—Tenemos que darnos prisa —se limitó a decir él—. Cuanta menos energía tengamos que dedicar a comprobar que no hay ninguna relación, tanto mejor.

Tenía prisa y estaba a punto de levantarse de la mesa. Pero ella le retuvo con una pregunta.

—¿Quién puede haberlo hecho?

Wallander volvió a dejarse caer en la silla. Vio las estacas ensangrentadas ante sí. Una imagen insoportable.

—No sé —respondió—. Es algo tan sádico y macabro que no puedo imaginarme móviles normales. Si es que hay móviles normales para quitarle la vida a una persona.

—Sí que los hay —dijo ella con convicción—. Tanto tú como yo hemos sentido la furia suficiente como para imaginarnos a alguien muerto. Para algunos, las barreras normales no existen. Y matan.

—Lo que me da miedo es que todo ha tenido que estar muy bien planeado —siguió Wallander—. El que haya hecho esto se ha tomado su tiempo. También sabía al dedillo las costumbres de Holger Eriksson. Probablemente ha estudiado a fondo sus hábitos.

—Tal vez haya un punto de partida precisamente ahí —dijo ella—. Holger Eriksson no parece haber tenido amigos. Pero quien le ha matado tiene que haber estado próximo a él. De algún modo, próximo. Debe haber estado, cuando menos, junto al foso. Ha serrado los tablones. Ha tenido que ir hasta allí y ha tenido que irse de allí. Alguien puede haberle visto. O haber visto un coche que no es de por allí. La gente se fija en lo que pasa. La gente de los pueblos es como los animales en el bosque. Se fijan en nosotros. Pero nosotros no nos damos cuenta.

Wallander asintió distraído. No escuchaba con la debida atención.

—Seguiremos hablando —dijo—. Me voy a la floristería.

—Ya veremos lo que puedo encontrar —contestó ella.

Se separaron en la puerta del comedor. Al salir, Ebba le llamó para decirle que había telefoneado su padre.

—Luego —dijo Wallander desentendiéndose—. Ahora no.
—Es horroroso lo que ha pasado —suspiró Ebba.
Wallander pensó que ella parecía lamentar casi a título personal un dolor del que él fuese objeto.
—Yo le compré un coche una vez —añadió ella—. Un PV Cuatrocientos cuarenta y cuatro.
Wallander tardó un instante en comprender que ella se refería a Holger Eriksson.
—¿Sabes conducir? —preguntó luego, sorprendido—. No sabía siquiera que tuvieras permiso de conducir.
—He conducido sin cometer la menor infracción durante treinta y nueve años. Y todavía tengo el PV.
Wallander se acordó de que durante todos aquellos años había visto un PV negro muy bien cuidado en los aparcamientos de la policía y nunca se le ocurrió pensar en quién podría ser el dueño.
—Espero que hicieras un buen negocio —dijo.
—Holger Eriksson fue el que hizo un buen negocio —contestó ella con firmeza—. Pagué demasiado por el coche. Pero como lo he cuidado durante todos estos años, al final, he salido ganando. Ahora es un coche de época.
—Tengo que irme —dijo Wallander—. Pero a ver si me invitas un día a dar una vuelta en tu coche.
—No te olvides de llamar a tu padre —pidió ella.
Wallander detuvo sus pasos y reflexionó. Luego se decidió.
—Llámale tú —le dijo a Ebba—. Hazme ese favor. Llámale y explícale en lo que ando metido. Dile que yo le llamaré en cuanto pueda. Supongo que no sería nada urgente, ¿no?
—No, sólo quería hablar de Italia —replicó ella.
Wallander asintió.
—Hablaremos de Italia. Pero no ahora. Díselo de mi parte.
Wallander se fue en coche directamente a Västra Vallgatan. Aparcó de cualquier manera, subido a medias en la estrecha acera, y entró en la tienda. Había algunos clientes. Le hizo una seña a Vanja Andersson de que no tenía prisa. Al cabo de unos diez minutos la tienda estaba vacía. Vanja Andersson escribió una nota que pegó en el cristal de la puerta exterior y cerró con llave. Entraron en la pequeña oficina situada en la parte de atrás. El olor de las flores hacía que Wallander se sintiera casi mareado. Como no llevaba nada donde escribir, como era habitual en él, cogió unas cuantas tarjetas florales y comenzó a tomar notas por la parte de atrás. Había un reloj en la pared. Las once menos cinco.

—Empecemos por el principio —dijo Wallander—. Llamaste a la agencia de viajes. ¿Por qué lo hiciste?

Podía ver que ella estaba nerviosa y preocupada. En la mesa, además, había un ejemplar de la revista *Ystads Allehanda* con un gran titular sobre el asesinato de Holger Eriksson. «Eso, en todo caso, no lo sabe», pensó Wallander. «Que yo estoy aquí con la esperanza de no tener que descubrir la menor relación entre Holger Eriksson y Gösta Runfeldt.»

—Gösta había apuntado en un papel cuándo iba a volver —empezó ella—. Tengo que haberlo perdido. Por mucho que lo he buscado, no he podido encontrarlo. Entonces llamé a la agencia. Me dijeron que tenía que haber viajado el día 23 pero que no se había presentado en el aeropuerto de Kastrup.

—¿Cómo se llama la agencia de viajes?

—Specialresor. Está en Malmö.

—¿Con quién hablaste?

—Con Anita Lagergren.

Wallander tomó nota.

—¿Cuándo llamaste?

Ella le dijo la hora.

—Y ¿qué más te contó Anita Lagergren?

—Que Gösta no se había ido. Que no se había presentado en la puerta de embarque de Kastrup. Llamaron al número de teléfono que él había dejado. Pero no obtuvieron respuesta y el avión despegó sin él.

—Y ¿no hicieron nada más?

—Anita Lagergren dijo que habían enviado una carta en la que decían que Gösta no podía contar con que le devolvieron nada de los costos del viaje.

Wallander notó que estaba a punto de decir algo más. Pero que se obligó a callar.

—Estabas pensando en algo —insinuó amablemente.

—El viaje era muy caro —le interrumpió ella—. Anita Lagergren me dijo el precio.

—¿Cuánto?

—Casi treinta mil coronas. Por dos semanas.

Wallander estuvo de acuerdo. El viaje era realmente muy caro. Él mismo nunca en su vida hubiera podido pensar en hacer un viaje semejante. Su padre y él, juntos, habían gastado más o menos una tercera parte de esa cantidad durante la semana que pasaron en Roma.

—No lo entiendo —murmuró ella de repente—. Gösta no haría nunca una cosa así.

Wallander siguió su rastro.
—¿Cuánto tiempo llevas trabajando para él?
—Va a hacer once años.
—Y ¿estás contenta?
—Gösta es una buena persona. Le gustan de verdad las flores. No sólo las orquídeas.
—Volveremos a eso más tarde. ¿Cómo le describirías?
Ella reflexionó.
—Una buena persona y una persona corriente. Un poco suyo. Un solitario.
Wallander pensó con malestar que ésa era una descripción que probablemente también hubiera servido para Holger Eriksson. Dejando a un lado las insinuaciones de que Holger Eriksson no había sido precisamente buena persona.
—¿No estaba casado?
—Era viudo.
—¿Tenía hijos?
—Dos. Están casados y con hijos. Ninguno de ellos vive aquí en Escania.
—¿Cuántos años tiene Gösta Runfeldt?
—Cuarenta y nueve.
Wallander miró sus notas.
—Viudo —dijo—. Entonces su mujer tenía que ser bastante joven cuando murió. ¿Fue un accidente?
—No lo sé con exactitud. Él nunca me habló de eso. Pero me parece que se ahogó.
Wallander dejó pasar la pregunta. Ya tendrían tiempo de repasarlo todo con detalle. Si es que resultaba necesario. Cosa que era lo que menos deseaba.
Wallander dejó el lápiz en la mesa. El aroma de las flores era muy intenso.
—Tú tienes que haber reflexionado —dijo—. Tienes que haber pensado durante estas últimas horas acerca de dos cosas. Una, por qué no ha ido a África. Otra, dónde puede estar si no está en Nairobi.
Vanja Andersson asintió. Wallander notó de pronto que ella tenía lágrimas en los ojos.
—Tiene que haber ocurrido algo —murmuró—. En cuanto hablé con la agencia de viajes, fui a su piso. Está aquí al lado. Tengo la llave. Tenía que regarle las plantas. Desde que creí que se había ido he estado allí dos veces. He colocado el correo en la mesa. Ahora he vuelto a ir. Pero no estaba. Y tampoco ha estado allí.

—¿Cómo lo sabes?
—Lo hubiera notado.
—¿Qué crees que ha podido pasar?
—No sé. Estaba tan contento con este viaje... Este invierno iba a terminar su libro sobre las orquídeas.

Wallander notaba que su propia inquietud iba en aumento. Una señal de alarma había empezado a ponerse en marcha en su interior. Reconocía la silenciosa alarma que a veces se disparaba.

Recogió las tarjetas florales en las que había tomado notas.

—Necesito ver el piso —le pidió—. Y tú, vuelve a abrir la tienda. Estoy seguro de que todo esto tiene una explicación natural.

Ella buscó confirmación en su cara de que decía lo que pensaba. Pero Wallander se dio cuenta de que difícilmente podría encontrarla.

Cogió las llaves del piso. Estaba en la misma calle, una manzana más cerca del centro.

—Te las devuelvo cuando termine —dijo.

Cuando salió a la calle, un matrimonio mayor trataba de pasar con gran dificultad por delante de su coche, aparcado de cualquier manera. Le miraron con severidad. Pero él hizo como si nada y se fue de allí a pie.

El piso estaba en la segunda planta de una casa que a Wallander le pareció de finales de siglo. Había ascensor, pero él subió por las escaleras. Unos años antes había pensado en mudarse a un piso en una casa parecida. Ahora ya no podía explicarse esa idea. Si se deshacía de su casa de Mariagatan tenía que ser para ir a un chalet con jardín. Donde pudiera vivir Baiba. Y a lo mejor también un perro. Entró en el piso. Pensó con rapidez cuántas veces en su vida habría pisado el desconocido terreno que eran las viviendas de personas desconocidas. Se quedó pegado a la puerta y se mantuvo inmóvil. Cada piso tenía su carácter. A lo largo de los años Wallander había ido adiestrando su costumbre de escuchar el rastro de las personas que vivían allí. Fue recorriendo el piso, despacio. Era el primer paso, la mayor parte de las veces, el más importante. La primera impresión. A la que habría que volver más tarde. Aquí vivía un hombre que se llamaba Gösta Runfeldt y que una mañana a primera hora no se encontraba allí donde debía encontrarse, en el aeropuerto de Kastrup. Wallander pensó en lo que había dicho Vanja Andersson. En lo contento que estaba Gösta Runfeldt ante el viaje. Sentía que su inquietud era ya muy grande.

Después de atravesar las cuatro habitaciones y la cocina, Wallander se detuvo en el centro del cuarto de estar. Era un piso grande y luminoso. Le había producido la vaga impresión de que estaba amueblado con desinterés. La única habitación que tenía cierta personalidad era el cuarto de trabajo. Allí reinaba un caos confortable. Libros, papeles, litografías de flores, mapas. Una mesa de trabajo atestada. Un ordenador apagado. En el antepecho de la ventana, algunas fotografías. Hijos y nietos. Una foto de Gösta Runfeldt en algún lugar en un paisaje asiático, rodeado de orquídeas gigantescas. En la parte de atrás, escrito con tinta, decía que la foto estaba tomada en Birmania en 1972. Gösta Runfeldt sonreía al anónimo fotógrafo. La sonrisa amable de un hombre muy bronceado. Los colores habían empalidecido. Pero no la sonrisa de Gösta Runfeldt. Wallander devolvió la fotografía a su sitio y se puso a mirar un mapa del mundo que colgaba de la pared. Buscó con cierta dificultad dónde estaba Birmania. Luego se sentó en la silla del escritorio. Gösta Runfeldt iba a salir de viaje. Pero no llegó a hacerlo. Por lo menos no a Nairobi con el chárter de la agencia Specialresor. Wallander se levantó de la silla y fue al dormitorio. La cama estaba hecha. Una cama estrecha, de un cuerpo. En la mesilla de noche había una pila de libros. Wallander leyó los títulos. Libros de flores. El único que se diferenciaba era un libro que trataba del mercado de divisas internacional. Wallander dejó el libro donde estaba. Era otra cosa lo que buscaba. Se agachó y miró debajo de la cama. Nada. Abrió las puertas de un armario ropero. En un estante, arriba de todo, había dos maletas. Se apoyó en las puntas de los pies y las bajó. Ambas estaban vacías. Luego fue a la cocina a buscar una silla. Miró el estante superior. Ahora encontró lo que buscaba. En el piso de un hombre solo, muy raras veces falta el polvo. El piso de Gösta Runfeldt no era ninguna excepción. El borde de polvo se veía con toda claridad. Allí había habido otra maleta. Como las otras dos que había bajado eran viejas y una de ellas tenía además una cerradura rota, Wallander se figuró que era la tercera maleta la que Gösta Runfeldt había utilizado. Si es que había viajado. Si es que la maleta no estaba en algún otro sitio del piso. Dejó la chaqueta en el respaldo de una silla y abrió todos los armarios y todos los espacios en los que podía pensarse que hubiera una maleta. No encontró nada. Volvió al cuarto de trabajo. Si Gösta Runfeldt se había ido de viaje tenía que haber cogido el pasaporte. Registró los cajones del escritorio, que no estaban cerrados con llave. En uno de ellos había un viejo herbario. Wallander lo abrió. GÖSTA RUNFELDT, 1955. Ya en sus años de colegial había coleccionado plantas. Wallander contempló un aciano de cuarenta años. El color azul se mantenía, al menos como un recuerdo empalidecido. Él nunca había coleccionado plantas. Siguió buscando. No encontró ningún pasaporte. Frunció la frente. Faltaba una maleta. También el pasaporte. Tampoco encontró pasaje alguno. Abandonó el cuarto de trabajo y se sentó en una butaca en el cuarto de estar. Cambiar de asiento le ayudaba a veces a dar forma a sus pensamientos. Todo parecía indicar que Gösta Runfeldt, efectivamente, había salido del piso. Con su pasaporte, sus pasajes y su maleta.

Siguió pensando. ¿Pudo haber ocurrido algo en el camino a Copenhague? ¿Pudo haberse caído al agua desde algún barco? En ese caso, debería haber quedado la maleta. Sacó una de las tarjetas florales que llevaba en el bolsillo. En una de ellas había anotado el número de teléfono de la tienda. Fue a la cocina a llamar. Desde la ventana se veía el alto edificio del silo del puerto de Ystad. Más allá de uno de los transbordadores de Polonia que estaba saliendo por delante del rompeolas de piedra. Vanja Andersson contestó.

—Estoy todavía en el piso —dijo Wallander—. Tengo un par de preguntas. ¿Dijo algo de cómo pensaba ir a Copenhague?

Su respuesta fue rápida y decidida.

—Siempre iba por Limhamn y Dragör.

Eso estaba aclarado.

—Tengo otra pregunta —siguió él—. ¿Sabes cuántas maletas tenía?

—No —contestó ella—. ¿Cómo iba a saberlo?

Wallander se dio cuenta de que debía formular la pregunta de otra manera.

—¿Cómo era la maleta? —preguntó—. ¿Quizá la has visto en alguna ocasión?

—Raras veces llevaba mucho equipaje —contestó ella—. Sabía viajar. Tenía una bolsa de bandolera y una maleta con ruedas.

—¿De qué color era? —preguntó Wallander.

—Negra.

—¿Estás segura de eso?

—Sí —respondió—. Estoy segura. Algunas veces he ido a esperarle cuando volvía de sus viajes. A la estación o a Sturup. Gösta no tiraba nada sin necesidad. Si hubiera tenido que comprar una maleta nueva, yo lo habría sabido. Se habría quejado de lo cara que resultaba. A veces era bastante tacaño.

«Pero el viaje a Nairobi costaba treinta mil coronas», pensó Wallander. «Tiradas por la ventana. Y eso no debía de haber ocurrido voluntariamente.»

Sintió que su malestar iba en aumento. Terminó la conversación y dijo que pasaría por la tienda con las llaves media hora después.

Justo al colgar el auricular se le ocurrió que probablemente ella cerraba la tienda a la hora de comer. Luego pensó en lo que le había dicho. Una maleta negra. Las dos maletas que había encontrado en el armario del dormitorio eran grises. Tampoco había visto la bolsa de bandolera. Ahora sabía, además, que Gösta Runfeldt viajaba por el mundo vía Limhamn. Se asomó a la ventana y miró los tejados. El transbordador de Polonia ya no estaba.

«No puede ser», pensó. «Gösta Runfeldt no ha desaparecido voluntariamente. Debe de haber ocurrido una desgracia. Pero tampoco eso es seguro.»

Para tener respuesta inmediata a una de las cuestiones más decisivas, llamó a información y obtuvo el número de la compañía naviera que hacía la ruta de Limhamn y Dragör. Tuvo suerte y pudo hablar enseguida con la persona encargada de lo que quedaba olvidado y se recogía en los transbordadores. El hombre hablaba danés. Wallander se presentó y preguntó por la maleta negra. Dio la fecha. Luego esperó. Pasaron algunos minutos antes de que el danés, que se había presentado como Mogensen, volviera.

—Nada —dijo.

Wallander trató de pensar. Luego le informó de lo que pensaba.

—¿Ocurre que desaparezca gente de sus barcos? ¿Que caiga alguien por la borda?

—Pocas veces —contestó Mogensen. Wallander tuvo la sensación de que era convincente.

—Pero ¿ocurre?

—Ocurre en los viajes en barco —recalcó Mogensen—. La gente se quita la vida. La gente se emborracha. Algunos están locos y quieren hacer equilibrios en la borda. Pero pocas veces.

—¿Tienes alguna estadística que diga cuántas personas se encuentran de las que caen por la borda? ¿Vivas o ahogadas?

—No tengo ninguna estadística —contestó Mogensen—. Pero algo sé de oídas. La mayor parte vuelven a tierra. Muertos. Algunos se quedan atrapados en redes de pescar. Otros desaparecen para siempre. Pero ésos no son muchos.

Wallander no tenía más preguntas. Dio las gracias y terminó la conversación.

No sabía nada con seguridad. Sin embargo, ahora estaba convencido. Gösta Runfeldt no había ido a Copenhague. Había hecho la maleta, había cogido el pasaporte y los billetes y había salido del piso.

Luego había desaparecido.

Wallander pensó en el charco de sangre en el interior de la floristería. ¿Qué significaba aquello? ¿Y si se habían equivocado completamente? Podía muy bien ocurrir que el atraco no hubiera sido ningún error.

Dio vueltas por el piso. Trató de entender. Casi eran las doce y cuarto. Sonó el teléfono de la cocina. El primer timbrazo le sobresaltó. Contestó deprisa. Era Hansson, que telefoneaba desde el lugar del crimen.

—Martinsson me ha dicho que Runfeldt ha desaparecido. ¿Cómo es eso? —preguntó.

—En todo caso no está aquí —contestó Wallander.

—¿Tienes alguna idea?

—No. Pero creo que tenía la intención de salir de viaje. Algo se lo impidió.

—¿Crees que hay alguna relación con Holger Eriksson?

Wallander reflexionó. ¿Qué es lo que pensaba, en realidad? No lo sabía. Y eso fue lo que contestó.

—No podemos descartar esa posibilidad —se limitó a decir—. No podemos descartar nada.

Cambió de tema y preguntó si había ocurrido algo. Pero Hansson no tenía ninguna noticia que dar. Cuando terminó la conversación, Wallander recorrió despacio el piso una vez más. Tenía la impresión de que allí había algo que debía notar. Al final, se rindió. Ojeó el correo que había en el vestíbulo. Allí estaba la carta de la agencia de viajes. Una factura de la compañía de electricidad. Además había llegado un aviso de una empresa de venta por correo de Borås. El paquete sería entregado contra reembolso. Wallander se metió el aviso en el bolsillo.

Vanja Andersson estaba esperándole en la tienda cuando llegó con las llaves. Él le pidió que llamara si pensaba en algo que le pareciera importante.

Luego dirigió su vehículo hasta la comisaría. Le dio el aviso a Ebba y le pidió que se ocupase de que se recogiera el paquete.

A la una cerró la puerta de su despacho.

Tenía hambre.

La inquietud, sin embargo, era mayor. Reconocía la sensación. Sabía lo que significaba.

Dudaba de que encontraran alguna vez a Gösta Runfeldt con vida.

8

Hacia medianoche pudo al fin Ylva Brink sentarse a tomar un café. Era una de las dos comadronas que estaban de servicio la noche del 30 de septiembre al 1 de octubre en la Maternidad de Ystad. Su colega, Lena Söderström, estaba en una sala donde una mujer acaba de empezar a tener dolores de parto. Había sido una noche laboriosa, sin dramatismo, pero con una serie incesante de cosas que hacer.

Andaban escasos de personal. Dos comadronas y dos auxiliares tenían que sacar adelante solas todas las tareas de la noche. Podían llamar a un médico si surgían hemorragias graves u otras complicaciones. Pero habían tenido momentos peores, pensó Ylva Brink al sentarse en el sofá con la taza de café en la mano. Unos años antes, había sido ella la única comadrona para las largas noches. Eso conducía en algunas ocasiones a situaciones complicadas, pues no podía estar en dos sitios al mismo tiempo. Fue entonces cuando consiguió que la dirección del hospital entrara en razón y aceptara su reivindicación de que hubiera siempre por lo menos dos comadronas de guardia por las noches.

La oficina en la que se encontraba estaba situada en mitad de la gran unidad de partos. Las paredes de cristal le permitían ver lo que pasaba fuera de la habitación. De día había un ajetreo constante en los pasillos. Pero ahora, por la noche, todo era distinto. A ella le gustaba trabajar por la noche. Muchas de sus colegas harían cualquier cosa para librarse de ello. Tenían familia, no podían dormir lo suficiente durante el día. Pero Ylva Brink, con los hijos mayores y un marido que era jefe de máquinas en un petrolero contratado para hacer la ruta entre Oriente Medio y Asia, no tenía nada en contra de las noches. Para ella era tranquilizador trabajar cuando otros dormían.

Disfrutó de su café y cogió un trozo de bizcocho de un plato que estaba en la mesa. Una de las auxiliares entró y se sentó, y poco después lo hizo la otra. Una radio se oía débilmente en un rincón. Se pusieron a hablar del tiempo. De la persistente lluvia. Una de las auxiliares le había oído decir a su madre, que sabía adivinar el tiempo, que el invierno iba a ser largo y frío. Ylva Brink pensó en las veces que había nevado en Escania. No era frecuente. Pero cuando ocurría, podían surgir situaciones dramáticas para las mujeres que iban a dar a luz y no podían llegar al hospital. Se acordaba de una ocasión en que había estado muerta de frío en un tractor helado que intentaba orientarse, en plena tormenta de nieve y de viento, hacia una finca alejada, al norte de la ciudad. La mujer había tenido grandes hemorragias. Fue la única vez en todos los años de su trabajo como comadrona que sintió verdadero miedo de perder a una mujer. Y eso era algo que no podía ocurrir. Sencillamente, Suecia era un país donde las mujeres que daban a luz no podían morir.

Pero todavía era otoño. El tiempo de la serba. Ylva Brink, que era del norte del país, a veces echaba de menos los melancólicos bosques norteños. Nunca se había acostumbrado a vivir en el paisaje de Escania, dominado absolutamente por el viento. Pero su marido fue el más fuerte de los dos. Había nacido en Trelleborg y no podía imaginarse vivir en otro sitio que no fuera Escania, eso en las raras ocasiones en que tenía tiempo de estar en casa.

La entrada de Lena Söderström en la habitación interrumpió sus pensamientos. Tenía poco más de treinta años. «Podía ser mi hija», pensaba Ylva. «Justo le doblo la edad. Sesenta y dos años.»

—No va a dar a luz antes de mañana por la mañana —dijo Lena Söderström—. Nos da tiempo a llegar a casa.

—Va a ser una noche tranquila —contestó Ylva—. Duerme un rato si estás cansada.

Las noches podían ser largas. Dormir quince minutos, media hora tal vez, era una diferencia importante. El cansancio agudo desaparecía. Pero Ylva no dormía nunca. Desde que cumplió los cincuenta y cinco había notado que su necesidad de sueño había ido disminuyendo poco a poco. Pensó que eso era una advertencia de que la vida era corta y perecedera. No había, pues, que pasársela durmiendo sin necesidad.

Una auxiliar pasó fugazmente por el pasillo. Lena Söderström tomaba su té. Las dos auxiliares estaban sumidas en un crucigrama. Eran las doce y diecinueve minutos. «Octubre ya», pensó Ylva. «El otoño avanza. Pronto llegará el invierno. Harry tiene vacaciones en diciembre. Un mes. Entonces arreglaremos la cocina. No es que haga mucha falta. Pero así tendrá algo que hacer. Las vacaciones no son el tiempo ideal para Harry. Es el tiempo del desasosiego.» Llamaron de una habitación. Una de las auxiliares se levantó y fue hacia allí. Volvió al cabo de unos minutos.

—María, en la sala tres, tiene dolor de cabeza —anunció sentándose otra vez para seguir con el crucigrama.
Ylva tomaba su café. De pronto notó que estaba pensando en algo sin saber lo que era. Luego se dio cuenta.
La auxiliar que acababa de pasar por el pasillo.
De pronto algo no funcionaba. ¿No estaban todas las que trabajaban en aquella sección en la oficina? El timbre de urgencias tampoco había sonado.
Sacudió la cabeza ante sus propios pensamientos. Tenía que ser una figuración suya.
Pero al mismo tiempo sabía que no era así. Que una auxiliar que no debía estar allí acababa de atravesar el pasillo.
—¿Quién fue la que pasó? —preguntó despacio.
La miraron extrañadas.
—¿Quién? —preguntó Lena Söderström.
—Una enfermera ha cruzado el pasillo hace unos minutos, mientras nosotras estábamos aquí.
Seguían sin entender lo que quería decir. Tampoco ella lo entendía. Volvió a sonar el timbre. Ylva posó su taza enseguida.
—Ya voy yo —dijo.
La mujer de la sala número 2 no se encontraba bien. Iba a tener su tercer hijo. Ylva tenía la sospecha de que ese hijo no había sido muy bien planificado. Le dio algo de beber y salió al pasillo. Miró a su alrededor. Las puertas estaban cerradas. Pero había pasado una auxiliar. No eran figuraciones suyas. De pronto se sintió desazonada. Había algo raro. Se quedó quieta en el pasillo, escuchando. Se oía la radio débilmente desde la oficina. Volvió allí y cogió su taza de café.
—No era nada.
En ese preciso instante volvió a pasar la enfermera extraña por el pasillo. Esta vez también la vio Lena Söderström. Todo ocurrió muy deprisa. Oyeron cómo se cerraba la puerta que daba al gran pasillo principal.
—¿Quién era? —preguntó Lena Söderström.
Ylva Brink sacudió la cabeza. Las dos auxiliares que estaban con el crucigrama levantaron la vista del periódico.
—¿De quién estáis hablando? —preguntó una de ellas.
—De la auxiliar que acaba de pasar por aquí.
La que estaba con el lápiz en la mano rellenando el crucigrama se echó a reír.
—Pero si estamos aquí —dijo—. Las dos.
Ylva se levantó con rapidez. Cuando abrió la puerta del pasillo de

fuera, que comunicaba la sección de maternidad con el resto del hospital, vio que estaba vacío. Se paró a escuchar. A lo lejos oyó una puerta que se cerraba. Volvió a la sala de personal. Movió la cabeza. No había visto a nadie.

—¿Qué hace aquí una auxiliar de otra sección, sin saludar siquiera? —preguntó Lena.

Ylva Brink no lo sabía. Sí sabía en cambio que no había sido figuración suya.

—Vamos a mirar en todas las salas. A ver si todo está como es debido.

Lena Söderström la miró inquisitiva.

—¿Qué es lo que puede no estar como es debido?

—Para mayor tranquilidad —respondió Ylva Brink—. Nada más.

Entraron en las salas. Todo estaba en orden. A la una de la madrugada una mujer tuvo hemorragias. El resto de la noche hubo mucho trabajo. A las siete, después de pasar el informe, Ylva Brink se fue a casa. Vivía en un chalet al lado del hospital. Cuando llegó a su casa empezó a pensar otra vez en la enfermera que había entrevisto en el pasillo. De pronto tuvo la seguridad de que no se trataba de una enfermera. Aunque llevara esa ropa de trabajo. Una enfermera no hubiera entrado en la Maternidad por la noche, sencillamente, sobre todo no sin saludar y decir qué estaba haciendo allí.

Ylva Brink siguió pensando. Notó que el incidente nocturno la había puesto nerviosa. La mujer tenía que haber ido por algún motivo. Había estado allí diez minutos. Luego desapareció de nuevo. Diez minutos. Había tenido que estar en una sala visitando a alguien. ¿A quién? Y ¿por qué? Se acostó y trató de dormirse, pero no podía. La extraña mujer de la noche no se le iba de la cabeza. A las once se rindió. Saltó de la cama y se preparó café. Pensó que tenía que hablar con alguien. «Tengo un primo policía. Él me dirá, en todo caso, que me estoy preocupando sin motivo.» Cogió el teléfono y marcó el número de su casa. La voz de su primo en el contestador decía que estaba de servicio. Como la policía no estaba lejos, Ylva decidió darse un paseo hasta allí. Nubes desgarradas galopaban por el cielo. Pensó que a lo mejor la policía no recibía visitas los sábados. Además, había leído en el periódico el espeluznante suceso que parecía haber ocurrido en las afueras de Lödinge. Un vendedor de coches asesinado y tirado a un foso. La policía quizá no tuviera tiempo para ella. Ni siquiera su primo.

Se acercó a la recepción y preguntó por el inspector Svedberg. Estaba, pero muy ocupado.

—Di que es de parte de Ylva —repuso—. Soy su prima.
Unos minutos más tarde salió Svedberg a buscarla. Como era una persona muy de familia y quería a su prima, no pudo dejar de dedicarle unos minutos. Se sentaron en su despacho. Él fue a buscar café. Luego ella le contó lo que había pasado por la noche. Svedberg dijo que, naturalmente, era raro. Pero no motivo de preocupación. Ella se conformó con eso. Tenía por delante tres días libres y no tardaría en olvidarse de la enfermera que pasó por el pasillo de la Maternidad la noche del 30 de septiembre al 1 de octubre.

A última hora de la tarde del viernes, Wallander convocó a sus fatigados colaboradores a una reunión en el edificio de la policía. Cerraron las puertas a las diez y la reunión se prolongó hasta mucho después de la medianoche. Wallander empezó explicando minuciosamente el hecho de que tenían a otra persona desaparecida por la que preocuparse. Martinsson y Ann-Britt Höglund habían hecho un primer control superficial de los registros que tenían a mano. El resultado era por el momento negativo. No había nada en la policía que apuntase a una relación entre Holger Eriksson y Gösta Runfeldt. Vanja Andersson tampoco recordaba que Gösta Runfeldt hubiera hablado nunca de Holger Eriksson. Wallander dejó claro que lo único que podían hacer era trabajar sin ningún condicionamiento. Gösta Runfeldt podía presentarse en cualquier momento y dar una explicación razonable de su desaparición. Pero no podían dejar de tener en cuenta algunas señales que no auguraban nada bueno. Wallander le pidió a Ann-Britt Höglund que se hiciese responsable del trabajo en torno a Gösta Runfeldt. Pero eso no significaba que se quedara al margen del asesinato de Holger Eriksson. Wallander, que con frecuencia se oponía a pedir refuerzos en investigaciones de asesinatos complicados, tenía esta vez la sensación de que quizá debían pedirlos ya desde el principio. Así se lo dijo también a Hansson. Acordaron esperar hasta principios de la siguiente semana para plantear la cuestión. Podía ocurrir, a pesar de todo, que hubiera un avance en el trabajo antes de lo esperado.
Sentados a la mesa de reuniones, fueron repasando todo lo que habían hecho hasta el momento. Como de costumbre, Wallander empezó preguntando si alguien tenía algo importante que decir. Paseó la mirada en torno a la mesa. Todos movieron la cabeza negativamente. Nyberg se sonó en silencio, sentado solo en el extremo de la mesa, como solía. Fue a él a quien le dio la palabra en primer lugar.
—Nada por ahora —informó Nyberg—. Vosotros mismos habéis vis-

to lo que ha pasado. Los tablones están serrados hasta el punto de ruptura. Cayó y quedó atravesado. No hemos encontrado nada en el foso. No sabemos todavía de dónde proceden las estacas de bambú.

—¿Y la torre? —preguntó Wallander.

—No hemos encontrado nada —respondió Nyberg—. Pero todavía nos falta mucho, claro. Sería de gran ayuda que nos dijeras qué hay que buscar.

—No lo sé —respondió Wallander—. Pero el que haya hecho esto ha debido ir desde algún sitio. Tenemos el sendero que va desde la casa de Holger Eriksson. Alrededor, hay sembrados. Y detrás del montículo, un bosquecillo.

—Hay una pista de tractor que va al bosquecillo —dijo Ann-Britt Höglund—. Tiene huellas de neumáticos. Pero ninguno de los vecinos parece haber notado nada especial.

—Parece que Holger Eriksson tenía mucha tierra —intervino Svedberg—. Hablé con un campesino que se llama Lundberg. Le vendió más de cincuenta hectáreas a Eriksson hace diez años. Como las tierras eran suyas, no había ninguna razón para que otros anduvieran por allí. Y eso significa que son pocos los que han podido ver algo.

—Aún tenemos que hablar con mucha gente —apuntó Martinsson hojeando sus papeles—. Por cierto, he hablado con la clínica forense de Lund. Dicen que seguramente podrán decirnos algo el lunes por la mañana.

Wallander hizo una anotación. Luego se volvió otra vez hacia Nyberg.

—Y la casa de Eriksson, ¿cómo va? —preguntó.

—No puedes pretender que se haga todo a la vez —objetó Nyberg—. Hemos estado todo el tiempo fuera, metidos en el fango, porque puede empezar a llover de nuevo. Creo que podremos empezar con la casa mañana por la mañana.

—Muy bien —contestó Wallander con amabilidad.

Lo que menos deseaba en el mundo era que Nyberg se pusiera de mal humor. Podía crear un ambiente enrarecido capaz de influir en toda la reunión. Al mismo tiempo, no podía evitar irritarse con el constante mal genio de Nyberg. Vio también que Lisa Holgersson, sentada enfrente de la mesa, se había dado cuenta de la desabrida respuesta de Nyberg.

Siguieron con su análisis. Se encontraban todavía en la fase inicial de la investigación. Wallander había pensado a veces que era como una labor de desbroce. Pero avanzaban con cuidado. Mientras no tuvieran alguna pista que seguir, todo tenía la misma importancia. Sólo cuando ciertas cosas parecieran menos importantes que otras, empezarían a seguir en serio una o varias pistas.

Pasada ya la medianoche, y casi a la una del día siguiente, Wallander se dio cuenta de que aún seguían avanzando a tientas. Las conversaciones con Rut Eriksson y Sven Tyrén no les habían llevado más lejos. Holger Eriksson hizo el encargo del fuel. Cuatro metros cúbicos. Nada resultaba raro ni inquietante. La misteriosa denuncia del robo hecha el año anterior seguía sin aclararse. El estudio de la vida de Holger Eriksson y de la clase de persona que había sido no había hecho más que empezar. Seguían con las más elementales rutinas de una investigación criminal. El trabajo todavía no había empezado a vivir su propia vida. Los hechos de los que tenían que partir eran escasos. En algún momento después de las diez de la noche del miércoles 21 de septiembre, Eriksson había salido con unos prismáticos colgados del cuello. La trampa mortal ya estaba preparada. Pisó los tablones y cayó directo a la muerte.

Cuando ya nadie tenía nada más que decir, Wallander trató de hacer un resumen. Durante toda la reunión tuvo la sensación de haber visto algo en el lugar del crimen que estaba pidiendo una interpretación. Había visto algo que no sabía descifrar. «La forma», pensó. «Tiene que ver con las estacas. Un asesino utiliza un lenguaje que elige conscientemente. ¿Por qué se atraviesa a una persona de *esa* manera? ¿Por qué se toma *esa* molestia?»

Por el momento, sin embargo, se guardó esas reflexiones para sí mismo. Eran todavía demasiado imprecisas para exponérselas a los demás.

Se sirvió un vaso de agua mineral y apartó los papeles que tenía delante.

—Seguimos buscando un acceso —empezó—. Lo que tenemos es un asesinato que no se parece a ningún otro. Ello puede significar que el motivo y el autor son algo con lo que tampoco nos hemos tropezado antes. En cierto modo, esto se asemeja a la situación en la que nos encontramos el verano pasado. Lo que nos permitió resolver aquel caso fue que no nos dejamos cegar por nada. Tampoco ahora tenemos que hacerlo.

Luego se volvió directamente a Lisa Holgersson.

—Hay que trabajar muy intensamente. Ya estamos a sábado. No hay más remedio. Todos tenemos que seguir hoy y mañana con lo que tenemos entre manos. No podemos esperar al lunes.

Lisa Holgersson asintió. No hizo ninguna objeción.

Terminaron la reunión. Todos estaban cansados. Lisa Holgersson, sin embargo, se quedó rezagada, al igual que Ann-Britt Höglund. No tardaron en estar solos en la sala de reuniones. Wallander pensó que ahora, por una vez, las mujeres estaban en mayoría en su mundo.

—Per Åkeson quiere hablar contigo —dijo Lisa Holgersson.

Wallander se dio cuenta de que se había olvidado de llamarle por teléfono. Sacudió la cabeza con resignación.

—Le llamaré mañana.

Lisa Holgersson se puso el abrigo. Pero Wallander notó que quería decir algo más.

—¿Hay algo en realidad que nos impida pensar que este asesinato ha sido cometido por un loco? —preguntó—. ¡Perforar a una persona con estacas! Para mí esto es pura Edad Media.

—No necesariamente —objetó Wallander—. Durante la segunda guerra mundial se utilizaron fosas de estacas. La bestialidad y la locura, además, no van siempre de la mano.

Lisa Holgersson no pareció satisfecha con su respuesta. Se apoyó en el marco de la puerta sin dejar de mirarle.

—No me convence. Tal vez podríamos acudir a aquel psicólogo forense que estuvo aquí el verano pasado. Si te entendí bien, fue de gran ayuda para vosotros.

Wallander no podía negar que Mats Ekholm había tenido importancia para el éxito de la investigación. Les había ayudado a encontrar un posible perfil del asesino. Pero a Wallander le parecía que aún era demasiado pronto para llamarle.

Temía, sobre todo, establecer paralelismos entre ambos casos.

—Quizá —dudó—, pero creo que es mejor esperar un poco.

Ella le miró inquisitivamente.

—¿No tienes miedo de que vuelva a ocurrir? ¿Otro foso con estacas afiladas?

—No.

—¿Gösta Runfeldt? ¿La segunda desaparición?

Wallander sintió de pronto la duda de si no estaría hablando a sabiendas de que era un error. Pero movió la cabeza negativamente. No creía que se fuera a repetir. ¿O era sólo lo que deseaba que ocurriera? No sabía.

—El asesinato de Holger Eriksson tiene que haber exigido grandes preparativos —dijo—. Es algo que sólo se puede hacer una vez. Que además se basa en la existencia de unas condiciones muy especiales. Por ejemplo, un foso lo bastante profundo. Además, una pasarela. Y un objetivo que sale, por las noches o de madrugada, a ver pájaros. Soy consciente de que yo mismo he relacionado la desaparición de

Gösta Runfeldt con lo ocurrido en Lödinge. Pero es más bien por razones de prudencia. Si voy a estar al frente de esta investigación tengo que valerme tanto del cinturón como de los tirantes.

Ella reaccionó con sorpresa ante la metáfora. Ann-Britt Höglund se rió a hurtadillas. Lisa Holgersson asintió con la cabeza:

—Creo que entiendo lo que quieres decir. Pero piensa en lo de Ekholm.

—Lo haré. No excluyo que puedas tener razón. Pero me parece que es demasiado pronto. El resultado de los recursos depende muchas veces del momento en que se aplican.

Lisa Holgersson asintió y se abrochó el abrigo.

—Vosotros también necesitáis dormir. No os quedéis demasiado.

—Tirantes y cinturón —repitió Ann-Britt Höglund cuando se quedaron solos—. ¿Has aprendido eso de Rydberg?

Wallander no se dio por aludido. Se limitó a encogerse de hombros y empezó a recoger sus papeles.

—Alguna cosa tiene que inventarse uno. ¿Te acuerdas cuando llegaste aquí? Dijiste que creías que yo tenía mucho que enseñarte. Ahora a lo mejor te das cuenta de lo equivocada que estabas.

Ella se sentó a la mesa y se miró las uñas. Wallander pensó que estaba pálida y cansada y, ciertamente, no era guapa. Pero sí muy capaz. Era algo tan raro como un policía entregado a su profesión. En eso, los dos eran parecidos.

Dejó caer el montón de papeles sobre la mesa y se sentó en su silla.

—Cuenta lo que ves —dijo.

—Algo que me da miedo —contestó ella.

—¿Por qué?

—La brutalidad. El cálculo. Además, no tenemos ningún motivo.

—Holger Eriksson era rico. Todos dicen que era un hombre de negocios duro. Puede haber tenido enemigos.

—Eso no explica que haya que ensartarlo con estacas.

—El odio puede cegar. De la misma manera que la envidia. O los celos.

Ella movió la cabeza.

—Al llegar allí tuve la sensación de que aquello era algo más que el asesinato de un anciano —afirmó—. No puedo explicarlo mejor. Pero la sensación fue ésa. Y fue intensa.

Wallander superó el cansancio. Sintió que ella acababa de decir algo importante. Algo que de una manera confusa rozaba ideas que también se le habían pasado por la cabeza a él.

—Sigue. ¡Sigue pensando!

—No hay mucho más. El hombre estaba muerto. Nadie que lo haya visto podría olvidar cómo ha ocurrido. Es un asesinato, pero es también otra cosa.

—Cada asesino habla su propio idioma —dijo Wallander—. ¿Es eso lo que quieres decir?

—Más o menos.

—¿Quieres decir que pretendía decirnos algo?

—Tal vez.

«Un código cifrado», pensó Wallander. «Un código que todavía no conocemos.»

—Es posible que tengas razón.

Se quedaron callados. Luego Wallander se levantó pesadamente de la silla y siguió recogiendo sus papeles. Entre ellos vio uno que no era suyo.

—¿Es tuyo esto? —preguntó.

Ella echó una mirada al papel.

—Es la letra de Svedberg.

Wallander trató de leer lo que estaba escrito a lápiz. Era algo de la Maternidad. De una mujer desconocida.

—¿Qué coño es esto? ¿Es que Svedberg va a tener un crío? Si ni siquiera está casado... ¿Será posible que tenga relaciones con alguien?

Ella le cogió el papel y lo leyó hasta el final.

—Al parecer alguien ha informado de que una mujer desconocida se pasea por la Maternidad vestida de enfermera —dijo devolviéndole el papel.

—Lo investigaremos cuando tengamos tiempo —contestó Wallander irónicamente. Estuvo a punto de tirarlo a la papelera pero se arrepintió. Se lo daría a Svedberg al día siguiente.

Se separaron en el pasillo.

—¿Quién te cuida a los chicos? —preguntó—. ¿Está tu marido en casa?

—Mi marido está en Malí —contestó ella.

Wallander no sabía siquiera dónde estaba Malí. Pero no preguntó.

Ella se alejó del vacío edificio de la policía. Wallander dejó el papel en su mesa y cogió la chaqueta. Camino del vestíbulo se detuvo junto a la central de coordinación, en la que había un policía sentado leyendo un periódico.

—¿Ninguna llamada sobre Lödinge? —preguntó.

—Nada.

Wallander siguió camino de su coche. Hacía viento. Pensó que nunca obtendría respuesta a cómo solucionaba Ann-Britt Höglund el problema de cuidar a los niños. Rebuscó en los bolsillos antes de encontrar las llaves del coche. Luego condujo hasta su casa. A pesar de que estaba muy cansado se quedó sentado en el sofá pensando en lo que había ocurrido durante el día. Pensaba sobre todo en lo que había dicho Ann-Britt Höglund antes de que se separaran. Que el asesinato de Holger Eriksson era algo más. Era otra cosa.

Pero ¿podía un asesinato ser algo más que un asesinato?

Eran casi las tres cuando fue a acostarse. Antes de dormirse pensó que al día siguiente tenía que telefonear a su padre y a Linda.

Se despertó sobresaltado a las seis de la mañana. Había soñado algo. Que Holger Eriksson estaba vivo. Que estaba en la pasarela encima del foso. Justo cuando se rompía se despertó Wallander. Se obligó a saltar de la cama. Fuera había empezado a llover otra vez. En la cocina descubrió que se había acabado el café. En su lugar se tomó un par de aspirinas y se quedó un buen rato sentado con la cabeza apoyada en la mano.

A las siete y cuarto llegó al edificio de la policía. Camino de su despacho cogió una taza de café.

Al abrir la puerta descubrió algo que no había visto la noche anterior. En la silla junto a la ventana había un paquete. Sólo al verlo más de cerca se acordó del aviso de correos que había cogido en el piso de Gösta Runfeldt. Ebba, por tanto, se había ocupado de que alguien recogiera el paquete. Se quitó la chaqueta y empezó a abrirlo. Muy fugazmente pensó si en realidad tenía derecho a hacerlo. Rompió los papeles de la envoltura y contempló el contenido con la frente fruncida.

La puerta del despacho estaba abierta. Martinsson pasó por delante. Wallander le llamó.

Martinsson se quedó de pie en el umbral.

—Pasa —dijo Wallander—. Pasa y mira esto.

9

Estaban inclinados sobre la caja de Gösta Runfeldt.
A Wallander le parecía que todo aquello eran cables, relés de conexiones y minúsculos cajetines negros cuyo uso era incapaz de determinar. Pero para Martinsson estaba claro qué era lo que Gösta Runfeldt había encargado y la policía, por el momento, había pagado.
—Esto es un equipo de escucha avanzado —afirmó cogiendo uno de los cajetines.
Wallander le miró incrédulo.
—¿De verdad se pueden comprar equipos electrónicos avanzados por medio de una empresa de venta por correo de Borås? —preguntó.
—Por correo te puedes comprar lo que te dé la gana —contestó Martinsson—. Los tiempos en que la venta por correo se dedicaba a productos de segunda ya han pasado. Puede ser que aún existan. Pero todo esto es de primera calidad. Si es del todo legal o no, tendremos que investigarlo, sin embargo. La importación de estas cosas está muy reglamentada.
Abrieron la caja sobre la mesa de Wallander. Vieron que allí no había sólo material para pinchar conversaciones. Para su auténtico asombro encontraron también un envoltorio que contenía un pincel magnético y limaduras de hierro. Eso tan sólo podía significar una cosa: Runfeldt tenía la intención de tomar huellas dactilares.
—¿Cómo hay que interpretar esto? —preguntó Wallander.
Martinsson movió la cabeza.
—Parece muy raro —dijo.
—¿Para qué quiere un vendedor de flores un equipo de escucha? ¿Se va a poner a espiar a comerciantes de tulipanes de la competencia?
—Lo de las huellas dactilares es todavía más raro.
Wallander frunció el entrecejo. No entendía nada en absoluto. El equipo era caro. Con toda seguridad, de alta calidad técnica. Wallander confiaba en el juicio de Martinsson. La empresa que había envia-

do la mercancía se llamaba Secur y daba una dirección en Getängsvägen, en Borås.

—Vamos a llamar para preguntar si Gösta Runfeldt ha comprado más cosas —dijo Wallander.

—Sospecho que no van a estar muy dispuestos a entregar datos de sus clientes —contestó Martinsson—. Además hoy es sábado.

—Reciben encargos por teléfono las veinticuatro horas del día —replicó Wallander señalando el albarán de encima de la caja.

—Será sólo un contestador automático —dijo Martinsson—. Yo he comprado herramientas de jardinería a una empresa de venta por correo de Borås. Sé cómo funciona. Allí no hay ninguna telefonista que atienda día y noche, si eso es lo que crees.

Wallander miraba uno de los pequeños micrófonos.

—¿Es posible que esto sea legal? Tienes toda la razón, hay que enterarse de eso.

—Creo que puedo saberlo ahora mismo —sentenció Martinsson—. Tengo unos resúmenes en mi despacho que tratan precisamente del asunto.

Desapareció por el pasillo y no tardó en regresar. Traía en la mano unos folletos.

—La sección de información de la Jefatura de Policía. Mucho de lo que publican está muy bien.

—Yo lo leo siempre que tengo tiempo. Pero a veces me pregunto si no publican demasiado.

—Aquí tenemos algo titulado «La escucha de teléfonos como medida coercitiva de procesamiento penal» —leyó Martinsson poniendo uno de los folletos en la mesa—. Pero tal vez no es eso lo que nos interesa más. Éste en cambio sí: «Informe sobre equipos de escucha».

Martinsson hojeó el folleto. Leyó en voz alta:

—Según la legislación sueca es ilegal tener, vender e introducir en el país equipos de escucha. Lo que lógicamente debe significar que también está prohibido fabricarlos.

—Eso significa que tenemos que decir a nuestros colegas de Borås que se ocupen de esa empresa de venta por correo —señaló Wallander—. Se dedican a la venta ilegal. Y a la importación ilegal.

—Las empresas de venta por correo son, generalmente, serias. Me temo que ésta es una manzana podrida de la que el propio ramo preferiría librarse.

—Ponte en contacto con Borås. Hazlo cuanto antes.

Pensó en la visita que hizo al piso de Gösta Runfeldt. No había visto ningún equipo técnico como éste cuando registró los cajones del escritorio y los armarios.

—Creo que debemos pedirle a Nyberg que mire esto. Por ahora nos conformaremos con eso. Pero me parece que resulta raro.

Martinsson estuvo de acuerdo. Tampoco él podía entender para qué necesitaba semejante equipo de escucha un amante de las orquídeas. Wallander devolvió el contenido a la caja.

—Me voy a Lödinge —declaró.

—Por cierto, he encontrado a un vendedor de coches que trabajó para Holger Eriksson más de veinte años. Voy a verle en Svarte dentro de media hora. Él, mejor que nadie, podrá darnos una imagen de Holger Eriksson.

Se separaron en la recepción. Wallander llevaba la caja electrónica de Runfeldt bajo el brazo. Se detuvo junto a Ebba.

—¿Qué dijo mi padre? —preguntó.

—Me encargó que te dijera que, por supuesto, llamases sólo si tenías tiempo.

A Wallander le asaltó la desconfianza inmediatamente.

—¿Parecía irónico?

Ebba le miró con seriedad.

—Tu padre es un hombre muy amable. Tiene un gran respeto por tu trabajo.

Wallander, que sabía que la verdad era muy otra, se limitó a mover la cabeza. Ebba señaló la caja.

—La he pagado con mi propio dinero. La policía ya no tiene una caja para estas emergencias.

—Dame a mí la cuenta. ¿Te basta si tienes el dinero el lunes?

Ebba dijo que sí. Wallander salió del edificio. Ya no llovía y el cielo empezaba a despejarse. Iba a hacer un hermoso y claro día de otoño. Wallander puso la caja en el asiento de atrás del coche y salió de Ystad. Con el sol, el paisaje resultaba menos deprimente. Por un momento llegó a sentirse también menos preocupado. El asesinato de Holger Eriksson se presentaba como una pesadilla. Pero tal vez tuviera, a pesar de todo, una explicación lógica. Que Gösta Runfeldt también hubiera desaparecido no tenía por qué significar que había ocurrido algo grave. Aun cuando Wallander no pudiera entender en absoluto por qué había encargado esos aparatos de escucha, ello podía tomarse paradójicamente como prueba de que Gösta Runfeldt estaba vivo. A Wallander le había rondado la idea de que Runfeldt se hubiera suicidado. Pero rechazó la ocurrencia. La alegría de la que había hablado Vanja Andersson difícilmente podía hacer prever una dramática desaparición seguida de suicidio. Wallander conducía por el luminoso paisaje de otoño y pensó que a veces cedía con demasiada facilidad a sus demonios interiores.

Torció junto al patio de Holger Eriksson y aparcó el automóvil. Un hombre que Wallander conocía como periodista del diario *Arbetet*, se le acercó. Wallander tenía la caja de Runfeldt bajo el brazo. Se saludaron. El periodista hizo un gesto hacia la caja.
—¿Llevas encima la solución?
—Nada de eso.
—Sinceramente, ¿cómo va este asunto?
—Habrá una conferencia de prensa el lunes. Antes de eso no tenemos mucho que decir.
—Pero lo atravesaron con tubos de acero afilados.
Wallander le miró sorprendido.
—¿Quién ha dicho eso?
—Uno de tus colegas.
A Wallander le resultaba difícil creer que pudiera ser verdad.
—Tiene que haber un malentendido. No eran tubos de acero.
—Pero lo atravesaron.
—Eso sí.
—Suena como una cámara de tortura excavada en un campo de Escania.
—Ésas no son mis palabras.
—¿Cuáles son tus palabras?
—Que habrá una conferencia de prensa el lunes.
El periodista meneó la cabeza.
—Algo tienes que poder darme.
—Estamos al principio de la investigación. Sabemos que se ha cometido un asesinato. Pero no tenemos ninguna pista.
—¿Nada?
—Por ahora, prefiero no decir nada más.
El periodista se contentó de mala gana. Wallander sabía que escribiría lo que había dicho. Era uno de los pocos periodistas que nunca tergiversaba las declaraciones de Wallander.

Entró en el patio de adoquines. A lo lejos se agitaba el trozo de plástico abandonado en el foso. Todavía estaba acordonado. Un policía se divisaba junto a la torre. Wallander pensó que seguramente podían retirar la vigilancia. Justo cuando llegaba a la casa, se abrió la puerta. Era Nyberg, con fundas de plástico en los zapatos.
—Te vi por la ventana —dijo.
Wallander notó inmediatamente que Nyberg estaba de buen humor. Era una buena señal ante el trabajo que les esperaba.
—Te traigo una caja —dijo Wallander al entrar—. Quiero que le eches un vistazo a esto.

107

—¿Tiene algo que ver con Holger Eriksson?
—No. Tiene que ver con Runfeldt. El de las flores.
Wallander puso la caja en la mesa escritorio. Nyberg apartó el solitario poema para hacer sitio y desempaquetó la caja. Sus comentarios fueron idénticos a los de Martinsson. Era realmente un equipo de escucha. Y era un equipo avanzado. Nyberg se puso las gafas y buscó el sello de procedencia.
—Aquí pone Singapur —anunció—. Pero debe de estar construido en otro sitio completamente distinto.
—¿Dónde?
—En Estados Unidos o en Israel.
—¿Por qué pone entonces Singapur?
—Una buena parte de estas empresas constructoras tienen un perfil exterior que es el más bajo que imaginarse pueda. Son empresas que forman parte, de diversos modos, de la industria armamentista internacional. Y no se revelan entre sí ningún secreto sin necesidad. Los componentes técnicos se fabrican en diferentes sitios de todo el mundo. El montaje se hace en otro lugar. Y la marca de procedencia corre a cargo de un tercer país.
Wallander señaló el equipo:
—¿Qué se puede hacer con esto?
—Puedes hacer una escucha en un piso. O en un coche.
Wallander sacudió la cabeza con desaliento.
—Gösta Runfeldt es comerciante de flores. ¿Para qué quiere esto?
—Encuéntrale y pregúntale —contestó Nyberg.
Devolvieron el contenido a la caja. Nyberg se sonó. Wallander se dio cuenta de que seguía muy acatarrado.
—Intenta tener un poco de paciencia. Debes dormir un poco.
—Fue ese maldito lodo —dijo Nyberg—. Me pongo enfermo si me coge la lluvia. No me explico que tenga que ser tan difícil construir una protección móvil que funcione también en las condiciones meteorológicas de Escania.
—Escríbelo en nuestra revista —propuso Wallander.
—¿Y de dónde saco el tiempo?
La pregunta se quedó sin respuesta. Recorrieron la casa.
—No he encontrado nada de particular —declaró Nyberg—. En todo caso, no hasta ahora. Pero la casa está llena de rincones.
—Yo me quedo un rato. Tengo que ver lo que hay por aquí.
Nyberg volvió junto a sus técnicos. Wallander se sentó junto a la ventana. Un rayo de sol le calentó la mano. Todavía estaba moreno.
Echó una mirada por la gran habitación. Pensó en el poema. En

realidad, ¿quién escribe poemas sobre un pico mediano? Cogió el papel y volvió a leer lo que había escrito Holger Eriksson. Se dio cuenta de que había formulaciones hermosas. En cuanto al propio Wallander, posiblemente había escrito algo en los libros de poemas de las compañeras de clase cuando era joven. Pero nunca había leído poesía. Linda se quejaba de que nunca hubo libros en el hogar donde había crecido y Wallander no pudo contradecirla. Dejó vagar la mirada por las paredes. «Un comerciante de coches adinerado. De casi ochenta años. Que escribe poemas. Y tiene interés por los pájaros. Tanto, como para salir tarde por la noche a observar aves migratorias casi invisibles. O al amanecer.» La mirada vagaba. El rayo de sol seguía calentando su mano izquierda. De repente se acordó de algo que figuraba en la denuncia de robo que habían sacado del archivo. «Según Eriksson, la puerta exterior había sido forzada mediante una ganzúa o algo semejante. Según Eriksson, no pudo constatarse, sin embargo, que hubiera desaparecido nada.» También había algo más. Wallander buscó en su memoria. Luego se acordó de lo que era: «La caja fuerte estaba intacta». Se puso de pie y fue a ver a Nyberg, que estaba en uno de los dormitorios de la casa. Wallander se quedó en el umbral.

—¿Has visto una caja fuerte? —preguntó.

—No.

—Pues la hay —dijo Wallander—. Vamos a buscarla.

Nyberg estaba de rodillas junto a la cama. Cuando se levantó, Wallander observó que se había puesto rodilleras.

—¿Estás seguro de eso? —preguntó Nyberg—. Debería haberlo descubierto yo.

—Sí —contestó Wallander—. Hay una caja fuerte.

Buscaron metódicamente por toda la casa. Tardaron media hora en encontrarla. Fue uno de los colaboradores de Nyberg el que la descubrió detrás de una puerta de horno que había en la cocina. Tenía una cerradura de combinación.

—Me parece que sé dónde está la combinación —dijo Nyberg—. Holger Eriksson debía de tener miedo, a pesar de todo, de que la memoria le fallara cuando se hiciera viejo.

Wallander siguió a Nyberg hasta la mesa escritorio. En uno de los cajones Nyberg había encontrado una cajita que tenía una línea de cifras en un papel. Cuando la probaron en la caja fuerte, se separaron las barreras. Nyberg se apartó y Wallander pudo abrirla.

Wallander miró dentro de la caja. Luego se llevó un susto. Retrocedió un poco y pisó a Nyberg.

—¿Qué sucede? —preguntó éste.

Wallander le indicó que mirase él mismo. Nyberg acercó la cabeza. También él se asustó. No tanto, sin embargo, como Wallander.
—Parece la cabeza de una persona.
Se volvió a uno de sus colaboradores, que había empalidecido al oír lo que se decía. Nyberg le pidió que fuera a buscar una linterna. Permanecieron inmóviles mientras esperaban. Wallander notó que se mareaba. Hizo un par de aspiraciones profundas. Nyberg le miraba inquisitivo. Luego llegó la linterna. Nyberg iluminó el interior de la caja fuerte. Era cierto, había una cabeza dentro de la caja, cortada por la mitad del cuello. Tenía los ojos abiertos. Pero no era una cabeza normal. Estaba jibarizada y seca. Ni Nyberg ni Wallander podían determinar si era de un mono o de una persona. Aparte de la cabeza, sólo había unos calendarios y unos cuadernos de notas. En ese momento entró Ann-Britt Höglund en la habitación. Por la tensa atención que había dedujo que algo pasaba. No preguntó qué, sino que se quedó al fondo.
—¿Le decimos al fotógrafo que venga? —preguntó Nyberg.
—Basta con que hagas tú un par de fotografías —contestó Wallander—. Lo más importante es sacar esto de la caja.
Luego se volvió hacia Ann-Britt Höglund.
—Hay una cabeza ahí dentro. Una cabeza humana reducida. O tal vez sea de un mono.
Ella se inclinó a mirar. Wallander se dio cuenta de que no reaccionó. Con objeto de dejarles sitio a Nyberg y a sus colaboradores para trabajar, pasaron a la antecocina. Wallander notó que estaba sudando.
—Una caja fuerte con una cabeza —dijo ella—. Reducida o sin reducir, de mono o no de mono ¿Cómo se entiende?
—Holger Eriksson tiene que haber sido una persona bastante más complicada de lo que nos hemos imaginado.
Esperaron a que Nyberg y sus colaboradores vaciaran la caja fuerte. Eran las nueve. Wallander habló del envío de la empresa de venta por correo de Borås. Ann-Britt revisó el contenido de la caja y se preguntó qué podía significar aquello. Decidieron que alguien registrase el piso de Gösta Runfeldt más sistemáticamente de lo que Wallander había tenido tiempo de hacer. Lo mejor sería que Nyberg pudiera prescindir de alguno de sus colaboradores. Ann-Britt Höglund telefoneó a la comisaría y le dijeron que la policía danesa, con la que se habían puesto en contacto, no había podido informar de la aparición de ningún cadáver humano en las costas durante los últimos días. Tampoco la policía de Malmö ni el equipo de salvamento habían informado de cadáveres flotando cerca de la costa. A las nueve y media llegó Nyberg

con la cabeza y el resto de los objetos que había encontrado en la caja fuerte. Wallander apartó el poema del pico mediano. Nyberg posó la cabeza en la mesa. En la caja fuerte había, además, unos cuantos almanaques viejos, un cuaderno de notas y una caja con una medalla. Pero era la cabeza seca y reducida la que concitaba el interés de todos. A la luz del día, ya no cabía la menor duda. Era una cabeza humana. Una cabeza negra. Tal vez un niño. O, en todo caso, una persona joven. Cuando Nyberg la estudió a través de una lupa, vio que la piel estaba apolillada. Wallander hizo una mueca de desagrado cuando el otro se acercó a la cabeza para olerla.

—¿Quién puede saber algo de cabezas reducidas? —preguntó Wallander.

—El Museo Etnográfico —contestó Nyberg—. Aunque ahora parece que se llama Museo de los Pueblos. La Jefatura de Policía ha publicado un escrito muy bueno, por cierto. Explica dónde se puede buscar información sobre los fenómenos más extraños.

—Pues hay que llamarles —afirmó Wallander—. Lo bueno sería encontrar a alguien que pudiera hablar con nosotros ya durante el fin de semana.

Nyberg empezó a embalar la cabeza en una bolsa de plástico. Wallander y Ann-Britt Höglund se sentaron a la mesa y empezaron a repasar los otros objetos. La medalla, que reposaba sobre un pequeño cojín de seda, era extranjera. Tenía una inscripción en francés. Ninguno de ellos entendía lo que decía. Wallander sabía que no valía la pena preguntarle a Nyberg. Su inglés era malo, su francés seguramente inexistente. Luego empezó a repasar los papeles. Los almanaques eran de los primeros años sesenta. En las primeras páginas leyeron un nombre: HARALD BERGGREN. Wallander miró a Ann-Britt Höglund interrogante. Ella movió la cabeza. El nombre no había aparecido antes en la investigación. Había pocas anotaciones en los almanaques. Algunas horas. Iniciales. En un lugar había unas letras, HE. Era el 10 de febrero de 1960. Más de treinta años atrás.

Wallander empezó a hojear el cuaderno. Éste aparecía, por el contrario, lleno. Vio que se trataba de un diario. La primera anotación estaba hecha en noviembre de 1960. La última, en julio de 1961. La letra era muy pequeña y enrevesada. Wallander se acordó de que, como era de esperar, había olvidado ir al óptico. Le pidió una lupa a Nyberg. Pasó unas hojas. Leyó una frase aquí y otra allá.

—Trata del Congo Belga. Alguien que estuvo allí durante una guerra. Como soldado.

—¿Holger Eriksson o Harald Berggren?

—Harald Berggren. Quienquiera que sea.
Dejó el cuaderno. Se daba cuenta de que podía ser importante y de que tenía que leerlo a fondo. Se miraron. Wallander sabía que estaban pensando en lo mismo.
—Una cabeza humana reducida —dijo—. Y un diario que trata de una guerra en África.
—Una fosa con estacas —añadió Ann-Britt Höglund—. Un recuerdo de guerra. En mi imaginación, las cabezas humanas reducidas y las personas atravesadas por lanzas forman parte de la misma realidad.
—En la mía también —dijo Wallander—. La cuestión es si, con todo, no habremos encontrado un indicio que seguir.
—¿Quién es Harald Berggren?
—Eso es algo de lo que tenemos que tratar de enterarnos enseguida.
Wallander se acordó de que, con toda probabilidad, Martinsson estaba precisamente en ese momento con una persona en Svarte que conocía a Holger Eriksson desde hacía muchos años. Le pidió a Ann-Britt Höglund que le llamara al teléfono móvil. A partir de ahora el nombre de Harald Berggren habría de mencionarse e investigarse en todas las situaciones posibles. Ella marcó el número. Esperó. Luego movió negativamente la cabeza.
—No tiene el teléfono conectado.
Wallander se enfadó.
—¿Cómo vamos a poder trabajar en una investigación si estamos ilocalizables?
Sabía que él pecaba muchas veces contra la regla de la accesibilidad. Probablemente era el más difícil de encontrar. Por lo menos en algunos periodos. Pero ella no dijo nada.
—Voy a buscarle —dijo levantándose.
—Harald Berggren —señaló Wallander—. El nombre es importante. Para todos.
—Me ocuparé de que lo sepan —contestó ella.
Cuando se quedó solo en la habitación encendió la lámpara del escritorio. Estaba a punto de abrir el diario cuando descubrió que había algo metido por dentro de la tapa de cuero. Extrajo con cuidado una fotografía. Era en blanco y negro, estaba manoseada y manchada. Una de las esquinas estaba rota. La fotografía mostraba a tres hombres que posaban ante un fotógrafo desconocido. Los hombres eran jóvenes, reían mirando el fotógrafo y estaban vestidos con una especie de uniformes. Wallander se acordó de una fotografía que había visto en el piso de Gösta Runfeldt, en la que se le veía en un paisaje tropical rodeado

de orquídeas gigantes. Tampoco en ésta el paisaje era sueco. Estudió la fotografía con la lupa. El sol debía de estar en lo alto del cielo cuando se hizo la foto. No había ninguna sombra en ella. Los hombres estaban muy morenos. Las camisas desabrochadas, las mangas remangadas. Junto a las piernas había armas. Estaban apoyados en una piedra que tenía una forma extraña. Detrás de la piedra se divisaba un paisaje abierto que carecía de contornos. El suelo era de gravilla menuda o de arena. Contempló los rostros. Tendrían entre veinte y veinticinco años. Dio la vuelta a la fotografía. Nada. Se imaginó que la foto había sido hecha en la misma época en que se escribió el diario. En los primeros sesenta. Si no por otra cosa, se notaba por el peinado de los hombres. Ninguno tenía el pelo largo. La edad hizo que pudiera excluir a Holger Eriksson. En 1960 tendría entre cuarenta y cincuenta años.

Wallander dejó la fotografía y abrió uno de los cajones del escritorio. Recordaba haber visto anteriormente algunas fotos sueltas de carnet en un sobre. Puso una de las fotos de Holger Eriksson encima de la mesa. Era relativamente reciente. En la parte de atrás estaba el año 1989 escrito a lápiz. Holger Eriksson a los setenta y tres años. Contempló la cara. La nariz afilada, los delgados labios. Trató de borrar las arrugas para ver una cara más joven. Luego volvió a la fotografía de los tres hombres posando. Estudió sus caras, una tras otra. El hombre que estaba a la izquierda tenía algunos rasgos que recordaban a Holger Eriksson. Wallander se echó hacia atrás en la silla y cerró los ojos. «Holger Eriksson yace muerto en un foso. En su caja fuerte encontramos una cabeza humana reducida, un diario y una fotografía.» Wallander se incorporó de súbito en la silla con los ojos abiertos. Pensó en la denuncia que había puesto Holger Eriksson el año anterior. «La caja fuerte estaba intacta. Supongamos», se dijo Wallander, «que quien entró en la casa a robar tuviera las mismas dificultades que nosotros para encontrar el escondite de la caja. Sigamos suponiendo que el contenido de la caja era precisamente lo que buscaba el ladrón. Fracasa y al parecer tampoco lo vuelve a intentar. En cambio, Holger Eriksson muere un año más tarde.»

Advirtió que las ideas eran coherentes, por lo menos en parte. Pero allí había un punto que contradecía de modo decisivo su intento de hallar una relación entre los diversos acontecimientos. Cuando Holger Eriksson muriese, tarde o temprano se encontraría la caja fuerte. De eso tenía que haber sido consciente el ladrón. En todo caso, la encontraría la persona, o las personas, que fueran a hacerse cargo del testamento.

Sin embargo allí había algo. Una pista.

Volvió a mirar la fotografía. Los hombres sonreían. Habían mostrado la misma sonrisa durante treinta años. Se preguntó fugazmente si el fotógrafo podría haber sido Holger Eriksson. Pero Holger Eriksson había estado vendiendo coches en Ystad, en Tomelilla y en Sjöbo con mucha fortuna. No había participado en ninguna lejana guerra en África. ¿O sí lo había hecho? Aún no conocían más que una ínfima parte de la vida de Holger Eriksson.

Wallander contempló pensativo el diario que tenía delante. Se metió la fotografía en el bolsillo, cogió el diario y fue a ver a Nyberg, que estaba haciendo una investigación técnica del cuarto de baño.

—Me llevo el diario —dijo—. Los almanaques los dejo aquí.

—¿Sacas algo? —preguntó Nyberg.

—Me parece que sí —contestó Wallander—. Si alguien pregunta por mí, di que estoy en casa.

Cuando salió al patio vio a varios policías que quitaban el acordonamiento del foso. La protección contra la lluvia ya la habían levantado.

Una hora más tarde se sentaba en la mesa de la cocina. Empezó a leer el diario despacio.

La primera anotación era del 20 de noviembre de 1960.

10

Casi seis horas le llevó a Wallander leer el diario de Harald Berggren de cabo a rabo. Le habían interrumpido en varias ocasiones. El teléfono había sonado una y otra vez. Apenas pasadas las cuatro de la tarde, Ann-Britt Höglund pasó un momento. Pero Wallander trató todo el tiempo de abreviar las interrupciones. El diario era algo de lo más fascinante, pero también de lo más espantoso, que jamás había leído. Relataba unos años de la vida de una persona y para Wallander era como entrar en un mundo totalmente extraño. Pese a que Harald Berggren, quienquiera que fuese, no podía calificarse de maestro del idioma —muy al contrario, se expresaba a veces de forma muy sentimental o con una inseguridad que rozaba en ocasiones la impotencia–, el contenido, sus experiencias, tenían una fuerza más intensa que los, estilísticamente hablando, relamidos pasajes que narraba. Wallander intuía que el diario era importante para poder abrir una brecha y comprender qué le había pasado a Holger Eriksson. Pero al mismo tiempo había en su interior algo que le ponía en guardia constantemente. Podía tratarse también de un camino completamente equivocado, que les alejara de la solución. Wallander sabía que la mayor parte de las verdades eran tan esperadas como inesperadas, las dos cosas al mismo tiempo. Se trataba sólo de saber cómo interpretar las conexiones. Además, una investigación criminal jamás se parecía a otra, por lo menos no en el fondo, cuando se empezaba a traspasar en serio la corteza superficial de la semejanza.

El diario de Harald Berggren era un diario de guerra. Wallander pudo identificar a los otros dos hombres de la fotografía durante la lectura. Sin embargo, al terminar el diario no había logrado saber quién era quién. Pero Harald Berggren estaba flanqueado en la foto por un irlandés, Terry O'Banion, y por un francés, Simon Marchand. La foto la había hecho un hombre de nacionalidad desconocida, pero que se llamaba Raul. Juntos habían participado durante más de un año en una guerra africana y habían sido todos ellos mercenarios. Al principio del diario, Harald Berggren cuenta que en algún lugar de Estocolmo había oído hablar de un café de Bruselas donde podía establecerse contacto con el tenebroso mundo de los mercenarios. Anota que lo ha oído ya el día de Año Nuevo de 1958. De lo que le lleva allí unos años más tarde, no escribe nada. Harald Berggren entra en su propio diario procedente de ninguna parte. No tiene pasado, no tiene padres, no tiene el menor antecedente. En el diario actúa en un escenario vacío. Lo único que se sabe es que tiene veintitrés años y está desesperado porque Hitler perdiera la guerra que había terminado quince años antes.

Wallander se detuvo en ese punto. Harald Berggren emplea exactamente esa palabra, «desesperado». Wallander leyó la frase varias veces. «La desesperada derrota a la que fue expuesto Hitler por sus generales traidores.» Wallander intentaba comprender. Que Harald Berggren utilizase la palabra «desesperado» revelaba una cosa importante sobre él. ¿Expresaba con ello unas convicciones políticas, o estaba sobreexcitado y confuso? Wallander no podía encontrar pistas que le permitieran decidir de qué se trataba. Harald Berggren tampoco habla más de ello. En junio de 1960 deja Suecia en tren y se queda un día en Copenhague para ir a Tívoli, al parque de atracciones. Allí baila en la templada noche de verano con una joven llamada Irene. Escribe que la chica es mona «pero demasiado alta». Al día siguiente llega a Hamburgo. Al otro, el 12 de junio de 1960, se encuentra en Bruselas. Al cabo de, aproximadamente, un mes ha conseguido su objetivo, firmar un contrato como mercenario. Anota con orgullo que ahora cobra un sueldo y que va a ir a la guerra. A Wallander le parece que su estado de ánimo es el de alguien que está cerca de alcanzar el objetivo soñado. Todo esto lo ha escrito después en su diario, en una ocasión posterior, bajo una fecha mucho más tardía, el 20 de noviembre de 1960. En esta primera anotación del diario, que es también la más larga, hace un resumen de los hechos que le han llevado al lugar donde se encuentra ahora. Y ese lugar es África. Cuando Wallander leyó el nombre, Omerutu, se levantó y fue a buscar su viejo atlas escolar que estaba en el fondo de una caja en lo más profundo de un armario. Pero, por descontado, Omerutu no aparecía. Dejó no obstante el viejo atlas abierto sobre la mesa de la cocina mientras seguía leyendo el diario. Junto con Terry O'Banion y Simon Marchand, Harald Berggren forma parte de una unidad de combate constituida únicamente por mercenarios. Su jefe, de quien Harald Berggren habla muy poco a lo largo de todo el diario, es un canadiense al que nunca se le llama más que Sam. A Harald Berggren tampoco parece interesarle mucho de qué trata en realidad la guerra. El mismo Wallander tenía una idea muy vaga de la guerra que hubo en lo que entonces, y también en su viejo atlas, se conocía como el Congo Belga. Harald Berggren no parecía tener ninguna necesidad de justificar su presencia como soldado a sueldo. Se limita a escribir que lucha por la libertad. Pero la libertad ¿de quién? No se dice nunca. En varias ocasiones, entre ellas el 11 de diciembre de 1960 y el 19 de enero de 1961, escribe que no vacilará en usar su arma si cae en una situación de combate en la que pudiera haber soldados suecos de las Naciones Unidas frente a él. Harald Berggren también anota con minuciosidad las veces que recibe su sueldo. Hace unas cuentas minúsculas el último día de cada mes. Cuánto le han pagado, cuánto ha gastado y cuánto ha ahorrado. También anota con satisfacción cada trofeo de guerra del que logra apoderarse. En una parte especialmente desagradable del diario, en la que los mercenarios han llegado a una plantación abandonada y quemada, describe cómo los cadáveres medio putrefactos, rodeados de nubes de moscas negras, permanecen aún en el interior de la casa. El dueño de la plantación y su esposa, belgas los dos, yacen muertos en la cama. Les han cortado los brazos y las piernas. El hedor era horroroso. Pero a pesar de ello los mercenarios registran la casa y encuentran varios diamantes y alhajas que un joyero libanés valora posteriormente en más de veinte mil coronas. Harald Berggren escribe entonces que la guerra se justifica porque la ganancia es grande. En una reflexión personal que no tiene equivalente en otros lugares del diario, Harald Berggren se pregunta cómo hubiera podido él alcanzar el mismo bienestar si se hubiera quedado en Suecia ganándose la vida como mecánico de coches. La respuesta es negativa. Con una vida como ésa, nunca hubiera podido prosperar. Y sigue participando en su guerra con gran entusiasmo.

Aparte de la obsesión por ganar dinero y llevar las cuentas con exactitud, Harald Berggren es también muy minucioso cuando hace otro balance.

Harald Berggren mata a gente en su guerra africana. Anota el momento y el número. En los casos en que ello es posible, anota también si, después, ha tenido ocasión de acercarse a aquellos que ha matado. Anota si es un hombre, una mujer o un niño. Comprueba también fríamente dónde han dado los tiros que ha disparado. Wallander leía esas partes, repetidas regularmente, con desagrado e ira crecientes. Harald Berggren no tiene nada que ver con esa guerra. Cobra un sueldo por matar. No está claro quién le paga. Y aquellos a quienes mata son raras veces soldados, raras veces hombres de uniforme. Los mercenarios hacen incursiones en diferentes pueblos que han sido considerados contrarios a la libertad por la que se supone que luchan. Asesinan y saquean y luego se retiran. Constituyen una patrulla de la muerte, todos son europeos y apenas si consideran a las personas que matan como seres iguales a ellos. Harald Berggren no disimula su desprecio hacia los negros. Escribe encantado que «corren como cabras aturdidas cuando nos acercamos. Pero las balas vuelan más rápidas que saltan y brincan los hombres». Ante esas líneas faltó poco para que Wallander estrellara el diario contra la pared. Pero se obligó a seguir leyendo después de hacer una pausa y bañar sus irritados ojos. Deseó más que nunca haber ido a un óptico que le pusiera las gafas que necesitaba. Wallander toma nota de que Harald Berggren, si no miente en su diario, mata un promedio de diez personas al mes. Después de siete meses de guerra, se pone enfermo y es trasladado en avión a un hospital de Leopoldville. Tiene disentería aguda y está al parecer muy enfermo durante varias semanas. Las anotaciones del diario se interrumpen entonces por completo. Pero cuando ingresa en el hospital ha matado ya a más de cincuenta personas en esta guerra que está haciendo en lugar de ser mecánico de automóviles en Suecia. Cuando se restablece, regresa a su compañía. Un mes más tarde están en Omerutu. Se ponen delante de una piedra que no es una piedra sino un termitero y el desconocido Raul le fotografía a él, a Terry O'Banion y a Simon Marchand. Wallander se acercó a la ventana de la cocina con la foto. Él nunca había visto una hacina de termitas en la vida real. Pero se dio cuenta de que el diario hablaba justamente de esa fotografía. Retornó a la lectura. Tres semanas más tarde caen en una emboscada y Terry O'Banion resulta muerto. Se ven obligados a retroceder sin poder organizar la retirada. Huyen despavoridos. Wallander se esfuerza por rastrear el miedo en Harald Berggren. Está convencido de que lo hay. Pero Harald Berggren lo esconde. Escribe únicamente que entierran a los muertos en el campo y marcan las tumbas con sencillas cruces de madera. La guerra sigue su curso. En una ocasión, disparan a una manada de monos. En otra, recogen huevos de cocodrilo a la orilla de un río. Sus ahorros ya ascienden a casi treinta mil coronas.

Pero luego, en el verano de 1961, se acaba todo de repente. El final del diario llega por sorpresa. Wallander pensó que tuvo que ser así también para Harald Berggren. Debió de imaginarse que esta extraña guerra en la selva iba a durar toda la vida. En las últimas anotaciones describe cómo abandonan el país por la noche, precipitadamente, en un avión de transporte con las luces apagadas y con uno de los motores que empieza a fallar poco después de despegar de la pista que ellos mismos han abierto en pleno campo. El diario termina de repente, como si Harald Berggren se hubiera cansado o ya no tuviera nada que decir. Termina allí arriba en el avión de transporte, por la noche, y Wallander no pudo saber siquiera adónde se dirigía el avión. Harald Berggren vuela a través de la noche africana, el ruido de los motores se apaga y él deja de existir.

Eran ya las cinco de la tarde. Wallander estiró la espalda y salió al balcón. Una cortina de nubes se aproximaba desde el mar. Iba a llover otra vez. Pensó en lo que había leído. ¿Por qué estaba el diario en la caja fuerte de Holger Eriksson junto con una cabeza humana jibarizada? Si Harald Berggren todavía estaba vivo, tendría ahora cincuenta años largos. Wallander notó que hacía frío fuera, en el balcón. Entró y cerró la puerta. Luego se sentó en el sofá. Le dolían los ojos. ¿Para quién había escrito el diario Harald Berggren? ¿Para sí mismo o para otra persona?

También echaba en falta algo más.

Wallander todavía no había caído en qué podía ser. Un hombre joven escribe el diario de una guerra lejana en África. Muchas veces lo que cuenta es muy rico en detalles, aunque a la vez limitado. Pero hay algo que falta todo el tiempo. Algo que Wallander tampoco pudo leer entre líneas.

Sólo cuando Ann-Britt Höglund llamó a la puerta por segunda vez, cayó en la cuenta de lo que era. La vio en la entrada y supo de repente qué era lo que faltaba en lo que había escrito Harald Berggren. En el diario había entrado en un mundo dominado completamente por hombres. Las mujeres sobre las que escribe Harald Berggren están muertas o en fuga. Aparte de Irene, la del Tívoli en Copenhague. La que era mona, pero demasiado alta. Por lo demás, no menciona a ninguna mujer. Escribe acerca de permisos en diferentes ciudades de El Congo, de cómo ha bebido hasta emborracharse y empezar a pelearse. Pero no hay ninguna mujer. Sólo Irene.

Wallander no podía dejar de pensar que eso tenía que ser importante. Harald Berggren es un hombre joven cuando viaja a África. La guerra es una aventura. En el mundo de un hombre joven las mujeres entran como un componente importante de la aventura.

Empezó a darle vueltas. Pero, por el momento, se guardó los pensamientos para sí mismo.

Ann-Britt Höglund venía a contarle que había registrado el piso de Gösta Runfeldt junto con uno de los técnicos de Nyberg. El resultado era negativo. No habían encontrado nada que pudiera explicar por qué había comprado un equipo de escucha.

—El mundo de Gösta Runfeldt está hecho de orquídeas —señaló—. Da la impresión de ser un viudo amable y apasionado.

—Parece que su mujer se ahogó —repuso Wallander.
—Era muy guapa —comentó Ann-Britt Höglund—. He visto la foto de la boda.
—Tal vez deberíamos enterarnos de lo que pasó —sugirió Wallander—. Ver adónde nos lleva.
—Martinsson y Svedberg están tratando de entrar en contacto con sus hijos —continuó diciendo ella—. Pero la cuestión es si no hay que empezar a ver esto como una desaparición digna de ser tomada en serio.

Wallander ya había hablado por teléfono con Martinsson, que, a su vez, se había puesto en contacto con la hija de Gösta Runfeldt. Ella se manifestó del todo ajena a la idea de que su padre hubiera desaparecido voluntariamente. Se puso muy nerviosa. Sabía que iba a viajar a Nairobi y suponía que estaba allí.

Wallander estaba de acuerdo. A partir de ese momento, la desaparición de Gösta Runfeldt era un asunto importante para la policía.

—Hay demasiadas cosas que no casan —afirmó—. Svedberg llamaría cuando localizara a su hijo. Parece que estaba en una finca de Hälsingeland en la que no había teléfono.

Decidieron organizar una reunión con todo el equipo a primera hora de la tarde del domingo. Ann-Britt Höglund dijo que ella se encargaba de prepararla. Luego Wallander le contó el contenido del diario. Se tomó tiempo y trató de ser minucioso. Contárselo a ella era al mismo tiempo hacer un resumen para sí mismo.

—Harald Berggren —comenzó ella cuando él guardó silencio—. ¿Puede ser él?

—En cualquier caso, anteriormente, ha cometido crueldades en su vida, de forma regular y por dinero —repuso Wallander—. El libro es, desde luego, una lectura horrorosa. ¿Vive tal vez hoy con el miedo de que se conozca su contenido?

—Dicho de otro modo, tenemos que encontrarle. Lo primero de todo. La cuestión es únicamente por dónde empezamos a buscar.

Wallander asintió.

—El diario estaba en la caja fuerte de Eriksson. Por ahora, ésta es la pista más clara que tenemos. Aunque no hay que dejar de seguir buscando sin condicionamientos.

—Sabes que eso es imposible —objetó ella sorprendida—. Cuando encontramos una pista ya no se hace nada sin condicionamientos.

—Es más bien una advertencia —contestó él de forma evasiva—. Una advertencia de que, a pesar de todo, podemos equivocarnos.

Ella estaba a punto de irse cuando sonó el teléfono. Era Svedberg, que había encontrado al hijo de Gösta Runfeldt.

—Sufrió una gran conmoción —dijo Svedberg—. Quería coger inmediatamente un avión para venir.
—¿Cuándo tuvo contacto por última vez con su padre?
—Unos días antes de que se fuera a Nairobi. O de que hubiera debido irse, habría que decir tal vez. Todo fue normal. Según el hijo, el padre disfrutaba mucho cuando estaba a punto de irse de viaje.
Wallander asintió:
—Está bien.
Luego le pasó el auricular a Ann-Britt Höglund, que le informó de la hora de la reunión al día siguiente. Cuando ya había colgado el auricular, Wallander se acordó de que tenía un papel de Svedberg con anotaciones sobre una mujer que se había comportado de manera rara en la Maternidad de Ystad.
Ann-Britt Höglund se fue apresuradamente a casa, con sus hijos. Cuando Wallander se quedó solo, llamó a su padre. Acordaron verse el domingo por la mañana a primera hora. Las fotografías que había hecho el padre de Wallander con su vieja cámara ya estaban reveladas.
Wallander dedicó el resto de la tarde del sábado a hacer un resumen del asesinato de Holger Eriksson. Al mismo tiempo, fue repasando la desaparición de Gösta Runfeldt. Se sentía inquieto y desazonado y le resultaba difícil concentrarse.
La sensación de que no hacían más que moverse en los aledaños de algo muy serio era cada vez más fuerte.
La desazón no le dejaba en paz.
A las nueve de la noche estaba tan cansado que ya no tenía fuerzas para pensar. Apartó el cuaderno y telefoneó a Linda. Las señales se perdieron en el vacío. No estaba en casa. Se puso una chaqueta gruesa y se fue andando al centro de la ciudad. Cenó en un restaurante chino. Por una vez, estaba lleno de gente. Se acordó de que era sábado por la noche. Se permitió el lujo de tomar vino y enseguida le dio dolor de cabeza. Cuando volvió a casa había empezado a llover de nuevo.
Por la noche soñó con el diario de Harald Berggren. Estaba en una oscuridad muy grande, hacía mucho calor y en algún lugar de la compacta oscuridad, Harald Berggren le apuntaba con un arma.

Se despertó pronto.
Había dejado de llover. El cielo estaba otra vez despejado.
A las siete y cuarto se sentó en el coche y se dirigió a Löderup a ver a su padre. A la luz matinal, los contornos del paisaje eran afilados y nítidos. Wallander pensó que trataría de convencer a su padre y

a Gertrud de que fueran con él a la playa. El frío sería pronto tan intenso que ya no se podría ir.

Pensó con malestar en el sueño que había tenido. Mientras conducía, recordó también que en la reunión de la tarde tenían que empezar a hacer un plan para ver en qué orden necesitaban obtener respuesta a diferentes cuestiones. Localizar a Harald Berggren era importante. Sobre todo si se veía que estaban siguiendo una pista que no llevaba a ninguna parte.

Cuando torció para entrar en el patio de la casa de su padre, le vio en las escaleras para recibirle. No se habían visto desde el final del viaje a Roma. Fueron a la cocina, donde Gertrud sirvió el desayuno. Juntos miraron las fotografías que había hecho el padre. Muchas estaban desenfocadas. En algunos casos, el motivo quedaba fuera. Pero como su padre estaba contento y orgulloso, Wallander no hizo más que elogiarlas.

Pero una foto se diferenciaba de las otras. La hizo un camarero la última noche que pasaron en Roma. Acababan de terminar de cenar. Wallander y su padre se han acercado. La botella de vino, a medio beber, está sobre el blanco mantel. Ambos sonríen directamente a la cámara.

Durante una fracción de segundo, la descolorida foto del diario de Harald Berggren centelleó en la cabeza de Wallander. Pero la rechazó. En ese momento, lo que quería era ver a su padre y verse a sí mismo. Comprendió que la fotografía fijaba de una vez por todas su descubrimiento durante el viaje.

Se parecían físicamente. Incluso eran muy parecidos.

—Me gustaría tener una copia de esta foto —dijo Wallander.

—Ya la he hecho —contestó su padre complacido, dándole un sobre con la fotografía.

Cuando acabaron de desayunar fueron al estudio de su padre. Estaba terminando de pintar un paisaje con un urogallo. Lo último que pintaba siempre era el pájaro.

—¿Cuántos cuadros has pintado en tu vida? —preguntó Wallander.

—Eso lo preguntas siempre que vienes —contestó el padre—. ¿Cómo voy a saberlo? ¿Qué objeto? Lo principal es que hayan salido iguales. Todos.

Wallander había comprendido tiempo atrás que sólo existía una explicación posible al hecho de que su padre pintase continuamente el mismo motivo. Era su manera de conjurar todo lo que cambiaba a su alrededor. En los cuadros, él dominaba incluso el curso del sol. Allí estaba, inmóvil, fijo, siempre a la misma altura sobre las colinas del bosque.

—Fue un bonito viaje —comentó Wallander contemplando a su padre, que estaba mezclando pinturas.
—Ya te dije que iba a serlo. Sin él, te hubieras muerto sin ver la Capilla Sixtina.

Wallander sopesó fugazmente la conveniencia de preguntarle a su padre por el paseo solitario que dio una de las últimas noches. Pero lo dejó estar. Era un secreto suyo y no le importaba a nadie más que a él mismo.

Luego propuso ir hasta el mar. Para su sorpresa, su padre dijo inmediatamente que sí. Pero cuando se lo dijeron a Gertrud, ella prefirió quedarse en casa. Un poco pasadas las diez se sentaron en el coche de Wallander y bajaron hasta Sandhammaren. Apenas hacía viento. Pasearon por la playa. Su padre le agarró del brazo al pasar por el final del acantilado.

Luego el mar se extendió ante ellos. La playa estaba casi vacía. A lo lejos se veía a unas personas jugando con un perro. Eso era todo.

—Es hermoso —dijo su padre.

Wallander le contempló a hurtadillas. Era como si, en el fondo, el viaje a Roma le hubiera cambiado el humor. A lo mejor se demostraba que también tenía un efecto benéfico sobre la insidiosa enfermedad que, según habían comprobado los médicos, sufría su padre. Pero también se daba cuenta de que él nunca comprendería del todo lo que el viaje había significado para su padre. Aquél fue el viaje de su vida y a Wallander se le había concedido la gracia de acompañarle.

Roma había sido su Meca.

Dieron un lento paseo a lo largo de la playa. Wallander pensó que ahora tal vez fuera posible empezar a hablar con él de tiempos pasados. Pero no había ninguna prisa.

De pronto, su padre se detuvo al dar un paso.

—¿Qué sucede? —preguntó Wallander.

—Me he sentido mal estos últimos días —contestó—. Pero se me pasa pronto.

—¿Quieres que regresemos?

—Te digo que se me pasa pronto.

Wallander observó que su padre estaba a punto de recaer en su antigua mala costumbre de contestar de mal humor a sus preguntas. Por eso no dijo nada más.

Siguieron paseando. Una bandada de aves migratorias pasó sobre sus cabezas en dirección oeste. Al cabo de más de dos horas en la playa, a su padre le pareció que ya tenían bastante. Wallander, que se había olvidado del tiempo, se dio cuenta de que tenía que darse prisa para no llegar tarde a la reunión de su equipo.

Cuando dejó a su padre en Löderup, emprendió el regreso a Ystad con una sensación de alivio. Aunque su padre no pudiera librarse de su traidora enfermedad, no cabía la menor duda de que el viaje a Roma había significado mucho para él. ¿Lograrían restablecer al fin el contacto perdido aquella vez, muchos años atrás, cuando Wallander decidió hacerse policía? Su padre nunca aprobó la profesión elegida. Pero tampoco había conseguido explicar qué era lo que tenía en contra. Camino de regreso, Wallander pensaba que tal vez ahora podría al fin obtener respuesta a esa pregunta sobre la que había elucubrado demasiado tiempo.

A las dos y media cerraron las puertas de la sala de reuniones. También había acudido Lisa Holgersson. Al verla, Wallander se acordó de que todavía no había llamado a Per Åkeson. Para no olvidarlo de nuevo, se lo apuntó en el cuaderno.

Luego informó del hallazgo de la cabeza reducida y el diario de Harald Berggren. Cuando terminó hubo unanimidad acerca de que aquello parecía verdaderamente una pista. Después de repartir las diferentes tareas, Wallander pasó a hablar de Gösta Runfeldt.

—A partir de ahora tenemos que partir de la base de que a Gösta Runfeldt le ha ocurrido algo. No podemos descartar ni un accidente ni un crimen. Naturalmente, cabe siempre la posibilidad de que sea, a pesar de todo, una desaparición voluntaria. Creo en cambio que podemos descartar que exista una relación entre Holger Eriksson y Gösta Runfeldt. Aunque hay que atenerse a lo mismo. Puede haberla. Pero no parece muy verosímil. No hay nada que apunte a ello.

Wallander quería terminar la reunión cuanto antes. Era domingo. Sabía que todos sus colaboradores ponían todas sus fuerzas para llevar a cabo lo que tenían que hacer. Pero sabía también que a veces la mejor manera de trabajar era tomarse un descanso. Las horas pasadas con su padre por la mañana le habían renovado las fuerzas. Cuando abandonó el edificio de la policía, poco después de las cuatro, se sentía más descansado que los últimos días. La inquietud que llevaba dentro también se había atenuado un poco.

Si lograban encontrar a Harald Berggren probablemente encontrarían también la solución. El asesinato era demasiado calculado para no tener un autor muy especial.

Harald Berggren podía ser justamente ese autor.

Camino de su calle, Mariagatan, Wallander se detuvo a comprar en una tienda que abría los domingos. No pudo resistir el impulso de alquilar un vídeo. Era una película clásica, *Quai des brûmes*. La había visto en un cine de Malmö con Mona, de recién casados. Pero sólo conservaba un vago recuerdo del argumento.

Estaba en mitad de la película cuando llamó Linda. Al oír que era ella, le dijo que colgara, que la llamaba él. Paró la película y se sentó en la cocina. Luego hablaron casi media hora. Linda no dijo ni una palabra de que tenía mala conciencia por no haberle llamado antes. Tampoco él dijo nada sobre ello. Sabía que eran muy parecidos. Los dos podían ser despistados, pero también sabían concentrarse si tenían una tarea por delante. Ella le contó que todo iba bien, que trabajaba de camarera en un restaurante de Kungsholmen y que iba a clases de teatro. Él no le preguntó cómo le iba en ellas. Tenía la sensación de que ella misma abrigaba serias dudas en cuanto a su talento.

Poco antes de terminar de hablar, él le contó la mañana pasada en la playa.

—Parece que ha sido un buen día —dijo ella.

—Pues sí —contestó Wallander—. Tengo la impresión de que algo ha cambiado.

Al terminar la conversación, Wallander salió al balcón. Seguía sin hacer apenas viento. Pocas veces ocurría eso en Escania.

Por un instante desapareció la inquietud. Ahora se echaría a dormir y al día siguiente se pondría a trabajar de nuevo.

Cuando apagó la luz de la cocina se fijó en el diario.

Wallander se preguntó dónde estaría Harald Berggren en ese momento.

11

Cuando Wallander se despertó la mañana del lunes 3 de octubre, lo hizo con la idea de que debía tener una nueva conversación con Sven Tyrén. No podía afirmar que hubiera estado soñando con eso. Pero estaba seguro de que tenía que ver a Tyrén. Por eso, no esperó a llegar al trabajo. Mientras se hacía el café, llamó a información y obtuvo el número de teléfono particular de Sven Tyrén. Fue la esposa la que contestó. Su marido ya se había ido, pero le dio el número del móvil. Había muchas interferencias en las líneas cuando Sven Tyrén contestó a su llamada. Al fondo, Wallander oía el ruido sordo del motor del camión cisterna. Sven Tyrén dijo que estaba cerca de Högestad. Tenía dos suministros antes de volver a la terminal en Malmö. Wallander le pidió que acudiera a la policía en cuanto le fuera posible. Cuando Sven Tyrén le preguntó si habían cogido al asesino de Holger Eriksson, Wallander dijo que no se trataba más que de una conversación rutinaria. Todavía estaban en la fase inicial de la investigación, explicó. Pero llegarían a detener al asesino. Podía ocurrir enseguida. Aunque también podía resultar muy laborioso. Sven Tyrén prometió estar allí a las nueve.

—Procura no aparcar delante de la entrada —dijo Wallander—. Se puede crear un caos.

Sven Tyrén farfulló algo inaudible como respuesta.

A las siete y cuarto Wallander llegó al edificio de la policía. Cuando estaba delante de las puertas de cristal, cambió de opinión y se dirigió a la izquierda, hacia la fiscalía, que tenía entrada propia. Sabía que la persona con la que quería hablar era tan madrugadora como él. Cuando llamó a la puerta, alguien le dijo que pasara.

Per Åkeson estaba sentado detrás de su mesa escritorio, atestada como de costumbre. Toda la habitación era un caos de papeles y archivadores. Pero la imagen era engañosa. Per Åkeson era un fiscal extraordinariamente eficaz y ordenado con quien a Wallander le agradaba colaborar. Se conocían desde hacía tiempo y, con los años, habían desarrollado una relación que sobrepasaba con creces lo estrictamente profesional. Podía ocurrir que compartiesen confidencias personales, buscasen ayuda o consejo mutuos. Con todo, había entre ellos una frontera invisible que jamás sobrepasaban. Nunca llegarían a ser amigos íntimos. Eran demasiado diferentes para ello. Per Åkeson saludó alegremente con la cabeza cuando Wallander entró en el despacho. Se levantó y le hizo sitio en una silla donde había una caja llena de documentos de un juicio que se iba a ver en el juzgado ese día. Wallander se sentó y desconectó su teléfono.

—Esperaba que dieras señales de vida. Y gracias por la postal.

Wallander había olvidado que le había enviado una postal desde Roma. Le pareció recordar que era un motivo del Foro Romano.

—Fue un viaje estupendo. Tanto para mi padre como para mí mismo.

—Yo no he estado nunca en Roma. ¿Cómo es el dicho ese? ¿Que hay que ir a Roma y después al cielo? ¿O es a Nápoles?

Wallander sacudió la cabeza. No lo sabía.

—Me había esperado un otoño tranquilo —señaló—. Y al llegar a casa se encuentra uno con un hombre ensartado con estacas dentro de un foso.

Per Åkeson gesticuló.

—He visto varias fotos —comentó—. Y Lisa Holgersson me ha contado algunas cosas. ¿Tenéis alguna pista?

—Tal vez —contestó Wallander, y le resumió los hallazgos de la caja fuerte de Holger Eriksson.

Sabía que Per Åkeson respetaba su capacidad para dirigir una investigación policial. Eran muy raras las veces que estaba en desacuerdo con Wallander respecto a sus conclusiones o a su manera de encauzar el trabajo.

—Desde luego, parece una locura clavar unas afiladas estacas de bambú en un foso —dijo Per Åkeson—. Pero, por otro lado, vivimos en una época en que la diferencia entre la locura y la normalidad es cada vez más difícil de apreciar.

—¿Cómo va lo de Uganda? —preguntó Wallander.

—Supongo que quieres decir Sudán.

Wallander sabía que Per Åkeson había pedido un trabajo en el comisariado de refugiados de las Naciones Unidas. Quería alejarse de Ystad por un tiempo. Ver algo más antes de que fuera demasiado tarde. Per Åkeson era unos años mayor que él. Había cumplido ya los cincuenta.

—Sudán. ¿Has hablado con tu mujer?

Per Åkeson asintió.

—Me armé de valor la semana pasada. Resultó mucho más comprensiva de lo que yo podía imaginarme. Me dio la sensación de que tenía ganas de perderme de vista una temporada. Sigo a la espera de que me contesten. Pero me sorprendería que me dijeran que no. Tengo, como bien sabes, mis contactos.

Wallander había aprendido con los años que Per Åkeson tenía una rara habilidad para conseguir informaciones bajo cuerda. No tenía la menor idea de cómo se las arreglaba. Pero Åkeson estaba siempre bien informado de, por ejemplo, lo que se discutía en las diferentes comisiones del Parlamento o en los ámbitos más internos y cerrados de la Jefatura de Policía.

—Si todo sale bien, me iré a primeros de año —afirmó—. Estaré fuera por lo menos dos años.

—Esperemos resolver esto de Holger Eriksson antes. ¿Hay alguna directiva que quieras darme?

—Eres tú más bien el que tiene que decir lo que necesitas, si es que necesitas algo.

Wallander reflexionó antes de contestar.

—Aún no. Lisa Holgersson ha dicho que deberíamos llamar otra vez a Mats Ekholm. ¿Le recuerdas de este verano? El de los perfiles psicológicos que persigue locos tratando de catalogarlos. No creas, me parece muy capaz.

Per Åkeson le recordaba muy bien.

—Me parece, sin embargo, que debemos esperar —siguió Wallander—. Es que no estoy en absoluto seguro de que tengamos que vérnoslas con un loco.

—Si crees que debemos esperar, esperamos —contestó Per Åkeson levantándose. Hizo un gesto hacia la caja de papeles—. Tengo un juicio hoy de lo más complicado —se disculpó—. Debo prepararme.

Wallander se dispuso a marcharse.

—¿Qué vas a hacer en Sudán en realidad? —preguntó—. ¿De verdad necesitan los refugiados asesoría jurídica sueca?

—Los refugiados necesitan toda la ayuda que puedan recibir y más —contestó Per Åkeson acompañando a Wallander hasta el vestíbulo—. No se trata sólo de Suecia. Por cierto, pasé unos días en Estocolmo mientras tú estabas en Roma. Me encontré con Anette Brolin por casualidad. Me dio saludos para todos los de aquí. Pero especialmente para ti.

Wallander le miró indeciso. Pero no dijo nada. Unos años antes, Anette Brolin estuvo sustituyendo a Per Åkeson. Aunque estaba casada, Wallander intentó una aproximación personal que no obtuvo demasiado éxito. Prefería olvidar aquel asunto.

Cuando abandonó la fiscalía, soplaban ráfagas de viento. El cielo estaba gris. Wallander calculó que no estarían a más de ocho grados. A la puerta del edificio de la policía se tropezó con Svedberg, que salía. Se acordó de que tenía un papel suyo.

—Cogí un papel tuyo con anotaciones, sin darme cuenta, después de la reunión del otro día —dijo.

Svedberg parecía no comprender.

—No he echado nada en falta.

—Eran unas notas sobre una mujer rara en la Maternidad.

—Puedes tirarlo. Era alguien que había visto un fantasma.

—Ya lo tirarás tú. Te lo dejo en la mesa.

—Seguimos hablando con la gente de los alrededores de la finca de Eriksson —dijo Svedberg—. Voy a hablar también con el cartero.

Wallander asintió. Luego, cada uno fue a lo suyo.

Cuando Wallander llegó a su despacho, ya se había olvidado del papel de Svedberg. Sacó el diario de Harald Berggren, que llevaba en el bolsillo interior de la chaqueta y lo puso en un cajón del escritorio. Dejó sobre la mesa la fotografía de los tres hombres que posaban delante de un termitero. Mientras esperaba a Sven Tyrén, leyó rápidamente unos cuantos papeles que los otros miembros del grupo de investigación le habían dejado. A las nueve menos cuarto fue a buscar café. Ann-Britt Höglund pasó por allí y le anunció que la desaparición de Gösta Runfeldt ya estaba registrada y se trabajaba con ella de forma regular como un asunto urgente.

—He hablado con un vecino de Runfeldt —siguió diciendo—. Un profesor de gimnasia que parece muy de fiar. Asegura haber oído a Runfeldt en el piso el martes por la noche. Pero no después.

—Lo que indica que fue entonces cuando se marchó. Aunque no a Nairobi.

—Le pregunté al vecino si había notado algo especial en relación con Runfeldt. Pero parece que era un hombre reservado, de costumbres regulares y discretas. Cortés, pero nada más. No solía recibir visitas. Lo único raro era que Runfeldt, de vez en cuando, volvía a casa muy tarde por la noche. Este profesor vive en el piso que está debajo del de Runfeldt. Y en la casa se oye todo. Me parece que uno puede fiarse de lo que dice.

Wallander se quedó de pie con el tazón de café en la mano pensando en lo que ella había dicho.

—Tenemos que estudiar bien del contenido de la caja. Convendría

129

que alguien llamara a la empresa de ventas por correo hoy mismo. Espero también que los colegas de Borås sepan algo. ¿Cómo se llamaba la empresa? ¿Secur? Nyberg lo sabe. Tenemos que averiguar si Runfeldt ha comprado otras cosas allí antes. Debió de hacer el encargo para usarlo en alguna circunstancia.

—Un equipo de escucha —dijo ella—. Huellas dactilares. ¿Quién tiene interés por eso? ¿Quién usa esas cosas?

—Nosotros.

—¿Quién más?

Wallander notó que ella estaba pensando en algo concreto.

—Un equipo de escucha, naturalmente, lo puede utilizar la gente con fines prohibidos.

—Yo pensaba sobre todo en las huellas dactilares.

Wallander asintió. Ahora había entendido.

—Un detective privado. También yo lo he pensado. Pero Gösta Runfeldt es un vendedor de flores que dedica su vida a las orquídeas.

—Fue sólo una ocurrencia. Voy a hablar yo misma con la empresa de venta por correo.

Wallander volvió a su despacho. Sonó el teléfono. Ebba le informó de que Sven Tyrén estaba en la recepción.

—¿No habrá aparcado el camión delante de la puerta? —preguntó Wallander—. Hansson se pondría furioso.

—Aquí no hay ningún camión —respondió Ebba—. ¿Vienes a buscarle? Por cierto, Martinsson también quiere hablar contigo.

—¿Dónde está?

—En su despacho, me figuro.

—Dile a Sven Tyrén que espere unos minutos mientras hablo con Martinsson.

Martinsson estaba hablando por teléfono cuando Wallander entró en su despacho. Terminó la conversación rápidamente. Wallander supuso que sería su mujer la que había llamado. Hablaba por teléfono con Martinsson una infinidad de veces al día. Nadie sabía de qué.

—He hablado con los médicos forenses de Lund. Ya tienen los resultados preliminares. El problema es que les resulta difícil asegurar lo que más nos interesa saber a nosotros.

—¿Cuándo murió?

Martinsson asintió.

—Ninguna de las estacas de bambú le ha atravesado el corazón. Tampoco hay ninguna arteria perforada. Eso significa que ha podido estar allí colgado bastante tiempo antes de morir. La causa última de la muerte puede calificarse de ahogamiento.

—¿Qué quiere decir eso? —preguntó Wallander sorprendido—. ¿No estaba suspendido en un foso? ¿Cómo iba a ahogarse allí?
—El médico con el que hablé abundó en pormenores desagradables. Parece que los pulmones estaban tan llenos de sangre que Holger Eriksson, en un determinado momento, ya no pudo seguir respirando. Más o menos como si se hubiera ahogado.
—Tenemos que saber cuándo murió. Llámales otra vez. Algo deben de poder decir.
—Ya te pasaré los papeles cuando lleguen.
—Lo creeré cuando los tenga delante. Con la cantidad de cosas que se traspapelan aquí...

No había sido su intención criticar a Martinsson. Cuando ya estaba en el pasillo, Wallander comprendió que sus palabras podían ser mal interpretadas. Pero ya era tarde para arreglarlo. Siguió hasta la recepción y recogió a Sven Tyrén, que estaba sentado en un sofá de plástico mirando al suelo. No se había afeitado y tenía los ojos enrojecidos. El olor a petróleo y a gasolina era muy fuerte. Se encaminaron juntos al despacho de Wallander.

—¿Cómo es que no habéis cogido todavía al que mató a Holger? —preguntó.

Wallander volvió a sentirse molesto por la actitud de Tyrén.

—Si tú puedes decirme aquí y ahora quién es, iré en persona a detenerle.

—Yo no soy policía.

—No hace falta que me lo digas. Si hubieras sido policía no habrías hecho una pregunta tan estúpida.

Wallander levantó una mano en señal de rechazo cuando Tyrén abrió la boca para protestar.

—Ahora soy yo el que hace las preguntas.

—¿Soy sospechoso de algo?

—De nada. Pero las preguntas las hago yo. Y tú tienes que contestar a lo que yo pregunto. Eso es todo.

Sven Tyrén se encogió de hombros. Wallander tuvo de pronto la sensación de que estaba en guardia. Notó cómo se agudizaron todos sus instintos de sabueso. La primera pregunta era la única que había preparado.

—Harald Berggren. ¿Te dice algo ese nombre?

Sven Tyrén se quedó mirándole.

—No conozco a nadie que se llame Harald Berggren. ¿Debería conocerlo?

—¿Estás seguro de ello?

131

—Sí.
—¡Piénsalo bien!
—No necesito pensar. Si estoy seguro, lo estoy.
Wallander le acercó la fotografía. Sven Tyrén se inclinó hacia delante.
—Mira a ver si reconoces a alguna de las personas de esta foto. Mira bien. No tengas prisa.
Sven Tyrén cogió la foto con sus dedos grasientos. La miró durante un buen rato. Wallander había empezado a abrigar una vaga esperanza cuando Tyrén la dejó otra vez sobre la mesa.
—Nunca he visto a ninguno de los tres antes.
—Te lo has pensado mucho. ¿Creías reconocer a alguien?
—Me pareció oír que no tuviera prisa. ¿Quiénes son? ¿Dónde está hecha?
—¿Estás seguro?
—Nunca les he visto antes.
Wallander comprendió que Tyrén decía la verdad.
—Esa foto es de tres mercenarios. Está hecha en África hace más de treinta años.
—¿La Legión Extranjera?
—No exactamente. Pero casi. Soldados que luchan por quien paga más.
—Hay que vivir.
Wallander le miró inquisitivamente. Pero se abstuvo de preguntar qué había querido decir Tyrén con su comentario.
—¿Has oído hablar de que Holger Eriksson tuviera algún contacto con mercenarios?
—Holger Eriksson vendía coches. Creía que ya lo sabías.
—Holger Eriksson también escribía poemas y observaba a los pájaros —dijo Wallander sin disimular su irritación—. ¿Has oído o no has oído hablar a Holger Eriksson de mercenarios? ¿O de guerras en África?
Sven Tyrén le miró fijamente.
—¿Por qué tienen que ser tan antipáticos los policías?
—Porque no siempre tenemos entre manos cosas simpáticas —contestó Wallander—. En lo sucesivo quiero que te limites a contestar a mis preguntas. Nada más. Nada de comentarios personales que no vienen a cuento.
—¿Qué pasa si no lo hago?
Wallander pensó que estaba a punto de cometer una falta en el ejercicio de su cargo. Pero no le importó. Había algo en el hombre sentado al otro lado de la mesa que le resultaba sumamente desagradable.

—Entonces te citaré para hablar todos los días de ahora en adelante. Y pediré un mandato judicial para hacer un registro en tu casa.
—¿Qué crees que ibas encontrar allí?
—Eso no importa. ¿Te has enterado de lo que hay?
Wallander sabía que estaba corriendo un gran riesgo. Tyrén podía descubrir sus intenciones. Pero prefirió hacer lo que Wallander decía.
—Holger era una persona pacífica. A pesar de que podía ser duro cuando se trataba de negocios. De mercenarios no le he oído hablar nunca. Aunque podía haberlo hecho.
—¿Qué quieres decir con eso de que podía haberlo hecho?
—Los mercenarios luchan contra los revolucionarios y los comunistas, ¿no? Y Holger era conservador, podría decirse. Por lo menos.
—¿Hasta qué punto conservador?
—Pensaba que la evolución de la sociedad era una calamidad. Que había que reimplantar los castigos corporales y ahorcar a los que cometieran asesinatos. Si dependiera de él, el que le mató acabaría con la soga al cuello.
—¿Hablaba contigo de estas cosas?
—De estas cosas hablaba con todos. No disimulaba.
—¿Estaba en contacto con alguna organización conservadora?
—¡Y yo qué sé!
—Lo mismo que sabes unas cosas puedes saber otras. ¡Contesta!
—No lo sé.
—¿Con neonazis?
—No sé.
—¿Era neonazi?
—Yo no sé nada de eso. A él le parecía que la sociedad se estaba yendo a la mierda. No veía ninguna diferencia entre socialdemócratas y comunistas. El Partido Liberal debía de ser lo más radical que podía aceptar...
Wallander sopesó durante unos instantes lo que Tyrén había dicho. Todo ello profundizaba y modificaba a un tiempo la imagen que Wallander tenía hasta entonces de Holger Eriksson. Era evidente que había sido una persona compleja y contradictoria. Poeta y ultraconservador, observador de aves y partidario de la pena de muerte. Wallander se acordó del poema del escritorio. En él, Holger Eriksson se lamentaba de que desapareciera un pájaro del país. Pero a los criminales había que ahorcarlos.
—¿Habló alguna vez contigo de si tenía enemigos?
—Eso ya me lo has preguntado.
—Ya. Pero ahora te lo vuelvo a preguntar.

—No lo decía abiertamente. Pero bien que cerraba las puertas por la noche.
—¿Por qué?
—Porque tenía enemigos.
—Pero ¿tú no sabes quiénes?
—No.
—¿Dijo por qué tenía enemigos?
—Él no dijo que tuviera enemigos. Soy yo quien lo dice. ¿Cuántas veces tengo que repetirlo?
Wallander alzó la mano como advertencia.
—Si se me antoja, puedo hacerte la misma pregunta todos los días durante los próximos cinco años. ¿Nada de enemigos? Pero por las noches se encerraba con llave.
—Sí.
—¿Cómo lo sabes?
—Él lo decía. ¿Cómo coño iba a saberlo yo, si no? ¡Yo no iba allí a probar la puerta por la noche! En Suecia, hoy, no se puede confiar en nadie. Eso decía él.
Wallander decidió interrumpir por el momento la conversación con Sven Tyrén. Ya tendría tiempo de volver sobre ello. Tenía también la profunda convicción de que Tyrén sabía más de lo que aparentaba. Pero Wallander quería avanzar con prudencia. Si arrinconaba a Tyrén, iba a tener muchas dificultades para atraerle de nuevo.
—Bueno, me parece que podemos conformarnos con esto por el momento.
—¿Por el momento? ¿Quieres decir que tengo que volver por aquí otra vez? ¿Cuándo voy a tener tiempo de hacer mi trabajo?
—Ya te llamaremos. Gracias por haber venido —replicó Wallander levantándose. Y le tendió la mano.
La amabilidad cogió a Tyrén por sorpresa. Wallander notó que tenía un apretón de manos fuerte.
—Me parece que sabes dónde está la salida.
Cuando Tyrén hubo desaparecido, Wallander llamó a Hansson. Tuvo la suerte de encontrarle enseguida.
—Sven Tyrén —dijo—. El chófer del camión cisterna. El que tú creías que había estado involucrado en unos asuntos de malos tratos. ¿Te acuerdas?
—Me acuerdo.
—Mira a ver lo que puedes encontrar sobre él.
—¿Corre prisa?
—No más que otras cosas. Pero tampoco menos.

Hansson prometió ocuparse de ello.
Habían dado las diez. Wallander fue a por café. Luego escribió un resumen de su conversación con Sven Tyrén. La próxima vez que se reuniera el equipo de investigación iniciaría un debate a fondo en torno a lo que había surgido durante dicha conversación. Wallander estaba convencido de que era importante.

Cuando acabó el resumen y cerró el cuaderno, vio el papel con las anotaciones a lápiz que había olvidado varias veces devolverle a Svedberg. Lo haría inmediatamente, antes de empezar con otra cosa. Cogió el papel y salió del despacho. Cuando iba por el pasillo, oyó que su teléfono empezaba a sonar. Dudó un instante. Luego regresó y cogió el auricular.

Era Gertrud. Estaba llorando.

—Tienes que venir —sollozó.

Wallander se quedó completamente helado.

—¿Qué ha pasado? —preguntó.

—Tu padre ha muerto. Está en el estudio, entre sus cuadros.

Eran las diez y cuarto del lunes 3 de octubre de 1994.

12

El padre de Kurt Wallander fue enterrado en el Cementerio Nuevo de Ystad el 11 de octubre. Fue un día de viento y de fuertes chubascos, interrumpidos de vez en cuando por un sol brillante. Entonces, una semana después de que Wallander recibiera por teléfono la noticia de la muerte de su padre, aún le costaba trabajo comprender lo que había pasado. La negación había estado allí desde el instante mismo en que colgó el auricular. Era una idea imposible que su padre fuera a morirse. No ahora, poco después del viaje a Roma. No ahora, cuando habían recobrado algo de la intimidad perdida tantos años atrás. Wallander abandonó el edificio de la policía sin hablar con nadie. Estaba convencido de que Gertrud se había equivocado. Pero al llegar a Löderup e irrumpir en el estudio donde siempre olía a aguarrás, comprendió inmediatamente que Gertrud estaba en lo cierto. Su padre yacía de bruces sobre uno de los cuadros que había estado pintando. En el momento de morir había cerrado los ojos, agarrando convulsivamente el pincel con el que acababa de pintar pequeñas gotas de blanco en el urogallo. Wallander se dio cuenta de que estaba terminando el cuadro en el que había trabajado el día anterior, tras el largo paseo por Sandhammaren. La muerte había sobrevenido de repente. Gertrud explicó después, cuando logró serenarse lo suficiente como para volver a hablar con coherencia, que había desayunado como de costumbre. Todo había sido como de costumbre. A las seis y media se había ido al estudio. Al no aparecer en la cocina a las diez a tomar café, como solía hacer, ella fue a recordárselo. Entonces ya estaba muerto. Wallander pensó que, con independencia de cuándo llega la muerte, cuando llega, hace daño. La muerte se presenta inoportunamente, sea porque queda sin tomarse una taza de café por la mañana, o por cualquier otra cosa.

La ambulancia se había hecho esperar. Gertrud le agarraba con fuerza del brazo. Él se sentía completamente vacío por dentro. No sintió tristeza alguna, sólo una impresión vaga de que aquello era injusto. Por su padre muerto no podía dolerse. Pero sí podía dolerse por sí mismo, el único dolor posible. Luego llegó la ambulancia. Wallander conocía al conductor: se llamaba Prytz. Éste advirtió inmediatamente que la persona que iban a recoger era el padre de Wallander.

—No estaba enfermo —dijo—. Ayer dimos un paseo por la playa. Se quejó de mareo. Nada más.

—Ha debido de ser una apoplejía —contestó Prytz con voz comprensiva—. Tiene ese aspecto.

Eso fue también lo que los médicos le dijeron después a Wallander. Todo había ocurrido muy deprisa. Su padre apenas pudo darse cuenta de que se moría. Se le había reventado un vaso sanguíneo en el cerebro y antes de dar con la cabeza en el cuadro, aún sin acabar, ya estaba muerto. Para Gertrud, el dolor y la conmoción se mezclaban con una sensación de alivio al saber que todo había sido muy rápido. Que se había librado de consumirse en una caótica tierra de nadie.

Wallander tenía pensamientos muy distintos. Su padre había estado solo al morir. Nadie debería estar solo al llegar el último momento. Tenía mala conciencia por no haber reaccionado ante el hecho de que su padre se sintiera mal. Era algo que podía anunciar un ataque al corazón o una apoplejía. Pero, con todo, lo peor era que había ocurrido en un momento completamente inoportuno. Pese a que tenía ochenta años, era demasiado pronto. Debería haber ocurrido más tarde. No ahora. No de esta manera. Cuando Wallander entró en el estudio, trató de sacudir a su padre e infundirle vida. Pero no había nada que hacer. El urogallo quedaría inacabado.

Pero en medio del caos —el exterior y el interior— que conlleva siempre la muerte, Wallander conservó su capacidad de actuar con calma y racionalidad. Gertrud se fue con la ambulancia. Wallander regresó al estudio, permaneció allí un rato en el silencio y el olor a aguarrás, y lloró al pensar que su padre no habría querido dejar el urogallo sin terminar. En un gesto de compenetración con la frontera invisible entre la vida y la muerte, Wallander cogió el pincel y rellenó las dos motas blancas que faltaban en el plumaje del urogallo. Era la primera vez en su vida que tocaba con un pincel un cuadro de su padre. Luego limpió el pincel y lo colocó con los otros en un viejo tarro de confitura. No entendía lo que había pasado, no se daba cuenta de lo que iba a significar para él mismo. No sabía siquiera cómo hacer para sentir dolor.

Entró en la vivienda y telefoneó a Ebba. Ella se emocionó y se entristeció, y a Wallander le resultó difícil hablar. Por último, le pidió simplemente que les dijera a los otros lo que había pasado. Que siguieran como siempre, sin él. Bastaba con que le mantuvieran informado si ocurría algo decisivo en la investigación. Él no volvería al trabajo ese día. No sabía aún si volvería al día siguiente. Luego llamó a su hermana Kristina y le dio la noticia de la muerte del padre. Hablaron largo rato. A Wallander le pareció que ella, a diferencia de él, sí estaba preparada para afrontar la posibilidad de que su padre pudiera fallecer de repente. Le ayudaría a localizar a Linda, pues él no tenía el número de teléfono del restaurante donde trabajaba. Luego llamó a Mona. Su ex mujer trabajaba en una peluquería de Malmö, pero no sabía muy bien cómo se llamaba. Una amable telefonista del servicio de información le ayudó a encontrar el número cuando él le dijo de qué se trataba. Notó que le sorprendía su llamada. Enseguida temió que le hubiera pasado algo a Linda. Cuando Wallander le dijo que su padre había muerto, notó que ella, de todos modos, experimentaba cierto alivio. Eso le indignó. Pero no dijo nada. Sabía que Mona y su padre siempre se habían entendido bien. Era natural que se preocupase por Linda. Se acordó de la mañana en que se hundió el *Estonia*.

—Me figuro cómo te sientes —aseguró ella—. Has temido este momento durante toda tu vida.

—Teníamos tantas cosas de las que hablar... —contestó él—. Ahora, cuando al fin habíamos vuelto a encontrarnos. Y ahora resulta demasiado tarde.

—Siempre es demasiado tarde.

Dijo que iría al entierro y que le ayudaría, si lo necesitaba.

Después, una vez terminada la conversación, sintió dentro de sí un vacío espantoso. Marcó el número de Baiba en Riga. Pero ella no contestó. Llamó una y otra vez, pero ella no estaba allí.

Luego volvió al estudio. Se sentó en el viejo trineo de silla como solía, siempre con una taza de café en la mano. Se oía un ligero golpeteo sobre el tejado. Había empezado a llover otra vez. Wallander notó que tenía entre las manos su propio temor a la muerte. El estudio era ya una cripta funeraria. Se levantó con rapidez y se marchó de allí. Volvió a la cocina. Sonó el teléfono. Era Linda. Estaba llorando. Wallander también se echó a llorar. Su hija quería acudir inmediatamente y Wallander le preguntó si hacía falta que él hablara con el hombre para quien trabajaba ella. Pero Linda ya había hablado con el dueño. Iría al aeropuerto de Arlanda y trataría de coger un avión esa misma tarde. Él dijo que iría a buscarla. Pero ella prefirió que se quedara con Gertrud. Llegaría a Ystad y a Löderup por su cuenta.

Esa noche se reunieron todos en la casa de Löderup. Wallander notó que Gertrud estaba muy serena. Empezaron a hablar del entierro.

Wallander no estaba muy seguro de que su padre quisiera tener a un sacerdote como oficiante. Pero era Gertrud quien tenía que decidir. La viuda era ella.

—No hablaba nunca de la muerte —dijo ella—. Si la temía o no, no sabría decirlo. Tampoco dijo dónde quería ser enterrado. Pero sí que quiero que venga un sacerdote.

Acordaron que el entierro sería en el Cementerio Nuevo de Ystad. Un entierro sencillo. El padre no había tenido muchos amigos. Linda dijo que ella quería leer un poema, Wallander prometió que él pronunciaría unas palabras y eligieron el salmo que cantarían todos juntos.

Al día siguiente llegó Kristina. Ella se quedó en casa con Gertrud y Linda se fue a Ystad, con Wallander. Aquella semana, la muerte les acercó unos a otros. Kristina dijo que ahora que había muerto su padre era a ellos a los que les tocaba el próximo turno. Wallander sentía en todo momento cómo aumentaba su miedo a la muerte. Pero no hablaba de ello. Con nadie. Ni con Linda, ni tampoco con su hermana. Acaso lo hiciera alguna vez con Baiba. Ésta reaccionó con mucho sentimiento cuando por fin consiguió localizarla para contarle lo sucedido. Estuvieron hablando casi una hora. Ella le explicó lo que había sentido cuando murió su padre hacía diez años, y también cuando Karlis, su marido, fue asesinado. Wallander sintió alivio después de hablar con ella. Baiba vivía y no iba a desaparecer.

El mismo día que salió la esquela en el periódico *Ystads Allehanda*, Sten Widén telefoneó desde su finca de las afueras de Skurup. Había transcurrido bastante tiempo desde la última vez que Wallander hablara con él. Habían sido muy buenos amigos. Compartían un gran interés por la ópera y habían alimentado grandes sueños comunes para el futuro. Sten Widén tenía una hermosa voz. Wallander iba a ser su agente. Pero todo cambió el día en que el padre de Widén murió de repente y él se vio en la obligación de hacerse cargo de la finca en la que entrenaban caballos de carreras. Wallander se hizo policía y su relación se fue espaciando. Pero Sten Widén llamó y le dio el pésame. Después de la conversación, Wallander se preguntó si habría visto alguna vez a su padre. Pero se sintió agradecido por su llamada. Pese a todo, alguien, aparte de los familiares más cercanos, se acordaba de él.

En medio de todo esto, Wallander se obligaba también a seguir siendo policía. Al día siguiente del óbito, el martes 4 de octubre, volvió al trabajo. Había pasado una noche desvelada en su casa. Linda durmió en su antigua habitación. Mona fue a verles y les llevó la cena para, según dijo, hacerles pensar en otra cosa durante un rato. Wallander, por primera vez desde el doloroso divorcio cinco años antes, comprobó que su matrimonio estaba definitivamente superado, también por su parte. Durante demasiado tiempo le había pedido que volviera y había alimentado sueños, que tenían escasos visos de realidad, de que todo volviera a ser como antes. Pero no había camino de regreso. Y ahora era a Baiba a quien quería.

La muerte de su padre le hizo ver que la vida al lado de Mona pertenecía ya al pasado.

Que durmiera mal esta semana antes del entierro no era quizá de extrañar. Pero a sus colegas les dio la impresión de estar como siempre. Ellos le dieron el pésame y él se lo agradeció. Luego se puso enseguida a trabajar en la investigación en curso. Lisa Holgersson le llevó aparte en el pasillo para proponerle que se tomara unos días libres. Pero él rechazó la propuesta. Notaba que, durante las horas del día que pasaba trabajando, el dolor por la muerte del padre era menos intenso.

Era difícil afirmar si dependía de que Wallander no estaba allí, impulsando todo el tiempo el trabajo, pero lo cierto es que la investigación fue muy despacio la semana anterior al entierro. El otro asunto que reclamaba su interés y que proyectaba sin cesar su sombra sobre el asesinato de Holger Eriksson, era la desaparición de Gösta Runfeldt. Nadie entendía lo que había pasado. Se había esfumado. Ninguno de los policías creía ya que hubiera una explicación natural de su desaparición. Por otro lado, no habían logrado encontrar nada que apuntase a una relación entre Holger Eriksson y Gösta Runfeldt. Lo único que parecía completamente claro en lo que al último se refería era que su mayor interés en la vida eran las orquídeas.

—Deberíamos investigar qué pasó cuando se ahogó su mujer —observó Wallander en una de las reuniones en las que participó la semana antes del entierro. Ann-Britt Höglund dijo que se ocuparía de ello.

—¿Y la empresa de venta por correo de Borås? —preguntó Wallander a continuación—. ¿Qué ha pasado con ellos? ¿Qué dice la policía de allí?

—Se pusieron a ello inmediatamente —contestó Svedberg—. Parece que no es la primera vez que esa empresa se dedica a la importación ilegal de equipos de escucha. Según la policía de Borås, la empresa aparece y desaparece para volver a aparecer con otro nombre y otra dirección. A veces también con otros dueños. Si no me equivoco, ya han practicado un registro. Estamos a la espera de un informe escrito.

—Lo más importante para nosotros es saber si Gösta Runfeldt ha comprado allí algo anteriormente –dijo Wallander–. Del resto no necesitamos ocuparnos por ahora.

–El registro de clientes era muy deficiente. Pero la policía ha encontrado material prohibido y muy avanzado en sus locales. Si les he entendido bien, Runfeldt habría podido ser, prácticamente, un espía.

Wallander meditó un momento acerca de lo que acababa de afirmar Svedberg.

–¿Por qué no? No podemos descartar nada. Runfeldt debía tener un propósito para comprar ese material.

Así que se tomaban la desaparición de Runfeldt muy en serio. Pero por lo demás, estaban completamente concentrados en la búsqueda del asesino o asesinos de Holger Eriksson. Buscaban a Harald Berggren sin encontrar el más leve rastro. El Museo de Estocolmo les había informado de que la cabeza reducida, encontrada junto con el diario en la caja fuerte de Holger Eriksson, procedía con mucha seguridad del Congo –Zaire en la actualidad– y que se trataba, sí, de una cabeza humana. Hasta ahí estaba todo claro. Pero ¿quién era ese Harald Berggren? Hablaron con muchas personas que habían conocido a Holger Eriksson en diferentes momentos de su vida. Pero nadie había oído hablar nunca de Berggren. Nadie había oído hablar tampoco de que Holger Eriksson hubiera tenido contacto con el mundo clandestino en el que los mercenarios se movían como ratas esquivas haciendo sus contratos con los diferentes emisarios del diablo. Por fin fue Wallander el que aportó una idea que dio un nuevo impulso a la investigación.

–Hay muchas cosas raras en torno a Holger Eriksson. Especialmente el hecho de que no exista ni una sola mujer en su entorno. En ninguna parte, nunca. Eso hace que haya empezado a preguntarme si puede haber una relación homosexual entre Holger Eriksson y el hombre llamado Harald Berggren. En su diario tampoco hay ninguna mujer.

Se hizo el silencio en la sala de reuniones. Nadie parecía haber considerado la posibilidad que Wallander acababa de exponer.

–Resulta un poco extraño que hombres homosexuales elijan una actividad tan varonil como la de ser soldado –objetó Ann-Britt Höglund.

–En absoluto –contestó Wallander–. No es nada raro que hombres homosexuales sean soldados. Puede ser para ocultar su condición. O por otras razones.

Martinsson estudiaba la fotografía de los tres hombres junto al termitero.

–Me da la sensación de que puedes estar en lo cierto –señaló–. En estos tres hombres hay un no sé qué femenino.

141

—¿El qué? —preguntó Ann-Britt Höglund con curiosidad.
—No sé —respondió Martinsson—. Quizá la forma en que se apoyan en el termitero. El pelo.
—No vale la pena seguir aquí haciendo cábalas —interrumpió Wallander—. Lo único que hago es señalar esta posibilidad. Hay que tenerla presente, lo mismo que otras cosas.
—Es decir, que buscamos a un mercenario homosexual —concluyó Martinsson sombríamente—. ¿Dónde se encuentra a alguien así?
—Eso es justamente lo que no debemos hacer —replicó Wallander—. Pero tenemos que valorar esta posibilidad al igual que el resto.
—De todas las personas a las que he entrevistado, nadie ha insinuado siquiera la posibilidad de que Holger Eriksson fuera homosexual —intervino Hansson, que había permanecido callado hasta este momento.
—No es una cosa de la que se hable abiertamente —replicó Wallander—. En todo caso, no hombres de esa generación. Si Holger Eriksson era homosexual, lo fue en una época en que, en este país, se les hacía chantaje a personas de esa condición.
—¿Quieres decir, pues, que tenemos que empezar a preguntar a la gente si Holger Eriksson puede haber sido homosexual? —preguntó Svedberg, que tampoco había hablado mucho durante la reunión.
—La manera de hacerlo tenéis que decidirla vosotros —contestó Wallander—. No sé siquiera si será acertado. Pero no podemos descartar la posibilidad.

Más adelante, Wallander vería claramente que en ese preciso instante la investigación entró en otra fase. Fue como si todos hubieran entendido que nada iba a ser fácil ni accesible en el asesinato de Holger Eriksson. Tenían que vérselas con uno o con varios autores, y cabía la sospecha de que el motivo del crimen estuviera escondido en el pasado. Un pasado bien oculto a miradas ajenas. Continuaron con el laborioso trabajo de base. Esclarecieron todo lo que pudieron encontrar sobre la vida de Holger Eriksson. Svedberg se pasó incluso varias noches leyendo a fondo y muy atentamente los nueve libros de poemas que Holger Eriksson había publicado. Finalmente, Svedberg pensó que se estaba volviendo loco con todas las complicaciones anímicas que, al parecer, existían en el mundo de las aves. Pero no le pareció haber aprendido algo más acerca de Holger Eriksson. Martinsson llevó a su hija Terese a Falsterbo una tarde de mucho viento y hablaron con varios observadores de pájaros que, con la cabeza echada hacia atrás, escudriñaban las nubes grises. Lo único que sacó en limpio, aparte de estar con su hija, que había manifestado interés por hacerse miembro de la Asociación de Biólogos de Campo, fue que la noche en que Holger Eriksson había sido asesinado, grandes bandadas de zorzales alirrojos habían salido de Suecia. Martinsson habló después con Svedberg, quien afirmó que no había ni un solo poema sobre zorzales alirrojos en ninguno de los nueve libros.

—En cambio, hay tres largos poemas sobre agachadizas comunes —dijo Svedberg con cierta inseguridad—. ¿Hay algo que se llame agachadiza real?

Martinsson lo ignoraba. Y la investigación siguió su curso.

Por fin llegó el día del entierro. La reunión sería en el crematorio. Unos días antes, para su sorpresa, Wallander se enteró de que el oficiante sería una mujer. Además, no era un sacerdote cualquiera. Él la había conocido en una ocasión memorable el verano pasado. Después se alegraría de que hubiera sido ella la oficiante. Sus palabras fueron sencillas, sin caer en ningún momento ni en la grandilocuencia ni en el patetismo. La víspera le había telefoneado para preguntarle si su padre había sido creyente. Wallander contestó que no. Pero le habló en cambio de su pintura. Y del viaje a Roma. El entierro resultó menos insoportable de lo que había temido Wallander. El ataúd de madera, de color castaño, tenía una sencilla decoración de rosas. La que manifestó sus sentimientos con más intensidad fue Linda. Nadie puso en duda tampoco que su dolor fuera auténtico. Acaso fuera ella la que más echase en falta al hombre que había muerto.

Tras la ceremonia, fueron a Löderup. Ahora que ya había tenido lugar el entierro, Wallander sentía alivio. No sabía cómo serían sus reacciones más tarde. Aún parecía como si no acabara de comprender lo que había pasado. Pensó que pertenecía a una generación muy mal preparada para aceptar que la muerte siempre está cerca. En su caso, esa sensación se reforzaba, curiosamente, por el hecho de que en su trabajo como policía tenía que ocuparse de muchas personas muertas. Pero ahora se había demostrado que estaba tan indefenso como cualquiera. Pensó en la conversación que había tenido con Lisa Holgersson la semana anterior.

Por la noche, Linda y él se quedaron hablando hasta muy tarde. Ella regresaría a Estocolmo al día siguiente a primera hora de la mañana. Wallander preguntó cautelosamente si ahora que su abuelo había muerto vendría con menos frecuencia a verle. Pero ella prometió hacerlo más a menudo que antes. Y Wallander prometió a su vez que no se olvidaría de Gertrud.

Esa noche, cuando Wallander fue a acostarse, sintió que tenía que volver a su trabajo inmediatamente. Con todas sus fuerzas. Había estado alejado de él una semana. Sólo cuando pudiera mantener a distancia la repentina muerte de su padre, podría tal vez empezar a entender su significado. Para conseguir esa distancia tenía que trabajar. Otro camino no había.

«Nunca llegué a saber por qué no quería que me hiciera policía», pensó antes de dormirse. «Y ahora es demasiado tarde. Ahora ya no lo sabré nunca.

»Si hay un mundo espiritual, cosa que dudo mucho, mi padre y Rydberg pueden hacerse amigos. Aunque se vieron muy poco en vida, creo que iban a encontrar muchas cosas de interés común de las que hablar.»

*

Había dispuesto un minucioso y detallado horario para los últimos momentos de vida de Gösta Runfeldt. Vio que estaba ya tan débil que no podría oponer la menor resistencia. Le había ido destruyendo al mismo tiempo que él, en su interior, se iba destruyendo a sí mismo. «El gusano oculto en la flor presagia la muerte de la flor», pensó mientras abría las puertas de la casa de Vollsjö. Anotó en su horario que llegaría a las cuatro de la tarde. Llevaba tres minutos de adelanto. Luego esperaría a que oscureciera. Entonces le sacaría del horno. Para más seguridad pensaba ponerle esposas. Y también una mordaza. Pero nada en los ojos. Aunque le costara trabajo acostumbrar los ojos a la luz después de tantos días pasados en completa oscuridad, al cabo de unas horas empezaría a ver de nuevo. Entonces quería que la viera bien. Así como las fotografías que iba a mostrarle. Las fotografías que le harían comprender lo que le estaba pasando. Y por qué.

Había algunos componentes que no podía abarcar del todo y que podían influir en sus planes. Entre otras cosas, existía el riesgo de que estuviera tan débil que no pudiera sostenerse en pie. Por eso había tomado prestado un ligero carrito de equipaje de la estación central de ferrocarriles de Malmö. Nadie se fijó cuando lo metió en el coche. Todavía no había decidido si lo devolvería o no. Pero podría transportarle en él hasta el coche, si se hacía necesario.

El resto del horario era muy simple. Minutos antes de las nueve le conduciría al bosque. Le ataría al árbol que ya había elegido. Y le enseñaría las fotografías.

Luego le estrangularía. Le dejaría allí mismo. A las doce, como muy tarde, estaría en casa en su cama. El despertador sonaría a las cinco y cuarto de la mañana. A las siete y cuarto empezaba a trabajar.

Estaba encantada con su horario. Era perfecto. Nada podía salir mal. Se sentó en una silla y contempló el silencioso horno que se alzaba como una piedra sacrificial en medio de la habitación. «Mi madre me hubiera comprendido», pensó. «Lo que nadie hace se queda sin hacer. El mal tiene que combatirse con el mal. Donde no hay justicia, hay que crearla.»

Sacó su horario del bolsillo. Miró el reloj. Dentro de tres horas y quince minutos Gösta Runfeldt iba a morir.

*

Lars Olsson no se sentía muy en forma la tarde del 11 de octubre. Dudó mucho entre salir a practicar su habitual entrenamiento o renunciar a él. No era sólo que se sintiera cansado. La segunda cadena daba, justamente aquella tarde, una película que quería ver. Sólo cuando decidió salir a correr después de la película, aunque fuera tarde, se quedó tranquilo. Lars Olsson vivía en una casa en las proximidades del lago Svarte. Había nacido en la finca y vivía aún con sus padres, a pesar de que tenía más de treinta años. Era copropietario de una máquina excavadora y nadie sabía manejarla como él. Aquella semana estaba excavando una zanja para poner un nuevo sistema de drenaje en una finca de Skarby.

Pero Lars Olsson era también un entusiasta corredor de campo a través. Vivía para correr por los bosques suecos con mapa y brújula en mano. Corría en un equipo de Malmö y ahora se estaba preparando para una competición nacional de orientación nocturna. Se había preguntado muchas veces por qué dedicaba tanto tiempo a ello. ¿Qué sentido tenía correr por los bosques con un mapa y una brújula buscando controles ocultos? Muchas veces hacía frío y humedad, le dolía el cuerpo y le parecía que nunca acababa de hacerlo bien del todo. ¿Merecía aquello dedicarle la vida? Por otra parte, sabía que era un buen corredor de campo a través. Tenía buen sentido de la orientación y era rápido y resistente. En varias ocasiones había sido él el que había llevado a su equipo a la victoria haciendo un gran esfuerzo en el último tramo. Estaba justo debajo del nivel de la selección nacional. Y aún no había renunciado a la esperanza de dar alguna vez el salto que le permitiera representar al país en competiciones internacionales.

Vio la película en la tele, pero era peor de lo que esperaba. Poco después de las once emprendió su carrera. Corrió por una parte del bosque, al norte de la finca, en el límite de las extensas propiedades de Marsvinsholm. Si empezaba y terminaba en la puerta de su casa, podía escoger entre correr ocho o cinco kilómetros, según el camino que eligiera.

Como estaba cansado y tenía que salir temprano al día siguiente con la excavadora, eligió la carrera más corta. Se puso la lámpara frontal y echó a correr. Había llovido durante el día, chubascos fuertes seguidos de ratos de sol. Ahora, de noche, la temperatura era de seis grados sobre cero. La tierra húmeda exhalaba aromas. Corría por el sendero bosque adentro. Los troncos de los árboles relucían al resplandor de la lámpara frontal. En mitad de la parte más tupida del bosque se alzaba una pequeña colina. Si corría derecho sobre ella, era como un atajo. Decidió tomarlo. Se apartó del sendero y corrió hacia la loma.

De repente se paró en seco. A la luz de la lámpara había descubierto a una persona. Al principio no entendió qué era lo que estaba viendo. Luego se dio cuenta de que había un hombre medio desnudo atado a un árbol a unos diez metros delante de él. Lars Olsson se quedó completamente inmóvil. Respiraba con fuerza y tenía mucho miedo. Miró con rapidez a su alrededor. La lámpara proyectaba su luz sobre árboles y arbustos. Pero estaba solo en aquel lugar. Con toda prudencia dio unos pasos hacia delante. El hombre colgaba por encima de las cuerdas. El torso estaba desnudo.

Lars Olsson no necesitó acercarse más. Vio que el hombre amarrado al árbol estaba muerto. Sin saber muy bien por qué, echó una mirada al reloj. Marcaba las once y diecinueve minutos.

Luego dio la vuelta y corrió a casa. Nunca había corrido tan rápidamente en su vida. Sin quitarse siquiera la lámpara de la cabeza, llamó a la policía de Ystad desde el teléfono que colgaba en la pared de la cocina.

El agente que recibió la llamada escuchó con atención.

Luego no lo pensó dos veces. Buscó el nombre de Kurt Wallander en el ordenador y marcó el número de su casa.

Faltaban diez minutos para la medianoche.

Escania
12-17 de octubre de 1994

13

Wallander aún no se había dormido y estaba pensando que su padre y Rydberg descansaban ahora en el mismo cementerio, cuando sonó el teléfono. Cogió enseguida el auricular, que estaba al pie de la cama, temeroso de que Linda se despertase por la llamada. Con una sensación de impotencia creciente escuchó lo que el policía de guardia contaba. Las informaciones eran todavía escasas. La primera patrulla aún no había llegado al lugar del bosque situado al sur de Marsvinsholm. Cabía, naturalmente, la posibilidad de que el corredor nocturno se hubiera equivocado. Pero era poco probable.

El policía tenía la impresión de que era un hombre notablemente claro aunque estaba, por supuesto, impresionado. Wallander prometió acudir enseguida. Trató de vestirse lo más silenciosamente que pudo. Pero Linda salió en camisón cuando él estaba escribiéndole una nota en la mesa de la cocina.

—¿Qué ha pasado? —preguntó.
—Han encontrado a un hombre muerto en el bosque —contestó él—. Por eso me han llamado.
Ella sacudió la cabeza.
—¿Nunca tienes miedo?
Él la miró perplejo.
—¿Por qué iba a tener miedo?
—Por todos lo que mueren.
Más que entender, lo que hizo fue intuir lo que ella quería decir.
—No puedo tenerlo —respondió—. Es mi trabajo. Alguien tiene que ocuparse de esto.

Prometió volver a tiempo para llevarla al aeropuerto al día siguiente. Aún no era la una cuando se sentó en el coche. Y sólo cuando ya iba camino de Marsvinsholm se le ocurrió la idea de que muy bien podía ser Gösta Runfeldt el que estaba en el bosque. Acababa de salir de la ciudad cuando sonó el móvil. Era de la comisaría. La patrulla enviada había confirmado el informe. Era cierto que había un hombre muerto en el bosque.

—¿Le han identificado? —preguntó Wallander.

—Dicen que no llevaba papeles encima. Parece que apenas llevaba ropa. Debe de tener mal cariz.

Wallander sintió que se le hacía un nudo en el estómago. Pero no dijo nada más.

—Saldrán a tu encuentro en el cruce. En la primera salida a Marsvinsholm.

Wallander puso fin a la conversación y pisó el acelerador. Se angustiaba ya pensando en la visión que le esperaba.

Vio el coche de la policía de lejos y frenó. Había un agente fuera del coche. Wallander reconoció a Peters. Bajó la ventanilla y le miró interrogante.

—No es un espectáculo agradable —dijo Peters.

Wallander se dio cuenta de lo que eso significaba. Peters era un policía de larga experiencia. No emplearía tales palabras si no hubiera motivo.

—¿Le han identificado?

—Casi no lleva ropa encima. Ya lo verás.

—¿Y el que le encontró?

—Está allí.

Peters volvió al otro coche. Wallander condujo tras él. Llegaron a una parte del bosque al sur del castillo. El camino terminaba en un sitio en el que había restos de una tala de árboles.

—El último tramo tenemos que hacerlo a pie —dijo Peters.

Wallander cogió sus botas del maletero. Peters y el joven policía, que Wallander casi no conocía pero del que sabía que se llamaba Bergman, tenían linternas potentes. Siguieron un sendero que llevaba a la cima de una pequeña loma en el interior del bosque. El otoño olía intensamente. Wallander lamentó no haberse puesto un jersey más grueso. Si se veía obligado a pasar toda la noche en el bosque iba a tener frío.

—Llegamos enseguida —anunció Peters.

Wallander comprendió que lo decía para prepararle ante lo que le esperaba.

Y sin embargo la visión apareció de repente. Las dos linternas alumbraron con macabra precisión a un hombre que colgaba medio desnudo, amarrado a un árbol. Los conos de luz temblaban. Wallander estaba completamente inmóvil. En algún lugar próximo graznó un ave nocturna. Wallander se acercó con cuidado. Peters alumbraba para que pudiera ver dónde ponía los pies. La cabeza del hombre le colgaba sobre el pecho. Wallander se puso de rodillas para poder verle la cara. Ya le parecía saber. Cuando vio la cara obtuvo la confirmación. Aunque las fotografías que había visto en el piso de Gösta Runfeldt eran de varios años atrás, no cabía la menor duda. Gösta Runfeldt no llegó a viajar nunca a Nairobi. Ahora por lo menos sabían el final de lo ocurrido. Estaba muerto, atado a un árbol.

Wallander se levantó y dio un paso atrás. En su cabeza tampoco había ya la menor duda acerca de otra cosa: la existencia de una relación entre Holger Eriksson y Gösta Runfeldt. El lenguaje del asesino era el mismo. Aunque la elección de palabras esta vez fuera diferente. Un foso con estacas y un árbol. No podía ser una casualidad.

Se volvió hacia Peters.

—Hay que convocar una movilización urgente —indicó Wallander.

Peters asintió. Wallander advirtió que había olvidado su teléfono en el coche. Le pidió a Bergman que fuese a buscarlo y que cogiese la linterna de la guantera.

—¿Dónde está la persona que lo ha encontrado? —preguntó a continuación.

Peters movió la linterna hacia un lado. En una piedra, un hombre con chándal estaba sentado con la cabeza apoyada en las manos.

—Se llama Lars Olsson. Vive en una finca cerca de aquí.

—¿Qué hacía en el bosque en mitad de la noche?

—Parece que es corredor de campo a través.

Wallander cogió la linterna que le tendió Peters. Se acercó al hombre, que alzó la vista hacia él cuando el cono de luz le dio en la cara. Estaba muy pálido. Wallander se presentó y se sentó en otra piedra a su lado. Notó que estaba fría. Se estremeció sin querer.

—Así que fuiste tú quien le encontró —dijo.

Lars Olsson empezó a hablar. De la mala película de la tele. De sus entrenamientos nocturnos. De cómo se había decidido a tomar un atajo. Y de cómo el hombre había surgido de pronto a la luz del foco que llevaba en la frente.

—Has dado una hora muy precisa —apuntó Wallander, que recordaba su conversación con el policía de guardia.

—Miré el reloj —contestó Lars Olsson—. Tengo la costumbre. O la mala costumbre. Cuando pasa algo, siempre miro el reloj. Si hubiera podido habría mirado el reloj en el momento de nacer.

Wallander asintió.

—Si no te he entendido mal, corres por aquí casi todas las noches —siguió—. Cuando te entrenas en la oscuridad.

—Corrí por aquí anoche. Pero más temprano. Di dos vueltas. La larga primero. Luego la corta. Entonces fui por el atajo.
—¿Qué hora sería entonces?
—Entre las nueve y media y las diez.
—Y entonces no notaste nada.
—No.
—¿Es posible que estuviera ya en el árbol y no le vieras?
Lars Olsson reflexionó. Luego negó con la cabeza.
—Paso siempre junto a ese árbol. Le hubiera visto.
«Entonces, eso al menos lo sabemos», pensó Wallander. Durante casi tres semanas Gösta Runfeldt había estado en otro lugar. Y había estado vivo. El asesinato se cometió durante las últimas veinticuatro horas.

Wallander no tenía más cosas que preguntar. Se levantó de la piedra. Por el bosque se veían conos de luz.

—Deja tu dirección y tu teléfono. Volveremos a ponernos en contacto contigo.

—¿Quién es capaz de hacer algo así? —preguntó Lars Olsson.

—Eso me pregunto yo también —contestó Wallander.

Luego se alejó de aquel hombre. Devolvió la linterna a Peters cuando le dieron la suya y el teléfono. Mientras Bergman anotaba el nombre y el teléfono de Olsson, Peters llamó por teléfono a la comisaría. Wallander aspiró profundamente y se acercó al hombre que colgaba de las cuerdas. Por un instante se sorprendió de no pensar en absoluto en su padre ahora que volvía a encontrarse cerca de la muerte. Pero en el fondo sabía por qué no se acordaba. Lo había experimentado muchas veces antes. Las personas muertas no estaban tan sólo muertas. Es que no les quedaba nada de humanidad dentro. Era como acercarse a una cosa muerta, una vez superado el primer rechazo. Wallander tocó con mucho cuidado la nuca de Gösta Runfeldt. Había desaparecido todo el calor corporal. Tampoco esperaba encontrarlo. Saber cuándo ha ocurrido una muerte, al aire libre, con temperaturas variables, era un proceso complicado. Wallander observó el pecho desnudo del hombre. El color de la piel no le dijo nada acerca de cuánto tiempo llevaba allí. Tampoco había señales de heridas. Sólo cuando Wallander alumbró el cuello vio las marcas azules. Eso podía indicar que Gösta Runfeldt había sido ahorcado. Wallander pasó luego a estudiar las cuerdas. Estaban atadas alrededor del cuerpo, desde los muslos hasta las costillas superiores. El nudo era sencillo. Las cuerdas no estaban tampoco muy apretadas. Eso le sorprendió. Dio un paso atrás y alumbró todo el cuerpo. Luego dio la vuelta en torno al árbol. En todo momento estaba atento al lugar donde ponía los pies. Sólo dio una vuelta. Supuso que Peters le habría advertido a Bergman de que no pisara por allí sin necesidad.

Lars Olsson ya no estaba. Peters seguía hablando por teléfono. Wallander echaba de menos un jersey. Debería tener siempre uno en el coche. De la misma manera que tenía las botas en el maletero. La noche iba a ser larga.

Trató de imaginarse lo que había pasado. Las cuerdas flojas le inquietaban. Pensó en Holger Eriksson. Quizás el asesinato de Gösta Runfeldt les diera la solución. El trabajo de la investigación, en lo sucesivo, les obligaría a aplicar una doble perspectiva. Tendrían que mirar en dos direcciones al mismo tiempo. Pero Wallander era también consciente de que podía ocurrir exactamente lo contrario. Podía aumentar la confusión. Con un centro cada vez más difícil de determinar, el paisaje de la investigación se volvía cada vez más complicado de abarcar e interpretar.

Wallander apagó la linterna un momento para pensar a oscuras. Peters seguía hablando por teléfono. Bergman estaba por allí cerca como una sombra inmóvil. Gösta Runfeldt colgaba muerto de unas cuerdas no muy apretadas.

«¿Era aquello un principio, una mitad, o un final?», pensó Wallander. «¿O es tan grave el asunto, que tenemos encima a un nuevo asesino en serie? ¿Con una cadena de motivos que esclarecer aún más difícil que la que tuvimos el verano pasado?»

No tenía respuesta. Sencillamente, no sabía. Era demasiado pronto. Todo era demasiado pronto.

A lo lejos se oyeron motores. Peters se había ido a recibir a los diferentes coches de emergencia que se acercaban. Pensó un instante en Linda, y deseó que estuviera dormida. Pasara lo que pasara, la llevaría al aeropuerto por la mañana. Un violento dolor por la muerte de su padre le sobrevino de repente. Echaba también de menos a Baiba. Y estaba cansado. Se sentía agotado. Toda la energía experimentada al regresar de Roma había desaparecido. Ya no le quedaba nada.

Tuvo que hacer acopio de todas sus fuerzas para ahuyentar tan sombríos pensamientos. Martinsson y Hansson se acercaban por el bosque, seguidos por Ann-Britt Höglund y Nyberg. Tras ellos, los hombres de la ambulancia y los técnicos. Después Svedberg. Al final, también un médico. Daban la impresión de una caravana mal organizada que se hubiera perdido. Wallander empezó por reunir a sus colaboradores más próximos en un círculo en torno a él. Un foco conectado a un generador portátil había proyectado ya su luz fantasmal sobre el hombre que colgaba del árbol. Wallander pensó fugazmente en la macabra experiencia vivida junto al foso de la finca de Holger Eriksson. Ahora se repetía. El marco era diferente. Y, sin embargo, el mismo. Las escenografías del asesino estaban relacionadas.

—Es Gösta Runfeldt —dijo Wallander—. No hay la menor duda. Pero aun así tenemos que despertar a Vanja Eriksson y traerla aquí. No hay más remedio. Hemos de confirmar su identidad, formalmente, lo más pronto posible. Pero podemos esperar hasta haberle descolgado. Le ahorramos tener que verle así.

Luego refirió brevemente cómo Lars Olsson había encontrado a Runfeldt.

—Ha estado desaparecido casi tres semanas —continuó—. Pero si no me equivoco completamente y si Lars Olsson está en lo cierto, ha estado muerto menos de veinticuatro horas. Por lo menos no ha colgado de ese árbol más tiempo. La cuestión es dónde puede haber estado mientras tanto.

Luego dio respuesta a la pregunta que nadie había hecho aún. La pregunta crucial.

—Me cuesta creer en una casualidad —señaló—. Tiene que ser el mismo asesino que buscamos en el caso de Holger Eriksson. Lo que hemos de encontrar ahora es lo que estos dos hombres tienen en común. En realidad, son tres investigaciones que han de confluir en una. Holger Eriksson, Gösta Runfeldt y las dos juntas.

—¿Qué pasa si no encontramos relación entre ellas? —preguntó Svedberg.

—La encontraremos —contestó Wallander con firmeza—. Más pronto o más tarde. Ambos asesinatos dan la impresión de haber sido planeados de tal manera que excluyen una elección fortuita de la víctima. No se trata de un loco. Estos dos hombres han sido asesinados con fines determinados, por determinadas causas.

—Gösta Runfeldt no podía ser homosexual —dijo Martinsson—. Era viudo y tenía dos hijos.

—Podía ser bisexual —replicó Wallander—. Es demasiado pronto para plantearse estas cuestiones. Tenemos otras tareas mucho más urgentes.

El círculo se fue deshaciendo. No necesitaban muchas palabras para organizar el trabajo. Wallander se colocó junto a Nyberg, que esperaba a que terminase el médico.

—Así que ha vuelto a suceder —dijo con voz cansada.

—Sí. Y hay que aguantar un poco más.

—Justamente ayer decidí tomarme dos semanas de vacaciones.

Cuando hubiéramos resuelto el asesinato de Holger Eriksson. Pensaba ir a Canarias. Seguramente no resulta muy imaginativo, pero es más cálido.

Eran raras las veces que Nyberg se envolvía en conversaciones personales. Wallander se dio cuenta de que estaba expresando su desilusión por el hecho de que ese viaje no iba a tener lugar en un futuro próximo. Podía ver que Nyberg estaba cansado y estragado. Su carga de trabajo era muchas veces disparatada. Wallander decidió discutirlo con Lisa Holgersson en la primera ocasión. No podían continuar explotando a Nyberg.

En el mismo instante en que lo pensó vio que ella había llegado al lugar del crimen. Estaba hablando con Hansson y con Ann-Britt Höglund.

«Lisa Holgersson había tenido que ocuparse de muchas cosas desde el principio mismo», pensó Wallander. «Con este asesinato la prensa va a perder los estribos. Björk no pudo aguantar la tensión. Ya veremos si ella es capaz de hacerlo.»

Wallander sabía que Lisa Holgersson estaba casada con un hombre que trabajaba en una empresa de exportación en el ramo de la informática. Tenían dos hijos mayores. Después del traslado a Ystad, compraron una casa en Hedeskoga, al norte de la ciudad. Pero todavía no había estado en ella, y tampoco conocía a su marido. En ese preciso momento deseaba que fuera un hombre capaz de prestarle todo su apoyo. Iba a necesitarlo.

El médico, que estaba de rodillas, se incorporó. Wallander lo conocía de antes, pero no se acordaba de su nombre.

—Parece que ha sido estrangulado —dijo.
—¿No ahorcado?

El médico adelantó sus manos.

—Estrangulado por dos manos —repitió—. Producen unas heridas muy diferentes a las de una cuerda. Las marcas de los pulgares se ven con claridad.

«Un hombre fuerte», intuyó Wallander rápidamente. «Una persona bien entrenada. Que no vacila en matar con sus propias manos.»

—¿Cuánto hace?
—Imposible saberlo. En las últimas veinticuatro horas. No creo que haga más tiempo. Tendrás que esperar al informe del forense.
—¿Podemos bajarlo? —preguntó Wallander.
—Yo ya he terminado —contestó el médico.
—Y yo puedo empezar —murmuró Nyberg.

Ann-Britt Höglund se había acercado a ellos.

—Vanja Andersson ya ha llegado. Está esperando en un coche ahí abajo.

—¿Cómo se ha tomado la noticia? —preguntó Wallander.

—Es una manera terrible de despertar, claro está. Pero me dio la impresión de que no se sorprendió. Probablemente tenía ya el temor de que estuviera muerto.

—También yo lo tenía —respondió Wallander—. Y supongo que tú también.

Ella afirmó con la cabeza, pero no dijo nada. Nyberg había desatado las cuerdas. El cuerpo de Gösta Runfeldt estaba en una camilla.

—Vete a buscarla —dijo Wallander—. Y luego que se vaya a casa.

Vanja Andersson estaba muy pálida. Wallander se fijó en que iba vestida de negro. ¿Tendría la ropa preparada? Ella miró la cara del muerto, aspiró con fuerza y afirmó con la cabeza.

—¿Puedes identificarle como Gösta Runfeldt? —preguntó Wallander. Se dolió por dentro de su torpe manera de expresarse.

—Está tan delgado... —murmuró ella.

Wallander reaccionó inmediatamente.

—¿Qué quieres decir? —preguntó—. ¿Delgado?

—Tiene la cara completamente demacrada. Hace tres semanas no estaba así.

Wallander sabía que la muerte podía cambiar la cara de una persona dramáticamente. Pero tenía la impresión de que Vanja Andersson hablaba de otra cosa.

—¿Quieres decir que ha bajado de peso desde que le viste por última vez?

—Sí, sí. Está delgadísimo.

Wallander se dio cuenta de que lo que decía era importante. Pero seguía sin saber cómo debía interpretarlo.

—No es necesario que estés aquí más tiempo. Te llevamos a casa.

Ella le miró con una expresión indefensa y perdida.

—¿Qué voy a hacer con la tienda? —preguntó—. ¿Con todas las flores?

—Mañana puedes cerrar, seguramente —dijo Wallander—. Empieza por ahí. No pienses más allá.

Ella asintió en silencio. Ann-Britt Höglund la acompañó hasta el coche policial que la iba a llevar a casa. Wallander se quedó pensando en lo que Vanja Andersson había dicho. Gösta Runfeldt llevaba desaparecido casi tres semanas, sin dejar el menor rastro. Cuando aparece, cuelga atado a un árbol, tal vez estrangulado, y está inexplicablemente delgado. Wallander sabía lo que eso significaba: cautiverio.

156

Se quedó completamente inmóvil siguiendo con mucha atención su discurso interior. También el cautiverio podía relacionarse con una situación de guerra. Los soldados hacían prisioneros.

Fue interrumpido por Lisa Holgersson, que tropezó con una piedra y estuvo a punto de caerse cuando iba hacia él. Pensó que ya daba igual ponerla en antecedentes de lo que pasaba.

—Parece que tienes frío —dijo ella.

—Olvidé coger un jersey de más abrigo —contestó Wallander—. Hay cosas que uno no aprende en la vida.

Ella señaló la camilla donde yacían los restos de Gösta Runfeldt. La estaban llevando hacia un coche funerario que esperaba al pie de la loma.

—¿Qué piensas de esto?

—Que le ha matado la misma persona que a Holger Eriksson. Sería absurdo pensar otra cosa.

—Parece que ha sido estrangulado.

—Yo no suelo sacar conclusiones demasiado pronto. Pero esta vez sí que puedo imaginarme lo que ha pasado. Estaba vivo cuando lo ataron al árbol. Tal vez en estado inconsciente. Pero ha sido estrangulado aquí y luego abandonado. Además, no se ha resistido.

—¿Cómo puedes saberlo?

—La cuerda estaba bastante floja. Si hubiera querido, se habría soltado.

—¿No puede indicar precisamente eso el que la cuerda estuviera floja? —objetó ella—. ¿Que tiró y trató de resistirse?

«Buena pregunta», pensó Wallander. «Lisa Holgersson es, sin la menor duda, una excelente policía.»

—Puede ser —contestó él—. Pero no lo creo por algo que dijo Vanja Andersson: que se había quedado extremadamente delgado.

—No veo la relación.

—Lo que pienso es que un adelgazamiento rápido debe haber supuesto una pérdida de fuerzas significativa.

Ella comprendió.

—Se queda colgado de las cuerdas —continuó Wallander—. El asesino no tiene ninguna necesidad de ocultar el crimen. O el cadáver. Recuerda a lo que le pasó a Holger Eriksson.

—¿Por qué aquí? —preguntó ella—. ¿Por qué atar a una persona a un árbol? ¿Por qué esta brutalidad?

—Cuando lo sepamos quizá comprenderemos también por qué ha ocurrido todo esto —contestó Wallander.

—¿Tienes alguna idea?

—Ideas tengo muchas. Creo que lo mejor que podemos hacer ahora es dejar que Nyberg y su gente trabajen en paz. Convocar una reunión y dar un repaso a todo en Ystad es más importante que andar dando vueltas y cansarnos aquí en el bosque. Aquí ya no hay nada que ver.

Ella no tuvo nada que objetar. A las dos, dejaron a Nyberg y a sus técnicos solos en el bosque. Había empezado a lloviznar y hacía viento. Wallander fue el último en marcharse.

¿Qué hacemos ahora?, se preguntó a sí mismo. ¿Cómo seguimos? No tenemos motivo, no tenemos sospechoso. Lo único que tenemos es un diario que ha pertenecido a un hombre llamado Harald Berggren. Un observador de pájaros y un apasionado amante de flores han sido asesinados. La crueldad es refinada. Casi ostentosa.

Trató de acordarse de lo que había dicho Ann-Britt Höglund. Era algo importante. Algo acerca de lo declaradamente masculino, y que luego había hecho que él empezara a imaginarse cada vez más un asesino con un pasado militar. Harald Berggren había sido ciertamente un mercenario. Había sido más que un militar. Una persona que no defendía su país o una causa. Un hombre que había matado a gente a cambio de un sueldo mensual contante y sonante.

«En todo caso, tenemos un punto de partida», pensó. «Tendremos que atenernos a él hasta que se rompa.»

Fue a decirle adiós a Nyberg.

—¿Hay algo especial que quieres que busquemos? —preguntó éste.

—No. Tan sólo que busques todo lo que eventualmente recuerde a lo que le pasó a Holger Eriksson.

—Yo creo que todo se parece a aquello —contestó Nyberg—. Salvo tal vez las estacas de bambú.

—Quiero que mañana temprano traigan aquí a los perros —siguió Wallander.

—Supongo que yo estaré aquí todavía —contestó Nyberg amargamente.

—Hablaré de tu situación laboral con Lisa —repuso Wallander con la esperanza de darle al menos un estímulo simbólico.

—No servirá de mucho —contestó Nyberg.

—Lo que no servirá de nada, en todo caso, es dejar de hacerlo —dijo Wallander dando por terminada la conversación.

A las tres menos cuarto de la madrugada se reunieron en la comisaría. Wallander fue el último en entrar en la sala de reuniones. Vio a su alrededor caras cansadas y ojerosas y se dio cuenta de que lo principal era darle un nuevo impulso al equipo de investigación. Sabía por experiencia que llegaba siempre un momento, cuando estaban en mitad de un caso, en el que la confianza en uno mismo parecía agotada por completo. La única diferencia ahora era que ese momento había llegado mucho antes que de costumbre.

«Hubiéramos necesitado un otoño tranquilo», pensó Wallander. «Todos están agotados después del verano.»

Se sentó y Hansson le sirvió una taza de café.

—Esto no va a ser fácil —empezó—. Lo que todos seguramente temíamos en nuestro fuero interno ha resultado por desgracia cierto. Gösta Runfeldt ha sido asesinado. Probablemente por el mismo asesino que mató a Holger Eriksson. No sabemos qué significa esto. No sabemos, por ejemplo, si vamos a tener más sorpresas desagradables. No sabemos si esto ha empezado a parecerse algo a lo que pasó este verano. Quiero sin embargo advertir que no se hagan más paralelismos excepto que es, sin duda, un mismo hombre el que ha actuado más de una vez. Son muchas también las diferencias que hay entre estos crímenes. Más que las semejanzas.

Hizo una pausa para dejar paso a posibles comentarios. Nadie tenía nada que decir.

—Tenemos que seguir en un frente amplio —continuó—. Abiertos a todo, pero con determinación. Tenemos que localizar a Harald Berggren. Tenemos que enterarnos de por qué Gösta Runfeldt no viajó a Nairobi. Tenemos que enterarnos de por qué, justo antes de desaparecer y después morir, encargó un equipo de escucha avanzado. Tenemos que encontrar una relación entre estos dos hombres que parecen haber vivido su vida totalmente aislados uno de otro. Como las víctimas no han sido elegidas por casualidad, no tiene más remedio que haber una relación.

Nadie tenía ningún comentario que hacer. Wallander pensó que lo mejor era terminar la reunión. Lo que más necesitaban en aquellos momentos era unas horas de sueño. Volverían a reunirse a la mañana siguiente.

Se separaron rápidamente en cuanto Wallander terminó de hablar.

La lluvia y el viento eran más intensos. Mientras cruzaba deprisa el mojado aparcamiento en dirección a su vehículo, Wallander pensó en Nyberg y en sus técnicos.

Pero también pensó en lo que había dicho Vanja Andersson.

Que Gösta Runfeldt había enflaquecido durante las tres semanas que había estado desaparecido.

Wallander sabía que eso era importante. No podía imaginarse ningún otro motivo que no fuera el cautiverio.
La cuestión era dónde había estado preso.
¿Por qué? Y ¿de quién?

14

Esa noche Wallander durmió en el sofá del cuarto de estar con una manta por encima, puesto que se iba a levantar pocas horas más tarde. En el cuarto de Linda no se oía nada cuando llegó a casa después de la reunión nocturna que tuvieron en la sede de la policía.

Se había despertado abruptamente, empapado en sudor, después de una pesadilla que recordaba muy vagamente. Había soñado con su padre, estaban otra vez en Roma, y algo había ocurrido que le había asustado. Lo que era se perdía en tinieblas. ¿Y si la muerte del sueño hubiera estado ya presente durante su viaje a Roma, como una premonición? Se sentó en el sofá envuelto en la manta. Eran las cinco. El despertador no tardaría en sonar. Se quedó allí sentado, torpe, inmóvil. El cansancio era como un dolor incesante en el cuerpo. Tuvo que hacer acopio de todas sus fuerzas para poder levantarse e ir al cuarto de baño. Después de haberse duchado, se sintió algo mejor. Preparó el desayuno y despertó a Linda a las seis menos cuarto. Antes de las seis y media ya estaban camino del aeropuerto. Ella tenía pereza por las mañanas y no habló mucho por el camino. Sólo cuando salieron de la autopista y recorrían los últimos kilómetros hasta el aeropuerto de Sturup, pareció despertar.

—¿Qué ha pasado esta noche? —preguntó.
—Alguien ha encontrado a un hombre muerto en un bosque.
—¿No puedes decir nada más?
—Fue un corredor de campo a través que estaba entrenándose. Casi tropieza con el muerto.
—¿Quién era?
—¿El corredor o el muerto?
—El muerto.
—Un comerciante de flores.
—¿Se había suicidado?
—Desgraciadamente, no.
—¿Qué quieres decir con eso? ¿Por qué desgraciadamente?

—Porque ha sido asesinado. Y eso significa un montón de trabajo para nosotros.

Ella se quedó callada un rato. Ya se veía el edificio amarillo del aeropuerto.

—No sé cómo puedes aguantar —dijo ella.

—Tampoco yo —contestó él—. Pero no tengo más remedio. Alguien tiene que hacerlo.

La pregunta que vino a continuación le sorprendió.

—¿Tú crees que yo podría llegar a ser un buen policía?

—Pensaba que tenías otros planes muy distintos, ¿no?

—Y los tengo. Anda, contéstame.

—No sé —dijo él—. Pero seguro que podrías.

Más, no se habló. Wallander se detuvo en el aparcamiento. Ella llevaba sólo una mochila que él sacó del maletero. Cuando se disponía a acompañarla, ella movió la cabeza negativamente.

—Vete a casa. Estás tan cansado que casi no puedes tenerte en pie.

—Tengo que ir al trabajo —contestó él—. Pero tienes razón, estoy cansado.

Luego hubo un momento de melancolía. Hablaron de su padre y abuelo. Que ya no existía.

—Es raro —dijo ella—. Lo venía pensando en el coche. Que haya que estar muerto tanto tiempo.

Su padre murmuró algo como respuesta. Luego se despidieron. Ella prometió comprar un contestador automático. Él la vio desaparecer por las puertas de cristal que se abrieron ante ella. Ya no estaba.

Se quedó sentado en el coche pensando en las palabras de su hija. ¿Era eso lo que hacía tan aterradora a la muerte? ¿Que hubiera que estar muerto tanto tiempo?

Puso el motor en marcha y se fue de allí. El paisaje era gris y parecía tan sombrío como toda la investigación que tenían entre manos. Wallander pensó en los sucesos de las últimas semanas. Un hombre atravesado por estacas en un foso. Otro hombre atado a un árbol. ¿Podía haber una muerte más repugnante? Claro que tampoco fue grato ver a su padre caído entre los cuadros. Pensó que tenía que ver a Baiba lo antes posible. La llamaría esa misma noche. Ya no aguantaba más la soledad. Le acorralaba. Ya había durado lo suficiente. Llevaba divorciado cinco años. Estaba camino de convertirse en un viejo sabueso, hosco y huraño. Y no quería.

Poco después de las ocho llegó al edificio de la policía. Lo primero que hizo fue ir en busca de café y llamar a Gertrud. Por la voz, ella parecía inesperadamente serena. Su hermana Kristina seguía con ella.

Como Wallander estaba tan ocupado con las investigaciones en curso, habían acordado ocuparse ellas dos de inventariar las pocas cosas que dejaba el padre. Los bienes eran, sobre todo, la casa de Löderup. Pero no había apenas deudas. Gertrud le preguntó si había alguna cosa especial que Wallander quisiera llevarse. Al principio, él dijo que no. Luego cambió rápidamente de opinión y se puso a buscar un cuadro con urogallo entre los montones de telas terminadas colocadas junto a las paredes del estudio. Por alguna razón que no podía explicarse a sí mismo, no quería quedarse con el cuadro que su padre estaba a punto de terminar cuando le sobrevino la muerte. El cuadro que había elegido estaba, por ahora, en su despacho. Todavía no había decidido dónde colgarlo. Si es que lo colgaba.

Luego, volvió a ser policía.

Empezó por leer deprisa un informe sobre la conversación que Ann-Britt Höglund había mantenido con la mujer cartero que le llevaba el correo a Holger Eriksson. Observó que Ann-Britt escribía bien, sin frases difíciles ni detalles superfluos. Era evidente que los policías de ahora, en todo caso, aprendían a escribir los informes mejor que los de su generación.

Pero allí no había nada que pareciera tener directamente importancia para la investigación. La última vez que Holger Eriksson colgó el letrerito que indicaba que quería hablar con la cartero había sido varios meses antes. Por lo que ésta podía recordar, se trataba de algunos pagos sin mayores complicaciones. No había observado nada especial en los últimos tiempos. En la finca, todo daba la impresión habitual. Tampoco se había fijado en coches o personas ajenas a esa zona. Wallander dejó a un lado el informe. Luego cogió su cuaderno e hizo unas anotaciones sobre las cosas más importantes que había que hacer primero. Alguien debería hablar a fondo con Anita Lagergren, en la agencia de viajes de Malmö. ¿Cuándo había hecho Gösta Runfeldt la reserva de su viaje? ¿En qué consistía en realidad ese viaje de orquídeas? Ahora había que hacer con él lo mismo que con Holger Eriksson. Había que investigar su vida. Y, sobre todo, se verían obligados a hablar largamente con sus hijos. Wallander quería también saber más acerca del equipo técnico que Gösta Runfeldt había comprado en la empresa Secur de Borås. ¿Para qué iba a usarlo? ¿Para qué quería un vendedor de flores esas cosas? Estaba convencido de que se trataba de una cuestión decisiva para comprender lo ocurrido. Wallander apartó el cuaderno y se quedó dudando, con la mano sobre el teléfono. Eran las ocho y cuarto. Corría el riesgo de que Nyberg estuviera durmiendo. Pero no había otro remedio. Marcó el número de su móvil. Nyberg contestó inmediatamente. Todavía estaba en el bosque, muy lejos de su cama. Wallander preguntó cómo iba la inspección técnica del lugar del crimen.

—Tenemos perros aquí ahora mismo —contestó Nyberg—. Han encontrado un rastro de la cuerda abajo, donde estaba la tala. Pero no es de extrañar ya que es el único camino hasta aquí. Supongo que partimos de la base de que Gösta Runfeldt no llegó caminando. Tuvo que haber un coche.

—¿Hay huellas de neumáticos?

—Hay bastantes. Pero qué es qué, comprenderás que no puedo asegurarlo todavía.

—¿Algo más?

—En realidad no. La cuerda es de una cordelería de Dinamarca.

—¿De Dinamarca?

—Supongo que se puede comprar en cualquier sitio donde vendan cuerdas. Parece completamente nueva. Comprada con este objeto.

Wallander reaccionó con desagrado. Luego hizo la pregunta que le había movido a telefonear a Nyberg.

—¿Has podido encontrar el menor indicio de que intentara resistirse cuando le ataron al árbol? ¿O de que tratara de soltarse?

La respuesta de Nyberg fue contundente:

—No. No lo parece. En primer lugar, no he encontrado la menor señal de lucha en el entorno. El terreno estaría removido. Algo se hubiera podido ver. En segundo lugar, no hay ninguna rozadura ni en la cuerda ni en el tronco del árbol. Le han atado ahí. Y él se ha estado quieto.

—¿Cómo interpretas tú eso?

—No debe de haber en realidad más que dos posibilidades —contestó Nyberg—. O ya estaba muerto, o por lo menos inconsciente, cuando le ataron, o ha preferido no resistirse. Cosa que no parece muy verosímil.

Wallander reflexionó.

—Hay una tercera posibilidad —dijo luego—. Que Gösta Runfeldt, simplemente, no tuviera fuerzas para resistirse.

Nyberg estuvo de acuerdo. Era también una posibilidad. Tal vez la más verosímil.

—Déjame preguntar otra cosa —continuó Wallander—. Ya sé que no puedes contestarme, pero uno siempre se figura cómo han ocurrido los hechos. No hay nadie que adivine tanto y con tanta frecuencia como los policías. Aunque lo neguemos siempre con mucha energía. ¿Ha habido más de una persona?

—He pensado en ello. Hay muchas cosas que indican que debería haber más de una. Arrastrar a una persona por el bosque y atarla no puede ser tan sencillo. Pero lo dudo.
—¿Por qué?
—Sinceramente, no lo sé.
—Si volvemos al foso de Lödinge, ¿qué impresión tuviste allí?
—La misma. Debería haber más de una. Pero no estoy seguro.
—Yo tengo la misma impresión —dijo Wallander—, y no deja de incordiarme.
—De todas maneras me parece que tenemos que vérnoslas con una persona físicamente muy fuerte. Hay mucho que apunta a eso.
Wallander ya no tenía más preguntas.
—Por lo demás, ¿nada?
—Un par de latas de cerveza viejas y una uña postiza. Eso es todo.
—¿Una uña postiza?
—Las mujeres suelen usar esas cosas. Pero puede llevar aquí mucho tiempo.
—Procura dormir unas horas —dijo Wallander.
—¿De dónde quieres que saque el tiempo para eso? —preguntó Nyberg.
Wallander notó que, de repente, parecía irritado. Se apresuró a terminar la conversación. Inmediatamente sonó el teléfono. Era Martinsson.
—¿Puedo pasar? —preguntó—. ¿Cuándo era que teníamos la reunión?
—A las nueve. Tenemos tiempo.
Wallander colgó el auricular. Comprendió que Martinsson había dado con algo. Sentía la tensión. Lo que más falta les hacía en ese momento era un buen avance en la investigación.
Martinsson entró y se sentó en la silla que tenía Wallander para las visitas. Fue derecho al grano.
—He estado dándole vueltas a eso de los mercenarios —dijo—. Y al diario de Harald Berggren sobre el Congo. Esta mañana al despertarme me acordé de que conozco a una persona que estuvo en el Congo al mismo tiempo que Harald Berggren.
—¿Como mercenario? —preguntó Wallander sorprendido.
—No como mercenario, pero sí como participante del batallón sueco de Naciones Unidas. Eran los que iban a desarmar a las fuerzas belgas en la provincia de Katanga.
Wallander asintió con la cabeza.
—Yo tenía doce o trece años cuando ocurrió. Me acuerdo muy poco

de todo aquello. En realidad de nada, salvo de que Dag Hammarskjöld murió en un accidente de avión.

—Yo casi ni había nacido entonces —repuso Martinsson—. Pero me acuerdo de haber estudiado algo en la escuela.

—Dijiste que conocías a alguien.

—Hace unos años participé en algunas reuniones del Partido Liberal. Al final, solía formarse una especie de tertulia mientras tomábamos café. Se me estropeó el estómago de tanto café como tomé entonces.

Wallander golpeteaba impaciente el tablero de la mesa con los dedos.

—En una de las reuniones me tocó estar sentado junto a un hombre de unos sesenta años. No sé cómo empezamos a hablar de eso. Pero me contó que había sido capitán y ayudante del general Von Horn que mandaba el batallón sueco de la ONU en el Congo. Y me acuerdo de que también dijo que allí hubo mercenarios.

Wallander le escuchaba con interés creciente.

—Hice varias llamadas telefónicas esta mañana cuando me desperté. Y al fin obtuve una respuesta positiva. Uno de mis antiguos camaradas del partido sabía quién era ese capitán. Se llama Olof Hanzell y está jubilado. Vive en Nybrostrand.

—Bien. Le haremos una visita cuanto antes.

—Ya le he llamado. Dijo que con mucho gusto hablaría con la policía si creíamos que podía ser de alguna ayuda. Parecía lúcido y preciso y aseguró que tenía muy buena memoria.

Martinsson puso un papel con un número de teléfono sobre la mesa de Wallander.

—Tenemos que probar todo lo que salga —dijo Wallander—. Y la reunión que vamos a tener ahora será corta.

Martinsson se levantó para irse. Una vez en la puerta se detuvo.

—¿Has visto los periódicos? —preguntó.

—¿Cómo voy a tener tiempo?

—Björk se hubiera subido por las paredes. Gente de Lödinge y de otros lugares ha hecho declaraciones. Después de lo que le ha pasado a Holger Eriksson, han empezado a hablar de la necesidad de formar una milicia ciudadana.

—Eso lo han hecho siempre —contestó Wallander con tono de rechazo—. No es para preocuparse.

—Yo no estoy tan seguro de ello. Lo que dicen hoy los periódicos ofrece una clara diferencia.

—¿Cuál?

—Ya no se expresan anónimamente. Aparecen con nombres y en

fotografías. Eso no había ocurrido nunca antes. Pensar en términos de milicia ciudadana se ha vuelto políticamente correcto.

Wallander comprendió que Martinsson tenía razón. Pero, así y todo, le resultaba difícil creer que eso significaba algo más que la acostumbrada señal de inquietud cuando ocurría un brutal acto de violencia. Una señal que Wallander, por lo demás, comprendía a la perfección.

—Mañana habrá más —se limitó a decir—. Cuando se sepa lo que ha pasado con Gösta Runfeldt. Tal vez tengamos que prevenir a Lisa Holgersson de lo que nos espera.

—¿Qué impresión tienes de ella? —preguntó Martinsson.

—¿De Lisa Holgersson? Tengo la impresión de que es estupenda.

Martinsson había vuelto a entrar en la habitación. Wallander vio lo cansado que estaba. Pensó que Martinsson había envejecido rápidamente en los años que llevaba como policía.

—Yo creí que lo que pasó aquí este verano era una excepción. Ahora me doy cuenta de que no es así.

—Las semejanzas son pocas. No debemos hacer paralelismos que no existen.

—No es en eso en lo que pienso. Es en toda esta violencia. Como si ahora fuera necesario martirizar a la gente a la que se ha decidido quitar de en medio.

—Ya —dijo Wallander—. Pero no soy capaz de decir cómo darle la vuelta a la situación.

Martinsson abandonó el despacho. Wallander pensó en lo que había oído. Decidió ir a hablar con el capitán jubilado Olof Hanzell ese mismo día.

Fue, como Wallander había previsto, una reunión corta. Aunque ninguno de ellos había dormido mucho aquella noche, todos parecían serenos y dispuestos. Sabían que estaban ante una investigación complicada. Per Åkeson también había acudido a oír el resumen de Wallander. Después, no hizo muchas preguntas.

Se repartieron diferentes tareas y discutieron a qué cosas había que dar prioridad. La cuestión de pedir recursos extraordinarios quedó aplazada por el momento. Lisa Holgersson había liberado a varios policías de otras tareas, para que se integrasen en la investigación del asesinato, que ahora se había duplicado. Cuando la reunión se acercaba a su fin, después de una hora aproximadamente, todos tenían ya demasiadas cosas de las que ocuparse.

–Ahora sólo queda una cosa –anunció Wallander al final–. Tenemos que contar con que estos asesinatos van a tener una gran repercusión en los medios de comunicación. Lo que hemos visto hasta ahora no es más que el principio. Ya sé que hay gente por la comarca que ha empezado a hablar de organizar de nuevo patrullas nocturnas y milicias ciudadanas. Tendremos que esperar a ver si ocurre lo que pienso. Por ahora, lo mejor será que nos ocupemos Lisa y yo del contacto con la prensa. Si Ann-Britt puede asistir también a nuestras conferencias de prensa, yo lo agradecería.

A las diez y diez se levantó la sesión. Wallander se quedó un rato hablando con Lisa Holgersson. Decidieron convocar una conferencia de prensa a las seis y media de la tarde. Luego, Wallander salió al pasillo para hablar con Per Åkeson. Pero ya se había ido. Wallander volvió a su despacho y marcó el número que estaba en el papel que le había dado Martinsson. Al mismo tiempo se acordó de que aún no le había dejado a Svedberg sus notas. En ese momento le contestaron. Era Olof Hanzell. Tenía una voz agradable. Wallander se presentó y preguntó si podía ir a visitarle durante la mañana. El capitán Hanzell le dijo que bienvenido y le explicó cómo debía conducir para llegar hasta su casa. Cuando Wallander salió de la comisaría, había vuelto a despejar. Hacía viento, pero el sol se asomaba entre las nubes. Se acordó de que tenía que poner un jersey de abrigo en el coche para los días más fríos que se avecinaban. A pesar de que tenía prisa por llegar a Nybrostrand se paró ante el escaparate de una agencia inmobiliaria en el centro de la ciudad. Estudió las diferentes casas que estaban en venta. Por lo menos una de las casas podía interesarle. Si hubiera tenido más tiempo habría entrado a pedir una copia de los datos de la casa. Memorizó el número de venta y volvió al coche. Se preguntó si Linda habría vuelto ya a Estocolmo o si todavía estaría esperando en el aeropuerto.

Luego se dirigió hacia el este, camino de Nybrostrand. Dejó atrás la salida izquierda que llevaba al campo de golf y torció, al cabo de un rato, a la derecha y empezó a buscar la calle Skrakvägen, donde vivía Olof Hanzell. Todas las calles de la zona tenían nombres de pájaros. Se preguntó si aquello sería una casualidad o si tendría algún significado. Él estaba buscando a una persona que había matado a un observador de pájaros. En aquella calle vivía alguien que, a lo mejor, podía ayudarle a encontrar al que buscaba.

Después de equivocarse varias veces llegó a la dirección correcta. Aparcó el coche y atravesó la verja de un chalet que no tendría más de diez años. A pesar de ello producía, de alguna manera, una impresión de decadencia. Wallander pensó que era un tipo de casa en la que él nunca podría sentirse a gusto. Un hombre vestido con un chándal abrió la puerta exterior. Tenía el pelo gris muy corto, un pequeño bigote y parecía estar en buena forma física. Sonrió al tender la mano para saludar. Wallander se presentó.

—Mi mujer murió hace unos años —dijo Olof Hanzell—. Desde entonces vivo solo. Tal vez no esté la casa demasiado limpia. Pero, pasa, pasa.

Lo primero que saltó a la vista de Wallander fue un gran tambor africano que estaba en el vestíbulo. Olof Hanzell siguió su mirada.

—El año que pasé en el Congo fue el viaje de mi vida —dijo—. Luego ya no volví a salir. Los hijos eran pequeños, mi mujer no quería. Y llegó un día en que ya fue demasiado tarde.

Invitó a Wallander a pasar al cuarto de estar, donde había unas tazas de café en una mesa. También allí colgaban recuerdos africanos en las paredes. Wallander se sentó en un sofá y aceptó el café. En realidad tenía hambre y hubiera necesitado comer algo. Olof Hanzell sacó un plato con bizcochos.

—Los hago yo mismo —dijo señalando los bizcochos—. Es un buen entretenimiento para un viejo militar.

Wallander pensó que no tenía tiempo de hablar más que del asunto que le había llevado allí. Sacó del bolsillo la fotografía de los tres hombres y se la pasó por encima de la mesa.

—Quisiera empezar preguntándote si reconoces a alguno de esos tres hombres. Como orientación puedo decirte que la foto está tomada en el Congo en la misma época en la que el batallón sueco de Naciones Unidas se encontraba allí.

Olof Hanzell cogió la fotografía. Sin mirarla, se levantó y fue a buscar unas gafas. Wallander se acordó de la visita que tenía que hacer urgentemente al óptico. Hanzell fue con la foto hacia la ventana y la miró largo rato. Wallander escuchó el silencio que llenaba la casa. Esperaba. Hanzell volvió de la ventana. Sin decir nada, dejó la fotografía en la mesa y salió de la habitación. Wallander se comió otro bizcocho. Estaba a punto de ir a ver dónde se había metido Hanzell cuando vio que regresaba. En la mano traía un álbum de fotos. Se puso otra vez junto a la ventana y empezó a pasar hojas. Wallander siguió esperando. Finalmente Hanzell encontró lo que buscaba. Se acercó a la mesa y le tendió el álbum abierto a Wallander.

—Mira la foto de abajo, a la izquierda —dijo Hanzell—. Por desgracia, no es muy agradable. Pero creo que te va a interesar.

Wallander obedeció. Se sobresaltó por dentro. La foto mostraba a varios soldados muertos. Estaban en fila, con las caras ensangrentadas, los brazos perforados por disparos y los pechos destrozados. Los soldados eran negros. Detrás de ellos había otros dos hombres con fusiles en las manos. Ambos eran blancos. Estaban colocados como si se tratara de una foto de caza. Los soldados muertos eran la presa.

Wallander reconoció inmediatamente a uno de los hombres blancos. Era el que estaba a la izquierda en la fotografía que había encontrado metida en la tapa del diario de Harald Berggren. No cabía la menor duda. Era el mismo hombre.

—Me pareció reconocerle —dijo Hanzell—. Pero no estaba seguro del todo. Tardé un poco en encontrar el álbum que quería.

—¿Quién es? —preguntó Wallander—. ¿Terry O'Banion o Simon Marchand?

Notó que Olof Hanzell reaccionaba con sorpresa.

—Simon Marchand —contestó—. Tengo que reconocer que siento curiosidad por saber cómo puedes saberlo tú.

—Ya te lo explicaré. Pero cuéntame cómo te has hecho con esa foto.

Olof Hanzell se sentó.

—¿Qué sabes de lo que pasó en el Congo por aquella época? —preguntó.

—No mucho. Prácticamente, nada.

—Déjame entonces que te ponga en antecedentes —dijo Olof Hanzell—. Creo que es necesario para poder entender las cosas.

—Tómate el tiempo que necesites —dijo Wallander.

—Voy a empezar en 1953. Entonces, había cuatro estados africanos independientes que eran miembros de la ONU. Siete años más tarde, esa cifra había aumentado a veintiséis. Eso significa que todo el continente africano estaba en ebullición por entonces. La descolonización había entrado en su fase más dramática. Nuevos estados proclamaban su independencia en una marea constante. Muchas veces, los dolores de parto eran intensos. Pero no siempre tan violentos como en el caso del Congo Belga. En 1959, el gobierno belga elaboró un plan para que tuviera lugar la independencia. La fecha del traspaso de poderes se fijó para el 30 de junio de 1960. Cuanto más se acercaba el día, más grandes eran los disturbios en el país. Diferentes tribus tiraban en sentido contrario, los actos de violencia por razones políticas ocurrían todos los días. Pero la independencia llegó y un político experimentado que se llamaba Kasavubu fue presidente mientras que Lumumba fue primer ministro. Seguramente habrás oído hablar de Lumumba.

Wallander asintió con la cabeza, no muy seguro.

—Durante unos pocos días se pensó que, a pesar de todo, la transición de colonia a estado independiente sería pacífica. Pero al cabo de unas semanas la Force Publique, que era el ejército regular del país, se amotinó contra sus oficiales belgas. Tropas belgas de paracaidistas entraron para salvar a los oficiales. El país no tardó en caer en el caos. La situación se hizo incontrolable para Kasavubu y Lumumba. Al mismo tiempo, Katanga, la región situada más al sur del país y también la más rica a causa de todos sus yacimientos minerales, proclamó su escisión e independencia. El líder de Katanga se llamaba Moise Tshombe. En esa situación, Kasavubu y Lumumba pidieron ayuda a la ONU. Dag Hammarskjöld, que era en ese momento secretario general, puso en marcha una intervención de tropas de la ONU, de Suecia entre otros países, en muy poco tiempo. Nuestra función iba a ser exclusivamente policial. Los belgas que quedaban en el Congo apoyaban a Tshombe en Katanga. Con dinero de las grandes compañías mineras, contrataron también tropas mercenarias. Y es ahí donde entra esta fotografía.

Hanzell hizo una pausa y tomó un sorbo de café.

—Puede que sirva para dar una idea de lo compleja y grave que era la situación —dijo luego.

—Me doy cuenta de que tuvo que ser extraordinariamente confusa —contestó Wallander esperando con impaciencia la continuación.

—En las luchas de Katanga había varios centenares de soldados mercenarios involucrados —prosiguió Hanzell—. Eran de varios países. Francia, Bélgica, Argelia. Quince años después del final de la segunda guerra mundial había todavía muchos alemanes que nunca pudieron resignarse a que la guerra hubiera terminado como lo hizo. Se vengaron sobre africanos inocentes. Pero había también escandinavos. Algunos murieron y fueron enterrados en tumbas que ya nadie sabe dónde están. En una ocasión, se presentó un africano en el campamento sueco de la ONU. Llevaba papeles y fotografías de varios mercenarios muertos. Pero ninguno era sueco.

—¿Por qué fue entonces al campamento sueco?

—Los suecos teníamos fama de ser gente buena y generosa. Él iba con su caja y quería vender el contenido. Sabe Dios cómo lo había conseguido.

—¿Y lo compraste?

Hanzell asintió.

—Digamos mejor que hicimos un trueque. Me parece que pagué el equivalente de diez coronas por la caja. Tiré casi todo. Pero guardé algunas fotografías. Ésta es una de ellas.

Wallander decidió dar un paso más.

―Harald Berggren ―dijo―. Uno de los hombres de mi fotografía es sueco y se llama así. Por exclusión tiene que ser, o bien el del centro, o el de la derecha. ¿Te dice algo el nombre?
Hanzell reflexionó. Luego movió la cabeza.
―No. Pero eso no tiene por qué significar nada.
―¿Por qué no?
―Muchos mercenarios se cambiaban de nombre. No sólo los suecos. Adoptaban un nombre nuevo durante el tiempo que duraba el contrato. Cuando todo terminaba, y si se conseguía salir con vida, se podía volver al nombre anterior.
Wallander reflexionó a su vez.
―Eso significa que Harald Berggren ha podido estar en el Congo bajo otro nombre, ¿no?
―Así es.
―Eso significa también que ha podido escribir el diario bajo su propio nombre. Que ha funcionado entonces como seudónimo.
―Así es.
―Y puede también significar que Harald Berggren ha podido morir bajo otro nombre.
―Así es.
Wallander miró a Hanzell inquisitivamente.
―Con otras palabras, eso significa que es casi imposible decir si está vivo o muerto. Puede estar muerto bajo un nombre y vivo bajo otro distinto.
―Los mercenarios son personas hurañas, lo que es fácil de comprender.
―Eso significa que es casi imposible encontrarle, a no ser que él mismo quiera.
Olof Hanzell asintió. Wallander contempló el plato de bizcochos.
―Sé que muchos de mis antiguos colegas eran de otra opinión ―dijo Hanzell―. Pero para mí los mercenarios fueron siempre algo despreciable. Mataban por dinero aunque decían que luchaban por una ideología, por la libertad. Contra el comunismo. Pero la realidad era otra. Mataban indiscriminadamente. Obedecían las órdenes del que mejor pagaba en cada ocasión.
―Un mercenario debe de tener grandes dificultades para volver a la vida normal ―dijo Wallander.
―Muchos no lo consiguieron. Se convirtieron en lo que podríamos llamar sombras en los márgenes más extremos de la sociedad. O se mataron bebiendo. Algunos seguramente ya estaban enfermos.
―¿Qué quieres decir?

La respuesta de Olof Hanzell fue rápida y convencida:

—Sádicos y psicópatas.

Wallander asintió. Había comprendido.

Harald Berggren era un hombre que existía y no existía. De qué manera podía encajar en la totalidad, era más que incierto.

La sensación era evidente y clara.

Se había atascado. No tenía la menor idea de cómo seguir adelante.

15

Wallander se quedó en Nybrostrand hasta muy avanzada la tarde. Sin embargo, no pasó todo el tiempo en casa de Olof Hanzell. De allí se fue a la una. Cuando salió al aire del otoño, después de la larga conversación, se sintió indeciso. ¿Cuál debería ser el próximo paso? En lugar de regresar a Ystad, condujo hasta el mar y aparcó el coche. Decidió, tras cierta vacilación, dar un paseo. Tal vez eso le ayudara a hacer el resumen que tanto necesitaba. Pero al bajar a la playa y sentir el cortante viento del otoño, cambió de opinión y regresó al coche. Se sentó delante, en el asiento del pasajero e inclinó el respaldo hasta atrás. Luego cerró los ojos y empezó a rememorar todos los hechos ocurridos a partir de la mañana, dos semanas atrás, en que Sven Tyrén fuera a su despacho a contar que Holger Eriksson había desaparecido. Ese 12 de octubre tenían otro asesinato más que buscaba a su autor.

Wallander fue repasando los hechos, tratando de analizar a fondo su cronología. Entre todo lo que había tenido oportunidad de aprender de Rydberg, una de las cosas más importantes era saber que los sucesos que ocurrían primero no necesariamente estaban en primer lugar en una cadena de causas. Holger Eriksson y Gösta Runfeldt habían sido asesinados. Pero Wallander se preguntaba qué había pasado en realidad. ¿Habían sido asesinados como una manifestación de venganza? ¿O se trataba de un crimen lucrativo, aunque él no lograra comprender en qué podía consistir el beneficio?

Abrió los ojos y los fijó en una driza de bandera sacudida por las ráfagas de viento. Holger Eriksson había sido ensartado en una fosa de estacas cuidadosamente preparada. Gösta Runfeldt había estado cautivo para ser después estrangulado.

Había demasiados detalles que preocupaban a Wallander. La crueldad demostrada de manera ostensiva. ¿Por qué se había mantenido cautivo a Gösta Runfeldt antes de darle muerte? Wallander se esforzaba en pasar revista a las premisas básicas de que disponía el equipo de investigación. El asesino que buscaban, y que trataban de identificar, tenía que haber conocido tanto a Holger Eriksson como a Gösta Runfeldt. De eso sí que no cabía la menor duda.

Tenía que conocer las costumbres de Holger Eriksson. Además, debía estar al tanto de que Gösta Runfeldt iba a viajar a Nairobi. Éstas eran premisas de las que podían partir. Otra cosa era que el asesino no se había preocupado en absoluto de que los muertos fueran descubiertos. Había señales que parecían indicar precisamente lo contrario.

Wallander se detuvo en su repaso. «¿Por qué se hace ostentación de algo?», pensó. «Para que alguien se fije en lo que uno ha hecho. ¿Sería que el asesino quería que otras personas vieran lo que había llevado a cabo? ¿Qué es lo que, en ese caso, quería demostrar? ¿Que justamente esos dos hombres habían muerto? Pero no sólo eso. Quería también que se viera con toda claridad cómo había ocurrido. Que habían sido asesinados de una manera estudiada y cruel.»

Era una posibilidad, concluyó con un malestar creciente. En ese caso, los asesinatos de Holger Eriksson y Gösta Runfeldt formaban parte de algo de mucha más envergadura. Algo de cuyas dimensiones aún no tenía la menor idea. Eso no significaba necesariamente que fueran a morir más personas. Pero sí significaba con seguridad que a Holger Eriksson, a Gösta Runfeldt y al asesino de ambos, había que buscarles e identificarles entre un conjunto de personas mucho más numeroso. En una especie de comunidad. Como un grupo de mercenarios en una lejana guerra africana.

Wallander deseó súbitamente fumar. Aunque le había resultado asombrosamente fácil dejar el tabaco unos años antes, una vez decidido a dejarlo, en algunas ocasiones volvía a desearlo. Ése, precisamente, era uno de esos momentos. Se bajó del coche y se sentó en el asiento posterior. Cambiar de asiento era como cambiar de perspectiva. No tardó en olvidarse del tabaco y siguió pensando. Lo que debían buscar ante todo, y a ser posible encontrar cuanto antes, era un vínculo entre Holger Eriksson y Gösta Runfeldt. Existía la posibilidad de que la relación no fuera en absoluto evidente. Pero en alguna parte existía, de eso estaba convencido. Para poder encontrar ese eslabón tenían que saber más de ambos hombres. A primera vista, eran distintos. Muy distintos. La diferencia empezaba ya con la edad. Eran de generaciones distintas. Había una diferencia de edad de treinta años. Holger Eriksson podía haber sido el padre de Gösta Runfeldt. Pero en algún lugar había un punto en el que sus caminos se cruzaban. La búsqueda de ese punto tenía que ser a partir de ahora el centro mismo de toda la investigación. Wallander no veía otro camino a seguir.

Sonó el teléfono. Era Ann-Britt Höglund.

—¿Ha pasado algo? —preguntó Wallander.
—Tengo que confesar que llamo por pura curiosidad —contestó ella.
—La conversación con el capitán Hanzell ha resultado fructífera. Entre muchas otras cosas que me ha contado, y que pueden llegar a tener interés, está el que Harald Berggren tal vez viva hoy bajo otro nombre. Los mercenarios usaban muchas veces nombres falsos cuando suscribían el contrato o hacían acuerdos verbales.
—Eso va a hacernos más difícil encontrarle.
—Eso fue también lo primero que pensé yo. Fue como volver a perder la aguja en el pajar. Pero tal vez no tenga por qué ser así. ¿Cuántas personas hay en realidad que cambian de nombre? Aunque sea una tarea ardua, se puede solucionar.
—¿Dónde estás?
—Junto al mar. En Nybrostrand.
—¿Qué haces ahí?
—Pues estoy en el coche, pensando.
Notó que afilaba la voz como si tuviera necesidad de defenderse y se preguntó por qué.
—Entonces no te molesto más.
—No me molestas. Ahora emprendo el regreso a Ystad. Pero pienso pasar por Lödinge.
—¿Es por algo especial?
—Necesito refrescar la memoria. Luego iré al piso de Runfeldt. Calculo que estaré allí hacia las tres. Sería conveniente que Vanja Andersson acudiera también a esa hora.
—Me ocuparé de ello.
Terminaron la conversación. Wallander puso en marcha el coche y se encaminó hacia Lödinge. Estaba lejos de haber terminado sus reflexiones. Pero había avanzado un poco. Ahora la investigación tenía, en su cabeza, el boceto de un mapa del que partir. Había empezado a sondear en aguas de una profundidad mucho mayor de lo que sospechaba.
No era del todo cierto lo que le había dicho a Ann-Britt Höglund de que el objetivo de su nueva visita a la casa de Holger Eriksson fuera una necesidad general de refrescar la memoria. Wallander quería ver la casa justo antes de volver al piso de Runfeldt. Quería ver si había semejanzas. Quería ver en qué consistían las diferencias.
Al torcer en dirección a la casa de Holger Eriksson había ya dos coches aparcados delante. Se preguntó sorprendido quiénes serían los visitantes. ¿Periodistas que dedicaban una jornada de otoño a tomar sombrías fotografías del lugar donde había ocurrido un asesinato? La respuesta la obtuvo al llegar al patio. Allí estaba un abogado de Ystad

que Wallander ya conocía de otra ocasión. Le acompañaban dos mujeres, una mayor y otra de la edad de Wallander. El abogado, de nombre Bjurman, le estrechó la mano al saludarle.

—Me ocupo del testamento de Holger Eriksson —explicó—. Creíamos que la policía había terminado ya sus investigaciones en la casa. Llamé para preguntar.

—No habremos terminado hasta que hayamos detenido al asesino —contestó Wallander—. Pero no tenemos nada en contra de que inspeccionen ustedes la casa.

Wallander se acordó de que en el material de la investigación había visto que Bjurman era el albacea de Eriksson. Le pareció recordar también que había sido Martinsson el que había hablado con él.

Bjurman presentó a Wallander a las dos mujeres. La mayor le estrechó la mano con notable frialdad, como si estuviera por debajo de su dignidad el tener que tratar con policías. Wallander, que era muy susceptible si se sentía objeto del engreimiento de otras personas, se puso furioso. Pero se dominó. La otra mujer fue más amable.

—La señora Mårtensson y la señora Von Fessler representan a la asociación Kulturen, de Lund —dijo Bjurman—. Holger Eriksson ha dejado en su testamento la mayor parte de sus bienes a la asociación. Hizo un minucioso inventario de todo lo que tenía. Íbamos precisamente a repasarlo todo juntos.

—Si falta algo nos lo dicen —pidió Wallander—. Por lo demás, yo no voy a molestarles. No estaré mucho rato.

—¿Es posible que la policía no haya encontrado al asesino? —preguntó la mujer llamada Von Fessler. Wallander interpretó sus palabras como una constatación y una mal disimulada crítica.

—No —contestó—. La policía no le ha encontrado.

Wallander se percató de que tenía que poner fin a la conversación antes de que se notase su enfado. Se dio la vuelta y subió hacia la casa, cuya puerta exterior estaba abierta. Para aislarse de la conversación sostenida en el patio, cerró la puerta tras de sí. Un ratón pasó corriendo junto a sus pies y desapareció detrás de un arca antigua que estaba junto a la pared. «Es otoño», pensó Wallander. «Los ratones de campo buscan el cobijo de las casas. El invierno se acerca.»

Recorrió la casa, despacio y con concentrada atención. No buscaba nada concreto, quería recordarla. Le llevó veinte minutos largos. Bjurman y las dos mujeres estaban en una de las otras dos alas cuando cruzó la puerta. Decidió marcharse sin decir nada. Miró hacia los campos mientras iba hacia el coche. No había cornejas graznando sobre el foso. Acababa de llegar al coche cuando se paró en seco, por algo que Bjurman había dicho. Al principio no recordó lo que era. Tardó un instante en acordarse. Volvió de nuevo a la casa. Bjurman y las dos mujeres permanecían en el mismo lugar. Wallander empujó la puerta y llamó con un gesto a Bjurman.

—¿Qué es lo que dijiste del testamento? —preguntó.

—Holger Eriksson ha testado casi todo a la asociación Kulturen de Lund.

—¿Casi todo? Eso significa que no todo ha ido allí.

—Hay un legado de cien mil coronas que ha ido a otra parte. Eso es todo.

—¿A qué parte?

—A una iglesia de la parroquia de Berg. La iglesia de Svenstavik. Como donación para que se use en lo que decida el consejo parroquial.

Wallander no había oído nunca hablar de ese sitio.

—¿Está Svenstavik en Escania? —preguntó dubitativo.

—Está más bien en el sur de Jämtland —contestó Bjurman—. A unas decenas de kilómetros de la frontera con Härjedalen.

—¿Qué tenía que ver Holger Eriksson con Svenstavik? —preguntó Wallander sorprendido—. Yo creía que era de aquí, de Ystad.

—Desgraciadamente es algo que ignoro por completo —contestó Bjurman—. Holger Eriksson era un hombre muy reservado.

—¿No dio ninguna explicación acerca de la donación?

—El testamento de Holger Eriksson es un documento ejemplar, conciso y exacto —dijo Bjurman—. No hay motivaciones de carácter sentimental. La iglesia de Svenstavik debe recibir, de acuerdo con su última voluntad, cien mil coronas. Y así se hará.

Wallander no tenía más preguntas. Cuando se sentó en el coche, llamó a comisaría. Contestó Ebba. Era precisamente con ella con quien quería hablar.

—Quisiera que buscaras el número de teléfono de la oficina parroquial de Svenstavik. O quizá la oficina esté en Östersund. Supongo que será la ciudad más próxima.

—¿Dónde está Svenstavik? —preguntó ella.

—Pero, ¿es que no lo sabes? En el sur de Jämtland.

—Hay que ver cuánto sabes tú —contestó ella.

Wallander comprendió que le había cazado enseguida. Así que contó las cosas tal como habían sido: hasta que se lo explicó Bjurman, él tampoco lo sabía.

—Cuando tengas el número, me lo das. Voy camino del piso de Gösta Runfeldt.

—Lisa Holgersson tiene mucho interés en hablar contigo —dijo Ebba—. Los periodistas están llamando aquí continuamente. Pero la conferencia de prensa se ha pospuesto para esta tarde a las seis y media.
—Me viene estupendamente —dijo Wallander.
—También ha llamado tu hermana —continuó Ebba—. Le gustaría hablar contigo antes de volver a Estocolmo.
El recuerdo de la muerte del padre le sobrevino de repente con dureza. Pero no podía ceder a los sentimientos. En todo caso, no en aquel momento.
—La llamaré. Pero la parroquia de Svenstavik es lo más importante.
Luego regresó en automóvil a Ystad. Se detuvo ante un puesto de salchichas y se comió una hamburguesa que no sabía a nada. Estaba a punto de regresar al coche pero volvió a la ventanilla del puesto. Esta vez pidió una salchicha. Comió con rapidez, como si cometiera un acto ilegal y temiera que alguien le sorprendiera. A continuación se encaminó a Västra Vallgatan. El viejo coche de Ann-Britt Höglund estaba aparcado delante de la puerta de la casa donde vivía Gösta Runfeldt.
El viento seguía soplando a ráfagas.
Wallander sintió frío. Se encogió sobre sí mismo y cruzó la calle apresuradamente.
No fue Ann-Britt Höglund, sino Svedberg, quien abrió la puerta del piso de Runfeldt cuando Wallander llamó al timbre.
—Tuvo que irse a casa —explicó Svedberg al preguntar Wallander por ella—. Uno de sus hijos está enfermo. Y su coche no se puso en marcha, así que cogió el mío. Pero dijo que no tardaría en volver.
Wallander entró en el cuarto de estar y miró a su alrededor.
—¿Ya ha acabado Nyberg? —preguntó sorprendido.
Svedberg le miró sin comprender.
—Pero ¿no te has enterado?
—¿Enterado de qué?
—De lo que le ha pasado a Nyberg. Se ha hecho daño en un pie.
—No sé nada —dijo Wallander—. ¿Qué ha ocurrido?
—Nyberg resbaló en una mancha de aceite que había a la entrada de la comisaría. Cayó con tan mala suerte que se hizo un desgarro en un músculo o en un tendón del pie izquierdo. Está en el hospital. Llamó para decir que va a seguir trabajando. Pero tiene que andar con muleta. Y, desde luego, estaba hecho una furia.
Wallander pensó en el camión de Sven Tyrén, aparcado delante de la puerta del edificio. Prefirió no decir nada.
Les interrumpió el timbre de la puerta. Era Vanja Andersson. Estaba palidísima. Wallander le hizo una indicación a Svedberg, que desapare-

ció en el cuarto de trabajo de Gösta Runfeldt. Ella parecía atemorizada de encontrarse en el piso. Vaciló cuando Wallander le dijo que se sentara.

—Comprendo que no es muy agradable —dijo—. Pero no te habría pedido que vinieras de no ser absolutamente necesario.

Ella hizo un gesto afirmativo. Pero Wallander no estaba muy seguro de que lo comprendiera. Todo lo que ocurría tenía que resultar tan incomprensible como que Gösta Runfeldt no hubiera hecho su viaje a Nairobi sino que, en lugar de ello, apareciera muerto en un bosque, en las afueras de Marsvinsholm.

—Tú has estado aquí, en su piso, antes —dijo Wallander—. Y tienes buena memoria. Lo sé porque te acordabas del color de su maleta.

—¿La han encontrado? —preguntó ella.

Wallander cayó en la cuenta de que ni siquiera habían empezado a buscarla. En su cabeza, había desaparecido por completo. Se disculpó y fue a hablar con Svedberg, que registraba metódicamente el contenido de una librería.

—¿Sabes algo de la maleta de Gösta Runfeldt?

—¿Tenía una maleta?

Wallander movió la cabeza.

—No tiene importancia. Hablaré con Nyberg.

Volvió al cuarto de estar. Vanja Andersson seguía sentada, inmóvil, en el sofá. Wallander notó que quería irse de allí lo más pronto posible. Era como si tuviera que hacer un gran esfuerzo para obligarse a respirar el aire que había en el piso.

—Ya volveremos sobre la maleta. Lo que quiero pedirte ahora es que recorras el piso y trates de ver si falta algo.

Ella le miró horrorizada.

—¿Cómo voy a saberlo? No he estado aquí muchas veces.

—Lo sé —dijo Wallander—. Pero es posible que, a pesar de todo, veas algo. O que notes si falta alguna cosa. Eso puede ser importante. En este momento, todo es importante. Para poder encontrar al que ha hecho esto. Y eso, estoy completamente seguro de que lo deseas tanto como nosotros.

Wallander había estado esperándolo. Y sin embargo le cogió de improviso: ella se echó a llorar. Svedberg se asomó a la puerta del cuarto de estar. Wallander se sintió, como le pasaba siempre en esas ocasiones, completamente desconcertado y se preguntó si en la formación de los aspirantes a policía de ahora entraría el aprender a consolar a las personas que lloraban. Se acordaría de preguntárselo a Ann-Britt Höglund cuando tuviera oportunidad.

Svedberg regresó del cuarto de baño con un pañuelo de papel que le dio a la mujer. Ella dejó de llorar tan de repente como había empezado.

—Disculpadme, por favor. Pero esto es muy difícil.

—Lo sé —dijo Wallander—. No hay de qué disculparse. Me parece que, en general, la gente llora demasiado poco.

Ella le miró.

—Me refiero también a mí.

A los pocos minutos, ella se levantó del sofá. Estaba dispuesta a empezar.

—Tómate el tiempo que quieras. Trata de recordar cómo estaba todo la última vez que estuviste aquí para regarle las plantas. No tengas prisa.

Él iba detrás. Cuando oyó que Svedberg lanzaba un juramento en el despacho, fue allí y se puso el dedo sobre los labios. Svedberg asintió, comprendiendo. Wallander había pensado muchas veces que los momentos decisivos en investigaciones complicadas ocurrían durante una conversación con otras personas o bajo un silencio total y concentrado. Había vivido las dos cosas en un sinnúmero de ocasiones. Ahora mismo, lo importante era el silencio. Podía ver los esfuerzos de la mujer.

Pero no dio resultado. Regresaron al punto de partida, al sofá del cuarto de estar. Ella movió la cabeza.

—Me parece que todo está como siempre. No veo que falte nada ni que haya cambiado nada.

Wallander no se sorprendió. Él lo hubiera notado si ella se hubiera detenido durante su recorrido por el piso.

—¿No hay ninguna otra cosa en la que hayas pensado?

—Yo estaba en la creencia de que se había ido a Nairobi. Lo único que hice fue regarle las plantas y ocuparme de la tienda.

—Y ambas cosas las hiciste muy bien —dijo Wallander—. Te agradezco que hayas venido. Volveremos a hablar contigo

La acompañó hasta la puerta. Svedberg salió del retrete justo cuando ella acababa de salir.

—Parece que no falta nada.

—Da la impresión de que Runfeldt era una persona complicada —dijo Svedberg pensativo—. Una curiosa mezcla de caos y orden maniático impregna su despacho. En lo que a las flores se refiere, el orden parece perfecto. Nunca habría podido figurarme que hubiera tanta literatura sobre orquídeas. Pero en cuanto a su vida privada, los papeles están revueltos en un desorden total. Entre la contabilidad de la floristería del año 1994, me encontré una declaración de la renta de 1969. Por cierto, que ese año declaró la vertiginosa cifra de treinta mil coronas.

—Me pregunto cuánto ganaríamos nosotros entonces. No creo que mucho más. Seguramente bastante menos. Tengo la impresión de que ganábamos alrededor de dos mil coronas al mes.

Durante un corto silencio pensaron en sus pasados ingresos.

—Sigue buscando —dijo Wallander a continuación.

Svedberg se fue a lo suyo. Wallander se colocó junto a la ventana y miró hacia el puerto. Se abrió la puerta de fuera. Tenía que ser Ann-Britt Höglund, puesto que era ella la que tenía las llaves. Él salió a su encuentro en el recibidor.

—Espero que no sea nada serio.

—Un resfriado. Mi marido está en lo que antes se solía llamar la lejana India. Pero mi vecina es mi salvación.

—Eso me ha llamado la atención muchas veces. Yo creía que las vecinas dispuestas a ayudar habían desaparecido a finales de los años cincuenta.

—Y desaparecieron sin duda. Pero yo he tenido suerte. Mi vecina tiene unos cincuenta años y no tiene hijos. Pero no lo hace gratis. Y a veces me dice que no puede.

—¿Qué haces entonces?

Ella se encogió de hombros con resignación.

—Improviso. Si es por la noche, a veces consigo un canguro. A veces yo también me pregunto cómo me las arreglo. Como sabes, no siempre lo consigo. Entonces llego tarde. Pero no creo que los hombres comprendan realmente las complicadas operaciones que hay que hacer para solucionar la relación con el trabajo cuando se tiene a un hijo enfermo, por ejemplo.

—Seguro que no —contestó Wallander—. Tal vez debiéramos tratar de que tu vecina recibiera alguna condecoración.

—Ha hablado de trasladarse —dijo Ann-Britt Höglund con preocupación—. No me atrevo a pensar lo que va a pasar entonces.

La conversación se fue agotando.

—¿Ha estado aquí? —preguntó Ann-Britt Höglund.

—Vanja Andersson ha venido y se ha marchado. Nada parece haber desaparecido del piso. Pero me recordó una cosa distinta. La maleta de Gösta Runfeldt. Tengo que reconocer que me había olvidado completamente de ella.

—Yo también. Pero, por lo que sé, no la han encontrado en el bosque. Hablé con Nyberg justo antes de que se rompiera el pie.

—Ah, pero ¿tan grave ha sido?

–Por lo menos es un buen esguince.
–Pues va a estar de un humor pésimo estos días. Lo que nos faltaba.
–Le voy a invitar a cenar –dijo Ann-Britt con alegría–. Le gusta el pescado hervido.
–¿Y cómo lo sabes? –preguntó Wallander sorprendido.
–Le he invitado a cenar otras veces –contestó ella–. Es un invitado encantador. Habla de cualquier cosa menos del trabajo.
Wallander se preguntó fugazmente si él mismo podría ser considerado como un invitado agradable. Sabía que, por lo menos, trataba de no hablar del trabajo. Pero ¿cuándo le habían invitado a cenar la última vez? Hacía tanto tiempo, que ni siquiera se acordaba de cuándo había sido.
–Han llegado los hijos de Runfeldt –dijo Ann-Britt Höglund–. Hansson se ha ocupado de ellos. Una hija y un hijo.
Entraron en el cuarto de estar. Wallander contempló la fotografía de la mujer de Gösta Runfeldt.
–Deberíamos enterarnos de qué fue lo que pasó –dijo.
–Se ahogó.
–Necesito más detalles.
–Hansson está en ello. Suele llevar sus conversaciones con mucho cuidado. Les preguntará por su madre.
Wallander sabía que ella estaba en lo cierto. Hansson tenía muchas facetas malas. Una de las mejores era, sin embargo, hablar con los testigos. Reunir datos. Preguntar a los padres acerca de sus hijos. O al revés, como ahora.
Wallander contó su conversación con Olof Hanzell. Ella le escuchaba con atención. Él prescindió de muchos detalles. Lo más importante era que Harald Berggren, hoy, podía muy bien vivir bajo otro nombre. Ya lo había mencionado cuando hablaron por teléfono. Ahora advirtió que ella había seguido reflexionando sobre ello.
–Si ha hecho un cambio de nombre oficial podemos encontrarlo por medio del Registro Civil –dijo ella.
–Dudo de que un mercenario actúe con tanta legalidad –objetó Wallander–. Pero está claro que lo investigaremos. Eso, igual que todo lo demás. Y no va a resultar fácil.
Luego le contó su encuentro con las mujeres de Lund y con el abogado Bjurman en el patio de Holger Eriksson.
–En una ocasión mi marido y yo viajamos por el interior de Norrland. Tengo un recuerdo preciso de haber pasado por Svenstavik.
–Ebba debería haber llamado para darme el número de la oficina parroquial –recordó Wallander y sacó el teléfono del bolsillo.

183

Estaba descargado. Lanzó un juramento por su descuido. Ella trató de disimular una sonrisa, pero no lo consiguió. Wallander se dio cuenta de que actuaba de una manera inmadura e infantil. Para salir airoso de la situación, buscó él mismo el número de la comisaría. Ann-Britt Höglund le dio un lápiz con el que apuntó el número en la esquina de un periódico.

Ebba, naturalmente, había tratado de telefonearle varias veces.

En ese momento, entró Svedberg en el cuarto de estar. Llevaba un montón de papeles en la mano. Wallander vio que eran recibos de pagos.

—Esto puede que sea algo —dijo Svedberg—. Parece que Gösta Runfeldt tiene un local en la calle Harpegatan, aquí en la ciudad. Paga el alquiler todos los meses. Por lo que puedo ver, esto lo lleva completamente separado de los pagos que tienen que ver con la floristería.

—¿En Harpegatan? —preguntó Ann-Britt Höglund—. ¿Por dónde queda?

—Cerca de la plaza Nattmanstorg —contestó Wallander—. En pleno centro de la ciudad.

—¿Ha dicho Vanja Andersson algo de que tuviera otro local?

—La cuestión es si lo sabía —dijo Wallander—. Voy a averiguarlo enseguida.

Wallander abandonó el piso e hizo el corto recorrido hasta la floristería. Las ráfagas de viento eran ahora muy fuertes. Se encogió y contuvo el aliento. Vanja Andersson estaba sola en la tienda. El aroma de las flores era, como siempre, muy intenso. Por un momento, a Wallander le asaltó una sensación de desarraigo al pensar en el viaje a Roma y en su padre, que ya no existía. Pero alejó de sí esos pensamientos. Era policía. Se dolería cuando tuviera tiempo. No ahora.

—Tengo una pregunta —dijo— a la que con seguridad podrás contestar directamente sí o no.

Ella le miró con su pálido y asustado semblante. Wallander pensó que algunas personas dan la impresión de estar esperando siempre que ocurra lo peor, en todo momento. Vanja Andersson parecía ser una de ellas. Wallander pensó también que, en aquellas circunstancias, tampoco podía reprochárselo.

—¿Sabías que Gösta Runfeldt tenía un local alquilado en Harpegatan, aquí en la ciudad? —preguntó.

Ella movió la cabeza negativamente.

—¿Estás segura?

—Gösta no tenía más local que éste.

Wallander sintió que de pronto tenía prisa.

—Sólo era eso —dijo—. Nada más.

Cuando volvió al piso, Svedberg y Ann-Britt Höglund habían reunido todos los manojos de llaves que pudieron encontrar. Fueron a Harpegatan en el coche de Svedberg. Era un edificio de viviendas de alquiler corriente. En la placa del portal no encontraron el nombre de Gösta Runfeldt.

—En los recibos pone que se trata de un local en el sótano —dijo Svedberg.

Bajaron una media escalera que les llevó a la planta inferior. Wallander sintió el aroma ácido de las manzanas de invierno. Svedberg empezó a probar las llaves. La duodécima era la buena. Entraron en un pasillo en el que unas puertas de acero, pintadas de rojo, daban a diferentes trasteros.

Fue Ann-Britt Höglund la que encontró el local.

—Yo creo que es aquí —dijo señalando una puerta.

Wallander y Svedberg se pusieron a su lado. En la puerta había una pegatina con un motivo floral.

—Una orquídea —dijo Svedberg.

—Un cuarto secreto —contestó Wallander.

Svedberg siguió probando llaves. Wallander advirtió que había una cerradura extra montada en la puerta.

Por fin se oyó un clic en una de las cerraduras. Wallander sintió que la tensión aumentaba en su interior. Svedberg siguió probando llaves. No le quedaban más que dos cuando miró a los otros dos y afirmó con la cabeza.

—Venga, adentro —dijo Wallander.

Svedberg abrió la puerta.

16

El miedo le atenazó como una garra.
Pero cuando le asaltó el pensamiento, ya era demasiado tarde. Svedberg había abierto la puerta. Wallander, durante el breve instante en que el miedo ocupó el lugar del tiempo, esperó la explosión. Pero todo lo que ocurrió fue que Svedberg palpó con una mano la pared murmurando que dónde estaría colocado el interruptor. Después, Wallander se avergonzó de haber tenido miedo. ¿Por qué iba a haber asegurado Runfeldt el local con una carga explosiva?

Svedberg encendió la luz. Entraron en la habitación y miraron alrededor. Como estaba bajo tierra, sólo había una estrecha fila de ventanas a lo largo y a ras de la calle. En lo primero que se fijó Wallander fue en que las ventanas tenían rejas de hierro, también por la parte de dentro. Eso no era normal y tenía que ser algo que el propio Gösta Runfeldt se había costeado.

La habitación estaba amueblada como una oficina. Había una mesa escritorio. A lo largo de las paredes, archivadores. En una mesita junto a una de las paredes, vieron una cafetera y unas tazas sobre un paño. En la habitación había teléfono, fax y copiadora.

—¿Empezamos o esperamos a Nyberg? —preguntó Svedberg.

Eso interrumpió los pensamientos de Wallander. Oyó la pregunta que le hacían, pero tardó en responder. Siguió tratando de entender lo que le decía la primera impresión. ¿Por qué había alquilado Gösta Runfeldt esa habitación y por qué tenía los recibos de pago separados del resto de su contabilidad? ¿Por qué Vanja Andersson no lo sabía? Y la cuestión más importante: ¿para qué usaba esa habitación?

—No hay ninguna cama —siguió hablando Svedberg—. Así que no debe de ser un nido de amor secreto.

—Ninguna mujer se pondría romántica aquí abajo —dijo Ann-Britt Höglund con escepticismo.

Wallander seguía sin contestar la pregunta de Svedberg. Lo más importante era, sin duda, por qué Gösta Runfeldt había mantenido en secreto esa oficina. Porque era una oficina. No cabía la menor duda. Wallander paseó la mirada por las paredes. Había otra puerta. Le hizo un gesto a Svedberg. Éste se acercó y tocó el picaporte. La puerta estaba abierta. Se asomó al interior.

—Tiene aspecto de ser un laboratorio fotográfico —señaló Svedberg—. Con todo lo necesario.

En el mismo instante Wallander empezaba a preguntarse si no habría, a pesar de todo, una explicación sencilla y lógica al hecho de que Runfeldt tuviera ese local. Hacía muchas fotografías. Eso había podido verlo en su casa. Tenía una gran colección de fotografías de orquídeas de todo el mundo. Raras veces había gente en las fotos, que eran con frecuencia en blanco y negro, aunque los colores de las orquídeas deberían haber atraído a un hombre como él.

Wallander y Ann-Britt Höglund se habían acercado y miraban por encima del hombro de Svedberg. Era, sí, un pequeño estudio de revelado. Wallander decidió no esperar a Nyberg. Ellos mismos registrarían la habitación.

Lo primero que miró fue si había alguna maleta. Pero no era así. Se sentó y empezó a hojear los papeles que estaban sobre la mesa escritorio. Svedberg y Ann-Britt Höglund se concentraron en los archivadores. Wallander recordó vagamente que alguna vez Rydberg, al principio, una de las muchas tardes que habían pasado en su terraza tomando un whisky, hizo la reflexión de que el trabajo de un policía y el de un contable se parecían. Ambos dedicaban una buena parte de su tiempo a mirar papeles. «Si eso es cierto», pensó, «lo que estoy haciendo ahora mismo es la revisión de un hombre muerto, en cuya contabilidad, como en una cuenta secreta, hay una oficina situada en la calle Harpegatan, en Ystad.»

Wallander tiró de los cajones. En el superior había un pequeño ordenador portátil. La capacidad de Wallander para manejar aquellos instrumentos era bastante limitada. Tenía que pedir ayuda con frecuencia cuando se ponía a trabajar con el suyo en el despacho. Sabía que tanto Svedberg como Ann-Britt Höglund estaban acostumbrados a ellos y los veían como instrumentos de trabajo indiscutibles.

—Vamos a ver lo que se esconde aquí dentro —dijo poniendo el ordenador en la mesa.

Se levantó del asiento para que se sentase Ann-Britt Höglund. Había un enchufe en la pared, junto a la mesa escritorio. Ella abrió el ordenador y lo puso en marcha. Al cabo de un momento se iluminó la pantalla. Svedberg seguía buscando en uno de los archivadores. Ella comenzó a teclear.

—No hay código —murmuró—. Se abre.
Wallander se inclinó a mirar. Tan cerca, que sintió el aroma del discreto perfume que ella llevaba. Pensó en sus ojos. Ya no podía esperar más. Necesitaba gafas.
—Es un fichero —dijo ella—. De nombres de gente.
—Mira a ver si aparece Harald Berggren —dijo Wallander.
Ella le miró sorprendida.
—¿Tú crees?
—Yo no creo nada. Pero podemos probar.
Svedberg había dejado el archivador y estaba junto a Wallander. Ella buscó en el fichero. Luego negó con la cabeza.
—¿Y Holger Eriksson? —propuso Svedberg.
Wallander asintió. Ella buscó el nombre. Nada.
—Mira el fichero al azar —dijo Wallander.
—Tenemos uno que se llama Lennart Skoglund. ¿Probamos con él?
—¡Pero si es Nacka, coño! —exclamó Svedberg.
Le miraron sin comprender.
—Había un futbolista muy conocido que se llamaba Lennart Skoglund —dijo Svedberg—. Le llamaban Nacka. ¡Tenéis que haber oído hablar de él!
Wallander asintió. Era, en cambio, desconocido para Ann-Britt Höglund.
—Lennart Skoglund suena como un nombre corriente —dijo Wallander—. Vamos a ver.
Apareció un texto en la pantalla. Wallander entrecerró los ojos y logró leerlo, era muy breve: LENNART SKOGLUND. EMPEZADO EL 10 DE JUNIO DE 1994. TERMINADO EL 19 DE AGOSTO DE 1994. NINGUNA MEDIDA. ASUNTO CANCELADO.
—¿Qué quiere decir eso? —preguntó Svedberg—. ¿Qué significa que el asunto está cancelado? ¿Qué asunto?
—Es casi como si lo hubiera escrito uno de nosotros —dijo ella.
En ese momento Wallander comprendió cuál podía ser la explicación. Pensó en el equipo técnico que Gösta Runfeldt había comprado a la empresa de venta por correo de Borås. En el laboratorio de fotografía. En la oficina secreta. Todo parecía inverosímil. Y, sin embargo, era perfectamente imaginable. Allí inclinados sobre el fichero y el pequeño ordenador, resultaba incluso probable.
Wallander enderezó la espalda.
—La cuestión es si Gösta Runfeldt no se ha interesado por otras cosas además de las orquídeas en su vida. Y también si no ha sido lo que se suele llamar un detective privado.

Había muchas objeciones posibles. Pero Wallander quería seguir la pista sin la menor dilación.

−Creo que estoy en lo cierto −siguió diciendo−. Ahora vosotros tenéis que tratar de demostrarme que estoy equivocado. Repasad todo lo que encontréis aquí. Mantened los ojos bien abiertos y no os olvidéis de Holger Eriksson. Quiero también que uno de vosotros hable con Vanja Andersson. Aún sin saber nada de esto, ha podido ver u oír cosas relacionadas con esta actividad. Yo voy a ir a la comisaría a hablar con los hijos de Gösta Runfeldt.

−¿Cómo hacemos con la conferencia de prensa a las seis y media? −preguntó Ann-Britt Höglund−. Prometí acudir.

−Es mejor que te quedes aquí.

Svedberg le tendió las llaves de su coche a Wallander. Éste denegó con la cabeza.

−Voy a coger mi coche. Necesito moverme un poco.

Al salir a la calle, se arrepintió inmediatamente. Hacía mucho viento y era cada vez más frío. Wallander dudó un instante si empezar por ir a casa a buscar un jersey más abrigado. Pero lo dejó estar. Tenía prisa. Estaba, además, preocupado. Hacían nuevos descubrimientos. Pero no casaban. ¿Por qué había sido detective privado Gösta Runfeldt? Se apresuró a cruzar la ciudad y recogió su coche. Vio que el depósito de gasolina estaba vacío, la luz roja del testigo estaba encendida. Pero no se paró a poner gasolina. La preocupación le impacientaba.

Llegó al edificio de la policía poco antes de las cuatro y media. Ebba le dio un montón de notas de teléfono que se metió en el bolsillo de la chaqueta. Cuando llegó a su despacho empezó por buscar a Lisa Holgersson. Ella le confirmó que la conferencia de prensa iba a ser a las seis y media. Wallander prometió ocuparse de todo. Era algo que no le gustaba hacer. Se irritaba con demasiada facilidad por lo que él consideraba preguntas indiscretas y capciosas de los periodistas. En varias ocasiones habían llegado quejas de las más altas esferas policiales de Estocolmo por su falta de colaboración. En esos momentos, Wallander se daba cuenta de que era realmente un policía conocido fuera de su propio círculo de colegas y amigos. Para bien y para mal se había convertido en uno de los policías más conocidos del país.

Wallander le contó en pocas palabras el hallazgo del local de Gösta Runfeldt en el sótano de Harpegatan. Por el momento, se abstuvo de hablar de la sospecha de que Runfeldt hubiera dedicado una parte de su tiempo a hacer de detective privado. Wallander terminó la conversación y llamó a Hansson. La hija de Gösta Runfeldt estaba con él. Acordaron verse un momento en el pasillo.

—Le he dicho al hijo que podía irse —dijo Hansson—. Se aloja en el hotel Sekelgården.

Wallander sabía dónde estaba.

—¿Sacaste algo en limpio?

—Apenas. Digamos que confirmó la impresión de que Gösta Runfeldt tenía un apasionado interés por las orquídeas.

—¿Y la madre, la mujer de Runfeldt?

—Un trágico accidente. ¿Quieres los detalles?

—No ahora. ¿Qué dice la hija?

—Estaba a punto de empezar a hablar con ella. Llevó tiempo hablar con el hijo. Trato de hacerlo a fondo. Ah, el hijo vive en Arvika y la hija en Eskilstuna.

Wallander miró el reloj. Las cinco menos cuarto. Debía preparar la conferencia de prensa. Pero podía hablar unos minutos con la chica.

—¿Tienes algo en contra de que empiece yo a hacerle unas preguntas?

—¿Por qué iba a tener algo en contra?

—Es que no tengo tiempo de explicártelo ahora. Pero las preguntas te van a resultar raras.

Entraron en el despacho de Hansson. La mujer que estaba sentada en la silla de visitas era joven. Wallander le echó no más de veintitrés o veinticuatro años. Se parecía a su padre físicamente. Se levantó cuando él entró. Wallander sonrió y le estrechó la mano. Hansson se apoyó en el marco de la puerta mientras Wallander se sentaba en su silla. Notó que la silla parecía completamente nueva. Se preguntó cómo habría hecho Hansson para conseguir una silla nueva de oficina. La suya estaba muy vieja.

Hansson había anotado un nombre en un papel, Lena Lönnerwall. Wallander le consultó con la mirada a Hansson, que asintió. Luego se quitó la chaqueta y la dejó en el suelo junto a la silla. Ella seguía todo el tiempo sus movimientos con la mirada.

—Tengo que empezar por decir que lamento lo ocurrido —dijo—. Te acompaño en el sentimiento.

—Gracias.

Wallander notó que estaba serena. Aliviado, tuvo la sensación de que no iba a echarse a llorar.

—Te llamas Lena Lönnerwall y vives en Eskilstuna —continuó Wallander—. Eres hija de Gösta Runfeldt.

—Sí.

—Todos los datos personales que, desgraciadamente, vamos a necesitar, te los tomará el inspector Hansson. Yo sólo tengo algunas preguntas. ¿Estás casada?

—Sí.
—¿En qué trabajas?
—Soy entrenadora de baloncesto.
Wallander meditó su respuesta.
—¿Significa eso que eres profesora de educación física?
—Significa que soy entrenadora de baloncesto.
Wallander asintió. Dejó para Hansson las preguntas de ese tipo. Pero era la primera vez que se encontraba con una entrenadora de baloncesto.
—¿Tu padre era vendedor de flores?
—Sí.
—¿Toda su vida?
—En su juventud anduvo embarcado. Cuando él y mamá se casaron se quedó en tierra.
—Si no me equivoco, tu madre se ahogó.
—Sí.
Hubo un brevísimo instante de duda, antes de responder, que no le pasó desapercibido a Wallander. Su atención se agudizó inmediatamente.
—¿Cuánto tiempo hace que ocurrió?
—Unos diez años. Yo tenía trece entonces.
Wallander notó que ella estaba tensa. Siguió con prudencia.
—¿Puedes contar un poco más detalladamente lo que sucedió? ¿Dónde ocurrió?
—¿Tiene eso verdaderamente algo que ver con mi padre?
—Una de las rutinas policiales básicas es hacer repliegues cronológicos —dijo Wallander intentando imponer respeto. Hansson le miraba asombrado desde su sitio junto a la puerta.
—No sé mucho —dijo ella.
«Mentira», pensó Wallander rápidamente. «Sabes, pero prefieres no hablar de ello.»
—Cuenta lo que sepas.
—Fue un domingo, en invierno. Por alguna razón hicieron una excursión a Älmhult para dar un paseo. Ella cayó en un agujero que había en el hielo. Papá trató de salvarla, pero no pudo.
Wallander estaba completamente inmóvil. Pensó en lo que ella había dicho. Algo había rozado la investigación que traían entre manos. Luego cayó en la cuenta de lo que era. No se trataba de Gösta Runfeldt sino de Holger Eriksson. Un hombre que cae en un agujero en la tierra y es atravesado por unas estacas. La madre de Lena Lönnerwall se cae en un agujero en el hielo. Todo el instinto policial de Wa-

191

llander le decía que ahí existía una relación. Pero cuál era, en realidad, no podría decirlo. Y tampoco podría decir por qué la chica que estaba al otro lado de la mesa no quería hablar de la muerte de su propia madre.

Dejó de lado el accidente. Fue directo a la cuestión principal.

—Tu padre tenía una tienda de flores. Era, además, un apasionado de las orquídeas.

—Es lo primero que recuerdo de él. De cómo nos hablaba a mi hermano y a mí de flores.

—¿Por qué era un amante tan apasionado de las orquídeas?

Ella le miró con un asombro repentino.

—¿Por qué se apasiona uno? ¿Hay respuesta para eso?

Wallander movió la cabeza sin contestar.

—¿Sabías que tu padre era detective privado?

Hansson dio un respingo junto a la puerta. Wallander mantuvo la mirada fija en la mujer que tenía delante. Su sorpresa parecía convincente.

—¿Que mi padre era detective privado?

—Sí. ¿Lo sabías?

—Eso no puede ser verdad.

—¿Por qué no?

—No lo entiendo. No sé siquiera en qué consiste eso de ser detective privado. ¿Los hay realmente en Suecia?

—Ésa es otra pregunta que uno puede hacerse —dijo Wallander—. Pero tu padre dedicaba tiempo a desempeñar actividades de detective privado, sin la menor duda.

—¿Como Ture Sventon? Ese es el único detective sueco que yo conozco.

—Dejemos los tebeos a un lado. Estoy hablando en serio.

—Y yo también. Nunca he oído hablar de que mi padre se dedicara a nada parecido. ¿Qué es lo que hacía?

—Es demasiado pronto para responder a esa pregunta.

Wallander ya estaba convencido de que ella no sabía a qué se había dedicado su padre en secreto. Existía naturalmente la posibilidad de que Wallander se equivocara por completo, que la premisa no fuera un hecho sino una equivocación. Pero en su fuero interno, en lo más hondo, sabía que no. El descubrimiento de la habitación secreta de Gösta Runfeldt no constituía un paso decisivo en la investigación del que pudieran ver inmediatamente todas las consecuencias. La habitación secreta de Harpegatan tal vez sólo iba a llevarles a otras habitaciones secretas. Pero Wallander tenía la sensación de que toda la

investigación había sufrido una sacudida. Se había producido un seísmo apenas perceptible. Todo se había puesto en movimiento.
Se levantó de la silla.
—Esto es todo —dijo tendiéndole la mano—. Volveremos a vernos.
Ella le miró gravemente.
—¿Quién lo ha hecho? —preguntó.
—No lo sé —dijo Wallander—. Pero estoy seguro de que apresaremos a la persona o a las personas que mataron a tu padre.
Hansson le siguió hasta el pasillo.
—¿Detective privado? ¿Lo has dicho de broma?
—No —contestó Wallander—. Hemos encontrado una oficina secreta que pertenecía a Runfeldt. Ya hablaremos luego.
Hansson asintió.
—Ture Sventon no es una figura de tebeo —dijo luego—. Es de una colección de libros.
Pero Wallander ya se había ido. Fue a buscar una taza de café y se encerró en su despacho. Sonó el teléfono y descolgó el auricular sin contestar. Hubiera dado algo por escabullirse de la conferencia de prensa. Tenía demasiadas cosas en las que pensar. Cogió el cuaderno con una mueca y apuntó lo más importante que podía declarar a la prensa.
Se reclinó en la silla y miró por la ventana. Fuera seguía haciendo viento.
«Si el asesino habla un idioma, trataremos de contestarle», pensó Wallander. «Si es que, como creo, ha querido mostrar a alguien lo que hace. Nosotros diremos que lo hemos visto, pero que no nos hemos dejado impresionar.»
Hizo unas cuantas anotaciones más. Luego se levantó y fue al despacho de Lisa Holgersson. Le hizo un resumen de lo que había pensado. Ella escuchó con atención y asintió. Harían lo que él proponía.

La conferencia de prensa se daba en la sala de reuniones más grande que había en el edificio. Wallander tuvo la sensación de estar retrocediendo al verano y a la tumultuosa conferencia de prensa de la que terminó marchándose completamente fuera de sí. Reconocía muchas caras.
—Me alegro de que te encargues de esto —murmuró Lisa Holgersson.
—Las cosas son como son —contestó Wallander—. Alguien tiene que hacerlo.
—Yo me limito a abrir la sesión. Tú te ocupas del resto.

Subieron al podio en uno de los lados de la sala. Lisa Holgersson dio la bienvenida a todos y le cedió la palabra a Wallander, que notó que ya empezaba a sudar.

Hizo un minucioso repaso de los asesinatos de Holger Eriksson y Gösta Runfeldt. Ofreció una serie de detalles seleccionados y su propio punto de vista de que se trataba de dos de los crímenes más brutales con los que él y sus colegas habían tenido que vérselas. La única información importante que retuvo fue el descubrimiento de que Gösta Runfeldt, probablemente, había desarrollado una actividad secreta como detective privado. Tampoco dijo nada de que buscaban a un hombre que se llamaba Harald Berggren, que escribía diarios y que fue mercenario en una lejana guerra africana.

En cambio, dijo una cosa muy distinta, que había convenido con Lisa Holgersson.

Afirmó que la policía tenía pistas claras. No podía dar ningún detalle. Pero había pistas e indicios. La policía tenía una postura clara. No podía exponerse todavía. Por razones técnicas, decisivas, de la propia investigación.

La idea nació al sentir que la investigación acababa de sufrir una sacudida, un movimiento en su profundidad casi imposible de registrar, pero que, con todo, existía.

La idea que se le había ocurrido era muy sencilla.

Cuando se produce un terremoto, la gente huye. Se aleja apresuradamente del centro. El autor —o los autores— quería que todos vieran que los asesinatos eran sádicos y que estaban muy bien planificados. Ahora los investigadores confirmaban que lo habían visto. Pero podían también dar una respuesta más completa. Habían visto más de lo que quizás estaba previsto.

Wallander quería poner en movimiento al asesino. La presa en movimiento se podía distinguir mejor que si se mantenía quieta y escondida en su propia sombra.

Naturalmente, Wallander tenía claro que aquello podía dar un resultado completamente equivocado. El asesino que buscaban podía hacerse invisible. Sin embargo le pareció que valía la pena intentarlo. Además, había obtenido la aprobación de Lisa Holgersson para decir algo que no era del todo verdad.

Continuaban sin pistas. Todo lo que tenían eran unos conocimientos fragmentarios que no se sostenían juntos.

Cuando Wallander terminó de hablar, empezaron las preguntas. Para casi todas estaba preparado. Las había oído y contestado antes, y volvería a oírlas mientras fuera policía.

No fue hasta casi el final de la conferencia de prensa –Wallander había empezado ya a impacientarse y Lisa Holgersson le hizo un gesto de que iba siendo hora de terminar–, cuando todo tomó un rumbo distinto. El hombre que levantó la mano y se puso de pie había estado sentado en un rincón, en la última fila. Wallander no le vio y estaba a punto de dar por terminada la conferencia de prensa cuando Lisa Holgersson le hizo notar que había una pregunta más.

–Soy del periódico *Anmärkaren* –dijo el hombre–. Me gustaría hacerle una pregunta.

Wallander buscó en su memoria. Jamás había oído hablar de un periódico con ese nombre. Su impaciencia se acentuó.

–¿De qué periódico dices que eres? –preguntó.

–De *Anmärkaren*.

Empezó a notarse impaciencia en la sala.

–Tengo que reconocer que no he oído nunca hablar de ese periódico hasta ahora. ¿Qué pregunta querías hacer?

–*Anmärkaren* tiene una larga tradición –contestó el hombre, imperturbable, desde su rincón–. Hubo un periódico con ese nombre a principios del siglo diecinueve. Un periódico de crítica social. Pensamos sacar el primer número dentro de poco.

–Una pregunta, pues –dijo Wallander–. Cuando hayáis sacado el primer número contestaré dos preguntas.

Cierta hilaridad se extendió por la sala. Pero el hombre del rincón se mantuvo impasible. Olía a predicador. Wallander empezó a preguntarse si el aún inédito periódico *Anmärkaren* no sería religioso. «Criptorreligioso», pensó. «Los nuevos aires de espiritualidad han llegado a Ystad. Ya han conquistado Söderslätt, ahora falta Österlen.»

–¿Qué opina la policía de Ystad de que los habitantes de Lödinge hayan decidido crear una milicia ciudadana? –preguntó el hombre del rincón.

Wallander no podía ver bien su cara.

–No he oído decir que los que viven en Lödinge hayan pensado cometer ninguna tontería colectiva –contestó Wallander.

–No sólo en Lödinge –continuó impertérrito el hombre–. Hay planes de iniciar un movimiento popular en todo el país. Una organización nacional para todas las milicias ciudadanas. Un cuerpo de policía popular que defienda a los ciudadanos. Que haga todo aquello de lo que la policía no se preocupa. O no es capaz de hacer. Uno de los puntos de partida sería esta zona de Ystad.

De pronto se hizo un silencio total en la sala.

–¿Y por qué se le hace ese honor a Ystad? –preguntó Wallander.

Seguía con la incertidumbre de tomar en serio o no al enviado de *Anmärkaren*.

–En el curso de unos pocos meses hemos tenido un gran número de brutales asesinatos. Hay que reconocer que la policía consiguió resolver lo ocurrido este verano. Pero ahora parece que empieza otra vez. La gente quiere vivir tranquila. No como un recuerdo en la conciencia de otros. La policía sueca se ha resignado ante la delincuencia que hoy surge de las cloacas. Por eso las milicias ciudadanas son la única posibilidad de solucionar los problemas de seguridad.

–Que la gente se tome la justicia por su mano no ha resuelto nunca ningún problema –dijo Wallander–. Por parte de la policía de Ystad sólo hay una respuesta. Una respuesta clara y unívoca. Nadie puede malinterpretarla. Toda iniciativa privada de organizar unas fuerzas de orden paralelas será recibida, por nuestra parte, como ilegal y tomaremos medidas contra ella.

–¿Debo interpretar eso como que tú estás en contra de una milicia ciudadana? –preguntó el hombre del rincón.

Wallander divisó ahora su pálido y delgado rostro. Lo archivó en su memoria.

–Sí –contestó–. Debes interpretarlo como que estamos en contra de cualquier intento de organizar una milicia ciudadana.

–¿No te preguntas lo que va a decir la gente de Lödinge?

–Tal vez –contestó Wallander–. Pero no me asusta la respuesta.

Después puso fin a la conferencia de prensa rápidamente.

–¿Tú crees que lo decía en serio? –preguntó Lisa Holgersson cuando se quedaron solos.

–Puede ser. Vamos a tener que estar atentos a lo que pase en Lödinge. Si la gente empieza a dar la cara y a exigir abiertamente una milicia, es que la situación ha cambiado. Y entonces podemos tener problemas.

Ya eran las siete. Wallander se separó de Lisa Holgersson y fue a su despacho. Se sentó en la silla. Necesitaba pensar. No podía recordar cuándo fue la última vez que había tenido tan poco tiempo para reflexionar y repasar una investigación criminal.

Sonó el teléfono y contestó inmediatamente: era Svedberg.

–¿Qué tal la conferencia de prensa? –preguntó.

–Un poco peor que de costumbre. ¿Qué tal vosotros?

–Creo que debes venir. Hemos encontrado una cámara cargada. Nyberg está aquí. Pensamos que hay que revelar el rollo.

–¿Podemos estar seguros de que llevaba una doble vida como detective privado?

—Creemos que sí. Pero además hay otra cosa.
Wallander esperaba la continuación con ansiedad.
—Creemos que el carrete tiene fotos de su último cliente.
«Del último cliente de su vida», pensó Wallander.
—Voy para allá —dijo.
Abandonó el edificio de la policía. Seguían las fuertes ráfagas de viento. Nubes en movimiento cubrían el cielo. Mientras iba hacia su coche, se preguntó si las aves migratorias podrían volar con tanto viento.

Camino de Harpegatan se detuvo para llenar el depósito de gasolina. Se sentía cansado y vacío. Se preguntó cuándo iba a tener tiempo de buscar una casa. Y de pensar en su padre. Se preguntó cuándo iba a llegar Baiba.

Miró su reloj. ¿Era el tiempo o era su vida lo que se iba? Estaba demasiado cansado para decidir qué era qué.

Luego puso el motor en marcha. El reloj marcaba las ocho menos veinticinco.

Poco después apareció en Harpegatan y se dirigió al sótano.

17

Vieron con ansiedad cómo empezaba a dibujarse la imagen en el líquido de revelado. Wallander, que había regresado de la conferencia de prensa, no sabía bien qué era lo que esperaba mientras estaba junto a sus colegas en el cuarto oscuro. La lucecita roja le daba la impresión de que esperaban que ocurriera algo indecente. Nyberg se encargaba del revelado. Andaba a saltos con una muleta después del accidente que tuvo ante la comisaría. Cuando Wallander llegó a Harpegatan, Ann-Britt Höglund le dijo que Nyberg estaba de peor humor que nunca.

Pero, en todo caso, habían hecho progresos durante el tiempo que Wallander había dedicado a los periodistas. Ya no cabía la menor duda de que Gösta había desarrollado una actividad como detective privado. En los diferentes ficheros de clientes que encontraron, vieron que lo había hecho durante por lo menos diez años. Las anotaciones más antiguas correspondían a septiembre de 1983.

—La actividad ha sido limitada —dijo Ann-Britt Höglund—. Como mucho, ha tenido siete u ocho casos al año. Uno se imagina que lo hacía para entretenerse en su tiempo libre.

Svedberg había hecho un listado aún incompleto de la clase de encargos que había aceptado.

—Se trata de sospechas de infidelidad en la mitad de los casos —explicó después de consultar sus anotaciones—. Curiosamente, son sobre todo hombres los que sospechan de sus mujeres.

—¿Por qué es curioso eso? —preguntó Wallander.

Svedberg no tenía una buena respuesta que dar.

—Yo no creía que fuera así —se limitó a decir—. Pero ¿qué sé yo?

Svedberg estaba soltero y jamás había hecho mención alguna de relacionarse con mujeres. Tenía más de cuarenta años y parecía satisfecho con su vida de soltero.

Wallander le indicó que continuara.

—Hay por lo menos dos casos al año en los que un empresario sospecha que sus empleados le roban. Hemos encontrado también unos encargos de vigilancia, de naturaleza poco clara. En conjunto, produce una impresión un tanto monótona. Sus anotaciones no son especialmente detalladas. Pero cobrar, cobraba bastante.

—Entonces ya sabemos por qué podía hacer viajes tan caros al extranjero —comentó Wallander—. El viaje a Nairobi que nunca llegó a realizar le costó treinta mil coronas.

—Cuando murió tenía un caso entre manos —dijo Ann-Britt Höglund, poniendo un calendario sobre la mesa.

Wallander pensó en las gafas que aún no se había hecho. Ni se molestó en mirar el calendario.

—Parece que era el encargo más frecuente —siguió diciendo ella—. Una persona, a la que se llama únicamente «Señora Svensson», sospecha que su marido es infiel.

—¿Aquí en Ystad? —preguntó Wallander—. ¿O trabajaba también en otros sitios?

—En 1987 tuvo un encargo en Markaryd —dijo Svedberg—. No hay nada más al norte. El resto se trata sólo de Escania. En 1991 va a Dinamarca dos veces y una a Kiel. No he tenido tiempo de mirarlo con detalle. Pero se trata del jefe de máquinas de un transbordador que parece que ha tenido una historia con una camarera que también trabaja en el transbordador. Su mujer, domiciliada en Skanör, tenía evidentemente razón en sus sospechas.

—Pero, por lo demás, sólo ha trabajado aquí en Ystad, ¿no?

—Yo no diría eso —contestó Svedberg—. El sur y el este de Escania se ajusta más a la realidad.

—¿Holger Eriksson? —preguntó Wallander—. ¿Habéis encontrado su nombre?

Ann-Britt Höglund miró a Svedberg, que negó con la cabeza.

—¿Harald Berggren?

—Tampoco.

—¿Habéis encontrado algo que indique una relación entre Holger Eriksson y Gösta Runfeldt?

La respuesta fue negativa. No habían encontrado nada. «Tiene que haberla», pensó Wallander. «Es absurdo que haya dos asesinos. E igual de absurdo es que hayan sido dos víctimas casuales. La relación existe. Es sólo que no la hemos encontrado todavía.»

—Yo no le entiendo —dijo Ann-Britt Höglund—. No cabe la menor duda de que era un amante apasionado de las flores. Al mismo tiempo, se dedica a hacer de detective privado a ratos.

—Las personas pocas veces son como uno cree que son —contes-

tó Wallander y se preguntó fugazmente si eso se le podía aplicar también a él.
—Así que ha debido de ganar bastante dinero con ese trabajo —dijo Svedberg—. Pero, si no estoy del todo equivocado, no ha declarado ninguno de esos ingresos al hacer la declaración de la renta. ¿Puede ser algo tan sencillo como que mantuvo esto en secreto para que los inspectores del fisco no descubrieran lo que hacía?
—No es probable —repuso Wallander—. Seguramente hacer de detective privado es, a ojos de la mayoría, bastante sospechoso.
—O infantil —opinó Ann-Britt Höglund—. Un juego de hombres que no han llegado a ser adultos.
Wallander sintió un remoto deseo de discutir. Pero como no sabía muy bien qué decir, lo dejó estar.

La imagen que iba apareciendo era la de un hombre. La foto se había hecho al aire libre. Ninguno de ellos pudo identificar el fondo. El hombre aparentaba unos cincuenta años. Tenía el pelo ralo y muy corto. Nyberg supuso que las fotografías se habían tomado desde muy lejos. Algunos clichés estaban borrosos. Eso podía significar que Gösta Runfeldt había utilizado un teleobjetivo sensible al menor movimiento.
—La señora Svensson se pone en contacto con él por primera vez el 9 de septiembre —dijo Ann-Britt Höglund—. Los días 14 y 17 de septiembre, Runfeldt anota que «ha trabajado en el caso».
—Es sólo unos días antes del viaje a Nairobi —repuso Wallander.
Salieron del cuarto de revelado. Nyberg se sentó a la mesa y revisó varias carpetas con fotografías.
—¿Quién es su cliente? —preguntó Wallander—. ¿Quién es la señora Svensson?
—Tanto los ficheros como las anotaciones que hace son poco claros —contestó Svedberg—. Parece haber sido un detective de pocas palabras a la hora de escribir. Por no haber, no hay ni una dirección de la señora Svensson.
—¿Qué hace un detective privado para conseguir clientes? —preguntó Ann-Britt Höglund—. Porque tiene que dar a conocer su actividad.
—Yo he visto algún anuncio en los periódicos —dijo Wallander—. Tal vez no en los de Ystad. Pero sí en los nacionales. Debe haber alguna manera de localizar a esta señora Svensson.
—Hablé con el portero —dijo Svedberg—. Creía que Runfeldt tenía

esto como una especie de almacén. Nunca ha visto que viniera nadie de visita.

—Se encontraría con sus clientes en otros sitios —dedujo Wallander—. Éste ha sido el espacio secreto de su vida.

Meditaron en silencio cuanto se había dicho. Wallander trataba de elucidar qué era lo más importante que había que hacer ahora. Al mismo tiempo notaba que la conferencia de prensa seguía dándole vueltas en la cabeza. El hombre del periódico *Anmärkaren* le había preocupado. ¿Sería posible que se estuviera formando una organización nacional de milicias ciudadanas? Si fuera así, Wallander sabía que el paso para que esas personas empezaran también a imponer sanciones era muy corto. Sintió la necesidad de contarles lo sucedido a Ann-Britt Höglund y a Svedberg, pero no se decidió a hacerlo. Probablemente sería mejor que lo discutieran todos juntos durante la próxima reunión. Además, era Lisa Holgersson quien debería hacerlo, en realidad.

—Tenemos que encontrar a la señora Svensson —dijo Svedberg—. La cuestión es cómo.

—Tenemos que encontrarla —repitió Wallander—. Y la encontraremos. Vamos a intervenir el teléfono y a revisar otra vez todos los papeles que hay aquí. Tiene que estar en alguna parte. Estoy convencido de ello. Lo dejo en vuestras manos. Yo voy a hablar con el hijo de Runfeldt.

Se fue de Harpegatan y tomó la carretera de Österleden. El viento seguía soplando a ráfagas. La ciudad parecía abandonada. Torció por la calle de Hamngatan y aparcó el coche junto a Correos. Luego salió de nuevo a la intemperie. Se veía a sí mismo como una figura patética, un policía mal abrigado, luchando contra el viento del otoño en una ciudad sueca desierta. «El sistema judicial sueco», pensó. «Lo que queda de él. He aquí el aspecto que tiene. Policías muertos de frío y mal abrigados.»

Torció a la izquierda junto a la Caja de Ahorros y siguió por la calle que le llevaba al hotel Sekelgården. Había anotado que el hombre al que buscaba se llamaba Bo Runfeldt. En la recepción había una persona joven, leyendo. Wallander saludó con la cabeza.

—Hola —dijo el muchacho.

Wallander se dio cuenta de que le conocía. Tardó un momento antes de recordar que era el hijo mayor de Björk, el antiguo jefe de policía.

—Cuánto tiempo sin verte —exclamó Wallander—. ¿Cómo está tu padre?

—No está a gusto en Malmö.

«No es que no esté a gusto en Malmö», pensó Wallander. «No está a gusto con ser jefe.»
—¿Qué estás leyendo? —preguntó Wallander.
—Algo sobre fractales.
—¿Fractales?
—Es un término matemático. Estoy estudiando en la Universidad de Lund. Esto es sólo un trabajo extra.
—Eso está bien —dijo Wallander—. Y yo no he venido a pedir una habitación. Vengo a hablar con uno de tus huéspedes. Bo Runfeldt.
—Acaba de entrar.
—¿Hay algún sitio tranquilo donde podamos sentarnos a hablar?
—Hoy hay muy pocos huéspedes —contestó el muchacho—. Podéis sentaros en el comedor.

Hizo una indicación hacia el pasillo.
—Esperaré allí. Llama a su habitación y dile que le espero.
—Ya lo he visto en los periódicos —dijo el joven—. ¿Cómo es posible que todo haya empeorado tanto?

Wallander le miró con interés.
—¿Qué quieres decir?
—Que todo es peor. Más brutal. ¿Se puede querer decir otra cosa?
—No sé. Sinceramente, no sé por qué se han vuelto así las cosas. Aunque, la verdad, no me creo lo que estoy diciendo en este momento. En realidad, claro que lo sé. En realidad, todos sabemos por qué las cosas son como son.

El hijo de Björk quería continuar la conversación. Pero Wallander levantó una mano en señal de rechazo y le señaló el teléfono. Luego fue hacia el comedor y se sentó a esperar. Pensó en la conversación inacabada. En por qué todo se había vuelto peor y más brutal. Se preguntó por qué estaba tan poco dispuesto a contestar. Sabía muy bien cuál era la explicación. Aquella Suecia que era la suya, en la que se había criado, el país construido después de la guerra, no estaba tan firmemente anclado en la roca como habían creído. Debajo de todo, había un tremedal. Ya cuando se construyeron, los grandes barrios de viviendas fueron calificados de «inhumanos». ¿Cómo se podía pretender que la gente que vivía en ellos conservara toda su «humanidad» intacta? La sociedad se había endurecido. Las personas que se creían a sí mismas innecesarias o francamente indeseadas en su propio país reaccionaban con agresividad y desprecio. Ninguna violencia carece de sentido, eso lo sabía bien Wallander. Toda violencia tiene sentido para quien la ejerce. Sólo cuando se osara aceptar esa verdad podría abrigarse la esperanza de enderezar el desarrollo en otra dirección.

Se preguntó también cómo iba a ser posible funcionar como policía en el futuro. Sabía que muchos de sus colegas pensaban seriamente en buscar otras ocupaciones. Martinsson había hablado de ello en varias ocasiones, Hansson lo había dicho una vez que estaban sentados en la cafetería. Y él mismo había recortado, hacía unos años, un anuncio de un puesto de trabajo como encargado de seguridad en una gran empresa de Trelleborg.

Se preguntó qué pensaría Ann-Britt Höglund. Era aún joven. Le quedaban, por lo menos, treinta años más como policía.

Hizo el propósito de preguntárselo. Necesitaba saber para poder continuar él mismo.

Al mismo tiempo era consciente de que la imagen que él mismo se dibujaba era incompleta. El interés por la profesión de policía había aumentado mucho los últimos años. El aumento parecía además mantenerse. Wallander estaba cada vez más convencido de que era una cuestión de generaciones.

Albergaba la vaga sensación de que hacía tiempo que tenía razón. Ya a principios de los años noventa, sentado en la terraza con Rydberg en las cálidas noches estivales, hablaban de cómo serían los policías del futuro. Habían seguido luego la conversación durante la enfermedad de Rydberg y sus últimos tiempos. En ningún lugar habían interrumpido la conversación. No siempre estaban de acuerdo. Pero los dos pensaban que el trabajo de policía, en el fondo, consistía en poder interpretar los signos de los tiempos. Entender los cambios, interpretar los movimientos de una sociedad.

Wallander pensaba ya entonces que, de la misma manera que tenía razón, se equivocaba en un punto fundamental: ser policía no era más difícil hoy que ayer.

Era más difícil para él, lo que no era la misma cosa.

Wallander interrumpió sus pensamientos al oír pasos por el pasillo junto a la recepción. Se levantó para recibir a Bo Runfeldt de pie. Era un hombre alto y de buena complexión. Wallander le calculó unos veintisiete o veintiocho años. El apretón de manos fue enérgico. Wallander le pidió que se sentara. Advirtió simultáneamente que, como de costumbre, se había olvidado de coger su cuaderno de notas. No estaba seguro de llevar ni siquiera un lápiz encima. Pensó acercarse a la recepción y pedirle prestados papel y lápiz al hijo de Björk, pero no lo hizo. Trataría de acordarse de todas maneras. El descuido era imperdonable y le puso de mal humor.

—Ante todo, quiero darte el pésame —dijo Wallander.

Bo Runfeldt asintió con la cabeza aunque no dijo nada. Sus ojos eran intensamente azules, la mirada un poco entornada. Wallander pensó que tal vez fuera miope.

—Sé que has tenido una larga conversación con mi colega, el inspector Hansson —siguió diciendo Wallander—. Pero yo también necesito hacerte un par de preguntas.

Bo Runfeldt siguió en silencio. Wallander advirtió que su mirada era muy penetrante.

—Si no me equivoco, vives en Arvika. Y eres auditor de cuentas.

—Trabajo para Price Waterhouse —dijo Bo Runfeldt. Su voz revelaba que era una persona acostumbrada a expresarse.

—No es un nombre muy sueco, ¿no?

—No, no lo es. Price Waterhouse es una de las empresas de auditoría más grandes del mundo. Es más fácil dar ejemplos de países en los que no trabajamos que lo contrario.

—Pero tú trabajas en Suecia.

—No todo el tiempo. A veces tengo trabajo en países de África y de Asia.

—¿Necesitan auditores suecos esos países?

—No precisamente suecos. Pero sí que trabajen en Price Waterhouse. Controlamos muchos proyectos de ayuda al desarrollo. Nos ocupamos de que el dinero vaya adonde debe ir.

—¿Y se consigue?

—No siempre. ¿Tiene esto realmente importancia para lo que le ha sucedido a mi padre?

Wallander notó que el hombre que tenía enfrente apenas podía disimular que consideraba muy por debajo de su dignidad el mantener una conversación con un policía. Por lo general, eso hacía que Wallander se pusiera de mal humor. Además, apenas unas horas antes había sido objeto del mismo trato. Pero, respecto a Bo Runfeldt, se sentía inseguro. Algo en él le hacía ir con prudencia. Se preguntó si sería que había heredado la humildad que su padre había manifestado tantas veces en su vida. En especial con los hombres que llegaban en sus relucientes coches americanos a comprarle cuadros. No se le había ocurrido esa idea hasta ahora. Tal vez era ésa la herencia que le dejaba su padre. Una sensación de valer menos, encubierta por una delgada capa de barniz democrático.

Contempló al hombre de los ojos azules.

—Tu padre ha sido asesinado. En este momento, soy yo quien decide qué preguntas tienen importancia.

Bo Runfeldt se encogió de hombros.

—Tengo que reconocer que no sé mucho acerca del trabajo de la policía.

—Con tu hermana ya he hablado hoy —siguió Wallander—. Le he hecho una pregunta que considero de gran importancia y voy a hacértela a ti también. ¿Sabías que tu padre, además de ser comerciante de flores, trabajaba como detective privado?

Bo Runfeldt permaneció sentado, inmóvil. Luego estalló en una carcajada.

—Eso es de lo más estúpido que he oído en mucho tiempo.

—Estúpido o no, es verdad.

—¿Detective privado?

—Investigador privado, si lo prefieres. Tenía una oficina. Se ha encargado de varios casos. Lo ha hecho por lo menos desde hace diez años.

Bo Runfeldt se dio cuenta de que Wallander estaba hablando en serio. Su sorpresa era auténtica.

—Ha debido de empezar esa actividad aproximadamente al mismo tiempo que se ahogó tu madre.

Wallander volvió a experimentar la sensación que había tenido al hablar con la hermana de Bo Runfeldt unas horas antes. Un casi imperceptible cambio en su cara, como si Wallander hubiera entrado en un terreno del que, en realidad, debería mantenerse alejado.

—Tú estabas al tanto de que tu padre iba a viajar a Nairobi. Uno de mis colegas habló contigo por teléfono. No podías entender que no se hubiera presentado en el aeropuerto de Kastrup.

—Hablé con él el día anterior.

—¿Qué impresión te hizo?

—Estaba como siempre. Habló del viaje.

—¿No te pareció preocupado por alguna cosa?

—No.

—Tienes que haber cavilado sobre lo ocurrido. ¿Puedes dar alguna explicación plausible de que renunciara a su viaje voluntariamente? ¿O de que os engañara?

—Sobre eso no hay ninguna explicación razonable.

—Parece que hizo la maleta y salió del piso. Ahí termina el rastro.

—Alguien tiene que haber estado esperándole.

Wallander esperó un segundo antes de formular la siguiente pregunta.

—¿Quién?

—No sé.

—¿Tenía tu padre enemigos?

—No, que yo sepa. Ya no.

Wallander se sobresaltó.

—¿Qué quieres decir? ¿Ya no?

—Lo que he dicho. No creo que tuviera enemigos ya.
—¿Puedes expresarte con más claridad?
Bo Runfeldt sacó un paquete de cigarrillos del bolsillo. Wallander notó que le temblaba un poco la mano.
—¿Te molesta que fume?
—En absoluto.
Wallander esperaba. Sabía que habría una continuación. Tenía además el presentimiento de que se estaba acercando a algo importante.
—No sé si mi padre tenía enemigos. Pero sé de una persona que tenía motivos para aborrecerle cordialmente.
—¿Quién?
—Mi madre.
Bo Runfeldt esperaba que Wallander le hiciese una pregunta. Pero ésta no llegó. Wallander seguía aguardando.
—Mi padre era un hombre que amaba las orquídeas sinceramente —añadió el joven—. Era también un hombre que sabía mucho. Un botánico autodidacta, podría decirse. Pero era también otra cosa.
—¿Qué?
—Era una persona brutal. Maltrató a mi madre durante todos los años que estuvieron casados. A veces tanto, que ella tenía que acudir al hospital. Nosotros tratamos de que le dejara. Pero no fue posible. Él le pegaba. Luego se mostraba destrozado, y ella se doblegaba. Era una pesadilla que parecía no tener fin y esa brutalidad no desapareció hasta que ella se ahogó.
—Según tengo entendido, se cayó en un agujero en el hielo.
—Eso es también todo lo que yo sé. Es lo que dijo Gösta.
—Tengo la impresión de que no estás convencido del todo.
Bo Runfeldt aplastó el cigarrillo a medio fumar en el cenicero.
—Quizás ella saliera antes a hacer el agujero. Quizá quisiera acabar con todo de una vez.
—¿Puede haber sido una posibilidad?
—Ella hablaba de suicidarse. No muchas veces, algunas, durante sus últimos años de vida. Pero ninguno de nosotros se lo creía. Son cosas que no se creen. Todos los suicidios son, en el fondo, inexplicables para aquellos que deberían haber visto lo que estaba sucediendo.
Wallander pensó en el foso de estacas. En los tablones serrados. Gösta Runfeldt era un hombre brutal. Maltrataba a su esposa. Buscó insistentemente el significado de lo que Bo Runfeldt le contaba.
—No lamento la muerte de mi padre —siguió Runfeldt—. No creo que mi hermana lo lamente tampoco. Era un hombre brutal. Atormentó a mi madre hasta acabar con ella.

—¿No fue nunca violento con vosotros?
—Nunca. Sólo con ella.
—¿Por qué la maltrataba?
—No lo sé, y no se debe hablar mal de los muertos. Pero era un monstruo.

Wallander reflexionó.

—¿Te ha rondado alguna vez la idea de que tu padre pudiera haber matado a tu madre? ¿De que no fuera un accidente?

La respuesta de Bo Runfeldt fue rápida y categórica:

—Muchas veces. Pero, naturalmente, no se puede demostrar. No hubo testigos, estaban solos sobre el hielo aquel día.

—¿Cómo se llama el lago?

—Stångsjön. No está lejos de Älmhult. En el sur de Småland.

Wallander reflexionó. ¿Tenía alguna pregunta más? Era como si la investigación en curso se hubiera estrangulado a sí misma. Las preguntas deberían ser muchas. Y lo eran. Pero no había nadie a quien hacérselas.

—¿Te dice algo el nombre de Harald Berggren?

Bo Runfeldt pensó un rato antes de contestar:

—No. Nada. Pero puedo equivocarme. Es un nombre corriente.

—¿Ha tenido tu padre alguna vez contacto con mercenarios?

—No, que yo sepa. Pero recuerdo que me contaba con frecuencia cosas de la Legión Extranjera cuando yo era pequeño. No a mi hermana, sino a mí.

—¿Qué es lo que te contaba?

—Aventuras. Enrolarse en la Legión Extranjera era, tal vez, un sueño inmaduro que él había tenido en algún momento. Pero estoy completamente seguro de que nunca tuvo nada que ver con ellos. Ni con otros mercenarios.

—Holger Eriksson. ¿Te dice algo ese nombre?

—¿El hombre que fue asesinado la semana antes que mi padre? Lo he visto en los periódicos. Pero, que yo sepa, mi padre nunca tuvo nada que ver con él. Puedo equivocarme, naturalmente. Nuestros contactos no eran tan frecuentes.

Wallander asintió. No tenía más preguntas.

—¿Cuánto tiempo vas a estar en Ystad?

—El entierro será en cuanto hayamos podido arreglarlo todo. Tenemos que decidir lo que hacemos con la tienda de flores.

—Es muy posible que vuelva a llamarte —dijo Wallander levantándose.

Cuando se fue del hotel, eran casi las nueve. Notó que tenía hambre. El viento le azotaba y le agitaba la chaqueta. Se puso al abrigo de una esquina y trató de tomar una decisión respecto a lo que debía hacer. Debía comer, de eso estaba seguro. Pero también se sentía impelido a sentarse enseguida para tratar de ordenar sus ideas. Las investigaciones, que se entrelazaban, habían empezado a moverse. Ahora, el riesgo de perder pie era grande. Seguía buscando el punto en que se tocaban las vidas de Holger Eriksson y Gösta Runfeldt. «En algún lugar, en un trasfondo oscuro, está», se dijo a sí mismo. «Además, puede que ya lo haya visto o tenido delante de los ojos, sin darme cuenta.»

Fue a buscar el coche y se dirigió a la comisaría. En cuanto se sentó en el coche, llamó al móvil de Ann-Britt Höglund. Ella le dijo que seguían registrando la oficina, pero que habían mandado a Nyberg a casa porque le dolía mucho el pie.

—Estoy camino de mi despacho tras una interesante conversación con el hijo de Runfeldt —dijo Wallander—. Necesito tiempo para repasarlo todo.

—No basta con andar revisando papeles —contestó Ann-Britt Höglund—. Hace falta también alguien que piense.

No supo discernir si ella había dicho lo último con ironía. Pero ahuyentó el pensamiento. No tenía tiempo.

Hansson estaba en su despacho repasando las partes del material de la investigación que se habían ido acumulando. Wallander se quedó de pie en el umbral de la puerta. Tenía un tazón de café en la mano.

—¿Dónde están las actas del examen médico forense? —preguntó de repente—. Tienen que haber llegado ya. Por lo menos las de Holger Eriksson.

—Deben de estar donde Martinsson. Tengo la impresión de que me dijo algo de eso.

—¿Está aquí todavía?

—No. Ya se ha ido. Pasó un fichero a un disquete para seguir trabajando en casa.

—¿Está permitido hacer eso? —preguntó Wallander distraídamente—. ¿Llevarse a casa material de investigación?

—Pues no sé —contestó Hansson—. A mí no se me ha ocurrido nunca. Ni siquiera tengo ordenador en casa. Pero igual eso es prevaricación en estos tiempos...

—¿El qué puede ser prevaricación?

—No tener un ordenador en casa.

—En ese caso, compartimos la prevaricación —dijo Wallander—. Quiero ver esas actas mañana por la mañana.

—¿Qué tal con Bo Runfeldt?

—Voy a escribir mis notas esta noche. Pero dijo cosas que pueden tener importancia. Además, ahora sabemos con seguridad que Gösta Runfeldt dedicaba una parte de su tiempo a hacer de detective privado.
—Llamó Svedberg y me lo contó.
Wallander sacó su teléfono del bolsillo.
—¿Qué hacíamos antes de tenerlos? —preguntó—. Ya casi ni me acuerdo.
—Hacíamos igual que ahora —contestó Hansson—. Pero se tardaba más tiempo. Buscábamos cabinas de teléfonos. Estábamos mucho más tiempo sentados en los coches. Pero hacíamos exactamente las mismas cosas que ahora.

Wallander siguió pasillo adelante hasta su despacho. Saludó con la cabeza a algunos policías que salían de la cafetería. Una vez en su despacho, se sentó sin desabrocharse la chaqueta. Sólo al cabo de más de diez minutos se la quitó y cogió un cuaderno nuevo.

Tardó más de dos horas en hacer un resumen bien fundamentado de los dos asesinatos. Había tratado de navegar en dos naves al mismo tiempo. De encontrar el punto de contacto de cuya existencia estaba convencido. Pasadas las once se deshizo del lápiz y se echó hacia atrás en la silla; había llegado a un punto en el que no podía ver más.

Pero estaba seguro. El contacto estaba allí. Sólo que no lo habían encontrado aún.

Había también otra cosa.

Una y otra vez volvía sobre la observación que había hecho Ann-Britt Höglund. *Hay algo ostentoso en la manera de hacer.* Tanto en lo que se refería a la muerte de Holger Eriksson, ensartado en las estacas de bambú, como en la de Gösta Runfeldt, estrangulado y abandonado atado a un árbol.

«Veo algo», pensó. «Pero no consigo penetrar en ello.»

Caviló acerca de qué podía ser. Pero no encontró respuesta.

Era casi medianoche cuando apagó la lámpara de su despacho.

Se quedó de pie en la oscuridad.

No era todavía más que un presentimiento, un vago temor en lo más profundo de su mente.

Pensaba que el asesino volvería a actuar. Le pareció haber captado esa única señal a lo largo de su repaso en el escritorio.

Había algo inacabado en todo lo sucedido hasta ese momento.

No sabía lo que era.

Sin embargo, estaba seguro.

18

Esperó hasta las dos y media de la madrugada. Sabía por experiencia que era entonces cuando el cansancio aparecía insidiosamente. Recordó todas las noches que ella misma había trabajado. Siempre había sido así. Entre las dos y las cuatro, el riesgo de adormilarse era más grande.
Llevaba esperando en el ropero desde las nueve de la noche. Al igual que en su primera visita, entró en el hospital por la puerta principal. Nadie se fijó en ella. Una enfermera que tenía prisa. Quizá salía a hacer un recado o a recoger algo olvidado en el coche. Nadie se fijó en ella porque no había nada especial en ella. Había considerado la posibilidad de disfrazarse. De cambiarse el pelo quizá. Pero hubiera sido un síntoma de precaución exagerada. En el ropero, que le recordó vagamente su infancia con el olor de sábanas recién lavadas y planchadas, tuvo tiempo de pensar. Estaba a oscuras, aunque no hubiera importado nada tener la lámpara encendida. Hasta después de medianoche no sacó su linterna, la que usaba también en el trabajo, para leer la última carta que su madre le había escrito. Estaba sin terminar, exactamente igual que todas las otras cartas que Françoise Bertrand le había enviado. Pero fue en la última carta en la que la madre empezó de pronto a hablar de sí misma. De los hechos que estaban detrás de su intento de quitarse la vida. Ella se dio cuenta de que su madre jamás llegó a superar su amargura. «Como un barco sin rumbo voy dando vueltas por el mundo», escribía. «Soy un pobre holandés errante a quien se obliga a expiar la culpa de otro. Creí que la edad añadiría distancia a la distancia, que el recuerdo se atenuaría, que empalidecería y que tal vez, por fin, llegaría a desaparecer. Pero me doy cuenta ahora de que no es así. Sólo con la muerte podré poner punto final. Y como no quiero morir, no todavía, tengo que elegir la memoria.»
La carta había sido redactada el día antes de que su madre se alojase en la residencia de las monjas francesas, el día antes de que las sombras hubieran abandonado la oscuridad para matarla.

Después de leer la carta, apagó la linterna. El silencio era total. En dos ocasiones alguien pasó por el pasillo. El ropero estaba en una sección de la que sólo se usaba una parte.

Tuvo tiempo de pensar. En su horario tenía ahora registrados tres días libres. Hasta dentro de cuarenta y nueve horas no le tocaría el turno de volver al trabajo, a las 17:44. Disponía de tiempo y lo iba a utilizar. Hasta ahora, todo había ocurrido como tenía que ocurrir. Las mujeres sólo cometían errores cuando pensaban como los hombres. Lo sabía desde hacía mucho tiempo. Pensaba también que ahora ya lo había demostrado.

Algo, sin embargo, le resultaba molesto. Le rompía su horario. Había seguido minuciosamente todo lo que decían los periódicos. Había oído las noticias de la radio y había visto las diferentes emisiones de los telediarios. Estaba al cabo de la calle de que los policías no habían entendido nada de nada. Ése había sido también su propósito, no dejar ninguna huella, alejar a los sabuesos de la senda en la que debían, en realidad, buscar. Pero ahora era como si experimentase cierta irritación ante tanta incompetencia. Los policías no comprenderían jamás lo que había pasado. En sus actos, ella creaba enigmas que pasarían a la historia. Pero en el recuerdo, la policía siempre habría perseguido a un hombre como autor de esos crímenes. Ella ya no quería que fuera así.

Allí, sentada en el ropero, urdió un plan. En lo sucesivo haría pequeños cambios. Nada que se apartase de su horario. Había siempre cierto margen, aunque no se notase a primera vista.

Le daría un rostro al enigma.

A las dos y media salió del ropero. El pasillo del hospital estaba desierto. Estiró su blanco uniforme y se dirigió a la escalera que llevaba a la sección de Maternidad. Sabía que, como de costumbre, no había más que cuatro personas de servicio. Había estado allí durante el día preguntando por una mujer de la que tenía constancia que había vuelto a casa con su bebé. Mirando por encima del hombro de la enfermera, vio que todas las salas estaban completas. Le resultaba difícil comprender por qué las mujeres daban a luz en esa época del año, cuando el otoño se acercaba al invierno. Pero sabía el porqué.

Las mujeres seguían sin decidir por sí mismas cuándo querían alumbrar a sus hijos.

Al llegar a las puertas de cristal que daban a la sección de Maternidad, se detuvo y observó con prudencia la oficina. Mantuvo la puerta entreabierta. No se oían voces. Eso significaba que las comadronas y las auxiliares estaban ocupadas. Tardaría menos de quince segundos en llegar a la habitación en la que estaba la mujer a la que iba a visitar. Lo más probable era que no se encontrase con nadie. Pero no podía saberlo. Se puso el guante que llevaba en el bolsillo. Lo había hecho ella misma rellenando la parte superior de plomo, que moldeó para que se adaptase a la forma de los nudillos. Se lo puso en la mano derecha, abrió la puerta y entró con rapidez en la sección. La oficina estaba vacía, se oía una radio en algún sitio mientras ella iba veloz y silenciosamente a la habitación prevista. Allí se deslizó, y la puerta se cerró sin ruido tras ella.

La mujer que yacía en la cama estaba despierta. Ella se quitó el guante y se lo metió en el bolsillo. En el mismo bolsillo en el que llevaba la carta de su madre metida en su sobre. Se sentó en el borde de la cama. La mujer estaba muy pálida y su vientre se destacaba bajo las sábanas. Ella cogió la mano de la mujer.

—¿Estás decidida? —preguntó.

La mujer asintió. La que estaba sentada al borde de la cama no se sorprendió. Pero no dejó de experimentar una especie de triunfo. Incluso las mujeres que estaban más atrofiadas podían ser devueltas a la vida de nuevo.

—Eugen Blomberg. Vive en Lund. Es investigador, está en la universidad. No sé cómo explicar con más detalle lo que hace.

Ella le palmeó la mano.

—Ya me enteraré. No te preocupes de eso.

—Odio a ese hombre.

—Sí —dijo la que estaba sentada en el borde de la cama—. Le odias y le odias con razón.

—Si pudiera le mataría.

—Lo sé. Pero no puedes. Mejor que pienses en tu hijo.

Se inclinó y acarició a la mujer en la mejilla. Luego se levantó y se puso el guante. Llevaba en la habitación dos minutos a lo sumo. Empujó la puerta con cuidado. No se veía a ninguna de las comadronas ni a las auxiliares. Se dirigió de nuevo a la puerta de salida.

Justo cuando pasaba por delante de la oficina, salió una mujer. Fue mala suerte. Pero no había remedio. La mujer la miró con fijeza. Era mayor, probablemente una de las dos comadronas.

Ella siguió en dirección a la puerta. Pero la mujer fue detrás de ella gritando y le dio alcance. Todavía pensaba únicamente en seguir, en desaparecer detrás de las puertas. Pero la mujer la cogió del brazo y le preguntó quién era y qué hacía allí. Era lamentable que las mujeres fueran siempre tan pesadas, pensó. Luego se volvió rápidamente y la golpeó con el guante. No pretendió herir, ni dar muy fuerte. Tuvo cuidado de no dar en la sien, eso podía ser fatal. Golpeó una de las mejillas de la mujer, con la fuerza precisa. La suficiente para dejarla inconsciente, para obligarla a soltar el brazo. La mujer gimió y cayó al suelo. Ella se dio la vuelta para irse. Entonces sintió que dos manos agarraban sus piernas. Al volverse, se dio cuenta de que había golpeado con poca fuerza. Al mismo tiempo oyó que una puerta se abría en algún sitio, al fondo. Estaba a punto de perder el control de la situación. Tiró de la pierna y se inclinó para golpear de nuevo. Entonces la mujer la arañó en la cara. Ahora golpeó sin preocuparse de si era demasiado fuerte o no. Directamente en la sien. La mujer soltó sus piernas y se desplomó. Ella huyó a través de las puertas de cristal y sintió que las uñas le habían hecho un arañazo profundo en la cara. Corrió por el pasillo. Nadie gritaba detrás. Se secó la cara. La blanca manga quedó manchada de sangre. Se metió el guante en el bolsillo y se quitó los zuecos de madera para poder correr más deprisa. Se preguntó si el hospital tendría algún tipo de alarma interna, pero salió de allí sin encontrarse con nadie. Cuando se sentó en el coche y se miró la cara en el espejo retrovisor, vio que los arañazos no eran muchos ni muy profundos.

Aquello no le había salido exactamente como lo había pensado. Tampoco se podía contar siempre con que así fuera. Lo importante era, con todo, que había conseguido inducir a la mujer que iba a dar a luz a revelar la identidad del hombre que tanto daño le había hecho.

Eugen Blomberg.

Le quedaban aún dos días para empezar la investigación y hacer un plan y un horario. Tampoco tenía prisa. Que le llevara el tiempo que tuviera que llevarle. Pero no creía necesitar más de una semana.

El horno estaba vacío. En espera.

Poco después de las ocho de la mañana, el equipo de policías estaba reunido en la sala de juntas. Wallander le había pedido a Per Åkeson que también estuviera presente. Cuando estaba a punto de empezar notó que faltaba alguien.

—¿Y Svedberg? —preguntó—. ¿No ha venido?

—Ha venido y se ha vuelto a ir —contestó Martinsson—. Parece que hubo un incidente en el hospital esta noche. Dijo que no iba a tardar en regresar.

Un difuso recuerdo pasó por la cabeza de Wallander sin que lograra fijarlo. Tenía relación con Svedberg y con el hospital.

—Esto nos recuerda la necesidad de pedir más personal —dijo Per Åkeson—. Me parece que por desgracia no vamos a poder seguir aplazando esa discusión.

Wallander sabía a qué se refería. En varias ocasiones anteriores Per Åkeson y él habían chocado cuando se trataba de juzgar si debían pedir personal extra o no.

—Discutiremos eso al final —repuso Wallander—. Empecemos por ver dónde nos encontramos realmente en este embrollo.

—Hemos recibido varias llamadas telefónicas de Estocolmo —informó Lisa Holgersson—. No creo necesario decir de quién. Estos hechos violentos empañan la imagen de los simpáticos policías de barrio.

Una mezcla de resignación y de hilaridad pasó fugazmente por la sala. Pero nadie comentó lo que Lisa Holgersson había dicho. Martinsson bostezó con ruido. Wallander se aprovechó de ello para empezar la reunión.

—Todos estamos cansados. La maldición del policía es la falta de sueño. Por lo menos, durante algunos periodos.

Fue interrumpido porque se abrió la puerta y entró Nyberg. Wallander sabía que había estado hablando por teléfono con el laboratorio técnico criminal de Linköping. Fue renqueando hasta la mesa con su muleta.

—¿Qué tal el pie?

—En todo caso, esto es mejor que ser ensartado en estacas de bambú importadas de Tailandia —contestó.

Wallander le miró inquisitivo.

—¿Lo sabemos con seguridad? ¿Proceden de Tailandia?

—Lo sabemos. Se importan como cañas de pescar y como material decorativo a través de una casa comercial de Bremen. Hemos hablado con el representante sueco. Entran más de cien mil estacas de bambú al año. Es imposible determinar dónde se han comprado éstas. Pero acabo de hablar con Linköping. Allí pueden ayudarnos si nos dicen al menos cuánto tiempo han estado en el país. El bambú se importa cuando alcanza cierta edad.

Wallander asintió.

—¿Algo más? —preguntó, vuelto todavía hacia Nyberg.

—¿Respecto a Eriksson o a Runfeldt?

—A ambos. Por orden.

Nyberg abrió su cuaderno de notas.

—Los tablones de la pasarela proceden de la empresa Byggvaruhuset, en Ystad —empezó diciendo—. Si es que nos sirve de algo saberlo. El lugar del crimen está limpio de objetos que, eventualmente, pudieran servirnos para algo. Al otro lado del cerro en el que estaba la torre de observación de pájaros, hay un camino de carros que podemos decir que fue utilizado por el asesino. Si es que fue en coche. Lo que probablemente hizo. Tenemos muestra de todas las huellas de coches que hemos encontrado. Pero es un lugar del crimen singularmente impoluto.

—¿Y la casa?

—El problema es que no sabemos qué es lo que buscamos. Todo parece estar en orden. La denuncia que puso hace un tiempo, de que le entraron en casa, es también un misterio. Lo único que parece digno de tenerse en cuenta es que Holger Eriksson, hace sólo algunos meses, mandó instalar un par de cerraduras suplementarias en las puertas de la vivienda.

—Eso puede interpretarse como que tenía miedo —dijo Wallander.

—Ésa es la explicación que yo le doy —contestó Nyberg—. Pero, por otro lado, ¿quién no manda instalar cerraduras extra en estos tiempos? Vivimos en la época dorada de las puertas blindadas.

Wallander dejó a Nyberg y miró en torno a la mesa.

—Vecinos —dijo—. Informaciones. ¿Quién era Holger Eriksson? ¿Quién puede haber tenido motivos para matarle? ¿Harald Berggren? Es hora ya de que hagamos un examen a fondo de la situación. Nos tomaremos el tiempo que haga falta.

Más adelante, Wallander recordaría la mañana de aquel jueves como una cuesta aparentemente sin fin. Cada uno fue exponiendo el resultado de su trabajo y todo desembocaba en que no se veía por ningún sitio la menor señal de progreso. La cuesta iba creciendo. La vida de Holger Eriksson parecía inexpugnable. Cuando conseguían abrir un agujero, no encontraban nada. Y seguían adelante mientras la cuesta se hacía cada vez más larga y más escarpada. Nadie había visto nada, nadie parecía haber conocido a este hombre que había vendido coches, que observaba a los pájaros y que escribía poemas. Wallander empezó finalmente a pensar que estaba equivocado por completo, que Holger Eriksson, pese a todo, fue víctima de un psicópata ocasional que había elegido su foso y serrado su pasarela por casualidad. Pero todo el tiempo estaba seguro en su fuero interno de que no podía ser así. El asesino había hablado un lenguaje, había lógica y coherencia en su forma de matar a Holger Eriksson. Wallander no se equivocaba. Su problema consistía en que, sin embargo, no sabía cuál era la verdad.

Estaban en un punto muerto cuando Svedberg volvió del hospital. Más adelante Wallander pensaría que, en ese instante, actuó verdaderamente como el salvador del gran apuro en que se encontraban. Porque cuando Svedberg se sentó en uno de los extremos de la mesa y, tras laboriosos esfuerzos, logró ordenar sus papeles, llegaron por fin a un punto en el que la investigación pareció entreabrir una puerta.

Svedberg empezó por pedir excusas por su ausencia. A Wallander le pareció que debía preguntar qué había ocurrido en el hospital.

—Es un asunto muy extraño —dijo Svedberg—. Poco antes de las tres, esta madrugada, apareció una enfermera en la sección de Maternidad. Una de las comadronas, Ylva Brink, y que además es prima mía, trabajaba esta noche. No reconoció a la enfermera y trató de enterarse de qué estaba haciendo en aquel lugar. Entonces la atacó. Parece además que esa enfermera llevaba una porra de plomo o algo semejante en la mano. Ylva perdió el conocimiento. Cuando volvió en sí, la mujer había desaparecido. Se armó, claro está, un buen jaleo. Nadie sabe a qué fue. Han preguntado a todas las mujeres que están de parto. Pero nadie la ha visto. Hablé con el personal que ha trabajado en la sección esta noche. Estaban, como es natural, muy preocupados.

—¿Qué tal está la comadrona? —preguntó Wallander—. ¿Tu prima?

—Tiene una conmoción cerebral.

Wallander estaba a punto de volver sobre Holger Eriksson cuando Svedberg tomó de nuevo la palabra. Parecía desconcertado y se rascaba la calva con nerviosismo.

—Lo que es todavía más raro es que esa enfermera ha estado allí otra vez antes. Una noche, hace una semana. Casualmente a Ylva le tocaba trabajar también esa vez. Está segura de que, en realidad, no es una enfermera. Va disfrazada.

Wallander frunció la frente. Al mismo tiempo se acordó del papel que llevaba encima de la mesa una semana.

—Hablaste con Ylva Brink también entonces —dijo—. Y tomaste algunas notas.

—Aquel papel lo tiré —repuso Svedberg—. Como aquella vez no pasó nada, pensé que no había por qué preocuparse. Tenemos cosas más importantes a las que dedicarnos.

—A mí me parece que es un asunto muy desagradable —terció Ann-Britt Höglund—. Una falsa enfermera que entra en la Maternidad por las noches. Y que no duda en recurrir a la violencia. Eso tiene que significar algo.

—Mi prima no la conocía. Pero pudo dar una buena descripción de su aspecto. Es de constitución robusta y, sin la menor duda, muy fuerte.

Wallander no mencionó que tenía el papel de Svedberg en su escritorio.

—Resulta extraño —se limitó a decir—. ¿Qué tipo de medidas va a tomar el hospital?

—De momento van a contratar a una empresa de seguridad. Luego ya verán si la falsa enfermera vuelve a aparecer o no.

Dejaron los sucesos de la noche. Wallander miró a Svedberg y pensó con desánimo que, seguramente, también él reforzaría la impresión de estancamiento en que se encontraban las pesquisas. Pero se equivocó. Svedberg tenía noticias que dar.

—La semana pasada hablé con uno de los empleados de Holger Eriksson —dijo—. Ture Karlhammar, setenta y tres años de edad, domiciliado en Svarte. Escribí un informe sobre ello que quizás hayáis leído. Trabajó para Holger Eriksson como vendedor de coches durante más de treinta años. Al principio no hacía más que lamentarse de lo ocurrido y decir que Holger Eriksson era un hombre del que nadie podía decir nada que no fuera para bien. La mujer de Karlhammar estaba haciendo café, mientras. La puerta de la cocina estaba abierta. De repente vino, dejó la bandeja de golpe en la mesa, de modo que se salió la nata, y dijo que Holger Eriksson era un canalla. Y se marchó.

—¿Y qué pasó luego? —preguntó Wallander sorprendido.

—Fue, naturalmente, un momento embarazoso. Pero Karlhammar mantuvo su versión. Fui a hablar con la mujer. Pero ya no estaba.

—¿Cómo que no estaba?

—Había cogido el coche y se había ido. Llamé varias veces. Pero no contestaba nadie. Y esta mañana tenía aquí una carta. La leí antes de ir al hospital. Es de la mujer de Karlhammar. Y, si es verdad lo que escribe, es una lectura muy interesante.

—Haz un resumen —dijo Wallander—. Ya la copiarás luego.

—Dice que Holger Eriksson dio muestras de sadismo muchas veces a lo largo de su vida. Trataba mal a sus empleados. Hostigaba a los que decidían dejar de trabajar con él. Repite una y otra vez que puede dar todos los ejemplos que queramos de que lo que dice es verdad.

Svedberg repasaba el texto.

—Escribe que tenía muy poco respeto por la gente. Que era duro y avaricioso. Al final de la carta menciona que iba con frecuencia a Polonia. Debe de haber tenido allí algún asunto de mujeres. Según la señora Karlhammar, ellas también podrían hablar. Pero puede que sólo sean chismorreos. ¿Cómo podía ella saber lo que hacía en Polonia?

—¿No dice nada de que fuera homosexual? —preguntó Wallander.

—Los viajes a Polonia no dan en absoluto esa impresión.

—Se comprende que de alguien llamado Harald Berggren no había oído hablar Karlhammar, ¿verdad?

—Así es.

Wallander tenía necesidad de desentumecerse. Lo que había contado Svedberg sobre el contenido de la carta era, sin duda alguna, importante. Pensó que era la segunda vez en el curso de veinticuatro horas que oía calificar a un hombre como brutal.

Propuso hacer una corta pausa para ventilar la sala. Per Åkeson se quedó rezagado.

—Ya está —dijo—. Lo de Sudán.

Wallander sintió una mordedura de envidia. Per Åkeson había tomado una determinación y se atrevía a marcharse. ¿Por qué no hacía él lo mismo? ¿Por qué se conformaba con buscar una nueva casa donde vivir? Ahora que su padre había muerto, ya nada le ataba a Ystad. Y Linda ya era independiente.

—¿No les hacen falta policías que mantengan el orden entre los refugiados? Yo tengo cierta experiencia de ese trabajo aquí en Ystad.

Per Åkeson se echó a reír.

—Puedo preguntar. Suele haber policías suecos en diversas brigadas extranjeras al mando de la ONU. Nada te impide presentar una solicitud.

—En este momento, me lo impide una investigación criminal. Pero tal vez más tarde. ¿Cuándo te vas?

—Después de Navidad. Antes de Año Nuevo.

—¿Y tu mujer?

Per Åkeson hizo un ademán con los brazos.

—Para decir la verdad, creo que se alegra de perderme de vista una temporada.

—¿Y tú? ¿También te alegras de perderla de vista?

Per Åkeson dudó al contestar.

—Sí. Creo que resultará agradable marcharse. A veces tengo la sensación de que quizá no regrese nunca. No iré nunca a las Antillas en un barco construido por mí. Ni siquiera he soñado nunca con eso. Pero me voy a Sudán. Y lo que pase después, no lo sé.

—Todos sueñan con huir —dijo Wallander—. La gente de este país está siempre en busca de nuevos escondites paradisiacos. A veces pienso que ya no reconozco mi propio país.

—A lo mejor lo mío es también una huida. Pero Sudán no parece ser precisamente un paraíso.

—De todos modos, haces bien en probar. Espero que escribas. Te voy a echar de menos.

—Eso sí que me apetece. Escribir cartas. Escribir cartas que no sean de trabajo. Cartas privadas. Pienso que voy a descubrir cuántos amigos tengo. Amigos que contesten las cartas que espero escribirles.

La pausa había concluido. Martinsson, preocupado siempre por los catarros, cerró la ventana. Se sentaron de nuevo.

—Vamos a esperar antes de resumir —propuso Wallander—. Pasemos a Gösta Runfeldt.

Dejó que Ann-Britt Höglund hablase del descubrimiento del local en el sótano de Harpegatan y de que Runfeldt había sido detective privado. Cuando ella, Svedberg y Nyberg terminaron de hablar, y cuando las fotografías que Nyberg había revelado y copiado dieron la vuelta a la mesa, relató su conversación con el hijo de Runfeldt. Notó que el grupo de investigación mostraba ahora una concentración completamente diferente de la que había al comienzo de la prolongada reunión.

—No puedo apartar de mí la sensación de que estamos cerca de algo determinante —anunció Wallander como colofón—. Seguimos buscando un punto de contacto. Hasta ahora no lo hemos encontrado. Pero ¿qué puede significar que tanto a Holger Eriksson como a Gösta Runfeldt los describan como personas brutales? ¿Por qué no ha aparecido esto hasta ahora?

Se interrumpió para dejar lugar a comentarios o preguntas.

Nadie dijo nada.

—Es hora de que empecemos a profundizar aún más. Es demasiado lo que nos queda por saber. A partir de ahora, todo el material debe confrontarse entre estos dos hombres. Será misión de Martinsson encargarse de que así se haga. Luego, hay una serie de cosas que resultan más importantes que otras. Pienso en el accidente en el que se ahogó la mujer de Runfeldt. No me abandona la impresión de que eso puede ser decisivo. También tenemos la cuestión del dinero que Holger Eriksson ha legado a la iglesia de Svenstavik. Voy a ocuparme personalmente de ello. Eso significa que puede ser necesario hacer algunos viajes. Por ejemplo, un viaje al lago de Småland, en las afueras de Älmhult, donde se ahogó la esposa de Runfeldt. Hay algo raro en todo ello, como ya he dicho. Me doy cuenta de que puedo estar en un error. Pero no podemos dejar de investigarlo. Tal vez sea necesario ir a Stenstavik.

—¿Dónde queda eso? —preguntó Hansson.

—Al sur de Jämtland. No muy lejos de la frontera con Härjedalen.

—¿Qué tenía que ver Holger Eriksson con ese lugar? Él era de aquí, de Escania.

—Eso es precisamente lo que tenemos que averiguar —respondió Wallander—. ¿Por qué le deja dinero a una iglesia de ese lugar? ¿Qué significa eso? ¿Que haya elegido una determinada iglesia? Quiero saber por qué. Tiene que haber una razón muy clara.

Nadie tuvo ninguna objeción que hacer cuando terminó de hablar.

Seguirían calando en los almiares. Ninguno de ellos esperaba que la solución llegase más que a través de un prolongado y paciente trabajo.

Llevaban muchas horas de reunión cuando Wallander se decidió a sacar a relucir él mismo la cuestión de la necesidad de más personal. Recordó que también debía decir algo acerca de la propuesta que había llegado de pedir ayuda a algún experto en psicología forense.

—Yo no tengo nada que objetar a recibir ayuda en forma de refuerzos —dijo—. Hay muchas cosas que investigar y eso va a llevar mucho tiempo.

—Yo me encargaré de ello —contestó Lisa Holgersson.

Per Åkeson asintió sin decir nada. Durante todos los años que Wallander llevaba trabajando con él, no se había dado nunca la circunstancia de que Per Åkeson repitiera nada de lo ya dicho. Wallander se figuró vagamente que eso tal vez fuera un mérito para el puesto que estaba a punto de ocupar en Sudán.

—En cambio, tengo mis dudas acerca de si necesitamos verdaderamente un psicólogo que nos lea por encima del hombro —continuó Wallander, una vez se hubo resuelto la cuestión de los refuerzos—. Soy el primero en estar de acuerdo en que Mats Ekholm, el que estuvo aquí este verano, fue un buen interlocutor. Aportó argumentos y puntos de vista que nos fueron de utilidad. No decisivos, pero tampoco infructuosos. La situación es diferente ahora. Mi propuesta es que le enviemos una relación del material y que nos comunique sus comentarios. Y que nos contentemos con eso por el momento. Si algo dramático ocurriera, siempre podemos volver sobre ello.

Tampoco ahora encontró objeciones la propuesta de Wallander.

Interrumpieron la reunión después de la una. Wallander se fue rápidamente. La prolongada sesión le había dejado la cabeza muy pesada. Condujo hasta un restaurante del centro. Mientras comía, trató de ver qué se había concretado en la reunión. Como constantemente volvía con el pensamiento a lo ocurrido aquel día de invierno, en el lago, a las afueras de Älmhult, unos diez años antes, decidió seguir su intuición. Cuando terminó de comer, telefoneó al hotel Sekelgården. Bo Runfeldt estaba en su habitación. Wallander le pidió al recepcionista que le dijera que iría a verle poco después de las dos. Luego fue a la comisaría. Encontró a Martinsson y a Hansson y se los llevó a su despacho. Le dijo a Hansson que llamase a Svenstavik.

—¿Qué tengo que preguntar en realidad?

—Vete derecho al grano. ¿Por qué ha hecho Holger Eriksson esta única excepción en su testamento? ¿Por qué dona dinero justamente a esa parroquia? ¿Busca el perdón de sus pecados? Y si es así, ¿qué pecados? Y si hay alguien que farfulle algo sobre secreto profesional, di que necesitamos esas informaciones para tratar de evitar que ocurran más muertes de este tipo.

—¿De verdad tengo que preguntar si busca el perdón de sus pecados?

Wallander se echó a reír.

—Casi —dijo—. Entérate de todo lo que puedas. Yo voy a llevarme a Bo Runfeldt a Älmhult. Dile a Ebba que reserve habitación allí.

Martinsson no parecía muy convencido.

—¿Qué crees que vas a encontrar mirando un lago?

—No sé —contestó Wallander con franqueza—. Pero el viaje me proporciona, por lo menos, ocasión de hablar con Bo Runfeldt. Tengo una sensación muy precisa de que hay informaciones escondidas que son importantes para nosotros y que tan sólo descubriremos si somos suficientemente perseverantes. Tenemos que escarbar mucho para traspasar la superficie. Además, debe de quedar alguien allí de los que estaban cuando ocurrió la desgracia. Quiero que os mováis un poco. Llamad a los colegas de Älmhult. Hablad de lo ocurrido hace diez años. Podéis preguntarle la fecha exacta a la hija, que es entrenadora de baloncesto. Una persona ahogada. Ya telefonearé cuando llegue.

Seguían las ráfagas de viento cuando Wallander salió a coger el coche. Condujo hasta el hotel Sekelgården y entró en la recepción. Bo Runfeldt estaba sentado esperándole.

—Vete a buscar un abrigo —dijo Wallander—. Vamos a hacer una excursión.

Bo Runfeldt se quedó mirándole expectante.

—¿Adónde vamos?

—Cuando estemos en el coche te lo cuento.

Poco después salían de Ystad.

Una vez pasada la salida hacia Höör, Wallander le dijo hacia dónde se encaminaban.

19

No bien dejaron atrás Höör, empezó a llover. Wallander ya comenzaba a dudar de toda la empresa. ¿Valía la pena verdaderamente hacer el viaje a Älmhult? ¿Qué clase de resultado esperaba conseguir, en realidad, que pudiera tener importancia para la investigación? ¿La vaga sospecha de que había algo irregular en una desgracia ocurrida diez años antes?

En lo más profundo de su ser, sin embargo, no dudaba. Lo que pedía no era la solución. Pero sí avanzar un paso.

Cuando le contó a Bo Runfeldt adónde iban, éste se enfadó y preguntó si era una broma. ¿Qué tenía que ver la trágica muerte de su madre con el asesinato de su padre? Circulaban en ese momento detrás de un camión que les llenaba de basura el parabrisas y les impedía adelantarlo. Sólo cuando consiguió pasarlo en uno de los escasos carriles donde estaba permitido, Wallander contestó.

—Tanto tú como tu hermana os resistís a hablar de lo que ocurrió. En parte, puedo, naturalmente, comprenderlo. De una desgracia trágica no se habla sin necesidad. Pero explícame por qué no creo que sea lo trágico de lo sucedido lo que hace que no queráis hablar de ello. Si me das una respuesta satisfactoria aquí y ahora, damos la vuelta y regresamos a Ystad. Y no olvides que has sido tú quien ha hablado de la brutalidad de tu padre.

—Con eso ya he contestado —dijo Bo Runfeldt.

Wallander registró un casi imperceptible matiz nuevo en su voz. Un rasgo de cansancio, una defensa que empezaba a ceder.

Fue avanzando prudentemente sus preguntas mientras cruzaban el monótono paisaje.

—¿Tu madre había hablado, pues, de suicidarse?

El hombre que estaba a su lado tardó en contestar.

—En realidad, es extraño que no lo hubiera hecho antes. No creo que puedas figurarte el infierno en que se veía obligada a vivir. Ni tú, ni yo. Nadie.

—¿Por qué no se separó nunca de él?
—Él amenazaba con matarla si le dejaba. Y ella tenía, ciertamente, motivos de sobra para creerle. En varias ocasiones las palizas fueron tan grandes que hubo que ingresarla en el hospital. Yo no sabía nada entonces, pero me he dado cuenta después.
—Si un médico sospecha que hay violencia está obligado a dar parte a la policía.
—Ella tenía siempre muy buenas explicaciones que dar. Y era convincente. Ni siquiera dudaba en degradarse a sí misma para protegerle. Podía decir que se había caído estando borracha. Mi madre no probaba la bebida. Aunque eso, claro, no lo sabían los médicos.
La conversación se detuvo mientras Wallander adelantaba a un autobús. Notó que Runfeldt estaba tenso. Wallander no conducía deprisa, pero su pasajero tenía, evidentemente, miedo al coche.
—Yo creo que lo que hacía que no se suicidara éramos nosotros, los hijos —dijo cuando el autobús quedó atrás.
—Es natural —contestó Wallander—. Vayamos mejor a lo que has dicho antes. Que tu padre había amenazado de muerte a tu madre. Cuando un hombre maltrata a una mujer, en la mayoría de los casos no tiene intención de matarla. Lo hace para ejercer control sobre ella. A veces pega demasiado fuerte. Los malos tratos llevan a la muerte, aunque no sea ésa la intención. Pero matar de verdad a otra persona, en general, depende de otras cosas. Es un paso más allá.
Bo Runfeldt contestó con una pregunta sorprendente.
—¿Estás casado?
—Ya no.
—¿Le pegabas?
—¿Por qué iba a hacerlo?
—Sólo pregunto.
—Bueno. Pero no estamos hablando de mí.
Bo Runfeldt guardó silencio. Fue como si quisiera darle tiempo de pensar a Wallander, que recordó con espantosa claridad la vez en la que, durante su matrimonio, había pegado a Mona en un ataque de cólera insensata y descontrolada. Ella, al caer, se dio en la nuca contra la jamba de una puerta y perdió el conocimiento unos segundos. Esa vez estuvo a punto de hacer la maleta e irse. Pero Linda era aún muy pequeña. Y Wallander se deshizo en súplicas. Se pasaron toda la noche sentados hablando. Él estuvo rogándole y, finalmente, ella se quedó. El hecho se le quedó grabado en la memoria. Pero no recordaba muy bien cuál había sido el desencadenante de todo aquello. ¿Por qué habían reñido? ¿De dónde había salido tanta cólera? Ya no sabía. Se

dio cuenta de que lo había reprimido. Había pocas cosas en su vida de las que se avergonzara tanto como de lo ocurrido aquella vez. Entendía muy bien su desgana a que le hicieran recordarlo.

—Volvamos al día de hace diez años —dijo Wallander al cabo de un rato—. ¿Qué fue lo que pasó?

—Fue un domingo de invierno —dijo Bo Runfeldt—. A principios de febrero. El cinco de febrero de 1984. Era un frío y hermoso día de invierno. Ellos solían hacer excursiones en coche los domingos. Pasear por el bosque. Andar por playas. O por lagos.

—Parece de lo más idílico —dijo Wallander—. ¿Cómo se compagina con lo que has dicho antes?

—No era, desde luego, nada idílico. Era todo lo contrario. Mi madre estaba siempre aterrorizada. No exagero. Hacía tiempo que había pasado esa frontera en la que el miedo se impone y domina la vida por completo. Tenía que estar mentalmente extenuada. Pero si a él se le antojaba dar un paseo los domingos, lo daban. La amenaza del puñetazo siempre estaba presente. Yo estoy convencido de que mi padre nunca vio ese terror. Debía de pensar que todo quedaba perdonado y olvidado después, cada vez que ocurría. Supongo que consideraba sus malos tratos como arrebatos ocasionales. Nada más.

—Creo comprender. ¿Qué ocurrió, pues?

—Por qué fueron a Småland aquel domingo, no lo sé. Aparcaron en un camino forestal. Había nevado, pero no mucho. Luego fueron andando por ese camino forestal y llegaron al lago. Se adentraron en el hielo. De repente, éste se rompió y ella se hundió. Él no consiguió sacarla. Regresó corriendo al coche y fue a buscar ayuda. Naturalmente, ella estaba muerta cuando la encontraron.

—¿Cómo lo supiste tú?

—Fue él mismo quien llamó. Yo estaba en Estocolmo en aquella ocasión.

—¿Qué recuerdas de esa conversación?

—Él estaba, como es natural, muy alterado.

—¿De qué manera?

—¿Puede uno estar alterado de varias maneras?

—¿Lloraba?, ¿estaba conmocionado? Trata de describirlo con más claridad.

—No lloraba. Sólo puedo acordarme de mi padre con lágrimas en los ojos cuando hablaba de ejemplares excepcionales de orquídeas. No, tengo más bien la sensación de que trataba de convencerme de que había hecho todo lo que estaba a su alcance para salvarla. Pero eso no era necesario. Si una persona está en un apuro, se intenta ayudarla, ¿no?

—¿Qué más dijo?
—Me pidió que tratara de localizar a mi hermana.
—O sea, que te llamó a ti primero.
—Sí.
—¿Qué pasó luego?
—Nos fuimos a Escania. Igual que ahora. El entierro fue una semana más tarde. Hablé un día por teléfono con un policía. Dijo que el hielo debía haber estado inopinadamente frágil. Mi madre, además, no era una persona corpulenta.
—¿Dijo eso el policía con el que hablaste? ¿Que el hielo debía haber estado «inopinadamente frágil»?
—Tengo buena memoria para los detalles. Tal vez por ser auditor.

Wallander asintió con la cabeza. Pasaron una señal que indicaba que se acercaban a un café. Durante la breve pausa, Wallander interrogó a Runfeldt sobre su trabajo como auditor internacional. Pero escuchaba sin mucha atención. Sus pensamientos giraban en torno a la conversación que habían mantenido en el coche. Hubo algo importante en ella. No conseguía, sin embargo, determinar qué era. En el momento en que se disponían a salir, sonó el teléfono que llevaba en el bolsillo. Era Martinsson. Bo Runfeldt se alejó unos pasos para dejar solo a Wallander.

—Parece que tenemos un poco de mala suerte —dijo Martinsson—. De los dos policías que trabajaban en Älmhult hace diez años, uno ha muerto y el otro está jubilado y se ha trasladado a Örebro.

Wallander se sintió defraudado. Sin un informador seguro, el viaje perdía gran parte de su finalidad.

—No sé siquiera cómo encontrar el lago —se quejó—. ¿No hay ningún conductor de ambulancia? ¿No fueron los bomberos a sacarla?
—He encontrado al primer hombre que ayudó a Gösta Runfeldt —dijo Martinsson—. Sé cómo se llama y dónde vive. El problema es que no tiene teléfono.
—¿Es posible que haya gente en este país que no tenga teléfono?
—Eso parece. ¿Tienes lápiz?

Wallander buscó en sus bolsillos. Como de costumbre, no tenía papel ni lápiz. Llamó a Bo Runfeldt, y éste le dejó una pluma con incrustaciones de oro y una de sus tarjetas de visita.

—El hombre se llama Jacob Hoslowski —dijo Martinsson—. Es una especie de excéntrico de pueblo y vive solo en una casita no muy lejos de ese lago. El lago se llama Stångsjön y está justo al norte de Älmhult. He hablado con una persona muy amable del ayuntamiento. Dijo que el lago aparece en el plano informativo que hay a la entrada del

pueblo. En cambio no sabía decir cómo se va a casa de Hoslowski. Tendrás que entrar en algún sitio a preguntar.
—¿Tenemos algún sitio donde dormir?
—Ikea tiene un hotel donde ya hemos reservado habitación.
—¿Pero Ikea no vende muebles?
—Venden muebles. Pero también tienen un hotel. Pensión Ikea.
—¿Alguna novedad?
—Todos están muy ocupados. Pero parece que Hamrén va a bajar de Estocolmo a ayudarnos.

Wallander se acordaba de los dos policías de Estocolmo que les habían prestado ayuda en su trabajo durante el verano. No tenía nada en contra de volver a verles.
—¿Y Ludwigsson no?
—Ha tenido un accidente de coche y está en el hospital.
—¿Grave?
—Ya me enteraré. Pero no me dio esa impresión.

Wallander terminó la conversación y devolvió la pluma.
—Parece cara —comentó.
—Ser auditor en una empresa como Price Waterhouse es tener una de las mejores profesiones que hay —contestó Bo Runfeldt—. Por lo menos en lo que se refiere al sueldo y a las perspectivas de futuro. Los padres sensatos, hoy día, aconsejan a sus hijos que se hagan auditores.
—¿Cuál es el sueldo medio? —preguntó Wallander.
—La mayoría de los que trabajan a cierto nivel tienen un contrato individual. Que, además, es secreto.

Wallander comprendió que eso indicaba que los sueldos eran muy altos. Al igual que todo el mundo, estaba asombrado de todas las revelaciones sobre indemnizaciones por despido, niveles salariales y contratos blindados. Su sueldo como comisario de policía criminal, con muchos años de experiencia, era bajo. Si hubiera buscado un puesto en el sector privado de seguridad, habría podido ganar por lo menos el doble. Y, sin embargo, lo había decidido. Seguiría siendo policía mientras le fuera posible sobrevivir con su sueldo. Pero pensaba muchas veces que la imagen de Suecia podía dibujarse como una comparación entre diferentes contratos.

Llegaron a Älmhult a las cinco. Bo Runfeldt preguntó si era realmente necesario quedarse a dormir. Wallander no supo dar una respuesta satisfactoria. Bo Runfeldt podía muy bien tomar el tren de regreso. Pero Wallander sostuvo que no podrían ir al lago hasta el día siguiente porque no tardaría en oscurecer. Y quería que Runfeldt le acompañara.

Una vez instalados en el hotel, Wallander salió enseguida en busca de la casa de Jacob Hoslowski, antes de que se hiciese de noche. Se detuvieron ante el plano situado a la entrada de Älmhult y Wallander anotó dónde estaba el lago Stångsjön. Salió del pueblo cuando ya estaba atardeciendo. Torció a la izquierda y luego de nuevo a la izquierda. El bosque era espeso. El paisaje de Escania quedaba ya lejos. Se detuvo al ver a un hombre que estaba arreglando una verja, junto a la carretera. El hombre le explicó cómo tenía que conducir para llegar a la casa de Hoslowski. Wallander siguió adelante. Empezó a oírse un ruido raro en el motor. Pensó que pronto tendría que volver a cambiar el coche. El Peugeot empezaba a hacerse viejo. No sabía cómo iba a arreglárselas. El coche que tenía ahora lo compró cuando el anterior ardió una noche en la carretera, hacía unos años. También era un Peugeot y Wallander barruntaba que el próximo sería también de la misma marca. Cuanto más viejo se hacía, más trabajo le costaba alterar sus costumbres.

Al llegar al siguiente cruce, se detuvo. Si había entendido bien la descripción del camino, debía doblar a la derecha. Así, llegaría a la casa de Hoslowski después de recorrer unos ochocientos metros más. La carretera era mala y estaba mal cuidada. Al cabo de cien metros, Wallander se detuvo y dio marcha atrás. Tenía miedo de quedarse atascado. Dejó el coche y echó a andar. Se oía el murmullo de los árboles, muy pegados a lo largo del estrecho camino forestal. Andaba deprisa para mantener el calor.

La casa estaba al borde del camino. Era una vieja cabaña de aparceros. La explanada del patio estaba llena de coches para desguazar. Un gallo solitario le contempló desde un tocón. Había luz en una ventana. Wallander vio que era una lámpara de queroseno. Dudó de si debería aplazar la visita hasta el día siguiente. Pero había hecho un viaje largo y la investigación exigía que no dejara escapar el tiempo. Avanzó hasta la puerta. El gallo seguía inmóvil en el tocón. Wallander llamó a la puerta. Al cabo de un momento se oyó un ruido y se abrió la puerta. El hombre que estaba allí en la penumbra era más joven de lo que Wallander se había imaginado, tendría apenas cuarenta años. Wallander se presentó.

—Jacob Hoslowski —contestó el hombre.

Wallander detectó un ligero, casi imperceptible, acento extranjero en su voz. El hombre estaba sucio. Olía mal. El pelo y la barba, muy largos, aparecían enmarañados y descuidados. Wallander empezó a respirar por la boca.

—¿Puedo molestarle unos minutos? Soy policía y vengo desde Ystad.
Hoslowski sonrió y se hizo a un lado.
—Pase. Siempre recibo a quienes llaman a mi puerta.
Wallander entró en el oscuro zaguán y estuvo a punto de tropezar con un gato. Luego descubrió que toda la casa estaba llena de gatos. Nunca en su vida había visto tantos gatos juntos. Eso le recordó el Foro Romano, aunque a diferencia de Roma, el tufo en la cabaña era horroroso. Wallander abrió la boca de par en par para poder respirar. Luego siguió a Hoslowski a la mayor de las dos habitaciones que tenía la casa. Casi no había muebles. Sólo colchones y almohadas, montones de libros, y una lámpara de queroseno en un taburete. Y gatos. Por todas partes. Wallander experimentó la desagradable sensación de que todos tenían sus acechantes ojos clavados en él y que podían echársele encima en el momento menos pensado.
—Raras veces se entra en una casa sin electricidad —dijo Wallander.
—Yo vivo fuera del tiempo —contestó Hoslowski con sencillez—. En mi próxima vida renaceré en forma de gato.
Wallander asintió con la cabeza.
—Entiendo —dijo sin mucha convicción—. Si no estoy equivocado ya vivías aquí hace diez años, ¿verdad?
—He vivido aquí desde que abandoné el tiempo.
Wallander se dio cuenta de lo dudosa que era su pregunta. A pesar de todo, la hizo.
—¿Cuánto hace que abandonaste el tiempo?
—Hace muchísimo.
Wallander sospechó que ésa era la respuesta más exhaustiva que podía esperar. Con cierta aprensión se dejó caer en uno de los cojines deseando que no estuviera lleno de orines de gato.
—Hace diez años se ahogó una mujer que iba por el hielo en el lago Stångsjön, aquí al lado —siguió diciendo—. Como seguramente no es muy corriente que ocurran accidentes de esa clase, tal vez te acuerdes del suceso. Pese a que, como dices, vives fuera del tiempo.
Wallander notó que Hoslowski —que o estaba loco o perturbado por una especie de confusas ideas proféticas— reaccionó positivamente a su aceptación de la idea de una existencia fuera del tiempo.
—Fue un domingo de invierno, hace diez años —precisó Wallander—. Según tengo entendido, el marido vino aquí a pedir ayuda.
Hoslowski asintió con la cabeza. Se acordaba.
—Vino un hombre y llamó a la puerta. Quería que le dejara hablar por teléfono.
Wallander miró a su alrededor en la habitación.

—Pero tú no tienes teléfono.
—¿Con quién iba a hablar?
Wallander asintió.
—¿Qué pasó entonces?
—Le mostré dónde vivía mi vecino más próximo. Allí sí hay teléfono.
—¿Le acompañaste hasta allí?
—No. Yo fui al lago a ver si podía sacarla.
Wallander se detuvo y dio un paso atrás.
—El hombre que llamó a la puerta... supongo que estaba muy alterado, ¿no?
—Tal vez.
—¿Qué quieres decir con eso?
—Yo le recuerdo sereno, de una manera que uno tal vez no se espera.
—¿Te fijaste en alguna otra cosa?
—No me acuerdo. Eso ocurría en otra dimensión cósmica que ha cambiado muchas veces desde entonces.
—Sigamos. Fuiste al lago. ¿Qué pasó allí?
—El hielo estaba muy brillante. Vi el agujero. Fui hasta allí. Pero no vi nada allí abajo en el agua.
—Dices que fuiste allí. ¿No tenías miedo de que el hielo se rompiera?
—Sé dónde aguanta. Además me puedo volver ingrávido si hace falta.
«No se puede entrar en razones con un loco», pensó Wallander con resignación. Pero siguió preguntando.
—¿Puedes describirme el agujero?
—Seguramente lo hizo un pescador de anzuelo. Quizá volvió a helarse luego. Pero el hielo no había tenido tiempo de engrosar.
Wallander reflexionó.
—¿No son más pequeños los agujeros que hacen los pescadores?
—Éste era casi cuadrado. A lo mejor lo habían serrado.
—¿Suele haber pescadores de anzuelo en Stångsjön?
—El lago tiene muchos peces. Yo suelo pescar allí. Aunque no en invierno.
—¿Qué pasó luego? Tú estabas junto al agujero. No veías nada. ¿Qué hiciste entonces?
—Me quité la ropa y me metí en el agua.
Wallander le miró fijamente.
—¿Cómo diablos se te ocurrió semejante cosa?
—Pensé que podría tocarla con los pies.

—Pero podías haberte congelado.
—Yo puedo hacerme insensible tanto al frío como al calor intensos, si es necesario.
Wallander pensó que debía haber previsto la respuesta.
—Pero ¿no la encontraste?
—No. Me subí al hielo otra vez y me vestí. Al poco rato llegó gente corriendo. Un coche con escaleras de mano. Yo me marché de allí.
Wallander empezó a levantarse trabajosamente del incómodo cojín. El hedor de la habitación era insoportable. No tenía más preguntas y no quería quedarse más de lo indispensable. Al mismo tiempo no podía dejar de reconocer que Jacob Hoslowski había sido muy complaciente y afable.
Hoslowski le acompañó hasta el patio.
—Luego la sacaron —añadió—. Mi vecino suele pararse a contarme lo que él piensa que debo saber del entorno. Es un hombre muy amable. Piensa, entre otras cosas, que debo saber todo lo que pasa en la asociación de tiro del pueblo. Lo que ocurre en otros lugares del mundo, lo considera menos importante. Por eso sé muy poco de lo que pasa. Tal vez puedo permitirme hacerle a usted una pregunta: ¿tiene lugar, en la actualidad, alguna guerra de cierta envergadura?
—Ninguna grande —contestó Wallander—. Pero sí muchas pequeñas.
Hoslowski asintió con la cabeza. Luego señaló con el dedo.
—Mi vecino vive muy cerca. No se ve la casa. Son, tal vez, trescientos metros. Las distancias telúricas son difíciles de calcular.
Wallander le dio las gracias y se marchó. Ahora estaba todo muy oscuro. Había cogido la linterna y fue alumbrando el camino. Brillaban luces entre los árboles. Pensó en Jacob Hoslowski y en todos sus gatos.
La casa a la que llegó parecía de construcción relativamente reciente. Delante de ella había un coche cubierto, con un rótulo escrito en uno de los lados: SERVICIO DE FONTANERÍA. Wallander llamó al timbre. Un hombre, descalzo y en camiseta, abrió la puerta. Tiró de ella como si Wallander fuera el último de una inacabable serie de personas que hubieran ido a molestarle. Pero su cara era franca y amable. Al fondo se oían voces de niños. Wallander explicó concisamente quién era.
—¿Fue Hoslowski quien te mandó aquí? —dijo el hombre sonriendo.
—¿Cómo lo sabes?
—Por el olor. Pero pasa. Siempre se puede abrir la ventana.
Wallander siguió al fornido hombre hasta la cocina. Los gritos de los niños venían del piso superior. Además, había una televisión en-

cendida en algún sitio. El hombre dijo llamarse Rune Nilsson y ser fontanero de profesión. Wallander rechazó agradecido la invitación a tomar café y le explicó lo que le había llevado allí.

—Uno no olvida una cosa así —dijo cuando Wallander terminó de hablar—. Yo estaba soltero entonces. Aquí había una casa antigua que eché abajo cuando levanté la nueva. ¿Es posible que hayan pasado diez años?

—Son casi exactamente diez años.

—El marido vino y llamó a la puerta. Era en pleno día.

—¿Qué impresión daba?

—Estaba alterado. Pero sereno. Llamó a urgencias. Mientras tanto, yo me vestí. Luego nos fuimos. Cogimos un atajo por mitad del bosque. Yo pescaba bastante por entonces.

—¿Daba él todo el tiempo impresión de serenidad? ¿Qué decía? ¿Cómo explicó el accidente?

—Dijo que ella se había hundido. Que el hielo había cedido.

—Pero el hielo era bastante grueso.

—No se sabe nunca con el hielo. Puede haber grietas invisibles o partes débiles. Aunque un poco raro sí fue.

—Jacob Hoslowski dijo que el agujero era cuadrado. Que podía haber sido serrado.

—No me acuerdo de si era cuadrado o no. Pero grande sí que era.

—Pero el hielo alrededor era fuerte. Tú, que eres un hombre corpulento, no tuviste miedo de andar encima de él.

Rune Nilsson asintió.

—Después pensé en ello bastante —dijo—. Resultaba raro, un agujero que se abría y la mujer que desaparecía. ¿Por qué no consiguió sacarla?

—¿Cuál fue su explicación?

—Que lo había intentado. Pero que había desaparecido muy rápidamente. Absorbida bajo el hielo.

—¿Fue así?

—La encontraron a unos metros del agujero. Justo debajo del hielo. No se había hundido. Yo estaba allí cuando la sacaron. Eso no lo olvidaré. Nunca pude comprender que pudiera haber pesado tanto.

Wallander le miró inquisitivo.

—¿Qué quieres decir con eso? ¿Con que «pudiera haber pesado tanto»?

—Yo conocía a Nygren, que era policía por entonces. Ya ha muerto. Afirmó en una ocasión que el marido había dicho que ella pesaba casi ochenta kilos. Eso explicaría que el hielo se hubiese roto. Yo no

lo entendí nunca. Pero supongo que siempre se le anda dando vueltas a los accidentes. A lo que pasó. A cómo hubiera podido evitarse.
—Seguramente es verdad —dijo Wallander levantándose—. Gracias por haberme atendido. Me gustaría que mañana me enseñaras el sitio donde ocurrió.
—¿Saldremos al agua?
Wallander sonrió.
—No es necesario. Pero tal vez Jacob Hoslowski tenga esa facultad.
Rune Nilsson sacudió la cabeza.
—Es una buena persona. Él, y todos sus gatos. Pero está como una cabra.
Wallander regresó por el camino forestal. La lámpara de queroseno lucía en la ventana de Hoslowski. Rune Nilsson prometió estar en casa a las ocho de la mañana del día siguiente. Wallander puso en marcha el coche y emprendió el regreso a Älmhult. Ahora, el ruido extraño del motor había desaparecido. Tenía hambre. Podía ser conveniente proponerle a Bo Runfeldt que cenaran juntos. A Wallander ya no le parecía haber hecho el viaje sin necesidad.
Pero cuando llegó al hotel, tenía una nota esperándole en la recepción. Bo Runfeldt había alquilado un coche y se había ido a Växjö. Tenía amigos allí y pensaba pasar la noche con ellos. Prometía estar de vuelta en Älmhult al día siguiente temprano. Wallander sintió una fugaz irritación ante la decisión tomada por Bo Runfeldt. Podría haber ocurrido que Wallander hubiera tenido necesidad de él durante la noche. Runfeldt había dejado un número de teléfono de Växjö, pero Wallander no tenía ningún motivo para llamarle. También era un alivio poder disponer de toda la noche para sí mismo. En su habitación, se duchó y pensó que no tenía ni siquiera un cepillo de dientes. Se vistió y fue en busca de una tienda que estuviera abierta por las noches para comprar lo que necesitaba. Luego cenó en una pizzería que encontró en el camino. Pensaba una y otra vez en el accidente. Tenía la impresión de que poco a poco estaba consiguiendo construir una imagen. Después de cenar, regresó al hotel. Poco antes de las nueve llamó a Ann-Britt Höglund a su casa. Confiaba en que sus hijos ya estuvieran durmiendo. Cuando contestó, le contó en pocas palabras lo que había sucedido. Quería saber si habían logrado localizar a esa señora Svensson de la que se suponía que había sido la última clienta de Gösta Runfeldt.
—Todavía no —contestó ella—. Pero, de una manera o de otra, lo conseguiremos.
Él abrevió la conversación. Luego puso la televisión y vio un pro-

grama de debate mientras pensaba en otra cosa. Se quedó dormido sin darse cuenta.

Cuando Wallander se despertó poco después de las seis de la mañana, se sintió descansado. A las siete y media ya había desayunado y pagado su habitación. Luego se sentó a esperar en la recepción. A los pocos minutos llegó Bo Runfeldt. Ninguno de los dos comentó que había pasado la noche en Växjö.

—Vamos a hacer una excursión —dijo Wallander—. Al lago en el que se ahogó tu madre.

—¿Ha valido la pena el viaje? —preguntó Bo Runfeldt. Wallander notó que estaba molesto.

—Sí —contestó—. Y tu presencia ha sido de suma importancia. Lo creas o no.

Eso no era verdad, naturalmente. Pero Wallander pronunció esas palabras con tanta determinación que Bo Runfeldt se quedó, si no convencido, sí caviloso.

Rune Nilsson salió a su encuentro. Fueron por un sendero a través del bosque. No hacía viento, la temperatura estaba en torno a cero grados. Sentían el suelo duro bajo los pies. El agua se extendía ante ellos. Era un lago alargado. Rune Nilsson señaló un punto en algún lugar en mitad del lago. Wallander notó que Bo Runfeldt estaba muy afectado por la visita al lago y supuso que no había estado allí antes.

—Es difícil ver ahora un lago cubierto de hielo delante de uno —dijo Rune Nilsson—. Todo cambia cuando llega el invierno. Entre otras cosas, cambia la percepción de la distancia. Lo que en verano parece lejano puede resultar de repente muy cercano. O al revés.

Wallander se acercó a la orilla. El agua era oscura. Le pareció vislumbrar el movimiento de un pececillo junto a una piedra. Detrás de él oyó que Bo Runfeldt preguntaba si el lago era profundo, aunque no pudo oír lo que contestó Rune Nilsson.

¿Qué ocurrió?, se preguntaba. ¿Había tomado Gösta Runfeldt la decisión previamente? ¿La decisión de que aquel domingo ahogaría a su esposa? Tuvo que haber sido así. De alguna manera, ya tenía preparado el agujero. De la misma manera que alguien había serrado los tablones que estaban encima del foso de Holger Eriksson. Y que, además, había tenido cautivo a Gösta Runfeldt.

Wallander estuvo un buen rato contemplando el lago que se extendía ante él. Pero lo que creía ver estaba en su interior.

Regresaron a través del bosque. Llegados al coche, se despidieron de Rune Nilsson. Wallander pensó que estarían de vuelta en Ystad bastante antes de las doce.

Pero se equivocaba. Poco después de abandonar Älmhult, el coche se paró. Murió el motor. Wallander telefoneó al representante de la empresa de grúas cuyos servicios contrataba. El hombre, que llegó después de veinte minutos de espera, comprobó rápidamente que se trataba de una avería importante y que no podía arreglarse allí. No había más remedio que dejar el coche en Älmhult y coger el tren de Malmö. La grúa les llevó hasta la estación. Mientras Wallander le abonaba el servicio, Bo Runfeldt se ofreció a comprar los billetes. Luego se vio que había comprado primera clase. Wallander no dijo nada. El tren hacia Hässleholm y Malmö pasaba a las 9:44. Para entonces, Wallander ya había llamado a la comisaría de Ystad para pedir que alguien fuera a recogerles a Malmö. No había enlace por tren a Ystad que fuera conveniente. Ebba prometió ocuparse de que alguien estuviera allí.

—¿Cómo es posible que la policía no tenga coches de mejor calidad? —dijo Bo Runfeldt de repente cuando el tren salió de Älmhult—. ¿Qué habría ocurrido si se hubiera tratado de una urgencia?

—Era mi coche —contestó Wallander—. Los de la policía están en bastante mejor estado.

El paisaje se veía pasar por la ventanilla. Wallander se acordó de Jacob Hoslowski y sus gatos. Pero pensaba también que, probablemente, Gösta Runfeldt había asesinado a su esposa. Ignoraba lo que ello significaba. El propio Gösta Runfeldt ya estaba muerto. Un hombre brutal, que tal vez había cometido un asesinato, había sido asesinado a su vez de una forma igualmente cruel.

Wallander pensó que el motivo más natural era la venganza.

Pero, ¿quién se vengaba de qué? ¿Cómo entraba Holger Eriksson en el cuadro?

No lo sabía. No tenía respuestas.

La llegada del revisor interrumpió sus cavilaciones.

Era una mujer. Sonrió al pedir los billetes con marcado acento de Escania.

Wallander tuvo la impresión de que ella le miraba como si le hubiera reconocido. A lo mejor le había visto fotografiado en algún periódico.

—¿Cuándo llegamos a Malmö? —preguntó.

—A las doce y quince —contestó ella—. A las once y trece, Hässleholm.

Luego se marchó.

Se sabía el horario de memoria.

20

Peters les esperaba en la estación de Malmö. Bo Runfeldt se excusó y dijo que iba a quedarse unas horas en Malmö. Pero que por la tarde regresaría a Ystad. Él y su hermana empezarían entonces a revisar los bienes que había dejado el padre y decidirían lo que iban a hacer con la tienda de flores.

En el coche de vuelta a Ystad, Wallander iba sentado en la parte de atrás tomando notas de lo ocurrido en Älmhult. Había comprado un lápiz y un cuaderno pequeño en la estación de Malmö y ahora hacía equilibrios apoyándolo en una de sus rodillas para escribir. Peters, que era hombre de pocas palabras, no dijo ni una durante el viaje, ya que vio que Wallander estaba ocupado. El sol lucía, pero hacía viento. Ya estaban a 14 de octubre. No hacía ni una semana que su padre estaba enterrado. Wallander presentía, o tal vez más bien temía, que estaba sólo al comienzo de la elaboración de duelo que tenía por delante.

Llegaron a Ystad y fueron directamente a la comisaría. Wallander había comido unos bocadillos disparatadamente caros en el tren y no tenía hambre. Se detuvo en la recepción y le contó a Ebba lo que le había pasado con el coche. El cuidado Volvo PV de ella estaba, como de costumbre, en el aparcamiento.

—No voy a poder librarme de comprar otro coche —dijo—. Pero, ¿de dónde saco el dinero?

—En realidad es horrible lo poco que ganamos —contestó ella—. Pero es mejor no pensar en ello.

—No estoy muy seguro de eso —contestó Wallander—. Los sueldos no van a mejorar porque nos olvidemos completamente de ellos.

—Tú a lo mejor tienes un contrato blindado secreto —dijo Ebba.

—Todos tienen contratos blindados. Menos tú y yo, posiblemente.

Camino de su despacho, Wallander fue mirando los de sus colegas. Todos estaban fuera. Al único que pudo encontrar fue a Nyberg, que tenía un despacho al fondo del pasillo. Raras veces estaba allí. Había una muleta apoyada en el escritorio.

—¿Qué tal el pie? —preguntó Wallander.
—Está como tiene que estar —contestó Nyberg malhumorado.
—¿No habréis encontrado, por casualidad, la maleta de Gösta Runfeldt?
—En todo caso, en el bosque de Marsvinsholm no está. Los perros la habrían encontrado.
—¿Encontrasteis alguna otra cosa?
—Algo siempre se encuentra. La cuestión, luego, es si tiene que ver con el caso o no. Pero estamos comparando las huellas de coche del camino que hay detrás de la torre de Holger Eriksson con las que encontramos en el bosque. Dudo de que lleguemos a poder decir nada con seguridad. Estaba todo demasiado mojado y embarrado en ambos sitios.
—¿Hay alguna otra cosa que pienses que debo saber?
—La cabeza de mono —dijo Nyberg—. No era una cabeza de mono sino de hombre. Ha llegado una carta larga y detallada del Museo Etnográfico de Estocolmo. Yo entiendo aproximadamente la mitad de lo que dicen. Pero lo más importante, de todas formas, es que ahora tienen la seguridad de que procede del Congo Belga. O de Zaire, como se llama ahora. Suponen que tiene entre cuarenta y cincuenta años.
—Coincide con la época —dijo Wallander.
—El Museo tiene interés en quedarse con ella.
—Eso que lo decidan los responsables cuando esté terminada la investigación.
Nyberg miró de pronto inquisitivamente a Wallander.
—¿Cogeremos a los que han hecho esto?
—Tenemos que hacerlo.
Nyberg asintió con la cabeza sin decir nada más.
—Has dicho «los». Antes, cuando te pregunté, dijiste que lo más probable era que fuera sólo uno.
—¿He dicho «los»?
—Sí.
—Pues sigo pensando que es solamente una persona la que lo ha hecho. Pero no puedo explicar por qué.
Wallander se dio la vuelta para irse. Nyberg le detuvo.
—Conseguimos sacarle a la empresa de venta por correo Secur, de Borås, lo que Gösta Runfeldt les había comprado. Además del equipo de escucha y del pincel magnético, había hecho encargos en tres ocasiones. La empresa no lleva mucho tiempo funcionando. Lo que compró fueron unos prismáticos nocturnos, unas linternas y alguna otra cosa que carece de importancia. Nada ilegal, además. Las linternas las

encontramos en Harpegatan. Pero los prismáticos no estaban allí ni en Västra Vallgatan.

Wallander reflexionó.

—¿Los habrá metido en la maleta para llevárselos a Nairobi? ¿Se mira a las orquídeas por la noche, en secreto?

—Como quiera que sea, no los hemos encontrado —dijo Nyberg.

Wallander fue a su despacho. Había pensado ir a buscar una taza de café, pero cambió de opinión. Se sentó a la mesa y leyó lo que había escrito durante el viaje de Malmö. Buscaba las semejanzas y las diferencias entre los dos asesinatos. Ambos hombres habían sido descritos como brutales. Holger Eriksson abusada de sus empleados mientras que Gösta Runfeldt maltrataba a su esposa. Ahí tenía una semejanza.

A ambos les habían asesinado de manera calculada. Wallander seguía convencido de que Runfeldt había estado cautivo. No encontraba otra explicación lógica de su prolongada ausencia. En cambio Eriksson había ido derecho a su propia muerte. Ahí se daba una diferencia. Pero a Wallander le parecía también que la semejanza existía aunque era todavía borrosa y difícil de aprehender. ¿Por qué se había tenido preso a Runfeldt? ¿Por qué había esperado el asesino antes de matarle? La respuesta a esa pregunta podía partir de muchas posibilidades diferentes. Por alguna razón, el asesino quiso esperar. Lo que a su vez despertaba nuevas preguntas. ¿Podía ser que el asesino no hubiera tenido posibilidad de matarle antes? Y en ese caso, ¿por qué? ¿O es que formaba parte del plan tener preso a Runfeldt y hacerle pasar hambre hasta dejarle sin fuerzas?

El único motivo que Wallander creía poder ver era, de nuevo, la venganza. Pero venganza, ¿de qué? Todavía no habían encontrado un indicio firme.

Wallander pasó al asesino. Habían hablado de que se trataba, probablemente, de un hombre solo con mucha fuerza física. Podían, por supuesto, equivocarse, tal vez era más de uno, pero Wallander no lo creía. Algo en la manera de planificar apuntaba a un solo autor.

«La buena estrategia había sido una de las premisas», pensó. «Si el autor del delito no hubiera estado solo, sus planes habrían sido considerablemente menos detallados.»

Wallander se recostó en la silla. Trató de interpretar la sorda preocupación que no dejaba de corroerle. Había algo en el cuadro que no veía. O que interpretaba mal. Pero no daba con qué podía ser.

Al cabo de una hora aproximadamente fue a buscar la taza de café a la que había renunciado antes. Luego telefoneó al óptico, que le había estado esperando en vano. No le dio otra cita, que fuera cuando quisiera. Después de registrar su chaqueta dos veces, Wallander encontró el número de teléfono del mecánico de coches de Älmhult en un bolsillo del pantalón. La reparación iba a resultar muy cara. Pero Wallander no tenía otra posibilidad si quería sacar algo por la venta del coche.

Terminó la conversación y llamó a Martinsson.

—No sabía que ya habías vuelto. ¿Cómo te fue en Älmhult?

—Pensaba hablar de ello. ¿Quiénes están aquí en este momento?

—Acabo de ver a Hansson —dijo Martinsson—. Quedamos en vernos un rato a las cinco.

—Entonces esperamos hasta esa hora.

Wallander colgó el auricular y se acordó de repente de Jacob Hoslowski y de sus gatos. Se preguntó cuándo tendría tiempo de empezar a buscar una casa. Dudaba de que llegara ese momento alguna vez. El trabajo de la policía aumentaba sin cesar. Antes, siempre había momentos en los que la intensidad del trabajo disminuía. Ahora, eso ya no sucedía casi nunca. Tampoco había nada que indicara que volvería a ocurrir. Ignoraba si se debía al aumento de la criminalidad. Lo que sí estaba claro era que, en algunos casos, se había vuelto más brutal y mucho más complicada. Además, cada vez eran menos los policías que participaban directamente en el trabajo policial. Cada vez más agentes tenían puestos administrativos. Cada vez había más personas que planificaban para menos personas. Para Wallander resultaba inimaginable verse a sí mismo únicamente detrás de una mesa de despacho. El estar sentado allí, como ahora, era una interrupción de su rutina natural. Jamás podrían encontrar al asesino que buscaban si sólo se movían entre las paredes de la comisaría. La evolución de la técnica de investigación criminal avanzaba constantemente. Pero nunca podría sustituir al trabajo sobre el terreno.

Regresó a Älmhult con el pensamiento. ¿Qué había pasado sobre el hielo del lago Stångsjön aquel día de invierno, diez años atrás? ¿Había preparado el «accidente» y, en realidad, asesinado a su esposa Gösta Runfeldt? Había indicios de ello. Eran demasiados los detalles que no cuadraban con un accidente. En algún archivo tenía que ser posible desenterrar, sin molestarse demasiado, la investigación policial que se hizo. Aunque hubiera sido, con toda probabilidad, descuidada, no podía criticar a los policías que la hicieron. ¿Qué podían sospechar en realidad? ¿Por qué iban a albergar la menor suspicacia?

Wallander cogió el auricular y llamó a Martinsson de nuevo. Le dijo que se pusiera en contacto con Älmhult y pidiera una copia de la investigación del accidente en el lago.

–¿Por qué no la pediste tú? –preguntó Martinsson, sorprendido.
–Yo no hablé con ningún policía –contestó Wallander–. Lo que hice, en cambio, fue sentarme en el suelo en una casa donde había un incalculable número de gatos y un hombre que podía volverse ingrávido cuando le convenía. Consigue lo más pronto posible esa copia.

Terminó la conversación antes de que Martinsson pudiera hacer ninguna pregunta. Eran las tres de la tarde. Vio por la ventana que seguía haciendo buen tiempo. Pensó que era un buen momento para ir al óptico. La reunión sería a las cinco. Antes de ella, no podía hacer muchas cosas. Además, tenía la cabeza cansada y un dolor sordo en las sienes. Se puso la chaqueta y salió de la comisaría. Ebba estaba hablando por teléfono. Wallander escribió una nota en la que decía que estaría de vuelta a las cinco, y se la dio. Se quedó parado en el aparcamiento, buscando con la vista su coche hasta que se acordó. Tardó diez minutos en ir andando al centro. El óptico tenía la tienda en la calle Stora Östergatan. Le dijeron que esperara unos minutos. Hojeó las revistas que había en una mesita. Había una fotografía suya en una de ellas de hacía más de cinco años. Apenas si se reconocía. Los titulares sobre los asesinatos eran grandes: LA POLICÍA SIGUE UNA PISTA SEGURA. Eso era lo que Wallander había dicho. Pero no era verdad. Se preguntó si el asesino leería periódicos. ¿Seguiría el trabajo de la policía? Wallander continuó pasando hojas. Se detuvo en una de las páginas interiores. Leyó con asombro creciente. Contempló la fotografía. El corresponsal del periódico *Anmärkaren*, que aún no había empezado a publicarse, tenía razón. Cierto número de personas, procedentes de todo el país, se habían reunido en Ystad para crear una organización nacional de milicias ciudadanas. Se expresaban sin circunloquios. Si se hacía necesario, no dudaban en cometer acciones que estaban al margen de la ley. Apoyaban el trabajo de la policía. Pero no las medidas de austeridad. Sobre todo, no aceptaban la inseguridad ciudadana. Wallander leía con una mezcla de malestar y exasperación crecientes. Algo había pasado verdaderamente. Los partidarios de la existencia de milicias ciudadanas armadas y organizadas ya no se escondían en la sombra. Se manifestaban abiertamente. Con nombre y foto. Reunidos en Ystad para crear una organización nacional.

Wallander tiró la revista. «Vamos a tener que luchar en dos frentes», pensó. «Esto es bastante más grave que todas las famosas organizaciones neonazis cuya supuesta peligrosidad se exagera tanto continuamente. Por no hablar de los moteros.»

Le tocó el turno. Wallander se sentó con un extraño aparato delante de los ojos y empezó a mirar fijamente letras borrosas. De re-

pente temió estar quedándose ciego. No veía nada. Pero luego, cuando el óptico le puso un par de gafas en la nariz y una revista delante, una revista en la que también había un artículo sobre las milicias ciudadanas y su próxima organización nacional, pudo leer el texto sin forzar los ojos. Ello alivió por un instante el desagrado por el contenido de la revista.
—Necesitas gafas para leer —dijo el óptico amablemente—. No es extraño a tu edad. Con una y media bastará. Más adelante tendrás que ir aumentando la graduación cada equis años.
A continuación Wallander pasó a ver monturas. Se quedó de una pieza cuando oyó los precios. Al saber que también había gafas de plástico baratas, se decidió enseguida por ellas.
—¿Cuántos pares? —preguntó el óptico—. ¿Dos? Para que tengas un par de reserva.
Wallander pensó en todos los lápices que perdía una y otra vez. Y tampoco soportaba la idea de llevar las gafas colgadas del cuello con un cordón.
—Cinco pares —dijo.
Cuando salió de la óptica no eran más que las cuatro. Sin haberlo pensado muy bien, se encaminó a la agencia inmobiliaria en cuyo escaparate vio días atrás las casas que estaban en venta. Esta vez entró, se sentó y miró los catálogos. Dos de las casas le interesaron. Le dieron unas fotocopias y dijo que llamaría si quería que se las enseñasen. Salió a la calle de nuevo. Todavía disponía de tiempo. Decidió aprovecharlo buscando respuesta a una pregunta que tenía en la cabeza desde que murió Holger Eriksson. Fue a la librería de la plaza Stortorget. Le dijeron que el librero, a quien conocía, se encontraba en el almacén, en el sótano. Wallander bajó media escalera y encontró a su conocido desempaquetando varias cajas de material escolar.
Se saludaron.
—Todavía me debes diecinueve coronas —dijo el librero sonriendo.
—¿De qué?
—Este verano la policía me despertó un día a las seis de la mañana porque necesitaban un mapa de la República Dominicana. El policía que vino a buscarlo me pagó cien coronas. Costaba ciento diecinueve.
Wallander rebuscó en el interior de la chaqueta para sacar la cartera. El librero levantó la mano para evitarlo.
—Déjalo estar. Lo decía en broma.
—Los poemas de Holger Eriksson —dijo Wallander—. Él mismo se costeaba la edición. ¿Quién los leía?
—Era un aficionado, desde luego —dijo el librero—. Pero no escribía

mal. El problema era, seguramente, que sólo escribía sobre pájaros. Mejor dicho, era sobre lo único que sabía escribir bien. Cuando se metía en otros temas, fracasaba siempre.

—¿Quién compraba sus poemas?

—A través de mí y de la librería no vendía mucho. Una buena parte de estos escritos locales no proporcionan, naturalmente, ninguna ganancia. Pero son importantes en otros aspectos.

—¿Quién los compraba?

—No lo sé, francamente. Tal vez algún turista de paso por Escania. Algún observador de pájaros. Algún coleccionista de literatura local quizá.

—Pájaros —dijo Wallander—. Eso quiere decir que nunca escribió nada que pudiera indignar a la gente.

—Pues claro que no —replicó el librero, sorprendido—. ¿A quién se le ocurre decir eso?

—Sólo era una pregunta.

Wallander salió de la librería y subió la cuesta que le llevaba de vuelta a comisaría.

Cuando entró en la sala de reuniones y se sentó en su lugar acostumbrado, empezó por ponerse en la nariz sus nuevas gafas. Cierto regocijo se hizo notar en la habitación, pero nadie dijo nada.

—¿Quién falta? —preguntó.

—Svedberg —contestó Ann-Britt Höglund—. No sé dónde está.

No había hecho más que terminar la frase cuando Svedberg abrió de golpe la puerta de la sala de reuniones. Wallander se dio cuenta inmediatamente de que algo había pasado.

—He encontrado a la señora Svensson —dijo Svedberg—. La última clienta de Gösta Runfeldt. Si las cosas son como pensamos.

—Bien —repuso Wallander, sintiendo que la excitación iba en aumento.

—Se me ocurrió que a lo mejor en alguna ocasión había ido a la floristería —continuó Svedberg—. Podía haber ido a ver a Runfeldt allí. Cogí la fotografía que habíamos revelado. Vanja Andersson se acordaba de que había visto una foto del mismo hombre en la mesa del cuarto de atrás. También sabía que una señora que se apellidaba Svensson había estado en la tienda en un par de ocasiones. En una de ellas había comprado flores para enviar. El resto fue fácil. La dirección y el teléfono estaban anotados. Vive en la avenida de Byabacksvägen, en Sövestad. Fui a verla. Tiene un pequeño huerto. Cogí la foto y le dije la

verdad, que creíamos que había contratado a Gösta Runfeldt como detective privado. Me dijo enseguida que sí.
—Bien —repitió Wallander—. ¿Y qué más dijo?
—No insistí más, me fui. Ella estaba ocupada porque tenía operarios en casa. Pensé que era mejor que preparásemos juntos la conversación.
—Quiero hablar con ella esta misma tarde —dijo Wallander—. Vamos a ver si terminamos esta reunión lo más pronto posible.

Estuvieron reunidos aproximadamente media hora. Entró Lisa Holgersson y se sentó en silencio. Wallander informó de su viaje a Älmhult. Terminó diciendo lo que pensaba: que no podían descartar la posibilidad de que Gösta Runfeldt hubiera asesinado a su esposa. Esperarían a que llegara la copia de la investigación que se hizo en esa ocasión. Luego discutirían cómo continuar.

Cuando Wallander terminó, nadie dijo nada. Todos sabían que podía tener razón. Pero nadie sabía bien qué podía significar aquello en realidad.

—Ese viaje fue importante —dijo Wallander al cabo de unos minutos—. Creo también que el viaje a Svenstavik puede dar resultado.

—Con una parada en Gävle —dijo Ann-Britt Höglund—. No sé si tiene importancia. Pero el caso es que le pedí a un amigo de Estocolmo que fuera a una librería especializada y que me consiguiera unos cuantos ejemplares de una publicación que se llama *Terminator*. Llegaron hoy.

—¿Qué clase de publicación es ésa? —preguntó Wallander, que en alguna ocasión había oído hablar vagamente de ella.

—Se publica en Estados Unidos —continuó ella—. Es una revista sindical mal disfrazada, podríamos decir, dirigida a quienes buscan contratos como mercenarios, guardaespaldas o, más en general, misiones como soldados. Es una revista muy desagradable. Entre otras cosas, marcadamente racista. Pero descubrí un pequeño anuncio que podría interesarnos. Hay un hombre en Gävle que anuncia que puede proporcionar tareas a quienes él llama «hombres con ganas de combatir y libres de prejuicios». Llamé a los colegas de Gävle. Sabían quién era, pero nunca han tenido nada que ver con él directamente. Creían, sin embargo, que debía de tener amplios contactos con quienes poseen, aquí en Suecia, un pasado como mercenarios.

—Eso puede ser importante —dijo Wallander—. Hay que ponerse en contacto con él sin falta. Debería ser posible combinar un viaje a Svenstavik y a Gävle.

—He echado un vistazo al mapa —siguió ella—. Se puede ir en avión hasta Östersund. Y luego alquilar un coche. O recurrir a los colegas de allí.

Wallander cerró su cuaderno de notas.
—Que alguien se ocupe de prepararme esa gira —pidió—. Si es posible, viajaré mañana.
—¿Mañana sábado? —preguntó Martinsson.
—Los que voy a visitar podrán recibirme, aunque sea sábado —replicó Wallander—. No tenemos ni un segundo de tiempo que perder sin necesidad. Propongo que terminemos ahora. ¿Quién me acompaña a Sövestad?

Antes de que nadie contestara, Lisa Holgersson golpeó la mesa con un lápiz.

—Sólo un momento —pidió—. No sé si os habéis enterado de que se está celebrando una especie de reunión, aquí en la ciudad, de personas que pretenden crear una organización nacional de milicias ciudadanas. Me parece conveniente que hablemos, lo más pronto posible, de cómo debemos afrontar esto.

—La Jefatura de Policía ha enviado montones de circulares sobre las llamadas milicias ciudadanas —dijo Wallander—. Yo creo que están al cabo de la calle de lo que dice la legislación sueca acerca de una administración de justicia privada.

—Seguro que lo saben —contestó ella—. Pero tengo la certeza de que algo está cambiando. Temo que pronto veamos a un ladrón acribillado a balazos por algún miembro de un grupo de ésos. Y además van a protegerse unos a otros.

Wallander sabía que tenía razón. Pero en ese preciso momento sentía que le resultaba difícil interesarse por nada que no fuera la doble investigación que tenían entre manos.

—Dejemos eso, en todo caso, para el lunes —dijo—. Estoy de acuerdo en que es importante. A la larga es decisivo, desde luego, si no queremos vernos desbordados por gente que juega a hacer de policías. Hablemos de ello el lunes, cuando nos reunamos.

Lisa Holgersson se conformó y dieron por terminada la reunión. Ann-Britt Höglund y Svedberg acompañarían a Wallander a Sövestad. Eran las seis cuando salieron de la comisaría. El cielo se había cubierto de nubes y seguramente comenzaría a llover por la noche. Iban en el coche de ella. Wallander se había sentado atrás. Se preguntó de pronto si seguiría oliendo tras la visita a la casa de los gatos de Jacob Hoslowski.

—Maria Svensson —dijo Svedberg—. Tiene treinta y seis años y trabaja en su pequeño huerto en Sövestad. Si la he comprendido bien, sólo comercia con verduras cultivadas ecológicamente.

—¿No le preguntaste por qué se había puesto en contacto con Runfeldt?

—Cuando tuve confirmada la relación, ya no pregunté nada más.
—Esto va a ser muy interesante —afirmó Wallander—. En todos los años que llevo de policía, jamás me he encontrado con nadie que haya solicitado ayuda a un detective privado.
—La fotografía era de un hombre —dijo Ann-Britt Höglund—. ¿Está casada?
—No sé —contestó Svedberg—. He dicho todo lo que sabía. Ahora sabemos todos igual.
—Igual de poco —objetó Wallander—. No sabemos casi nada.
Llegaron a Sövestad al cabo de unos veinte minutos. Una vez, hacía muchos años, Wallander estuvo allí descolgando a un hombre que se había ahorcado. Se acordaba porque fue el primer suicidio al que se había enfrentado. Recordó el suceso con disgusto.
Svedberg frenó el coche delante de una casa con una tienda y un invernadero al lado. VERDURAS SVENSSON, decía el letrero. Se apearon del coche.
—Vive ahí, en la casa —informó Svedberg—. Supongo que habrá cerrado la tienda hasta mañana.
—Tienda de flores y tienda de verduras —comentó Wallander—. ¿Significa eso algo? ¿O no es más que una casualidad?
No esperaba respuesta. Tampoco la hubo. Cuando estaban a medio camino por el sendero de gravilla, se abrió la puerta exterior.
—Maria Svensson —dijo Svedberg—. Nos estaba esperando.
Wallander contempló a la mujer que estaba en la escalera. Llevaba vaqueros y una blusa blanca. Zuecos en los pies. Había algo indefinido en su aspecto. Wallander se fijó en que no iba nada maquillada. Svedberg hizo las presentaciones. Maria Svensson les invitó a pasar. Se sentaron en el cuarto de estar. Wallander pensó fugazmente que también había algo indeterminado en su casa. Como si en realidad le diera igual cómo vivía.
—Me gustaría invitarles a un café —dijo Maria Svensson.
Le dieron las gracias, pero rechazaron la invitación.
—Como ya habrás comprendido, la razón de nuestra visita es saber más acerca de tu relación con Gösta Runfeldt.
Ella le miró sorprendida.
—¿Pero piensan que he tenido una relación con él?
—Como detective privado y cliente —puntualizó Wallander.
—Eso sí.
—Gösta Runfeldt ha sido asesinado. Tardamos cierto tiempo en saber que no solamente era comerciante en flores, sino que también desarrollaba una actividad como detective privado.

Wallander se lamentó en su interior de su manera de expresarse.

—Mi primera pregunta es cómo te pusiste en contacto con él.

—Vi un anuncio en el diario *Arbetet*. El verano pasado.

—¿Cómo estableciste el primer contacto?

—Fui a la floristería. Más tarde, ese mismo día, nos vimos en un café en Ystad. Es un café que está en la plaza Stortorget. No me acuerdo de cómo se llama.

—¿Por qué motivo entraste en contacto con él?

—A eso prefiero no contestar.

Lo dijo con mucha firmeza. Wallander se sorprendió, porque hasta ese momento todas sus respuestas habían sido francas.

—Lo siento, pero creo que tienes que contestar.

—Puedo asegurarle que no tiene nada que ver con su muerte. Yo estoy tan horrorizada y conmocionada por lo que ha sucedido como todo el mundo.

—Si tiene o no tiene que ver, lo decide la policía. Por desgracia vas a tener que contestar a mi pregunta. Puedes elegir hacerlo aquí. En ese caso, todo lo que no tiene relación directa con la investigación, queda entre nosotros. Si nos vemos obligados a llamarte para hacer un interrogatorio más formal, puede resultar más difícil evitar la filtración de detalles a los medios de información.

Permaneció callada un buen rato. Ellos esperaban. Wallander sacó la fotografía que habían revelado en Harpegatan. Ella la miró con cara inexpresiva.

—¿Es tu marido? —preguntó Wallander.

Ella le miró fijamente. Luego se echó a reír.

—No —dijo—. No es mi marido. Pero me ha robado a la persona que yo amo.

Wallander no entendía, Ann-Britt Höglund, en cambio, comprendió inmediatamente.

—¿Cómo se llama ella?

—Annika.

—¿Y este hombre se metió por medio?

Ella estaba de nuevo muy serena.

—Empecé a sospecharlo. Al final ya no sabía qué hacer. Fue entonces cuando se me ocurrió contratar a un detective privado. Quería saber si estaba alejándose de mí. Si cambiaba. Si se iba con un hombre. Por fin me di cuenta de que ya lo había hecho. Gösta Runfeldt vino a decírmelo. Al día siguiente le escribí a Annika diciéndole que no quería volver a verla jamás.

—¿Cuándo fue eso? —preguntó Wallander—. ¿Cuándo vino a decírtelo?

—El veinte o el veintiuno de septiembre.
—Y ¿después de eso ya no tuvisteis ningún contacto?
—No. Le pagué a su cuenta postal.
—¿Qué impresión tenías de él?
—Era muy amable. Le gustaban mucho las orquídeas. Creo que nos entendimos bien porque parecía ser tan reservado como yo.

Wallander reflexionó.

—Tengo sólo una pregunta más —dijo luego—. ¿Puedes imaginarte algún motivo por el que haya sido asesinado? ¿Alguna cosa que dijera o hiciera? ¿Algo que hayas notado?

—No —contestó ella—. Nada. Y la verdad es que he pensado mucho en ello.

Wallander miró a sus colegas y se levantó.

—Entonces no vamos a molestar más. Y nada de esto saldrá de aquí, puedes estar segura.

—Se lo agradezco de veras —dijo ella—. No quisiera perder a mis clientes.

Se despidieron en la puerta. Ella la cerró antes de que llegaran a la calle.

—¿Qué quiso decir con eso? —preguntó Wallander—. ¿Con lo de perder a sus clientes?

—La gente en los pueblos es conservadora —contestó Ann-Britt Höglund—. Una mujer lesbiana sigue siendo algo indecente para muchas personas. Me parece que tiene toda la razón del mundo en no querer que se sepa.

Se sentaron en el coche. Wallander pensó que no tardaría mucho en llover.

—¿Qué conclusiones podemos extraer?

Wallander sabía que sólo había una respuesta.

—No nos lleva hacia delante ni hacia atrás —afirmó—. La verdad de estas dos investigaciones criminales es muy sencilla. No sabemos nada con seguridad. Tenemos una serie de cabos sueltos. Pero ni una sola pista fiable que seguir. No tenemos nada.

Se quedaron en silencio, sentados en el coche. Wallander se sintió por un momento culpable. Como si hubiese clavado un cuchillo por la espalda a toda la investigación. Pero, con todo, sabía que lo que había dicho era verdad.

No tenían nada a lo que agarrarse.

Absolutamente nada.

21

Aquella noche Wallander tuvo un sueño.
Había regresado a Roma. Iba por una calle con su padre, el verano había pasado de repente, era otoño, otoño romano. Estaban hablando de algo, no recordaba de qué. De repente el padre desaparecía. Había ocurrido muy rápidamente. En un momento determinado estaba junto a él, y al siguiente ya se había ido, tragado por la multitud de gente de la calle.

Despertó de aquel sueño con un sobresalto. En la calma de la noche, el sueño había resultado transparente y claro. El dolor por su padre, por no haber podido terminar nunca la conversación que habían empezado. Por su padre, que estaba muerto, no podía dolerse. Pero sí por sí mismo, que quedaba vivo.

Luego, ya no consiguió dormirse otra vez. Además, tenía que levantarse pronto.

Cuando la noche anterior regresaron a la comisaría, después de la visita a Maria Svensson en Sövestad, había un recado de que Wallander tenía plaza reservada a las siete de la mañana del día siguiente, desde el aeropuerto de Sturup con llegada a Östersund a las nueve y cuarto, después de cambiar en el aeropuerto de Arlanda, en Estocolmo. Repasó el itinerario y vio que podía elegir entre pasar la noche del sábado en Svenstavik o en Gävle. Había un coche esperándole en el aeropuerto de la isla de Frösön. Quedaba a su elección decidir dónde pasaba la noche. Miró el mapa de Suecia que colgaba de la pared, junto al mapa ampliado de Escania. Eso le dio una idea. Fue a su despacho y llamó a Linda. Por primera vez le salió un contestador automático. Le dejó grabada la pregunta: ¿podía tomar ella el tren a Gävle, un viaje de apenas dos horas, y pasar allí la noche? Luego fue en busca de Svedberg, al que finalmente encontró en el gimnasio de la planta baja. Svedberg solía darse una sauna, completamente solo, los viernes por la noche. Wallander le pidió que le hiciera el favor de reservar dos habitaciones en un buen hotel, en Gävle, para la noche del sábado. Le podía localizar al día siguiente en el móvil.

Luego se fue a casa. Y cuando se durmió le sobrevino el sueño del paseo por la calle en una Roma otoñal.

A las seis le estaba esperando el taxi. Recogió sus pasajes en Sturup. Como era sábado por la mañana, el avión a Estocolmo iba medio vacío. A su vez, el avión a Östersund salió puntualmente. Wallander no había estado nunca en Östersund. Sus visitas a la parte del país situada al norte de Estocolmo habían sido muy escasas. Sintió que se alegraba del viaje. Le daba, entre otras cosas, cierta distancia respecto al sueño que había tenido por la noche.

La mañana era fría en el aeropuerto de Östersund. El piloto había anunciado que estaban a un grado sobre cero. Mientras caminaba hacia el edificio del aeropuerto, pensó que el frío se sentía de otra manera. Y tampoco olía a barro. Cruzó en el coche el puente desde Frösön y el paisaje le pareció hermoso. La ciudad se apoyaba blandamente en la pendiente del lago Storsjön. Encontró la carretera hacia el sur y experimentó una sensación liberadora, sentado en un coche ajeno y conduciendo por un paisaje desconocido.

A las once y media llegó a Svenstavik. Por el camino recibió recado de Svedberg de que debía ponerse en contacto con un hombre llamado Robert Melander. Era la persona de la oficina parroquial con la que había hablado el abogado Bjurman. Melander vivía en una casa roja situada junto al edificio del antiguo juzgado de Svenstavik, que ahora servía, entre otras cosas, como academia nocturna de la Federación Educativa Obrera. Wallander aparcó el coche delante del supermercado Ica, en pleno centro. Tardó un poco en darse cuenta de que el edificio del antiguo juzgado estaba al otro lado del centro comercial, de reciente construcción. Dejó el coche aparcado y fue hacia allí paseando.

Estaba nublado, pero no llovía. Entró en el jardín de la casa que se suponía que era la de Melander. Vio a un perro gris atado junto a una caseta. La puerta exterior estaba abierta.

Wallander llamó. No contestó nadie. De pronto le pareció oír ruido al otro lado de la casa. Dio la vuelta a la esquina de la cuidada casa de madera. La finca era grande. En ella había patatales y arbustos de grosella. Wallander se sorprendió de que hubiera grosella tan al norte. En la parte de atrás de la casa, vio a un hombre con botas cortando las ramas de un árbol caído. Al ver a Wallander, dejó inmediatamente lo que estaba haciendo y enderezó la espalda. El hombre era de la edad de Wallander. Sonrió y dejó a un lado la sierra.

—Sospecho que eres tú —dijo tendiéndole la mano—. El policía de Ystad.

Wallander pensó, al saludarle, que hablaba un dialecto muy expresivo.

—¿Cuándo saliste? —preguntó Melander—. ¿Ayer noche?

—A las siete salió el avión —contestó Wallander—. Esta mañana.

—Es asombroso que sea tan rápido —dijo Melander—. Yo estuve en Malmö en alguna ocasión, allá por los años sesenta. Se me metió en la cabeza que podía ser interesante moverse un poco. Y trabajo había en aquellos grandes astilleros.

—Los astilleros Kockum —dijo Wallander—. Pero ya apenas existen.

—Ya no existe nada —contestó Melander filosóficamente—. Por entonces, se tardaba cuatro días en bajar hasta allí en coche.

—Pero no te quedaste —dijo Wallander.

—No —contestó alegremente Melander—. Era bonito y estaba bien aquello. Pero no era lo mío. Si he de viajar algo en mi vida, será hacia arriba. No hacia abajo. No tenéis siquiera nieve, decía la gente.

—Ocurre alguna vez —contestó Wallander—. Y cuando nieva, nieva sin medida.

—Tenemos la comida esperándonos. Mi mujer trabaja en el centro de salud. Pero lo dejó todo preparado.

—Es muy bonito todo esto.

—Mucho —contestó Melander—. Y la belleza se conserva. Año tras año.

Se sentaron a la mesa de la cocina. Wallander comió bien. La comida era abundante y Melander, un buen narrador. Wallander creyó entender que combinaba un gran número de ocupaciones para juntar un dinero. Entre otras cosas, dirigía cursos de bailes regionales en el invierno. Cuando llegaron al café, Wallander empezó a hablar de lo que le había llevado hasta allí.

—Desde luego, fue una sorpresa también para nosotros —dijo Melander—. Cien mil coronas es mucho. Especialmente cuando es una donación de alguien desconocido.

—¿Así que nadie sabía quién era Holger Eriksson?

—Nadie. Era completamente desconocido. Un vendedor de coches de Escania asesinado. Muy raro. Todos los que tenemos algo que ver con la iglesia empezamos a preguntarnos unos a otros. Hicimos que saliera una nota en los periódicos con su nombre. Los periódicos publicaron que pedíamos información. Pero nadie dio noticias.

Wallander se había acordado de coger una fotografía de Holger Eriksson, una que encontró en uno de sus cajones. Robert Melander estudió la foto mientras cebaba la pipa. La prendió sin dejar de mirarla. Wallander empezó a alimentar esperanzas, pero Melander movió la cabeza negativamente.

—El hombre sigue siendo desconocido —dijo—. Yo tengo buena memoria para las fisonomías. Pero nunca le he visto. A lo mejor hay alguien que reconozca su aspecto. Yo no.

—Quiero mencionarte dos nombres —dijo Wallander—. Uno es Gösta Runfeldt. ¿Te dice algo ese nombre?

Melander reflexionó. Pero no durante mucho tiempo.

—Runfeldt no es un nombre de por aquí —dijo—. Tampoco parece un nombre adoptado.

—Harald Berggren —dijo Wallander—. Otro nombre.

La pipa de Melander se había apagado. La dejó en la mesa.

—Tal vez —dijo—. Déjame hacer una llamada.

Había un teléfono en el ancho alféizar de la ventana. La excitación de Wallander iba en aumento. Lo que más deseaba era poder identificar al hombre que había escrito el diario del Congo.

Melander hablaba con un hombre llamado Nils.

—Tengo una visita de Escania —decía al teléfono—. Un hombre que se llama Kurt y que es policía. Pregunta por un tal Harald Berggren. Aquí en Svenstavik no tenemos a nadie vivo con ese nombre. Pero ¿no hay alguien enterrado en el cementerio que se llamaba así?

El ánimo de Wallander decayó. Pero no del todo. Incluso un Harald Berggren muerto podía ayudarles a avanzar.

Melander oyó la respuesta. Luego terminó preguntando cómo estaba un tal Artur, que había sufrido un accidente, y Wallander adivinó que su estado de salud era estacionario. Melander volvió a la mesa de la cocina.

—Nils Enman se ocupa del cementerio —dijo—. Y allí hay una lápida con el nombre de Harald Berggren. Pero Nils es joven y el que se encargaba antes del cementerio, ahora está enterrado allí. ¿Qué te parece si vamos a echar un vistazo?

Wallander se levantó. Melander se sorprendió de la rapidez.

—Alguien dijo una vez que la gente de Escania es cachazuda. Pero eso no se te puede aplicar a ti.

—Tengo mis malas costumbres —contestó Wallander.

Salieron a la clara atmósfera otoñal. Robert Melander saludaba a todos los que encontraban a su paso. Llegaron al cementerio.

—Parece que está hacia el lado del bosque —dijo Melander.

Wallander caminó entre las tumbas detrás de Melander y se acordó del sueño que había tenido durante la noche. Que su padre estuviera muerto le resultaba, de pronto, irreal. Era como si todavía no lo hubiera comprendido.

Melander se detuvo y apuntó con el dedo. La piedra era vertical y tenía una inscripción amarilla. Wallander leyó lo que ponía y se dio cuenta enseguida de que no le servía para nada. El hombre que se llamaba Harald Berggren había fallecido en 1949. Melander vio su reacción.

—¿No es él?

—No —contestó Wallander—. Seguro que no. El hombre que busco vivió, en todo caso, hasta 1963.

—El hombre que buscas —dijo Melander con curiosidad—. Un hombre al que busca la policía debe de haber cometido algún crimen, ¿no?

—No sé —dijo Wallander—. Es, además, demasiado complicado de explicar. Muchas veces la policía busca a personas que no han hecho nada ilegal.

—Así pues, has hecho el viaje en vano —dijo Melander—. Hemos recibido una donación de mucho dinero para la iglesia. Pero no sabemos por qué. Y tampoco sabemos quién es ese Eriksson.

—Tiene que haber una explicación —dijo Wallander.

—¿Quieres ver la iglesia? —preguntó Melander de repente, como si quisiera animar a Wallander. Éste asintió—. Es muy bonita. Yo me casé allí.

Subieron hacia el templo y entraron en él. Wallander se fijó en que la puerta no estaba cerrada con llave. La luz entraba por las vidrieras laterales.

—Sí es bonita, sí —afirmó Wallander.

—Pero muy religioso no creo yo que seas —comentó Melander sonriendo.

Wallander no contestó. Se sentó en uno de los bancos de madera. Melander se quedó de pie en el pasillo central. Wallander buscaba mentalmente un camino a seguir. Había una respuesta, de eso estaba seguro. Holger Eriksson jamás hubiera hecho una donación a la iglesia de Svenstavik sin tener una razón para ello. Una razón de peso.

—Holger Eriksson escribía versos —dijo Wallander—. Era lo que suele llamarse un poeta local.

—También tenemos aquí de ésos —dijo Melander—. Si he de ser franco, lo que escriben no siempre es bueno.

—Era además un estudioso de los pájaros —siguió diciendo Wallander—. Por las noches se dedicaba a otear aves que emigraban hacia el sur. No las veía. Pero sabía que estaban allí, encima de su cabeza. ¿Se podrá oír, quizás, el rumor de miles de alas?

—Conozco a algunos que tienen palomares —replicó—. Pero ornitólogo sólo hemos tenido uno.
—¿Cómo, tenido? —preguntó Wallander.
Melander se sentó en el banco, al otro lado del pasillo central.
—Fue una historia rara, aquélla. Una historia sin final. —Se echó a reír—. Casi como la tuya. Tu historia tampoco tiene final.
—Nosotros acabaremos por encontrar al asesino. Es lo que solemos hacer. Pero ¿de qué historia hablabas?
—A mediados de los años sesenta apareció por aquí una polaca. Nadie sabía muy bien de dónde venía. Pero trabajaba en la hospedería. Tenía una habitación alquilada. Vivía bastante aislada. Aunque aprendió a hablar sueco muy rápidamente, no debía de tener amigos. Luego se compró una casa por aquí. Yo era bastante joven por entonces. Tan joven que muchas veces pensaba que era guapa. Pero se mantenía muy al margen, y tenía mucho interés por los pájaros. En Correos decían que recibía cartas y tarjetas postales de toda Suecia. Había postales con informaciones sobre búhos anillados y sabe Dios cuántas cosas más. Y ella escribía también gran cantidad de postales y de cartas. Después del ayuntamiento, ella era la que más escribía. En la tienda tuvieron que encargar más postales para ella. El motivo le daba igual. Así que los de la tienda compraban las postales que se quedaban sin vender en otros sitios.
—¿Cómo sabes tú todo esto? —preguntó Wallander.
—En un lugar pequeño se saben muchas cosas, se quiera o no se quiera. No se puede evitar.
—¿Qué pasó luego?
—Desapareció.
—¿Desapareció?
—¿Cómo se dice eso? Se esfumó. Ya no estaba.
Wallander no estaba seguro de haber entendido bien.
—¿Se fue de aquí?
—Ella viajaba bastante. Pero siempre regresaba. Cuando desapareció, estaba aquí. Había dado un paseo por el pueblo, una tarde de octubre. Salía con frecuencia a pasear. Después de aquel día, nadie volvió a verla nunca. Se escribió mucho sobre ello entonces. No había hecho las maletas. La gente empezó a preocuparse cuando dejó de acudir a la hospedería. Fueron a su casa y no estaba. Empezaron a buscar, pero no apareció. Hace alrededor de veinticinco años de esto. Nunca se ha encontrado nada. Pero rumores, ha habido. Que la han visto en América del Sur o en Alingsås. O como un fantasma en el bosque, cerca de Rätansbyn.

—¿Cómo se llamaba? —preguntó Wallander.
—Krista. Haberman de apellido.
Wallander recordaba el caso. Se habían hecho muchas cábalas. «La hermosa polaca», creía recordar vagamente que decía un titular de periódico.
Wallander reflexionó.
—Así que ella se carteaba con otros ornitólogos. Y ¿les visitaba a veces también?
—Sí.
—¿Se conserva esa correspondencia?
—Fue declarada muerta hace bastantes años. De repente se presentó un pariente de Polonia con reclamaciones. Sus pertenencias desaparecieron. Y más adelante se echó abajo la casa para construir un edificio nuevo.
Wallander asintió. Habría sido mucho pedir que se conservaran las cartas y las postales.
—Me acuerdo de todo esto vagamente —dijo—. Pero, ¿no hubo nunca sospechas en alguna dirección?, ¿sospechas de que se suicidara o fuera objeto de un delito?
—Hubo, naturalmente, muchos rumores. Y creo que los policías que lo investigaron hicieron un buen trabajo. Era gente de por aquí que sabía distinguir la palabrería de las palabras con sentido. Se hablaba de coches misteriosos. De que recibía visitas secretas por las noches. Nadie sabía tampoco a qué se dedicaba cuando salía de viaje. Nunca pudo saberse con exactitud. Desapareció. Y sigue desaparecida. Si vive, es ahora veinticinco años más vieja. Todos envejecemos. También los desaparecidos.

«Ahora vuelve a ocurrir», pensó Wallander. «Algo del pasado vuelve. Vengo aquí para intentar enterarme de por qué ha testado dinero Holger Eriksson a la iglesia de Svenstavik. A esa pregunta no obtengo respuesta. Pero en cambio me informan de que aquí también ha habido un ornitólogo, una mujer que ha desaparecido hace más de veinticinco años. La cuestión es si, a pesar de todo, no habré obtenido respuesta a mi pregunta. Aunque yo no lo entienda en absoluto o no me dé cuenta de lo que significa.»

—El material de la documentación debe de estar en Östersund —dijo Melander—. Seguramente pesa muchos kilos.

Abandonaron la iglesia. Wallander contempló un pájaro que se había posado en el muro del cementerio.

—¿Has oído hablar de un pájaro que se llama pico mediano? —preguntó.

—Es una variedad de los carpinteros —dijo Melander—. El nombre lo dice. Pero ¿no se ha extinguido? ¿Por lo menos en Suecia?
—Está camino de extinguirse —dijo Wallander—. Aquí en el país no se ha visto uno desde hace quince años.
—Yo tal vez lo haya visto alguna vez —dijo Melander no muy seguro—. Pero los carpinteros son raros en estos tiempos. Con las áreas taladas han desaparecido los árboles viejos. Era en ellos donde solían vivir. Y en los postes de teléfono, claro.

Habían regresado al centro comercial y estaban parados junto al coche de Wallander. Eran las dos y media.

—¿Sigues viaje? —preguntó Melander—. ¿O vuelves a Escania?
—Voy a Gävle —contestó Wallander—. ¿Cuánto se tarda? ¿Tres, cuatro horas?
—Cinco, más bien. No hay nada de nieve y no se patina. Las carreteras son buenas. Pero se tardará eso. Son casi cuatrocientos kilómetros.
—Agradezco mucho tu ayuda. Y la comida estaba riquísima.
—Pero te vas sin las respuestas que viniste a buscar.
—A lo mejor no. Ya veremos.
—Era un policía entrado en años el que trabajó con la desaparición de Krista Haberman —dijo Melander—. Empezó a trabajar como policía cuando ya era mayor. Y siguió hasta la jubilación. Dicen que fue de eso de lo último que habló en su lecho de muerte. De lo ocurrido con ella. Nunca pudo quitárselo de la cabeza.
—Ése es el peligro.

Se despidieron.

—Si bajas al sur, tienes que venir a verme.

Melander sonrió. La pipa se había apagado.

—Mis caminos van más hacia arriba. Pero nunca se sabe.
—Te agradecería que me tuvieras informado —pidió Wallander finalmente—. Si pasa algo. Alguna cosa que explique por qué donó dinero a la iglesia Holger Eriksson.
—Es muy extraño. Si hubiera visto la iglesia, se podría comprender. Porque es muy hermosa.
—Tienes razón —contestó Wallander—. Si hubiera estado aquí, se comprendería.
—Quizá pasara por aquí alguna vez. Sin que nadie lo supiera.
—O lo supiera sólo alguna persona —contestó Wallander.

Melander le miró con atención.

—Estás pensando en algo.
—Sí —respondió Wallander—. Pero no sé qué significa.

Se estrecharon la mano. Wallander se sentó en el coche y arrancó. En el retrovisor vio a Melander de pie, mirándole.
Atravesó bosques interminables. Cuando llegó a Gävle ya era de noche. Buscó el hotel que le había dicho Svedberg. Cuando preguntó en la recepción, le dijeron que Linda ya había llegado.

Encontraron un pequeño restaurante, tranquilo, sin ruido, no muy lleno a pesar de que era sábado. Al ver que Linda había acudido y que los dos se encontraban en ese lugar, desconocido para ambos, Wallander decidió, de manera totalmente imprevista, contarle los planes que tenía para el futuro.
Pero primero hablaron, claro está, de su padre y abuelo, que ya no existía.
—Pensé muchas veces en la buena relación que teníais —dijo Wallander—. A lo mejor es que me daba envidia. Os veía a los dos juntos y recordaba algo de mi propia infancia y juventud que después desapareció por completo.
—A lo mejor es bueno que haya una generación en medio —repuso Linda—. No es raro que abuelos y nietos se lleven mejor que padres e hijos.
—Y tú ¿cómo sabes eso?
—Lo veo por mí. Y tengo amigos que dicen lo mismo.
—Sin embargo, siempre he tenido la sensación de que no era necesario. No he entendido nunca por qué no fue capaz de aceptar que fuera policía. Si al menos me lo hubiera explicado. O me hubiera dado una alternativa. Pero no lo hizo.
—Abuelo era muy especial. Y tenía genio. Pero ¿tú qué dirías si yo, de repente, fuera y te dijera, completamente en serio, que pensaba hacerme policía?
Wallander se echó a reír.
—No sé, francamente, lo que me parecería. Alguna vez hemos rozado el tema.
Después de cenar, regresaron al hotel. En un termómetro colocado en la pared de una ferretería Wallander vio que la temperatura era de dos grados bajo cero. Se sentaron en el salón del hotel. No había muchos huéspedes, de modo que estaban solos. Wallander le preguntó con prudencia cómo iban sus aspiraciones teatrales. Se dio cuenta enseguida de que prefería no hablar de ello. En todo caso, no en ese momento. Dejó caer la pregunta, pero se sintió preocupado. En el curso de unos años, Linda había cambiado de rumbo y de intereses en

varias ocasiones. Lo que desconcertaba a Wallander era que los cambios sobrevenían muy deprisa y daban la impresión de estar poco meditados.

Ella se sirvió té de un termo y preguntó de repente por qué era tan difícil vivir en Suecia.

—A veces he pensado que es debido a que hemos dejado de zurcir los calcetines —dijo Wallander.

Ella le miró inquisitivamente.

—Lo digo en serio —siguió él—. Cuando yo era pequeño, Suecia era todavía un país en el que uno zurcía sus calcetines. Yo aprendí incluso en la escuela cómo se hacía. Luego un día, de pronto, se terminó. Los calcetines rotos se tiraban. Nadie remendaba ya sus viejos calcetines. Toda la sociedad se transformó. Gastar y tirar fue la única regla que abarcaba de verdad a todo el mundo. Seguro que había quienes se empecinaban en remendar sus calcetines. Pero a ésos ni se les veía ni se les oía. Mientras este cambio se limitó sólo a los calcetines, quizá no tuviera mucha importancia. Pero se fue extendiendo. Al final se convirtió en una especie de moral, invisible, pero siempre presente. Yo creo que eso cambió nuestro concepto de lo bueno y lo malo, de lo que se podía y lo que no se podía hacer a otras personas. Todo se ha vuelto mucho más duro. Hay cada vez más personas, especialmente jóvenes como tú, que se sienten innecesarias o incluso indeseadas en su propio país. Y ¿cómo reaccionan? Pues con agresividad y desprecio. Lo más terrible es que, además, creo que estamos sólo al principio de algo que va a empeorar todavía más. Está creciendo una generación ahora, los que son más jóvenes que tú, que van a reaccionar con más violencia aún. Y ellos no tienen el menor recuerdo de que, en realidad, hubo un tiempo en el que uno se remendaba los calcetines. Un tiempo en el que no se usaban y tiraban ni los calcetines ni las personas.

A Wallander no se le ocurría nada más que decir, a pesar de que veía que ella esperaba una continuación.

—A lo mejor no me expreso con claridad.

—No. Pero creo que me doy cuenta de lo que quieres decir.

—También puede ser que esté completamente equivocado. Quizá todas las épocas se han considerado peores que las precedentes.

—Al abuelo nunca le oí decir nada de eso.

Wallander sacudió la cabeza.

—Él debió de vivir muy metido en su propio mundo. Dedicado a pintar sus cuadros, en los que podía decidir el curso del sol. Colocado siempre en el mismo sitio, encima del tocón, con o sin urogallo, durante casi cincuenta años. A veces pienso que no sabía lo que pa-

saba fuera de la casa donde vivía. Había levantado un invisible muro de trementina a su alrededor.
—Te equivocas —dijo ella—. Sabía mucho.
—En ese caso, a mí me lo ocultaba.
—Incluso escribía poemas de vez en cuando.
Wallander la miró con incredulidad.
—¿Que escribía poemas?
—Una vez me enseñó algunos. A lo mejor los quemó luego. Pero sí, escribía poemas.
—¿Y tú? —preguntó Wallander.
—Tal vez —contestó ella—. No sé si son poemas. Pero escribo a veces. Para mí misma. ¿Tú no?
—No. Nunca. Yo vivo en un mundo de informes policiales mal redactados y dictámenes forenses muy desagradablemente detallados. Por no hablar de todas las circulares que nos manda la Jefatura de Policía.
Ella cambió de tema con tal rapidez que él pensó que lo tenía muy bien preparado.
—¿Qué tal Baiba?
—Baiba está bien. Qué tal nosotros, no lo sé. Pero espero que venga. Espero que quiera vivir aquí.
—¿Qué va a hacer en Suecia?
—Vivir conmigo —contestó Wallander sorprendido.
Linda sacudió lentamente la cabeza.
—¿Por qué no iba a hacerlo? —preguntó él.
—No te enfades —dijo ella—. Pero espero que comprendas que eres una persona difícil para convivir.
—¿Por qué iba a serlo?
—Piensa en mamá. ¿Por qué piensas que ella quiso vivir otra vida?
Wallander no contestó. De una manera vaga se sentía objeto de una injusticia.
—Te has enfadado —dijo ella.
—No —contestó él—. Enfadado no.
—Entonces, ¿qué?
—No sé. Debe de ser cansancio.
Ella abandonó la butaca y fue a sentarse a su lado en el sofá.
—No se trata de que no te quiera —dijo ella—. Se trata únicamente de que estoy empezando a ser mayor. Nuestras conversaciones van a ser diferentes.
Él asintió.
—Tal vez es que no me he acostumbrado todavía. Será eso.

Cuando la conversación se agotó vieron una película en la televisión. Linda tenía que regresar a Estocolmo temprano al día siguiente. Pero Wallander pensaba que acababa de vislumbrar cómo iba a ser el futuro. Se verían cuando ambos tuvieran tiempo. En lo sucesivo, además, ella siempre iba a decirle lo que realmente pensaba.

Poco antes de la una se separaron en el pasillo.

Wallander estuvo mucho rato despierto tratando de saber si había perdido o ganado algo. La niña había desaparecido. Linda ya era adulta.

Se reunieron en el comedor a las siete.

Luego él la acompañó a lo largo del breve trayecto hasta la estación. Cuando estaban en el andén esperando el tren, que venía con unos minutos de retraso, ella se echó a llorar de improviso. Wallander se quedó de piedra. Segundos antes no había dado la menor muestra de emoción.

—¿Qué te pasa? —preguntó—. ¿Ha ocurrido algo?

—Echo de menos al abuelo —contestó ella—. Sueño con él todas las noches.

Wallander la abrazó.

—También yo.

Llegó el tren. Esperó en el andén hasta que hubo partido. La soledad en la estación fue muy grande. Se sintió por un instante como una persona olvidada o perdida, totalmente inerme.

Se preguntó si iba a tener fuerzas.

22

Cuando Wallander regresó al hotel tenía un mensaje esperándole. Era de Robert Melander, desde Svenstavik. Fue a su habitación y marcó el número. Contestó la mujer de Melander. Wallander se presentó y aprovechó la circunstancia para agradecerle la sabrosa comida del día anterior. Luego se puso Melander.
—Me fue imposible dejar de seguir pensando ayer tarde —dijo éste—. En unas cosas y otras. Telefoneé también al antiguo jefe de Correos. Se llama Ture Emmanuelsson. Me confirmó que Krista Haberman había recibido muchas postales de Escania. De Falsterbo, creía recordar. No sé si tendrá importancia. Pero quería ponerlo en tu conocimiento, de todas maneras. Recibía mucho correo sobre pájaros.
—¿Cómo has sabido en qué hotel me alojo?
—Llamé a la policía de Ystad y pregunté —contestó Melander—. Así de fácil.
—Skanör y Falsterbo son conocidos lugares de encuentro para los observadores de pájaros —dijo Wallander—. Es la única explicación lógica de por qué recibía tantas postales de allí. Gracias por haberte molestado en llamarme.
—Es que uno empieza a reflexionar —dijo Melander—. Y a pensar en por qué ese vendedor de coches lega dinero a nuestra iglesia.
—Tarde o temprano encontraremos la respuesta. Pero puede llevar tiempo. Gracias, de todas maneras, por llamar.
Wallander se quedó sentado una vez terminada la conversación. Todavía no eran las ocho. Pensó en el súbito ataque de desánimo que había vivido en la estación de ferrocarril, en la sensación de tener algo insuperable ante sí. Pensó también en la charla con Linda la víspera por la noche. Y pensó sobre todo en lo que Melander había dicho y en lo que tenía por delante. Estaba en Gävle porque tenía una misión. Faltaban seis horas para que saliera su avión. Dejaría el coche de alquiler en el aeropuerto de Arlanda. Fue a coger unos papeles que estaban en una funda de plástico en el maletín. Ann-Britt Höglund ha-

bía escrito que podía empezar tomando contacto con un inspector de policía llamado Sten Wenngren. El domingo no se movería de casa y estaba avisado de que llamaría Wallander. Había escrito también el nombre de la persona que puso los anuncios en el periódico de los legionarios. Se llamaba Johan Ekberg y tenía una dirección en Brynäs. Wallander se acercó a la ventana. El tiempo era triste. Había empezado a llover, una fría lluvia de otoño. Wallander se preguntó si se transformaría en aguanieve y si el coche tendría neumáticos de invierno. Pero, sobre todo, pensó en qué era lo que estaba haciendo en realidad en Gävle. A cada paso que daba le parecía que se alejaba más de un centro que, ciertamente, le era desconocido, pero que, en todo caso, tenía que existir en una parte u otra.

La sensación de que había algo que no veía, de que había entendido o interpretado mal un trazo fundamental de la imagen del crimen, le invadió de nuevo junto a la ventana. La sensación desembocó en la eterna pregunta: ¿por qué ese alarde de brutalidad? ¿Qué era lo que el asesino quería contar?

El idioma del asesino. El código que aún no había conseguido desentrañar.

Sacudió la cabeza, bostezó y preparó la maleta. Como no sabía de qué hablar con Sten Wenngren, decidió ir directamente a ver a Johan Ekberg. Al menos, tal vez podría hacerse una idea del tenebroso mundo de soldados en venta al mejor postor. Recogió la maleta y salió de la habitación. Pagó la cuenta en la recepción y pidió que le explicaran cómo podía llegar a la calle Södra Fältskärsgatan, en Brynäs. Luego cogió el ascensor para ir al garaje subterráneo. Cuando se sentó en el coche le asaltó nuevamente el desánimo. Se quedó sentado sin arrancar. ¿Estaría poniéndose enfermo? Sin embargo, no se sentía mal, ni siquiera especialmente cansado.

Luego comprendió que aquello tenía que ver con su padre. Era una reacción por todo lo que había pasado. Tal vez una parte del duelo, de la necesidad de adaptarse a una nueva vida que había cambiado de forma dramática.

No había otra explicación. Linda tenía su forma de reaccionar. En cuanto a él, la muerte del padre le producía repetidos ataques de desánimo.

Puso en marcha el automóvil y salió del garaje. La recepcionista le había hecho una buena descripción del camino. A pesar de ello, Wallander se equivocó desde el principio. La ciudad estaba vacía, era domingo. Pronto tuvo la sensación de estar dando vueltas en un laberinto. Tardó veinte minutos en encontrar el camino. Eran ya las nueve y media. Se había parado delante de un edificio de viviendas en lo que pensó que era la parte antigua de Brynäs. Se preguntó distraídamente si los legionarios dormirían hasta muy tarde los domingos por la mañana. Y si Johan Ekberg sería mercenario. El que pusiera anuncios en *Terminator* no tenía por qué significar siquiera que hubiera hecho el servicio militar.

Sentado en el coche, contempló la casa. Llovía. Octubre era el mes de la desesperanza. Todo estaba gris. Los colores del otoño empalidecían.

Por un momento se sintió inclinado a mandar todo al infierno y largarse de allí. Lo mismo daría regresar a Escania y decirle a alguno de los demás que llamase a ese Johan Ekberg. O llamar él mismo. Si salía de Gävle ahora, tal vez podría coger un vuelo anterior para Sturup.

Pero, por descontado, no lo hizo. Wallander no había conseguido nunca vencer al simbólico sargento que llevaba en su interior y que vigilaba que hiciera lo que debía. Él no viajaba por cuenta de los contribuyentes para quedarse sentado en un coche mirando la lluvia. Salió del coche y cruzó la calle.

Johan Ekberg vivía en el piso más alto. No había ascensor. Desde el interior de un piso se oía música alegre de acordeón. Alguien cantaba. Wallander se detuvo a escuchar. Era un chotis finlandés. Sonrió para sus adentros. «Alguien que toca el acordeón no se pone a contemplar la melancolía de la lluvia hasta quedarse ciego», pensó mientras seguía subiendo.

La puerta de Johan Ekberg tenía listones de acero empotrados y cerradura de seguridad. Wallander llamó al timbre. Su instinto le dijo que alguien le miraba por el orificio de la mirilla. Volvió a llamar como para indicar que no pensaba ceder. La puerta se abrió. Tenía echada la cadena de seguridad. El vestíbulo estaba a oscuras. El hombre que se divisaba en el interior era muy alto.

—Busco a Johan Ekberg —dijo Wallander—. Soy policía de la brigada criminal de Ystad. Necesito hablar contigo, si es que eres Ekberg. No eres sospechoso de nada. Necesito solamente unas informaciones.

La voz que le contestó era aguda, casi estridente.

—Yo no hablo con policías. Sean de Gävle o de cualquier otro sitio.

El desánimo que sentía desapareció como por ensalmo. Wallander reaccionó inmediatamente ante la actitud de rechazo del hombre. No había viajado hasta allí para dejar que le pararan los pies ya en la puerta. Sacó su placa de policía y la sostuvo en alto.

—Estoy investigando dos asesinatos en Escania —dijo—. Seguramente has leído algo en los periódicos. No he venido hasta aquí para quedarme delante de la puerta discutiendo. Tienes todo el derecho a no permitirme la entrada, pero volveré. Y entonces tendrás que acompañarme a la comisaría aquí en Gävle. Puedes elegir lo que te convenga.

—¿Qué es lo que quieres saber?

—O me dejas entrar o sales aquí. No estoy dispuesto a hablar por la rendija de la puerta.

La puerta se cerró y volvió a abrirse. La cadena de seguridad estaba suelta. Una fuerte lámpara se encendió en el vestíbulo y sorprendió a Wallander. Estaba montada con toda intención para que le diera al visitante directamente en los ojos. Wallander siguió al hombre, cuyo rostro aún no había visto. Entraron en un cuarto de estar. Las cortinas estaban echadas, las lámparas encendidas. Wallander se detuvo en la puerta. Era como entrar en un tiempo pasado. La habitación parecía un vestigio de los años cincuenta. Junto a una pared había una máquina tocadiscos. Los centelleantes colores de neón danzaban en el interior de la tapa de plástico. Una Wurlitzer. En las paredes, carteles de cine; en uno de ellos se vislumbraba a James Dean, pero por lo demás los motivos eran casi todos de películas de guerra. *Men in action*. Soldados de la Marina norteamericana luchando en playas japonesas. También había armas. Bayonetas, espadas, pistolas antiguas. Y un tresillo de cuero negro.

Johan Ekberg le estaba mirando. Tenía el pelo muy corto y podía haber salido de alguno de los carteles que colgaban de las paredes. Llevaba unos pantalones cortos de color caqui y una camiseta blanca. En los brazos, tatuajes. Voluminosos músculos. Wallander se dio cuenta de que tenía delante a un culturista. Los ojos de Ekberg estaban en guardia.

—¿Qué es lo que quieres?

Wallander señaló interrogante uno de los asientos. El hombre asintió con la cabeza. Wallander se sentó, Ekberg permaneció de pie. Wallander se preguntó si Ekberg habría nacido siquiera cuando Harald Berggren libraba su repugnante guerra en el Congo.

—¿Cuántos años tienes? —preguntó.

—¿Has venido desde Escania para preguntarme eso?

Wallander notó que el hombre le producía irritación. No hizo el menor esfuerzo para ocultarlo.

—Entre otras muchas cosas —dijo—. Si no contestas a mis preguntas lo dejamos aquí y ahora. Y vendrán a buscarte para ir a comisaría.

—¿Soy sospechoso de haber cometido algún delito?
—¿Lo has cometido? —le espetó Wallander pensando que se estaba saltando todas las reglas acerca de cómo debía desempeñar su oficio.
—No —contestó el hombre.
—Entonces, empecemos de nuevo. ¿Cuántos años tienes?
—Treinta y dos.
Wallander estaba en lo cierto. Cuando Ekberg nació, ya hacía un año que Hammarskjöld había muerto en el accidente de avión en las afueras de Ndola.
—He venido a hablar contigo de mercenarios suecos. El que esté aquí se debe a que has colgado tu letrero abiertamente. Te anuncias en *Terminator*.
—No creo que eso sea ilegal. También lo hago en *Combat & Survival* y en *Soldier of Fortune*.
—Tampoco he dicho que lo sea. La conversación irá mucho más rápida si te limitas a contestar mis preguntas y te guardas las tuyas.
Ekberg se sentó y encendió un cigarrillo. Wallander vio que fumaba sin filtro. Encendió el cigarrillo con un mechero de gasolina que Wallander creyó reconocer de haberlo visto en películas antiguas. Se preguntó si Johan Ekberg viviría por completo en otra época.
—Mercenarios suecos —repitió Wallander—. ¿Cuándo empezó todo? ¿Con la guerra del Congo a principios de 1960?
—Un poco antes —contestó Ekberg.
—¿Cuándo?
—Por ejemplo con la guerra de los treinta años.
Wallander se preguntó si Ekberg se estaba burlando de él. Luego comprendió que no debía dejarse distraer por el aspecto de Ekberg ni por el hecho de que pareciera obsesionado con los años cincuenta. Si había investigadores de orquídeas apasionados, también era posible que Ekberg fuera una persona que supiera todo lo que había que saber de mercenarios. Wallander tenía además vagos recuerdos escolares de que la guerra de los treinta años se había librado por ejércitos que sólo constaban de soldados a sueldo.
—Digamos que nos conformamos con el tiempo posterior a la segunda guerra mundial —dijo Wallander.
—Entonces hay que empezar ya en la guerra. Hubo suecos que entraron como voluntarios en todos los ejércitos. Hubo suecos con uniforme alemán, con uniforme ruso, japonés, americano, inglés e italiano.
—Me figuro que enrolarse como voluntario no es lo mismo que ser mercenario.

—Yo me refiero a la voluntad bélica —dijo Ekberg—. Siempre ha habido suecos dispuestos a empuñar las armas.

Wallander percibió algo de la estéril campechanía que solía caracterizar a la gente que alimentaba ilusiones de una Suecia convertida en gran potencia. Echó una mirada rápida por las paredes para ver si se le había escapado algún símbolo nazi. Pero no vio ninguno.

—Dejemos la voluntariedad. Mercenarios. Gente que se alquila.

—La Legión Extranjera. Es el punto de partida clásico. Ahí siempre ha habido suecos enrolados. Muchos están enterrados en el desierto.

—El Congo. Allí empieza algo nuevo. ¿No es así?

—Allí no hubo muchos suecos. Pero algunos hicieron toda la guerra con Katanga.

—¿Quiénes eran?

Ekberg le miró sorprendido.

—¿Buscas nombres?

—Todavía no. Quiero saber qué clase de personas eran.

—Ex militares. Algunos buscaban aventuras. Otros estaban convencidos de que era una empresa justa. También algún policía expulsado del cuerpo.

—¿Convencidos de qué?

—De la lucha contra el comunismo.

—Pero lo que hacían era matar africanos inocentes.

Ekberg volvió a ponerse en guardia, de repente.

—No tengo por qué contestar a preguntas de índole política. Sé cuáles son mis derechos.

—Tus opiniones no me interesan. Lo que quiero es saber quiénes eran. Y por qué se hicieron mercenarios.

Ekberg le miró con sus vigilantes ojos.

—¿Por qué quieres saberlo? —preguntó—. Deja que ésta sea mi única pregunta. Y quiero tener una respuesta.

Wallander no tenía nada que perder si iba derecho al grano.

—Puede ser que alguien con un pasado entre mercenarios suecos tenga algo que ver, al menos, con uno de los asesinatos. Por eso te hago estas preguntas. Por eso tus respuestas pueden tener importancia.

Ekberg asintió con la cabeza. Había comprendido.

—¿Quieres tomar algo? —preguntó.

—¿Qué tienes?

—¿Whisky? ¿Cerveza?

Wallander era consciente de que no eran más que las diez de la mañana. Movió la cabeza denegando. Aunque no habría tenido nada en contra de una cerveza.

—No, gracias.

Ekberg se levantó y volvió al cabo de un momento con un vaso de whisky.

—¿En qué trabajas? —preguntó Wallander.

La respuesta de Ekberg le sorprendió. No sabía lo que se esperaba. Pero, desde luego, no lo que le dijo Ekberg:

—Tengo una empresa de asesoramiento que trabaja en el sector de administración de personal. Me concentro en desarrollar métodos para la resolución de conflictos.

—Parece interesante —dijo Wallander, aunque todavía no estaba muy seguro de que Ekberg no estuviera burlándose de él.

—Tengo también una cartera de acciones que por el momento va muy bien. Mi liquidez es estable.

Wallander decidió que Ekberg hablaba en serio. Volvió a los mercenarios.

—¿Cómo es que te interesan tanto los mercenarios?

—Ellos representan mucho de lo mejor de nuestra cultura que, por desgracia, está desapareciendo.

Wallander sintió un desagrado inmediato ante la respuesta de Ekberg. Lo más grave era que Ekberg parecía totalmente convencido. Wallander se preguntaba cómo era posible. También se preguntó fugazmente si habría más gente en la bolsa sueca que llevara los tatuajes que llevaba Ekberg. ¿Habría que pensar que los financieros y empresarios suecos del futuro serían culturistas que tenían máquinas tocadiscos originales en sus cuartos de estar?

Wallander retomó el tema.

—¿Cómo se reclutó a estas personas que fueron al Congo?

—Había ciertos bares en Bruselas. También en París. Todo se hacía muy discretamente. Se sigue haciendo así. Sobre todo, después de lo que pasó en Angola en 1975.

—¿Qué pasó, pues?

—Unos cuantos mercenarios no salieron a tiempo. Fueron hechos prisioneros al terminar la guerra. El nuevo régimen organizó un juicio. La mayor parte fueron condenados a muerte y fusilados. Fue todo muy cruel. Y completamente inútil.

—¿Por qué los condenaron a muerte?

—Por haber sido soldados contratados. Como si eso fuera en realidad una diferencia. Los soldados son siempre contratados de una manera o de otra.

—Pero ellos no tenían nada que ver con aquella guerra. Eran de fuera. Participaban para ganar dinero.

Ekberg ignoró los comentarios de Wallander. Como si no fueran dignos de él.

—Tenían que haber salido de la zona de combate a tiempo. Pero habían perdido a dos de sus jefes de compañía en la lucha. El avión que iba a recogerles aterrizó en un aeropuerto equivocado en un pueblo del interior. Hubo muy mala suerte. Alrededor de quince fueron hechos prisioneros. El grupo más grande pudo salir. La mayoría de ellos siguieron hacia el sur de Rodesia. En una gran finca, a las afueras de Johannesburgo, hay ahora un monumento en honor de los ejecutados de Angola. Asistieron mercenarios de todo el mundo cuando se inauguró el monumento.

—¿Había suecos entre los ejecutados?

—Casi todos eran ingleses y alemanes. Los parientes tuvieron cuarenta y ocho horas para recoger los cuerpos. Casi nadie lo hizo.

Wallander pensó en el monumento a las afueras de Johannesburgo.

—Hay, por decirlo de otro modo, una gran solidaridad entre mercenarios de diferentes partes del mundo, ¿no?

—Cada uno se cuida de sí mismo. Pero la solidaridad existe. Tiene que existir.

—Muchos tal vez se hacen mercenarios por eso. Porque buscan solidaridad.

—Lo primero es el dinero. Luego la aventura. Luego la solidaridad. Por ese orden.

—La verdad es, pues, que los mercenarios matan por dinero.

Ekberg asintió.

—Desde luego que es así. Los mercenarios no son monstruos. Son personas.

Wallander sentía que su malestar iba en aumento. Pero se daba cuenta de que Ekberg pensaba exactamente lo que decía. Hacía mucho tiempo que no encontraba a una persona tan convencida. No había nada monstruoso en esos soldados que mataban a cualquiera por la cantidad de dinero adecuada. Eso era, por el contrario, la definición de su humanidad. Según Johan Ekberg.

Wallander sacó una copia de la fotografía y la puso en la mesa de cristal delante de él. Luego se la acercó a Ekberg.

—Tienes carteles de películas en las paredes —dijo—. Aquí tienes una foto auténtica. Hecha en lo que entonces se llamaba el Congo Belga. Hace más de treinta años. Antes de que tú nacieras. Son tres mercenarios. Uno de ellos es sueco.

Ekberg se inclinó y cogió la fotografía. Wallander esperó.

—¿Reconoces a alguno de esos tres hombres? —preguntó luego.

Nombró a dos de ellos. Terry O'Banion y Simon Marchand.
Ekberg movió negativamente la cabeza.
—No tienen por qué ser sus verdaderos nombres sino nombres que tenían como mercenarios.
—En ese caso, ésos son los nombres que yo conozco —dijo Ekberg.
—El hombre que está en el medio es sueco —continuó Wallander.
Ekberg se levantó y desapareció en una habitación adyacente. Volvió con una lente de aumento en la mano. Volvió a estudiar la fotografía.
—Se llama Harald Berggren. Y él es el motivo por el que estoy aquí.
Ekberg no dijo nada. Siguió mirando la fotografía.
—Harald Berggren —repitió Wallander—. Escribió un diario de aquella guerra. ¿Le reconoces? ¿Sabes quién es?
Ekberg dejó la fotografía y la lupa.
—Claro que sé quién es Harald Berggren —contestó.
Wallander se sobresaltó en su asiento. No sabía qué respuesta esperaba. Pero, desde luego, no la que había recibido.
—¿Dónde está ahora?
—Ha muerto. Murió hace siete años.
Era una posibilidad que Wallander había considerado. Sin embargo, le defraudó que hubiera sucedido tanto tiempo atrás.
—¿Qué pasó?
—Se suicidó. No es inusual en personas de gran valor. Y que tienen experiencia en combatir en unidades armadas en condiciones difíciles.
—¿Por qué se suicidó?
Ekberg se encogió de hombros.
—Yo creo que estaba harto.
—¿Harto de qué?
—¿De qué está uno harto cuando se quita la vida? De la vida misma. Del aburrimiento. Del cansancio que se siente cuando uno se mira al espejo por la mañana.
—¿Qué pasó?
—Vivía en Sollentuna, al norte de Estocolmo. Un domingo por la mañana se metió la pistola en el bolsillo y subió a un autobús hasta la última parada. Allí se adentró en el bosque y se pegó un tiro.
—¿Cómo sabes tú todo eso?
—Lo sé. Y eso significa que no puede tener nada que ver con un asesinato en Escania. A no ser que haya resucitado. O que haya puesto una mina que explota ahora.
Wallander había dejado el diario en Escania. Pensó que quizás había sido un error.

—Harald Berggren escribió un diario del Congo. Lo encontramos en la caja fuerte de uno de los dos hombres que han sido asesinados. Un vendedor de automóviles que se llamaba Holger Eriksson. ¿Te dice algo ese nombre?

Ekberg dijo que no con la cabeza.

—¿Estás seguro?

—Tengo muy buena memoria.

—¿Se te ocurre alguna explicación de que el diario fuera a parar allí?

—No.

—¿Se te ocurre alguna explicación de que estos dos hombres se conocieran hace más de siete años?

—Yo sólo estuve una vez con Harald Berggren. Fue el año antes de morir. Yo vivía en Estocolmo entonces. Vino a verme una tarde. Estaba muy desazonado. Me contó que entretenía su espera de una nueva guerra viajando por todo el país para trabajar un mes aquí y otro allá. Tenía un oficio.

Wallander se dio cuenta de que se le había escapado esa posibilidad. A pesar de que estaba en el diario, en una de las primeras páginas.

—¿Te refieres a que era mecánico de coches?

Ekberg se sorprendió por primera vez.

—¿Cómo lo sabes?

—Lo leí en el diario.

—Pensé que un vendedor de coches podía haber tenido necesidad de un mecánico extra. Que Harald quizás pasara por Escania y entrara en contacto con ese tal Eriksson.

Wallander asintió. Era, naturalmente, una posibilidad.

—¿Era homosexual Harald Berggren? —preguntó Wallander.

Ekberg sonrió.

—Mucho —dijo.

—¿Es corriente entre mercenarios?

—No necesariamente. Pero tampoco es raro. Me figuro que eso también se da entre policías, ¿no?

Wallander no contestó.

—¿Se da entre asesores para resolver conflictos? —preguntó a su vez.

Ekberg se había levantado y estaba de pie junto a la máquina tocadiscos. Le sonrió a Wallander.

—Se da —dijo.

—Tú te anuncias en *Terminator*. Ofreces tus servicios. Pero no pone de qué servicios se trata.

—Facilito contactos.

—¿Qué tipo de contactos?
—Diferentes patronos que pueden resultar interesantes.
—¿Misiones de guerra?
—A veces. Guardaespaldas, protección de transportes. Varía. Si quisiera, podría alimentar a los periódicos suecos con historias sorprendentes.
—Pero ¿no lo haces?
—Tengo la confianza de mis clientes.
—Yo no pertenezco al mundo de la prensa.
Ekberg había vuelto a sentarse.
—Terre`Blanche en África del Sur —dijo Ekberg—. El líder del partido nazi de los bóers. Tiene dos guardaespaldas suecos. Eso a modo de ejemplo. Pero si lo dices públicamente, yo lo negaré, como es natural.
—No diré nada.
No tenía más preguntas. Lo que podían significar las respuestas que había obtenido de Ekberg, no lo sabía aún.
—¿Puedo quedarme con la fotografía? —preguntó Ekberg—. Tengo una pequeña colección.
—Sí —dijo Wallander levantándose—. El original lo tenemos nosotros.
—¿Quién tiene el cliché?
—Eso me pregunto yo también.
Cuando Wallander ya estaba al otro lado de la puerta, se dio cuenta de que había otra pregunta.
—En realidad ¿por qué haces todo esto?
—Recibo postales de todo el mundo. Nada más.
Wallander comprendió que no obtendría otra respuesta.
—No creo —dijo—. Pero puede ser que llame por teléfono si tengo algo más que preguntar.
Ekberg asintió. Luego cerró la puerta.
Cuando Wallander salió a la calle la lluvia se había vuelto aguanieve. Eran las once. No tenía nada más que hacer en Gävle. Se sentó en el coche. Harald Berggren no había matado a Holger Eriksson y, naturalmente, tampoco a Gösta Runfeldt. Lo que tal vez había podido ser una pista, se había quedado en nada.
«Tenemos que empezar de nuevo», pensó Wallander. «Tenemos que volver al punto de partida. Tacharemos a Harald Berggren. Olvidaremos cabezas reducidas y diarios. ¿Qué veremos entonces? Tiene que ser posible encontrar a Harald Berggren entre los antiguos empleados de Holger Eriksson. Deberíamos poder establecer también si era homosexual.»
El sedimento exterior de la investigación no daba nada.

«Tenemos que cavar más hondo.»

Wallander puso en marcha el motor. Luego condujo directamente al aeropuerto de Arlanda. Al llegar, tuvo algún problema para encontrar el sitio donde debía dejar el coche de alquiler. A las dos estaba esperando su avión, sentado junto a la puerta de embarque. Hojeó distraídamente un diario de la tarde que alguien había dejado. El aguanieve había cesado justo al norte de Upsala.

El avión salió puntual de Arlanda. Wallander estaba sentado junto al pasillo. Se durmió en cuanto hubo despegado. Cuando empezó a sentir en los oídos que el aterrizaje en Sturup había comenzado, se despertó. Junto a él había una mujer repasando calcetines. Wallander la contempló pasmado. Luego pensó que tenía que llamar a Älmhult para preguntar qué pasaba con el coche. Se vería obligado a coger un taxi hasta Ystad.

Pero al salir del avión y encaminarse a la salida descubrió de repente a Martinsson. Comprendió que algo había pasado.

«Otro no», pensó.

Cualquier cosa. Pero eso no.

Martinsson ya le había visto.

—¿Qué ha pasado? —preguntó Wallander.

—Tienes que acordarte de conectar el móvil —dijo Martinsson—. No hay manera de localizarte.

Wallander esperaba conteniendo la respiración.

—Hemos encontrado la maleta de Gösta Runfeldt —dijo.

—¿Dónde?

—Estaba tirada de cualquier manera junto a la carretera que va a Höör.

—¿Quién la encontró?

—Uno que se había parado a mear. Vio la maleta y la abrió. Había papeles con el nombre de Runfeldt. El hombre que la encontró había leído sobre el asesinato. Llamó directamente. Nyberg está allí ahora.

«Bueno», pensó Wallander. «Siempre es una pista.»

—Vámonos allí, pues —dijo.

—¿Tienes que ir a casa primero?

—No —dijo Wallander—. Si hay algo que no necesito hacer, es justamente eso.

Fueron hacia el coche de Martinsson.

De pronto Wallander descubrió que tenía prisa.

23

La maleta permanecía en el lugar donde la habían encontrado. Como el sitio estaba justo al borde del arcén, muchos automovilistas se habían parado por curiosidad al ver dos coches de policía y el grupo de gente.

Nyberg estaba tomando huellas. Uno de sus asistentes le sostenía la muleta mientras él hurgaba de rodillas en algo que estaba en el suelo. Miró hacia arriba cuando llegó Wallander.

—¿Qué tal estaba Norrland? —preguntó.

—No encontré maleta ninguna —contestó Wallander—. Pero es muy bonito aquello. Aunque hace frío.

—Con un poco de suerte vamos a poder decir con bastante exactitud cuánto tiempo ha estado aquí la maleta —dijo Nyberg—. Supongo que puede ser una información importante.

La maleta estaba cerrada. Wallander no pudo descubrir ningún tarjetero con la dirección. Tampoco pegatinas de la agencia de viajes Specialresor.

—¿Habéis hablado con Vanja Andersson? —preguntó Wallander.

—Ya ha estado aquí —contestó Martinsson—. Reconoció la maleta. Además, la hemos abierto. Encima de todo estaban los prismáticos desaparecidos de Gösta Runfeldt. Así que seguro que es su maleta.

Wallander trató de reflexionar. Se encontraban en la carretera número 13, al sur de Eneborg. Un poco antes estaba el cruce en el que, entre otras direcciones, se podía torcer hacia Lödinge. Hacia el otro lado, uno llegaba al sur del lago Krageholmssjön y no quedaba lejos de Marsvinsholm. Wallander observó que se encontraban aproximadamente en el punto medio de los dos lugares en que habían ocurrido los crímenes. O dentro de un ángulo cuyo vértice era Ystad.

«Se encontraban muy cerca de todo», pensó. «Dentro de un círculo invisible.»

La maleta estaba en el lado este de la carretera. Si la había puesto allí alguien que iba en coche, éste iba probablemente en dirección norte,

271

partiendo de Ystad. Pero también podía haber venido desde Marsvinsholm, haber doblado en el cruce de Sövestad y haber seguido luego hacia el norte. Wallander se esforzó por sopesar las posibilidades. Además, Nyberg tenía razón en que podía ser una gran ayuda saber cuánto tiempo llevaba la maleta allí donde la habían encontrado.

—¿Cuándo podemos llevárnosla? —preguntó.

—Dentro de una hora, creo yo —contestó Nyberg—. Me falta poco.

Wallander le hizo una señal con la cabeza a Martinsson. Se fueron hacia el coche de éste. Durante el camino desde el aeropuerto, Wallander le había contado que el viaje que acababa de hacer había clarificado una circunstancia importante. Pero no les había hecho avanzar en la otra cuestión. Por qué había donado dinero Holger Eriksson a la parroquia de Jämtland, seguía siendo un misterio. En cambio, ahora sabían que Harald Berggren estaba muerto. Wallander no dudaba de que Ekberg decía la verdad. Tampoco de que sabía, realmente, lo que decía. Berggren no podía tener nada que ver, directamente, con la muerte de Holger Eriksson. Lo que sí debían hacer, en cambio, era enterarse de si había trabajado para él. Pero en realidad no podían contar con que eso les hiciera avanzar. Determinadas partes de la investigación no tenían otro valor que el de encajar en su sitio, de manera que las partes más importantes pudieran colocarse en el suyo. Harald Berggren era, a partir de ahora, una de aquellas partes.

Se sentaron en el coche y regresaron a Ystad.

—A lo mejor Holger Eriksson se dedicaba a dar trabajo eventual a mercenarios en paro —dijo Martinsson—. A lo mejor apareció alguien después de Harald Berggren, alguien que no escribía diarios pero que, por una razón o por otra, tuvo la ocurrencia de cavarle una fosa de estacas a Eriksson.

—Es, sin duda, una posibilidad —dijo Wallander dubitativo—. Pero ¿cómo explicamos lo que ha pasado con Gösta Runfeldt?

—Esa explicación todavía no la tenemos. Tal vez deberíamos concentrarnos en él.

—Eriksson murió primero —dijo Wallander—. Pero eso no significa necesariamente que esté antes en una cadena causal. El problema no es sólo que carecemos de motivo y explicaciones. Carecemos también de un verdadero punto de partida.

Martinsson condujo en silencio un rato. Atravesaron Sövestad.

—¿Por qué viene a parar su maleta a esta carretera? —preguntó de repente—. Runfeldt iba camino de otro sitio. Iba hacia Copenhague. Marsvinsholm cae de paso yendo a Kastrup. ¿Qué sucedió en realidad?

—También a mí me gustaría saberlo —aseguró Wallander.

—Hemos registrado el coche de Runfeldt —dijo Martinsson—. Tenía una plaza de aparcamiento en la parte trasera de la casa donde vivía. Es un Opel de 1993. Todo parecía en orden.
—¿Y las llaves del coche?
—Estaban en el piso.
Wallander se acordó de que todavía no había obtenido respuesta acerca de si Runfeldt había encargado un taxi para la mañana en que debería haberse ido de viaje.
—Hansson habló con la central de taxis. Runfeldt había pedido un coche para las cinco de la mañana. Para ir a Malmö. Pero luego lo registraron como una llamada falsa. El taxista estuvo esperando. Después telefonearon a Runfeldt pensando que se habría dormido. No les contestó nadie y el taxista se marchó. Hansson dijo que la persona con quien estuvo hablando fue muy exacta en la descripción de los hechos.
—Parece ser un asalto muy bien planeado —dijo Wallander.
—Indica que son más de uno —añadió Martinsson.
—Y también que los planes de Runfeldt eran conocidos al detalle. Que iba a viajar temprano aquella mañana. ¿Quién podía saberlo?
—La lista es reducida. Y está hecha, además. Creo que la ha hecho Ann-Britt Höglund. Anita Lagergren, la de la agencia de viajes, lo sabía. Los hijos de Runfeldt. Aunque la hija sólo sabía el día, no que era temprano por la mañana. Pero no creo que más.
—¿Vanja Andersson?
—Creía saberlo. Pero no.
Wallander sacudió lentamente la cabeza.
—Alguien más lo sabía —dijo—. Falta alguien en esa lista. Es a esa persona a la que buscamos.
—Hemos empezado a revisar su fichero de clientes. En total, hemos encontrado diferentes datos que indican que, a lo largo de los años, tuvo unos cuarenta casos como detective. O como se diga eso. Es decir, no muchos. Cuatro al año. Pero no podemos desechar la posibilidad de que el que buscamos esté entre ellos.
—Tenemos que estudiarlo con mucho detenimiento —contestó Wallander—. Va a ser un trabajo laborioso. Pero, desde luego, puedes estar en lo cierto.
—Cada vez estoy más convencido de que esto va a llevar mucho tiempo.
Wallander se hizo la misma reflexión en silencio. Compartía la opinión de Martinsson.
—Siempre cabe la esperanza de que te equivoques. Pero no es muy probable.

Se estaban acercando a Ystad. Eran las cinco y media.
—Parece que piensan vender la floristería —señaló Martinsson—. Los hijos están de acuerdo. Le han propuesto a Vanja Andersson que coja ella el traspaso. Pero no es seguro que tenga dinero.
—¿Quién ha contado todo eso?
—Bo Runfeldt llamó por teléfono. Preguntó, en nombre de su hermana y en el suyo propio, si podían irse de Ystad después del entierro.
—¿Cuándo es?
—El miércoles.
—Déjales marchar —dijo Wallander—. Nos pondremos en contacto de nuevo, si hace falta.
Doblaron para entrar en el aparcamiento exterior de la comisaría.
—Hablé con un mecánico de Älmhult —anunció Martinsson—. El coche estará listo a mediados de la semana que viene. Parece que, por desgracia, va a resultar bastante caro. ¿Lo sabías ya? Pero dijo que se ocuparía de entregar el coche aquí en Ystad.
Hansson estaba en el despacho de Svedberg cuando llegaron. Wallander les refirió sumariamente el resultado de su viaje. Hansson estaba muy resfriado y Wallander le propuso que se fuera a casa.
—Lisa Holgersson también está enferma —dijo Svedberg—. Parece que ha cogido la gripe.
—¿Ya la tenemos aquí? —comentó Wallander—. Pues nos va a crear problemas.
—Yo tengo un simple catarro —aseguró Hansson—. Supongo que mañana ya estaré bien.
—Los hijos de Ann-Britt Höglund están los dos enfermos —afirmó Martinsson—. Pero su marido llega mañana.
Wallander abandonó la habitación. Les pidió que le avisaran cuando llegara la maleta. Había pensado sentarse a escribir un informe de su viaje. Y tal vez reunir los recibos necesarios para hacer la cuenta de los gastos. Pero camino de su despacho cambió de opinión. Volvió sobre sus pasos.
—¿Me presta alguien su coche? —preguntó—. Vuelvo dentro de media hora.
Le tendieron varias llaves. Cogió las de Martinsson.
Ya había oscurecido cuando bajó hasta la calle Västra Vallgatan. El cielo estaba despejado. La noche iba a ser fría. Tal vez estarían a varios grados bajo cero. Aparcó el coche delante de la floristería. Fue andando hacia la casa en la que había vivido Runfeldt. Vio luz en las ventanas. Supuso que serían los hijos de Runfeldt revisando el piso. La policía ya lo había dejado. Ellos ya podían empezar a recoger y a tirar

cosas. El último resumen de una persona muerta. Se acordó de repente de su padre. De Gertrud y de su hermana Kristina. Él no había estado en Löderup para ayudarlas a revisar las pertenencias del padre. Aunque no fuera mucho y no le necesitaran, debería haberse dejado ver por allí. No acababa de estar seguro de no haberlo hecho porque le disgustaba o porque no había tenido tiempo.

Se detuvo delante de la puerta de Runfeldt. La calle estaba desierta. Tenía la necesidad de figurarse el posible curso de los acontecimientos. Se colocó ante la puerta y miró a su alrededor. Luego fue al lado opuesto de la calle e hizo lo mismo. «Runfeldt está en la calle. La hora aún no está clara. Puede haber salido por la puerta a última hora de la tarde o por la noche. Entonces no llevaba la maleta. Alguna otra cosa le ha hecho dejar el piso. Si, por el contrario, ha salido por la mañana, llevaría la maleta consigo. La calle está desierta. Deja la maleta en la acera. ¿En qué dirección viene el taxi? ¿Espera delante de su puerta o cruza la calle? Algo sucede. Runfeldt y la maleta desaparecen. La maleta aparece junto a la carretera que va a Höör. Runfeldt aparece muerto, colgando de un árbol en las proximidades del castillo de Marsvinsholm.» Wallander observó las entradas de las puertas en los dos lados de la casa. Ninguna de ellas era tan profunda que permitiera esconderse a una persona. Miró los faroles de la calle. Los que iluminaban la puerta de Runfeldt estaban intactos. «Un coche», pensó. «Un coche ha estado aquí, junto a la puerta. Runfeldt baja a la calle. Alguien se apea. Si Runfeldt se hubiera asustado, habría gritado. Su atento vecino lo hubiera oído. Si era una persona desconocida quizá Runfeldt sólo se sorprendió. El hombre se ha acercado a Runfeldt. ¿Le derriba de un golpe? ¿Le amenaza?» Wallander pensó en la reacción de Vanja Andersson en el bosque. Runfeldt había enflaquecido muchísimo durante el breve tiempo que estuvo desaparecido. Wallander estaba convencido de que ello fue a causa de que estuvo preso y pasando hambre. Por la fuerza, inconsciente o bajo amenaza, Runfeldt es llevado al coche. Luego, desaparece. Encuentran la maleta en la carretera de Höör. Junto al arcén.

La primera reacción de Wallander cuando llegó al lugar donde estaba la maleta fue pensar que la habían puesto allí para que la encontraran.

De nuevo el aspecto demostrativo.

Wallander volvió a la puerta. Empezó de nuevo. «Runfeldt sale a la calle. Va a iniciar un viaje que desea mucho. Va a visitar África para ver orquídeas.»

Un coche que pasaba interrumpió los pensamientos de Wallander. Empezó a andar arriba y abajo delante de la puerta.

Pensó en la posibilidad de que Runfeldt matara a su esposa diez años antes. Que hubiera preparado un agujero en el hielo y que la hubiera empujado. Era una persona brutal. Maltrataba a la mujer, que era la madre de sus hijos. En apariencia es un comerciante de flores corriente que tiene pasión por las orquídeas. Y ahora va a viajar a Nairobi. Todos los que han hablado con él los días anteriores a su viaje confirman al unísono su sincera alegría. Un hombre amable que era, al mismo tiempo, un monstruo.

Wallander alargó su paseo hasta la floristería. Pensó en el atraco. La mancha de sangre en el suelo. Dos o tres días después de que Runfeldt fuera visto por última vez, alguien entra en la tienda. No roban nada. Ni siquiera una flor. En el suelo hay sangre.

Wallander movió la cabeza desanimado. Había algo que no veía. Una superficie ocultaba otra superficie. Gösta Runfeldt. Amante de las orquídeas y un monstruo. Holger Eriksson. Ornitólogo, poeta y vendedor de coches. También él con fama de tratar brutalmente a otras personas.

«La brutalidad les une», pensó Wallander.

Mejor dicho, la brutalidad oculta. En el caso de Runfeldt más claramente que en el de Eriksson. Pero hay semejanzas.

Fue hasta la puerta de nuevo. «Runfeldt sale a la calle. Deja la maleta. Si es por la mañana, ¿qué hace luego? Espera un taxi. Pero cuando éste llega ya ha desaparecido.»

Wallander detuvo sus pasos. «Runfeldt espera un taxi.» ¿Puede haber llegado otro taxi? ¿Un falso taxi? Runfeldt sólo sabe que ha encargado un coche, no qué coche llega. Tampoco sabe quién es el chófer. Se monta en el coche. El chófer le ayuda con la maleta. Luego van hacia Malmö. Pero no pasan de Marsvinsholm.

¿Pudo haber ocurrido así? ¿Pudo haber estado cautivo Runfeldt en algún lugar cercano a la parte del bosque donde fue hallado? Pero la maleta aparece camino de Höör. En dirección totalmente diferente. En dirección a Holger Eriksson.

Wallander notó que no podía avanzar más. La idea de que se hubiera presentado otro taxi le resultaba difícil de creer hasta a él. Por otro lado, no sabía qué pensar. Lo único que resultaba completamente evidente era que lo sucedido delante de la puerta de Runfeldt había sido muy bien planeado. Planeado por alguien que sabía que iba a viajar a Nairobi.

Wallander condujo de vuelta a la comisaría. Vio que el coche de Nyberg estaba aparcado de cualquier manera delante de la puerta. Así pues, ya había llegado la maleta.

Colocaron un plástico sobre la mesa de reuniones y, encima, la maleta. Todavía no la habían abierto. Nyberg estaba tomando café con Svedberg y con Hansson. Wallander se dio cuenta de que estaban esperando su regreso. Martinsson hablaba por teléfono. Wallander pudo oír que era alguno de sus hijos. Le dio las llaves del coche.

—¿Cuánto tiempo ha estado allí la maleta? —preguntó Wallander.

La respuesta de Nyberg le sorprendió. Se había figurado otra cosa.

—A lo sumo, un par de días —contestó—. En todo caso, no más de tres.

—Dicho de otro modo, ha estado guardada en otro sitio durante bastante tiempo —dedujo Hansson.

—Eso da lugar también a otra pregunta —replicó Wallander—. ¿Por qué no se ha deshecho el asesino de la maleta hasta ahora?

Nadie tenía respuesta. Nyberg se puso unos guantes de plástico y abrió la cerradura. Iba a empezar a sacar las prendas de ropa que estaban encima de todo cuando Wallander le pidió que esperase. Se inclinó sobre la mesa. No sabía qué era lo que le había llamado la atención.

—¿Tenemos alguna fotografía de esto? —preguntó.

—De la maleta abierta, no —contestó Nyberg.

—Hazla —dijo Wallander.

Estaba convencido de que había algo en cómo estaba hecha la maleta que le había obligado a reaccionar. Aunque, por el momento, no sabía decir qué era.

Nyberg abandonó la habitación y regresó con una cámara. Como le dolía la pierna, le dio instrucciones a Svedberg para que se subiera a una silla e hiciera las fotos.

A continuación, deshicieron la maleta. Wallander veía ante sí a un hombre que pensaba viajar a África ligero de equipaje. No había ningún objeto ni ninguna ropa inesperada en la maleta. En los bolsillos laterales encontraron los documentos del viaje. También había una suma importante de dinero en dólares. En el fondo de la maleta descubrieron unos cuadernos, libros sobre orquídeas y una cámara. Estaban todos en silencio, contemplando los diferentes objetos. Wallander perseguía intensamente en su cerebro la explicación de qué era lo que le había llamado la atención al abrir la cerradura. Nyberg había abierto la bolsa de aseo y estudiaba el nombre de un bote de pastillas.

—Antimalaria. Gösta Runfeldt sabía lo que hace falta en África.

Wallander contemplaba la maleta vacía. Notó que un objeto se había deslizado en el forro de la cubierta. Nyberg lo desprendió. Era una pinza de plástico azul para tarjetas de identificación.

—A lo mejor Gösta Runfeldt asistía a congresos —propuso Nyberg.

—En Nairobi iba a asistir a un safari fotográfico —dijo Wallander—. Eso puede haberse quedado ahí de algún viaje anterior.

Cogió una servilleta de papel de la mesa y sujetó la aguja por la parte de atrás de la pinza. Se la puso cerca del ojo. Entonces sintió el olor del perfume. Se quedó pensativo. La levantó hacia Svedberg, que estaba junto a él.

—¿Sabes a qué huele?

—¿A loción para el afeitado?

Wallander sacudió negativamente la cabeza.

—No. Esto es perfume.

Fueron oliendo uno tras otro, aunque Hansson, que estaba acatarrado, se abstuvo. Estuvieron de acuerdo en que aquello olía a perfume. A perfume de mujer. Wallander se preguntaba más y más cosas. Creía reconocer también la placa.

—¿Alguien ha visto una placa como ésta antes? —preguntó.

Martinsson tenía la respuesta:

—¿No son ésas las que usa la Diputación de Malmö? Todos los que trabajan en hospitales las llevan así.

Wallander se dio cuenta de que tenía razón.

—Esto no es normal —dijo—. Una placa de plástico, que huele a perfume, en la maleta de Gösta Runfeldt, preparada para ir a África.

En ese preciso instante recordó lo que le había llamado la atención al abrir la cerradura de la maleta.

—Quisiera que viniera Ann-Britt Höglund. Con hijos enfermos o no. A lo mejor su fantástica vecina se presta a ayudarla durante una media hora. Lo que cueste, que lo pague la policía.

Martinsson marcó el número. La conversación fue muy breve.

—Enseguida viene.

—¿Por qué quieres que venga ella? —preguntó Hansson.

—Sólo quiero que haga una cosa con esta maleta. Nada más.

—¿Volvemos a poner las cosas? —preguntó Nyberg.

—Eso es precisamente lo que no vamos a hacer. Es para eso para lo que quiero que venga. Para que haga la maleta.

Todos le miraron inquisitivamente, pero nadie dijo una palabra. Hansson se sonó la nariz. Nyberg se sentó en una silla para reposar el pie malo. Martinsson se fue a su despacho, seguramente para llamar a casa. Wallander abandonó la sala de reuniones y se puso a mirar un mapa del distrito policial de Ystad. Fue siguiendo las carreteras entre Marsvinsholm, Lödinge e Ystad. Pensó que siempre hay un centro en alguna parte. Un nudo entre diversos acontecimientos que tiene también una equivalencia en la realidad. Que un delincuente vuelva al lugar del crimen ocurre muy pocas veces. En cambio, un delincuente pasa con frecuencia por el mismo sitio al menos dos veces, por lo general, más.

Ann-Britt Höglund llegó apresuradamente por el pasillo. Como de costumbre, Wallander tuvo mala conciencia por haberle pedido que acudiera. Ahora comprendía mejor que antes los problemas que tenía al estar tantas veces sola con los dos niños. Esta vez, sin embargo, creía tener una razón de peso para llamarla.

—¿Ha pasado algo? —preguntó ella.

—¿Ya sabes que han encontrado la maleta de Runfeldt?

—Sí, ya lo sé.

Entraron en la sala de reuniones.

—Lo que ves en la mesa estaba en la maleta. Quiero que te pongas unos guantes y que vuelvas a meterlo todo en la maleta.

—¿De alguna manera especial?

—De la manera que te parezca natural. Me has dicho alguna vez que sueles hacerle la maleta a tu marido. O sea que, en otras palabras, estás acostumbrada.

Ella hizo lo que Wallander le acababa de pedir. Él agradeció que no le hiciera preguntas. La contemplaron. Fue eligiendo los objetos y haciendo la maleta con rutina y decisión. Luego dio un paso atrás.

—¿Cierro?

—No es necesario.

Estaban reunidos en torno a la mesa observando el resultado. Las sospechas de Wallander se confirmaron.

—¿Cómo puedes saber de qué manera hizo la maleta Runfeldt? —preguntó Martinsson.

—Dejaremos los comentarios para más tarde —interrumpió Wallander—. Había un policía de tráfico en el comedor. Id a buscarlo.

El policía de tráfico, que se llamaba Laurin, entró en la sala. Mientras tanto, habían vuelto a vaciar la maleta. Laurin parecía cansado. Wallander había oído hablar de un gran control nocturno de alcoholemia en las carreteras. Wallander le dijo que se pusiera unos guantes de plástico y que hiciera la maleta con lo que había en la mesa. Tampoco Laurin hizo preguntas. Wallander se fijó en que no lo hacía de cualquier manera sino que trataba las prendas con cuidado. Cuando terminó, Wallander le dio las gracias. Laurin abandonó la sala.

—Completamente diferente —dijo Svedberg.
—No tengo intención de probar nada —replicó Wallander—. No creo tampoco que fuera posible. Pero cuando Nyberg abrió la cerradura tuve la sensación de que había algo que no cuadraba. Siempre he tenido el convencimiento de que los hombres y las mujeres hacen las maletas de manera distinta. Era como si ésta la hubiera hecho una mujer.
—¿Vanja Andersson? —propuso Hansson.
—No —contestó Wallander—. Ella no. Fue el propio Gösta Runfeldt el que hizo la maleta. De eso podemos estar bastante seguros.
Ann-Britt Höglund fue quien primero comprendió adónde quería ir a parar.
—¿Quieres decir, entonces, que han vuelto a hacer la maleta después? ¿Y que ha sido una mujer?
—No quiero decir nada con certeza. Pero intento pensar en voz alta. La maleta ha estado tirada un par de días. Gösta Runfeldt estuvo desaparecido bastante más tiempo. ¿Dónde estaba la maleta mientras tanto? Ello podría explicar además un fallo sorprendente en el contenido.
Ninguno, excepto Wallander, había pensado en eso antes. Pero ahora se dieron cuenta enseguida de a qué se refería.
—No hay calzoncillos en la maleta —añadió—. A mí me parece raro que Gösta Runfeldt se disponga a viajar por África sin un solo par de calzoncillos en la maleta.
—Eso es imposible —dijo Hansson.
—Lo que a su vez significa que alguien ha rehecho la maleta —concluyó Martinsson—. Probablemente una mujer. Y mientras tanto, desaparece toda la ropa interior de Runfeldt.
Wallander sentía una tensión creciente en la sala.
—Hay algo más —afirmó despacio—. Por alguna razón los calzoncillos de Runfeldt han desaparecido. Pero, al mismo tiempo, un objeto extraño ha ido a parar a la maleta.
Señaló la pinza de plástico azul. Ann-Britt Höglund tenía todavía los guantes puestos.
—Huélela —dijo Wallander.
Ella hizo lo que él le pedía.
—Un discreto perfume de mujer —fue su respuesta.
Se hizo un silencio total. Por primera vez, todo el equipo de la investigación contuvo el aliento.
Finalmente, Nyberg rompió el silencio:
—¿Significaría esto que hay una mujer involucrada en todos estos horrores?

—En cualquier caso, ya no podemos desechar esa posibilidad —contestó Wallander—. A pesar de que no hay nada que lo indique de manera expresa. Salvo esta maleta.
Volvió a hacerse el silencio. Largo tiempo.
Eran ya las siete y media del domingo 16 de octubre.

Había llegado al viaducto del ferrocarril poco después de las siete. Hacía frío. Movía sin cesar los pies para mantener el calor. La persona a la que esperaba aún tardaría en llegar. Por lo menos media hora, acaso más. Pero ella siempre llegaba con tiempo. Recordó con un estremecimiento las veces que había llegado tarde en su vida. Las veces que había hecho esperar a otra gente. Que había entrado en sitios donde todos los ojos se clavaban en ella.

Nunca jamás volvería a llegar tarde en su vida. Había organizado su existencia según un horario con márgenes calculados.

Estaba completamente tranquila. El hombre que no tardaría en pasar bajo el viaducto no merecía vivir. Ella no podía sentir odio por él. Odiarle, podía hacerlo la mujer que había salido tan mal parada. Ella estaba allí en la oscuridad, esperando únicamente, para luego hacer lo necesario.

De lo único que había dudado era de si debía esperar. El horno estaba vacío, pero su horario era complicado la próxima semana. No quería correr el riesgo de que muriera en el horno. Así que tomó la decisión de hacerlo sin dilación. Tampoco albergaba dudas sobre cómo debía llevarse a cabo. La mujer que le habló de su vida y que, por último, le dio también el nombre de él, había mencionado una bañera llena de agua. Había hablado de lo que se sentía al ser sumergida bajo el agua hasta no poder aguantar la respiración, hasta reventar desde dentro.

Ella había pensado en la catequesis. En el fuego del infierno que esperaba al pecador. Todavía tenía miedo. Nadie sabía cómo se medía el pecado. Nadie sabía tampoco cuándo se repartía el castigo. De ese miedo no había podido hablar nunca con su madre. Y se había preguntado cómo habría sido el último instante de vida de su madre. Françoise Bertrand, la policía argelina, escribió que todo había sido muy rápido. No pudo haber sufrido. Ni siquiera pudo haber sido consciente de lo que le sucedía. Pero ¿cómo podía saberlo ella? ¿No habría intentado, a pesar de todo, silenciar una parte de la verdad por ser demasiado insoportable?

Un tren pasó por encima de su cabeza. Contó los vagones. Luego volvió a quedarse todo en silencio.

«No con fuego», pensó. «Con agua. Con agua perecerá el pecador.» Consultó su reloj. Vio que uno de los cordones de las zapatillas de deporte que llevaba estaba medio desatado. Se dobló y lo ató. Bien apretado. Tenía los dedos fuertes. El hombre al que aguardaba y al que había estado vigilando los últimos días era bajo y gordo. No le iba a ocasionar ningún problema. No tardaría más que un momento.

Un hombre con un perro paseaba por debajo del viaducto del ferrocarril, al otro lado de la calle. Sus pasos resonaban sobre la acera. La situación le recordó una vieja película en blanco y negro. Hizo lo más sencillo, fingió que esperaba a alguien. Estaba segura de que el hombre no se acordaría de ella después. A lo largo de toda su vida había aprendido a pasar desapercibida, a hacerse invisible. Ahora se daba cuenta de que había sido una preparación para algo que, antes, no hubiera podido saber qué era.

El hombre del perro desapareció. Ella tenía el coche al otro lado del viaducto. Aunque estaban en pleno centro de Lund, el tráfico era escaso. El hombre del perro era el único que había pasado, además de un ciclista. Se sentía preparada. Nada podía fallar.

Luego vio al hombre al que esperaba. Venía andando por el mismo lado de la acera donde ella estaba. A lo lejos se oyó un coche. Ella se encogió como si le doliera el vientre. El hombre se detuvo a su lado. Le preguntó si estaba enferma. En lugar de contestar, se dejó caer de rodillas. Él hizo lo que ella había previsto. Se colocó cerca de ella y se inclinó hacia delante. Ella dijo que le había dado un mareo repentino. ¿Podía él ayudarla a llegar al coche? Estaba muy cerca. Él la cogió por debajo del brazo. Ella acentuó su pesantez. Él tuvo que esforzarse para mantenerla en pie. Exactamente como ella había pensado. Su fuerza física era limitada. Él la ayudó hasta llegar al coche. Le preguntó si necesitaba más ayuda. Pero ella dijo que no. Él le abrió la portezuela. Ella alargó la mano rápidamente hacia el sitio donde estaba el trapo. Para que no se evaporase el éter, lo había envuelto en una bolsa de plástico. Tardó apenas unos segundos en sacarlo. La calle seguía desierta. Ella se volvió rápidamente y le puso con fuerza el trapo contra la cara. Él se resistió pero ella era más fuerte. Cuando él empezó a deslizarse hacia el suelo, le mantuvo levantado con una mano, mientras abría la puerta de atrás. Fue fácil meterle dentro. Ella se sentó en el asiento de delante. Pasó un coche, poco después otro ciclista. Ella se inclinó hacia el asiento posterior y volvió a apretar bien el trapo contra su cara. No tardaría en perder el conocimiento. No despertaría antes de que llegara al lago.

Cogió la carretera que pasaba por Svaneholm y Brodda para llegar al lago. Torció junto al pequeño cámping de la orilla, entonces desierto. Apagó los faros y salió del coche. Escuchó. Todo se encontraba en el más absoluto silencio. Las caravanas estaban abandonadas. Arrastró al suelo al hombre aletargado. Luego, cogió el saco que llevaba en el maletero. Los pesos hicieron ruido al chocar contra unas piedras. Le llevó más tiempo del que había previsto meter todo en el saco y atarlo bien.

Él seguía inconsciente. Ella arrastró el saco por el pequeño embarcadero que se adentraba en el lago. A lo lejos volaba un pájaro en la oscuridad. Ella dejó el saco en el extremo del embarcadero. Ahora sólo había que esperar un poco. Encendió un cigarrillo. A la luz de la lumbre, se contempló la mano. No temblaba.

Unos veinte minutos más tarde, el hombre empezó a revivir dentro del saco. A moverse allí dentro.

Ella pensó en el cuarto de baño. En la narración de la mujer. Y recordó los gatos que se ahogaban cuando era pequeña. Se alejaban por el agua en sacos, todavía vivos, luchando desesperadamente por respirar y sobrevivir.

Él empezó a gritar. Daba empujones en el saco. Ella apagó el cigarrillo en el embarcadero.
Trató de pensar. Pero tenía la mente en blanco.
Luego empujó el saco al agua con un pie y se alejó de allí.

24

Habían permanecido tanto tiempo en la comisaría, que el domingo se convirtió en lunes. Wallander envió a Hansson a casa y, más tarde, también a Nyberg. Pero los otros se quedaron y empezaron a repasar de nuevo el material de la investigación.

La maleta les había inducido a volver atrás. Sentados en la sala de reuniones, la habían tenido delante, en la mesa, hasta que interrumpieron la reunión. Martinsson cerró la tapa y se la llevó a su despacho.

Repasaron todo lo sucedido con la premisa de que nada en el trabajo que habían realizado hasta entonces podía considerarse perdido. En esa vuelta atrás había la necesidad común de mirar a los lados, de detenerse en diferentes detalles, y la esperanza de descubrir algo que se les hubiera pasado por alto.

Pero no encontraron nada que les permitiera pensar que, por fin, se habían abierto camino. Los acontecimientos seguían siendo oscuros, su relación incierta, los motivos desconocidos. La vuelta atrás les llevó al punto de partida, a que dos hombres habían sido asesinados de una manera sañuda y brutal, y que el asesino tenía que ser la misma persona.

Eran las doce y cuarto cuando Wallander puso punto final a la reunión. Decidieron encontrarse temprano a la mañana siguiente, para organizar la continuación del trabajo. Lo que significaba, ante todo, ver si había que modificar algo en la investigación como resultado de haber encontrado la maleta.

Ann-Britt Höglund estuvo presente todo el tiempo. En dos ocasiones salió de la sala de reuniones unos minutos. Wallander supuso que había llamado a su casa para hablar con la vecina que le cuidaba a sus hijos. Cuando terminaron la reunión, Wallander le pidió que se quedara un momento. Inmediatamente se arrepintió. No debía, o no podía, retenerla más. Pero ella se limitó a sentarse de nuevo y ambos esperaron a que los otros se hubiesen ido.

—Quiero que me hagas un favor —dijo él—. Quiero que pases revista a todo lo que ha sucedido y le apliques una perspectiva femeni-

na. Quiero que veas todo el material de la investigación pensando en que la persona que buscamos es una asesina, no un asesino. Los puntos de partida deben ser dos. En uno, partes de la base de que ha actuado sola. En el otro, ha sido, por lo menos, cómplice.
—¿Piensas que hay al menos dos?
—Sí. Y uno es una mujer. Aunque, naturalmente, puede haber más personas implicadas.
Ella asintió.
—Lo más pronto posible —siguió Wallander—. Si puede ser, mañana. Quiero que hagas esto antes que nada. Si tienes otras cosas importantes que no pueden esperar, se las encargas a otro.
—Me parece que mañana llega Hamrén de Estocolmo —dijo ella—. Y también dos policías de Malmö. Puedo encargárselo a alguno de ellos.
Wallander no tenía nada más que añadir, pero permanecieron sentados.
—¿Crees de verdad que es una mujer? —preguntó.
—No sé —contestó Wallander—. Es, desde luego, peligroso darle a la maleta y al perfume más importancia de la que tienen. Pero tampoco puedo prescindir del hecho de que toda esta investigación tiene tendencia a escurrírsenos de los dedos. Hay algo raro en ella desde el principio. Ya cuando estábamos junto a la fosa donde colgaba Eriksson de las estacas de bambú, dijiste una cosa en la que he pensado muchas veces.
—¿Que todo parecía muy exhibicionista?
—El lenguaje del asesino. Olía a guerra en lo que veíamos. Holger Eriksson había sido ejecutado en una trampa para animales depredadores.
—A lo mejor *es* una guerra —dijo ella pensativamente.
Wallander la miró con atención.
—¿Qué quieres decir?
—No sé. A lo mejor debemos interpretar lo que vemos exactamente como lo que es. Los fosos de estacas son para cazar animales depredadores. A veces, se usan también en la guerra.
Wallander comprendió inmediatamente que lo que estaba afirmando podía ser importante.
—Sigue.
Ella se mordió el labio.
—No puedo —contestó—. La mujer que cuida de mis hijos tiene que irse. No puedo retenerla más. La última vez que la llamé, estaba enfadada. Y entonces no sirve de mucho lo bien que le pago su trabajo.
Wallander no quería acabar la conversación que habían empezado.

Por un instante, sintió irritación por sus hijos. O por el marido que nunca estaba en casa. Pero se arrepintió enseguida.

—Puedes venir conmigo a casa —dijo ella—. Podemos seguir hablando allí.

Vio que estaba muy pálida y muy cansada. No debía presionarla. Y sin embargo, aceptó. Atravesaron la ciudad, desierta por la noche, en el coche de ella. La cuidadora de los niños esperaba en la puerta. Ann-Britt Höglund vivía en una casa nueva junto a la entrada izquierda de la ciudad. Wallander saludó y asumió, excusándose, la culpa de que ella volviese tan tarde. Luego se sentaron en el cuarto de estar. Él ya había estado allí algunas veces. Se podía apreciar que allí vivía una persona que viajaba mucho. Había recuerdos de muchos países en las paredes. Lo que no se notaba era que allí también vivía un policía. Wallander experimentaba una sensación de hogar que faltaba por completo en su casa, en Mariagatan. Ella le preguntó si quería tomar algo, pero él rechazó el ofrecimiento.

—Una trampa para animales dañinos y guerra —empezó Wallander—. Habíamos llegado hasta ahí.

—Son hombres que cazan, hombres que son soldados. Vemos lo que vemos, además encontramos una cabeza reducida y un diario escrito por un mercenario. Vemos lo que vemos y lo interpretamos.

—¿Cómo lo interpretamos?

—Lo interpretamos bien. Si el asesino tiene un lenguaje, podemos leer claramente lo que escribe.

Wallander se acordó de repente de algo que Linda había dicho en una ocasión en que intentaba explicarle en qué consiste, verdaderamente, el trabajo de un actor. En leer entre líneas, en buscar el texto subyacente.

Él expuso lo que estaba pensando. Lo que Linda había dicho y ella asintió.

—Tal vez me expreso mal —declaró la mujer—. Pero es más o menos eso lo que pienso yo también. Lo hemos visto todo, lo hemos interpretado todo y, a pesar de ello, nos equivocamos.

—¿Vemos lo que el asesino quiere que veamos?

—Quizá nos hacen mirar en dirección equivocada.

Wallander reflexionó. Tenía la cabeza completamente despejada. El cansancio había desaparecido. Estaban siguiendo una pista que podía resultar decisiva. Una pista que había existido en su conciencia, pero que nunca había llegado a controlar.

—El aspecto exhibicionista sería, pues, una maniobra de distracción. ¿Es eso lo que quieres decir?

—Sí.
—¡Sigue!
—La verdad, a lo mejor, es precisamente lo contrario.
—¿Cómo es la verdad?
—Yo no sé. Pero si creemos pensar bien y es un error, lo que es un error, al final, resultará verdad.
—Entiendo. Entiendo y estoy de acuerdo.
—Una mujer jamás atravesaría a un hombre con estacas en un foso. Tampoco ataría a un hombre a un árbol para luego estrangularle con sus propias manos.

Wallander no dijo nada en un buen rato. Ella subió al piso de arriba y regresó después de unos minutos. Él se fijó en que se había puesto otros zapatos.

—Hemos tenido todo el tiempo la sensación de que los crímenes han sido perfectamente planeados —replicó Wallander—. La cuestión es si no han sido tan perfectamente planeados en varios sentidos.

—Yo no puedo imaginarme, desde luego, que una mujer haya hecho esto. Pero ahora empiezo a darme cuenta de que tal vez sea así.

—Tu resumen va a ser importante. Creo que debemos hablar también con Mats Ekholm acerca de esto.

—¿Con quién?

—El psicólogo forense que estuvo aquí este verano.

Ella movió la cabeza con desaliento.

—Debo de estar muy cansada —dijo—. Había olvidado su nombre.

Wallander se levantó. Era la una.

—Nos vemos mañana. ¿Puedes pedirme un taxi?

—Llévate mi coche. Mañana por la mañana voy a necesitar un buen paseo para despejar la cabeza.

Le dio las llaves.

—Mi marido no tardará en regresar. Todo será más fácil entonces.

—Me parece que hasta ahora no me he dado cuenta de lo complicada que es tu situación. Cuando Linda era pequeña, Mona siempre estaba con ella. Creo que ni una sola vez he tenido que dejar de ir al trabajo cuando era pequeña.

Ella le acompañó hasta la puerta. La noche era despejada. La temperatura era de unos grados bajo cero.

—Pero no me arrepiento —dijo ella de pronto.

—No te arrepientes ¿de qué?

—De haberme hecho policía.

—Eres un buen policía. Un policía excelente. Por si no lo sabías.

Supuso que se alegraba de oírlo. Saludó con la cabeza, se sentó en el coche y se alejó de allí.

Al día siguiente, lunes 17 de octubre, Wallander se despertó con un sordo dolor de cabeza. Todavía acostado, se preguntó si no estaría a punto de coger un resfriado, pero no se notó ningún otro síntoma. Se preparó café y tomó unas tabletas para el dolor. Por la ventana de la cocina vio que hacía viento. Un frente nublado había entrado en Escania durante la noche. La temperatura era más elevada: el termómetro marcaba cuatro grados sobre cero.

A las siete y cuarto, estaba en la comisaría. Fue a buscar un café y se sentó en su despacho. En la mesa tenía una nota del agente de Gotemburgo con el que colaboraba en el caso del contrabando de coches de Suecia a los antiguos países del Este. Se quedó un instante con el papel en la mano. Luego lo puso en un cajón. Cogió el cuaderno y empezó a buscar un lápiz. En uno de los cajones encontró el papel de Svedberg. No sabía cuántas veces había olvidado devolvérselo.

Molesto consigo mismo, se levantó y salió al pasillo. La puerta del despacho de Svedberg estaba abierta. Entró y dejó el papel en la mesa, volvió a su despacho, cerró la puerta y dedicó la media hora siguiente a escribir todas las preguntas a las que quería tener respuesta inmediata. También decidió poner ya sobre el tapete el contenido de su conversación nocturna con Ann-Britt Höglund esa misma mañana, cuando se reuniera el equipo de investigación.

A las ocho menos cuarto llamaron a la puerta. Era Hamrén, de la policía criminal de Estocolmo, que acababa de llegar. Se saludaron. Wallander le tenía simpatía. Habían desarrollado una excelente colaboración durante el verano.

—¿Ya estás aquí? Creí que llegarías más tarde.
—Vine en coche ayer —contestó Hamrén—. No podía aguantarme.
—¿Qué tal por Estocolmo?
—Como aquí. Sólo que más grande.
—No sé dónde vas a trabajar —dijo Wallander.
—En el despacho de Hansson. Ya está arreglado.
—Nos reuniremos dentro de una media hora.
—Tengo mucho que leer.

Hamrén abandonó el despacho. Wallander puso distraídamente la mano en el teléfono para llamar a su padre. Se estremeció. El dolor fue intenso e instantáneo y llegó de un vacío.

No había un padre ya a quien pudiera llamar. Ni hoy, ni mañana. Nunca.

Se quedó inmóvil en el sillón, asustado de que empezara a dolerle algo.

Luego se inclinó hacia delante y marcó el número. Contestó Gertrud casi al momento. Parecía cansada y se echó a llorar cuando él le preguntó cómo estaba. Sintió un nudo en la garganta.

—Tomo los días conforme vienen —dijo ella cuando se calmó.

—Voy a intentar pasar por ahí un rato esta tarde. No podrá ser mucho. Pero, de todas formas, lo intentaré.

—He estado pensando en muchas cosas... De ti y de tu padre. Cosas de las que sé muy poco.

—También yo he pensado mucho. Ya veremos si podemos llenar los huecos que nos faltan.

Terminó la conversación y supo que con toda probabilidad no tendría tiempo de ir a Löderup durante el día. ¿Por qué había dicho entonces que lo intentaría? Ahora iba a estar esperándole inútilmente.

«Me paso la vida defraudando a la gente», pensó con desaliento.

Furioso, rompió el lápiz que tenía en la mano y tiró los pedazos a la papelera. Uno cayó fuera. Lo apartó de una patada. Por un instante le asaltaron ganas de huir. Se preguntó cuánto hacía que no hablaba con Baiba. Ella tampoco había llamado. ¿Estaría agonizando su relación? ¿Cuándo iba a tener tiempo de buscar una casa?, ¿de comprar un perro?

Había momentos en los que aborrecía su profesión. Éste era uno de ellos.

Se acercó a la ventana. Viento y nubes de otoño. Aves migratorias camino de países más cálidos. Pensó en Per Åkeson que, finalmente, había decidido marcharse. Había decidido que la vida podía ser algo más.

Baiba dijo en una ocasión, a finales de verano, cuando paseaban por las playas de Skagen, que era como si todo el opulento mundo occidental soñara con un inmenso barco de vela capaz de transportar todo el continente a las islas del Caribe. Dijo también que el colapso sufrido por los antiguos países del Este le había abierto los ojos. En la pobre Letonia había islas de riqueza, de sencilla alegría. Había descubierto que la pobreza era muy grande también en los países ricos que ahora podía visitar. Todo un mar de insatisfacción y de vacío. Ahí era donde aparecía el barco de vela.

Wallander trató de pensar en sí mismo como una olvidada o, tal vez, dubitativa ave migratoria. Pero la idea le pareció tan estúpida y absurda que la rechazó.

Anotó que tenía que acordarse de telefonear a Baiba esa misma noche. Luego vio que eran las ocho y cuarto. Fue a la sala de reuniones. Además de Hamrén, que acababa de llegar, vio también a dos agentes de Malmö. Wallander no les conocía. Les saludó: uno se llamaba Augustsson y el otro Hartman. Llegó también Lisa Holgersson y se sentaron. Ella dio la bienvenida a los recién llegados. No había tiempo para más. Luego miró a Wallander y le hizo una señal con la cabeza.

Empezó como había acordado consigo mismo: resumiendo la conversación mantenida con Ann-Britt Höglund después del experimento de la maleta. Notó enseguida que la reacción era de duda. Era, también, lo que esperaba. Él compartía esas dudas.

—No presento esto más que como una posibilidad entre varias. Puesto que nada sabemos, tampoco podemos prescindir de nada.

Señaló en dirección a Ann-Britt Höglund.

—Le he pedido un resumen de la investigación con sus observaciones como mujer. Nunca hemos hecho una cosa así, pero en este caso no podemos dejar ningún cabo suelto.

Siguió una intensa descusión. También con eso había contado Wallander. Hansson, que aquella mañana parecía estar mejor, era el que llevaba la voz cantante. Aproximadamente a mitad de la reunión, llegó Nyberg. Andaba sin muleta.

Wallander se encontró con su mirada. Tuvo la impresión de que Nyberg tenía algo que decir. Le miró interrogante, pero Nyberg negó con la cabeza.

Wallander escuchaba la discusión sin participar en ella muy activamente. Notó que Hansson se expresaba con claridad y exponía muy bien sus argumentos. Era importante también que, sin demora, encontraran todas las alternativas que pudieran aparecer.

A las nueve, hicieron una pausa. Svedberg le enseñó el periódico a Wallander con una foto de la recién creada milicia ciudadana de Lödinge. Varias ciudades y pueblos de Escania parecían seguir el ejemplo. Lisa Holgersson vio una noticia sobre ello en el telediario de la tarde de la segunda cadena el día anterior.

—Vamos a tener milicias ciudadanas en todo el país muy pronto —dijo ella—. Figuraos una situación con diez veces más policías de juguete que nosotros.

—Posiblemente, es inevitable —dijo Hamrén—. Sin duda el delito siempre es rentable. En todo caso, la diferencia, hoy, es que eso se puede probar. Si a nosotros nos dieran un diez por ciento de todo el dinero que desaparece por los delitos económicos, seguro que podíamos crear tres mil puestos de policía nuevos.

La cifra le pareció a Wallander muy exagerada. Pero Hamrén no dio su brazo a torcer.

—El único problema es si queremos una sociedad así —siguió diciendo—. Médicos de cabecera es una cosa, pero ¿policías de cabecera? ¿Policías por todas partes? ¿Una sociedad dividida en diferentes zonas dotadas de alarma? ¿Llaves y códigos para ir a visitar a los padres ancianos?

—No necesitamos nuevos policías —señaló Wallander—. Lo que necesitamos es otra clase de policías.

—Posiblemente necesitamos una sociedad distinta —opinó Martinsson—. Con menos contratos blindados y más solidaridad.

Sus palabras tenían, sin querer, un eco de discurso político electoral. Pero Wallander creyó comprender lo que quería decir Martinsson. Sabía que tenía una preocupación constante por sus hijos. Por que no se acercaran lo más mínimo al mundo de la droga. Por que pudiera ocurrirles algo.

Wallander se sentó al lado de Nyberg, que no se había alejado de la mesa.

—Me pareció que querías decir algo.

—Es sólo un pequeño detalle. ¿Te acuerdas de que encontré una uña postiza en el bosque de Marsvinsholm?

Wallander se acordaba.

—¿La que creías que había estado allí mucho tiempo?

—Yo no creía nada. Pero no lo descartaba. Ahora creo que se puede establecer que no ha permanecido allí mucho tiempo.

Wallander asintió. Le hizo un gesto a Ann-Britt Höglund para que se acercara.

—¿Usas tú uñas postizas? —preguntó.

—No a diario —contestó ella—. Pero sí que las he llevado.

—¿Se pegan bien?

—Se rompen con mucha facilidad.

Wallander asintió.

—Pensé que debías saberlo —añadió Nyberg.

Svedberg entró en la sala.

—Gracias por el papel. Pero podías haberlo tirado.

—Rydberg solía decir que tirar las notas de los colegas era un pecado imperdonable —respondió Wallander.

—Rydberg decía muchas cosas.

—Con frecuencia se demostraba que eran verdad.

Wallander sabía que Svedberg nunca se había llevado bien con Rydberg. Lo que le sorprendía era que aún durase aquello, a pesar de que Rydberg había muerto varios años atrás.

Se reanudó la reunión. Hicieron un nuevo reparto de tareas de modo que Hamrén y los dos policías de Malmö entrasen inmediatamente en la investigación. A las once menos cuarto, Wallander decidió que era hora de levantar la sesión. Sonó un teléfono. Martinsson, que estaba cerca, cogió el auricular. Wallander tenía hambre. Tal vez aún tuviera tiempo de acercarse a Löderup a ver a Gertrud a última hora de la tarde. Entonces se fijó en que Martinsson había levantado la mano. Se hizo el silencio en torno a la mesa. Martinsson escuchaba con gran atención. Miró a Wallander, que se dio cuenta enseguida de que algo grave había ocurrido. «No otra vez», pensó. «No puede ser, no podemos más.»

Martinsson colgó el auricular:

—Han encontrado un cadáver en el lago Krageholmssjön —dijo.

Wallander pensó por un instante que aquello no tenía que significar por fuerza que el asesino que buscaban hubiera vuelto a actuar. Los accidentes por ahogamiento no eran raros.

—¿Dónde? —preguntó.

—Hay un pequeño cámping en la parte este. El cuerpo estaba muy cerca del embarcadero.

Wallander comprendió luego que se había sentido aliviado demasiado pronto. Martinsson aún tenía más cosas que decir:

—El cadáver está dentro de un saco. Un hombre.

«Entonces ha vuelto a ocurrir», pensó Wallander. El nudo del estómago reapareció.

—¿Quién ha llamado? —preguntó Svedberg.

—Un campista. Telefoneaba desde un móvil. Estaba muy alterado. Parecía que vomitaba en mi propia oreja.

—No debe de haber nadie que haga cámping ahora —objetó Svedberg.

—Hay caravanas que están allí todo el año —añadió Hansson—. Yo sé dónde es.

De pronto, Wallander se sintió incapaz de dominar la situación. Deseó alejarse de todo. Tal vez Ann-Britt Höglund lo notara. Fue ella, en todo caso, quien le salvó al levantarse:

—Será mejor que vayamos.

—Sí —repuso Wallander—. Seguro que es mejor que vayamos ahora mismo.

Como Hansson sabía adónde tenían que ir, Wallander se sentó en su coche. Los otros les siguieron. Hansson conducía deprisa y no muy bien. Wallander frenaba con los pies. Sonó el teléfono del coche. Era Per Åkeson, que quería hablar con Wallander.

—¿Qué es lo que me están diciendo? —preguntó—. ¿Otra vez?
—Es muy pronto para contestar. Pero el riesgo existe.
—¿Por qué existe el riesgo?
—Si hubiera sido un cadáver que flotara, podía haberse tratado de un accidente o un suicidio. Un cadáver metido en un saco es un asesinato. No puede ser nada más.
—¡Vaya putada! —dijo Per Åkeson.
—Eso digo yo.
—Tenme informado. ¿Dónde estás ahora?
—Camino del lago Krageholmssjön. Supongo que estaremos allí dentro de unos veinte minutos.

La conversación se terminó. Wallander pensó que iban camino del mismo sitio donde habían encontrado la maleta. El lago estaba en las proximidades del triángulo que se había imaginado anteriormente.

Al parecer, Hansson estaba pensando en lo mismo.

—El lago está a mitad de camino entre Lödinge y el bosque de Marsvinsholm. No son grandes distancias.

Wallander cogió el teléfono y marcó el número de Martinsson. El coche iba justo detrás de ellos. Martinsson contestó.

—¿Qué más dijo el hombre que ha telefoneado? ¿Cómo se llamaba?
—Creo que no me dijo el nombre. Pero era de aquí, de Escania.
—Un cadáver en un saco. ¿Cómo supo que había un cadáver en el saco? ¿Lo había abierto?
—Salía un pie con el zapato puesto.

A pesar de que la comunicación era mala, Wallander pudo notar el desagrado de Martinsson. Terminó la conversación.

Llegaron a Sövestad y doblaron a la izquierda. Wallander pensó en la mujer que había sido cliente de Gösta Runfeldt. Por todas partes había recordatorios de los sucesos. Si había un centro geográfico, ése era Sövestad.

Se vislumbraba el lago entre los troncos de los árboles. Wallander trató de prepararse para lo que le esperaba.

Cuando doblaron para bajar hacia el desierto cámping, se les acercó un hombre corriendo. Wallander se apeó del coche antes de que Hansson hubiese parado del todo.

—Allí abajo —indicó el hombre. Su voz era temblorosa y tartamudeaba.

Wallander fue bajando despacio hacia la pequeña cuesta que conducía al embarcadero. Ya de lejos divisó algo en el agua, a uno de los lados del embarcadero. Martinsson le dio alcance, pero se quedó en el estribo. Los otros esperaban detrás. Wallander caminó con cuidado por el embarcadero. Éste cedía a su paso. El agua era de color marrón y parecía muy fría. Sintió un escalofrío.

El saco era visible sólo en parte por encima de la superficie del agua. Asomaba un pie. El zapato era marrón y tenía cordones. Por un agujero de la pernera del pantalón se veía la piel blanca.

Wallander miró hacia la orilla y llamó a Nyberg con la mano. Hansson hablaba con el hombre que había telefoneado, Martinsson esperaba más arriba, Ann-Britt Höglund estaba sola. Wallander pensó que era como una fotografía. La realidad congelada, captada.

La vivencia se interrumpió cuando Nyberg pisó el embarcadero. Volvía la realidad. Wallander se puso en cuclillas y Nyberg hizo lo propio.

—Un saco de yute —dijo éste—. Suelen ser resistentes. Y, sin embargo, se le ha abierto un agujero. Debe de ser viejo.

Wallander deseó que Nyberg tuviera razón. Pero sabía ya que no era ése el caso.

El saco no tenía ningún agujero. Se notaba que el hombre lo había hecho a patadas. Las fibras del saco habían sido separadas y luego desgarradas.

Wallander sabía lo que significaba aquello.

El hombre estaba vivo cuando le metieron en el saco y le tiraron al lago.

Wallander respiró hondo, tenía ganas de vomitar y mareos.

Nyberg le miró inquisitivamente, pero no dijo nada. Se limitó a esperar.

Wallander siguió respirando hondo una y otra vez. Luego dijo lo que pensaba, lo que sabía que era verdad.

—El agujero lo ha hecho a patadas. Eso significa que estaba vivo cuando le tiraron al lago.

—¿Ejecución? —preguntó Nyberg—. ¿Ajuste de cuentas entre diferentes grupos criminales?

—A lo mejor es eso —contestó Wallander—. Pero yo no lo creo.

—¿El mismo hombre?

Wallander asintió con la cabeza.

—Eso parece.

Wallander se incorporó con esfuerzo. Le flaqueaban las rodillas. Volvió a la orilla. Nyberg se quedó fuera, en el embarcadero. Los técnicos acababan de llegar con su coche. Wallander subió y se acercó a Ann-Britt Höglund. Ahora estaba en compañía de Lisa Holgersson. Los otros fueron llegando. Finalmente se reunieron todos. El hombre que encontró el saco se había sentado en una piedra y apoyaba la cabeza en las manos.

—Puede ser el mismo asesino —afirmó Wallander—. Si es así, esta vez ha ahogado a una persona en un saco.

El malestar recorrió el grupo como un estremecimiento.

—Tenemos que parar a ese loco —exclamó Lisa Holgersson—. ¿Qué es lo que está pasando realmente en este país?

—Un foso con estacas. Un hombre estrangulado atado a un árbol. Y, ahora, un hombre ahogado —enumeró Wallander.

—¿Sigues pensando que una mujer sería capaz de hacer algo así? —preguntó Hansson. Su tono era manifiestamente agresivo.

Wallander se hizo a su vez la pregunta a sí mismo en silencio. ¿Qué creía él en realidad? En el curso de unos segundos, desfilaron por su mente todos los sucesos.

—No —contestó luego—. No lo pienso. Porque no quiero pensarlo. Pero, a pesar de todo, puede ser una mujer la que lo ha hecho. O la que, al menos, ha sido cómplice.

Miró a Hansson.

—La pregunta está mal formulada —continuó—. No se trata de lo que yo crea. Se trata de lo que ocurre en este país hoy día.

Wallander bajó de nuevo hasta el borde del lago. Un cisne solitario se acercaba al embarcadero, deslizándose sin ruido por la oscura superficie del agua.

Wallander se quedó mirándolo un buen rato.

Luego, se subió la cremallera de la chaqueta y volvió junto a Nyberg, que ya había empezado a trabajar.

Escania
17 de octubre-3 de noviembre de 1994

25

Nyberg fue cortando el saco con cuidado. Wallander volvió al embarcadero para ver la cara del cadáver, junto con un médico que acababa de llegar.

No le conocía. No le había visto nunca. Lo que, como es natural, tampoco esperaba. Wallander pensó que la víctima tendría entre cuarenta y cincuenta años.

Miró el cadáver, que acababan de extraer del saco, menos de un minuto. No podía más, sencillamente. El mareo persistía en su cabeza.

Nyberg terminó de registrar los bolsillos del hombre.

—Lleva un traje caro —afirmó—. Los zapatos tampoco son baratos.

No encontraron nada en los bolsillos. Alguien se había tomado la molestia, pues, de retrasar la identificación. Con lo que sí tuvo que contar, en cambio, el asesino era con que pronto encontrarían el cadáver en el lago. De modo que la intención no había sido ocultarlo.

El cadáver estaba a un lado. El saco, en un plástico. Nyberg llamó a Wallander, que se había apartado.

—Está todo perfectamente calculado. Se podría pensar que el asesino se ha servido de una balanza. O, si no, que tiene conocimientos acerca de la distribución del peso y la resistencia del agua.

—¿Qué quieres decir? —preguntó Wallander.

Nyberg señaló unos gruesos rebordes que había en el interior del saco.

—Todo está minuciosamente preparado. El saco lleva cosidos unos pesos que le han garantizado al autor dos cosas. Por una parte, que haya flotado con un pequeño cojín de aire por encima de la superficie del agua. Y por otra, los pesos no han sido tantos como para que, sumados al del hombre, hayan arrastrado el saco hasta el fondo. Como todo está tan bien calculado, la persona que haya preparado el saco debe saber cuánto pesaba el muerto. Por lo menos, con alguna aproximación. Y un margen de error de unos cuatro o cinco kilos.

Wallander se obligó a reflexionar, a pesar de que todos los pensamientos acerca de cómo había sido asesinado el hombre le provocaban vómitos y mareos.

—La estrecha franja de aire garantizaba, pues, que el hombre se ahogase realmente, ¿no es eso?

—Yo no soy médico —dijo Nyberg—. Pero seguro que estaba vivo cuando le tiraron al agua. Este hombre ha sido, sin duda, asesinado.

El médico que, de rodillas, estaba reconociendo el cadáver había oído la conversación. Se incorporó y se acercó a ellos. El embarcadero se balanceaba bajo sus pies.

—Es, naturalmente, muy pronto para hacer una declaración definitiva sobre cualquier cosa —dijo—. Pero sí se puede partir de la base de que se ha ahogado.

—Que se ha ahogado, no —dijo Wallander—. Que le han ahogado.

—Es la policía la que determina si esto es un accidente o un asesinato. Si se ha ahogado o si le han ahogado. Yo sólo puedo hablar de lo que ha sucedido en su cuerpo.

—¿Algún daño exterior? ¿Algún golpe o herida?

—Tenemos que quitarle la ropa para poder contestar a eso. Pero en las partes del cuerpo que están a la vista, no he podido apreciar nada. El reconocimiento forense puede llegar a otras conclusiones, por supuesto.

Wallander asintió.

—Quisiera saber cuanto antes si encuentras alguna señal de que ha sido objeto de violencia.

El médico volvió a su trabajo. Aunque Wallander le había visto varias veces, no podía acordarse de su nombre.

Abandonó el embarcadero y reunió en la playa a sus colaboradores más próximos. Hansson acababa de dar por terminada la conversación con la persona que había descubierto el saco en el agua.

—No encontramos papeles de identificación —empezó Wallander—. No sabemos quién es. Eso es lo más importante en este momento. Tenemos que enterarnos de su identidad. Antes de eso, no podemos hacer nada. Podéis empezar por repasar las denuncias de desapariciones.

—Hay un riesgo grande de que aún no le hayan echado en falta —dijo Hansson—. Nils Göransson, el hombre que le encontró, asegura que estuvo aquí ayer por la tarde. Trabaja por turnos en un taller de maquinaria de Svedala y suele venir por aquí porque le cuesta dormirse. Acaba justamente de empezar un turno. Estuvo aquí ayer. Va siempre hasta el final del embarcadero. Y entonces no había ningún saco. Así que deben de haberlo tirado al agua durante la noche. O ayer, a última hora de la tarde.

—O esta mañana —replicó Wallander—. ¿A qué hora llegó él?

Hansson repasó sus notas.
—A las ocho y cuarto. Terminó su turno a las siete y vino aquí en el coche, directamente. Por el camino, se paró a desayunar.
—Bueno, pues ya lo sabemos. No ha pasado mucho tiempo. Eso nos puede dar alguna ventaja. La dificultad será identificarle.
—El saco puede haber sido tirado al lago en otro lugar —sugirió Nyberg.
Wallander movió negativamente la cabeza.
—No ha estado mucho tiempo en el agua. Y aquí tampoco hay corrientes de entidad.
Martinsson, preocupado, pateaba la arena como si tuviera frío.
—¿Tiene que ser necesariamente la misma persona? —preguntó—. A mí me parece que esto es diferente.
Wallander tenía una seguridad completa en lo que dijo:
—No. Es el mismo asesino. En cualquier caso, lo más sensato es partir de esa base. Y contemplar otras posibilidades cuando haga falta.
Luego les dijo que se pusieran en marcha. Ya no hacían nada de utilidad allí, en la playa de Krageholmssjön.
Los automóviles partieron. Wallander miró al agua. El cisne había desaparecido. Contempló a los hombres que trabajaban en el embarcadero. La ambulancia, los coches de policía, las cintas de acordonamiento. El conjunto de todo aquello le provocó de repente una sensación de irrealidad total. Tenía ante sí una naturaleza rodeada de cintas de plástico que delimitaban el lugar del crimen. Adondequiera que iba, encontraba personas muertas. Podía buscar con la mirada un cisne en la superficie del agua. Pero en el primer plano yacía una persona que acababa de ser extraída, muerta, de un saco.
Pensó que su trabajo, en el fondo, no era nada más que un mal pagado tormento. Le pagaban para que aguantase. Las cintas de acordonamiento se enroscaban en su vida como una serpiente.
Se acercó a Nyberg, que enderezaba la espalda.
—Hemos encontrado una colilla —señaló—. Eso es todo. Por lo menos aquí en el embarcadero. Pero hemos tenido tiempo de hacer un reconocimiento, si bien superficial, de la arena. Buscando las huellas de arrastre. No hay ninguna. Quienquiera que haya transportado el saco ha tenido que ser un forzudo. A no ser que le haya atraído hasta aquí y le haya metido luego en el saco.
Wallander movió la cabeza.
—Vamos a partir de la base de que el saco ha sido transportado. Transportado con su contenido.
—¿Te parece oportuno que hagamos un rastreo?
Wallander estaba indeciso.

—Yo creo que no —contestó—. El hombre estaba inconsciente al llegar. Tiene que haberse hecho con un automóvil. Luego, el saco ha sido arrojado al agua. Y el coche se ha ido de aquí.

—Entonces, de momento no rastreamos.

—Cuenta lo que ves —dijo Wallander.

Nyberg hizo una mueca.

—Claro que puede ser el mismo hombre —dijo después—. La violencia, la crueldad, en eso se parece. Aunque haya diferencias.

—¿Piensas que una mujer puede haber hecho esto?

—Yo digo lo mismo que tú —contestó Nyberg—. Prefiero no creerlo. Pero digo también que, si es una mujer, es capaz de cargar ochenta kilos sin problemas. ¿Qué mujer puede hacer algo así?

—Yo no conozco a ninguna. Pero existir, existen, claro.

Nyberg volvió al trabajo. Wallander estaba a punto de dejar el embarcadero cuando descubrió, inesperadamente, al cisne solitario a su lado. Deseó haber tenido un trozo de pan. El cisne picoteaba algo junto a la playa. Wallander dio un paso para acercarse. El cisne chilló y se volvió al agua.

Wallander subió hasta uno de los coches de policía y pidió que le llevaran a Ystad.

Por el camino de regreso a la ciudad, trató de pensar. El asesino aún no había terminado. No sabían nada de él. ¿Se encontraba al comienzo o al final de lo que había decidido llevar a cabo? Tampoco sabían si sus actos eran deliberados o se trataba de un loco.

«Tiene que ser un hombre», pensó Wallander. «Todo lo demás va contra el sentido común. Las mujeres raras veces cometen asesinatos. Y menos aún asesinatos bien planeados. Actos violentos, crueles y calculados.

»Tiene que ser un hombre, tal vez varios. Nunca seremos capaces de resolver esto si no encontramos la relación entre las víctimas. Ahora son tres. Eso debería aumentar nuestras posibilidades. Pero nada es seguro. Nada se descubre por sí mismo.»

Apoyó la mejilla en el cristal. El paisaje era marrón tirando a gris. La hierba, sin embargo, todavía estaba verde. En un campo, un tractor abandonado.

Wallander pensó en el foso de estacas donde había encontrado a Holger Eriksson. En el árbol donde había sido amarrado y estrangulado Gösta Runfeldt. Y ahora, una persona viva, metida en un saco, arrojada al lago Krageholmssjön para que se ahogara.

De pronto vio con toda claridad que el motivo no podía ser otro que la venganza. Pero esto sobrepasaba todas las proporciones. ¿Qué es lo que vengaba el asesino? ¿Cuál era el trasfondo? Algo tan espantoso que matar no era suficiente, sino que los que morían tenían además que ser conscientes de lo que les estaba ocurriendo.

«No hay ninguna casualidad detrás de esto», pensó Wallander. «Todo está muy bien pensado y elegido.»

Se detuvo en esta última reflexión.

El asesino elegía. Alguien resultaba elegido. ¿Elegido entre quiénes?

Al llegar a la comisaría continuaba pensativo y sentía la necesidad de encerrarse antes de sentarse con sus colegas. Descolgó el teléfono, apartó las notas de llamadas que tenía en la mesa y puso los pies en un montón de circulares de la Jefatura de Policía.

La idea más difícil era la de la mujer. Que una mujer pudiera estar involucrada en los hechos. Hizo un esfuerzo por recordar las veces en las que había tenido entre manos delitos violentos cometidos por mujeres. No era frecuente. Creía recordar cada una de las ocasiones que había conocido durante sus años como policía. Una sola vez, pronto haría quince años, detuvo a una mujer, autora de un asesinato. Luego, el tribunal lo calificó de homicidio. Se trataba de una mujer de mediana edad que había matado a su hermano. Él la había perseguido y vejado desde la infancia. Al final, ella no pudo aguantar más y le disparó con su propia escopeta de caza. En realidad, su intención no era darle. Sólo pretendía asustarle. Pero tenía mala puntería. Le acertó en pleno pecho y murió instantáneamente. En los otros casos que Wallander recordaba, las mujeres que habían cometido actos violentos lo habían hecho impulsivamente y en defensa propia. Se trataba de sus maridos o de hombres a los que intentaban rechazar en vano. En muchos casos había alcohol por medio.

Nunca jamás había tenido la experiencia de que una mujer hubiera planeado cometer un acto violento. Por lo menos, no según un plan cuidadosamente trazado.

Se levantó y se acercó a la ventana.

¿A qué se debía que no pudiera desechar el pensamiento de que esta vez, sin embargo, había una mujer involucrada?

No hallaba respuesta. No sabía siquiera si pensaba que se trataba de una mujer sola o de una mujer y un hombre.

No había nada que apuntase a lo uno ni a lo otro.

Le arrancó de sus pensamientos Martinsson, que llamaba a la puerta.

—La relación empieza a estar lista —informó.

Wallander no sabía a qué se refería. Había estado sumido por completo en sus reflexiones.

—¿Qué relación?

—La lista de los desaparecidos —contestó Martinsson sorprendido.
Wallander asintió.
—Entonces nos reunimos —replicó empujando a Martinsson delante de él por el pasillo.

Una vez cerrada la puerta de la sala de reuniones, todo el desánimo y la impotencia experimentados anteriormente se esfumaron por completo. En contra de su costumbre, se quedó de pie junto a uno de los extremos de la mesa. Por lo general, se sentaba. Ahora era como si no tuviera tiempo de eso siquiera.

—¿Qué tenemos? —preguntó.

—En Ystad no hay denuncias de desaparecidos estas últimas semanas —comenzó Svedberg—. Las personas que estamos buscando desde hace más tiempo no coinciden en absoluto con el hombre que hemos encontrado en el lago. Se trata de unos adolescentes, dos chicas y un chico que se han escapado de un albergue de refugiados. El chico habrá salido del país y estará camino de Sudán.

Wallander se acordó de Per Åkeson.

—Pues ya lo sabemos —se limitó a decir—. ¿Y los otros distritos?

—Estamos con un par de personas de Malmö —dijo Ann-Britt Höglund—. Pero tampoco coinciden. En un caso, puede ser que coincida la edad. Pero se trata de un hombre del sur de Italia que ha desaparecido. El que encontramos no parece muy italiano de aspecto.

Revisaron las denuncias que habían llegado de los distritos más próximos a Ystad. Wallander no albergaba la menor duda acerca de que, si hacía falta, tendrían que cubrir todo el país e incluso el resto de Escandinavia. Sólo podían abrigar la esperanza de que el hombre hubiera vivido en las cercanías de Ystad.

—Lund recibió una denuncia ayer por la noche, tarde —dijo Hansson—. Una mujer llamó para decir que su marido no había vuelto después de dar un paseo por la tarde. La edad podría coincidir. Era investigador en la universidad.

Wallander movió dubitativamente la cabeza.

—Lo dudo. Pero tenemos que controlarlo, desde luego.

—Están tratando de conseguir una fotografía —prosiguió Hansson—. Nos la mandarán por fax en cuanto la tengan.

Wallander había estado de pie todo el tiempo. Ahora se sentó. En ese momento entró Per Åkeson en la sala. Wallander hubiera preferido que no estuviera presente. Nunca resultaba fácil hacer un resumen en el que se admitía que estaban estancados. La investigación estaba atascada con las ruedas hundidas en el barro. No se movían ni hacia delante ni hacia atrás.

Y ahora tenían además una nueva víctima.
Wallander se sentía muy afectado. Como si fuera personalmente responsable de que no tuvieran ningún camino que seguir. Y, sin embargo, sabía que habían trabajado con toda la intensidad y la energía de que eran capaces. Los policías reunidos en la sala eran competentes y entregados.
Wallander reprimió la irritación que le producía la presencia de Per Åkeson.
—Llegas a punto —dijo en cambio—. Pensaba tratar de resumir el estado de la investigación.
—¿Es posible hablar de un estado de la investigación? —preguntó Per Åkeson.
Wallander sabía que la intención no era maliciosa ni crítica. Los que no conocían a Per Åkeson reaccionaban a veces ante sus maneras bruscas. Pero Wallander había trabajado con él tantos años que sabía que la frase era una manifestación de inquietud y de voluntad de ayudar en lo que pudiera.
Hamrén, que era nuevo, contempló a Per Åkeson con disgusto. Wallander se preguntó cómo se expresarían los fiscales con los que él tenía que relacionarse en Estocolmo.
—Siempre hay un estado de la investigación —contestó Wallander—. También esta vez. Pero es muy confuso. Una serie de pistas que teníamos carecen ahora de vigencia. Yo creo que hemos llegado a un punto en que hemos de regresar al de partida. Lo que este nuevo asesinato significa no podemos decirlo todavía. Es, naturalmente, demasiado pronto.
—¿Es la misma persona? —preguntó Åkeson.
—Yo creo que sí —contestó Wallander.
—¿Por qué?
—La manera de hacer. La brutalidad. La crueldad. Un saco no es, por supuesto, lo mismo que estacas de bambú afiladas. Pero tal vez podría decirse que es una variación sobre el mismo tema.
—¿En qué ha quedado la sospecha de que podía haber un mercenario detrás?
—Nos condujo a comprobar que Harald Berggren lleva muerto siete años.
Per Åkeson no tenía más preguntas.
La puerta se entreabrió discretamente. Una auxiliar dejó una fotografía que había llegado por fax.
—Viene de Lund —dijo la chica y cerró la puerta.
Todos se levantaron al mismo tiempo y se pusieron alrededor de Martinsson, que tenía la fotografía en la mano.

Wallander respiró hondo. No cabía la menor duda. Era el hombre que habían encontrado en el lago Krageholmssjön.

—Bueno —dijo Wallander en voz baja—. Ahí ganamos una buena parte de la ventaja del asesino.

Se sentaron de nuevo.

—¿Quién es? —preguntó Wallander.

Hansson tenía sus papeles en orden.

—Eugen Blomberg, cincuenta y un años. Investigador ayudante en la Universidad de Lund. Al parecer se dedica a un campo científico que tiene que ver con la leche.

—¿Con la leche? —inquirió Wallander sorprendido.

—Eso pone. «Cómo se comportan las alergias a la leche con diferentes enfermedades intestinales.»

—¿Quién denunció su desaparición?

—Su esposa. Kristina Blomberg. La dirección es Siriusgatan, en Lund.

Wallander sentía la necesidad de aprovechar el tiempo de la mejor manera posible. Quería acortar aún más la invisible ventaja.

—Entonces, vamos allá —dijo levantándose—. Informa a los colegas de que le hemos identificado. Que localicen a la mujer para que yo pueda hablar con ella. Hay un policía criminal en Lund que se llama Birch. Kalle Birch. Nos conocemos. Hablad con él. Me voy para allá.

—Pero, ¿vas a hablar con la mujer antes de que tengamos una identificación definitiva?

—Que le identifique otra persona. Alguien de la universidad. Otro investigador de alergias lácteas. Y ahora hay que repasar, además, de nuevo, todo el material sobre Eriksson y Runfeldt. Eugen Blomberg. A ver si aparece por algún sitio. Hoy deberíamos hacer bastantes cosas.

Wallander se volvió hacia Per Åkeson.

—Tal vez podamos decir que el estado de la investigación se ha modificado.

Per Åkeson asintió, pero no dijo nada.

Wallander fue a coger su chaqueta y las llaves de uno de los coches policiales. Eran las dos y cuarto cuando salió de Ystad. Pensó en poner la luz azul, pero no lo hizo. No iba a llegar antes por eso.

A las tres y media estaba en Lund. Un coche de policía salió a su encuentro a la entrada y le condujo a la calle Siriusgatan. Era una zona de chalets al este del centro de la ciudad. Al entrar en la calle, el coche de policía frenó. Allí había otro automóvil aparcado. Wallander vio que de él se apeaba Kalle Birch. Se habían conocido hacía unos años en una gran asamblea de los distritos policiales del sur de Suecia celebrada en el balneario de Tylösand, en las afueras de Halmstad. El objetivo del encuentro consistía en mejorar la colaboración operacional en la zona. Wallander, de muy mala gana, había participado en la asamblea. Björk, el jefe de policía de entonces, se vio en la obligación de ordenárselo. A la hora de comer, Wallander se sentó, por casualidad, junto a Birch. Descubrieron que ambos compartían el interés por la ópera. En el transcurso de los años, tuvieron contacto de vez en cuando. Wallander había oído decir a varias personas que Birch era un policía muy bueno, pero que a veces sufría grandes depresiones. Al acercarse ahora a Wallander parecía, sin embargo, de buen humor. Se estrecharon la mano.

—Acabo de ponerme al tanto de todo —dijo Birch—. Un colega de Blomberg ya va de camino para identificarle. Nos lo comunicarán por teléfono.

—¿Y la viuda?

—No está informada todavía. Nos pareció que sería ir demasiado deprisa.

—Eso dificultará el interrogatorio. Va a ser un choque para ella.

—No podemos hacer nada para evitarlo.

Birch señaló una cafetería al otro lado de la calle.

—Podemos esperar allí. Además, tengo hambre.

Wallander tampoco había comido. Se sentaron en la cafetería y tomaron unos bocadillos y un café. Wallander le hizo un resumen a Birch de todo lo que había ocurrido.

—Me recuerda a lo que tuvisteis entre manos en el verano —dijo Birch cuando hubo terminado Wallander.

—Sólo en que el asesino mata a más de una persona. En cuanto a los motivos, parece que se separan.

—¿Cuál es, en realidad, la diferencia entre arrancar cueros cabelludos y ahogar a personas vivas?

—No puedo explicarlo con palabras —repuso Wallander indeciso—. Pero, de todos modos, la diferencia es muy grande.

Birch cambió de conversación.

—Nunca pudimos imaginarnos esto cuando nos hicimos policías.

—Yo ya ni me acuerdo de lo que me figuraba entonces.

—Una vez conocí a un viejo comisario. Murió hace tiempo. Se llamaba Karl-Oscar Fredrick Wilhelm Sunesson. Tiene algo de leyenda. Por lo menos aquí, en Lund. Él vio venir todo esto. Recuerdo que solía hablar con nosotros, los más jóvenes, y nos advertía de que todo se iba a volver más duro. De que la violencia aumentaría y se haría más brutal. Y también explicaba por qué. Hablaba del bienestar sueco como de un tremedal bien camuflado. La corrupción era inherente al sistema. Lo cierto es que se dedicaba a hacer análisis económicos y a explicar la relación entre diferentes tipos de delincuencia. Lo que más me impresionaba de él es que jamás hablaba mal de nadie. Podía ser crítico con los políticos, podía destruir propuestas de diferentes cambios policiales con sus argumentos. Pero no tenía la menor duda de que, detrás, había buena voluntad, aunque fuera confusa. Decía con frecuencia que la buena voluntad, si no va acompañada de sentido común, conduce a catástrofes más grandes que las acciones basadas en maldad o estupidez. Entonces yo no entendía mucho todo aquello. Pero ahora sí.

Wallander pensó en Rydberg. Podía haber sido de él de quien hablaba Birch.

—Sin embargo, eso no da respuesta a la cuestión —dijo Wallander—. Qué era lo que pensábamos cuando elegimos hacernos policías.

Wallander no llegó a saber cuál era la opinión de Birch. Sonó el teléfono. Birch escuchó en silencio.

—Está identificado —dijo éste cuando terminó la conversación—. Es Eugen Blomberg. No hay la menor duda de ello.

—Entonces, vamos.

—Si quieres, puedes esperar mientras informamos a su esposa. Suele ser bastante penoso.

—Os acompaño —repuso Wallander—. Lo prefiero a estar aquí sentado sin hacer nada. Además, eso me puede dar una idea de cómo era la relación con su marido.

Se encontraron con una mujer sorprendentemente serena y que pareció entender de inmediato el significado de su presencia allí, junto a su puerta. Wallander se mantuvo detrás cuando Birch le dio la noticia de la muerte de su marido. Ella se había sentado en el borde de una silla como para poder apoyarse en los pies y movió la cabeza en silencio. Wallander supuso que tenía la misma edad que su marido. Pero parecía mayor, como si hubiera envejecido antes de tiempo. Estaba muy delgada, la piel se atirantaba sobre sus pómulos. Wallander la estudiaba a hurtadillas. No le pareció que fuera a derrumbarse. Al menos, no todavía.

Birch hizo un gesto a Wallander, que se acercó. Birch sólo le había dicho que habían encontrado a su marido muerto en el lago Krageholmssjön, pero nada de lo que había ocurrido. Eso sería misión de Wallander.

—El lago Krageholmssjön pertenece al distrito policial de Ystad

—dijo Birch—. Por esa razón, ha venido un colega de allí. Se llama Kurt Wallander.

Kristina Blomberg levantó los ojos. A Wallander le recordaba a alguien. Pero no sabía a quién.

—Reconozco tu cara —dijo ella—. Debo de haberte visto en los periódicos.

—No es imposible —contestó Wallander sentándose en una silla frente a ella.

Birch había tomado, mientras tanto, la posición que ocupaba Wallander hasta ese momento.

La casa era muy tranquila. Amueblada con buen gusto. Muy silenciosa. Wallander pensó que aún no sabía si tenían hijos.

Ésa fue su primera pregunta.

—No —respondió ella—. No teníamos hijos.

—¿Tampoco de matrimonios anteriores?

Wallander captó enseguida su inseguridad. Tardó en contestar imperceptiblemente, pero él lo notó.

—No. No que yo sepa. Y no de mi parte.

Wallander cambió una mirada con Birch, que también había advertido su vacilación ante una pregunta que no debiera haber sido difícil de contestar. Wallander continuó despacio.

—¿Cuándo viste por última vez a tu marido?

—Salió a dar un paseo ayer tarde. Tenía la costumbre de hacerlo.

—¿Sabes por dónde iba?

Ella negó con la cabeza.

—Muchas veces estaba fuera más de una hora. Pero no sé por dónde iba.

—¿No pasó nada especial ayer por la tarde?

—No.

Wallander volvió a percibir una sombra de inseguridad en su respuesta. Acentuó la prudencia.

—Así que no volvió. ¿Qué hiciste entonces?

—Esperé hasta las dos de la madrugada y llamé a la policía.

—Pero él podía haber ido a ver a alguien, ¿no?

—Tenía muy pocos amigos. Y hablé con ellos antes de llamar a la policía. No le habían visto.

Ella le miró. Seguía serena. Wallander comprendió que ya no podía esperar más.

—Tu marido ha sido encontrado muerto en el lago Krageholmssjön. Hemos podido comprobar también que ha sido asesinado. Lamento mucho lo sucedido, pero tengo que decir las cosas como son.

309

Wallander contempló su rostro. Pensó que ella no se sorprendía. Ni por que hubiera muerto ni por que hubiera sido asesinado.

–Naturalmente, es importante que podamos detener al autor o los autores del crimen. ¿Se te ocurre quién podría haber sido? ¿Tenía enemigos tu marido?

–No sé –contestó ella–. Yo conocía muy mal a mi marido.

Wallander pensó un poco antes de seguir. Su respuesta le preocupaba.

–No sé cómo interpretar tu respuesta.

–¿Tan difícil es? Yo conocía muy mal a mi esposo. Una vez, hace mucho tiempo, creí que le conocía. Pero eso fue entonces.

–¿Qué pasó? ¿Qué fue lo que cambió?

Ella sacudió la cabeza. Wallander advirtió que algo, que él interpretó como amargura, empezaba a revelarse. Esperó.

–No pasó nada. Nos fuimos distanciando uno del otro. Vivimos en la misma casa. Pero tenemos habitaciones separadas. Él vive su vida. Yo vivo la mía.

Luego se corrigió.

–Él vivía su vida. Yo vivo la mía.

–Si no me equivoco, trabajaba como investigador en la universidad, ¿verdad?

–Sí.

–Sobre alergias lácteas, ¿no es así?

–Sí.

–¿Trabajas tú también allí?

–Yo soy profesora.

Wallander asintió con la cabeza.

–Así que no sabes si tu marido tenía enemigos.

–No.

–Y tenía pocos amigos.

–Sí.

–De modo que no puedes pensar en nadie que quisiera quitarle la vida. Ni por qué.

Su rostro estaba muy tenso. Wallander tenía la impresión de que miraba a través de él.

–Nadie más que yo misma –contestó ella–. Pero yo no le maté.

Wallander la contempló largo rato sin decir nada. Birch se había puesto a su lado.

–¿Por qué podías haberle matado tú? –preguntó al fin.

Ella se incorporó y se quitó la blusa con tal vehemencia que la rompió. Todo ocurrió tan deprisa que ni Wallander ni Birch se dieron cuenta de lo que ocurría. Luego, ella extendió los brazos. Estaban cubiertos de cicatrices.

—Esto me lo hizo él. Y mucho más de lo que no puedo siquiera hablar.

La mujer abandonó la habitación con la blusa desgarrada en la mano. Wallander y Birch se miraron.

—La maltrataba —dijo Birch—. ¿Crees que puede ser ella la que lo haya hecho?

—No —repuso Wallander—. No es ella.

Esperaron en silencio. Al cabo de unos minutos, regresó. Se había puesto una camisa que le colgaba por encima de la falda.

—No siento ninguna pena por él —declaró—. No sé quién le ha matado. No creo tampoco que quiera saberlo. Pero entiendo que vosotros tengáis que detenerle.

—Sí —dijo Wallander—. Tenemos que hacerlo. Y necesitamos toda la ayuda que nos puedan dar.

Ella le miró con una cara súbitamente desvalida.

—Yo ya no sabía nada de él. No puedo ayudaros.

Wallander pensó que seguramente estaba diciendo la verdad. Ella no podía ayudarles.

Pero eso era lo que ella pensaba. Porque, en realidad, ya les había ayudado.

Cuando Wallander vio sus brazos, perdió las dudas que le quedaban.

Ahora sabía que era a una mujer a quien buscaban.

311

26

Cuando salieron de la casa de Siriusgatan, había empezado a llover. Se quedaron de pie junto al coche de Wallander. De un Wallander preocupado y con prisa.

—Creo que no he visto jamás a una viuda reciente que se tome con tanta calma la pérdida de su marido —comentó Birch con desagrado en la voz.

—Sin embargo, es un dato que debemos tener en cuenta —repuso Wallander.

No se paró a profundizar su respuesta. En lugar de ello trató de pensar en las próximas horas. La sensación que tenía de que debían apresurarse era muy viva.

—Tenemos que revisar sus pertenencias, aquí en casa y en la universidad. Eso, claro está, es misión vuestra. Pero me gustaría que hubiera también alguien de Ystad. No sabemos qué es lo que buscamos. Pero puede ocurrir que, de esa manera, descubramos antes algún detalle interesante.

Birch asintió.

—¿Tú no te quedas?

—No. Les pediré a Martinsson y a Svedberg que vengan. Les diré que salgan para acá inmediatamente.

Wallander cogió su teléfono móvil del coche, marcó el número de la policía de Ystad y le explicó a Martinsson en pocas palabras lo que pasaba. Martinsson prometió que él y Svedberg irían enseguida. Wallander le dijo que preguntara por Birch en la policía de Lund. Tuvo que deletrear el nombre y Birch se sonrió.

—Me hubiera gustado quedarme —dijo Wallander—. Pero tengo que empezar a buscar hacia atrás en la investigación. Sospecho que la solución del asesinato de Blomberg está ahí, aunque no la hayamos visto. La solución de los tres asesinatos. Es como si nos hubiéramos perdido en un intrincado sistema de cavernas.

—No estaría mal que nos libráramos de otras muertes —dijo Birch—. Ya son demasiadas.

Se despidieron. Wallander regresó a Ystad. La lluvia iba y venía a ráfagas. Al pasar cerca de Sturup, vio un avión que se disponía a aterrizar. Mientras conducía iba repasando mentalmente la investigación. El número de veces que lo había hecho antes ya se le escapaba. Decidió asimismo lo que haría al llegar a Ystad.

Eran las seis menos cuarto cuando aparcó el vehículo. Se detuvo en la recepción y le preguntó a Ebba si estaba Ann-Britt Höglund en la oficina.

—Ella y Hansson volvieron hace una hora.

Wallander encontró a Ann-Britt Höglund en su despacho. Estaba hablando por teléfono. Wallander le indicó con un gesto que terminara la conversación tranquilamente. Se puso a esperar en el pasillo. En cuanto oyó que colgaba el auricular, entró de nuevo.

—He pensado que nos sentemos un rato en mi despacho. Necesitamos hacer un repaso de todo en profundidad.

—¿Quieres que lleve alguna cosa? —preguntó ella señalando los papeles y archivadores que estaban desparramados sobre la mesa.

—No creo que haga falta. Si surge algo, vienes a buscarlo.

Ann-Britt Höglund le siguió a su despacho. Wallander llamó a la centralita y pidió que no le molestaran. No dijo hasta cuándo. Lo que se había propuesto le llevaría todo el tiempo que fuera necesario.

—Recuerdas que te pedí que repasaras todo lo sucedido buscando características femeninas, ¿no?

—Ya lo he hecho.

—Tenemos que revisar todo el material de nuevo —siguió diciendo Wallander—. Es lo que vamos a hacer a partir de ahora. Estoy convencido de que en alguna parte hay un punto por el que podemos abrirnos camino. Lo que pasa es que no lo hemos visto todavía. Nos lo hemos saltado. Hemos ido y hemos vuelto, el punto estaba allí, pero hemos mirado en otra dirección. Y ahora estoy convencido de que tiene que haber una mujer involucrada.

—¿Por qué estás convencido de eso?

Él le contó la conversación con Kristina Blomberg. Cómo se había arrancado la blusa para mostrar las cicatrices que le quedaban de los malos tratos que había sufrido.

—Estás hablando de una mujer maltratada. No de una mujer asesina.

—Tal vez sea la misma cosa —replicó Wallander—. En todo caso, no tengo más remedio que convencerme de que estoy en un error.

—¿Por dónde empezamos?

—Por el principio. Como en los cuentos. Y lo primero que ocurrió

313

es que alguien cavó una zanja y preparó una tumba de estacas destinada a Holger Eriksson, en Lödinge. Imagínate que fuera una mujer. ¿Qué ves entonces?
—Que, desde luego, no es una imposibilidad. Nada era demasiado grande ni demasiado pesado.
—¿Por qué ha elegido justamente este procedimiento?
—Para dar la impresión de que lo ha hecho un hombre.
Wallander meditó un buen rato su respuesta antes de continuar.
—¿Así que ella ha querido darnos una pista falsa?
—No necesariamente. También ha podido querer demostrar que la violencia vuelve. Como un bumerán. ¿Por qué no las dos cosas?
Wallander reflexionó. Su explicación no era imposible.
—El móvil —continuó—. ¿Quién quería matar a Holger Eriksson?
—Eso es menos claro que en el caso de Gösta Runfeldt. En éste hay, por lo menos, diferentes posibilidades. De Holger Eriksson todavía sabemos demasiado poco. Tan poco, que resulta raro, la verdad. Su vida parece oculta casi por completo. Como si fuera un terreno prohibido.
Supo de inmediato que ella acababa de mencionar algo importante.
—¿Qué quieres decir?
—Lo que digo. Debíamos saber más. Se trata de un hombre de ochenta años que ha pasado toda su vida en Escania. Una persona conocida. Sabemos tan poco, que no es normal.
—¿Cuál es la explicación?
—No sé.
—¿Le da miedo a la gente hablar de él?
—No.
—¿Qué es entonces?
—Buscamos a un mercenario y encontramos a un hombre que había muerto. Nos enteramos de que esas personas muchas veces actúan bajo nombres falsos. Se me ocurre que eso también puede valer para Holger Eriksson.
—¿Que hubiera sido mercenario?
—No creo. Pero puede haber adoptado otro nombre en ocasiones. No tiene por qué haber sido siempre Holger Eriksson. Eso puede ser una explicación de por qué sabemos tan poco de su vida privada. Que, de vez en cuando, haya sido otro.
Wallander pensó en algunos de los primeros poemarios de Holger Eriksson. Los había publicado bajo seudónimo. Sólo más tarde comenzó a utilizar su verdadero nombre.
—Me resulta difícil creer lo que dices. Sobre todo porque no veo un motivo verosímil. ¿Por qué utiliza una persona un nombre falso?

—Para hacer algo sin que la sorprendan.
Wallander la miró.
—¿Quieres decir que puede haber adoptado otro nombre porque era homosexual? ¿Homosexual en una época en la que eso debía mantenerse muy secreto?
—Eso puede ser una explicación.
Wallander asintió. Pero seguía con sus dudas.
—Tenemos el legado a la iglesia de Jämtland —dijo—. Eso tiene que significar algo. ¿Por qué lo hace? Y hay una polaca que desaparece. Hay algo relacionado con ella que la hace especial. ¿Has pensado qué es?
Ann-Britt Höglund negó con la cabeza.
—Que es la única mujer que aparece en el material de la investigación sobre Holger Eriksson. Y eso, hay que reconocer que la hace muy especial.
—Ha llegado copia del informe de la investigación que se hizo sobre ella en Östersund —dijo ella—. Pero no creo que nadie haya tenido tiempo de estudiárselo. Además, ella aparece de manera muy marginal. No tenemos ninguna prueba de que ella y Holger Eriksson se conocieran.
Wallander se sintió de repente muy seguro.
—Es verdad. Hay que hacerlo lo más pronto posible. Tenemos que enterarnos de si existe o no esa relación.
—¿Quién se encarga de ello?
—Hansson. Lee más deprisa que cualquiera de nosotros. Además, casi siempre cae directamente sobre lo importante.
Ann-Britt Höglund hizo una anotación. Luego, dejaron por el momento a Holger Eriksson.
—Gösta Runfeldt era un hombre brutal —empezó Wallander—. Podemos afirmarlo sin la menor duda. En eso recuerda, pues, a Holger Eriksson. Ahora sabemos que eso vale también para Eugen Blomberg. Además, Gösta Runfeldt maltrataba a su mujer. Igual que Blomberg. ¿Adónde nos lleva eso?
—A que tenemos a tres hombres dados a la violencia. De los cuales, por lo menos dos han maltratado a sus mujeres.
—No. No exactamente. Tenemos a tres hombres. De los cuales sabemos que dos han maltratado a sus mujeres. Pero puede valer también para el tercero, Holger Eriksson. Aún no lo sabemos.
—¿A la polaca? ¿Krista Haberman?
—Por ejemplo. También puede ser que Gösta Runfeldt asesinara en realidad a su esposa. Que hiciera de antemano el agujero en el hielo y la obligara a caer y ahogarse.

Los dos sintieron que se acercaban a algo que quemaba. Wallander volvió atrás en la investigación.

—El foso de estacas. ¿Qué era?

—Una trampa mortal, bien planeada.

—Era más que eso. Era una manera de matar lentamente a una persona.

Wallander buscó un papel en su mesa.

—Según el médico forense de Lund, Holger Eriksson puede haber estado colgando allí, atravesado por las estacas de bambú, varias horas antes de morir.

Apartó el papel con repugnancia.

—Gösta Runfeldt —dijo a continuación—. En los huesos, estrangulado, atado a un árbol. ¿Qué indica eso?

—Que ha estado preso, no colgado en un foso de estacas.

Wallander levantó una mano. Ella se calló mientras él pensaba. Se acordaba de la visita al lago Stångsjön. La encontraron bajo el hielo.

—Ahogarse bajo el hielo. Siempre me he imaginado eso como una de las cosas más espantosas que le pueden pasar a una persona. Caer debajo del hielo. No poder atravesarlo. Divisar tal vez la luz a través del hielo.

—Un cautiverio bajo el hielo —dijo ella.

—Eso es. Eso es exactamente lo que pienso.

—¿Quieres decir que el asesino se ha vengado de manera que recuerda a lo que le sucedió a quien él venga?

—Más o menos. Es, de todas maneras, una posibilidad.

—En ese caso lo que le pasó a Eugen Blomberg recuerda más a la mujer de Runfeldt.

—Ya. A lo mejor entendemos eso también si seguimos un poco más.

Siguieron. Hablaron de la maleta. Él volvió a mencionar la uña postiza que Nyberg encontró en el bosque de Marsvinsholm.

Llegaron a Blomberg. El examen se repitió.

—Iba a morir ahogado. Pero no demasiado deprisa. Tenía que ser consciente de lo que le estaba pasando.

Wallander se echó hacia atrás en la silla y la contempló al otro lado de la mesa.

—Cuéntame lo que ves.

—Empieza a tomar forma un motivo de venganza. En todo caso se repite como un posible denominador común. Hombres que ejercen la violencia contra mujeres son objeto, a su vez, de una refinada violencia masculina. Como si se les obligara a sentir sus propias manos en el cuerpo.

—Ésa es una buena formulación —observó Wallander—. Sigue.
—Puede ser también una manera de disimular que ha sido una mujer la que ha hecho todo esto. Tardamos mucho en admitir siquiera la idea de que pudiera estar implicada una mujer. Cuando se nos ocurrió, la desechamos enseguida.
—¿Qué es lo que habla en contra de que haya una mujer implicada?
—Sabemos muy poco todavía. Además, las mujeres recurren a la violencia casi únicamente cuando se defienden a sí mismas o a sus hijos. No es una violencia planificada. Sólo reflejos instintivos de protección. Normalmente, una mujer no cava un foso de estacas. Ni mantiene a un hombre encarcelado. Ni le tira al agua en un saco.

Wallander la miró apremiante.

—Normalmente —apuntó luego—. Son tus palabras.
—Si hay una mujer envuelta en esto, tiene que tratarse de una enferma, desde luego.

Wallander se levantó y se acercó a la ventana.

—Hay otra cosa, además —dijo—. Pero puede echar abajo toda esta casa que tratamos de edificar. Ella no se venga a sí misma. Ella venga a otras mujeres. La esposa de Gösta Runfeldt está muerta. La de Eugen Blomberg no lo ha hecho. De eso estoy seguro. Holger Eriksson no tiene ninguna mujer en su entorno. Si es venganza y si es una mujer, es una mujer que venga a otras. Y eso no resulta verosímil. Si fuera así, yo no he visto jamás nada parecido.
—Pueden ser más de una —dijo Ann-Britt Höglund dudosa.
—¿Unos cuantos ángeles de la muerte? ¿Un grupo de mujeres? ¿Una secta?
—No parece convincente.
—No —reiteró Wallander—. No lo parece.

Volvió a sentarse.

—Me gustaría que hicieras lo contrario. Que repasaras de nuevo todo el material. Y que luego me des todas las buenas razones que encuentres para sostener que no es una mujer la que lo ha hecho.
—¿No sería mejor esperar hasta que sepamos algo más de lo que le ha sucedido a Blomberg?
—Quizá —contestó Wallander—, pero no creo que tengamos tiempo.
—¿Piensas que puede volver a ocurrir?

Wallander quería darle una respuesta sincera. Estuvo callado un rato antes de contestar.

—No hay un comienzo. Un comienzo que podamos ver, al menos. Eso hace poco probable que haya un final. Puede volver a ocurrir. Y no sabemos en absoluto en qué dirección mirar.

No siguieron adelante. Wallander estaba impaciente porque ni Martinsson ni Svedberg habían telefoneado. Luego se acordó de que tenía el teléfono descolgado. Llamó a la central. No había noticias de ninguno de los dos. Wallander indicó que le pasaran sus llamadas. Pero sólo las suyas.

—Los robos —preguntó Ann-Britt Höglund de pronto—. En la floristería y en casa de Eriksson. ¿Dónde encajan?

—No sé. Tampoco sé dónde encaja la mancha de sangre que había en el suelo. Creí tener una explicación, pero ya no sé.

—Yo he estado dándole vueltas.

Wallander observó que ella estaba ansiosa y le hizo un gesto para que siguiera.

—Hablamos de que hay que discernir lo que realmente vemos en lo que ha pasado —empezó—. Holger Eriksson denunció un robo en el que no habían robado nada. ¿Por qué lo denunció entonces?

—Yo también he pensado en ello —contestó Wallander—. Puede haberse sentido inquieto porque alguien haya entrado en su casa.

—En ese caso, eso encaja en el cuadro.

Wallander tardó un poco en entender a qué se refería.

—Es posible que alguien entrara para asustarle —explicó ella—. No para robar.

—¿Un primer aviso? ¿Es eso lo que quieres dcir?

—Sí.

—¿Y en la floristería?

—Gösta Runfeldt sale de su piso. O se le incita a salir o, si no, sale temprano por la mañana. Baja a la calle a esperar el taxi. Ahí desaparece sin dejar rastro. Quizás haya ido a la tienda. Está a sólo unos minutos. La maleta puede haberla dejado en el portal. O llevarla. No pesaba mucho.

—¿Por qué iba a ir a la tienda?

—No lo sé. A lo mejor había olvidado algo.

—¿Quieres decir que le habrían atacado en la tienda?

—Ya sé que no es una buena idea, pero, en todo caso, es lo que se me ha ocurrido.

—No es peor que otras —contestó Wallander. La miró—. ¿Sabes si se ha investigado siquiera si la sangre del suelo era de Runfeldt?

—Me parece que no se ha llegado a hacer. En ese caso, es culpa mía.

—Si uno se preguntara quién es el responsable de todos los errores que se cometen en las investigaciones criminales, no quedaría tiempo para otra cosa —repuso Wallander—. Es de suponer que no quede ninguna huella, ¿no?

—Puedo hablar con Vanja Andersson.
—Hazlo. Podemos investigarlo. Simplemente para estar seguros.

Ella se levantó y abandonó la habitación. Wallander estaba cansado. Habían mantenido una buena conversación, pero su preocupación había aumentado. Estaban por completo alejados de un centro. La investigación seguía careciendo de una fuerza de gravitación que les llevara en una determinada dirección.

Alguien levantó la voz con enfado en el pasillo. Luego empezó a pensar en Baiba. Pero se obligó a regresar a la investigación. Entonces vio en su fuero interno al perro que le gustaría comprar. Se levantó y fue a buscar café. Alguien le preguntó si había tenido tiempo de escribir una declaración acerca de la conveniencia de que una asociación local tomase el nombre de Los Amigos del Hacha. Contestó que no y volvió al despacho. Había dejado de llover. El edredón de nubes permanecía inmóvil sobre la torre del agua.

Sonó el teléfono. Era Martinsson. Wallander trató de adivinar en su voz signos de que algo importante había ocurrido, pero no oyó nada.

—Svedberg acaba de regresar de la universidad. Eugen Blomberg parece haber sido una persona de ese tipo del que se suele decir, con cierta maldad, que se confunde con una pared. Tampoco ha debido de ser un investigador muy relevante en lo de las alergias lácteas. De alguna manera, aparentemente muy imprecisa, tenía relación con la clínica infantil de Lund, pero eso está estancado desde hace muchos años. El trabajo al que se dedicaba debía de ser bastante elemental. Eso dice, en todo caso, Svedberg. Pero, ¿qué sabe él, por otra parte, de alergias lácteas?

—Sigue —dijo Wallander sin ocultar su impaciencia.

—Me cuesta entender que una persona carezca por completo de intereses. Parece haberse dedicado exclusivamente a su maldita leche. Y, aparte de eso, nada. Salvo una sola cosa.

Wallander esperó a que el otro continuara.

—Da la impresión de que mantuvo una relación con una mujer que no es la suya. He encontrado algunas cartas. Aparecen las iniciales K. A. Lo que resulta interesante en todo ello es que ella debía de estar esperando un hijo.

—¿De dónde has sacado eso?

—De las cartas. De la última, se deduce que estaba al final del embarazo.

—¿Cuándo está fechada?

—No hay fecha. Pero dice que ha visto una película en la televisión que le ha gustado. Y si no recuerdo mal, la pusieron hace un mes o dos. Eso lo sabremos, por supuesto, con toda exactitud.

—¿Hay alguna dirección de ella?

—No aparece.

—¿Ni siquiera si es Lund?

—No. Pero seguro que ella es de aquí, de Escania. Emplea una serie de expresiones que lo indican.

—¿Le has preguntado algo de esto a la viuda?

—De eso es de lo que quería hablar contigo. De si sería oportuno o si debería esperar.

—Pregúntale —pidió Wallander—. No podemos esperar. Además, tengo la impresión de que ya lo sabe. Necesitamos el nombre y la dirección de esa mujer. A una velocidad de vértigo. Infórmame en cuanto sepas algo más.

Wallander se quedó luego con la mano puesta en el auricular. Una fría sensación de malestar le recorrió el cuerpo. Lo que había dicho Martinsson le hacía recordar algo.

Tenía que ver con Svedberg.

Pero no podía acordarse de lo que era.

Se quedó a la espera de que Martinsson volviera a llamar. Hansson se asomó a la puerta y dijo que esa misma noche iba a tratar de revisar parte del material de investigación que había llegado de Östersund.

—Son once kilos —dijo—. Para que lo sepas.

—¿Es que lo has pesado? —preguntó Wallander, sorprendido.

—Yo no. Lo han hecho los mensajeros. Once kilos y trescientos gramos desde la policía de Östersund. ¿Quieres saber lo que costó?

—Mejor no.

Hansson se fue. Mientras se limpiaba las uñas, Wallander se imaginó un perro labrador negro, durmiendo junto a su cama. Eran las ocho menos veinte. Martinsson seguía sin dar señales de vida. Nyberg llamó para anunciar que se iba a casa.

Wallander pensó después qué había querido decir al informarle de ello: ¿que podía encontrársele en su casa, o que quería que le dejaran en paz?

Por fin llamó Martinsson.

—Estaba durmiendo. En realidad, yo no quería despertarla. Por eso he tardado.

Wallander no dijo nada. Sabía que él no hubiera dudado lo más mínimo en despertar a Kristina Blomberg.

—¿Qué dijo?

—Tenías razón. Sabía que el marido andaba con otras mujeres. Ésta

320

no era la primera. Ha habido otras. Pero no sabía quién era. Las iniciales K. A. no le decían nada.
—¿Sabía dónde vivía?
—Dijo que no. Yo me inclino a creerla.
—Pero sabría si él viajaba fuera de Lund.
—Se lo pregunté. Dijo que no. Además, él no tenía coche. No tenía ni siquiera permiso de conducir.
—Eso indica que esa otra mujer vive por aquí.
—Eso es lo que yo creo.
—Una mujer con las iniciales K. A. Hay que encontrarla. Que todo lo demás espere por el momento. ¿Está ahí Birch?
—Se fue hace un rato.
—¿Y Svedberg?
—Iba a hablar con una persona que se supone que es la que mejor conoce a Eugen Blomberg.
—Debe concentrarse en tratar de saber quién es la mujer cuyas iniciales son K. A.
—No sé si podré localizarle. Ha dejado olvidado su móvil aquí.
Wallander soltó un juramento.
—La viuda tiene que saber quién era el mejor amigo de su marido. Es importante que Svedberg esté informado.
—Voy a ver qué puedo hacer.
Wallander colgó el auricular. Casi logró detenerse. Pero fue demasiado tarde. De pronto se acordó de qué era lo que había olvidado. Buscó el número de la policía de Lund. Tuvo suerte y pudo hablar con Birch casi enseguida.
—Quizás hayamos dado con algo —dijo Wallander.
—Martinsson ha hablado con Ehrén, que trabaja con el de la calle Siriusgatan. Según parece, estamos buscando a una mujer desconocida cuyas iniciales pueden ser K. A.
—No *pueden* ser —contestó Wallander—. *Son*. Karin Andersson, Katarina Alström, da lo mismo; tenemos que encontrarla, se llame como se llame. Hay un detalle que me parece importante.
—¿El dato, en una de las cartas, de que pronto va a dar a luz?
Birch pensaba rápido.
—Justamente. Tenemos que ponernos en contacto con la Maternidad de Lund. Saber qué mujeres han tenido hijos en los últimos tiempos. O van a tenerlos. Con las iniciales K. A.
—Me ocuparé personalmente de ello. Esas cosas son siempre un poco delicadas.
Wallander dio por terminada la conversación. Estaba sudoroso.

Algo empezaba a moverse. Salió al desierto pasillo. Cuando sonó el teléfono, se sobresaltó. Ann-Britt Höglund le llamaba desde la floristería de Runfeldt.
—No queda nada de sangre —informó—. Vanja Andersson la limpió.
—La bayeta —dijo Wallander.
—Desgraciadamente, la tiró. La mancha de sangre le produjo desasosiego. Y la basura ha desaparecido hace mucho tiempo, como es natural.
Wallander sabía que una cantidad mínima bastaba para hacer un análisis de sangre.
—Los zapatos. ¿Qué zapatos llevaba ese día? Puede haber una pequeña mancha en las suelas.
—Voy a preguntarle.
Wallander esperó, pegado al teléfono.
—Llevaba unos zuecos, pero los tiene en su casa.
—Vete a buscarlos. Tráelos aquí. Y llama a Nyberg. Está en su casa. Al menos podrá decir si quedan rastros de sangre en ellos.
Mientras tenía lugar la conversación, Hamrén se asomó a la puerta. Wallander apenas le había visto desde que llegó a Ystad. Se preguntó, de paso, qué estarían haciendo los dos policías de Malmö.
—Me he encargado de confrontar las investigaciones de Eriksson y Runfeldt —señaló Hamrén—. Mientras Martinsson está en Lund. Hasta ahora, no ha dado ningún resultado. Sus caminos no han debido de cruzarse nunca.
—Sin embargo, es importante seguir hasta el final —respondió Wallander—. En algún lugar, estas investigaciones van a llegar a un punto de encuentro. Estoy convencido de ello.
—¿Y Blomberg?
—También él va a encontrar su lugar en este rompecabezas. Otra cosa sería, sencillamente, impensable.
—¿Desde cuándo se ha convertido el trabajo de la policía en una cuestión de verosimilitudes? —dijo Hamrén sonriendo.
—Tienes toda la razón —repuso Wallander—. Pero queda la esperanza.
Hamrén tenía la pipa en la mano.
—Me voy fuera a fumar. Despeja la cabeza.
Eran poco más de las ocho y Wallander esperaba una llamada de Svedberg. Fue a buscar una taza de café y unas galletas. Luego sonó el teléfono. Una llamada que debía ir a la central se conectó equivocadamente. A las ocho y media Wallander se puso a la puerta del comedor y vio un rato la tele, sin prestarle mucha atención. Bonitas imáge-

nes de las Comores. Se preguntó distraídamente dónde estarían esas islas. A las nueve menos cuarto volvía a estar sentado en su sillón. Entonces llamó Birch. Le informó de que ya estaban pasando revista a las mujeres que habían dado a luz los últimos dos meses o estaban a punto de hacerlo en los próximos. Hasta ahora no habían encontrado a ninguna cuyas iniciales fueran K. A. Cuando terminó la conversación Wallander pensó irse a casa. Podían localizarle igualmente por el móvil. Trató de ponerse en contacto con Martinsson sin resultado. Luego llamó Svedberg. Eran las nueve y diez.

—No hay nadie que responda a las iniciales K. A. En todo caso, nadie que conozca quien, según dicen, era el mejor amigo de Blomberg.

—Bueno, pues ya lo sabemos —respondió Wallander sin ocultar su decepción.

Apenas había tenido tiempo de colgar cuando volvió a sonar el teléfono. Era Birch.

—Lo siento —dijo—. No hay nadie con las iniciales K. A. Y estos datos deben considerarse de toda confianza.

—¡Maldita sea! —exclamó Wallander.

Ambos se quedaron pensando un momento.

—Puede haber dado a luz en otro sitio —aventuró Birch—. No tiene que ser necesariamente en Lund.

—Tienes razón —contestó Wallander—. Seguiremos con ello mañana.

Colgó el auricular.

Ahora se acordaba de qué era lo que tenía que ver con Svedberg. Del papel que, por error, había aparecido en su mesa. Algo acerca de unos sucesos nocturnos en la Maternidad de Ystad. ¿Se trataba de alguna agresión? ¿Algo sobre una falsa enfermera?

Llamó a Svedberg, quien contestó desde el coche.

—¿Dónde estás?

—No he llegado siquiera a Staffanstorp.

—Pues vuelve aquí —dijo Wallander—. Hay una cosa que tenemos que investigar.

—Bueno. Voy enseguida.

Tardó exactamente cuarenta y dos minutos. Eran las diez menos cinco cuando Svedberg abrió la puerta del despacho de Wallander.

Para entonces, Wallander ya había empezado a poner en duda su idea.

Era más que probable que fueran figuraciones suyas.

27

Sólo cuando la puerta se cerró a sus espaldas se dio cuenta de lo que había ocurrido. Anduvo los pocos pasos que le separaban de su coche y se sentó al volante. Luego dijo su propio nombre en voz alta: Åke Davidsson.
Åke Davidsson iba a ser a partir de ahora un hombre muy solo. No esperaba que esto pudiera sucederle a él. Que la mujer con la que mantenía relaciones desde hacía tantos años, aunque no vivieran en la misma casa, le dijera un día que no quería seguir. Y que le echara.
Se echó a llorar. Le dolía. No lo entendía. Pero ella había actuado con toda determinación. Le dijo que se fuera y que no volviera nunca más. Había conocido a otro hombre que, seguramente, estaba dispuesto a vivir con ella.
Era casi medianoche. Lunes 17 de octubre. Miró hacia la oscuridad. Sabía que no debía conducir cuando estaba oscuro. Tenía los ojos bastante mal. En realidad, sólo podía conducir con gafas especiales y de día. Entrecerró los ojos y miró el parabrisas. Distinguió a duras penas los bordes de la carretera. Pero no iba a quedarse allí toda la noche. Tenía que volver a Malmö.
Puso el coche en marcha. Estaba muy triste y no podía entender lo que había ocurrido.
Dobló hacia la carretera. Le resultaba muy difícil ver. Tal vez fuera más fácil cuando estuviera en la carretera principal. Ahora, lo más importante para él era salir de Lödinge.
Pero se equivocó de camino. Las carreteras eran muchas, estrechas y todas iguales en la oscuridad. A las doce y media, se dio cuenta de que estaba completamente perdido. Había llegado a una especie de explanada en la que parecía desembocar la carretera. Empezó a dar marcha atrás. De repente distinguió una sombra a la luz de los faros. Alguien se acercaba al coche. Se sintió aliviado. Allí fuera había alguien que podría indicarle cómo seguir.

Abrió la portezuela del coche y se apeó.
Luego, todo fue oscureciendo.

Svedberg tardó un cuarto de hora en encontrar el papel que Wallander quería ver. Wallander fue muy claro cuando Svedberg llegó a su despacho.

—Puede ser un disparo al azar. Pero estamos buscando a una mujer cuyas iniciales son K. A., que acaba de parir o está a punto de hacerlo aquí en Escania. Creímos que sería en Lund. Pero no es así. Puede ser, en cambio, en Ystad. Si no me equivoco, aquí se practican ciertos métodos que hacen que la Maternidad de Ystad sea conocida incluso en el extranjero. Y precisamente en esa Maternidad ocurre algo raro una noche. Y luego, otra vez. Puede que sea un disparo al aire. Pero, así y todo, quiero saber qué pasó.

Svedberg encontró el papel con las anotaciones. Regresó al despacho, donde Wallander le esperaba impaciente.

—Ylva Brink —dijo Svedberg—. Es prima mía. Lo que suele llamarse una prima lejana. Y es comadrona en la Maternidad. Vino a decirme que una mujer desconocida había aparecido una noche en su sección. Y que se había quedado intranquila.

—¿Y por qué?

—Sencillamente porque no es normal que una persona desconocida aparezca en la Maternidad por la noche.

—Vamos a repasar esto a fondo. ¿Cuándo ocurrió por primera vez?

—La noche entre el 30 de septiembre y el 1 de octubre.

—Pronto hará tres semanas. ¿Y tu prima se preocupó?

—Vino por aquí al día siguiente, que era sábado. Hablé con ella un rato. Fue entonces cuando hice estas anotaciones.

—Y después, volvió a ocurrir.

—La noche del 13 de octubre. Por una casualidad, Ylva también trabajaba esa noche. Me llamó por la mañana.

—¿Qué había pasado?

—La desconocida había vuelto a aparecer. Cuando Ylva trató de detenerla, la mujer le dio un puñetazo que la tiró al suelo. Ylva dijo que había sido como una coz de caballo.

—¿No había visto nunca a esa mujer?

—Nunca.

—¿Iba de uniforme?

—Sí. Pero Ylva estaba completamente segura de que no trabajaba allí.

—¿Cómo podía estar segura de eso? En el hospital tiene que trabajar mucha gente a la que ella no conoce.
—Ylva dijo que estaba segura. Por desgracia, nunca le pregunté la razón.
Wallander reflexionó.
—Esa mujer se ha interesado por la Maternidad entre el 30 de septiembre y el 13 de octubre —dijo luego—. Hace dos visitas nocturnas y no duda en atacar a una comadrona. La cuestión es ¿qué fue a hacer allí?
—Eso se pregunta Ylva también.
—¿No obtuvo respuesta?
—Registraron la sección las dos veces. Pero todo estaba en orden.
Wallander miró el reloj. Casi las once menos cuarto.
—Quiero que llames a tu prima. Siento mucho que quizá la despertemos.
Svedberg asintió. Wallander señaló su teléfono. Sabía que Svedberg, que era en general olvidadizo, tenía una memoria de elefante para los números de teléfono. Svedberg marcó el de su prima. Esperó un buen rato, pero nadie contestó.
—Si no está en casa es que está trabajando —dijo cuando colgó.
Wallander se levantó rápidamente.
—Tanto mejor. No he estado en la Maternidad desde que nació Linda.
—La sección antigua la han tirado. Todos los pabellones son de construcción reciente.
No tardaron más que dos minutos en llegar, en el vehículo de Svedberg, desde la comisaría a la entrada de urgencias del hospital. Wallander recordó una noche, años atrás, en la que se despertó con terribles dolores en el pecho y pensó que le había dado un infarto. Entonces la entrada de urgencias estaba en otro sitio. Ahora, todo parecía nuevo en el hospital. Llamaron al timbre. Enseguida llegó un vigilante a abrirles. Wallander mostró su placa. Subieron las escaleras hasta la sección de Maternidad. El vigilante había avisado que estaban en camino. Una mujer les aguardaba a la entrada del departamento.
—Mi prima —hizo las presentaciones Svedberg—, Ylva Brink.
Wallander saludó. Al fondo se veía a una enfermera. Ylva Brink les condujo a una pequeña oficina.
—En este momento está todo muy tranquilo —dijo—. Pero puede cambiar en cuestión de minutos.
—Voy a ir derecho al grano —dijo Wallander—. Sé que todos los datos de personas que, por diversas razones, son hospitalizadas deben tra-

tarse con discreción. No tengo intención de saltarme esa regla. Lo único que, por el momento, quiero saber es si entre el 30 de septiembre y el 13 de octubre hubo alguien en esta sección, una mujer encinta, con las iniciales K.A. Como Karin Andersson.

Una nube de inquietud pasó por la cara de Ylva Brink.

—¿Ha pasado algo?

—No. Necesito únicamente identificar a una persona. Nada más.

—No puedo contestar. Son datos completamente confidenciales. Salvo que la parturienta haya escrito un papel diciendo que se puede informar de su estancia aquí. A mi entender eso abarca también a las iniciales.

—Tarde o temprano alguien tendrá que contestar a mi pregunta —replicó Wallander—. El problema es que necesito saberlo ahora.

—Lo siento, pero no puedo ayudarte.

Svedberg no había dicho ni media palabra. Wallander vio que tenía una arruga en la frente.

—¿Hay un retrete por aquí? —preguntó Svedberg.

—A la vuelta de la esquina.

Svedberg le hizo un gesto a Wallander.

—Dijiste que tenías que ir al lavabo. Aprovecha ahora.

Wallander entendió. Se levantó y salió de la habitación.

Dejó pasar cinco minutos antes de volver.

Ylva Brink no estaba. Svedberg inspeccionaba unos papeles sobre la mesa escritorio.

—¿Qué le dijiste? —preguntó Wallander.

—Que no avergonzara a la familia —contestó Svedberg—. Además le expliqué que le podía caer un año de cárcel.

—Pero ¿por qué? —se asombró Wallander.

—Por dificultar el desempeño de servicios.

—No creo que exista esa figura.

—Eso ella no lo sabe. Aquí tienes todos los nombres. Lo mejor será que nos demos prisa.

Repasaron la lista. Ninguna de las mujeres respondía a aquellas iniciales. Wallander se lo temía. Un disparo fallido.

—A lo mejor no eran iniciales —dijo Svedberg pensativo—. A lo mejor «ka» significa otra cosa.

—¿Qué, por ejemplo?

—Es que aquí hay una Katarina Taxell —Svedberg señaló con el dedo—. A lo mejor las letras son simplemente una abreviatura de Katarina.

Wallander miró el nombre. Volvió a repasar la lista. No había ningún otro nombre que tuviera la combinación «ka». Ninguna Karin, ninguna Karolina. Ni con ka ni con ce.

—Puede que tengas razón —dijo dubitativo—. Apunta la dirección.

—No está aquí. Sólo está el nombre. Lo mejor será que esperes abajo mientras yo hablo con Ylva otra vez.

—Conténtate con que no avergüence a la familia. No hables de condenas. Podemos tener problemas luego. Quiero saber si Katarina Taxell sigue ingresada aquí. Si ha tenido visitas. Si su caso ofrece algo especial. Sus circunstancias familiares. Pero, sobre todo, dónde vive.

—Tardará un rato. Ylva está ocupada con un parto.

—Esperaré —contestó Wallander—. Toda la noche si hace falta.

Cogió un bizcocho de un plato y salió de la sección. Cuando bajó a urgencias, acababa de llegar una ambulancia con un hombre borracho y ensangrentado. Wallander le reconoció. Se llamaba Niklasson y regentaba un depósito de chatarra en las afueras de Ystad. En general, no bebía. Pero tenía sus rachas y entonces se peleaba con frecuencia. Wallander saludó a los de la ambulancia.

—¿Es grave?

—Niklasson es fuerte —contestó el mayor—. Saldrá adelante también esta vez. Armaron una bronca en una cabaña de Sandskogen.

Wallander salió al aparcamiento. Hacía frío. Pensó que debían investigar también si había alguna Karin o alguna Katarina en Lund. Que se ocupara Birch. Eran las once y media. Probó las puertas del coche de Svedberg. Estaban cerradas con llave. Como la espera podía ser larga se le ocurrió ir a pedírselas. Pero desistió.

Empezó a pasear arriba y abajo por el aparcamiento.

De repente, estaba de nuevo en Roma. Delante de él, a distancia, iba su padre. En su secreto paseo nocturno hacia un sitio desconocido. La Escalinata de Piazza di Spagna, luego una fuente. Brillo en sus ojos. Un hombre viejo, solo en Roma. ¿Sabía que pronto iba a morir? ¿Que el viaje a Italia tenía que hacerse entonces o no se haría nunca?

Wallander se detuvo. Se le había hecho un nudo en la garganta.

¿Cuándo iba a tener tiempo de elaborar el duelo por la muerte de su padre? La vida le empujaba de un lado para otro. Pronto cumpliría los cincuenta. Ahora era otoño. En mitad de la noche. Y él, dando vueltas por la parte de atrás de un hospital, muerto de frío. Lo que más miedo le daba de todo era que la vida se volviera tan impenetrable que no supiera manejarla. ¿Qué le quedaría entonces? ¿La pensión anticipada? ¿Iba a dedicar quince años de su vida a visitar escuelas para hablar de las drogas y los peligros del tráfico?

La casa. Y un perro. Y tal vez, también Baiba. «Me hace falta un cambio exterior. Empezaré por él», pensó. «Luego ya veremos lo que pasa conmigo. El trabajo siempre es mucho. No seré capaz de hacerlo si, además, tengo que andar tirando de mí mismo.»

Ya eran más de las doce y él seguía patrullando por el aparcamiento. La ambulancia se había ido. Todo estaba en silencio. Sabía que eran muchas las cosas en las que debía pensar. Pero estaba demasiado cansado. De lo único que se sentía capaz era de esperar. Y de moverse para no tener frío.

A las doce y media apareció Svedberg. Andaba con rapidez. Wallander comprendió que traía noticias.

—Katarina Taxell es de Lund.

Wallander sintió que la tensión aumentaba.

—¿Sigue aquí?

—Dio a luz el 15 de octubre. Ya se ha ido a casa.

—¿Tienes la dirección?

—Más que eso. No está casada. Y no hay padre conocido. Además, no recibió ninguna visita mientras estuvo aquí.

Wallander contuvo el aliento.

—Entonces, puede ser ella —dijo después—. Tiene que ser ella. La mujer que Eugen Blomberg llamaba «ka».

Regresaron a la comisaría. A la entrada, Svedberg tuvo que frenar bruscamente para no atropellar a una liebre que se había perdido en plena ciudad.

Se sentaron en el comedor, que en ese momento estaba vacío. A lo lejos se oía una radio. Sonaba el teléfono de los agentes que estaban de guardia. Wallander había llenado un tazón de café amargo.

—No puede ser ella la que ha metido a Blomberg en un saco —afirmó Svedberg, rascándose la calva con una cucharilla—. Me resulta difícil pensar que una mujer que acaba de ser madre salga a matar gente.

—Es un eslabón intermedio —repuso Wallander—. En caso de que esto sea como pienso. Ella está entre Blomberg y la persona que, en este momento, aparece como la más importante.

—¿La enfermera que atacó a Ylva?

—Ella. Ella y nadie más que ella.

Svedberg se esforzaba por seguir los pensamientos de Wallander.

—¿Quieres decir que esta enfermera desconocida se presenta en la Maternidad de Ystad para visitar a Katarina Taxell?

—Sí.

—Pero ¿por qué lo hace de noche? ¿Por qué no a la hora normal de visita? Debe de haber horas de visita. Y nadie toma nota de quién las hace ni de quién las recibe.

Wallander se dio cuenta de que las preguntas de Svedberg eran determinantes. Tenía que contestarlas para poder seguir adelante.

—No quería ser vista. Es la única explicación posible.

Svedberg era obstinado.

—¿Vista por quién? ¿Tenía miedo de ser reconocida? ¿No quería que ni siquiera la viera Katarina Taxell? ¿Fue al hospital por la noche para ver a una mujer dormida?

—No lo sé. Estoy de acuerdo en que es raro.

—Sólo hay una explicación posible —siguió diciendo Svedberg—. Va de noche porque de día podrían reconocerla.

Wallander meditó sobre el comentario de Svedberg.

—¿Podría significar eso, por ejemplo, que alguien que trabaja allí por el día la hubiera reconocido?

—Es imposible pensar que prefiera ir a la Maternidad por la noche sin tener un motivo. Y ponerse, además, en una situación en la que tiene que atacar a mi prima, que no ha hecho nada.

—Tal vez haya otra explicación —dijo Wallander.

—¿Cuál?

—Que sólo *pueda* visitar el hospital por la noche.

Svedberg asintió, pensativo.

—Eso podría ser, naturalmente. Pero ¿por qué?

—De eso puede haber muchas explicaciones. Dónde vive. Su trabajo. Además, quizá quiere hacer estas visitas en secreto.

Svedberg apartó su taza de café.

—Las visitas tienen que ser importantes. Fue allí dos veces.

—Podemos establecer un horario. La primera vez que va es la noche del treinta de septiembre al primero de octubre. A esa hora de la noche en la que todos los que trabajan están más cansados y menos atentos. Está unos minutos antes de desaparecer. Dos semanas más tarde, se repite todo. A la misma hora. Esta vez es sorprendida por Ylva Brink, a la que tira al suelo de un golpe. La mujer desaparece sin dejar rastro.

—Katarina Taxell da a luz pocos días después.

—La mujer no vuelve. En cambio, Eugen Blomberg es asesinado.

—¿Será una enfermera la que está detrás de todo esto?

Se miraron sin decir nada.

Wallander se dio cuenta de repente de que había olvidado decirle a Svedberg que le preguntara a Ylva Brink un detalle importante.

—¿Te acuerdas de la pinza de plástico que encontramos en la maleta de Gösta Runfeldt? —preguntó—. Una de esas que usan los que trabajan en hospitales.

Svedberg se acordaba.

—Llama por teléfono. Pregúntale a Ylva si puede acordarse de si la mujer que la agredió llevaba una tarjeta con el nombre.

Svedberg se levantó y cogió el teléfono que colgaba de la pared. Contestó una de las compañeras de Ylva Brink. Svedberg esperó al teléfono. Wallander tomó un vaso de agua. Luego Svedberg empezó a hablar. La conversación fue breve.

—Está segura de que llevaba una tarjeta de identificación. Las dos veces.

—¿Vio qué nombre ponía?

—No estaba segura de que hubiera ningún nombre.

Wallander reflexionó.

—Puede haberla perdido. En algún sitio se ha procurado un uniforme de enfermera. De la misma manera puede haber conseguido también otra tarjeta.

—Sería imposible conseguir huellas dactilares en el hospital. Es un sitio donde no paran de limpiar. Además no sabemos si tocó alguna cosa.

—En todo caso, no llevaba guantes —dijo Wallander—. Eso lo hubiera notado Ylva.

Svedberg se golpeó la frente con la cucharilla.

—Pues, tal vez. Si entendí bien lo que dijo Ylva, esa mujer la agarró cuando le pegó.

—Sólo le cogió la ropa. Y en la ropa no se encuentra nada.

Volvió a sentirse desalentado por un momento.

—Tendremos que hablar con Nyberg de cualquier manera. Tal vez haya tocado la cama en la que estuvo Katarina Taxell. Hay que intentarlo. Si encontramos huellas que coincidan con algo que hayamos encontrado en la maleta de Gösta Runfeldt, esta investigación habrá dado un gran paso adelante. Entonces podremos empezar a buscar las mismas huellas en Holger Eriksson y en Eugen Blomberg.

Svedberg le acercó el papel donde había escrito la dirección de Katarina Taxell. Wallander vio que tenía treinta y tres años y que era empresaria, aunque no indicaba lo que hacía. La dirección era de una calle del centro de Lund.

—Mañana temprano, a las siete, estaremos allí —decidió—. Como hemos estado nosotros dos en ello esta noche, lo mejor es que sigamos. Ahora, lo sensato será que durmamos unas horas.

—Mira que es raro —comentó Svedberg—. Primero buscamos a un mercenario. Y ahora, a una enfermera.
—Que probablemente es falsa.
—Eso, en realidad, no lo sabemos —puntualizó Svedberg—. Que Ylva no la reconociera no significa necesariamente que no sea enfermera.
—Tienes razón. No podemos desdeñar esa posibilidad.
Wallander se levantó.
—Te llevo a casa —dijo Svedberg—. ¿Qué hay de tu coche?
—Debería comprarme otro. Pero no sé si tendré dinero.
Uno de los policías que estaba de guardia entró en la habitación precipitadamente:
—Sabía que estabais aquí —exclamó—. Me parece que ha pasado algo.
Wallander sintió el nudo en el estómago. «No otra vez», pensó. «No lo podremos aguantar.»
—Hay un hombre gravemente herido en el arcén entre Sövestad y Lödinge. Le descubrió el chófer de un camión. No sabemos si le han atropellado o si ha sufrido otro tipo de violencia. Hay una ambulancia en camino. Pensé que como está en las cercanías de Lödinge...
No llegó a terminar la frase. Svedberg y Wallander ya estaban saliendo de la habitación.

Llegaron justo cuando los enfermeros colocaban al herido en una camilla. Wallander reconoció a los hombres de la ambulancia como los que se había encontrado un rato antes a la puerta del hospital.
—Barcos que se cruzan en la noche —dijo el que conducía.
—¿Es un accidente de coche?
—De serlo, se han dado a la fuga. Pero esto parece más bien una agresión de otra naturaleza.
Wallander miró en torno suyo. El lugar estaba desierto.
—¿Quién anda por aquí a estas horas de la noche? —preguntó.
El hombre tenía la cara llena de heridas. Respiraba con dificultad.
—Nos vamos —dijo el chófer de la ambulancia—. Creo que es urgente. Puede tener heridas internas.
La ambulancia desapareció. Ellos reconocieron el lugar a la luz de los faros del coche de Svedberg. Al poco rato llegó una patrulla nocturna de Ystad. Svedberg y Wallander no encontraron nada. Y menos aún, huellas de frenos. Svedberg informó a los policías recién llegados de lo ocurrido. Luego él y Wallander regresaron a Ystad. Empezaba a

hacer viento. Svedberg podía ver la temperatura externa desde el interior de su coche. Tres grados sobre cero.

—Esto es seguramente otra cosa —dijo Wallander—. Si me dejas en el hospital, puedes irte a casa y dormir un rato. Uno de los dos estará menos cansado mañana por la mañana.

—¿Dónde te recojo?

—En Mariagatan. Digamos que a las seis. Martinsson se levanta temprano. Llámale y cuéntale lo que ha pasado. Dile que hable con Nyberg de la pinza de la tarjeta de identificación. Y dile que vamos a Lund.

Por segunda vez esa misma noche Wallander se encontraba a la puerta de urgencias del hospital. Cuando llegó, el herido estaba bajo tratamiento. Wallander se sentó a esperar. Estaba muy cansado y, sin poder evitarlo, se durmió. Cuando despertó abruptamente al oír su nombre, no supo de momento dónde estaba. Había estado soñando con Roma. Había andado por calles oscuras buscando a su padre sin encontrarle.

Tenía a un médico delante. Inmediatamente se sintió despierto.

—Saldrá adelante —dijo éste—. Pero ha sido terriblemente maltratado.

—¿Así que no es un accidente de coche?

—No. Le han dado una paliza. Aunque por lo que se puede ver, no ha sufrido daños internos.

—¿Llevaba papeles encima?

El médico le dio un sobre. Wallander sacó una cartera que, entre otras cosas, contenía un permiso de conducir. El hombre se llamaba Åke Davidsson. Wallander se fijó en que debía llevar gafas para conducir.

—¿Puedo hablar con él?

—Será mejor que esperemos un poco.

Wallander decidió pedirle a Hansson o a Ann-Britt Höglund que se encargasen del seguimiento. Si se trataba de una historia grave de violencia, tendrían que dejarla a un lado por el momento. No tenían tiempo, sencillamente.

Wallander se levantó para irse.

—Encontramos una cosa en su ropa que me parece que te puede interesar —dijo el médico.

Le alargó un papel. Wallander leyó el texto escrito con letra desgarbada: UN LADRÓN NEUTRALIZADO POR LOS VIGILANTES DE LA NOCHE.

—¿Qué vigilantes de la noche son ésos? —preguntó.

—Pues ha salido en los periódicos —contestó el médico—. Las milicias ciudadanas que se están creando. No es difícil figurarse que se llamen a sí mismos vigilantes de la noche.

Wallander escudriñaba el texto con incredulidad.

—Hay una cosa más que apunta a eso —siguió diciendo el médico—. El papel estaba sujeto al cuerpo. Remachado con una grapadora.

Wallander sacudió la cabeza.

—Esto es increíble, joder —dijo.

—Sí. Es increíble que las cosas hayan llegado tan lejos.

Wallander no se molestó en llamar a un taxi. Fue a su casa andando por la ciudad desierta. Pensando en Katarina Taxell. Y en Åke Davidsson, con un mensaje cosido a su cuerpo.

Cuando llegó al piso de Mariagatan no hizo más que quitarse los zapatos y la chaqueta y se tumbó en el sofá con una manta por encima. El despertador estaba puesto. Pero no podía dormirse. Además, empezaba a dolerle la cabeza. Fue a la cocina y se tomó unas tabletas con un vaso de agua. La farola de la calle se balanceaba al viento fuera de la ventana. Luego volvió a acostarse. Se adormeció intranquilo hasta que sonó el despertador. Cuando se sentó en el sofá estaba aún más cansado que cuando se acostó. Fue al cuarto de baño y se lavó la cara con agua fría. Luego se cambió de camisa. Mientras esperaba a que se hiciera el café, llamó a Hansson a su casa. Tardó mucho rato en contestar. Wallander comprendió que le había despertado.

—No he terminado aún con la documentación de Östersund —dijo aquél—. Estuve hasta las dos esta noche. Me quedan cuatro kilos aproximadamente.

—Ya hablaremos de eso luego —le interrumpió Wallander—. Sólo quiero que vayas al hospital y hables con un hombre que se llama Åke Davidsson. Le atacaron en los alrededores de Lödinge ayer tarde o esta noche. Gente que, probablemente, forma parte de una milicia ciudadana. Quiero que te ocupes tú de esto.

—¿Y qué hago con los papeles de Östersund?

—Tendrás que apañártelas para hacerlo al mismo tiempo. Svedberg y yo nos vamos a Lund. Ya te contaré luego.

Cortó la conversación antes de que Hansson tuviera tiempo de hacer ninguna pregunta.

No hubiera tenido fuerzas para contestarlas.

A las seis Svedberg se detuvo delante de su puerta. Wallander estaba en la ventana de la cocina con la taza de café en la mano y le vio llegar.

—He hablado con Martinsson —dijo Svedberg cuando Wallander se

hubo sentado en el coche–. Le iba a pedir a Nyberg que se ocupara de la pinza de plástico.
—¿Se enteró de las conclusiones a las que hemos llegado?
—Creo que sí.
—Entonces, vámonos.
Wallander se echó hacia atrás y cerró los ojos. Lo mejor que podía hacer camino de Lund era dormir.

La casa donde vivía Katarina Taxell era un bloque de viviendas de alquiler situado en una plaza cuyo nombre Wallander desconocía.
—Será mejor que llamemos a Birch –dijo Wallander–. No vayamos a tener líos luego.
Svedberg le encontró en su casa. Le acercó el auricular a Wallander, que le explicó rápidamente lo sucedido. Birch prometió estar allí en veinte minutos. Se quedaron esperando en el coche. El cielo estaba gris aunque no llovía. En cambio el viento había arreciado. Birch detuvo su coche detrás de ellos. Wallander explicó detalladamente lo que habían descubierto durante la conversación con Ylva Brink. Birch escuchó con atención. Wallander, sin embargo, vio que abrigaba dudas.
Luego, entraron en el edificio. Katarina Taxell vivía en el segundo piso, a la izquierda.
—Yo me mantengo en segundo plano –dijo Birch–. Lleva tú el interrogatorio.
Svedberg llamó al timbre. La puerta se abrió casi enseguida. Una mujer en bata estaba ante ellos. Tenía grandes ojeras de cansancio. Wallander pensó que le recordaba a Ann-Britt Höglund.
Wallander saludó esforzándose por parecer lo más amable posible. Pero en cuanto dijo que era policía y que venía de Ystad, vio que ella reaccionaba. El piso daba la impresión de ser pequeño y atestado. Por todas partes había señales de que acababa de dar a luz. Wallander recordó la situación de su propia casa cuando Linda acababa de nacer. Se hallaban en un cuarto de estar con muebles claros de madera. En la mesa había un folleto que captó la atención de Wallander: TAXELL, PRODUCTOS PARA EL PELO. Eso le dio una posible explicación de su trabajo como empresaria.
—Lamento venir tan temprano –dijo una vez sentados–. Pero es que nuestro asunto no puede esperar.
Dudó acerca de cómo continuar. Ella estaba sentada frente a él y no apartaba los ojos de su cara.
—Acabas de tener un hijo en la Maternidad de Ystad, ¿no es así?

—Un niño —contestó Katarina—. Nació el día quince. A las tres de la tarde.

—Pues, recibe mi enhorabuena —dijo Wallander.

Svedberg y Birch se sumaron con un murmullo.

—Aproximadamente dos semanas antes —continuó Wallander—, con más exactitud la noche entre el treinta de septiembre y el primero de octubre, ¿recibiste una visita, esperada o no, en algún momento después de la medianoche?

Ella le miró sin comprender.

—¿Quién iba a ser?

—¿Una enfermera que quizá no habías visto antes?

—Conocía a todas las que trabajaban por la noche.

—Esta mujer de la que hablo volvió dos semanas más tarde. Y creemos que fue a visitarte a ti.

—¿Por la noche?

—Sí. En algún momento después de las dos.

—No me visitó nadie. Además, estaría durmiendo.

Wallander asintió lentamente. Birch estaba detrás del sofá, Svedberg, sentado en una silla junto a la pared. Todo se quedó súbitamente en profundo silencio.

Esperaban a que Wallander continuara.

No tardaría en hacerlo.

Primero quería concentrarse. Estaba todavía cansado. En realidad debía preguntar por qué había estado tanto tiempo en la Maternidad. ¿Había tenido un embarazo complicado? Pero lo dejó estar.

Otra cosa era más importante.

No se le había escapado que ella no decía la verdad.

Estaba convencido de que había recibido una visita. Y de que sabía quién era la mujer.

28

Un bebé empezó a llorar de repente.
Katarina Taxell se levantó y salió de la habitación. En ese mismo instante Wallander decidió cómo iba a continuar la conversación. Estaba convencido de que no decía la verdad. Desde el primer momento percibió en ella algo impreciso y escurridizo. Sus largos años de policía en los que había tenido que aprender a percibir la diferencia entre mentira y verdad le habían proporcionado un sentido casi infalible para detectar cuándo alguien faltaba a la verdad. Se levantó y se acercó a la ventana donde estaba Birch. Svedberg hizo lo mismo. Se acercaron y Wallander habló en voz baja, vigilando todo el tiempo la puerta por la que ella había desaparecido.
—No dice la verdad.
Los otros al parecer no habían notado nada. O estaban menos convencidos. Pero no hicieron ninguna objeción.
—Es posible que esto lleve tiempo —siguió Wallander—. Pero como, a mi juicio, ella tiene un significado decisivo para nosotros, no voy a conformarme. Ella sabe quién es esa mujer. Y yo estoy más convencido que nunca de que esa mujer es relevante.
Birch pareció empezar a comprender la relación.
—¿Quieres decir que es una mujer la que está detrás de todo esto? ¿Que la autora es una mujer?
Parecía casi horrorizado de sus propias palabras.
—No tiene que ser necesariamente el asesino —contestó Wallander—. Pero en algún lugar de las cercanías del centro de esta investigación hay una mujer. De eso estoy convencido. Si no otra cosa, lo que hace es ocultar lo que, a su vez, puede estar detrás. Por eso tenemos que llegar a ella lo antes posible. Tenemos que averiguar quién es.
El bebé dejó de llorar. Svedberg y Wallander regresaron con rapidez a sus posiciones anteriores en la habitación. Pasó un minuto. Luego, Katarina Taxell volvió y se sentó en el sofá. Wallander advirtió que estaba muy en guardia.

—Volvamos a la Maternidad de Ystad —dijo Wallander con amabilidad—. Dices que dormías. Y que nadie te visitó esas noches.
—Nadie.
—Tú vives aquí, en Lund. Entonces, ¿por qué eliges Ystad para dar a luz?
—Los métodos que practican allí me atraen.
—Ya sé, ya. Mi propia hija, además, nació en Ystad.
Ella no reaccionó. Wallander se dio cuenta de que sólo quería contestar a sus preguntas. Aparte de eso, no estaba dispuesta a decir nada voluntariamente.
—Voy a hacerte ahora unas preguntas de índole personal. Como esto no es un interrogatorio, puedes decidir no contestar. Pero entonces debo advertirte de que puede resultar necesario para nosotros llevarte a la comisaría y someterte a un interrogatorio formal. Hemos venido porque estamos buscando informaciones sobre varios crímenes extraordinariamente brutales.
Siguió sin reaccionar. Su mirada estaba clavada en el rostro de Wallander. Era como si quisiera escudriñarle el cerebro. Había algo en sus ojos que le desazonaba.
—¿Has entendido lo que he dicho?
—He entendido. No soy tonta.
—¿Permites que te haga algunas preguntas de índole personal?
—No lo sabré hasta que las haya oído.
—Da la impresión de que vives aquí sola. ¿No estás casada?
—No.
La respuesta fue rápida y firme. «Dura», pensó Wallander. «Como si le pegase a algo.»
—¿Puedo preguntar quién es el padre de tu hijo?
—No pienso contestar. Eso no puede tener interés para nadie más que para mí. Y para el niño.
—Si el padre del niño ha sido objeto de un delito violento, hay que reconocer que sí tiene que ver.
—Eso significaría que usted sabe quién es el padre de mi hijo. Pero no lo sabe. Así que la pregunta es absurda.
Wallander comprendió que ella tenía razón. Su cabeza regía a la perfección.
—Voy a hacerte otra pregunta. ¿Conoces a un hombre llamado Eugen Blomberg?
—Sí.
—¿De qué manera le conoces?
—Le conozco.

—¿Sabes que ha sido asesinado?
—Sí.
—¿Cómo lo sabes?
—Lo vi en el periódico esta mañana.
—¿Es él el padre de tu hijo?
—No.
«Miente bien», se dijo Wallander. «Pero no lo bastante.»
—¿No es cierto que Eugen Blomberg y tú teníais una relación?
—Así es.
—Y, sin embargo, él no es el padre de tu hijo.
—No.
—¿Cuánto tiempo duró la relación?
—Dos años y medio.
—Habrá tenido que ser en secreto, porque él estaba casado.
—Me mintió. Yo lo supe mucho más tarde.
—¿Qué pasó entonces?
—Rompí con él.
—¿Cuándo fue eso?
—Hará aproximadamente un año.
—¿Después de eso ya no volvisteis a veros?
—No.

Wallander aprovechó la ocasión para pasar al ataque.

—Hemos encontrado cartas en su casa escritas no hace más que un par de meses.

Ella no se dejó perturbar.

—Nos escribimos cartas. Pero no nos vimos.
—Todo eso resulta muy raro.
—Él me escribía. Yo le contesté. Quería que volviéramos a vernos, y yo no.
—¿Porque habías encontrado a otro hombre?
—Porque iba a tener un hijo.
—¿Y el nombre del padre no quieres decirlo?
—No.

Wallander echó una mirada a Svedberg, que tenía los ojos clavados en el suelo. Birch miraba por la ventana. Wallander sabía que los dos estaban en tensión.

—¿Quién piensas tú que puede haber matado a Eugen Blomberg?

Wallander lanzó la pregunta con toda su fuerza. Birch se movió junto a la ventana. El suelo crujió bajo su peso. Svedberg pasó a mirarse las manos.

—Yo no sé quién puede haber querido matarle.

El niño volvió a hacer ruido. Ella se levantó rápidamente y se ausentó de nuevo. Wallander miró a los otros. Birch movió la cabeza. Wallander intentó evaluar la situación. Iba a crear grandes problemas llamar a declarar a una mujer con un hijo de tres días. Además, no era sospechosa de nada. Tomó una decisión rápida. Volvieron a juntarse delante de la ventana.

—Voy a dejarlo aquí —dijo Wallander—. Pero quiero que la vigilen. Y quiero saber todo lo que se pueda conseguir sobre ella. Parece que tiene una empresa que vende productos para el pelo. Quiero saberlo todo de sus padres, de sus amigos, a qué se ha dedicado anteriormente. Todo. Hay que investigarla en todos los registros que haya. Tenemos que ponerla en claro.

—Nosotros nos encargamos de eso —dijo Birch.

—Svedberg se quedará aquí en Lund. Necesitamos a alguien que esté al tanto de los otros asesinatos.

—En realidad, yo preferiría volver. Ya sabes que no me encuentro muy bien fuera de Ystad.

—Lo sé —dijo Wallander—. Pero ahora mismo, no tenemos otro remedio. En cuanto llegue a Ystad le pediré a alguien que te sustituya. Pero no podemos tener a la gente viajando de un lado para otro sin necesidad.

De pronto apareció ella en la puerta. Llevaba al niño. Wallander sonrió. Se acercaron a ver al bebé. Svedberg, a quien le gustaban los niños aunque no tenía hijos, empezó a hacerle arrumacos.

Wallander notó algo que le resultaba raro. Se acordó de cuando Linda estaba recién nacida. Mona y él andaban con ella en brazos. Cuando la llevaba él, siempre tenía miedo de que se le cayera.

Luego descubrió lo que era: Katarina Taxell no llevaba al crío apretado contra su propio cuerpo. Era como si el niño en realidad no le perteneciera.

Experimentó desagrado. Pero no lo manifestó.

—No te molestamos más —dijo—. Con toda seguridad volveremos a hablar contigo.

—Espero que cojáis a quien asesinó a Eugen.

Wallander la miró. Luego asintió con la cabeza.

—Sí. Resolveremos esto. Te lo aseguro.

Salieron a la calle. El viento había arreciado.

—¿Qué piensas de ella? —preguntó Birch.

—Está claro que no dice la verdad —respondió Wallander—. Pero era como si tampoco mintiera.

Birch le miró inquisitivo.

—¿Cómo quieres que interprete eso? ¿Como que mentía y decía la verdad al mismo tiempo?
—Más o menos. Lo que eso significa, no lo sé.
—Me he fijado en un pequeño detalle —señaló Svedberg de repente—. Ha dicho «a quien». No «al que».
Wallander asintió. También él lo había observado. Ella esperaba que cogieran a «quien» había matado a Eugen Blomberg.
—¿Puede tener eso algún significado? —preguntó Birch, un tanto escéptico.
—No lo sé. Pero tanto Svedberg como yo lo registramos. Y eso, a su vez, tal vez signifique algo.
Acordaron que Wallander regresaría a Ystad en el automóvil de Svedberg. Prometió también enviar a alguien que le sustituyera en Lund lo más pronto posible.
—Esto es importante —volvió a remacharle luego a Birch—. Katarina Taxell ha recibido la visita de esa mujer en el hospital. Tenemos que enterarnos de quién es. La comadrona a la que atacó ha dado una descripción bastante buena de su aspecto.
—Dámela —pidió Birch—. Puede ocurrir que vaya a verla a su casa también.
—Es muy alta. Ylva Brink mide un metro setenta y cuatro. Piensa que la mujer medirá un metro ochenta. Pelo oscuro, no muy largo, lacio. Ojos azules, nariz afilada, labios delgados. Robusta, sin dar la impresión de estar gorda. Pecho no muy pronunciado. La potencia del golpe indica que tiene fuerza. Posiblemente está bien entrenada.
—Es una descripción que sirve para bastantes personas.
—Eso pasa con todas las descripciones. Pero cuando se encuentra a la persona buscada uno se da cuenta enseguida.
—¿Dijo alguna cosa? ¿Cómo era la voz?
—No dijo ni una palabra. No hizo más que golpearla.
—¿Se fijó en los dientes?
Wallander miró a Svedberg, que negó con la cabeza.
—¿Iba maquillada?
—No más de lo normal.
—¿Cómo eran las manos? ¿Llevaba uñas postizas?
—Eso, sabemos con seguridad que no llevaba. Ylva dijo que se hubiera dado cuenta.
Birch había tomado algunas notas. Movió la cabeza.
—Veremos lo que podemos hacer. La vigilancia de la casa la haremos con toda discreción. Ella va a estar muy alerta.
Se separaron. Svedberg le dio a Wallander las llaves de su coche.

Durante el viaje a Ystad, Wallander trató de entender por qué no quiso revelar Katarina Taxell que había tenido visita dos veces durante las noches pasadas en la Maternidad de Ystad. ¿Quién era la mujer? ¿Qué relación tenía con Katarina Taxell y con Eugen Blomberg? ¿Cómo se entretejían los hilos? ¿Cómo era la cadena que llevaba al asesinato?

Abrigaba también una inquietud en su interior. La inquietud de estar equivocándose completamente. Podía ser que estuviera haciendo perder el rumbo a la investigación, llevándola a una zona de invisibles arrecifes subacuáticos que al final harían que todo se fuera a pique.

Nada podía atormentarle más o quitarle el sueño, o darle dolor de estómago. Navegar a toda vela hacia el fracaso de una investigación criminal. Le había pasado en otras ocasiones. Ver cómo, de pronto, las pistas se dispersaban hasta parecer irreconocibles. No había quedado más remedio que empezar de nuevo por el principio. Y la culpa había sido suya.

A las nueve y media aparcó ante el edificio de la policía de Ystad. Al entrar en la recepción, le detuvo Ebba:

—Tenemos un caos total.

—¿Qué ha pasado?

—Lisa Holgersson quiere hablar contigo ahora mismo. Se trata del hombre que Svedberg y tú habéis encontrado esta noche en la carretera.

—Voy a hablar con ella.

—Ve enseguida.

Wallander fue directamente al despacho de Lisa Holgersson. La puerta estaba abierta. Hansson estaba allí sentado, muy pálido.

A todas luces, ella estaba más alterada de lo que jamás la había visto. Le indicó que se sentara.

—Creo que debes escuchar a Hansson.

Wallander se despojó de la chaqueta y se sentó.

—Åke Davidsson —comenzó Hansson—. He tenido una larga conversación con él esta mañana.

—¿Qué tal está?

—No es tan grave como parece. Pero, con todo, es bastante serio. Por lo menos tanto como la historia que tenía que contar.

Más tarde Wallander pensó que Hansson no había exagerado. Estuvo escuchándole, primero con asombro, luego con indignación creciente. Sus palabras fueron concisas y claras. Pero la historia rebasaba sus propios límites. Wallander pensó que esa mañana de otoño había oído algo que nunca creyó que podría ocurrir. Ahora había sucedido y no les quedaba otro remedio que resignarse. Suecia cambiaba continuamente. Las más de las veces, los procesos se desarrollaban sigilosamente, sólo se podían identificar con posterioridad. Pero, en ocasiones, Wallander tenía la impresión de que el cuerpo social sufría un estremecimiento. Por lo menos cuando consideraba y vivía los cambios como policía.

La historia que contó Hansson de Åke Davidsson era una sacudida de esa índole que, a su vez, hizo que la conciencia de Wallander se sobresaltase.

Åke Davidsson trabajaba en la Oficina de Prestaciones Sociales de Malmö. Estaba registrado como parcialmente incapacitado a causa de su visión deficiente. Después de luchar durante muchos años había conseguido el permiso de conducir aunque con ciertas limitaciones. Desde finales de los años setenta, Davidsson mantenía relaciones con una mujer de Lödinge. La noche anterior, esa relación había terminado. Por lo general, Åke Davidsson se quedaba a dormir en Lödinge, ya que, en realidad, no le estaba permitido conducir de noche. Ahora se veía obligado a hacerlo de todas maneras. Se equivocó de camino y, por fin, tuvo que pararse para preguntar. Entonces le atacó una patrulla nocturna compuesta por vigilantes voluntarios que se habían organizado en Lödinge. Le trataron de ladrón negándose a aceptar sus explicaciones. Había perdido las gafas, quizá se habían roto. Le golpearon hasta dejarle sin sentido y no volvió en sí hasta que le recogieron en la camilla.

Ésa era la historia de Hansson sobre Åke Davidsson. Pero había más:

—Åke Davidsson es un hombre pacífico que, además de ver mal, sufre de tensión alta. He hablado con algunos de sus compañeros de trabajo en Malmö, que están muy indignados. Uno de ellos me contó una cosa que Åke Davidsson no me dijo. Posiblemente, debido a que es una persona modesta.

Wallander escuchaba.

—Åke Davidsson es un miembro entregado y muy activo de Amnistía Internacional. La cuestión es si dicha organización no debería ocuparse también de Suecia a partir de ahora. Si no se frena esta maraña de brutales vigilantes nocturnos y milicias ciudadanas.

Wallander estaba mudo. Se sentía mal y lleno de rabia.

—Tienen un jefe los tipos esos —continuó Hansson—. Se llama Eskil Bengtsson y tiene una empresa de transportes en Lödinge.

—Hay que acabar con esto —dijo Lisa Holgersson—. Aunque estemos hasta el cuello con los asesinatos. Tenemos que hacer un plan, por lo menos, de cómo actuar.

—Ese plan ya está hecho —afirmó Wallander levantándose—. Es muy

sencillo. Consiste en que vayamos a detener a Eskil Bengtsson. Y luego sigamos deteniendo a todos los que estén envueltos en esas milicias ciudadanas. Åke Davidsson puede identificarlos uno por uno.
—Pero ve muy mal —dijo Lisa Holgersson.
—La gente que ve mal suele tener buen oído —contestó Wallander—. Si no he entendido mal, no dejaron de hablar mientras le apaleaban.
—Me pregunto si esto tiene algún fundamento —titubeó ella—. ¿Qué pruebas tenemos, en realidad?
—Para mí lo tiene —dijo Wallander—. Naturalmente, puedes darme la orden de permanecer aquí.
Ella sacudió la cabeza.
—Ve para allá —dijo—. Cuanto antes, mejor.
Wallander le hizo un gesto a Hansson. Se pararon a hablar en el pasillo.
—Quiero dos coches patrulla —dijo Wallander golpeando el hombro de Hansson enérgicamente con un dedo—. Con las luces encendidas y las sirenas conectadas. Tanto al salir como al entrar en Lödinge. Tampoco estaría mal que les pasáramos aviso a los periódicos.
—No creo que podamos —dijo Hansson preocupado.
—Claro que no podemos. Salimos dentro de diez minutos. En el coche podemos hablar de los papeles de Östersund.
—Todavía me falta un kilo. Es una investigación increíble. Paso a paso. Hay incluso un hijo que ha continuado las pesquisas de su padre.
—En el coche —interrumpió Wallander—. No aquí.
Cuando Hansson se marchó, Wallander fue a la recepción. Habló en voz baja con Ebba. Ella asintió y prometió hacer lo que le decía.
Cinco minutos más tarde ya estaban en camino. Se alejaron de la ciudad con las luces y las sirenas conectadas.
—¿Por qué le detenemos? —preguntó Hansson—. Me refiero a Eskil Bengtsson, el transportista.
—Es sospechoso de apaleamiento grave —contestó Wallander—. De instigación a la violencia. A Davidsson lo han tenido que llevar a la carretera. Así que también podemos probar con rapto. Agitación.
—Vas a tener a Per Åkeson encima a causa de esto.
—No es del todo seguro —repuso Wallander.
—Parece que salimos a buscar a gente verdaderamente peligrosa.
—Estás en lo cierto. Salimos en busca de gente verdaderamente peligrosa. En este momento me resulta difícil pensar en nadie que sea más peligroso para la seguridad legal de este país.
Frenaron al llegar al establecimiento de Eskil Bengtsson, a la en-

trada del pueblo. Había dos camiones y una excavadora. Un perro ladraba furioso en su caseta.

—A por él —ordenó Wallander.

Al llegar a la puerta exterior, ésta se abrió y apareció un hombre fornido con un vientre abultado. Wallander le echó una mirada a Hansson, y éste asintió con la cabeza.

—Soy el comisario Wallander, de la policía de Ystad. Ponte una chaqueta. Vienes con nosotros.

—¿Adónde?

La arrogancia del hombre hizo que Wallander estuviera a punto de perder los estribos. Hansson lo notó y le cogió del brazo.

—Vas a venir a Ystad —contestó Wallander con forzada calma—. Y sabes muy bien por qué.

—Yo no he hecho nada —dijo Eskil Bengtsson.

—Sí has hecho, sí —dijo Wallander—. Has hecho incluso demasiado. Si no vas a por la chaqueta tendrás que venir sin ella.

Una mujer pequeña y delgada apareció al lado del hombre.

—¿Qué pasa? —gritó con voz estridente—. ¿Qué ha hecho?

—No te metas en esto —repuso el hombre empujándola al interior de la casa.

—Ponle las esposas —ordenó Wallander.

Hansson le miró sin comprender nada.

—¿Por qué?

Wallander ya había agotado toda su paciencia. Se volvió a uno de los coches y cogió unas esposas. Luego subió las escaleras, le dijo a Eskil Bengtsson que extendiera las manos y se las puso. Todo ocurrió tan rápidamente que Bengtsson no tuvo tiempo de reaccionar. Al mismo tiempo, relumbró un fogonazo. Un fotógrafo que acababa de saltar del coche había hecho una foto.

—¿Cómo coño sabe la prensa que estamos aquí? —preguntó Hansson.

—Eso digo yo —dijo Wallander pensando que Ebba era de fiar y rápida—. En marcha.

La mujer que había sido metida en casa a empujones volvió a salir. De repente, la emprendió con Hansson y empezó a darle golpes con los puños. El fotógrafo tomaba imágenes. Wallander condujo a Eskil Bengtsson al coche.

—Esto te va a costar muy caro —dijo Eskil.

Wallander sonrió.

—Sin duda. Pero no va a ser nada comparado con lo que te espera a ti. ¿Empezamos por los nombres ya? ¿Quiénes eran los que estaban esta noche?

Eskil Bengtsson no contestó. Wallander le metió con malos modos en el interior del vehículo. Hansson, mientras tanto, se había librado de la enfurecida mujer.

—Por los cojones que era ella la que tenía que haber estado en la caseta —dijo.

Estaba tan alterado que temblaba. La mujer le había hecho un profundo arañazo en una mejilla.

—Vámonos —dijo Wallander—. Tú vete en el otro coche y sigue hasta el hospital. Quiero saber si Åke Davidsson oyó algún nombre. Y si vio a alguien que pudiera ser Eskil Bengtsson.

Hansson asintió y se fue. El fotógrafo se acercó a Wallander.

—Tuvimos una llamada anónima —dijo—. ¿Qué es lo que pasa?

—Unas cuantas personas de por aquí atacaron y apalearon gravemente a una persona inocente ayer por la noche. Parece que están organizados en una especie de milicia ciudadana. La víctima era inocente de todo, salvo de que se había equivocado de camino. Ellos dijeron que era un ladrón, y le dieron una paliza que casi le mata.

—¿Y el hombre que lleváis en el coche?

—Es sospechoso de complicidad. Sabemos, además, que es uno de los que iniciaron esta maldición. No queremos ningún tipo de milicias ciudadanas en Suecia. Ni aquí en Escania ni en ninguna otra parte del país.

El fotógrafo quería hacer otra pregunta. Wallander levantó la mano en señal de rechazo.

—Habrá una conferencia de prensa. Nos vamos.

Wallander gritó que volvieran a poner en marcha las sirenas para volver. Varios coches de curiosos se habían parado junto a la entrada de la finca. Wallander se hizo sitio en la parte de atrás, junto a Eskil Bengtsson.

—¿Qué, empezamos con los nombres? Así ahorramos tiempo. Tú y yo.

Eskil Bengtsson no contestó. Wallander notó que olía mucho a sudor.

A Wallander le costó tres horas conseguir que Eskil Bengtsson reconociera haber participado en el apaleamiento de Åke Davidsson. Luego, todo fue muy deprisa. Eskil Bengtsson denunció a otros tres hombres que también habían estado presentes. Wallander dio orden de que se les detuviera de inmediato. El coche de Åke Davidsson, abandonado en un almacén de maquinaria, ya estaba en la comisaría. Poco después de las tres de la tarde, Wallander convenció a Per Åkeson de que los cuatro hombres debían ser retenidos. Inmediatamente después de la conversación con Åkeson, se dirigió a la sala, donde esperaba un nutrido grupo de periodistas. Lisa Holgersson había informado ya de los sucesos de la noche anterior cuando entró Wallander. Esta vez tenía realmente ganas de encontrarse con la prensa. Pese a que comprendió que Lisa Holgersson ya había dado la información fundamental, contó de nuevo todo el desarrollo de los hechos. Era como si hubiera que decirlo una y mil veces.

—El fiscal acaba de arrestar a cuatro personas —declaró—. No cabe la menor duda de que son culpables de malos tratos. Pero lo más grave es que no tenían por qué ser éstas precisamente. Hay otras cinco o seis personas implicadas en una cadena que constituye un comando de vigilancia privado aquí en Lödinge. Se trata de personas que han decidido ponerse por encima de la ley. Las consecuencias de eso podemos verlas, en este caso, en un hombre inocente, con visión deficiente y tensión arterial alta, que está a punto de ser asesinado cuando se equivoca de carretera. La cuestión es si queremos que las cosas sigan así. Que sea un peligro de muerte conducir a la derecha o a la izquierda. ¿Es así? ¿Es que, desde ahora, nos vemos todos, unos a otros, como ladrones, violadores y homicidas? No soy capaz de decirlo con la necesaria claridad. Algunos de los que han sido inducidos a participar en esas ilegales y peligrosas milicias ciudadanas, tal vez no se han dado cuenta de dónde se han metido. Pueden obtener el perdón si se salen de inmediato. Pero los que han entrado en eso con plena conciencia de lo que hacían no tienen defensa. Los cuatro hombres que hoy hemos detenido son, por desgracia, ejemplo de esto último. Lo único que cabe esperar es que la condena que les caiga resulte disuasoria para otros.

Wallander había puesto énfasis en sus palabras. Se notó en los periodistas, que no se echaron de inmediato sobre él con preguntas. Éstas fueron escasas y sólo para confirmar determinados detalles. Ann-Britt Höglund y Hansson se encontraban al fondo de la sala. Wallander trataba de ver entre los periodistas presentes al hombre del *Anmärkaren*. Pero no estaba.

Al cabo de una media hora, la conferencia de prensa había terminado.

—Lo has hecho muy bien —dijo Lisa Holgersson.

—Sólo había una forma de hacerlo —contestó Wallander.

Ann-Britt Höglund y Hansson hicieron señal de aplaudir cuando se les acercó. Wallander no se sentía alegre. Sí, en cambio, muy hambriento. Y con necesidad de respirar aire puro. Miró el reloj.

—Dadme una hora —dijo—. Nos vemos a las cinco. ¿No ha vuelto Svedberg?
—Está de camino.
—¿Quién le sustituye?
—Augustsson.
—¿Quién es ése? —preguntó Wallander sorprendido.
—Uno de los de Malmö.
Wallander ya había olvidado el nombre. Asintió con la cabeza.
—A las cinco —repitió—. Tenemos mucho que hacer.
Se detuvo en la recepción y le dio las gracias a Ebba por su ayuda. Ella sonrió.
Wallander fue paseando hasta el centro. Hacía viento. Se sentó en la cafetería de la estación de autobuses y se comió dos bocadillos. Sació su hambre. Tenía la cabeza vacía. Hojeó un semanario medio roto. Al volver a la comisaría se detuvo y compró una hamburguesa. Tiró la servilleta a la papelera y volvió a pensar en Katarina Taxell. Para él ya no existía Eskil Bengtsson. Pero Wallander sabía que tendría que volver a confrontarse con diferentes milicias ciudadanas locales. Lo que le había sucedido a Åke Davidsson no era más que el comienzo.

A las cinco y cinco estaban todos en la sala de reuniones. Wallander empezó haciendo una exposición de lo que sabían hasta ese momento sobre Katarina Taxell. Se dio cuenta enseguida de que los presentes escuchaban con gran atención. Por primera vez desde que empezaron la investigación tuvo la sensación de que se estaban acercando a algo que tal vez significara el gran avance. Esta sensación se reforzó aún más cuando habló Hansson.
—El material sobre el caso de Krista Haberman es descomunal —informó—. He dispuesto de muy poco tiempo y puede que se me haya escapado algo importante. Pero he encontrado una cosa que quizá tenga interés.
Hojeó sus papeles hasta encontrar lo que buscaba.
—En algún momento, inmediatamente después de la mitad de los años sesenta, Krista Haberman estuvo en Escania en tres ocasiones. Había establecido contacto con un ornitólogo que vivía en Falsterbo. Muchos años más tarde, cuando ya hacía tiempo que ella había desaparecido, un policía llamado Fredrik Nilsson viajó desde Östersund para hablar con este hombre de Falsterbo. Por cierto, que ha anotado que todo el camino lo hizo en tren. El hombre de Falsterbo se llama Tandvall. Erik Gustav Tandvall. Cuenta sin reticencias que ha recibido

visitas de Krista Haberman. Sin que se diga claramente se puede deducir que han mantenido una aventura. Pero el policía Nilsson, de Östersund, no encuentra nada sospechoso en todo ello. La aventura entre Haberman y Tandvall terminó mucho antes de que ella desapareciera sin dejar rastro. Seguro que Tandvall no tiene nada que ver con su desaparición. Con eso, queda tachado de la investigación y ya no vuelve a aparecer.

Hansson había leído sus notas. Ahora miró a los que le escuchaban.

—Ese nombre me sonaba —continuó—. Tandvall. Un nombre poco frecuente. Tuve la impresión de que lo había visto antes. Tardé un rato en recordar dónde: en una lista de personas que habían trabajado para Holger Eriksson como vendedores de coches.

El silencio era ahora absoluto. La tensión, enorme. Todos se daban cuenta de que Hansson había logrado encontrar un nexo de unión de la mayor importancia.

—El vendedor de coches no se llamaba Erik Tandvall —prosiguió—. Se llamaba Göte de nombre, Göte Tandvall. Justo antes de empezar la reunión conseguí la confirmación de que se trata del hijo de Erik Tandvall. Debo decir también que Erik Tandvall murió hace un par de años. Al hijo no he conseguido localizarle aún.

Hansson se calló.

Nadie dijo nada en un rato.

—Esto significa, en otras palabras, que existe la posibilidad de que Holger Eriksson se encontrara con Krista Haberman —dijo Wallander lentamente—. Una mujer que después desaparece sin dejar rastro. Una mujer de Svenstavik, donde hay una iglesia que recibe una donación de acuerdo con una manda del testamento de Eriksson.

De nuevo reinó el silencio en la sala.

Todos comprendían lo que eso suponía.

Alguna cosa empezaba, por fin, a relacionarse con otra.

29

Poco antes de medianoche, Wallander se dio cuenta de que estaban llegando al límite de sus fuerzas. Llevaban reunidos desde las cinco y sólo habían hecho breves pausas para ventilar la sala de reuniones. Hansson había encontrado la apertura que estaban necesitando. Habían logrado establecer una relación. Los perfiles de una persona que se movía como una sombra entre los tres hombres asesinados comenzaban a aparecer. Aunque seguían siendo sumamente cautos a la hora de dar por cierto el motivo, tenían ya, sin embargo, la impresión de que estaban moviéndose en las lindes de una serie de sucesos relacionados entre sí por la venganza.

Wallander les había reunido para avanzar todos juntos por el impracticable terreno. Hansson aportó una dirección. Pero todavía no tenían un plan que seguir.

El equipo tuvo, además, una vacilación. ¿Podía ser esto verdaderamente cierto? ¿Que una misteriosa desaparición ocurrida muchos años antes, investigada en profundidad por policías de Jämtland, ya fallecidos, pudiera ayudarles a descubrir a un asesino que, entre otras muchas cosas, ponía afiladas estacas de bambú en un foso de Escania?

Cuando se abrió la puerta y entró Nyberg, pocos minutos después de las seis, las dudas se desvanecieron. Nyberg ni siquiera fue a ocupar su sitio en el extremo de la mesa. Por una vez había dado muestras de excitación, cosa que nadie recordaba haber visto jamás.

—Había una colilla en el embarcadero —proclamó—. Logramos identificar una huella dactilar en ella.

Wallander le miró perplejo.

—Eso es imposible. ¿Huellas dactilares en una colilla?

—Hemos tenido suerte —replicó él—. Tienes razón, por lo general es imposible. Pero hay una excepción. Cuando el cigarrillo está liado a mano. Y éste lo estaba.

El silencio de la sala era sepulcral. Primero, Hansson encontraba un posible y hasta probable vínculo entre una mujer polaca, desaparecida desde hacía muchos años, y Holger Eriksson. Y ahora venía Nyberg diciendo que habían aparecido huellas dactilares en la maleta de Runfeldt y en el lugar donde encontraron a Blomberg dentro del saco.

Era como si aquello fuera excesivo para asumirlo en tan poco tiempo. Una investigación que venía arrastrándose, casi sin empuje, empezaba a acelerarse seriamente.

Después de dar la noticia, Nyberg se sentó.

—Un asesino fumador —dijo Martinsson—. Es más fácil de encontrar hoy que hace veinte años. Cada vez hay menos gente que fuma.

Wallander asintió distraído.

—Tenemos que seguir combinando estos asesinatos. Con tres personas muertas, necesitamos por lo menos nueve combinaciones. Huellas dactilares, horas, todo lo que apunte a un denominador común definitivo.

Miró a su alrededor en la habitación.

—Necesitaríamos establecer un horario minucioso. Sabemos que la persona o las personas que están detrás de esto actúan con una brutalidad escalofriante. Hemos encontrado un elemento casi exhibicionista en la forma en que las víctimas han sido asesinadas. Pero no hemos logrado leer el lenguaje del asesino. El código que hemos mencionado anteriormente. Tenemos la vaga sospecha de que nos habla. Él o ella o ellos. Pero ¿qué es lo que intentan decirnos? No lo sabemos. La cuestión ahora es ver si hay algún esquema determinado en todo esto que aún no hemos descubierto.

—¿Te refieres a si el asesino actúa cuando hay luna llena? —preguntó Svedberg.

—Eso es. La luna llena simbólica. ¿Cómo es en este caso? ¿Existe? Me gustaría que alguien hiciera un horario. ¿Hay algo ahí que pueda darnos una orientación?

Martinsson dijo que él se encargaría de recoger y ordenar todos los datos que tenían. Wallander sabía que, por iniciativa propia, había adquirido unos programas de ordenador elaborados por el cuartel general del FBI en Washington. Supuso que ahora Martinsson veía la posibilidad de utilizar alguno de ellos.

Luego empezaron a hablar de que, en realidad, sí había un centro. Ann-Britt Höglund puso el fragmento de un mapa del Estado Mayor en un proyector. Wallander se colocó al borde de la imagen luminosa.

—Empieza en Lödinge —señaló en el mapa—. De algún lugar llega una persona que comienza a vigilar la finca de Holger Eriksson. Suponemos que se desplaza en coche y que ha utilizado el camino de carros que hay al otro lado de la colina donde Eriksson tenía la torre. Un año antes quizás esta misma persona entró en su casa. Sin robar nada. Posiblemente para darle un aviso, como un presagio. Eso no lo sabemos. Aunque tampoco tiene que tratarse, necesariamente, de la misma persona. Wallander señaló Ystad.

—Gösta Runfeldt está a punto de viajar a Nairobi, donde va a estudiar unas orquídeas raras. Todo está listo. La maleta hecha, el dinero cambiado, el billete. Incluso ha pedido un taxi para la hora temprana de la mañana en que va a ponerse en viaje. Pero no hay tal viaje. Desaparece completamente durante tres semanas.

El dedo volvió a moverse. Ahora señaló el bosque de Marsvinsholm, al oeste de la ciudad.

—Un corredor que se entrenaba le encuentra una noche. Atado a un árbol y estrangulado. Esquelético, sin fuerzas. De alguna manera, tuvo que estar prisionero el tiempo que estuvo desaparecido. Hasta aquí tenemos dos asesinatos en dos sitios diferentes, con Ystad como una especie de punto medio.

El dedo regresó al noreste.

—Encontramos una maleta en la carretera de Sjöbo. No muy lejos de un punto donde se tuerce para ir a la finca de Holger Eriksson. La maleta está a la vista, en el arcén. Pensamos inmediatamente que la tiraron donde apareció. Podemos, con razón, hacernos la pregunta de por qué justamente allí, ¿porque ese camino le conviene al asesino? No lo sabemos. Pero la pregunta es más importante de lo que quizás hemos pensado hasta ahora.

Wallander movió la mano otra vez. Hacia el lago Krageholmssjön, en el suroeste.

—Aquí encontramos a Eugen Blomberg. Eso significa que tenemos una zona delimitada que no es muy extensa. Treinta o cuarenta kilómetros entre los puntos más alejados. Entre estos sitios no se tarda más de media hora en coche.

Se sentó.

—Vamos a sacar unas cuantas conclusiones, prudentes y provisionales —añadió—. ¿Qué nos indica todo esto?

—Conocimiento del lugar —contestó Ann-Britt Höglund—. El sitio en el bosque de Marsvinsholm está muy bien elegido. La maleta ha sido colocada en un lugar donde no hay ninguna casa desde la cual se pueda ver que un automóvil se detiene y alguien se baja y se deshace de un objeto.

—¿Cómo lo sabes? —preguntó Martinsson.

—Porque lo he comprobado personalmente.

Martinsson no dijo nada más.

—Se tiene conocimiento del lugar o se obtiene conocimiento de éste —continuó Wallander—. ¿De qué se trata en este caso?

No estaban de acuerdo. Hansson opinaba que una persona de fuera podía muy bien aprender a moverse por los sitios que le interesaran. Svedberg pensaba lo contrario. Sobre todo la elección del paraje donde encontraron a Gösta Runfeldt indicaba que el asesino tenía un profundo conocimiento de la zona.

El propio Wallander tenía sus dudas. Anteriormente se había imaginado de forma vaga a una persona que venía de fuera. Ahora ya no estaba tan seguro.

No alcanzaron ningún acuerdo. Las dos posibilidades existían y había que tenerlas en cuenta hasta más ver. Tampoco pudieron descubrir un centro indiscutible. Con regla y compás, terminaban en las proximidades del punto donde apareció la maleta de Runfeldt. Pero eso no les llevaba a ninguna parte.

Esa noche volvieron una y otra vez a la maleta. Por qué había sido colocada junto a la carretera. Y por qué había sido rehecha por una persona que probablemente era una mujer. Tampoco pudieron darse una explicación convincente de por qué faltaba ropa interior. Hansson aventuró que tal vez Runfeldt fuera una persona anormal que nunca llevaba nada debajo. Pero nadie se lo tomó en serio. Tenía que haber otra explicación.

A las nueve de la noche, interrumpieron la sesión para ventilar la sala. Martinsson se fue al despacho a telefonear a casa, Svedberg se puso la chaqueta para dar un paseo. Wallander entró en un retrete a refrescarse la cara. Se miró al espejo. Tuvo la sensación de que su aspecto había cambiado después de la muerte de su padre. No podía decir, sin embargo, en qué consistía la diferencia. Movió la cabeza ante su imagen. Tenía que conseguir tiempo enseguida para pensar en lo sucedido. Su padre había muerto hacía varias semanas. Todavía no se había dado cuenta del todo de lo que había ocurrido. Eso le hacía sentir una vaga mala conciencia. Pensó también en Baiba. Tanto como le importaba y no la llamaba nunca.

Dudaba muchas veces de que un policía pudiera combinar su profesión con otra cosa. Lo que, por descontado, no era verdad. Martinsson tenía una relación estupenda con su familia. Ann-Britt Höglund cargaba, prácticamente sola, con la responsabilidad de los dos hijos. Era Wallander como persona privada quien no era capaz de hacer la combinación, no el policía.

Bostezó ante su imagen. Oyó por el pasillo que ya estaban volviendo. Decidió que ahora tenían que empezar a hablar de la mujer que se vislumbraba al fondo. Tratarían de verla y de ver el papel que realmente desempeñaba.

Eso fue también lo primero que dijo cuando se cerró la puerta.

—Se vislumbra a una mujer en todo esto. El resto de la noche, mientras podamos, tenemos que analizar este trasfondo. Hablamos de un motivo de venganza. Pero no somos especialmente claros. ¿Significa eso que nos equivocamos? ¿Que miramos en dirección equivocada? ¿Que puede haber una explicación completamente distinta?

Esperaron en silencio a que continuase. Pese a que el ambiente era apagado y cansino, notó que la concentración se mantenía.

Empezó retrocediendo. Regresó a Katarina Taxell, en Lund.

—Dio a luz aquí en Ystad. La visitaron dos noches. Aunque lo niega, yo estoy convencido de que la mujer desconocida fue a verla a ella precisamente. Así pues, miente. La cuestión es por qué. ¿Quién era esa mujer? ¿Por qué no quiere revelar su identidad? De todas las mujeres que aparecen en esta investigación, Katarina Taxell y la mujer vestida de enfermera son las dos primeras. Yo creo también que podemos partir de la base de que Eugen Blomberg es padre del niño que no llegó a ver. Katarina Taxell miente también sobre la paternidad. Cuando estuvimos en Lund con ella tuve la sensación de que casi no dijo una palabra que fuera verdad. Pero no sé por qué. Sin embargo me parece que podemos contar con que ella posee una clave importante de todo este cúmulo de enigmas.

—¿Por qué no la detenemos? —preguntó Hansson con cierto ardor.

—¿Con qué fundamento lo haríamos? —contestó Wallander—. Además, acaba de dar a luz. No podemos tratarla de cualquier manera. Creo que no diría nada más ni nada diferente de lo que ha dicho hasta ahora porque la sentáramos en una silla en la policía de Lund. Tenemos que tratar de andar a su alrededor, de buscar en su entorno, de extraer la verdad de algún modo.

Hansson asintió de mala gana.

—La tercera mujer en el entorno de Eugen Blomberg es su viuda —continuó diciendo Wallander, después del cruce de palabras con Hansson—. Nos dio informaciones importantes. Pero lo decisivo es el hecho de que no parece lamentar su muerte. Él la maltrataba, y a juzgar por las cicatrices, durante mucho tiempo y de forma grave. Esto confirma indirectamente la historia con Katarina Taxell, ya que dice que su marido siempre tuvo aventuras extramatrimoniales.

En el momento de pronunciar las últimas palabras pensó que estaba hablando como un pastor anticuado de alguna secta religiosa. Se preguntó cómo se habría expresado Ann-Britt Höglund.

—Digamos que los detalles en torno a Blomberg constituyen un patrón sobre el que volveremos.

Pasó a hablar de Runfeldt. Siguió retrocediendo hasta el suceso que estaba más alejado en el tiempo.

—Gösta Runfeldt era un hombre probadamente brutal. Lo atestiguan sus hijos. Detrás del amante de las orquídeas se escondía una persona muy diferente. Era además detective privado. No sabemos por qué. ¿Buscaba emociones? ¿No le bastaba con las orquídeas? No sabemos. Se puede adivinar que era una persona de naturaleza complicada y oscura.

Luego pasó a hablar de su esposa.

—Hice un viaje para ver un lago en las afueras de Älmhult sin saber a ciencia cierta qué iba a encontrar. Pruebas no tengo. Pero puedo muy bien figurarme que Runfeldt, en realidad, mató a su esposa. Lo que pasó allí, sobre el hielo, no lo sabremos nunca. Los protagonistas han muerto. No hay testigos. Y, sin embargo, tengo la impresión de que alguien ajeno a la familia lo sabía. A falta de algo mejor tenemos que pensar en la posibilidad de que la muerte de la esposa guarda relación con el destino de Runfeldt.

Wallander pasó a hablar del desarrollo de los hechos.

—Va a viajar a África. Pero no llega a hacerlo. Algo se interpone. No sabemos cómo ocurre la desaparición. En cambio podemos precisar el tiempo bastante bien. No tenemos ninguna explicación del atraco a la floristería. Tampoco sabemos dónde lo han tenido preso. La maleta puede, claro está, señalarnos un vago rastro geográfico. Creo también que podemos atrevernos a sacar la prudente conclusión de que, de alguna manera, la maleta la ha vuelto a hacer una mujer. La misma mujer que, en ese caso, ha fumado un cigarrillo liado a mano en el embarcadero desde donde fue empujado al agua el saco con Blomberg en su interior.

—Pueden ser dos personas —objetó Ann-Britt Höglund—. Una la que ha fumado el cigarrillo y ha dejado huellas dactilares en la maleta. Y otra la que ha vuelto a hacer la maleta.

—Tienes razón —reconoció Wallander—. Cambio de opinión para afirmar que por lo menos ha estado presente una persona.

Miró a Nyberg.

—Estamos buscando —señaló éste—. Estamos buscando en la finca de Holger Eriksson. Hemos encontrado muchísimas huellas dactilares. Pero por ahora ninguna que coincida.

Wallander se acordó de repente de un detalle.

—La pinza de la tarjeta de identificación. La que encontramos en la maleta de Runfeldt. ¿Tenía huellas?

Nyberg movió la cabeza negativamente.

—Debería haberlas tenido —dijo Wallander sorprendido—. ¿No se usan los dedos para ponerse y quitarse una pinza?

Nadie tenía una explicación lógica que darle. Wallander continuó.

—Hasta aquí nos hemos acercado a unas cuantas mujeres de las cuales hay una que se repite —resumió—. Tenemos también malos tratos a mujeres y, tal vez, un asesinato encubierto. La cuestión que hemos de plantearnos es quién ha podido estar enterado. Quién ha podido tener motivo para vengarse. Suponiendo que el motivo sea la venganza.

—Tal vez tengamos una cosa más —dijo Svedberg rascándose la nuca—. Tenemos dos viejas investigaciones policiales que se han añadido al material. Y que quedaron estancadas. Una de Östersund y otra de Älmhult.

Wallander asintió.

—Queda Holger Eriksson. Otro hombre brutal. Con mucho esfuerzo, aunque tal vez sea mejor decir con mucha suerte, podemos encontrar también a una mujer en su vida. A una polaca desaparecida hace casi treinta años.

Miró a su alrededor en la mesa antes de terminar su resumen.

—Con otras palabras, hay una pauta. Hombres brutales y mujeres desaparecidas, maltratadas y tal vez asesinadas. Y un paso más atrás, una sombra que sigue la huella de estos sucesos. Una sombra que tal vez sea una mujer. Una mujer que fuma.

Hansson dejó caer su lápiz en la mesa y movió la cabeza.

—No es verosímil pensar que hay una mujer de por medio —afirmó—. Y que al parecer tiene una fuerza física colosal y una fantasía macabra para encontrar refinados métodos de asesinar. ¿De qué manera podría interesarle lo que les ha sucedido a esas otras mujeres? ¿Es acaso amiga de ellas? ¿Cómo se han cruzado los caminos de estas personas?

—La pregunta no es sólo importante —contestó Wallander—. Es probablemente decisiva. ¿Cómo han entrado en contacto esas personas unas con otras? ¿Dónde hay que empezar a buscar? ¿Entre los hombres o entre las mujeres? Un comerciante de coches, poeta local y observador de pájaros; un amante de las orquídeas, detective privado y comerciante de flores; y, finalmente, un investigador de alergias. Blomberg, por lo menos, no parece haber tenido intereses insólitos. No parece haber tenido interés por nada. ¿O empezamos por las mujeres? Una madre que miente acerca de quién es el padre de su hijo recién nacido. Una mujer que se ahogó en el lago Stångsjön a las afueras de Älmhult hace diez años. Una mujer polaca, que vivía en Jämtland y a la que le gustaban los pájaros, desaparecida desde hace casi treinta años. Y, por último, esta mujer que se desliza subrepticiamente por las noches en la Maternidad de Ystad y derriba comadronas. ¿Dónde están los puntos de contacto?

El silencio duró mucho rato. Todos se esforzaban por encontrar la respuesta. Wallander esperaba. El momento era importante. Lo que deseaba, sobre todo, era que alguien sacara una conclusión inesperada. Rydberg le había dicho muchas veces que la misión más importante del responsable de una investigación era estimular a sus colaboradores para que pensaran lo inesperado. Quería saber si lo había conseguido.

Por fin, fue Ann-Britt Höglund la que rompió el silencio.

—Hay trabajos en los que dominan las mujeres —dijo—. Si estamos buscando a una enfermera, verdadera o falsa, parece que el sitio adecuado es la sanidad.

—Además, los pacientes llegan de lugares diferentes —continuó Martinsson—. Si pensamos que la mujer a la que buscamos ha trabajado en urgencias, habrá visto desfilar a muchas mujeres maltratadas. Ellas no la conocen. Pero ella sí sabe quiénes son. Sabe su nombre, su historial clínico.

Wallander comprendió que Ann-Britt Höglund y Martinsson habían dicho algo que podía ser verdad.

—No sabemos, a ciencia cierta, si es enfermera —dijo—. Lo único que sabemos es que no trabajaba en el departamento de Maternidad de Ystad.

—¿Por qué no puede trabajar en otro sitio del mismo hospital? —propuso Svedberg.

Wallander asintió con la cabeza lentamente. ¿Sería tan sencillo como eso? ¿Una enfermera del hospital de Ystad?

—Eso sería fácil de saber —dijo Hansson—. Aunque la documentación de los pacientes es un objeto sagrado que no puede tocarse ni abrirse, debería ser posible saber si la mujer de Gösta Runfeldt estuvo ingresada por malos tratos. Y, por qué no, también Krista Haberman.

Wallander tomó otra dirección.

—Runfeldt y Eriksson, ¿han sido denunciados en alguna ocasión por malos tratos? Habría que averiguarlo. Y, en ese caso, esto empieza a parecer un camino a seguir.

—También hay otras posibilidades —alegó Ann-Britt Höglund, como si tuviera la necesidad de cuestionar su propuesta anterior—. Hay otros lugares de trabajo en los que dominan las mujeres. Existen grupos de apoyo para mujeres. Hasta las mujeres policía de Escania tienen su propia red de contacto.

—Tenemos que investigar todas las alternativas —resolvió Wallander–. Nos llevará tiempo. Pero creo que debemos darnos cuenta de que esta investigación se dispersa en muchos sitios a la vez. Sobre todo en el pasado. Revisar viejos papeles resulta siempre pesado, pero no veo otra posibilidad.

Las últimas dos horas antes de la medianoche las dedicaron a diseñar diferentes estrategias que deberían serguir en paralelo. Comoquiera que Martinsson no había conseguido encontrar hasta el momento ninguna relación entre las tres víctimas, no tenían más alternativa que buscar a lo largo de muchos caminos al mismo tiempo.

Poco antes de la medianoche ya no avanzaban más.

Hansson formuló la última pregunta, la que todos habían estado esperando a lo largo de toda aquella larga noche.

–¿Volverá a suceder?

–No lo sé –contestó Wallander–. Por desgracia, temo que así sea. Tengo la sensación de que hay algo incompleto en lo sucedido. No me preguntes por qué. Es exactamente como lo estoy diciendo. Algo tan ajeno a lo policial como una sensación. Intuición, tal vez.

–Yo también tengo una sensación –dijo Svedberg.

Lo dijo con tanto ímpetu que todos se sorprendieron.

–¿No será que nos enfrentamos a una serie de asesinatos que van a seguir indefinidamente? Si se trata de alguien que apunta con dedo vengativo a hombres que han maltratado a mujeres, esto no se va a acabar nunca.

Wallander sabía que Svedberg muy bien podía estar en lo cierto. Él había tratado todo el tiempo de rechazar esa idea.

–El riesgo existe –contestó–. Lo que a su vez significa que tenemos que encontrar rápidamente a quien ha hecho esto.

–Refuerzos –dijo Nyberg, que apenas había hablado durante las dos últimas horas–. Si no, es imposible.

–Sí –reconoció Wallander–. Comprendo que vamos a necesitarlos. Especialmente después de lo que hemos hablado esta noche. Ya no podemos trabajar más de lo que trabajamos.

Hamrén levantó la mano indicando que quería decir algo. Estaba sentado junto a los dos policías de Malmö en uno de los extremos de la mesa.

–Me gustaría insistir en esto último –dijo–. Yo, pocas veces, por no decir ninguna, he participado en un trabajo policial tan efectivo y con tan pocas personas como aquí. Como estuve también este verano, puedo constatar que, evidentemente, no se trata de una excepción. Si pedís refuerzos, no puede haber nadie en su sano juicio que os los deniegue.

Los dos policías de Malmö asintieron con la cabeza.

—Lo hablaré con Lisa Holgersson mañana —dijo Wallander—. Voy a tratar también de que vengan dos mujeres. Al menos, puede que eso anime el ambiente.

La fatigada atmósfera se alivió por un momento. Wallander aprovechó la ocasión para levantarse. Era importante saber cuándo poner fin a una reunión. Ahora era el momento. No avanzaban más y necesitaban dormir.

Wallander fue a su despacho a buscar su chaqueta. Hojeó el montón de avisos de llamadas, que aumentaba sin cesar. En lugar de ponerse la chaqueta, se dejó caer en la silla. Por el pasillo se oían pasos que se alejaban. Al poco rato, todo quedó en silencio. Enfocó la lámpara sobre la mesa. La habitación quedó en penumbra.

Eran las doce y media. Sin pensarlo, cogió el teléfono y marcó el número de Baiba en Riga. Sus hábitos de sueño eran muy irregulares, exactamente como los suyos. A veces se acostaba pronto y a veces se pasaba levantada la mitad de la noche. Nunca se sabía de antemano. Ahora contestó enseguida. Estaba despierta. Como de costumbre, trató de adivinar por el tono de su voz si se alegraba de su llamada. Nunca estaba seguro. Esta vez tuvo la impresión de que ella estaba un poco a la expectativa. Eso le hizo sentirse inseguro de repente. Quería tener garantías de que todo estaba bien. Preguntó cómo estaba y le explicó lo difícil que era la investigación. Ella quiso saber algunas cosas. Luego, él ya no supo cómo continuar. El silencio empezó a ir de un lado para otro entre Ystad y Riga.

—¿Cuándo vienes? —preguntó él por fin.

Baiba le contestó con una pregunta que le sorprendió, aunque no debería haberlo hecho.

—¿Quieres verdaderamente que vaya?

—¿Por qué no iba a querer?

—No llamas nunca. Y cuando llamas, dices que, en realidad, no tienes tiempo de hablar conmigo. ¿Cómo vas a tener tiempo de verme si voy?

—Eso no es así.

—¿Cómo es entonces?

No supo el porqué de su reacción. Ni cuando sucedió ni más tarde. Trató de contener su propio impulso. Pero no pudo. Colgó el auricular de golpe. Se quedó con los ojos clavados en el teléfono. Luego se levantó y se marchó. Al pasar por la central de coordinación ya se había arrepentido. Pero conocía a Baiba lo suficiente para saber que no iba a coger el teléfono aunque la llamara.

Salió al aire de la noche. Un coche policial se alejaba hasta desaparecer junto a la torre de agua.

No hacía viento. El aire era frío. El cielo estaba despejado. Martes, 19 de octubre.

No entendía su reacción. ¿Qué habría ocurrido si hubiera estado a su lado?

Pensó en los hombres asesinados. Fue como si, de pronto, viera algo que no había visto antes. Una parte de sí mismo estaba escondida en toda esta brutalidad que le rodeaba. Él era una parte de ella.

La diferencia era de grado. Nada más.

Sacudió la cabeza. Sabía que llamaría a Baiba temprano por la mañana. Entonces contestaría. No tenía por qué ser tan grave. Ella comprendería. A ella también podía causarle irritación el cansancio. Y entonces le tocaría a él comprender.

Era la una. Debía irse a casa a dormir. O pedirle a una patrulla nocturna que le llevara. Echó a andar. La ciudad estaba desierta. En algún sitio patinó un coche con estrépito de neumáticos. Luego, silencio. Cuesta abajo hacia el hospital.

El equipo de investigación estuvo reunido durante casi siete horas. No había ocurrido nada en realidad. Y, sin embargo, fue una reunión rica en acontecimientos. «En los intervalos surge la claridad», dijo Rydberg una vez que estaba bastante borracho. Pero Wallander, que se encontraba por lo menos tan borracho como él, había entendido. Además, no lo había olvidado. Estaban en la terraza de Rydberg. Hacía cinco o seis años. Rydberg aún no estaba enfermo. Era una noche de junio, poco antes de San Juan. Se habían reunido para celebrar algo, Wallander había olvidado el qué.

En los intervalos surge la claridad.

Había llegado a la altura del hospital. Se detuvo. Dudó un momento. Luego rodeó el ala del edificio y llegó a urgencias. Llamó al timbre. Cuando le contestó una voz preguntó si la comadrona Ylva Brink estaba de servicio. Así era, y pidió que le dejaran pasar.

Ella salió a su encuentro hasta las puertas de cristal. Vio en su cara que estaba preocupada. Le sonrió. Su intranquilidad no disminuyó. Tal vez su sonrisa no fuera una sonrisa. O había poca luz.

Entraron. Ella le preguntó si quería tomar café. Él movió negativamente la cabeza.

—Voy a estar sólo un momento. ¿Estás muy ocupada?

—Sí. Pero tengo un ratito. Si no puede esperar hasta mañana...

—Seguramente puede esperar. Pero he aprovechado que iba hacia mi casa.

Estaban en la oficina. Una enfermera que iba a entrar se detuvo al ver a Wallander.
—No tiene importancia —dijo, y se marchó.
Wallander se inclinó sobre la mesa escritorio. Ylva Brink se había sentado en una silla.
—Supongo que habrás pensado bastante —empezó—. En la mujer aquella que te golpeó, me refiero. En quién era y por qué estaba aquí, por qué hizo lo que hizo. Le habrás dado vueltas y más vueltas. Has hecho una excelente descripción de su cara. Pero tal vez haya algún pequeño detalle que has recordado después.
—Tienes razón en que le he dado muchas vueltas. Pero he dicho todo lo que podía recordar de su cara.
—Pero no de qué color tenía los ojos.
—Porque no se los vi.
—Uno suele recordar los ojos de la gente.
—Fue todo muy rápido.
Él la creyó.
—Tal vez haya algo aunque no se refiera a su cara. Puede haber tenido una manera especial de moverse. O una cicatriz en una mano. Una persona está compuesta por muchos detalles. Nos parece que recordamos con mucha rapidez. Como si la memoria volase. En realidad es al contrario. Imagínate un objeto que casi puede flotar. Que se hunde en el agua extraordinariamente despacio. Así funciona la memoria.
Ella movió la cabeza.
—Fue todo tan rápido... No recuerdo más que lo que he dicho. Y lo he intentado, de verdad.
Wallander asintió. No esperaba otra cosa.
—¿Qué ha hecho esa mujer?
—Te ha atacado. La estamos buscando. Creemos que puede darnos información importante. No puedo decir más.
Un reloj de pared marcaba casi las dos y media. Él le tendió la mano para despedirse. Salieron de la oficina.
Ella se detuvo, súbitamente.
—Tal vez haya una cosa más —dijo con vacilación.
—¿Cómo?
—No pensé en eso, entonces. Cuando me acerqué a ella y me golpeó. Lo pensé después.
—¿El qué?
—Llevaba un perfume especial.
—¿De qué manera especial?
Ella le miró casi implorante.

361

—No sé. ¿Cómo se describe un perfume?
—Ya sé que es de lo más difícil que hay. Pero inténtalo de todas formas.

Vio que ella hacía verdaderos esfuerzos.

—No —dijo al fin—. No encuentro palabras. Lo único que puedo decir es que era raro. ¿Se puede decir tal vez que era áspero?
—¿Más bien como loción para el afeitado?

Ella le miró asombrada.

—Sí, eso es. ¿Cómo lo has sabido?
—No sé. Se me ocurrió.
—Tal vez no debiera haberlo dicho, ya que no soy capaz de expresarme con más claridad.
—No lo creas. Puede resultar importante. Eso nunca se sabe hasta después.

Se despidieron junto a las puertas de cristal. Wallander cogió el ascensor para bajar y salió del hospital. Caminó deprisa. Tenía que dormir.

Pensó en las palabras de Ylva Brink.

Si quedaba rastro de perfume en la terjeta de identificación, tendría que olerla por la mañana temprano.

Sin embargo, él ya sabía que era el mismo.

Buscaban a una mujer. Su perfume era especial.

Se preguntó si la encontrarían alguna vez.

30

A las 7:35 terminó su turno de noche. Tenía prisa, empujada por una súbita inquietud. Era una mañana fría y húmeda en Malmö. Fue rápidamente al aparcamiento donde tenía el coche. En circunstancias normales, hubiera ido a casa a dormir. Ahora sabía que tenía que ir directamente a Lund. Tiró la maleta en el asiento de atrás y se sentó en el lugar del conductor. Al coger el volante notó que le sudaban las manos.
Nunca pudo confiar del todo en Katarina Taxell. Era demasiado débil. Siempre se corría el riesgo de que cediera. Pensó que Katarina Taxell era una persona a la que, si se la apretaba, le salían cardenales con excesiva facilidad.
Siempre había tenido la inquietud de que cediera. A pesar de ello, había considerado que el control que ejercía sobre ella era lo suficientemente grande. Ahora ya no estaba tan convencida.
«Tengo que sacarla de ahí», pensó durante la noche. «Por lo menos hasta que empiece a distanciarse de lo ocurrido.»
No sería difícil sacarla del piso donde vivía. No era nada excepcional que una mujer sufriera trastornos psíquicos después de un parto o al poco tiempo.
Cuando llegó a Lund empezaba a llover. La inquietud persistía en su interior. Aparcó en una de las calles laterales y se encaminó a la plaza donde se encontraba la casa de Katarina Taxell. De pronto, se detuvo. Luego retrocedió despacio unos pasos, como si hubiera aparecido ante ella un animal carnicero. Se colocó junto a una pared y observó la puerta de la vivienda de Katarina Taxell.
Vio un coche aparcado delante. En él había un hombre, tal vez dos. Inmediatamente se dio cuenta de que eran policías. Katarina Taxell estaba bajo vigilancia.
El pánico le llegó de ninguna parte. Aun sin verse, supo que le llameaba la cara. Además tenía palpitaciones. Las ideas le daban vueltas como animales nocturnos desorientados cuando una luz se enciende de repente. ¿Qué había contado Katarina Taxell?

¿Por qué estaban aquéllos delante de la puerta, vigilándola? ¿O eran figuraciones? Se quedó inmóvil intentando pensar. Lo primero que le pareció seguro fue que Katarina Taxell, a pesar de todo, no había contado nada. De haberlo hecho, no estarían vigilándola. Se la habrían llevado de su casa. Así pues, aún no era demasiado tarde. Posiblemente no disponía de mucho tiempo. Pero tampoco lo necesitaba. Sabía lo que tenía que hacer.

Encendió el cigarrillo que había liado durante la noche. Según su plan llevaba por lo menos una hora de adelanto. Pero en esta ocasión, se lo saltaría. El día iba a resultar muy especial. Ya no había remedio.

Permaneció unos minutos más contemplando el coche de la puerta. Luego apagó el cigarrillo y se fue de allí rápidamente.

*

Cuando Wallander se despertó poco después de las seis de esa mañana del miércoles, seguía estando muy cansado. Su déficit de sueño era grande y la debilidad pesaba como plomo en el fondo de su conciencia. Permaneció inmóvil en la cama con los ojos abiertos. «El hombre es un animal que vive para esforzarse», pensó. «En este preciso instante, es como si yo no fuera ya capaz de hacerlo.»

Se sentó en el borde de la cama. El suelo estaba frío bajo sus pies. Se miró las uñas de los pies. Necesitaban un corte. Todo él necesitaba una renovación profunda. Un mes antes había estado en Roma reponiendo fuerzas. Ahora estaban agotadas. En menos de un mes, se habían agotado. Se obligó a incorporarse. Luego fue al cuarto de baño. El agua fría fue como un bofetón. Pensó que un día también acabaría con eso. Con el agua fría que le ponía en funcionamiento. Se secó, se puso el batín y fue a la cocina. Siempre lo mismo. El agua del café, luego, a la ventana; el termómetro. Llovía. Cuatro grados sobre cero. Otoño, el frío estaba empezando a imponerse. Alguien en la comisaría había anunciado que se acercaba un intenso y largo invierno. Era sobrecogedor.

Cuando el café estuvo listo se sentó a la mesa de la cocina. Mientras tanto, había ido a buscar el periódico. En primera página, una foto de Lödinge. Se tomó un par de sorbos. Ya había superado el nivel primero y más alto de cansancio. Sus mañanas podían ser como complicadas pistas de obstáculos. Miró el reloj. Era hora de que llamara a Baiba.

Contestó a la segunda señal. Como había supuesto por la noche, ahora era diferente.

—Estoy cansado —se excusó.
—Lo sé —contestó ella—. Pero repito mi pregunta.
—¿Si quiero que vengas?
—Sí.
—No hay nada que desee tanto.

Ella le creyó. Y contestó que a lo mejor podía ir dentro de unas semanas. A principios de noviembre. Iba a empezar a ver qué posibilidades había ese mismo día.

No necesitaban hablar más. A ninguno de los dos les gustaba el teléfono. Después, cuando Wallander regresó a su taza de café, pensó que esta vez tenía que hablar en serio con ella. Hablar de que se trasladase a Suecia. De la nueva casa que quería comprar. A lo mejor le hablaba también del perro.

Se quedó un buen rato allí sentado. El periódico, ni lo abrió. Hasta las siete y media no se vistió. Tuvo que buscar un rato en el armario para encontrar una camisa limpia. Era la última. Reservaría hora en la lavandería ese mismo día sin falta. Cuando estaba a punto de salir, sonó el teléfono. Era el mecánico de coches de Älmhult. Le escoció saber el coste de la reparación, pero no dijo nada. El mecánico aseguró que el coche estaría en Ystad aquel mismo día. Tenía un hermano que podía llevarlo hasta allí y regresar luego en tren. Wallander sólo debería pagar el billete.

Al salir a la calle, Wallander se dio cuenta de que la lluvia era más fuerte de lo que le había parecido desde la ventana. Volvió al portal y marcó el número de la policía. Ebba dijo que iría un coche a recogerle inmediatamente. No tardó más de cinco minutos en frenar delante del edificio. A las ocho estaba en su despacho.

Apenas había tenido tiempo de quitarse la chaqueta cuando todo empezó a suceder al mismo tiempo a su alrededor.

Ann-Britt Höglund se asomó a la puerta. Estaba muy pálida.
—¿No te has enterado? —preguntó.

Wallander se estremeció. ¿Otra vez? ¿Otro hombre asesinado?
—Acabo de llegar —contestó—. ¿Qué pasa?
—La hija de Martinsson ha sufrido una agresión.
—¿Terese?
—Sí.
—¿Qué le ha pasado?
—La atacaron al llegar a la escuela. Martinsson acababa de irse de allí. Si he entendido bien lo que dijo Svedberg, fue porque Martinsson es policía.

Wallander la miraba sin entender.

—¿Es grave?
—La empujaron y le pegaron puñetazos en la cabeza. Parece que también le dieron patadas. No tiene daños físicos. Pero está, naturalmente, bajo los efectos de un choque.
—¿Quién lo hizo?
—Otros alumnos, mayores que ella.
Wallander se sentó.
—¡Esto es una putada! Pero ¿por qué?
—No sé todo lo que ha pasado. Pero, evidentemente, los estudiantes discuten esto de las milicias ciudadanas. Que la policía no hace nada. Que nos hemos rendido.
—¡Y por lo tanto se echan encima de la hija de Martinsson!
—Así es.
A Wallander se le hizo un nudo en la garganta. Terese tenía trece años y Martinsson hablaba continuamente de ella.
—¿Por qué se meten con una niña?
—¿Has visto los periódicos? —preguntó ella.
—No.
—Pues deberías verlos. La gente ha dado su opinión acerca de Eskil Bengtsson y compañía. Las detenciones las consideran violaciones de la ley. Se dice que Åke Davidsson se ha resistido. Grandes reportajes, fotografías y titulares: ¿DE QUÉ PARTE ESTÁ EN REALIDAD LA POLICÍA?
—No quiero leer esas cosas —dijo Wallander con desagrado—. ¿Qué pasa en la escuela?
—Hansson está allí. Martinsson se ha llevado a casa a su hija.
—¿Y eran chicos de la escuela los que lo hicieron?
—Por lo que sabemos, sí.
—Ve hacia allí —decidió Wallander rápidamente—. Entérate de todo lo que puedas. Habla con los chicos. Creo que es mejor que no lo haga yo. Porque puedo enfadarme.
—Ya está allí Hansson. No creo que haga falta nadie más.
—Sí —dijo Wallander—. Me gustaría que tú también fueras. Seguro que basta con Hansson. Pero, a pesar de eso, quiero que tú, a tu manera, trates de saber lo que ha sucedido realmente y por qué. Si somos varios los que vamos allí, demostramos que nos tomamos muy en serio lo ocurrido. Yo, por mi parte, iré a casa de Martinsson. Todo lo demás, que espere. Lo peor que se puede hacer en este país, como en todas partes por lo demás, es matar a un policía. Lo que le sigue en gravedad es atacar a los hijos de un policía.
—Dicen que había otros alumnos alrededor riéndose.

Wallander hizo un gesto de rechazo con las manos. No quería seguir oyendo.
Se levantó y cogió la chaqueta.
—Eskil Bengtsson y los otros serán puestos en libertad hoy —dijo ella cuando iban por el pasillo—. Pero Per Åkeson les procesa.
—¿Qué les cae?
—La gente de por aquí ya está hablando de recolectar dinero si les caen multas. Pero confiamos en que sea cárcel. Por lo menos para algunos.
—¿Qué tal va Åke Davidsson?
—Ya ha vuelto a casa. Está de baja.
Wallander se detuvo y la miró.
—¿Qué habría ocurrido si le hubieran matado? ¿Les habrían caído multas también?
No esperó respuesta alguna.

Un coche policial condujo a Wallander hasta la casa de Martinsson, situada en una zona de chalets junto a la salida este de la ciudad. Wallander no había estado allí muchas veces. La casa era sencilla. Pero, en el jardín, Martinsson y su esposa habían puesto mucho amor. Llamó a la puerta. Fue Maria, la mujer de Martinsson, quien le abrió. Wallander vio que tenía los ojos enrojecidos. Teresa era la mayor y la única hija. También tenían dos chicos. Uno de ellos, Rickard, estaba detrás de su madre. Wallander sonrió y le palmeó la cabeza.
—¿Cómo va eso? Acabo de enterarme y vine enseguida.
—Está en la cama llorando. Con el único que quiere hablar es con su padre.
Wallander entró. Se quitó la chaqueta y los zapatos. Llevaba un calcetín roto. Ella le preguntó si quería tomar un café. Él aceptó. En ese momento bajaba Martinsson por la escalera. Por lo general tenía siempre una sonrisa en los labios. Wallander vio ahora una expresión de amargura gris. Pero también de miedo.
—Me acaban de contar lo que ha pasado. He venido inmediatamente.
Se sentaron en el cuarto de estar.
—¿Cómo está la niña?
Martinsson no hizo más que mover la cabeza. Wallander pensó que estaba a punto de echarse a llorar. En ese caso, iba a ser la primera vez que le viera.
—Lo dejo —dijo Martinsson—. Voy a hablar con Lisa hoy mismo.

Wallander no sabía qué contestar. Martinsson estaba indignado con razón. Podía imaginarse fácilmente que su propia reacción habría sido la misma si se hubiera tratado de Linda.

Pero tenía que oponerse. Lo peor de todo sería que Martinsson cediera. Se dio cuenta asimismo de que el único que podría convencerle de que cambiara de idea era él.

Pero todavía era demasiado pronto. Veía con sus propios ojos lo conmocionado que estaba Martinsson.

Entró Maria con el café. Martinsson negó con la cabeza. Él no quería.

—No merece la pena —dijo—. Cuando esto empieza a volverse contra la familia, no merece la pena.

—No —contestó Wallander—. No la merece.

Martinsson no dijo más. Tampoco Wallander. Al poco rato, Martinsson se levantó y volvió a desaparecer en lo alto de la escalera. Wallander comprendió que no podía hacer nada en esos momentos.

La mujer de Martinsson le acompañó hasta la puerta.

—Dale un saludo de mi parte.

—¿Volverán a meterse con nosotros?

—No. Sé que esto que digo suena raro. Como si pretendiera transformar este suceso en un pequeño accidente. Pero me refiero a algo completamente distinto. No podemos perder el sentido de la proporción. Empezar a sacar conclusiones falsas. Estos muchachos tal vez sólo sean unos años mayores que Terese. Su intención no era tan mala. Seguramente no saben muy bien lo que hacen. La causa de todo es que Eskil Bengtsson y otros de Lödinge empiezan a organizar milicias ciudadanas y a levantar los ánimos contra la policía.

—Ya lo sé, ya. He oído hablar de eso también por aquí.

—Entiendo que es difícil pensar con serenidad cuando lo pagan los propios hijos. Pero, así y todo, tenemos que hacer lo posible por agarrarnos al sentido común.

—Tanta violencia... ¿De dónde sale?

—Apenas hay malas personas —contestó Wallander—. Yo creo, por lo menos, que son escasas. Lo que sí hay son malas condiciones. Y son las que desencadenan toda esta violencia. Es a esas condiciones a las que tenemos que atacar precisamente.

—¿No acabará siendo cada vez peor?

—Tal vez. Pero, si así fuera, dependería de que cambian las condiciones. No de que crezcan malas personas.

—Este país se ha vuelto muy duro.

—Sí —asintió Wallander—. Se ha vuelto muy duro.

Le estrechó la mano y se montó en el coche, que le esperaba fuera.

—¿Qué tal está Terese? —preguntó el policía que conducía.

—Está sobre todo triste, es de suponer. Y también lo están sus padres.

—Lo menos que se puede estar es furioso, creo yo.

—Sí —contestó Wallander—. Es lo menos.

Wallander regresó a la comisaría. Hansson y Ann-Britt Höglund seguían en la escuela en la que Terese había sido atacada. Lisa Holgersson estaba en Estocolmo. Por un momento, Wallander se sintió irritado cuando se lo dijeron. Pero había sido informada de lo ocurrido. Estaría de regreso en Ystad por la tarde. Wallander buscó a Svedberg y a Hamrén. Nyberg seguía en la finca de Holger Eriksson buscando huellas dactilares. Los dos policías de Malmö continuaban ocupados en diferentes sitios. Se sentó con Svedberg y con Hamrén en la sala de reuniones. Todos estaban indignados por lo ocurrido con la hija de Martinsson. Hablaron muy brevemente. Luego fueron cada uno a lo suyo. La noche anterior se habían repartido las tareas muy rigurosamente entre todos. Wallander llamó al móvil de Nyberg.

—¿Cómo va eso?

—Es difícil —contestó aquél—. Pero creemos que tal vez hayamos encontrado una huella borrosa arriba, en el torreón de los pájaros. En la parte interior de la barandilla. Puede que no sea de Eriksson. Seguimos buscando.

Wallander reflexionó.

—¿Quieres decir que la persona que le mató pudo haber subido al torreón?

—Absurdo del todo me parece que no es.

—Puede que tengas razón. Y en ese caso, tal vez haya también alguna colilla.

—Si la hubiera, la habríamos encontrado la primera vez. Ahora ya es demasiado tarde.

Wallander pasó a hablarle de su encuentro nocturno con Ylva Brink en el hospital.

—La tarjeta de identificación está en una bolsa —dijo Nyberg—. Si tiene buen olfato, es posible que note algún olor.

—Quiero que se compruebe cuanto antes. Puedes llamarla tú mismo. Svedberg tiene el teléfono de su casa.

Nyberg dijo que lo haría. Wallander vio que alguien había dejado un papel en su mesa. Era una carta del Registro en la que se informaba de que ninguna persona con el nombre de Harald Berggren había cambiado o tomado oficialmente dicho nombre. Wallander la dejó a un lado. Eran las diez. Seguía lloviendo. Pensó en el encuentro de la noche anterior. Volvía a sentirse preocupado. ¿Iban por buen camino, o seguían una pista que les conducía al vacío? Fue hasta la ventana. La torre del agua se ofreció a su vista. «Katarina Taxell es nuestra pista principal. Ella conoce a la mujer. ¿Qué iría a hacer a la Maternidad en plena noche?»

Volvió al escritorio y llamó a Birch, a Lund. Tardaron casi diez minutos en localizarle.

—Todo está tranquilo delante de su casa —informó Birch—. Ninguna visita, excepto la de una mujer a la que hemos podido identificar como su madre. Katarina ha salido una vez a comprar. Fue mientras su madre estaba con el niño. Hay una tienda de comestibles aquí cerca. Lo único raro fue que compró muchos periódicos.

—Querría leer lo del asesinato. ¿Da la impresión de saber que andamos por ahí cerca?

—No me lo parece. Está nerviosa. Pero no se vuelve a mirar. No, no creo que sospeche que la estamos vigilando.

—Es importante que no lo note.

—Cambiamos a la gente continuamente.

Wallander se inclinó sobre el escritorio y cogió su cuaderno.

—¿Qué se sabe de ella? ¿Quién es?

—Tiene treinta y tres años. Eso hace una diferencia de edad con Blomberg de dieciocho años.

—Éste es su primer hijo —dijo Wallander—. Lo ha tenido bastante tarde. Las mujeres que tienen prisa tal vez no se fijen mucho en la diferencia de edad. Pero la verdad es que no sé mucho de esas cosas.

—Según ella, Blomberg tampoco es el padre del niño.

—Eso es mentira —replicó Wallander, preguntándose al mismo tiempo cómo se atrevía a estar tan seguro—. ¿Qué más?

—Katarina Taxell nació en Arlöv. Su padre era ingeniero en la azucarera. Murió cuando ella era pequeña. Iba en coche y le atropelló un tren cerca de Landskrona. No tiene hermanos. Se crió con su madre. Se trasladaron a Lund después de la muerte del padre. La madre trabajaba a tiempo parcial en la biblioteca municipal. Katarina Taxell sacaba buenas notas en el colegio. Siguió estudiando en la universidad. Geografía e idiomas. Una combinación no muy frecuente. Luego, Escuela de Formación del Profesorado. Desde entonces, se ha dedicado a la enseñanza. Al mismo tiempo ha ido creando una pequeña empresa que comercializa diversos productos para el cuidado del cabello. Así que debe de ser bastante emprendedora. No figura, por supuesto, en nuestros registros. Da la impresión de ser una persona normal y corriente.

—Esto ha ido muy rápido —elogió Wallander.
—Hice lo que me dijiste —contestó Birch—. Puse a mucha gente a trabajar en ello.
—Es evidente que aún no lo sabe. Ya habría empezado a mirar para atrás si se hubiera enterado de que estábamos investigándola.
—Ya veremos cuánto dura. La cuestión es si no debíamos presionarla un poco.
—Yo he pensado lo mismo —contestó Wallander.
—¿La llevamos a comisaría?
—No. Pero voy a ir para allá. Luego, tú y yo podemos empezar por hablar con ella otra vez.
—¿Hablar de qué? Si no le haces preguntas significativas, sospechará algo.
—Ya pensaré por el camino —dijo Wallander—. ¿Te parece que nos encontremos delante de su casa a las doce?

Wallander firmó el recibí para sacar un coche y salió de Ystad. Se detuvo en el aeropuerto de Sturup para comer un bocadillo. Como de costumbre, le irritó el precio. Al mismo tiempo, se dedicó a formular mentalmente algunas preguntas para poder hacérselas a Katarina Taxell. No bastaba llegar y repetir las mismas cosas que la primera vez.

Decidió que el punto de partida debía ser Eugen Blomberg. Era él quien había sido asesinado. Necesitaban todas las informaciones sobre él que pudieran obtener. Katarina Taxell era únicamente una entre muchas personas a las que interrogaban.

A las doce menos cuarto y después de dar muchas vueltas, logró encontrar sitio para aparcar en el centro de Lund. Había dejado de llover y fue andando por la ciudad. Tenía en la cabeza las preguntas que iba a formular. Vio a Birch desde lejos.

—Oí las noticias. Lo de Martinsson y su hija. Horrible.
—¿Qué hay que no sea horrible? —contestó Wallander.
—¿Cómo está la niña?
—Esperemos que lo olvide. Pero Martinsson ha dicho que piensa dejar la policía. Y yo tengo que hacer lo posible por evitarlo.
—Si está convencido en el fondo de su ser, no hay nadie que pueda impedírselo.
—No creo que lo esté. En todo caso, pienso asegurarme bien de que es consciente de lo que hace.
—A mí me dieron una vez con una piedra en la cabeza —contó Birch—. Me cabreé tanto que eché a correr detrás del que me la había tirado. Resultó que yo había detenido a su hermano una vez. Él consideraba que estaba en su pleno derecho de tirarme piedras a la cabeza.

—Un policía siempre es un policía. Si hemos de creer a los que tiran piedras.

Birch cambió de conversación.

—¿De qué piensas hablar?

—De Eugen Blomberg. De cómo se conocieron. Debe tener la impresión de que le hago las mismas preguntas a ella que a muchas otras personas. Preguntas de rutina, más bien.

—¿Qué piensas conseguir?

—No sé. Pero me parece necesario. Puede surgir algo entre pregunta y pregunta.

Entraron en el edificio. Wallander tuvo de repente la intuición de que pasaba algo. Se detuvo en la escalera. Birch le miró.

—¿Qué pasa?

—No sé. Seguramente no es nada.

Siguieron hasta el segundo piso. Birch llamó al timbre. Esperaron. Volvió a llamar. Los timbrazos resonaban en el interior del piso. Se miraron. Wallander se inclinó y abrió el buzón de correos. Todo estaba muy silencioso.

Birch volvió a llamar. Timbrazos prolongados, repetidos. Nadie abrió.

—Tiene que estar en casa —dijo—. Nadie ha informado de que haya salido.

—Entonces se ha escapado por la chimenea. Aquí no está.

Bajaron corriendo las escaleras. Birch abrió de golpe la puerta del coche policial. El hombre sentado al volante estaba leyendo un periódico.

—¿Ha salido? —preguntó Birch.

—Está dentro.

—Dentro es justamente donde no está.

—¿Hay alguna puerta trasera? —preguntó Wallander.

Birch transmitió la pregunta al hombre sentado tras el volante.

—No, que yo sepa.

—Eso no es una respuesta —dijo Birch irritado—. O hay puerta trasera, o no la hay.

Entraron de nuevo en el edificio. Bajaron media escalera. La puerta del sótano estaba cerrada con llave.

—¿Hay portero? —preguntó Wallander.

—No tenemos tiempo —contestó Birch.

Miró los goznes de la puerta. Estaban oxidados.

—Se puede intentar —murmuró para sus adentros.

Cogió impulso y se lanzó contra la puerta, que se soltó de sus goznes.

—Ya sabes lo que significa saltarse el reglamento.

Wallander notó que no había la menor ironía en el comentario de Birch. Entraron. El pasillo que había entre los diferentes trasteros separados por una red metálica llevaba a una puerta. Birch la abrió. Daba a la parte inferior de una escalera.

—Se ha escapado, pues, por detrás. Y nadie se ha molestado siquiera en investigar si existía.

—Puede estar en el piso —aventuró Wallander.

Birch entendió.

—¿Suicidio?

—No lo sé. Pero hay que entrar. Y no tenemos tiempo de esperar a un cerrajero.

—A mí se me da bien abrir cerraduras. Sólo tengo que ir a buscar algunos instrumentos.

Tardó menos de cinco minutos. Venía sin aliento. Wallander había vuelto a la puerta de Katarina Taxell para seguir llamando. Un hombre mayor abrió la puerta contigua y preguntó qué pasaba. Wallander se molestó. Sacó su placa de policía y se la puso delante de la cara.

—Le quedaríamos muy agradecidos si cerrara la puerta. Ahora mismo. Y la deja cerrada hasta que se lo digamos.

El hombre desapareció. Wallander oyó cómo echaba la cadena de seguridad.

Birch abrió enseguida la cerradura. El piso estaba vacío. Katarina Taxell se había llevado a su hijo. La puerta de atrás daba a una calle transversal. Birch meneó la cabeza.

—Alguien va a tener que responder de esto.

—Me recuerda a lo del espía Bergling —dijo Wallander—. ¿No se marchó tranquilamente por la parte de atrás mientras toda la vigilancia estaba concentrada en la parte de delante?

Recorrieron el piso. Wallander tuvo la impresión de que la partida había tenido lugar apresuradamente. Se detuvo ante un cochecillo portátil que había en la cocina.

—Habrán venido a buscarla en coche. Hay una gasolinera al otro lado de la calle. Tal vez alguien haya visto salir de la casa a una mujer con un niño.

Birch desapareció. Wallander recorrió el piso una vez más. Trató de imaginarse lo ocurrido. ¿Por qué abandona un piso una mujer con un hijo recién nacido? La parte de atrás daba la respuesta de que había querido irse en secreto. Eso significaba también que ella tenía conciencia de que la casa estaba bajo vigilancia.

«Ella o alguien», pensó Wallander. «Alguien ha podido también descubrir la vigilancia desde fuera. Alguien que, luego, la ha llamado y ha organizado el traslado.»

Se sentó en una silla en la cocina. Tenía aún otra pregunta importante a la que responder. ¿Estaban Katarina Taxell y su hijo en peligro? ¿O la fuga del piso había sido voluntaria?

«Alguien tendría que haberse dado cuenta si ella hubiera opuesto resistencia», pensó después. «Así que ha tenido que irse por su propia voluntad. Y para eso sólo hay una explicación. Que no quiere contestar a las preguntas de la policía.»

Se levantó y se acercó a la ventana. Vio a Birch hablando con uno de los empleados de la gasolinera. Sonó el teléfono. Wallander dio un respingo. Fue al cuarto de estar. El teléfono volvió a sonar y él levantó el auricular.

—¿Katarina? —preguntó una voz de mujer.

—No está —contestó Wallander—. ¿De parte de quién?

—¿Quién es usted? —preguntó la voz—. Yo soy la madre de Katarina.

—Yo me llamo Kurt Wallander. Soy policía. No ha pasado nada. Sólo que Katarina no está. Ni ella ni el bebé.

—Eso no puede ser.

—Sí, puede parecerlo, pero no está aquí. ¿No sabrá usted, por casualidad, adónde se habrá ido?

—Ella nunca se hubiera ido sin hablar conmigo.

Wallander tomó una decisión rápida.

—Será mejor que venga usted aquí. Si no estoy equivocado, no vive usted lejos.

—A menos de diez minutos —contestó ella—. ¿Qué es lo que ha pasado?

Wallander pudo oír que estaba asustada.

—Seguro que hay una explicación lógica. Hablaremos cuando llegue usted.

Oyó a Birch en la puerta al colgar el auricular.

—Tenemos suerte. Hablé con uno de los trabajadores de la gasolinera. Un chaval despierto que tiene los ojos en su sitio.

Tenía unas anotaciones en un papel manchado de gasolina.

—Esta mañana apareció un Golf rojo. Sería entre las nueve y las diez. Más bien las diez. Una mujer salió por la puerta de atrás de la casa. Llevaba un niño. Se sentaron en el coche y se fueron.

Wallander sintió que la tensión aumentaba.

—¿Se fijó en quién conducía?

—El chófer no se bajó.

—¿Así que no sabe si era una mujer o un hombre?

—Se lo pregunté. Y me dio una respuesta interesante. Dijo que el coche había arrancado de una manera que indicaba que había un hombre al volante.

Wallander se sorprendió.

—¿En qué se basa para decir eso?

—En que el coche arrancó bruscamente. De golpe. Las mujeres no suelen conducir así.

Wallander entendió.

—¿Notó alguna otra cosa?

—No. Pero es posible que pueda acordarse con un poco de ayuda. Parecía tener, como te he dicho, los ojos en su sitio.

Wallander le contó que la madre de Katarina Taxell estaba en camino.

Luego se quedaron callados.

—¿Qué habrá pasado? —preguntó Birch.

—No lo sé.

—¿Puede estar en peligro?

—He pensado en ello. Pero no lo creo. Aunque puedo equivocarme, desde luego.

Entraron en el cuarto de estar. Vieron un patuco abandonado en el suelo. Wallander miró a su alrededor en la habitación. Birch siguió su mirada.

—En algún sitio aquí, tiene que estar la solución —dijo Wallander—. En este piso hay algo que nos llevará a encontrar a la mujer que buscamos. Cuando la tengamos, encontraremos también a Katarina Taxell. Aquí hay algo que nos dirá hacia dónde tenemos que ir. Y lo encontraremos, aunque nos cueste levantar el subsuelo.

Birch no dijo nada.

Oyeron ruido en la cerradura. Ella tenía, pues, llave. La madre de Katarina Taxell entró en el cuarto de estar.

31

Wallander se quedó en Lund el resto del día. Cada hora se sentía más seguro de sus pensamientos. Las mayores posibilidades que tenían de encontrar la solución al problema de quién había asesinado a los tres hombres radicaban en Katarina Taxell. Estaban buscando a una mujer. No cabía ninguna duda de que había una mujer involucrada. Pero no sabían si actuaba sola ni conocían los motivos que la impulsaban.

La conversación con la madre de Katarina Taxell no condujo a nada. Empezó a dar vueltas por el piso y a buscar histéricamente a su hija desaparecida y a su nieto. Se quedó tan confundida, al final, que tuvieron que pedir ayuda y ocuparse de que recibiera asistencia médica. Pero, para entonces, Wallander ya estaba convencido de que ella no sabía dónde se había metido su hija. Localizaron inmediatamente a las contadas amigas que, según la madre, podían haberla recogido. Todas se quedaron perplejas. Wallander, sin embargo, no se fiaba de lo que oía por teléfono. A petición suya, Birch seguía al tanto de todo y fue a visitar personalmente a todas las personas con las que había hablado Wallander. Katarina Taxell seguía desaparecida. Wallander estaba seguro de que la madre estaba bien informada de las amistades de su hija. Además, su preocupación era auténtica. De haberlo sabido, habría dicho dónde se encontraba Katarina.

Wallander también fue a la gasolinera. Le pidió al testigo, Jonas Hader, de veinticuatro años, que le contara sus observaciones. Para Wallander fue como encontrarse con el testigo perfecto. Jonas Hader parecía contemplar siempre lo que le rodeaba como si sus observaciones pudieran transformarse en cualquier momento en un testimonio decisivo. El Golf rojo se había detenido delante de la casa al mismo tiempo que una furgoneta de reparto de periódicos salía de la gasolinera. Pudieron localizar al chófer de la furgoneta, que estaba seguro, a su vez, de haber salido de la gasolinera a las nueve y media en punto. Jonas Hader se había fijado en muchas cosas, entre otras, que había una gran pegatina en el cristal trasero del Golf. Pero la distancia era tan grande que no había podido ver el dibujo o lo que ponía. Repitió que el coche había salido de estampía en una maniobra que, a su juicio, parecía hecha por un hombre. Lo único que no había visto era al chófer. Llovía, así que los limpiaparabrisas estaban funcionando. Aunque se hubiera esforzado no habría podido ver nada. En cambio estaba seguro de que Katarina Taxell iba vestida con un abrigo verde claro, llevaba una gran bolsa de la marca Adidas y el bebé iba envuelto en una mantilla azul. Todo había sucedido muy deprisa. Había salido por la puerta al mismo tiempo que el coche se paraba. Alguien, desde dentro, abrió la puerta de atrás. Ella dejó al niño y luego metió la bolsa en el maletero. Después abrió la portezuela del coche por el lado de la calle y se montó en él. El conductor arrancó antes de que acabara de cerrar del todo la portezuela. Jonas Hader no pudo ver la matrícula. Pero Wallander tuvo la impresión de que lo había intentado. De lo que Jonas Hader sí estaba seguro era de que ésa fue la única vez que vio el coche rojo allí, junto a la puerta de atrás.

Wallander regresó al piso con la sensación de que había obtenido confirmación de algo, aunque no sabía muy bien qué. ¿Que era una fuga precipitada? Pero ¿cuánto tiempo llevaba planeada? ¿Y por qué? Mientras tanto, Birch estuvo hablando con los policías que se habían turnado para vigilar la casa. Wallander pidió especialmente que dijeran si habían visto a alguna mujer en las cercanías de la casa. Alguien que fuera y viniera, que tal vez apareciera más de una vez. Pero, a diferencia de Jonas Hader, los policías hicieron muy pocas observaciones. Habían estado pendientes de la puerta, de quién entraba y quién salía, y eso sólo lo habían hecho los que vivían en la casa. Wallander se empeñó en que identificaran a todas y cada una de las personas observadas. Como en la casa vivían catorce familias, los policías se pasaron la tarde subiendo y bajando las escaleras para controlar a los habitantes del edificio. Fue así como Birch dio con alguien que tal vez había hecho una observación de interés. Se trataba de un hombre que vivía dos pisos más arriba de Katarina Taxell. Era un músico jubilado y, según Birch, describió su existencia como un «pasarse horas en la ventana, viendo llover y oyendo en su cabeza la música que jamás volvería a tocar». Había sido fagotista en la orquesta sinfónica de Hälsingborg y parecía —siempre según Birch— una persona melancólica y amargada que vivía en una gran soledad. Precisamente esa mañana creyó ver a una mujer al otro lado de la plaza. Una mujer que se acercaba a pie, que de repente se paró, dio unos pasos atrás y se quedó inmóvil mirando la casa antes de darse la vuelta y desaparecer. Cuando llegó

Birch con sus informaciones, Wallander pensó de inmediato que ésa podía ser la mujer que buscaban. Alguien había venido de fuera y había visto el coche, que, por supuesto, no debía haber estado aparcado precisamente delante de la puerta. Alguien había venido a visitar a Katarina Taxell. De la misma manera que ésta había recibido visitas en el hospital.

Aquel día Wallander desplegó una enorme y dinámica obstinación. Le pidió a Birch que volviera a hablar con las amigas de Katarina Taxell y les preguntase si alguna de ellas había estado camino de hacerles una visita a ella y a su hijo. Todas las respuestas fueron unívocas. Ninguna de sus amigas había estado camino de hacerlo y ninguna había cambiado de opinión de repente. Birch trató de extraer del fagotista jubilado una descripción de la mujer. Pero lo único que podía afirmar con seguridad era que se trataba de una mujer. Había sido aproximadamente a las ocho. El dato era un poco vago porque los tres relojes de la casa marcaban horas diferentes.

La energía de Wallander fue inagotable aquel día. Envió a Birch, que no parecía molesto por que Wallander le diera órdenes como a un subordinado, a diferentes misiones, al tiempo que él empezaba a registrar sistemáticamente el piso de Katarina Taxell. Lo primero que le pidió a Birch fue que los técnicos de la policía criminal de Lund tomasen huellas dactilares en el piso. Luego las compararían con las que tenía Nyberg. Todo el día estuvo también en contacto telefónico con Ystad. En cuatro ocasiones habló precisamente con Nyberg. Ylva Brink había olido la funda de plástico, que todavía exhalaba un débil resto del aroma original. No estaba nada segura. Podía ser el mismo perfume que notó la noche en la que sufrió el ataque en el servicio de Maternidad. Pero no podía asegurarlo. Todo era muy vago y confuso.

También habló por teléfono dos veces con Martinsson. Ambas, llamó a su casa. Terese estaba todavía asustada y decaída, como era de esperar. Martinsson mantenía su decisión de dimitir, de dejar la policía. Wallander consiguió, sin embargo, la promesa de que esperaría al día siguiente para escribir su renuncia. A pesar de que ese día Martinsson no podía pensar más que en su hija, Wallander le contó minuciosamente lo que había pasado. Estaba seguro de que Martinsson le escuchaba, aunque sus comentarios fueran escasos y distraídos. Pero Wallander sabía que tenía que mantener a Martinsson en la investigación. No quería que tomase una decisión de la que se arrepintiera después. Habló también varias veces con Lisa Holgersson. Hansson y Ann-Britt Höglund actuaron con mucha firmeza en el colegio donde habían atacado a Terese. En el despacho del director hablaron por separado con los tres chicos implicados. También lo hicieron con los padres y con los profesores. Según Ann-Britt Höglund, con quien también habló Wallander ese mismo día, Hansson había estado magnífico cuando reunieron a todos los alumnos para informarles de lo sucedido. Los alumnos estaban indignados y los tres atacantes, al parecer, se sintieron muy aislados. Ella no creía que volviera a ocurrir.

Eskil Bengtsson y los demás habían sido puestos en libertad. Pero Per Åkeson iba a procesarles. Posiblemente, lo ocurrido con la hija de Martinsson podía servir para que muchas personas empezaran a cambiar de idea. Eso era, en todo caso, lo que esperaba Ann-Britt Höglund. Pero Wallander tenía sus dudas. Pensaba que, en lo sucesivo, se verían obligados a dedicar grandes esfuerzos para combatir diferentes clases de milicias ciudadanas privadas.

La novedad más importante del día llegó, sin embargo, a través de Hamrén, que se había encargado de una parte de las tareas de Hansson. Poco después de las tres de la tarde consiguió localizar a Göte Tandvall. Inmediatamente llamó a Wallander.

—Tiene una tienda de antigüedades en Simrishamn —dijo Hamrén—. Si he entendido bien, también viaja para comprar antigüedades que luego exporta a Noruega y a otros países.

—¿Es legal eso?

—No creo que sea directamente ilegal. Tal vez lo hace porque los precios son más altos allí. Luego, depende, claro está, de qué clase de antigüedades sean.

—Quiero que vayas a verle. No tenemos tiempo que perder. Además estamos ya bastante dispersos. Vete a Simrishamn. Lo más importante que necesitamos confirmar es si de verdad existió una relación entre Holger Eriksson y Krista Haberman. Aunque eso no significa, desde luego, que Göte Tandvall no tenga otras informaciones que también puedan interesarnos.

Tres horas más tarde volvió a llamar Hamrén. Estaba en el coche a la salida de Simrishamn. Había hablado con Göte Tandvall. Wallander esperaba con ansiedad.

—Göte Tandvall es una persona extremadamente precisa. Parece tener una memoria muy compleja. Algunas cosas no las recordaba en absoluto. En otros casos era clarísimo.

—¿Krista Haberman?

—La recordaba. Me dio la impresión de que debió de ser muy guapa. Y estaba completamente seguro de que Holger Eriksson la conocía. Se habían encontrado por lo menos en dos ocasiones. Entre otras cosas, creía recordar que vieron el regreso de los ánsares una mañana temprano en el cabo de Falsterbo. O tal vez fueran grullas. De eso, no estaba seguro.

—¿También es aficionado a ver pájaros?

—Le arrastraba su padre contra su voluntad.

—Pero, en todo caso, sabemos lo principal —dijo Wallander.

—Parece que Krista Haberman y Holger Eriksson sí están ligados.

Wallander se sintió asaltado por un súbito malestar. Se dio cuenta con horrorosa claridad de lo que estaba empezando a pensar.

—Vuelve a Ystad. Siéntate y revisa todos los datos de la investigación que tratan de la desaparición propiamente dicha. Cuándo y dónde fue vista por última vez. Quiero que hagas un resumen de esa parte del material. La última vez que fue vista.

—Parece que se te ha ocurrido algo.

—Krista Haberman desapareció —dijo Wallander—. No la encontraron nunca. ¿Qué indica eso?

—Que ha muerto.

—Más que eso. No olvides que nos movemos en los aledaños de una investigación criminal en la que hombres y mujeres son víctimas de la violencia más brutal que se pueda imaginar.

—¿Quieres decir, pues, que la asesinaron?

—Hansson me ha hecho una exposición del material reunido en torno a su desaparición. La idea de un asesinato ha estado presente todo el tiempo. Pero como no ha sido posible probar nada, no ha predominado frente a otras posibles explicaciones de su desaparición. Es una manera correcta de pensar, hablando policialmente. Nada de conclusiones precipitadas, todas las puertas abiertas hasta que se pueda cerrar una. Tal vez ahora nos hayamos acercado a esa puerta.

—¿La habría matado Holger Eriksson?

Wallander pudo oír por el tono de Hamrén que era la primera vez que lo pensaba.

—No lo sé. Pero, a partir de este momento, no podemos hacer caso omiso de esa posibilidad.

Hamrén prometió preparar el resumen. Llamaría en cuanto lo acabara.

Después de la conversación, Wallander abandonó el piso de Katarina Taxell. No tenía más remedio que comer algo. Encontró una pizzería cerca de la casa. Comió demasiado deprisa y empezó a dolerle el estómago. No se dio cuenta siquiera del sabor de la comida.

Tenía prisa. La sensación de que pronto ocurriría algo le desazonaba. Como nada indicaba que la cadena de asesinatos se hubiera roto, trabajaban contra reloj. No sabían tampoco de cuánto tiempo disponían. Recordó que Martinsson había prometido establecer un horario con todo lo ocurrido hasta la fecha. Lo habría hecho ese día si Terese no hubiera sufrido el ataque. Cuando volvía al piso de Katarina Taxell decidió que eso no podía esperar. Se detuvo al abrigo de una parada de autobús y telefoneó a Ystad. Tuvo suerte. Ann-Britt Höglund respondió a la llamada. Ya había hablado con Hamrén y sabía que habían podido confirmar que Krista Haberman y Holger Eriksson se conocían. Wallander le pidió que hiciera ella el horario de los sucesos que había prometido hacer Martinsson.

—No estoy nada seguro de que sea importante. Pero sabemos muy poco de los movimientos de esta mujer. A lo mejor la imagen de un centro geográfico se esclarece si establecemos un horario.

—Ahora hablas de «esta mujer».

—Sí. Pero no sabemos si está sola. Tampoco sabemos cuál es su papel.

—¿Qué crees que ha pasado con Katarina Taxell?

—Se ha ido. Se ha ido muy rápidamente. Alguien ha notado que la casa estaba vigilada. Se ha marchado porque tiene algo que ocultar.

—¿Es verdaderamente posible que haya matado a Eugen Blomberg?

—Katarina Taxell es un eslabón de una larga cadena. Si es que encontramos unos cuantos eslabones que podamos ensamblar. Ella no representa ni un principio ni un final. Me resulta difícil imaginar que haya matado a nadie. Lo más probable es que forme parte del grupo de mujeres que han sido objeto de malos tratos.

La sorpresa de Ann-Britt Höglund fue sincera.

—¿También ella ha sido maltratada? Eso no lo sabía.

—A lo mejor no le han pegado ni la han rajado. Pero tengo la sospecha de que la han maltratado de alguna otra manera.

—¿Mentalmente?

—Más o menos.

—¿Blomberg?

—Sí.

—Y ¿cómo es posible que dé a luz a su hijo? Si es cierto lo que piensas de la paternidad de Blomberg.

—Al ver cómo llevaba a su hijo en brazos, se notaba que no estaba muy contenta de tenerle. Pero hay muchas lagunas —reconoció Wallander—. El trabajo policial es siempre cuestión de encajar soluciones provisionales. Tenemos que hacer hablar al silencio y que las palabras cuenten cosas con significados ocultos. Tenemos que intentar ver a través de los hechos, ponerlos de cabeza para hacerlos ponerse de pie.

—De esto no oí hablar a nadie en la academia de policía. ¿No te habían invitado a ti a dar conferencias?

–Nunca en la vida. Yo no sé hablar ante la gente.
–Sabes y muy bien –replicó ella–. Pero no lo quieres reconocer. Además, creo que en el fondo tienes ganas de hacerlo.
–Bueno, de todas maneras, eso no importa mucho ahora mismo.
Luego pensó en lo que ella había dicho. ¿Era cierto que tenía ganas de hablar a los futuros policías que se estaban formando? Siempre estuvo convencido de que su resistencia era auténtica. Ahora, de repente, empezaba a dudarlo.

Salió de la parada de autobús y anduvo deprisa bajo la lluvia. Ahora había empezado también a hacer viento. Siguió registrando metódicamente el piso de Katarina Taxell. En una caja, en el fondo de un ropero, encontró muchos cuadernos de diarios que se extendían hasta muy atrás en el tiempo. El primero había empezado a escribirlo cuando tenía doce años. Wallander se sorprendió al ver una hermosa orquídea en la tapa. Había seguido escribiendo diarios con la misma energía durante los años de adolescencia y hasta su edad adulta. El último diario que encontró en el ropero era de 1993. Pero después de septiembre no había nada escrito. Siguió buscando sin encontrar la continuación. Sin embargo, estaba seguro de que existía. Le pidió ayuda a Birch, que ya había terminado de buscar testigos en el edificio.

Birch encontró las llaves del sótano. Tardó una hora en registrarlo. Tampoco allí había ningún diario. Wallander estaba convencido de que se los había llevado. Estaban en la bolsa Adidas que Jonas Hader la vio poner en el maletero del Golf rojo.

Al final, sólo le quedaba el escritorio. Había echado un vistazo rápido a los cajones. Ahora lo registraría a fondo. Se sentó en una butaca antigua cuyos brazos terminaban en cabezas de dragón. El escritorio era una cómoda en la que la tabla de escribir podía funcionar como tapa abatible del armario. En la parte superior pudo ver fotografías enmarcadas. Katarina Taxell de pequeña. Aparece sentada en el césped. Al fondo, muebles de jardín blancos. Figuras borrosas. Alguien lleva un sombrero blanco. Katarina Taxell está sentada junto a un perro grande. Mira directamente a la cámara. Un gran lazo en el pelo. El sol cae oblicuo por la izquierda. Otra foto: Katarina Taxell con su madre y su padre. El ingeniero de la refinería azucarera. Lleva bigote y da la impresión de estar muy seguro de sí mismo. De aspecto, Katarina Taxell se parece más a su padre que a su madre. Wallander sacó la fotografía y la miró por detrás. No había fecha. La foto era de un estudio de Lund. La siguiente era de cuando terminó el bachillerato. Gorra blanca, flores en torno al cuello. Está más delgada, más pálida. El perro y el ambiente de la foto del césped quedan lejos. Katarina Taxell vive en otro mundo. La última fotografía, en el extremo. Es antigua, los bordes han palidecido. Se ve un paisaje árido junto al mar. Un hombre y una mujer mayores miran fijamente a la cámara. Al fondo, lejos, un barco con tres mástiles, anclado, sin velas. Wallander pensó que la imagen podía ser de Öland. Hecha a finales de siglo. Serían los abuelos paternos o maternos de Katarina Taxell. Tampoco había nada escrito por detrás. Colocó de nuevo la fotografía. «No hay ningún hombre», pensó. «Blomberg no está. Eso puede explicarse. Pero tampoco hay otro. Ese padre que tiene que existir.» ¿Significaba eso algo? Todo significaba alguna cosa. La cuestión era qué. Abrió uno por uno los cajoncitos que formaban la parte superior del escritorio. Cartas, documentos. Facturas. En un cajón, notas escolares. Su mejor nota era en geografía. En cambio, flojeaba en física y en matemáticas. En otro cajoncito, fotografías de carnet de un fotomatón. Tres caras de chica, muy juntas, haciendo muecas. Otra foto hecha en la calle Stroget de Copenhague. Ahora están sentadas en un banco. Se ríen. Katarina Taxell, en el extremo del banco, a la derecha. También ella se ríe. Otro cajón con cartas. Algunas antiguas, del año 1972. Un sello representa al barco de guerra de la Armada real *Wasa*. «Si el escritorio guarda los secretos más íntimos de Katarina Taxell, es que no los tiene», pensó Wallander. Una vida impersonal. Nada de pasiones, nada de aventuras estivales en islas griegas. Pero, en cambio, una nota muy alta en geografía. Continuó registrando los cajones. Nada le llamó la atención. Pasó luego a los cajones de la parte inferior. Nada de diarios. Tampoco agendas. Wallander se sentía incómodo por estar revolviendo en capas y capas de recuerdos impersonales. La vida de Katarina Taxell no dejaba huellas. No podía verla. ¿Se vería ella a sí misma siquiera?

Echó hacia atrás la silla. Cerró el último cajón. Nada. Ahora no sabía más que antes. Arrugó la frente. Había algo que no era normal. Si la decisión de irse había sido rápida, y estaba convencido de ello, no había debido de tener mucho tiempo para coger todo lo que, tal vez, no quería que se descubriera. Los diarios los tendría, con toda seguridad, a mano. Podría salvarlos en caso de incendio. Pero en la vida de una persona hay siempre algún aspecto sin ordenar, y aquí no había nada. Se levantó y separó con cuidado el escritorio de la pared. No había nada por detrás. Volvió a sentarse pensativo. Había visto algo. Algo que no se le había ocurrido hasta ese momento. Se quedó inmóvil tratando de hacer memoria. No eran las fotos. Tampoco las cartas. ¿Qué era? ¿Las notas? ¿Los contratos de alquiler? ¿Las facturas de la tarjeta de crédito? No, no era nada de eso. ¿Qué quedaba, pues?

«Sólo queda el mueble», pensó. El escritorio. Luego, se acordó. Era algo de los cajoncitos. Sacó uno de ellos de nuevo. Luego otro. Los comparó. Luego los sacó y escudriñó el interior de la cómoda. Nada. Volvió a colocar los cajones. Sacó el de más arriba de la parte izquierda del escritorio. Luego el otro. Entonces lo descubrió. Los cajoncitos tenían una profundidad diferente. Extrajo el más pequeño y le dio la vuelta. Allí había otra abertura. El cajón era doble. Tenía un departamento secreto en la parte de atrás. Lo abrió. Sólo había un objeto. Lo sacó y lo depositó frente a él encima de la mesa.

Un horario de trenes. De la primavera de 1991. De los trenes entre Malmö y Estocolmo.

Sacó los otros cajones, uno por uno. Encontró otro departamento secreto, vacío.

Se echó hacia atrás en la butaca y contempló el horario de trenes. No entendía qué importancia podía tener. Pero aún era más difícil entender por qué lo habían puesto en el departamento secreto. Estaba convencido de que no se encontraba allí por equivocación.

Birch entró en la habitación.

—Mira esto —dijo Wallander.

Birch se colocó detrás de él. Wallander le señaló el horario.

—Estaba escondido en el lugar más secreto de Katarina Taxell.

—¿Un horario de trenes?

Wallander meneó la cabeza.

—No lo entiendo.

Lo hojeó página por página. Birch acercó una silla y se sentó a su lado. Wallander pasaba las hojas. No había nada escrito, ninguna página más sobada que otra que se abriera sola. Pero al pasar la penúltima página se detuvo. Birch también lo había notado. Una salida de Nässjö estaba subrayada. De Nässjö a Malmö. Salida a las 16:00. Llegada a Lund a las 18:42. A Malmö a las 18:57.

Nässjö, 16:00. Alguien había subrayado todas esas horas.

Wallander miró a Birch.

—¿Te dice esto algo?

—Nada.

Wallander dejó el papel.

—¿Qué puede tener que ver Katarina Taxell con Nässjö?

—Nada que sepamos —respondió Wallander—. Pero, naturalmente, cabe la posibilidad. Nuestra mayor dificultad ahora mismo es que, por desgracia, todo parece ser imaginable y posible. No podemos distinguir detalles o contextos que puedan cancelarse de inmediato como de menor importancia.

Wallander había recibido unas cuantas bolsas de plástico del técnico que estuvo en el piso recogiendo huellas dactilares que no pertenecieran a Katarina Taxell ni a su madre. Guardó el horario de trenes con ellas.
—Me lo llevo. Si no tienes nada en contra.
Birch se encogió de hombros.
—No te va a servir ni para saber las horas de los trenes. Caducó hace casi tres años y medio.
—Yo viajo poco en tren.
—Pues puede resultar muy descansado. Yo prefiero el tren al avión. Se dispone de un rato para uno mismo.
Wallander pensó en su último viaje en tren, cuando regresó de Älmhult. Birch tenía razón. Hasta había dormido un rato durante el trayecto.
—Ahora ya no podemos hacer nada más. Creo que es hora de volver a Ystad.
—¿Anunciamos la desaparición de Katarina Taxell y de su hijo?
—Todavía no.
Salieron del piso. Birch cerró con llave. Fuera, casi había dejado de llover. El viento llegaba a ráfagas y era frío. Eran ya las nueve menos cuarto. Se despidieron junto al coche de Wallander.
—¿Qué hacemos con la vigilancia de la casa?
Wallander reflexionó.
—Déjala seguir por ahora. Pero esta vez sin olvidar la parte de atrás.
—¿Qué crees que puede pasar?
—No sé. Pero la gente que desaparece puede decidir regresar.
Wallander salió de la ciudad. El otoño se hacía sentir dentro del vehículo. Puso la calefacción. A pesar de ello, notaba frío.
«¿Cómo seguimos ahora?», se preguntó a sí mismo. «Katarina Taxell ha desaparecido. Después de un largo día en Lund, vuelvo a Ystad con un viejo horario de trenes en una bolsa de plástico.»
Con todo, ese día había dado un importante paso adelante. Holger Eriksson conocía a Krista Haberman. Habían logrado establecer una relación cruzada entre los tres hombres asesinados. Apretó involuntariamente el acelerador. Quería saber lo más pronto posible cómo le iba a Hamrén. Al llegar al cruce del aeropuerto de Sturup, torció hacia la parada de autobús y llamó a Ystad. Contestó Svedberg. Lo primero que hizo fue preguntar por Terese.
—La están ayudando mucho en el colegio. Sobre todo, los demás alumnos. Pero lleva tiempo.
—¿Y Martinsson?

—Está abatido. Dice que va a dejar la policía.
—Ya sé. Pero no creo que tenga que ser así.
—Probablemente seas tú el único que pueda convencerle.
—Lo haré.

Luego preguntó si había pasado algo importante. Svedberg no sabía muy bien. Acababa de volver de una reunión con Per Åkeson para pedirle que le ayudara a conseguir el material de la investigación policial en torno a la muerte de la esposa de Gösta Runfeldt en Älmhult.

Wallander le pidió que convocara una reunión con el grupo para las diez.

—¿Has visto a Hamrén? —preguntó por último.

—Está con Hansson revisando el material sobre Krista Haberman. Dijiste que eso corría prisa.

—A las diez, pues —repitió Wallander—. Si hubieran terminado para entonces, se lo agradecería.

—¿Quieres que encuentren a Krista Haberman antes?

—No exactamente. Pero algo parecido.

Wallander dejó el teléfono en el asiento de al lado. Se quedó allí sentado en la oscuridad. Pensaba en el departamento secreto. En el cajón oculto de Katarina Taxell que contenía un horario caducado.

No lo entendía. En absoluto.

A las diez de la noche ya estaban reunidos. El único que faltaba era Martinsson. Empezaron hablando de lo que había ocurrido por la mañana. Todos sabían que Martinsson había decidido dimitir inmediatamente.

—Voy a hablar con él —dijo Wallander—. Quiero saber a ciencia cierta si de verdad está decidido a dimitir. Si es así, nadie va a impedírselo, desde luego.

No hablaron más de ello. Wallander hizo una breve exposición de lo sucedido en Lund. Hicieron diferentes conjeturas acerca de por qué habría huido Katarina Taxell y qué motivos podía tener para hacerlo. Se preguntaron también si se podría localizar el coche. ¿Cuántos coches Golf de color rojo puede haber en Suecia?

—Una mujer con un niño recién nacido no puede desaparecer sin dejar rastro —dijo Wallander finalmente—. Creo que lo mejor que podemos hacer ahora es armarnos de paciencia. Hemos de seguir trabajando con lo que tenemos pendiente.

Miró a Hansson y a Hamrén.

—La desaparición de Krista Haberman. Un hecho ocurrido hace veintisiete años.

Hansson le hizo una seña a Hamrén.

—Tú querías saber detalles en torno a la desaparición propiamente dicha. Pues bien, la última vez que alguien la vio fue en Svenstavik, el martes 22 de octubre de 1967. Iba dando un paseo por el pueblo. Como has estado allí, puedes verlo delante de ti. A pesar de que el centro ha sido modificado desde entonces. No había nada especial en que saliera a dar un paseo. El último que la ve es un leñador que llega en bici desde la estación. Eso ocurre a las cinco menos cuarto de la tarde. Ya ha oscurecido. Pero ella va por el camino iluminado. El hombre está seguro de que era ella. Después de eso, nadie volvió a verla. Hay, sin embargo, varios testimonios que señalan que un coche de fuera pasó por el pueblo esa noche. Eso es todo.

Wallander guardó silencio.

—¿Hay alguien que haya mencionado la marca del coche? —preguntó luego.

Hamrén miró sus anotaciones. Luego movió la cabeza y salió de la habitación. Cuando regresó, traía más papeles en la mano. Nadie decía nada. Por fin encontró lo que buscaba.

—Uno de los testigos, un agricultor cuyo nombre es Johansson, afirma que era un Chevrolet. Un Chevrolet azul marino. Estaba completamente seguro de ello. Hubo un taxi en Svenstavik que era del mismo tipo. Aunque de color azul claro.

Wallander asintió.

—Svenstavik y Lödinge están lejos —dijo despacio—. Pero si no recuerdo mal Holger Eriksson vendía coches de la marca Chevrolet en esa época.

La sala quedó en silencio.

—Me pregunto si no habrá hecho Holger Eriksson el largo viaje hasta Svenstavik —continuó—. Y si Krista Haberman no le habrá acompañado de regreso.

Wallander se volvió hacia Svedberg.

—¿Tenía Eriksson la finca ya entonces?

Svedberg movió la cabeza afirmativamente.

Wallander miró a su alrededor en la habitación.

—Holger Eriksson murió atravesado por estacas al caer en una fosa. Si es cierto, como pensamos, que el asesino quita la vida a sus víctimas de forma que refleje fechorías cometidas por éstas anteriormente, me parece que podemos empezar a barruntar una conclusión sumamente desagradable.

Deseaba equivocarse. Pero no creía hacerlo.

—Creo que tenemos que empezar a buscar en las tierras de Holger Eriksson —dijo—. Me pregunto si no estará Krista Haberman enterrada en ellas, en algún sitio.

Eran las once menos diez. Miércoles 19 de octubre.

32

Llegaron a la finca de madrugada.
Wallander había dicho que fueran Nyberg, Hamrén y Hansson. Cada uno conducía su coche, Wallander el suyo, que ya le habían traído desde Älmhult, y se detuvieron a la entrada de la casa vacía, que se alzaba como un barco abandonado y desarbolado en medio de la niebla.
Precisamente esa mañana, la del jueves 20 de octubre, la niebla había sido muy densa. Había llegado desde el mar a última hora de la noche y permanecía inmóvil sobre el paisaje de Escania. Acordaron encontrarse a las seis y media.
Pero todos llegaron con retraso porque la visibilidad era, prácticamente, nula. Wallander fue el último en llegar. Cuando salió del coche, pensó que parecían una partida de caza. Lo único que faltaba eran las armas. Consideró con desagrado la misión que les esperaba. Suponía que había una mujer enterrada en algún lugar de las propiedades de Holger Eriksson. Lo que encontraran, si es que encontraban algo, serían partes de un esqueleto. Nada más. Veintisiete años eran muchos años.
También podía haberse equivocado por completo. La idea de lo que podía haberle ocurrido a Krista Haberman no era, tal vez, atrevida. Tampoco era descabellada. Pero el camino hasta tener realmente razón seguía siendo muy largo.
Se saludaron tiritando. Hansson tenía un plano de agrimensor de la finca y la tierra que le pertenecía. Wallander se preguntó fugazmente qué diría la asociación Kulturen de Lund si llegaban a encontrar realmente restos de un cadáver enterrado. Supuso con tristeza que eso probablemente haría aumentar el número de visitantes a la finca. No había atracción turística que pudiera compararse con el lugar de un crimen.
Pusieron el mapa en la capota del coche de Nyberg y se colocaron alrededor.

—En 1967 la tierra tenía otro aspecto —explicó Hansson—. Fue a mediados de los años setenta cuando Holger Eriksson compró todo el terreno que está al sur.

Wallander vio que eso reducía la zona que podía interesarles en una tercera parte. Lo que quedaba seguía siendo enorme. Se dio cuenta de que nunca llegarían a excavar todo aquello. No tenían más remedio que tratar de acertar con otros métodos.

—La niebla nos complica las cosas —afirmó—. He pensado que debemos hacernos una idea del terreno. Se me ocurre que podemos eliminar algunos sitios. Parto de la base de que si uno mata a alguien, elige con cuidado el lugar donde lo entierra.

—Elegirá seguramente el lugar donde cree que menos se va a buscar —contestó Nyberg—. Hay una investigación sobre ese tema. De Estados Unidos, claro está. Pero parece lógico.

—La zona es grande —apuntó Hamrén.

—Por ese motivo tenemos que reducirla enseguida —dijo Wallander—. Nyberg tiene razón. Dudo de que Holger Eriksson, si es que mató a Krista Haberman, la enterrara en cualquier sitio. Me imagino que, por ejemplo, uno prefiere no tener un cadáver bajo tierra justo delante de la puerta de casa. De no estar completamente loco. Lo que no parece el caso de Holger Eriksson.

—Además allí hay adoquines —dijo Hansson—. El patio podemos eliminarlo.

Fueron hasta allí. Wallander estuvo dudando si volver a Ystad y regresar cuando se hubiera ido la niebla. Pero, como no hacía viento, ésta podía permanecer todo el día. Así que decidió dedicar unas horas a hacerse una idea panorámica de la zona.

Siguieron hasta el gran huerto que se extendía en la parte de atrás de la casa. La tierra húmeda estaba llena de manzanas podridas. Una urraca aleteó en un árbol. «Tampoco aquí», pensó Wallander. «Un hombre que comete un crimen en una ciudad y que sólo tiene su jardín, tal vez entierre el cadáver allí, entre árboles frutales y arbustos de bayas. Pero un hombre que vive en el campo, no.»

Dijo lo que pensaba. Nadie tuvo nada que objetar.

Empezaron a andar por los campos. La niebla seguía siendo muy densa. Se divisaba alguna liebre que luego desaparecía. Se dirigieron primero al límite norte de la propiedad.

—Un perro tampoco podría encontrar nada, ¿verdad? —preguntó Hamrén.

—Después de veintisiete años no —respondió Nyberg.

El barro se adhería bajo sus botas. Trataban de andar, haciendo equilibrios, por la estrecha senda de hierba que constituía el límite de las propiedades de Holger Eriksson. Vieron un rastrillo oxidado medio enterrado en el barro. Wallander no sólo se sentía afectado por lo que estaban haciendo. La niebla y la parda y húmeda tierra contribuían también a su abatimiento. Le gustaba el lugar donde había nacido y donde vivía. Pero de los otoños, podía muy bien prescindir. Por lo menos, de días como aquél.

Llegaron a un estanque que había en una hondonada. Hansson señaló en el mapa dónde se encontraban. Contemplaron el estanque, de unos cien metros de circunferencia.

—Este estanque está lleno todo el año —dijo Nyberg—. En el centro habrá dos o tres metros de profundidad.

—Es, claro está, una posibilidad —dijo Wallander—. Hundir un cuerpo con pesos.

—O en un saco —apuntó Hansson—. Como le pasó a Eugen Blomberg.

Wallander asintió. Ahí surgía de nuevo la imagen del espejo. Sin embargo, no estaba seguro. Y lo dijo.

—Un cuerpo puede flotar hasta la superficie. ¿Elegiría Holger Eriksson hundir un cuerpo en un estanque cuando tiene tantos kilómetros cuadrados en los que cavar una fosa? Me cuesta creerlo.

—¿Quién trabajaba, en realidad, toda esta tierra? —preguntó Hansson—. Él, no creo. No la tenía arrendada. Pero la tierra hay que trabajarla. Si no, se cierra. Y esta tierra está bien cuidada.

Hansson se había criado en una finca a las afueras de Ystad y sabía lo que decía.

—Ésa es una pregunta importante. Tenemos que encontrar la respuesta.

—Que nos puede responder también a otra pregunta —prosiguió Hamrén—. La de si ha habido alguna modificación en la tierra. Un montículo que aparece de pronto. Si se excava en un lugar, por otro se eleva la superficie. No pienso sólo en una fosa, sino, por ejemplo, en un drenaje. O cualquier otra cosa.

—Hablamos de hechos que sucedieron hace casi treinta años —opinó Nyberg—. ¿Quién se acuerda de eso?

—A veces pasa —respondió Wallander—. Pero tenemos que enterarnos, claro. ¿Quién trabajaba, pues, la tierra de Holger Eriksson?

—Treinta años es mucho tiempo —dijo Hansson—. Puede haber más de una persona.

—Entonces hablaremos con todas —contestó Wallander—. Si las localizamos. Si están vivas.

Siguieron andando. Wallander se acordó de repente de que en la vivienda había visto algunas viejas fotografías aéreas de la finca. Le dijo a Hansson que telefonease a la asociación Kulturen de Lund y les pidiera que mandaran a alguien con las llaves.

—No creo que haya nadie allí a las siete y cuarto de la mañana.

—Pues llama a Ann-Britt Höglund. Dile que hable con el abogado que abrió el testamento de Eriksson. Él quizá tenga todavía llaves.

—Espero que los abogados madruguen —afirmó Hansson vacilante, y marcó el número.

—Quiero ver esas fotos lo más pronto posible.

Mientras proseguían, Hansson habló con Ann-Britt Höglund. El suelo hacía ahora una pendiente. La niebla seguía siendo espesa. A lo lejos se oyó un tractor. El ruido del motor se fue apagando. El teléfono de Hansson empezó a zumbar. Ann-Britt Höglund habló con el abogado. Ya había entregado sus llaves. Luego trató de hablar con alguien en Lund que pudiera ayudarles, pero aún no había encontrado a nadie. Dijo que volvería a llamar. Wallander pensó en las dos mujeres que encontró en la finca una semana antes. Se acordó con desagrado de la soberbia aristócrata.

Tardaron casi veinte minutos en llegar al otro límite. Hansson señaló el lugar en el mapa. Estaban ahora en el extremo suroeste. La propiedad se extendía otros quinientos metros más por el sur. Pero esa parte la había comprado Holger Eriksson en 1976. Fueron en dirección este. Se acercaban ahora a la zanja y al montículo con la torre de los pájaros. Wallander sentía que su malestar iba en aumento. Le pareció observar la misma reacción silenciosa en los otros.

Pensó que aquella era la imagen de su vida. «Mi vida como policía durante la última parte del siglo veinte, en Suecia. Una mañana temprano, a la hora del amanecer. Otoño, niebla, frío húmedo. Cuatro hombres chapoteando en el barro. Acercándonos a una absurda trampa para animales salvajes en la que un hombre ha sido ensartado en exóticas estacas de bambú. Buscando, al mismo tiempo, la posible tumba de una mujer polaca desaparecida hace veintisiete años.

»En este barro voy a moverme hasta que me caiga muerto. En otros sitios, rodeada de niebla, hay gente que se agrupa junto a la mesa de la cocina, planeando la organización de diferentes milicias ciudadanas. Si alguien se equivoca al conducir en la niebla corre el riesgo de que le maten a palos.»

Se dio cuenta de que caminaba manteniendo una conversación interior con Rydberg. Sin palabras, pero muy animada. Rydberg, sentado en su terraza, los últimos tiempos de su enfermedad. La terraza flotaba ante sus ojos como un zepelín en la niebla. Pero Rydberg no contestaba. Se limitaba a escuchar con su sonrisa torcida. Su cara estaba ya muy marcada por la enfermedad.

De repente, llegaron. Wallander iba el último. La acequia estaba a su lado. Habían llegado a la fosa de las estacas. Un cabo de la cinta de acordonamiento había quedado enredado en uno de los tablones hundidos. «Un lugar del crimen sin limpiar», pensó Wallander. Las estacas de bambú no estaban. Se preguntó dónde las habrían guardado. ¿En el sótano de la comisaría? ¿En los laboratorios de Linköping? La torre de los pájaros quedaba la derecha. Apenas visible por la niebla.

Un pensamiento empezó a tomar forma en su cabeza. Dio unos pasos hacia un lado y a punto estuvo de resbalar en el barro. Nyberg tenía la vista clavada en el fondo de la fosa. Hamrén y Hansson discutían en voz baja un detalle del mapa.

«Alguien vigila a Holger Eriksson y su finca», pensó Wallander. «Alguien que sabe lo que le ocurrió a Krista Haberman. Una mujer, desaparecida hace veintisiete años, dada por muerta. Una mujer que está enterrada en alguna parte en un campo. Los días de Holger Eriksson están contados. Se prepara otra fosa con estacas puntiagudas. Otra fosa en el barro.»

Se acercó a Hamrén y a Hansson. Nyberg se había internado en la niebla. Wallander dijo lo que acababa de pensar. Luego se lo repetiría a Nyberg.

—Si el asesino está tan bien informado como pensamos, tenía que saber dónde fue enterrada Krista Haberman. En varias ocasiones hemos dicho que el asesino tiene un idioma. Él o ella trata de contarnos algo. Hemos conseguido descubrir el código sólo en parte. Holger Eriksson fue asesinado con lo que puede calificarse de un alarde de brutalidad. El cuerpo tenía que ser encontrado a toda costa. Existe la posibilidad de que haya también otro motivo en la elección del lugar. Indicarnos a nosotros que sigamos buscando. Aquí mismo. Y si lo hacemos, encontraremos a Krista Haberman.

Nyberg emergió de la niebla. Wallander repitió lo que acababa de decir. Todos comprendieron que podía tener razón. Saltaron la zanja y subieron a la torre. El bosquecillo de abajo estaba oculto por la niebla.

—Demasiadas raíces —dijo Nyberg—. Ese bosquecillo no me parece adecuado.

Dieron la vuelta y siguieron hacia el este hasta llegar al punto de partida. Eran casi las ocho. La niebla seguía igual. Ann-Britt Höglund llamó para decir que las llaves ya iban de camino. Los cuatro estaban helados y empapados. Wallander no quería retenerles sin necesidad.

Hansson tenía que dedicar las próximas horas a tratar de saber quién había trabajado la tierra.

—Un cambio imprevisto hace veintisiete años —precisó Wallander—. Eso es lo que queremos saber. Pero no digas que pensamos que hay un cadáver aquí enterrado, porque habrá una invasión.

Hansson asintió. Había comprendido.

—Tendremos que volver cuando haya despejado —continuó—. Pero creo que está bien que nos hayamos hecho una composición de lugar.

Se fueron. Wallander se quedó solo. Se sentó en el coche y puso la calefacción. No funcionaba. La reparación le había costado una cantidad de dinero increíble. Pero no parecía haber incluido la calefacción. No sabía cuándo iba a tener tiempo y dinero para cambiar de vehículo. ¿Volvería a estropeársele éste?

Mientras esperaba, pensó en las mujeres: Krista Haberman, Eva Runfeldt y Katarina Taxell. Y en la cuarta, que no tenía ningún nombre. ¿Cuál era el punto de contacto entre ellas? Tuvo la sensación de que estaba tan cerca que debería poder verlo. Estaba justo al lado. Lo veía sin verlo.

Volvió a sumirse en sus pensamientos. Mujeres maltratadas, tal vez asesinadas. Un largo periodo de tiempo se extiende sobre todo ello.

Comprendió, sentado allí en el coche, que también podía sacar otra conclusión. No lo habían visto todo. Los sucesos que estaban tratando de entender formaban parte de algo más grande. Era importante encontrar el vínculo entre las mujeres. Pero debían tener asimismo en cuenta la posibilidad de que el vínculo podía ser una casualidad. Alguien elegía. Pero ¿en qué se basaba la elección? ¿Circunstancias? ¿Casualidades? ¿Tal vez posibilidades o accesibilidad? Holger Eriksson vivía solo en una finca. No tenía relaciones, de noche contemplaba a los pájaros. Era un hombre al que se podía acceder. Gösta Runfeldt iba a emprender un viaje. Estaría fuera dos semanas. Eso ofrecía también una posibilidad. También vivía solo. Eugen Blomberg daba paseos solitarios regularmente, sin otra compañía que la suya propia.

Wallander meneó la cabeza. No conseguía penetrar en ello. No sabía si sus pensamientos eran acertados o no.

Hacía frío en el coche. Salió para moverse un poco. Las llaves no tardarían ya. Siguió hasta el patio. Recordó la primera vez que estuvo allí. La bandada de cornejas allá abajo, junto a la acequia. Se miró las manos. Ya no estaba moreno. El recuerdo del sol sobre Villa Borghese había desaparecido definitivamente. Como su padre.

Escudriñó la niebla. Paseó la mirada por la explanada del patio. La casa estaba, realmente, muy bien cuidada. En ella vivió una vez un hombre que se llamaba Holger Eriksson y que escribía poemas sobre pájaros. Sobre el vuelo solitario de la agachadiza común. Sobre el pico mediano, en vías de extinción. Un día se sienta en un Chevrolet azul oscuro y emprende el largo viaje hasta Jämtland. ¿Le impulsaba una pasión? ¿Otra cosa? Krista Haberman había sido una mujer hermosa. En el voluminoso material de Östersund había una fotografía suya. ¿Le acompañó por su propia voluntad? Tuvo que ser así. Viajan a Escania. Luego ella desaparece. Holger Eriksson vive solo. Cava una fosa. La investigación no llega a alcanzarle. Hasta ahora. Hasta que Hansson encuentra el nombre de Tandvall y una relación, no descubierta anteriormente, se hace visible.

Wallander se quedó mirando la caseta vacía. Al principio no tuvo conciencia de lo que pensaba. La imagen de Krista Haberman se esfumó lentamente. Frunció la frente. ¿Por qué no había allí ningún perro? Nadie había formulado la pregunta antes. El que menos, él. ¿Cuándo desapareció el perro? ¿Tenía eso importancia? Eran preguntas a las que quería dar respuesta.

Un coche se detuvo ante la casa. Instantes después, un muchacho que no tendría más de veinte años entró en el patio. Se acercó a Wallander.

—¿Eres tú el policía que quiere las llaves?

—Sí.

El muchacho le miró dudando.

—¿Cómo puedo estar seguro de ello? Tú puedes ser cualquiera.

Wallander se irritó. Al mismo tiempo comprendió que las dudas del muchacho tenían cierta base. El barro le llegaba hasta arriba en las perneras del pantalón. Sacó su placa. El chico la miró y le dio un manojo de llaves.

—Me ocuparé de devolverlas a Lund —dijo Wallander.

El chico asintió. Tenía prisa. Wallander oyó cómo el coche arrancaba bruscamente mientras él buscaba las llaves junto a la puerta exterior. Pensó fugazmente en lo que había dicho Jonas Hader sobre el Golf rojo a la puerta de la casa de Katarina Taxell. «¿No arrancaban bruscamente las mujeres?», pensó. «Mona conducía más deprisa que yo. Baiba aprieta siempre mucho el acelerador. Pero tal vez no arranquen bruscamente.»

Abrió la puerta y entró. Encendió la luz del amplio vestíbulo. Olía a cerrado. Se sentó en un taburete y se quitó las botas. Al entrar en el salón, vio, asombrado, que el poema sobre el pico mediano seguía encima del escritorio. La noche del 21 de septiembre. Al día siguiente se cumpliría un mes. ¿Se acercaban realmente a una solución? Tenían dos asesinatos más que resolver. Una mujer había desaparecido. Y otra estaba, tal vez, enterrada en algún lugar de la finca de Holger Eriksson.

Se quedó inmóvil en el silencio. La niebla por fuera de las ventanas seguía siendo muy densa. Sintió malestar. Los objetos de la habitación le contemplaban. Se acercó a la pared en la que colgaban, enmarcadas, las fotografías aéreas. Buscó las gafas en los bolsillos. Precisamente ese día se había acordado de cogerlas. Se las puso y se acercó más. Una de las fotos era en blanco y negro, en la otra aparecían unos colores pálidos. La imagen en blanco y negro era de 1949. Había sido tomada antes de que Holger Eriksson comprara la finca. La imagen en color era de 1965. Wallander descorrió una cortina para que entrara más luz.

De repente descubrió un corzo pastando entre los árboles del jardín. Se quedó completamente inmóvil. El corzo levantó la cabeza y le miró. Luego continuó pastando con tranquilidad. Wallander siguió quieto con la sensación de que nunca se olvidaría de ese corzo. No sabía cuánto tiempo estuvo mirándolo. Un ruido que él no percibió hizo que el corzo prestase atención. Luego dio un salto y desapareció. Wallander miró por la ventana. El corzo se había ido. Volvió a las dos fotografías que habían sido tomadas por la misma empresa de imágenes aéreas, Flygfoto, con un intervalo de dieciséis años. El avión con la cámara entró desde el sur. Todos los detalles se veían con nitidez. En 1965 Holger Eriksson aún no había levantado la torre. Pero el montículo estaba allí. Y la acequia. Wallander entrecerró los ojos. No logró ver ninguna pasarela. Fue siguiendo los bordes de los campos. La fotografía se había hecho a comienzos de primavera. Los campos estaban arados. Pero todavía no había vegetación ninguna. El estanque se veía muy claro en la foto, así como una arboleda junto a un estrecho camino de carros que dividía dos campos. Wallander frunció la frente. No se acordaba de los árboles. Esa mañana podía no haberlos visto a causa de la niebla. Pero tampoco los recordaba de otras visitas anteriores. Los árboles parecían muy altos. Debería haberse fijado en ellos. Solitarios, en mitad de los campos.

Pasó a mirar la casa, que era el centro de la fotografía. Entre 1949 y 1965, cambiaron el tejado del edificio. Se derribó una caseta que quizás había servido como cochiquera. El camino de entrada es más ancho. Pero, por lo demás, todo está igual. Se quitó las gafas y miró por la ventana. El corzo seguía sin verse. Se sentó en una butaca de piel. El silencio le envolvía. Un Chevrolet va a Svenstavik. Una mujer viene a Escania. Luego desaparece. Veintisiete años más tarde muere el hombre que tal vez un día fue a Svenstavik a buscarla.

Permaneció sentado en silencio una media hora. Una vez más volvió atrás mentalmente. Pensó que en ese preciso momento estaban buscando nada menos que a tres mujeres diferentes. A Krista Haberman, a Katarina Taxell y a la que aún no tenía nombre. Pero que se movía en un Golf rojo. Que quizás a veces usaba uñas postizas y que fumaba cigarrillos liados a mano.

Reflexionó sobre si cabía la posibilidad de que, en realidad, estuvieran buscando a dos mujeres. Si dos de ellas no serían una y la misma. Si Krista Haberman, pese a todo, seguiría con vida. En ese caso, tendría sesenta y cinco años. La mujer que golpeó a Ylva Brink era bastante más joven.

No podía ser. Lo mismo que casi todo lo demás.

Miró el reloj. Las nueve menos cuarto. Se levantó y abandonó la casa. La niebla seguía igual de espesa. Pensó en la caseta del perro vacía. Luego cerró con llave, se montó en el coche y se fue de allí.

A las diez, Wallander había conseguido reunir a todo su grupo de investigación. Sólo faltaba Martinsson, que aseguró que iría por la tarde. Durante la mañana estaría en el colegio de Terese. Ann-Britt Höglund dijo que Martinsson la había llamado la noche anterior. Ella pensó que estaba bebido, cosa que raras veces ocurría. Wallander sintió una vaga envidia. ¿Por qué la llamaba Martinsson a ella y no a él? Al fin y al cabo, los que habían trabajado juntos todos aquellos años eran ellos dos.

—Parece que sigue dispuesto a dejar la policía. Pero me dio también la sensación de que quería que yo le llevara la contraria.

—Yo hablaré con él —dijo Wallander.

Cerraron las puertas de la sala de reuniones. Per Åkeson y Lisa Holgersson fueron los últimos en llegar. Wallander tuvo la vaga impresión de que acababan de tener una reunión ellos dos.

Lisa Holgersson tomó la palabra en cuanto se hizo el silencio en la sala.

—Todo el país habla de las milicias ciudadanas. Lödinge es, desde ahora, un pueblo cuyo nombre conoce todo el mundo en este país. Ha llegado una petición para que Kurt participe en un debate en la televisión esta noche. En Gotemburgo.

—Nunca en la vida —replicó Wallander horrorizado—. ¿Qué iba a hacer yo allí?

—Ya he dicho que no en tu nombre —contestó ella sonriendo—. Pero pienso pedirte una cosa a cambio más adelante.

Wallander se dio cuenta inmediatamente de que se refería a las conferencias en la Academia de Policía.

—El debate es inflamado y violento —continuó Lisa Holgersson—. Lo único que cabe esperar es que surja algo positivo de que se discuta de verdad esta creciente sensación de inseguridad que vivimos.

—En el mejor de los casos, eso puede servir también para que los máximos responsables de la policía del país hagan un poco de autocrítica —dijo Hansson—. La policía no está libre de culpa del desarrollo de los hechos.

—¿En qué estás pensando? —preguntó Wallander.

Hansson raras veces entraba en discusiones sobre la policía, y tenía curiosidad por saber su opinión.

—Pienso en todos esos escándalos en los que han participado policías activamente. A lo mejor eso ha ocurrido siempre. Pero no con tanta frecuencia como ahora.

—Eso no hay que exagerarlo ni tampoco dejar de tenerlo en cuenta —intervino Per Åkeson—. El gran problema es el gradual desplazamiento de lo que la policía y los tribunales consideran como delito. Aquello por lo que alguien fue condenado ayer, hoy puede considerarse una bagatela que la policía no tiene que molestarse siquiera en investigar. Y eso a mí me parece que es un insulto a la conciencia popular de la justicia, que siempre ha sido muy fuerte en este país.

—Lo uno guarda relación con lo otro —apuntó Wallander—. Y yo tengo dudas muy serias acerca de que un debate sobre la creación de milicias ciudadanas pueda influir en el desarrollo de las cosas. Aunque, desde luego, me gustaría.

—Yo estoy dispuesto, en todo caso, a dictar todos los autos de procesamiento que pueda —declaró Per Åkeson cuando terminó de hablar Wallander—. La paliza fue de mucha envergadura. Fueron cuatro. Cuento con que por lo menos condenen a tres. El cuarto es menos seguro. Tal vez debo decir también que el fiscal general me ha pedido que le tenga informado. Eso me parece muy sorprendente. Pero indica que por lo menos algunos de los de arriba se toman esto en serio.

—Åke Davidsson hace unas declaraciones inteligentes y sensatas en una entrevista del diario *Arbetet* —dijo Svedberg—. Además, sale bastante bien parado.

—Vayamos pues a Terese y a su padre —propuso Wallander—. Y a los chicos del colegio.

—¿Piensa dimitir Martinsson? —preguntó Per Åkeson—. He oído rumores.

—Ésa fue su primera reacción —respondió Wallander—. Hay que reconocer que es normal y natural. Pero no estoy seguro de que lo lleve a cabo.

—Es un buen policía —opinó Hansson—. ¿Lo sabe él acaso?

—Sí —contestó Wallander—. La cuestión es si eso basta. Puede haber otras cosas que afloran cuando pasa algo así. Por ejemplo esta enorme cantidad de trabajo que tenemos.

—Lo sé —dijo Lisa Holgersson—. Y eso va a ser todavía peor, además.

Wallander se acordó de que aún no había cumplido la promesa que hizo a Nyberg: no había hablado con Lisa Holgersson de su exceso de trabajo. Se lo apuntó en el cuaderno.

—Hablaremos de eso más tarde.

—Sólo quería informaros —dijo Lisa Holgersson—. No hay nada más. Salvo que Björk, vuestro antiguo jefe, ha llamado para desearos suerte. Y para lamentar lo sucedido a la hija de Martinsson.

—Él supo terminar a tiempo —comentó Svedberg—. ¿Qué fue lo que le regalamos como despedida? ¿No fue una caña de pescar? Si se hubiera quedado aquí no habría tenido nunca tiempo de usarla.

—Tiene mucho que hacer ahora también —objetó Lisa Holgersson.

—Björk ha estado bien. Pero ahora creo que hay que seguir.

Empezaron con el horario de Ann-Britt Höglund. Wallander había puesto junto a su cuaderno la bolsa de plástico con el horario de trenes que encontró en el escritorio de Katarina Taxell.

Ann-Britt Höglung había hecho, como de costumbre, un trabajo minucioso. Todas las horas que de una u otra manera tenían que ver con los diferentes acontecimientos estaban estudiadas y confrontadas unas con otras. Wallander pensaba, mientras escuchaba, que ésa era una tarea que él nunca sería capaz de hacer bien. Seguro que se le habrían escapado detalles. «No hay dos policías iguales», pensó. «Sólo cuando podemos dedicarnos a aquello que desafía a nuestros puntos fuertes, somos útiles de verdad.»

—No veo que haya pauta alguna —dijo Ann-Britt Höglund cuando se acercaba al final de su presentación—. Los forenses de Lund han conseguido fijar la muerte de Holger Eriksson a última hora de la tarde del día 21 de septiembre. No puedo decir cómo lo han conseguido. Pero están seguros de lo que dicen. Gösta Runfeldt también muere por la noche. Ahí la hora coincide sin que puedan sacarse conclusiones razonables. Tampoco hay nada que coincida en lo que se refiere a días de la semana. Si se añaden las dos visitas a la Maternidad de Ystad y el asesinato de Eugen Blomberg, quizá sea posible distinguir fragmentos de una pauta.

Se interrumpió y miró a su alrededor. Ni Wallander ni nadie parecía haber comprendido lo que quería decir.

—Es casi pura matemática —reanudó su exposición—. Pero lo que se advierte es que nuestro asesino actúa según una pauta tan irregular que resulta interesante. El 21 de septiembre muere Holger Eriksson. La noche del 1 de octubre Katarina Taxell recibe visita en la Maternidad de Ystad. El 11 de octubre muere Gösta Runfeldt. La noche del 13 de octubre la mujer vuelve a la Maternidad y ataca a la prima de Svedberg. El 17 de octubre, finalmente, muere Eugen Blomberg. A esto puede añadírsele también, claro está, el día en que probablemente desapareció Gösta Runfeldt. La pauta que veo es que no hay la más mínima regularidad. Lo que, posiblemente, resulte sorprendente, ya que todo lo demás parece estar tan minuciosamente planeado y preparado. Es un asesino que se toma el tiempo de coser pesos en un saco y que los equilibra cuidadosamente en relación con el peso de la víctima. Podemos verlo como si no existieran intervalos capaces de revelarnos algo. O, si no, pensar que la irregularidad depende de algo. Y entonces uno se pregunta qué puede ser ese algo.

Wallander no podía seguirla del todo.

—Otra vez —pidió—. Despacio.

Ella repitió lo que acababa de decir. Esta vez Wallander sí la entendió.

—Quizá puede afirmarse que no tiene que ser necesariamente una casualidad —dijo para terminar—. Más lejos no quiero llegar. Puede ser una irregularidad que se repite. Pero no obligatoriamente.

Wallander estaba empezando a ver la imagen más clara.

—Supongamos que, a pesar de todo, hay una pauta —dijo—. ¿Cuál sería tu interpretación? ¿Qué clase de fuerzas exteriores influyen en el horario del asesino?

—Puede haber diferentes explicaciones. Que el asesino no vive en Escania, pero viene regularmente. Que él o ella tienen un trabajo que sigue un ritmo determinado. O cualquier otra cosa que no se me ha ocurrido pensar.

—Quieres decir, pues, que estos días podrían ser días libres acumulados que se repiten. Y que si dispusiéramos de otro mes, ese esquema aparecería con más claridad, ¿no es eso?

—Puede ser una posibilidad. El asesino tiene un trabajo que sigue un horario irregular y repetido. Con otras palabras, los días libres no coinciden solamente con sábados y domingos.

—Eso puede resultar importante —dijo Wallander dubitativo—. Pero me cuesta creerlo.

—Otra cosa no soy capaz de interpretar de estos horarios. La persona se escurre todo el tiempo.

—Lo que no podemos establecer con certeza es también una forma de conocimiento —dijo Wallander con la bolsa de plástico en la mano—. A propósito de horarios, éste lo encontré en un departamento secreto del escritorio de Katarina Taxell. Si ha querido esconder su prenda más preciada a los ojos del mundo, tiene que ser ésta: un horario de trenes. De la primavera de 1991. Con una salida de tren subrayada: Nässjö, dieciséis horas. Diario.

Le acercó la bolsa a Nyberg.

—Huellas dactilares.

Luego empezó a hablar de Krista Haberman. Expuso sus ideas. Contó la visita de la mañana en plena niebla. La seriedad que gravitaba en la sala era inequívoca.

—Pienso, pues, que podemos empezar a excavar. Cuando haya aclarado la niebla y Hansson haya tenido posibilidad de enterarse de quién ha trabajado la tierra. Y de si ha producido allí algún cambio llamativo después de 1967.

Se quedaron en silencio un buen rato. Todos sopesaban las palabras de Wallander. Por fin fue Per Åkeson el que habló.

—Todo esto parece increíble y, al mismo tiempo, curiosamente capcioso. Supongo que tenemos que tomarnos esta posibilidad en serio.

—Sería deseable que no trascendiera —dijo Lisa Holgersson—. No hay nada que le guste tanto a la gente como que vuelvan a salir a flote viejas desapariciones no resueltas.

La decisión estaba tomada.

El deseo de Wallander ahora era terminar la reunión cuanto antes porque todos tenían muchas cosas que hacer.

—Katarina Taxell, como sabéis, ha desaparecido. Se ha ido de casa en un Golf de color rojo. El conductor es desconocido. Su marcha tiene que calificarse de precipitada. Birch espera en Lund que le digamos algo. La madre piensa que tenemos que anunciar su desaparición. Cosa que no podemos negarle porque es su más próximo pariente. Pero creo que podemos esperar. Un día o dos por lo menos.

—¿Por qué? —preguntó Per Åkeson.

—Tengo la sospecha de que va a dar señales de vida. No a nosotros, desde luego. Pero sí a su madre. Katarina Taxell sabe que tiene que estar preocupada. La llamará para tranquilizarla. Pero, por desgracia, no le dirá dónde está. Ni con quién.

Wallander se volvió hacia Per Åkeson directamente.

—Quiero, pues, tener a alguien en casa de la madre de Katarina Taxell. Alguien que pueda grabar la llamada. Más pronto o más tarde, habrá una llamada.

—Si es que no la ha habido ya —dijo Hansson levantándose—. Dame el teléfono de Birch.

Se lo dio Ann-Britt Höglund y Hansson se fue rápidamente.

—No hay nada más por ahora —dijo Wallander—. Si os parece, nos veremos aquí a las cinco. Si no pasa nada antes.

Cuando Wallander entró en su despacho, sonó el teléfono. Martinsson quería saber si Wallander podía verle a las dos y si tenía tiempo de ir a su casa. Wallander le dijo que iría. Comió en el Continental. En realidad, sabía que no podía permitirse ese lujo. Pero tenía mucha hambre y poco tiempo. Se sentó a una mesa junto a la ventana y saludó a varias personas. Se sorprendió y le hirió que nadie se detuviera a darle el pésame por la muerte de su padre. Había salido en los periódicos. Las noticias de las defunciones se extendían con rapidez. Ystad era una ciudad pequeña. Comió fletán y se bebió una cerveza. La camarera era joven y se ruborizaba cada vez que la miraba. Se preguntó, compasivamente, cómo podía soportar su trabajo.

A las dos en punto llamó a la puerta de Martinsson. Le abrió él mismo. Se sentaron en la cocina. La casa estaba en silencio. Martinsson se encontraba solo en casa. Wallander le preguntó por Terese. Había vuelto al colegio. Martinsson estaba pálido y sereno. Wallander nunca le había visto tan abatido y descorazonado.

—No sé qué hacer —dijo.

—¿Qué dice tu mujer? ¿Y Terese?

—Que siga, naturalmente. No son ellas las que quieren que deje la policía. Soy yo.

Wallander esperó, pero Martinsson no dijo nada más.

—Recordarás hace unos años —empezó Wallander—, cuando en la niebla maté a una persona de un tiro junto a Kåseberga. Y atropellé a otra en el puente de Öland. Estuve alejado casi un año. Vosotros creisteis incluso que lo había dejado. Luego ocurrió lo de los abogados Torstensson. Y todo se transformó de repente. Estaba a punto de firmar mi dimisión. En lugar de ello, me incorporé de nuevo al trabajo.

Martinsson asintió. Se acordaba de aquellos sucesos.

—Ahora, con el tiempo, me alegro de haber hecho lo que hice. Lo único que puedo aconsejarte es que no te precipites. Espera antes de tomar la decisión. Vuelve a trabajar una temporada. Decide luego. No te pido que olvides. Te pido que tengas paciencia. Todos te echan

de menos. Todos saben que eres un buen policía y notamos tu ausencia.
Martinsson movió los brazos en señal de rechazo.
—No soy tan importante. Tengo experiencia. Pero no quieras hacerme creer que soy insustituible.
—Nadie puede sustituirte a ti, precisamente. Es lo que te estoy diciendo.
Wallander había pensado que la conversación iba a ser muy larga. Martinsson se quedó callado unos minutos. Luego se levantó y salió de la cocina. Cuando volvió, llevaba la guerrera puesta.
—¿Vamos? —preguntó.
—Sí —contestó Wallander—. Tenemos mucho que hacer.
En el coche, camino de la comisaría, Wallander le hizo un informe resumido de lo sucedido en los últimos días. Martinsson escuchó sin hacer ningún comentario.
Cuando entraron en la recepción, les paró Ebba. Como no se entretuvo en darle la bienvenida a Martinsson, Wallander se dio cuenta inmediatamente de que había ocurrido algo.
—Ann-Britt Höglund quiere hablar con vosotros. Es muy importante.
—¿Qué ha pasado?
—Una tal Katarina Taxell ha llamado a su madre.
Wallander miró a Martinsson.
Así pues, tenía razón.
Pero había sido más rápido de lo que suponía.

33

Aún no era demasiado tarde.
Birch había tenido tiempo de poner en marcha un magnetófono. Al cabo de una hora larga, la cinta de Lund estaba en Ystad. Se reunieron en el despacho de Wallander, donde Svedberg había instalado un magnetófono.
Escucharon la conversación de Katarina Taxell con su madre con gran excitación. La conversación fue corta. Eso fue también lo primero que pensó Wallander. Katarina Taxell no quería hablar más de lo necesario.
Escucharon una vez, y luego otra. Svedberg le dio unos auriculares a Wallander para que se acercara más a las dos voces.
–¿Mamá? Soy yo.
–¡Dios mío! ¿Dónde estás? ¿Qué ha pasado?
–No ha pasado nada. Estamos bien.
–¿Dónde estás?
–En casa de una amiga.
–¿En casa de quién?
–De una amiga. Sólo quería llamarte para decirte que todo va bien.
–¿Qué ha pasado? ¿Por qué te has ido?
–Ya te contaré.
–¿En casa de quién estás?
–Tú no la conoces.
–No cuelgues. Dame el número de teléfono.
–Voy a colgar ya. Sólo quería llamar para que no estés preocupada.
La madre intentó decir algo más, pero Katarina Taxell cortó. El diálogo constaba de catorce réplicas, la última de las cuales quedó interrumpida.
Escucharon la cinta no menos de veinte veces. Svedberg escribió las réplicas en un papel.
–Es la frase número once la que nos interesa –dijo Wallander–. «Tú no la conoces.» ¿Qué quiere decir con eso?
–La verdad –dijo Ann-Britt Höglund.

—No me refiero a eso exactamente —puntualizó Wallander—. «Tú no la conoces» puede significar dos cosas. Que la madre no la ha visto nunca. O que la madre no ha comprendido lo que ella significa para Katarina Taxell.
—Lo primero es lo más probable —dijo Ann-Britt Höglund.
—Espero que te equivoques —contestó Wallander—. Eso nos facilitaría mucho el identificarla.

Mientras hablaban, Nyberg escuchaba con los auriculares puestos. El ruido que se filtraba les indicó que tenía el volumen muy alto.
—Se oye algo al fondo —dijo Nyberg—. Algo que golpea.

Wallander se puso los auriculares. Nyberg tenía razón: se oían unos golpes sordos regulares al fondo de la grabación. Los otros también escucharon, uno detrás de otro. Ninguno de ellos pudo decir con seguridad qué era.
—¿Dónde estará? —preguntó Wallander—. Ha llegado a algún sitio. Está en casa de esa mujer que fue a buscarla. Y en algún lugar, al fondo, hay algo que da golpes.
—Puede ser cerca de un edificio en construcción —aventuró Martinsson.

Era lo primero que decía desde que había decidido reanudar el trabajo.
—Es una posibilidad.

Volvieron a escuchar. El golpeteo estaba allí. Wallander tomó una determinación.
—Vamos a enviar la cinta al laboratorio de Linköping. Les pediremos que la analicen. Si podemos identificar el ruido, sería una ayuda.
—¿Cuántas obras de construcción habrá sólo en Escania? —preguntó Hansson.
—Puede ser otra cosa —repuso Wallander—. Algo que puede darnos una idea de dónde se encuentra.

Nyberg desapareció con la cinta. Los otros se quedaron en el despacho de Wallander, apoyados en las paredes y en la mesa.
—A partir de este momento, hay tres tareas esenciales —continuó Wallander—. Tenemos que concentrarnos. Por ahora dejaremos otros aspectos de la investigación como están. Tenemos que seguir investigando la vida de Katarina Taxell. ¿Quién es? ¿Quién ha sido? ¿Quiénes son sus amigos? Los pasos de su vida. Eso es lo primero. Lo segundo está relacionado con eso, es decir: ¿en casa de quién está?

Hizo una breve pausa antes de continuar.
—Esperaremos a que Hansson regrese de Lödinge. Pero cuento con que nuestra tercera tarea sea empezar a excavar en la finca de Holger Eriksson.

Nadie tuvo nada que objetar. Se separaron. Wallander se dirigiría a Lund y pensaba llevarse a Ann-Britt Höglund con él. Ya era bastante tarde.

—¿Tienes quien te cuide a los niños? —le preguntó cuando se quedaron solos en el despacho.

—Sí. Por el momento, mi vecina necesita dinero, gracias a Dios.

—¿Cómo puedes permitírtelo? Tu sueldo no es muy alto.

—Yo no puedo permitírmelo. Pero mi marido gana bastante. Eso nos salva y nos hace ser una familia envidiable hoy día.

Wallander telefoneó a Birch y le dijo que iban de camino.

Dejó que condujera Ann-Britt Höglund. No confiaba ya en su coche, a pesar de la costosa reparación.

El paisaje se esfumaba lentamente en el anochecer. Soplaba un viento frío sobre los campos.

—Empezaremos en casa de la madre de Katarina Taxell —dijo Wallander—. Luego volveremos al piso otra vez.

—¿Qué es lo que esperas encontrar? Ya lo has registrado. Y sueles ser minucioso.

—Nada nuevo. Pero, a lo mejor, una relación entre dos detalles que no he descubierto antes.

Ann-Britt Höglund conducía deprisa.

—¿Acostumbras a arrancar a todo gas? —preguntó Wallander de repente.

Ella le echó una mirada fugaz.

—A veces. ¿Por qué lo preguntas?

—Porque no sé si fue una mujer quien conducía el Golf rojo. El coche que fue a recoger a Katarina Taxell.

—¿No lo sabemos con toda seguridad?

—No —contestó Wallander terminantemente—. No lo sabemos con seguridad. No sabemos casi nada con seguridad.

Iba mirando por la ventanilla. En ese momento pasaban por el palacio de Marsvinsholm.

—Hay otra cosa que tampoco sabemos con seguridad —dijo, al cabo de un rato—. Pero de la que me voy convenciendo cada vez más.

—¿Qué?

—Que está sola. Que no hay ningún hombre cerca. No hay nadie en absoluto. No estamos buscando a una mujer que pueda hacernos ir más allá. No hay más allá detrás de ella. No hay nada. Es ella. Nadie más.

—¿Dices que es ella la que ha cometido los asesinatos? ¿La que cavó la fosa de estacas y estranguló a Runfeldt, después de tenerlo preso? ¿La que tiró al lago a Blomberg vivo, metido en un saco?

Wallander contestó con otra pregunta:

—¿Te acuerdas de que al principio de la investigación hablamos del lenguaje del asesino? ¿De que quería decirnos algo? ¿De lo ostentoso en la manera de hacer? Pues ahora vengo a darme cuenta de que, desde el principio, vimos bien. Pero pensamos mal.

—¿Que una mujer se comportaba como un hombre?

—Tal vez no el comportamiento propiamente dicho. Pero las acciones que cometía nos hacían pensar en hombres brutales.

—¿Y entonces debimos fijarnos en las víctimas? ¿Puesto que eran brutales?

—Eso es. No en el asesino. Leímos una historia equivocada en lo que vimos.

—Pero es precisamente esto lo que resulta difícil —dijo ella—. Que una mujer sea verdaderamente capaz de hacer esto. No estoy hablando de fuerza física. Yo, por ejemplo, soy tan fuerte como mi marido. Le cuesta una barbaridad ganarme cuando echamos un pulso.

Wallander la miró asombrado. Ella lo notó y se echó a reír.

—Cada uno se divierte a su manera.

Wallander asintió.

—Recuerdo que yo jugaba con mi madre a engancharnos los dedos cuando era pequeño. Pero creo que ganaba yo.

—A lo mejor te dejaba ganar.

Torcieron hacia Sturup.

—Yo no sé cómo motivará esa mujer sus acciones. Pero, si damos con ella, me parece que vamos a encontrar a alguien cuya existencia jamás hubiéramos sospechado.

—¿Un monstruo femenino?

—Quizá. Pero ni eso siquiera es seguro.

El teléfono del coche interrumpió la conversación. Contestó Wallander. Era Birch. Les indicó cómo tenían que conducir para ir a casa de la madre de Katarina Taxell.

—¿Cómo se llama de nombre?

—Hedwig. Hedwig Taxell.

Birch dijo que anunciaría que estaban en camino. Wallander calculó que llegarían en poco más de media hora.

El ocaso lo envolvía todo alrededor de ellos.

Birch les esperaba en la escalera. Hedwig Taxell vivía en el último de una serie de chalets adosados a las afueras de Lund. Wallander supuso que las casas fueron edificadas en los primeros años sesenta. Tejados planos, cajones cuadrados vueltos hacia pequeños patios interiores. Recordaba haber leído que esos tejados a veces se hundían a raíz de alguna nevada intensa. Birch les había estado esperando mientras ellos buscaban el camino para llegar.

—Por poco llega la llamada antes de colocar el magnetófono —dijo.

—La verdad es que la suerte no nos ha favorecido demasiado por ahora —contestó Wallander—. ¿Qué impresión tienes de Hedwig Taxell?

—Está muy preocupada por su hija y por el bebé. Pero parece más serena que la última vez.

—¿Nos ayudará? ¿O protegerá a su hija?

—Yo creo, sencillamente, que quiere saber dónde se encuentra.

Pasaron al cuarto de estar. Sin poder decir por qué, Wallander tuvo la impresión de que la habitación recordaba al piso de Katarina Taxell. Hedwig Taxell entró y les saludó. Birch, como de costumbre, se colocó en segundo plano. Wallander la observó. Estaba pálida. Sus ojos se movían, inquietos. Él no se sorprendió. Lo percibió en su voz en el magnetófono. Estaba inquieta y preocupada hasta el límite de sus fuerzas. Por eso hizo que le acompañara Ann-Britt Höglund. Tenía una gran capacidad de calmar a personas inquietas. Hedwig Taxell no parecía estar en guardia. Parecía más bien contenta de no tener que quedarser sola. Se sentaron. Wallander había preparado sus primeras preguntas.

—Señora Taxell, vamos a necesitar su ayuda para obtener respuesta a una serie de preguntas acerca de Katarina.

—¿Por qué iba a saber algo ella de esos horribles asesinatos? La verdad es que ha tenido un hijo hace muy poco.

—Nosotros no pensamos que ella tenga nada que ver con los crímenes —dijo Wallander amablemente—. Pero nos vemos obligados a buscar informaciones por muchos sitios diferentes.

—¿Qué podía saber ella?

—Eso es lo que espero que usted pueda decirme.

—¿No sería mejor que se dedicaran ustedes a buscarla? No entiendo lo que ha pasado.

—No creo en absoluto que corra peligro —dijo Wallander, sin poder disimular completamente sus dudas.

—Ella nunca se ha portado así.

—¿No tiene usted la menor idea de dónde puede estar?

—Trátame de tú.

—¿No tienes idea de dónde está?

—No. Es incomprensible.

—¿Tiene muchos amigos Katarina?

—No, no muchos. Pero los que tiene, la quieren. No sé dónde puede estar.
—A lo mejor hay alguien a quien no ve tan a menudo. Alguien a quien haya conocido hace poco.
—¿Quién iba a ser?
—O tal vez alguien a quien conoció antes. Y que ahora haya vuelto a frecuentar.
—Eso me lo hubiera dicho. Tenemos buenas relaciones. Mucho mejores de lo que suelen ser las relaciones entre madres e hijas.
—No estoy pensando tampoco en secretos ni nada de eso —dijo pacientemente Wallander—. Pero es muy raro que una persona lo sepa todo de otra. ¿Sabes tú, por ejemplo, quién es el padre de su hijo?
Wallander no había previsto lanzarle la pregunta como un golpe. Pero ella retrocedió.
—He intentado que me lo diga. Pero no ha querido.
—Así que no sabes quién es. Ni puedes adivinarlo.
—Yo no sabía siquiera que tenía relaciones con un hombre.
—Pero sí sabías que mantuvo relaciones con Eugen Blomberg.
—Lo sabía. Pero no me gustaba.
—¿Por qué? ¿Porque estaba casado?
—Eso no lo supe hasta que vi la esquela en el periódico. Fue un choque para mí.
—¿Por qué no te gustaba?
—No lo sé. Era desagradable.
—¿Sabías que maltrataba a Katarina?
Su espanto era auténtico. Por un instante Wallander sintió pena por ella. Todo un mundo se le venía abajo. Se iba a ver obligada a reconocer que era mucho lo que ignoraba de su hija. Que toda la confianza que había creído que existía entre ellas era poco más que una cáscara. O, por lo menos, bastante precaria.
—¿Cómo? ¿Quieres decir que le pegaba?
—Mucho peor. La hacía objeto de malos tratos de diversa índole.
Ella le miraba incrédula. Pero se dio cuenta de que Wallander decía la verdad. No podía defenderse.
—Creo también que hay una posibilidad de que sea Eugen Blomberg el padre de su hijo. A pesar de que habían roto.
Ella movió lentamente la cabeza. Pero no dijo nada. Wallander temió que se derrumbase. Miró a Ann-Britt Höglund. Ella afirmó con la cabeza. Él lo interpretó como que podía seguir. Birch permanecía inmóvil, detrás.
—Sus amigos. Necesitamos verles. Hablar con ellos.

—Ya he dicho quiénes son. Y ya habéis hablado con ellos.
Dio tres nombres. Birch asintió desde su sitio.
—¿No hay nadie más?
—No.
—¿Es miembro de alguna asociación?
—No.
—¿Ha hecho algún viaje al extranjero?
—Tenemos costumbre de hacer un viaje juntas una vez al año. Casi siempre en las vacaciones de invierno. A Madeira. Marruecos. Túnez.
—¿Tiene alguna afición especial?
—Lee mucho. Le gusta la música. Pero la empresa que tiene le roba mucho tiempo. Trabaja demasiado.
—¿Alguna otra cosa?
—Algunas veces juega al bádminton.
—¿Con quién? ¿Con alguna de sus amigas?
—Con otra profesora. Me parece que se apellida Carlman. Aunque yo no la conozco.
Wallander no sabía si era importante. Pero era, en todo caso, otro nombre.
—¿Trabajan en la misma escuela?
—Ya no. Antes. Hace unos años.
—¿No recuerdas cómo se llama de nombre?
—No la he visto nunca.
—¿Dónde jugaban?
—En el estadio Victoria. Está muy cerca del piso de Katarina.
Birch abandonó discretamente su sitio y salió al vestíbulo. Wallander sabía que había empezado a buscar a la mujer que se apellidaba Carlman.
No tardó ni cinco minutos.
Birch le hizo un gesto a Wallander, que se levantó y fue tras él. Ann-Britt Höglund, mientras tanto, trató de averiguar con exactitud qué era lo que Hedwig Taxell sabía en realidad de la relación de su hija con Eugen Blomberg.
—Fue fácil —dijo Birch—. Annika Carlman. La pista la reservaba y la pagaba ella. Tengo la dirección. No está lejos de aquí. Lund sigue siendo una ciudad pequeña.
—Vamos, pues.
Regresó al cuarto de estar.
—Annika Carlman. Vive en la calle Bankgatan.
—No he oído nunca su nombre —contestó Hedwig Taxell.

—Os dejamos solas un rato —anunció Wallander—. Tenemos que hablar con ella enseguida.
Fueron en el coche de Birch. Tardaron menos de diez minutos. Eran las seis y media. Annika Carlman vivía en un edificio de principios de siglo. Birch llamó al portero automático. Contestó una voz masculina. Birch se presentó. Cuando llegaron al segundo piso, les aguardaba un hombre.
—Soy el marido de Annika —dijo éste— ¿Qué ha pasado?
—Nada —contestó Birch—. Tenemos sólo unas preguntas.
El hombre les hizo pasar. El piso era grande y lujoso. Desde alguna habitación se oía música y voces infantiles. Enseguida llegó Annika Carlman. Era alta y vestía ropa de entrenamiento.
—Son unos policías que quieren hablar contigo. Pero parece que no ha pasado nada.
—Tenemos que hacer algunas preguntas sobre Katarina Taxell —dijo Wallander.
Se sentaron en una habitación con las paredes cubiertas de libros. Wallander se preguntó si también sería profesor el marido de Annika Carlman.
Fue directo al grano.
—¿Conoces bien a Katarina Taxell?
—Jugábamos al bádminton. Pero no teníamos trato íntimo.
—Estás enterada de que ha tenido un hijo, claro.
—No hemos jugado desde hace cinco meses. Por esa razón precisamente.
—¿Ibais a empezar de nuevo?
—Quedamos en que ella me llamaría.
Wallander le dio los nombres de las tres amigas de Katarina Taxell.
—No las conozco. Katarina y yo sólo jugábamos al bádminton.
—¿Cuándo empezasteis a jugar?
—Hará unos cinco años. Trabajábamos en la misma escuela.
—¿Se puede jugar al bádminton regularmente con una persona durante cinco años sin llegar a conocerla?
—Es completamente posible.
Wallander meditó cómo seguir. Annika Carlman daba respuestas claras y precisas. Sin embargo, sentía que se alejaban de algo.
—¿No la viste nunca con alguien?
—¿Hombre o mujer?
—Empecemos con un hombre.
—No.
—¿Ni siquiera cuando trabajabais juntas?

411

—Era muy retraída. Había un profesor que parecía estar interesado por ella. Pero Katarina actuaba con mucha frialdad. Se podría decir que de manera claramente disuasoria. Se llevaba muy bien con los alumnos. Era buena profesora. Una profesora firme y capaz.
—¿La has visto alguna vez en compañía de una mujer?

Wallander ya había perdido la esperanza en la pertinencia de la pregunta cuando la formuló. Pero se había resignado demasiado pronto.
—Pues, sí —contestó ella—. Hará unos tres años.
—¿Quién era?
—No sé cómo se llama. Pero sé lo que hace. Todo fue una coincidencia de lo más sorprendente.
—¿Qué es lo que hace?
—Lo que hace ahora, no lo sé. Pero entonces, era camarera en un vagón-restaurante.

Wallander frunció el entrecejo.
—¿Te encontraste con Katarina Taxell en un tren?
—Casualmente la vi de lejos por la ciudad con una mujer. Yo iba por la otra acera. Ni siquiera nos saludamos. Unos días más tarde, fui a Estocolmo. Entré en el vagón-cafetería poco después de pasar Alvesta. Al ir a pagar, reconocí a la que estaba trabajando. Era la mujer que yo había visto con Katarina.
—No sabes cómo se llama, claro.
—No.
—Pero se lo contarías a Katarina luego...
—Pues la verdad es que no. Debí de olvidarlo. ¿Es importante?

Wallander se acordó de repente del horario de trenes que encontró en el escritorio de Katarina Taxell.
—Tal vez. ¿Qué día era? ¿Qué tren?
—¿Cómo voy a acordarme? —contestó ella sorprendida—. Hace tres años de esto.
—A lo mejor tienes algún almanaque antiguo. Nos gustaría que hicieras lo posible por recordar.

Su marido, que había permanecido en silencio, escuchando, se levantó.
—Voy a buscar el almanaque. ¿Fue en 1991 o en 1992?

Ella hizo memoria.
—Fue en 1991. Febrero o marzo.

Pasaron unos minutos en silenciosa espera. El hombre volvió y le dio un viejo almanaque negro. Ella pasó varios meses. Pronto encontró lo que buscaba.
—Fui a Estocolmo el 19 de febrero de 1991. Con un tren que sa-

lía a las siete y doce. Volví tres días más tarde. Fui a ver a mi hermana.
—¿No viste a esa mujer en el viaje de vuelta?
—No he vuelto a verla nunca.
—Pero estás segura de que era ella. La que viste por la calle aquí en Lund. Con Katarina.
—Sí.
Wallander la miró reflexivamente.
—¿No hay ninguna otra cosa que creas que puede ser importante para nosotros?
Ella negó con la cabeza.
—Me doy cuenta ahora de que no sé verdaderamente nada de Katarina. Pero juega bien al bádminton.
—¿Cómo la describirías como persona?
—Es difícil. Eso quizá sea ya una descripción. Es una persona difícil de describir. Tiene un humor muy variable. Puede estar alicaída. Pero esa vez que la vi por la calle con la camarera, iba riéndose.
—¿Estás segura de eso?
—Sí.
—¿Alguna otra cosa que te parezca importante?
Wallander vio que se esforzaba por ayudarles.
—Me parece que echa de menos a su padre —dijo al cabo de un rato.
—¿Por qué crees eso?
—Es difícil decirlo. Se trata más bien de una impresión que tengo. Por su comportamiento con hombres que eran tan mayores que podían haber sido su padre.
—¿Cómo se comportaba?
—Perdía algo de su manera de ser natural. Como si se sintiera insegura.
Wallander meditó un momento lo que ella acababa de decir. Pensó en el padre de Katarina, muerto cuando ella era aún una niña. Se preguntó también si las palabras de Annika Carlman podía explicar algo de la relación que Katarina había tenido con Eugen Blomberg.
La miró de nuevo.
—¿Nada más?
—No.
Wallander le hizo un gesto a Birch y se levantó.
—Entonces, no los molestamos más.
—Como comprenderéis, siento mucha curiosidad —dijo ella—. ¿Por qué hace preguntas la policía si no ha pasado nada?

—Han pasado muchas cosas —contestó Wallander—. Pero no con Katarina. Desgraciadamente, ésa es la única respuesta que puedo darte.
Salieron del piso. Luego se quedaron de pie en el rellano de la escalera.
—Tenemos que encontrar a esa camarera —dijo Wallander—. Excepto una fotografía de cuando era joven y estaba de visita en Copenhague, nadie ha descrito a Katarina Taxell como una persona risueña.
—La Compañía Sueca de Ferrocarriles debe tener listas de sus empleados —dijo Birch—. Pero no sé si podremos saberlo esta noche. Comoquiera que sea, es una cuestión de hace tres años.
—Tenemos que intentarlo —dijo Wallander—. No puedo, claro está, pedir que lo hagas tú. Podemos hacerlo desde Ystad.
—Vosotros tenéis ya bastante trabajo. Yo me encargo.
Wallander se dio cuenta de que Birch era sincero. No era un sacrificio.
Volvieron al chalet de Hedwig Taxell. Birch dejó a Wallander allí y siguió a la comisaría para empezar la búsqueda de la camarera del tren. Wallander se preguntó si era una tarea factible.
Cuando iba a llamar a la puerta, zumbó su teléfono. Era Martinsson. Wallander notó en su voz que estaba saliendo de su desaliento. Evidentemente, iba más rápido de lo que se había atrevido a suponer Wallander.
—¿Qué tal va todo? —preguntó Martinsson—. ¿Estás todavía en Lund?
—Estamos tratando de localizar a una camarera de tren —contestó Wallander.
Martinsson era lo bastante inteligente como para no seguir preguntando.
—Aquí han pasado algunas cosas —continuó Martinsson—. En primer lugar, Svedberg ha encontrado a la persona que se ocupaba de imprimir los poemarios de Holger Eriksson. Al parecer, es muy mayor. Pero lúcido. Además, no tiene reparos en decir lo que piensa de Holger Eriksson. Al parecer, siempre tenía problemas a la hora de cobrar su trabajo de impresor.
—¿Dijo algo que no supiéramos?
—Parece que Holger Eriksson ha hecho muchos y regulares viajes a Polonia desde que terminó la guerra. Se aprovechaba de la miseria reinante para comprarse mujeres. Cuando volvía, presumía de sus hazañas. Este viejo impresor dijo de verdad lo que pensaba.
Wallander recordó lo que le había comentado Sven Tyrén en una de sus primeras conversaciones. Ahora se confirmaba. Krista Haberman no había sido la única mujer polaca en la vida de Holger Eriksson.

—Svedberg pensaba si valdría la pena tomar contacto con la policía polaca —dijo Martinsson.
—A lo mejor —contestó Wallander—. Pero de momento, creo que podemos esperar.
—Hay más —dijo Martinsson—. Vas a hablar con Hansson.
Se oyeron chirridos en el auricular. Luego, la voz de Hansson.
—Creo que ya tengo una idea clara de quién trabajaba la tierra de Holger Eriksson —empezó—. Todo se caracteriza, al parecer, por una sola cosa.
—¿Qué?
—Un follón incesante. Si he de creer a mis informadores, Holger Eriksson tenía una capacidad asombrosa para hacerse enemigo de la gente. Se podría pensar que ésa era la pasión de su vida. Crearse nuevos enemigos constantemente.
—Las tierras —dijo Wallander con impaciencia.
Oyó el cambio de voz de Hansson al contestar. Se había hecho más grave.
—El foso donde encontramos a Holger Eriksson atravesado por las estacas.
—¿Qué pasa con él?
—Fue excavado hace unos años. Antes, no existía. Nadie entendió, en realidad, por qué lo hizo Eriksson. No era necesario para el drenaje. El barro que sacaron aumentó el montículo donde está la torre.
—Un foso no es lo que yo me había imaginado —dijo Wallander—. No parece probable que tenga nada que ver con una posible tumba.
—Ésa fue también mi primera idea —repuso Hansson—. Pero luego surgió otra cosa que me hizo cambiar de opinión.
Wallander contuvo el aliento.
—El foso se hizo en 1967. El labrador con el que hablé estaba seguro de lo que decía. Se excavó a finales del otoño de 1967.
Wallander comprendió inmediatamente la importancia de lo que decía Hansson.
—Eso quiere decir, entonces, que el foso se construye al mismo tiempo que Krista Haberman desaparece.
—Mi labrador es todavía más exacto. Sostiene que el foso se excavó a finales de octubre. Se acuerda porque hubo una boda en Lödinge el 31 de octubre. Si partimos de la fecha en que Krista Haberman fue vista con vida por última vez, los tiempos coinciden exactamente. Un viaje en coche desde Svenstavik. La mata. La entierra. Se excava un foso. Un foso que, en realidad, no es necesario.
—Bien —dijo Wallander—. Esto es importante.

—Si ella está allí, sé exactamente dónde tenemos que empezar a buscar. El labrador dice que el foso empezaron a construirlo al sureste del montículo. Eriksson alquiló una excavadora. Los primeros días, trabajó él. El resto de la acequia dejó que lo hicieran otros.

—Entonces es ahí donde tenemos que empezar a excavar —dijo Wallander sintiendo que su malestar se acrecentaba.

Lo que más deseaba era haberse equivocado. Ahora tenía la seguridad de que Krista Haberman estaba enterrada en algún lugar cercano al que Hansson había localizado.

—Empezamos mañana. Quiero que lo organices todo.

—Va a ser imposible mantener esto en secreto.

—Al menos tenemos que intentarlo. Háblalo con Lisa Holgersson. Con Per Åkeson. Y con los demás.

—Hay una cosa que me preocupa —dijo Hansson dubitativo—. En caso de que la encontremos. ¿Qué prueba eso, en realidad? ¿Que la ha matado Holger Eriksson? De eso ya partimos, aunque no podamos probar nunca la culpabilidad de un hombre muerto. No en este caso. Pero ¿qué importancia reviste para la investigación que tenemos entre manos ahora mismo?

La pregunta era más que pertinente.

—Sobre todo, saber que vamos por buen camino —contestó Wallander—. Que el motivo que vincula estos asesinatos es la venganza. O el odio.

—¿Y sigues pensando que es una mujer?

—Sí —contestó Wallander—. Ahora más que nunca.

Cuando terminó la conversación Wallander se quedó de pie en la noche de otoño. El cielo estaba despejado, sin nubes. Un viento suave le pasó por la cara.

Pensó que se estaban acercando poco a poco a algo. Al centro que buscaba desde hacía exactamente un mes.

Con todo, no sabía en absoluto lo que iban a encontrar allí.

La mujer que trataba de ver ante sí se le escapaba sin cesar.

Al mimo tiempo, sospechaba que él, en algún lugar, quizá podría comprenderla.

Llamó a la puerta y entró.

*

Abrió con cuidado la puerta de los durmientes. El niño yacía boca arriba en la cuna que ella había comprado ese mismo día.

Katarina Taxell, encogida en posición fetal, en la cama de al lado.

Se quedó completamente inmóvil mirándoles. *Era como si se viera a sí misma. O tal vez era su hermana la que estaba en la cuna.*
De repente, ya no pudo seguir viendo con claridad. Por todas partes estaba rodeada de sangre. No era sólo un niño que nacía en sangre. La vida misma tenía su origen en la sangre que manaba cuando se cortaba la piel. Sangre que tenía sus propios recuerdos de las venas por las que había fluido una vez. Podía verlo con toda claridad. Su madre gritando y el hombre allí, inclinado sobre ella, encima de una mesa en la que yacía con las piernas separadas. Aunque hacía más de cuarenta años, el tiempo le daba alcance galopando tras ella. Toda su vida tratando de liberarse. Pero no era posible. Los recuerdos terminaban siempre apoderándose de ella.

Pero ahora sabía que ya no tenía que temer esos recuerdos. No ahora, cuando su madre estaba muerta y ella tenía libertad de hacer lo que quería. Lo que debía hacer. Para mantener alejados todos esos recuerdos.

La sensación de vértigo desapareció con la misma rapidez que había llegado. Se aproximó cautelosamente a la cama y miró al niño dormido. No era su hermana. Este niño ya tenía un rostro. Su hermana no llegó a vivir lo suficiente para tenerlo. Éste era el hijo recién nacido de Katarina Taxell. No el de su madre. El hijo de Katarina Taxell, que se libraría para siempre de sufrir. Se libraría de la persecución de los recuerdos.

Ahora volvió a sentirse tranquila por completo. Los recuerdos se habían ido. Ya no la perseguían corriendo a sus espaldas.

Lo que hacía era justo. Impedía que la gente sufriera como sufría ella. A los hombres que habían cometido actos violentos y que la sociedad misma no castigaba, ella les hacía recorrer el más duro de todos los caminos. Por lo menos ella se figuraba que así era. Que un hombre al que una mujer le quitaba la vida no podía comprender nunca lo que en realidad le había ocurrido.

Todo estaba en silencio. Eso era lo principal. Había hecho bien en ir a buscarla a ella y al niño. Hablar tranquilamente, escuchar y decir que todo lo ocurrido era para bien. Eugen Blomberg se había ahogado. Lo que decía el periódico de un saco y cosas por el estilo no eran más que rumores y exageraciones sensacionalistas. Eugen Blomberg había desaparecido. Si había tropezado o dado un traspié y se había ahogado luego, no era culpa de nadie. El destino lo había querido. Y el destino era justo. Eso lo había repetido una y mil veces y parecía que Katarina Taxell ya empezaba a comprender.

Había hecho bien en ir a buscarla. Aunque eso significara que ayer tuviera que decirles a las mujeres que aquella semana tendrían que saltarse la reunión. No quería alterar su horario. Eso creaba confusión y hacía que le costara trabajo dormir. Pero fue necesario. Todo no se podía planear. A pesar de que ella prefería no reconocerlo.

Mientras Katarina y su hijo estuvieran a su lado, ella viviría también en la casa de Vollsjö. Del piso de Ystad había cogido solamente lo más importante. Los uniformes y la cajita en la que guardaba los pedazos de papel y el libro de nombres. Ahora que Katarina y su hijo dormían, no necesitaba esperar más. Volcó los pedazos de papel en la parte superior del horno, los revolvió y, luego, empezó a recogerlos.

El noveno papel que desdobló tenía la cruz negra. Abrió el registro y siguió despacio las hileras de nombres. Se detuvo en la cifra 9. Leyó el nombre: TORE GRUNDÉN. Se quedó totalmente inmóvil, con los ojos mirando al vacío. La imagen del hombre fue apareciendo poco a poco. Primero como una sombra vaga, unos trazos apenas perceptibles. Luego un rostro, una identidad. Ahora le recordaba. Quién era. Qué había hecho.

Hacía más de diez años. Ella trabajaba entonces en el hospital de Malmö. Una noche poco antes de Navidad. Ella estaba en urgencias. La mujer que trajo la ambulancia estaba muerta al llegar. Había muerto en un accidente de coche. Su marido la acompañaba. Estaba impresionado, pero bastante sereno. Ella había sospechado inmediatamente. Lo había visto tantas veces... Como la mujer estaba muerta no pudieron hacer nada. Ella llevó a un lado a uno de los policías presentes y le preguntó lo que había ocurrido. Había sido un trágico accidente. Su marido había dado marcha atrás para salir del garaje sin ver que ella estaba detrás. La había atropellado y una de las ruedas traseras del coche, que estaba muy cargado, le aplastó la cabeza. Era un accidente que no debía haber ocurrido. Pero que, con todo, ocurrió. En un momento de descuido, levantó la sábana y vio a la mujer muerta. Aunque no era médico, le pareció que por el cuerpo se veía que había sido atropellada más de una vez. Luego empezó a investigar el asunto. La mujer que ahora yacía muerta en una camilla, había ingresado en el hospital varias veces con anterioridad. Una vez se había caído de una escalera de mano. Otra, se había dado un fuerte golpe en la cabeza contra un suelo de cemento al dar un traspié en el sótano. Ella escribió una carta anónima a la policía diciendo que era un asesinato. Habló con el médico que había reconocido el cuerpo. Pero no pasó nada. El hombre fue condenado a pagar una multa o quizás a prisión condicional por lo que vino a calificarse de imprudencia temeraria. Luego no pasó nada más. Y la mujer fue asesinada.

Hasta ahora. Cuando todo volvería a estar de nuevo en su sitio. Todo, excepto la vida de la mujer. Que no recobrarían.

Empezó a planear la serie de los acontecimientos. Pero algo la molestaba. Los hombres que vigilaban la casa de Katarina Taxell. Habían venido para ponerle obstáculos. A través de Katarina iban a intentar acercarse a ella. Tal vez ya habían empezado a sospechar que era una mujer la que estaba detrás de lo que estaba sucediendo. Con eso ya contaba. Primero debían pensar que era un hombre. Luego empezarían a dudar. Finalmente, todo giraría en torno a su propio eje para convertirse en lo contrario.

Pero, naturalmente, no la encontrarían nunca. Nunca jamás.

Miró el horno. Pensó en Tore Grundén. Vivía en Hässleholm y trabajaba en Malmö.

De pronto ideó cómo debía ocurrir. Daba casi sonrojo de puro fácil.

Lo que tenía que hacer, podía hacerlo en el trabajo.

En horario de trabajo. Y cobrando.

34

Empezaron a excavar temprano por la mañana el viernes 21 de octubre. La luz era aún muy débil. Wallander y Hansson habían marcado el primer cuadrado con cinta de acordonar. Los policías, con chándal y botas de goma, sabían lo que buscaban. Su desagrado se mezclaba con el frío aire matinal. Wallander tenía la sensación de encontrarse en un cementerio. Y, quizás, en algún lugar en la tierra, tropezaran con los restos de una persona muerta. Le dijo a Hansson que se vería obligado a responsabilizarse de las excavaciones. Wallander, por su parte, tenía que trabajar con Birch para localizar cuanto antes a la camarera que hizo que Katarina Taxell se riera una vez en una calle de Lund.

Wallander permaneció una media hora en el barro, donde habían empezado a excavar los policías. Luego subió por el sendero hasta el patio donde le esperaba su coche. Llamó a Birch y le encontró en su casa. La noche anterior Birch sólo había podido saber que era en Malmö donde tal vez pudieran conseguir el nombre de la camarera que buscaban. Birch estaba tomando café cuando llamó Wallander. Quedaron en encontrarse a la puerta de la estación de ferrocarril de Malmö.

—Anoche hablé con un responsable de la concesionaria de los vagones-restaurante —dijo Birch riendo—. Tengo la sospecha de que le pillé en un momento muy poco oportuno.

Wallander tardó en comprender.

—En pleno acto amoroso —Birch se reía a carcajadas—. A veces es de lo más divertido ser policía.

Wallander se dirigió a Malmö. Se preguntaba cómo podía saber Birch que había irrumpido en pleno acto amoroso. Luego empezó a pensar en la camarera que buscaban. Era la cuarta mujer que aparecía en la investigación que les ocupaba desde hacía exactamente un mes. Antes estaba Krista Haberman. Además, Eva Runfeldt y Katarina Taxell. La camarera desconocida era la cuarta mujer. Se preguntó si habría otra mujer, una quinta. ¿Era a ella a quien buscaban? ¿O llegarían a la meta cuando localizaran a la camarera del tren? ¿Fue ella la que visitó de noche la Maternidad de Ystad? Sin poder explicárselo del todo, dudaba de que fuera la camarera la mujer que realmente buscaban. Tal vez ella les hiciera avanzar. No se atrevía a esperar mucho más.

Atravesó el grisáceo paisaje de otoño en su viejo coche. Pensó distraídamente cómo sería el invierno. ¿Cuándo fue la última vez que tuvieron una Navidad con nieve? Hacía tanto, que no podía acordarse.

Cuando llegó a Malmö tuvo suerte y pudo aparcar junto a la puerta principal de la estación. Por un instante, se sintió tentado de entrar a tomar una taza de café antes de que llegara Birch. Pero no lo hizo. Apenas había tiempo.

Descubrió a Birch al otro lado del canal. Iba hacia el puente. Seguramente había aparcado arriba, en la plaza. Se saludaron. Birch llevaba en la cabeza un gorro que le quedaba pequeño. No se había afeitado y parecía falto de sueño.

—¿Habéis empezado a cavar?
—A las siete.
—¿La encontraréis?
—Es difícil saberlo. Pero la posibilidad existe.

Birch asintió sombríamente. Luego señaló la estación.

—Vamos a ver a un hombre que se llama Karl-Henrik Bergstrand. Por lo general no llega al trabajo a esta hora. Me dijo que hoy llegaría lo más pronto posible para recibirnos.

—¿Es a quien interrumpiste en un momento inoportuno?
—Puedes creerlo.

Entraron en la sección administrativa de la Compañía Sueca de Ferrocarriles y salió a recibirles Karl-Henrik Bergstrand. Wallander le miró con curiosidad y trató de imaginarse el momento del que había hablado Birch. Luego comprendió que era su propia inexistente vida sexual la que le trastornaba.

Alejó avergonzado esos pensamientos. Karl-Henrik Bergstrand era un hombre joven, de unos treinta años. Wallander supuso que representaba el nuevo perfil juvenil de la compañía. Se saludaron y se presentaron.

—Su pregunta es inusual —dijo Bergstrand sonriendo—. Pero vamos a ver lo que podemos hacer.

Les invitó a entrar en su espacioso despacho. Para Wallander, la seguridad en sí mismo que irradiaba era sorprendente. Cuando él tenía treinta años, estaba inseguro de casi todo en la vida.

Bergstrand se sentó detrás de la gran mesa escritorio. Wallander se fijó en los muebles de la habitación. Posiblemente, eso explicaba por qué eran tan altos los precios de los billetes de tren.

—Estamos buscando a una persona empleada en un vagón-restaurante —empezó Birch—. No sabemos mucho, salvo que se trata de una mujer.

—Una abrumadora mayoría de los empleados de nuestra empresa son mujeres —respondió Bergstrand—. Un hombre hubiera sido mucho más fácil de encontrar.

Wallander levantó la mano.

—¿Cómo lo llamáis ahora, Restaurantes de Tráfico o Servicio sobre Ruedas?

—De las dos formas.

Wallander se dio por satisfecho. Miró a Birch.

—No sabemos cómo se llama. Tampoco sabemos qué aspecto tiene.

Bergstrand le miró perplejo.

—¿Y para qué quieren encontrar a alguien de quien se sabe tan poco?

—A veces no hay más remedio —terció Wallander.

—Sabemos en qué tren trabajaba.

Le dio a Bergstrand los datos que había recibido de Annika Carlman. Bergstrand movió la cabeza.

—Esto es de hace tres años.

—Ya lo sabemos —dijo Wallander—. Pero es de suponer que la compañía tiene un fichero de sus empleados.

—En realidad, yo no puedo responder a esto —dijo Bergstrand con aire aleccionador—. Esto es un consorcio dividido en muchas empresas. Los restaurantes son una filial. Tienen su propia administración de personal. Son ellos los que pueden contestar a sus preguntas. No nosotros. Pero, naturalmente, colaboramos cuando es necesario.

Wallander empezaba a sentirse un poco impaciente y molesto.

—Vamos a dejar clara una circunstancia fundamental —cortó—. No estamos buscando a esta camarera por gusto. Queremos dar con ella porque puede aportar valiosa información sobre una complicada investigación criminal. No nos interesa quién contesta a nuestras preguntas. Pero sí que se haga lo más pronto posible.

Las palabras surtieron efecto. Bergstrand parecía haber comprendido. Birch miró, alentador, a Wallander, que continuó:

—Supongo que tú podrás encontrar a la persona que esté en condiciones de darnos respuesta a nuestras preguntas. Así que aquí esperamos.

—¿Son los asesinatos de la zona de Ystad? —preguntó Bergstrand con curiosidad.
—Exactamente. Y esa camarera puede saber algo de interés.
—¿Es sospechosa?
—No. No es sospechosa. No va a caer ninguna sombra ni sobre los trenes ni sobre los bocadillos.
Bergstrand se levantó y salió de la habitación.
—Parecía un poco engreído —comentó Birch—. Hiciste bien en ponerle en su sitio.
—Lo que estaría bien es que volviera con una respuesta y, además, rápido.
Mientras esperaban a Bergstrand, Wallander llamó a Hansson, a Lödinge. La respuesta fue negativa. Estaban llegando al centro del primer cuadrado. Aún no habían encontrado nada.
—Por desgracia, se ha corrido la voz —informó Hansson—. Hemos tenido muchos curiosos por aquí.
—Manténlos a distancia. No podemos hacer nada más.
—Nyberg quería hablar contigo. A propósito de la grabación de la llamada a la madre de Katarina Taxell.
—¿Consiguieron identificar el golpeteo del fondo?
—Si entendí bien lo que dijo Nyberg, el resultado fue negativo. Pero es mejor que hables con él.
—¿Es posible que no puedan decir nada en absoluto?
—Dicen que había alguien cerca del teléfono que golpeaba el suelo o la pared. Pero eso ¿de qué nos sirve?
Wallander se dio cuenta de que había empezado a alimentar esperanzas demasiado pronto.
—No es probable que fuera el crío de Katarina Taxell —continuó Hansson—. Se ve que tenemos un especialista que puede filtrar frecuencias o algo parecido. Tal vez consiga saber si la llamada vino de lejos o si se produjo en las proximidades de Lund. Pero parece que es un proceso muy complicado. Nyberg dijo que tardaría por lo menos dos días.
—Tendremos que contentarnos con eso —dijo Wallander.
En ese momento Bergstrand regresó al despacho. Wallander se apresuró a cortar la conversación con Hansson.
—Tardará un rato. Por un lado, se trata de una lista de servicio de hace tres años. Por otro, el consorcio ha sufrido muchos cambios desde entonces. Pero he dicho que es importante. Están trabajando a tope.
—Esperaremos —dijo Wallander.
Bergstrand no pareció muy entusiasmado de tener a los dos policías sentados en su despacho. Pero no dijo nada.

—Un café —pidió Birch—. Es una de las especialidades de la Compañía Sueca de Ferrocarriles. ¿Se puede tomar también fuera de los vagones-cafetería?

Bergstrand salió de la habitación.

—No creo que esté acostumbrado a traer café —dijo Birch satisfecho.

Wallander no contestó.

Bergstrand volvió con una bandeja. Luego se disculpó diciendo que tenía una reunión urgente. Ellos se quedaron sentados en el despacho. Wallander tomó el café sintiendo cómo aumentaba su impaciencia. Pensó en Hansson. Sopesó si no debía dejar a Birch solo, mientras identificaban a la camarera. Decidió quedarse media hora más.

—He intentado ponerme al tanto de todo lo que ha pasado —dijo Birch, de repente—. Reconozco que nunca he vivido nada parecido. ¿Es verdaderamente posible que sea una mujer la que está detrás de esto?

—No podemos hacer caso omiso de lo que sabemos —respondió Wallander.

Al mismo tiempo le asaltó de nuevo la impresión que no dejaba de atormentarle. El temor de haber llevado toda la investigación a un terreno lleno de trampas. En cualquier momento podía abrirse una bajo sus pies.

Birch callaba.

—Asesinos en serie que sean mujeres no ha habido apenas en este país —dijo luego.

—Si es que ha habido alguna siquiera —repuso Wallander—. Además, no sabemos si es la que ha cometido los crímenes. El rastro que tenemos nos lleva a ella sola, o a otra persona que está detrás.

—¿Y piensas que ella, por lo demás, se dedica a servir café en los trenes entre Estocolmo y Malmö?

Las dudas de Birch eran evidentes.

—No —replicó Wallander—. Yo no pienso que se dedique a servir café. La camarera, probablemente, sólo es el cuarto paso en el camino.

Birch dejó de preguntar. Wallander consultó el reloj. Pensó en llamar a Hansson otra vez. La media hora estaba tocando a su fin. Bergstrand seguía ocupado con su reunión. Birch leía un folleto que hablaba de las excelencias de la Compañía Sueca de Ferrocarriles.

Transcurrió la media hora. La impaciencia de Wallander empezaba a ser penosa.

Apareció de nuevo Bergstrand.

—Parece que se va a resolver —dijo animoso—. Pero tardará un rato todavía.

—¿Cuánto?
Wallander no ocultaba su impaciencia ni su irritación. Se daba cuenta de que probablemente era injusto. Pero no podía evitarlo.
—¿Media hora tal vez? Están repasando los ficheros. Esas cosas llevan tiempo.
Wallander asintió en silencio.
Siguieron esperando. Birch dejó el folleto y cerró los ojos. Wallander se acercó a una ventana y paseó la vista por la ciudad. A la derecha se veía la terminal de los aerodeslizadores. Pensó en cuando había estado allí esperando a Baiba. ¿Cuántas veces? Dos. Parecía que fueran más. Volvió a sentarse. Llamó a Hansson. Seguían sin encontrar nada. Las excavaciones llevarían tiempo. Hansson dijo también que había empezado a llover. Wallander conjeturó lúgubremente acerca del volumen de la deprimente tarea.
«Esto es un disparate de cojones», pensó de repente. «He llevado esta investigación directamente a la catástrofe.»
Birch empezó a roncar. Wallander consultaba incesantemente el reloj.
Volvió Bergstrand y Birch despertó sobresaltado. Venía con un papel en la mano.
—Margareta Nystedt —dijo—. Debe de ser la persona que buscan. Estaba a cargo de la cafetería precisamente ese día, a esa hora.
Wallander se levantó de un salto.
—¿Dónde está ahora?
—No lo sé. Dejó de trabajar con nosotros hace aproximadamente un año.
—Mierda —dijo Wallander.
—Pero tenemos su dirección —continuó Bergstrand—. No tiene por qué haber cambiado sólo por haber dejado de trabajar en nuestros restaurantes.
Wallander le arrebató el papel. Era una dirección en Malmö.
—Avenida Carl Gustaf —leyó—. ¿Dónde está eso?
—Junto al parque Pildam —contestó Bergstrand.
Wallander vio que había un número de teléfono. Pero decidió no llamar. Quería ir directamente.
—Gracias por tu ayuda —le dijo a Bergstrand—. Parto de la base de que esto es verdad. Que era ella la que estaba de servicio esa vez.
—La Compañía Sueca de Ferrocarriles es conocida por su seguridad —dijo Bergstrand—. Eso significa también que controlamos a nuestros empleados. Tanto en nuestros negocios como en nuestras filiales.
Wallander no sabía a qué se refería. Pero no tenía tiempo de preguntar.

—Nos vamos —le dijo a Birch.

Se alejaron de la estación. Birch dejó su coche y fue con Wallander. Tardaron menos de diez minutos en encontrar la dirección. Era un edificio de cinco plantas. Margareta Nystedt vivía en la cuarta. Subieron en el ascensor. Wallander llamó a la puerta antes de que Birch hubiera tenido tiempo de salir del ascensor. Esperaron. Volvieron a llamar. Nadie abría. Wallander juraba para sus adentros. Luego tomó una decisión rápida. Llamó a la puerta de al lado. La puerta se abrió casi al instante. Un señor mayor miraba severamente a Wallander. Llevaba la camisa desabrochada. En la mano llevaba un cupón de apuestas a medio llenar. A Wallander le pareció que tenía algo que ver con trotones. Sacó su placa.

—Buscamos a Margareta Nystedt.

—¿Qué ha hecho? Es una señora joven, muy amable. Y su marido también.

—Sólo necesitamos unas informaciones —dijo Wallander—. No está en casa. No abre nadie. ¿No sabe usted, por casualidad, dónde podríamos encontrarla?

—Trabaja en los barcos aerodeslizadores. Es camarera.

Wallander miró a Birch.

—Gracias por su ayuda —contestó Wallander—. Y suerte con los caballos.

Diez minutos más tarde aparcaban delante de la terminal.

—Me parece que no podemos aparcar aquí.

—Me trae sin cuidado.

Tenía la sensación de que iba corriendo. Si se detenía, todo se vendría abajo.

Tardaron unos minutos en saber que, esa mañana, Margareta Nystedt trabajaba en el Springaren. Acababa de salir de Copenhague y se calculaba que estaría en el muelle dentro de poco más de media hora. Wallander, mientras tanto, fue a llevar el coche a otro sitio. Birch se quedó en un banco del vestíbulo de salida leyendo un periódico roto. El encargado de la terminal fue a decirles que podían esperar en la sala de personal. Preguntó si querían que tomase contacto con el barco.

—¿De cuánto tiempo dispone? —preguntó Wallander.

—En realidad, tiene que volver a Copenhague en la próxima salida.

—No podrá ser.

El hombre era servicial. Les prometió que Margareta Nystedt permanecería en tierra. Le aseguraron que no era sospechosa de ningún delito.

Wallander salió al aire libre cuando el barco atracó en el muelle.

Los pasajeros luchaban contra las ráfagas de viento. Se sorprendió de que tantas personas cruzasen el estrecho un día laborable. Esperó impaciente. El último pasajero era un hombre con muletas. Inmediatamente detrás salió a cubierta una mujer de uniforme. El hombre que había recibido anteriormente a Wallander estaba a su lado haciéndole señas.

Margareta Nystedt bajó por la pasarela. Era rubia, tenía el pelo corto y era más joven de lo que Wallander imaginaba. Se paró ante él y cruzó los brazos sobre el pecho. Tenía frío.

—¿Eres tú el que quiere hablar conmigo? —preguntó.
—¿Margareta Nystedt?
—Soy yo.
—Entremos. No hay por qué estar aquí pasando frío.
—No tengo mucho tiempo.
—Tienes más del que tú crees. No vas a hacer el próximo viaje.
Ella se detuvo sorprendida.
—¿Por qué no? ¿Quién ha decidido eso?
—Necesito hablar contigo. Pero no tienes por qué preocuparte.

De repente, Wallander tuvo la impresión de que se había asustado. Durante una fracción de segundo pensó que se había equivocado. Que era ella a la que estaban esperando. Que ya tenía a la quinta mujer a su lado, sin haber tenido que ver a la cuarta.

Luego comprendió, con idéntica rapidez, que tenía que ser un error. Margareta Nystedt era una mujer joven y frágil. Nunca hubiera podido llevar a cabo el esfuerzo físico que aquellos crímenes requerían. Algo en su apariencia le decía que no era ella a quien buscaban.

Fueron al edificio de la terminal donde esperaba Birch. El personal tenía una salita de estar reservada. Se sentaron en un viejo tresillo tapizado de plástico. La habitación estaba vacía. Birch se presentó. Ella le dio la mano. Tenía una mano delicada. «Como la pata de un pájaro», pensó Wallander de manera confusa.

Contempló su cara. Calculó que tendría veintisiete o veintiocho años. Llevaba una falda corta. Bonitas piernas. La cara muy maquillada. Tuvo la impresión de que cubría con pintura algo que no le gustaba en su rostro. Estaba nerviosa.

—Siento que hayamos tenido que tomar contacto contigo de esta manera —dijo Wallander—. Pero hay cosas, a veces, que no pueden esperar.

—Como, por ejemplo, mi barco —contestó ella.

Su voz tenía un acento notablemente duro. Wallander no se lo esperaba. No sabía, en realidad, qué era lo que se esperaba.

–Eso no es problema. He hablado con uno de tus superiores.
–¿Qué es lo que he hecho?
Wallander la contempló pensativo. Ella no tenía la menor idea de por qué estaban él y Birch allí. De eso no cabía la menor duda. Las trampas crujían y rechinaban bajo sus pies.
Su inseguridad era muy grande.
Ella repitió su pregunta: ¿qué había hecho?
Wallander le echó una mirada a Birch, que miraba a hurtadillas las piernas de la chica.
–Katarina Taxell –dijo Wallander–. ¿La conoces?
–Sé quién es. Conocerla es otra cosa.
–¿Cómo la conociste? ¿Cuál fue vuestra relación?
Ella sufrió un sobresalto en el sofá negro de plástico.
–¿Le ha pasado algo?
–No. Contesta a mis preguntas.
–¡Contesta tú a la mía! Yo sólo tengo una. ¿Por qué me haces preguntas sobre ella?
Wallander comprendió que se había mostrado demasiado impaciente. Había ido demasiado rápido. Su agresividad estaba, en realidad, justificada.
–No le ha pasado nada a Katarina. Tampoco es sospechosa de haber cometido ningún delito. Igual que tú. Pero necesitamos algunas informaciones sobre ella. Eso es todo lo que puedo decir. Cuando hayas contestado a mis preguntas, me iré de aquí y tú podrás volver a tu trabajo.
Ella le escudriñó la cara. Él notó que empezaba a creerle.
–Hace aproximadamente tres años, te relacionabas con ella. En esa época trabajabas como camarera en los restaurantes de los ferrocarriles.
Pareció sorprenderse de que supiera cosas de su pasado. Wallander tuvo la impresión de que se ponía en guardia, lo que, a su vez, hizo que él mismo aguzara su atención.
–¿Es cierto?
–Claro que es cierto. ¿Por qué iba a negarlo?
–¿Y conocías a Katarina Taxell?
–Sí.
–¿Cómo la conociste?
–Trabajábamos juntas.
Wallander la miró inquisitivamente antes de continuar.
–Pero Katarina Taxell era profesora.
–Sí, pero se había tomado un descanso. Durante una temporada trabajó en los trenes.

Wallander miró a Birch, que movió la cabeza. Tampoco él lo sabía.
—¿Cuándo fue eso?
—En la primavera de 1991. No lo puedo decir con más exactitud.
—Y trabajabais juntas.
—No siempre. Pero bastantes veces.
—Y también salíais en el tiempo libre.
—A veces. Pero no éramos amigas íntimas. Lo pasábamos bien y nada más.
—¿Cuándo la viste por última vez?
—Nos distanciamos cuando ella dejó el tren. La amistad no daba más de sí.

Wallander se dio cuenta de que decía la verdad. Su cautela también había desaparecido.

—¿Tenía novio Katarina en aquella época?
—La verdad es que no lo sé.
—Si trabajabais juntas y además os veíais en el tiempo libre, deberías haberlo sabido, ¿no?
—No habló nunca de nadie.
—¿No la viste tampoco nunca con nadie?
—Nunca.
—¿Tenía otras amigas?

Margareta Nystedt pensó un poco. Luego le dio a Wallander tres nombres. Los mismos nombres que Wallander ya sabía.

—¿Nadie más?
—No, que yo sepa.
—¿Has oído alguna vez el nombre de Eugen Blomberg?

Ella volvió a pensar un momento.

—¿No es ese que fue asesinado?
—Justamente. ¿Puedes acordarte de si Katarina Taxell te habló alguna vez de él?

Ella le miró muy seria.

—¿Fue ella la que lo hizo?

Wallander se agarró a su pregunta.

—¿Piensas que sería capaz de matar a alguien?
—No. Katarina era enormemente pacífica.

Wallander no sabía muy bien cómo seguir.

—Vosotras ibais y veníais entre Malmö y Estocolmo. Seguro que teníais mucho que hacer. Pero, a pesar de ello, tenéis que haber hablado entre vosotras. ¿Estás segura de que nunca habló de alguna otra amiga? Esto es muy importante.

Él vio que hacía esfuerzos por recordar.

—No. No puedo acordarme.

En ese instante Wallander detectó una brevísima vacilación en ella. Margareta vio que él lo había notado.

—Quizá. Pero me cuesta acordarme.

—¿De qué?

—Tiene que haber sido justo antes de que dejara el trabajo. Yo estuve enferma con gripe una semana.

—¿Qué pasó entonces?

—Cuando volví al trabajo, estaba diferente.

Wallander estaba ahora en tensión. También Birch había observado que sucedía algo.

—¿Diferente en qué sentido?

—No sé cómo explicarlo. Tan pronto estaba triste como alegre. Era como si se hubiera transformado.

—Intenta describir la transformación. Puede ser muy importante.

—Normalmente, cuando no teníamos nada que hacer, solíamos sentarnos en la pequeña cocina que hay en los vagones-restaurante. Hablábamos y hojeábamos revistas. Pero cuando volví después de la gripe dejamos de hacerlo.

—¿Qué pasaba entonces?

—Ella se iba.

Wallander esperaba que continuara, pero no lo hizo.

—¿Se iba del vagón-restaurante? Porque del tren no iba a salir. ¿Qué decía que iba a hacer?

—No decía nada.

—Pero tú le preguntarías. Estaba diferente. Ya no se sentaba a hablar.

—A lo mejor le pregunté. No me acuerdo. Pero no contestaba. Se iba de allí y punto.

—¿Siempre ocurría lo mismo?

—No. Fue al final, poco antes de marcharse, cuando cambió. Era como si se hubiera encerrado dentro de sí misma.

—¿Piensas que veía a alguien en el tren? ¿A algún pasajero que viajaba con asiduidad? Parece muy raro.

—No sé si veía a alguien o no.

Wallander no tenía más preguntas. Miró a Birch. Tampoco él tenía nada que añadir.

El barco estaba saliendo del puerto.

—Puedes descansar ahora. Quiero que me llames si te acuerdas de alguna cosa más.

Escribió su nombre y su número de teléfono en un papel y se lo entregó.

—No recuerdo nada más —dijo ella.
—¿A quién ve Katarina en un tren? —preguntó Birch—. ¿A un pasajero que viaja incesantemente entre Malmö y Estocolmo? Además no trabajan siempre en el mismo tren. Parece completamente absurdo.
Wallander oía vagamente lo que decía Birch. Se había enredado en una idea que no quería que se le escapase. No podía ser un pasajero. Tenía que ser, pues, alguien que se encontraba en el tren por las mismas razones que ella. Alguien que trabajaba allí.
Wallander miró a Birch.
—¿Quién trabaja en un tren? —preguntó.
—Supongo que hay un maquinista.
—Más.
—Revisores. Uno o varios. Jefes de tren se llaman ahora.
Wallander asintió. Pensó en la conclusión a la que había llegado Ann-Britt Höglund. El tenue bosquejo de una pauta. Una persona que estaba libre de manera irregular pero repetida. Como las personas que trabajan en un tren.
Se levantó.
Estaba también el horario de trenes en el cajoncito secreto.
—Creo que vamos a volver a hablar con Karl-Henrik Bergstrand.
—¿Buscas más camareras?
Wallander no contestó. Ya estaba saliendo de la terminal.

Karl-Henrik Bergstrand no pareció alegrarse mucho de ver otra vez a Wallander y a Birch. Wallander fue directo al grano, casi empujándole desde la puerta hasta sentarle en su sillón.
—El mismo periodo. La primavera de 1991. Había una persona de nombre Katarina Taxell que trabajaba para vosotros. O para la empresa que sirve el café. Lo que quiero es que me saques a todos los maquinistas y revisores o jefes de tren o como se llamen, que trabajaban en los mismos turnos que Katarina Taxell. Me interesa sobre todo una semana de la primavera de 1991 en la que Margareta Nystedt estuvo de baja por enfermedad. ¿Comprendes lo que he dicho?
—No puedes estar hablando en serio. Es una tarea imposible coordinar todos esos datos. Tardaríamos meses.
—Digamos que tienes dos horas de tiempo —contestó Wallander amablemente—. Si hace falta, le pediré al director general de la policía que llame por teléfono a su colega el director general de la Compañía Sueca de Ferrocarriles. Y le pediré que se queje de la lentitud que demuestra un empleado de Malmö llamado Bergstrand.

El hombre sentado detrás de la mesa entendió. Fue como si aceptase el desafío.
—Haremos lo imposible. Pero llevará unas horas.
—Si lo haces lo más rápidamente que puedas, que lleve el tiempo que sea.
—Esta noche podéis dormir en alguno de nuestros locales. O en el hotel Prize. Tenemos un convenio.
—No —dijo Wallander—. Cuando tengas los datos que he pedido, los mandas por fax a la policía de Ystad.
—Permíteme sólo aclarar que no se trata de revisores o jefes de tren. El nombre es jefes de tren y nada más. Uno de ellos actúa como comandante en jefe del tren. La base de nuestro sistema es, en realidad, la graduación militar.
Wallander asintió. Pero no dijo nada.
Cuando salieron de la estación eran casi las diez y media.
—Así que piensas que es alguna otra persona que trabajaba en la Compañía Sueca de Ferrocarriles en esa época, ¿no?
—Tiene que ser eso. No hay otra explicación lógica.
Birch se puso el gorro.
—Eso significa que tenemos que esperar.
—Tú en Lund y yo en Ystad. El magnetófono debe seguir en casa de Hedwig Taxell. Katarina puede volver a llamar.
Se separaron delante de la estación. Wallander se sentó en el coche y condujo hacia la salida de la ciudad. Se preguntó si estaría llegando a la última de las cajas chinas. ¿Qué encontraría? ¿Un espacio vacío? Lo ignoraba. Su preocupación era muy grande.
Entró en una gasolinera próxima a la última glorieta antes de enfilar la carretera de Ystad. Llenó el depósito y fue a pagar. Al salir oyó que sonaba el teléfono que había dejado en el asiento. Abrió la puerta precipitadamente y respondió.
Era Hansson.
—¿Dónde estás?
—Camino de Ystad.
—Creo que será mejor que vengas.
Wallander se estremeció. El teléfono estuvo a punto de caérsele.
—¿La habéis encontrado?
—Creo que sí.
Wallander no dijo nada.
Luego condujo directamente hasta Lödinge.
El viento había aumentado y había cambiado de dirección y soplaba ahora del norte.

35

Habían encontrado un fémur. Nada más.

Tardaron varias horas más en encontrar otras partes del esqueleto. Soplaba un viento frío y a ráfagas ese día, un viento que cortaba por debajo de la ropa acentuando lo desolado y repulsivo de la situación. El fémur estaba en un plástico. Wallander pensó que había ido bastante rápido. No habían excavado más de veinte metros cuadrados y además estaban todavía muy cerca de la superficie cuando una pala tropezó con el hueso.

Acudió un médico y, tiritando, comenzó a examinar aquellos restos. Como era de esperar, afirmó que pertenecían a un ser humano. Pero Wallander ya no necesitaba confirmaciones. Estaba fuera de toda duda en su conciencia que aquello era una parte de los restos de Krista Haberman. Continuarían excavando, encontrarían tal vez lo que quedaba de su esqueleto y, posiblemente, podrían establecer luego cómo había sido asesinada. ¿La habría estrangulado Holger Eriksson? ¿La habría matado de un tiro? ¿Qué había ocurrido en realidad aquella vez, hacía tanto tiempo?

Wallander se sentía cansado y triste después de un día tan largo. No le ayudaba saber que tenía razón. Era como si estuviera viendo una historia horrorosa de la que hubiera preferido no tener que ocuparse. Pero también esperaba con ansiedad los resultados de Karl-Henrik Bergstrand. Después de pasar dos horas en el barro con Hansson y con los policías excavadores, regresó a su despacho. Había informado a Hansson de lo acontecido en Malmö, del encuentro con Margareta Nystedt y el descubrimiento de que Katarina Taxell, durante un corto periodo de su vida, había trabajado como camarera en los trenes que cubrían el trayecto entre Malmö y Estocolmo. En algún momento conoció allí, durante un viaje, a una persona que llegó a ejercer una gran influencia sobre ella. Ignoraban lo sucedido. Pero de alguna manera, la persona que había conocido tuvo una importancia decisiva para ella. Wallander no sabía siquiera si se trataba de una mujer o de un hombre. Lo único que sabía seguro era que, cuando encontraran a esa persona, darán un paso de gigante hacia el núcleo central de esa investigación que tan escurridiza se presentaba desde hacía demasiado tiempo.

Cuando llegó a la comisaría reunió a los colaboradores que pudo encontrar y les contó lo mismo que le había comunicado a Hansson media hora antes. Sólo les quedaba esperar a que empezaran a salir papeles del fax.

Mientras estaban reunidos en la sala de costumbre llamó Hansson para informar de que habían encontrado también una tibia. El malestar en torno a la mesa era muy grande. Wallander pensó que ahora todos esperaban a que apareciera el cráneo en el barro.

La tarde fue larga. La primera tormenta de otoño empezaba a descargar sobre Escania. Las hojas de los árboles formaban remolinos en el aparcamiento que había junto al edificio de la policía. Permanecieron sentados en la sala de reuniones, pese a que no había nada que discutir en grupo. A todos les aguardaban, además, muchas tareas atrasadas en sus mesas. Wallander pensó que lo que más necesitaban ahora era hacer acopio de fuerzas. Si lograban abrir una brecha con ayuda de las informaciones que llegaran de Malmö, podían contar con que tendrían que sacar adelante mucho trabajo en muy poco tiempo. Por eso estaban sentados, o medio tumbados, en las sillas de la sala de reuniones, descansando. A cierta hora de esa tarde, Birch llamó para decir que Hedwig Taxell no había oído hablar nunca de Margareta Nystedt. Tampoco podía entender por qué había olvidado completamente que su hija Katarina había trabajado como camarera en un tren durante un periodo de su vida. Birch subrayó que él creía que decía la verdad. Martinsson salía constantemente de la sala para llamar a su casa. Wallander conversaba entonces en voz baja con Ann-Britt Höglund, que creía que Terese estaba ya mucho mejor. Martinsson tampoco había vuelto a hablar de que quería dejar la policía. «También respecto a eso hay que esperar de momento», pensó Wallander. Investigar delitos graves suponía dejar en compás de espera el resto de la vida.

A las cuatro de la tarde llamó Hansson y anunció que habían encontrado un dedo corazón. Al poco rato telefoneó de nuevo para informar de que habían descubierto el cráneo. Wallander le preguntó si quería que le relevasen. Pero él contestó que no le importaba quedarse.

Bastaba con que se resfriase uno.

Una helada capa de malestar planeó sobre la sala cuando Wallander contó que suponía que habían encontrado el cráneo de Krista Haberman. Svedberg dejó a medio comer el bocadillo que tenía en la mano. Wallander había vivido eso antes.

Un esqueleto no significaba nada hasta que aparecía el cráneo. Sólo entonces se podía vislumbrar a la persona que hubo allí una vez.

En este ambiente de cansada espera, en el que los miembros del grupo de investigación estaban sentados como pequeñas islas alrededor de la mesa, surgían de vez en cuando cortas conversaciones. Se comentaban detalles. Alguien hacía una pregunta. Se daba una respuesta, se aclaraba un extremo y volvía el silencio.

Svedberg empezó de repente a hablar de Svenstavik.

−Holger Eriksson tuvo que ser un hombre muy raro. Primero se trae a Escania a una mujer polaca. Sabe Dios qué le habría prometido. ¿Matrimonio? ¿Riqueza? ¿Convertirla en baronesa del comercio de coches? Luego la mata casi enseguida. Esto ocurre hace casi treinta años. Pero cuando siente que la muerte se va acercando, compra una bula de indulgencias haciendo una donación de dinero a la iglesia de allá arriba en Jämtland.

−Yo he leído sus poemas −dijo Martinsson−. Una parte de ellos, por lo menos. No se puede dejar de reconocer que, de vez en cuando, da muestras de cierta sensibilidad.

−Para con los animales −dijo Ann-Britt Höglund−. Con los pájaros. Pero no con las personas.

Wallander se acordó de la caseta del perro vacía. Se preguntó cuánto tiempo llevaría así. Hamrén cogió un teléfono y consiguió localizar a Sven Tyrén en su camión cisterna. Obtuvieron la respuesta. El último perro de Holger Eriksson apareció muerto de repente una mañana en la caseta. Había ocurrido unas semanas antes de que el propio Holger Eriksson cayera en la fosa de estacas. A Tyrén se lo contó su mujer, que lo había sabido a su vez por el cartero. No sabía de qué había muerto el animal. Pero era bastante viejo. Wallander pensó en silencio que al perro lo tuvo que matar alguien para que no ladrara. Y ese alguien no podía ser más que la persona a la que buscaban.

Habían conseguido darse a sí mismos otra explicación. Pero todavía les faltaba la relación de conjunto. Todavía no tenían nada seriamente esclarecido.

A las cuatro y media Wallander llamó a Malmö. Karl-Henrik Bergstrand se puso al teléfono. Estaban en ello, contestó. Pronto podrían mandar todos los nombres y los demás datos que Wallander había pedido.

Siguieron esperando. Un periodista telefoneó para preguntar qué estaban buscando en la finca de Holger Eriksson. Wallander adujo razones técnicas de la investigación para no decir nada. Pero no estuvo áspero. Se expresó todo lo amablemente que pudo. Lisa Holgersson pasó con ellos largos ratos de la prolongada espera. También fue, junto con Per Åkeson, a Lödinge. Pero, a diferencia de Björk, su anterior jefe, apenas habló. Wallander pensó que eran muy distintos. Björk hubiera aprovechado la ocasión para lamentarse de la última circular de la Jefatura de Policía. De alguna manera se las hubiera arreglado para relacionarla con la investigación en curso. Lisa Holgersson era distinta. Wallander determinó, distraído, que, cada uno en su estilo, los dos eran buenos.

Hamrén jugaba a tres en raya consigo mismo, Svedberg buscaba si le quedaban pelos en la calva y Ann-Britt Höglund permanecía sentada con los ojos cerrados. Wallander se levantaba de vez en cuando y daba un paseo por el pasillo. Se sentía muy cansado. Se preguntó si significaba algo que Katarina Taxell no diera señales de vida. ¿Debía anunciar su desaparición? No estaba seguro. Tenía miedo de que eso asustase y ahuyentase a la mujer que fue a buscarla. Oyó que sonaba el teléfono en la sala de reuniones. Se apresuró a volver y se quedó de pie en la puerta. Fue Svedberg el que contestó. Wallander formó con un movimiento de su boca la palabra «Malmö». Svedberg negó con la cabeza. Era Hansson de nuevo.

—Una costilla esta vez —dijo Svedberg—. No sé por qué tiene que llamar cada vez que encuentran un hueso.

Wallander se sentó a la mesa. Volvió a sonar el teléfono. Svedberg volvió a coger el auricular. Escuchó brevemente antes de tendérselo a Wallander.

—Dentro de unos minutos lo tendréis en el fax —dijo Karl-Henrik Bergstrand—. Creo que hemos conseguido todos los datos que querías.

—Entonces lo habéis hecho bien —contestó Wallander—. Si necesitamos alguna explicación o completar algo, te llamo.

—No me cabe la menor duda —dijo Karl-Henrik Bergstrand—. Me da la impresión de que no te das por vencido a la primera.

Se pusieron todos alrededor del fax. Al cabo de unos minutos, los papeles empezaron a surgir. Wallander comprobó inmediatamente que eran muchos más nombres de los que él se había figurado. Cuando terminó la emisión, arrancaron los papeles y sacaron copias. De vuelta en la sala de reuniones, estudiaron los papeles en silencio. Wallander contó treinta y dos nombres. Diecisiete de los jefes de tren eran, además, mujeres. No reconoció ningún nombre. Las listas de los turnos y las diferentes combinaciones parecían infinitas. Tuvo que buscar largo rato antes de encontrar la semana en la que el nombre de Margareta Nystedt no figuraba. Nada menos que once jefes de tren, mujeres, habían estado de servicio los días, y a las horas de salida, en que Katarina Taxell había trabajado como camarera. No estaba muy seguro tampoco de haber entendido bien todas las abreviaturas y los códigos que indicaban las diferentes personas y sus respectivas horas de trabajo.

Por un instante, Wallander se sintió de nuevo presa de la impotencia. Luego, se obligó a vencerla y golpeó la mesa con un lápiz.

–Aquí tenemos un gran número de personas –dijo–. Si no estoy completamente equivocado, en primer lugar debemos concentrarnos en las once mujeres que son jefes y responsables de tren. Además, hay catorce hombres. Pero quiero empezar por las mujeres. ¿Alguien reconoce alguno de los nombres?

Miraron las listas. Nadie recordaba que figurase ningún nombre de aquellos en otras partes de la investigación. Wallander echó en falta la presencia de Hansson. Era el que tenía mejor memoria. Le pidió a uno de los policías de Malmö que hiciera una copia y que se ocupara de que se la llevaran en un coche a Hansson.

–Bueno, pues empezamos –dijo cuando el policía salió de la sala–. Once mujeres. Tenemos que investigarlas una por una. Es de esperar que en algún lugar encontremos un punto de contacto con esta investigación. Las repartiremos entre todos. Y empezamos ahora. La noche va a ser larga.

Hicieron el reparto y abandonaron la sala de reuniones. El instante de impotencia que sintió Wallander había desaparecido.

Notaba que la caza había empezado. El tiempo de espera había llegado a su fin.

Muchas horas después, casi a las once, Wallander empezó de nuevo a desesperarse. Hasta entonces, no habían podido descartar más que dos nombres. Una de las mujeres había muerto en un accidente de coche, mucho antes de que encontraran en el foso el cuerpo sin vida de Holger Eriksson. La otra estaba en la lista por error puesto que, para esas fechas, ya desempeñaba tareas administrativas en Malmö. Karl-Henrik Bergstrand descubrió la equivocación y llamó inmediatamente a Wallander para decírselo.

Estaban buscando puntos de contacto y no los encontraban. Ann-Britt Höglund entró en el despacho de Wallander.

–¿Qué hago con ésta? –preguntó sacudiendo un papel que llevaba en la mano.

–¿Qué pasa con ella?

—Anneli Olsson, treinta y nueve años, casada, cuatro hijos. Vive en Ängelholm. Su marido es pastor de una secta religiosa. Trabajó antes en la cafetería de un hotel de Ängelholm. Luego cambia de trabajo, no sé por qué. Si he entendido bien las cosas, es profundamente religiosa. Trabaja en el tren, se ocupa de su familia y el poco tiempo libre de que dispone lo dedica a hacer trabajos manuales y a ayudar en la iglesia. ¿Qué hago con ella? ¿La hago venir para interrogarla? ¿Le pregunto si ha matado a tres hombres este último mes? ¿Si sabe dónde se han metido Katarina Taxell y su hijo recién nacido?

—Déjala a un lado. Eso también es un paso en la buena dirección.

Hansson había vuelto de Lödinge a las ocho, cuando la lluvia y el viento hacían imposible seguir trabajando. Dijo que, en lo sucesivo, necesitaba a más personas para excavar. Luego se puso inmediatamente a trabajar en el examen de las nueve mujeres restantes. Wallander trató en vano de mandarlo a casa para que, por lo menos, se cambiara las ropas mojadas. Pero Hansson no quiso. Wallander supuso que quería desprenderse lo más pronto posible de la desagradable experiencia de haber estado en el barro cavando, en busca de los restos de Krista Haberman.

Poco después de las once, Wallander estaba al teléfono tratando de encontrar a un pariente de una jefa de tren llamada Wedin. Había cambiado de dirección nada menos que cinco veces el último año. Había sufrido un complicado divorcio y pasó la mayor parte del tiempo de baja por enfermedad. Iba justamente a llamar a Información cuando apareció Martinsson en la puerta. Wallander colgó el teléfono de inmediato. En la cara de Martinsson vio que pasaba algo.

—Creo que la he encontrado —dijo éste despacio—. Yvonne Ander. Cuarenta y siete años.

—¿Por qué crees que es ella?

—Para empezar, vive aquí, en Ystad. Tiene una dirección en la calle Liregatan.

—¿Qué más tienes?

—Parece muy rara. Escurridiza. Como toda esta investigación. Pero tiene un pasado que debería interesarnos. Ha trabajado como auxiliar de enfermería y en ambulancias.

Wallander le miró un instante en silencio. Luego se levantó rápidamente.

—Llama a los otros. Enseguida.

Al cabo de unos minutos estaban todos en la sala de reuniones.

—Martinsson tal vez la haya encontrado —informó Wallander—. Y vive aquí, en Ystad.

Martinsson dio cuenta de todo lo que había conseguido saber sobre Yvonne Ander.
—Tiene cuarenta y siete años. Nació en Estocolmo. Parece que vino a Escania hace ya quince años. Los primeros años vivió en Malmö. Luego se trasladó aquí, a Ystad. Ha trabajado en los ferrocarriles los últimos diez años. Pero antes de eso, probablemente de joven, estudió para auxiliar de enfermería y trabajó muchos años en hospitales. Por qué empieza de repente a trabajar en otra cosa, no lo sé, desde luego. También fue auxiliar de ambulancias. Luego se ve que durante largos periodos no parece haber trabajado en absoluto.
—¿Qué ha hecho entonces? —preguntó Wallander.
—Hay muchas lagunas.
—¿Está casada?
—Está sola.
—¿Divorciada?
—No sé. No se ven hijos por ningún lado. No creo que haya estado casada nunca. Pero su turno de trabajo coincide con el de Katarina Taxell.
Martinsson estuvo leyendo los datos en un cuaderno. Dejó los papeles encima de la mesa.
—Hay una cosa más. Que debió de ser lo que primero me llamó la atención. Se entrena en la sección deportiva de la Compañía Sueca de Ferrocarriles de Malmö. Eso lo hace mucha gente. Pero lo que me sorprendió fue que ella se dedicara a hacer pesas.
En la sala se hizo un silencio total.
—En otras palabras, es probablemente una mujer fuerte. ¿Y no es a una mujer de gran fortaleza física a la que buscamos?
Wallander sopesó rápidamente la situación. ¿Sería ella? Luego se decidió.
—Vamos a dejar los demás nombres por el momento. Ahora nos concentramos en Yvonne Ander. Empieza otra vez desde el principio. Despacio.
Martinsson repitió lo que había dicho. Los otros hicieron más preguntas. Faltaban muchas respuestas. Wallander consultó su reloj. Las doce menos cuarto.
—Creo que tenemos que hablar con ella esta misma noche.
—Suponiendo que no esté trabajando —advirtió Ann-Britt Höglund—. Según las listas, de vez en cuando le toca un tren nocturno. Lo que resulta raro. En los otros casos, parece que los jefes de tren y los comandantes o bien trabajan por el día o de noche. No las dos cosas. Pero quizá me equivoque.

439

–Si está en casa, bien, y si no está, pues no está –resolvió Wallander.
–¿De qué vamos a hablar con ella, en realidad?
La pregunta la hizo Hamrén, y estaba justificada.
–No considero improbable que Katarina Taxell esté con ella –contestó Wallander–. Si no otra cosa, podemos dar ésa como motivo. La preocupación de su madre. Podemos empezar por eso. No tenemos ninguna prueba contra ella. No tenemos nada. Pero también quiero encontrar huellas dactilares.
–Entonces no salimos en plan de redada –dijo Svedberg.
Wallander hizo un gesto en dirección a Ann-Britt Höglund.
–Pienso que nosotros dos podemos hacerle una visita. Con un coche cerca, por si pasara algo.
–¿Qué va a pasar? –preguntó Martinsson.
–No lo sé.
–¿No es eso un tanto irresponsable? –opinó Svedberg–. En cualquier caso, la consideramos sospechosa de participar en asesinatos muy graves.
–Llevaremos armas, naturalmente –contestó Wallander.
Fueron interrumpidos por un hombre de la central de coordinación, que llamó con los nudillos a la puerta entornada.
–Ha llegado un mensaje de un médico de Lund –anunció–. Ha hecho un reconocimiento preliminar de los restos hallados. Cree que pertenecen a una mujer. Y que han estado enterrados mucho tiempo.
–Pues muy bien –comentó Wallander–. Al menos estamos a punto de resolver una desaparición de hace veintisiete años.
El policía abandonó la habitación. Wallander volvió a lo que estaba diciendo.
–Creo que no va a pasar nada –repitió.
–¿Qué decimos si Katarina Taxell no está allí? Hay que pensar que nos presentamos en su casa en mitad de la noche.
–Preguntaremos por Katarina. La estamos buscando. Nada más.
–¿Y si no está en casa?
Wallander no tuvo que pensarlo.
–Entonces entramos. Y el coche vigila si está camino de su casa. Llevaremos los teléfonos conectados. Mientras tanto, me gustaría que vosotros esperaseis aquí. Ya sé que es tarde. Pero no hay más remedio.
Nadie se quejó.

Poco después de medianoche salieron de la comisaría. El viento alcanzaba cotas de huracán. Wallander y Ann-Britt Höglund circulaban en el vehículo de ella. Martinsson y Svedberg formaban la escolta. La calle Liregatan estaba en pleno centro de la ciudad. Aparcaron a una manzana de allí. Las calles se hallaban desiertas. Sólo encontraron un automóvil: uno de los coches patrulla de la policía. Wallander se preguntó de pasada si los nuevos comandos en bicicleta que se avecinaban podrían salir cuando el tiempo era tormentoso, como esa noche.

Yvonne Ander vivía en una antigua casa entramada y restaurada. Su puerta daba directamente a la calle. Había tres pisos y ella vivía en el del medio. Fueron a la otra acera de la calle y contemplaron la fachada. Salvo una ventana en el extremo de la izquierda donde había luz, la casa estaba a oscuras.

–O está durmiendo –dijo Wallander–, o no está en casa. Pero tenemos que partir de la base de que está ahí dentro.

Eran las doce y veinte. El viento era muy fuerte.

–¿Es ella?

Wallander advirtió que Ann-Britt Höglund tenía frío y parecía estar mal. ¿Era porque estaban persiguiendo a una mujer?

–Sí. Claro que es ella.

Cruzaron la calle. A la izquierda estaba el coche con Martinsson y Svedberg en su interior, con los faros apagados. Ann-Britt Höglund llamó al timbre. Wallander aplicó el oído a la puerta y oyó los timbrazos en el interior del piso. Esperaron con mucha ansiedad. Él le indicó que volviera a llamar. Nada. Llamaron una tercera vez con el mismo resultado.

–¿Estará durmiendo? –preguntó Ann-Britt Höglund.

–No. Yo creo que no está en casa.

Wallander inspeccionó la puerta. Estaba cerrada con llave. Dio un paso hacia la calle e hizo señas al coche. Se acercó Martinsson. Era el que mejor abría puertas cerradas con llave sin utilizar la fuerza física. Llevaba una linterna y un manojo de ganzúas. Wallander sostenía la linterna mientras Martinsson trabajaba. Tardó más de diez minutos. Por fin consiguió abrir la cerradura. Cogió la linterna y volvió al coche. Wallander miró a su alrededor. La calle estaba desierta. Entraron. Se quedaron quietos escuchando. El vestíbulo parecía no tener ventanas. Encendió una lámpara. A la izquierda había un cuarto de estar, de techo bajo. A la derecha, una cocina. Enfrente, una estrecha escalera llevaba al piso de arriba. El suelo crujía bajo sus pies. En el piso de arriba había tres dormitorios. Todos vacíos. No había nadie en toda la vivienda.

Trató de enjuiciar la situación. Era casi la una. ¿Debían contar con que la mujer que vivía allí regresara durante la noche? Le pareció que había muchas posibilidades en contra y ninguna, en realidad, a favor. Sobre todo, el que tuviera con ella a Katarina Taxell y a un bebé. No iba a andar con ellos de un lado para otro en plena noche.

Wallander se acercó a una puerta de cristal en uno de los dormitorios. Vio que daba a una terraza. Grandes macetas ocupaban casi todo el espacio. Pero las macetas estaban vacías. No había ninguna planta. Sólo tierra.

La imagen de la terraza y de las macetas sin plantas le hizo experimentar una súbita repugnancia. Se fue de allí enseguida.

Volvieron al vestíbulo.

—Ve a buscar a Martinsson —le dijo a Ann-Britt Höglund—. Y dile a Svedberg que vuelva a la comisaría. Tienen que seguir buscando. Yvonne Ander ha de tener otra vivienda además de ésta. Seguramente una casa.

—¿No vamos a dejar vigilancia en la calle?

—No va a venir esta noche. Pero claro que tendremos un coche aquí fuera. Dile a Svedberg que lo mande.

Ann-Britt Höglund estaba a punto de salir cuando él la retuvo. Luego miró a su alrededor. Fue a la cocina. Encendió la lámpara de la encimera. Allí había dos tazas de café usadas. Las envolvió en un paño de cocina y se las entregó.

—Huellas dactilares. Dáselas a Svedberg. Y él que se las pase a Nyberg. Esto puede ser decisivo.

Volvió a subir las escaleras. Oyó que ella quitaba la cerradura de la puerta. Se mantuvo inmóvil en la oscuridad. Luego hizo una cosa que le sorprendió a él mismo. Fue al cuarto de baño. Cogió una toalla y la olió. Sintió un débil aroma a un perfume especial.

Pero el olor le recordó de repente otra cosa.

Trató de recuperar la imagen del recuerdo. El recuerdo de un perfume. Volvió a oler. Pero no lo encontró. A pesar de que lo sentía muy cercano.

Había olido ese aroma en otro sitio. En otra ocasión. Pero no recordaba dónde ni cuándo. Sólo que había sido recientemente.

Se estremeció cuando oyó que se abría la puerta de abajo. Poco después aparecieron Martinsson y Ann-Britt Höglund en la escalera.

—Ya podemos empezar a buscar —dijo Wallander—. No sólo lo que pueda implicarla en los asesinatos. Buscamos también algo que indique que tiene realmente otra vivienda. Quiero saber dónde está.

—¿Por qué iba a tenerla? —preguntó Martinsson.

Hablaban todo el tiempo en voz baja, como si la persona que buscaban estuviera, a pesar de todo, cerca de ellos y pudiera oírles.

—Katarina Taxell —contestó Wallander—. Su hijo. Además, siempre hemos partido de la base de que Gösta Runfeldt estuvo secuestrado tres semanas. Tengo la convicción de que eso no pudo ocurrir aquí. En pleno centro de Ystad.

Martinsson y Ann-Britt Höglund se quedaron en el piso superior. Wallander bajó las escaleras. Corrió las cortinas del cuarto de estar y encendió algunas lámparas. Luego se puso en el centro de la habitación y se fue dando la vuelta despacio, mirándola. Pensó que la persona que vivía allí tenía bonitos muebles. Y fumaba. Contempló un cenicero sobre una mesita junto a un sofá tapizado de piel. No había colillas. Pero sí vagas huellas de ceniza. En las paredes colgaban cuadros y fotografías. Se acercó a la pared y miró algunos cuadros. Naturalezas muertas, floreros. No muy bien pintados. Abajo, a la derecha, una firma: ANNA ANDER −58. Algún pariente. Wallander pensó que Ander era un nombre raro. Existía en la historia criminal sueca, pero no podía acordarse de las circunstancias. Contempló una de las fotografías enmarcadas. Era una finca de Escania. La foto estaba tomada desde arriba. Wallander supuso que el fotógrafo se había subido a un tejado o a una escalera de mano alta. Paseó por la habitación. Trató de imaginar su presencia. Se preguntó por qué era tan difícil. «Todo da una impresión de abandono», pensó. «Un abandono pulcro y meticuloso. Ella no aparece mucho por aquí. Pasa el tiempo en otro sitio.»

Se acercó al pequeño escritorio que se hallaba junto a la pared. Por la rendija que formaba la cortina, entrevió un pequeño patio. La ventana no estaba bien aislada. El viento frío se colaba en la habitación. Wallander sacó la silla y se sentó. Probó con el cajón más grande. No estaba cerrado con llave. Un coche atravesó la calle. Wallander divisó los faros, que dieron en una ventana y desaparecieron. Luego sólo volvió a oírse el viento. En el cajón había montones de paquetes de cartas. Buscó las gafas y cogió el que estaba encima. El remitente era A. Ander. Esta vez, con una dirección en España. Cogió la carta y la ojeó rápidamente. Anna Ander era su madre. Se veía enseguida. En la carta, describía un viaje. En la última página decía que iba camino de Argelia. Estaba fechada en abril de 1993. Volvió a dejar la carta en su sitio. Las tablas del piso de arriba crujían. Palpó con una mano en el fondo del cajón. Nada. Empezó a registrar los otros cajones. «Hasta los papeles pueden dar la impresión de estar abandonados», pensó. No encontró nada que le hiciera detenerse. Estaba demasiado vacío para ser natural. Ahora estaba completamente convencido de que ella vivía en otro sitio. Continuó registrando los cajones.

El piso de arriba crujía.
Era la una y media.

*

Conducía a través de la noche y se sentía muy cansada. Katarina estaba nerviosa. No tuvo más remedio que escucharla durante muchas horas. A veces se preguntaba por la debilidad de esas mujeres. Se dejaban atormentar, maltratar, asesinar. Si sobrevivían, se pasaban luego las noches lamentándose. No las entendía. Ahora, mientras conducía a través de la noche, pensó que, en realidad, las despreciaba. Porque no oponían resistencia.

Era la una. En circunstancias normales, estaría durmiendo. Al día siguiente entraba temprano. Además, pensaba dormir en Vollsjö. Ya se atrevía, sin embargo, a dejar a Katarina sola con su hijo. La había convencido de que se quedara donde estaba. Unos días más, tal vez una semana. Mañana por la noche llamarían de nuevo a su madre. Katarina llamaría. Ella estaría a su lado. No pensaba que Katarina fuera a decir nada que no debiera. Pero quería estar a su lado de todas maneras.

Llegó a Ystad a la una y diez.

Sintió instintivamente el peligro al entrar en la calle Liregatan. El coche aparcado. Los faros apagados. No podía retroceder. Tenía que seguir. Echó una rápida ojeada al coche aparcado. Había dos hombres. Se dio cuenta también de que había luz en su piso. La rabia la hizo pisar a fondo el acelerador. El coche renqueó. Frenó con la misma fuerza cuando dio la vuelta a la esquina. Así que habían dado con ella. Los que habían estado vigilando la casa de Katarina Taxell la vigilaban ahora a ella. Se sintió mareada. Pero no era miedo. No tenía nada allí que pudiera llevarles a Vollsjö. Nada que contara quién era. Nada más que su nombre.

Se quedó sentada, inmóvil. El viento azotaba el coche. Había parado el motor y apagado los faros. No tenía más remedio que regresar a Vollsjö. Ahora se daba cuenta de por qué se había ido de allí. Para ver si los hombres que la perseguían habían entrado en su casa. Todavía les llevaba mucha ventaja. Nunca llegarían a alcanzarla. Seguiría desdoblando sus pliegos de papel mientras quedara un nombre en el registro.

Puso el motor en marcha. Decidió pasar por delante de su casa una vez más.

El automóvil seguía allí. Frenó a veinte metros sin apagar el motor. Pese a que la distancia era grande y el ángulo difícil, vio que las cortinas de su piso estaban echadas. Los que estaban dentro habían encendido las luces. Estaban buscando. Pero no iban a encontrar nada.

Se fue de allí. Se obligó a hacerlo imperceptiblemente, sin salir de estampía como acostumbraba.

Cuando volvió a Vollsjö, Katarina Taxell y su hijo dormían. No iba a pasar nada. Todo seguiría desarrollándose conforme a sus planes.

*

Wallander revisaba de nuevo a los paquetes de cartas cuando oyó pasos apresurados por la escalera. Se levantó de la silla. Era Martinsson. Enseguida apareció Ann-Britt Höglund.

—Creo que es mejor que veas esto tú —dijo Martinsson, pálido, con la voz temblorosa.

Dejó un viejo cuaderno de notas con pastas negras en la mesa. Abierto. Wallander se inclinó sobre él y se puso las gafas. Había una lista de nombres. Todos tenían un número en el margen. Frunció el entrecejo.

—Pasa un par de hojas —le indicó Martinsson.

Wallander hizo lo que le decía. Las listas de nombres seguían. Como había flechas, tachaduras y cambios, tuvo la impresión de que lo que tenía ante sus ojos era el borrador de algo.

—Otras dos —insistió Martinsson.

Wallander se dio cuenta de que estaba conmocionado.

Más listas de nombres. Esta vez los cambios y las inversiones eran menos.

Entonces lo vio.

El primer nombre que reconocía. Gösta Runfeldt. Luego encontró también los otros, Holger Eriksson y Eugen Blomberg. Al final de las líneas había fechas apuntadas.

Los días de sus muertes.

Wallander miró a Martinsson y a Ann-Britt Höglund. Los dos estaban muy pálidos.

Ya no quedaba la menor duda. Habían acertado.

—Hay más de cuarenta nombres en este cuaderno —dijo Wallander—. ¿Ha pensado matarlos a todos?

—Sabemos, en todo caso, quién va a ser el próximo —dijo Ann-Britt Höglund.

Señaló con el dedo.

TORE GRUNDÉN. Delante de su nombre había un signo de excla-

mación de color rojo. Pero no aparecía ninguna fecha escrita en el margen de la derecha.
—Al final hay un papel suelto —volvió a decir Ann-Britt Höglund.
Wallander lo cogió con cuidado. Eran unas anotaciones detalladísimas. Wallander pensó fugazmente que la letra recordaba la forma de escribir de Mona, su ex mujer. Los trazos eran redondeados, los renglones iguales y regulares. Sin tachaduras ni cambios. Pero era difícil descifrar lo que ponía. ¿Qué significaban las notas? Había cifras, el nombre de Hässleholm, una fecha, algo que podía ser una hora: 07:50. La fecha del día siguiente. Sábado 22 de octubre.
—¿Qué coño significa esto? —exclamó Wallander—. ¿Se va a bajar Tore Grundén en Hässleholm a las siete y cincuenta?
—Quizá vaya a montarse en un tren —dijo Ann-Britt Höglund.
Wallander entendió. No tuvo ni que pensarlo.
—Llama a Birch, a Lund. Él tiene el número de teléfono de una persona que se llama Karl-Henrik Bergstrand, en Malmö. Hay que despertarle y hacer que responda a una pregunta: ¿trabaja Yvonne Ander en el tren que para en o sale de Hässleholm a las siete y cincuenta mañana por la mañana?
Martinsson cogió su teléfono. Wallander miraba fijamente el cuaderno abierto.
—¿Dónde está? —preguntó Ann-Britt Höglund—. Ahora mismo, quiero decir. Porque dónde va a estar mañana probablemente ya lo sabemos.
Wallander la miró. Detrás vislumbraba los cuadros y las fotografías. De pronto, lo comprendió. Debía haberlo comprendido inmediatamente. Fue hacia la pared y descolgó la fotografía enmarcada de la finca. Le dio la vuelta. HANSGÅRDEN. VOLLSJÖ. 1965. Alguien lo había escrito con tinta.
—Es aquí donde vive. Y seguramente es aquí donde está en este momento.
—¿Y qué hacemos?
—Ir a por ella.
Martinsson estaba hablando con Birch. Esperaron. La conversación fue breve.
—Va a localizar a Bergstrand.
Wallander tenía el cuaderno en la mano.
—Pues vámonos. Alcanzaremos a los demás por el camino.
—¿Sabemos dónde está Hansgården? —preguntó Ann-Britt.
—Lo encontraremos en nuestro registro de inmuebles —dijo Martinsson—. No tardaré ni diez minutos.

Ahora tenían mucha prisa. A las dos y cinco estaban de vuelta en la comisaría. Reunieron a sus fatigados colegas. Martinsson buscó Hansgården en su ordenador. Le llevó más tiempo de lo que había previsto. Lo encontró cuando eran casi las tres. Buscaron en el mapa. Hansgården estaba a las afueras de Vollsjö.

—¿Vamos armados? —preguntó Svedberg.

—Sí —respondió Wallander—. Pero sin olvidar que Katarina Taxell está allí. Y su hijo recién nacido.

Nyberg entró en la sala. Tenía el pelo revuelto y los ojos enrojecidos.

—Hemos encontrado lo que buscábamos en una de las tazas. La huella dactilar es la misma. La de la maleta. La de la colilla. Como no es un pulgar no puedo decir si es la misma que encontramos en el torreón de los pájaros. Lo raro es que ésa parece posterior en el tiempo. Como si hubiera estado allí en otra ocasión. Si es que es ella. Pero tiene que serlo. ¿Quién es?

—Yvonne Ander —contestó Wallander—. Y ahora vamos a por ella. En cuanto sepamos algo de Bergstrand.

—¿Es verdaderamente necesario esperarle? —preguntó Martinsson.

—Media hora —contestó Wallander—. No más.

Comenzó la espera. Martinsson salió de la habitación para controlar que el piso de la calle Liregatan seguía sometido a vigilancia.

Transcurridos veintidós minutos, llamó Bergstrand.

—Yvonne Ander trabaja en el tren que sale de Malmö hacia el norte mañana por la mañana —anunció.

—Pues ya lo sabemos —dijo Wallander sencillamente.

A las cuatro menos cuarto salieron de Ystad. La tormenta había alcanzado su punto culminante.

Lo último que hizo Wallander fueron otras dos llamadas telefónicas. A Lisa Holgersson y a Per Åkeson.

Ninguno de los dos tuvo nada que objetar.

Tenían que cogerla cuanto antes.

36

Poco después de las cinco se agruparon en torno al edificio llamado Hansgården. Soplaba un fuerte vendaval y todos estaban helados. Rodearon la casa en una maniobra fantasmal. Después de una breve discusión, Wallander y Ann-Britt Höglund decidieron entrar. Los demás tomaron posiciones en las que cada uno tenía contacto próximo por lo menos con otro.

Dejaron los coches donde no pudieran verse desde la finca e hicieron a pie el último tramo. Wallander vio enseguida el Golf rojo aparcado delante de la casa. Mientras viajaban hacia Vollsjö le asaltó la preocupación de que ella ya se hubiera ido. Pero allí estaba el coche. Todavía. La casa permanecía a oscuras y en calma. No se apreciaba ningún movimiento. Wallander tampoco había visto ningún perro guardián.

Todo sucedía muy deprisa. Se colocaron en sus posiciones. Luego Wallander le pidió a Ann-Britt Höglund que comunicara a los demás por el transmisor-receptor que esperaban unos minutos antes de entrar.

Esperar, ¿qué? Ella no comprendía la razón. Wallander tampoco se había explicado. ¿Quizás era porque necesitaba prepararse? ¿Terminar un movimiento interior que aún no estaba listo? ¿O tenía necesidad de establecer una zona franca para sí mismo en la que pudiera repasar durante unos minutos todo lo que había sucedido? Estaba allí, helado de frío y todo le parecía irreal. Durante un mes habían estado persiguiendo una escurridiza y desconcertante sombra. Ahora se aproximaban a la meta. En el punto donde la batida daría por terminada la caza.

Era como si se viera obligado a liberarse de la sensación de irrealidad que experimentaba ante todo lo sucedido. Especialmente en relación con la mujer que estaba en la casa y a la que iban a detener ahora. Para todo esto necesitaba un respiro.

Por eso dijo que iban a esperar.

Se agazapó con Ann-Britt Höglund al abrigo de un granero en ruinas. La puerta exterior estaba a unos veinticinco metros. Pasaba el tiempo. Pronto amanecería. No podían esperar más.

Wallander ordenó que fueran armados. Pero pretendía que todo ocurriera sin sobresaltos. Katarina Taxell estaba en la casa con su hijo recién nacido.

Nada podía salir mal. Que ellos mantuvieran la calma era lo más importante de todo.

–Vamos –dijo–. Da el aviso.

Ann-Britt Höglund habló en voz baja por el transmisor-receptor. Oyó varias confirmaciones de que la habían entendido. Sacó su pistola. Wallander sacudió la cabeza.

–Guardala en el bolsillo. Pero no te olvides de en cuál.

La casa permanecía en silencio. Ningún movimiento. Echaron a andar, Wallander delante, Ann-Britt Höglund detrás. El viento seguía soplando con intensidad. Wallander miró una vez más el reloj. Las cinco y diecinueve minutos. Yvonne Ander debía de haberse levantado ya si pensaba llegar a tiempo a su trabajo en el tren de la mañana. Se detuvieron ante la puerta. Wallander contuvo el aliento. Llamó y dio un paso atrás. Con la mano agarraba la pistola en el bolsillo derecho de la chaqueta. No ocurría nada. Dio un paso adelante y volvió a llamar. Tocó al mismo tiempo la cerradura. La puerta estaba cerrada con llave. Insistió en su llamada. De pronto empezó a sentirse inquieto. Golpeó la puerta. Seguía sin producirse una reacción. Algo no funcionaba.

–Vamos a entrar –anunció–. Comunícalo. ¿Quién cogió la palanqueta? ¿Por qué no la cogimos nosotros?

Ann-Britt Höglund habló con voz firme en el transmisor-receptor. Se colocó de espaldas al viento. Wallander no perdía de vista las ventanas de los lados de la puerta. Svedberg llegó corriendo con la ganzúa. Wallander le dijo que volviera enseguida a su sitio. Luego metió la palanqueta y empezó a hacer fuerza. La puerta se rompió a la altura de la cerradura. En el vestíbulo había luz. Sin proponérselo había sacado el arma. Ann-Britt Höglund le siguió rápidamente. Wallander se agachó y entró. Ella fue detrás, un poco de lado, cubriéndole con su pistola. Todo estaba en silencio.

–¡Policía! –gritó Wallander–. Buscamos a Yvonne Ander.

No pasó nada. Volvió a gritar. Avanzó con cuidado hacia la habitación de enfrente. Ella le siguió. La irrealidad volvió a aparecer. Wallander entró en una estancia grande y abierta. Paseó la pistola por la habitación. Todo estaba vacío. Bajó la pistola. Ann-Britt Höglund permanecía al otro lado de la puerta. La sala era grande. Había lámparas encendidas. Junto a una de las paredes vieron un horno de amasar con una forma extraña.

De pronto se abrió una puerta al otro lado de la habitación. Wallander se sobresaltó y alzó de nuevo la pistola, Ann-Britt Höglund puso una rodilla en el suelo. Katarina Taxell entró por la puerta. Iba en camisón. Parecía asustada.

Wallander y Ann-Britt Höglund bajaron el arma.

En ese instante Wallander se dio cuenta de que Yvonne Ander no estaba en la casa.

—¿Qué está pasando aquí? —preguntó Katarina Taxell.

Wallander se acercó a ella.

—¿Dónde está Yvonne Ander?

—No está aquí.

—¿Dónde está?

—Supongo que camino de su trabajo.

Wallander tenía ahora mucha prisa.

—¿Quién vino a buscarla?

—Ella siempre va en coche.

—Pero su coche está aquí aparcado.

—Tiene dos coches.

«Así de fácil», pensó Wallander. «No tenía sólo el Golf rojo.»

—¿Estás bien? —preguntó luego—. ¿Y tu hijo también?

—¿Por qué no íbamos a estar bien?

Wallander echó una mirada rápida por la estancia. Luego le dijo a Ann-Britt Höglund que llamara a los otros. Disponían de muy poco tiempo y tenían que seguir la búsqueda.

—Traed a Nyberg —pidió—. Hay que inspeccionar esta casa del derecho y del revés.

Los policías se reunieron en la gran habitación blanca.

—Se ha ido —informó Wallander—. Va camino de Hässleholm. Al menos no hay razón para suponer otra cosa. Va a empezar a trabajar. Allí subirá también al tren un pasajero que se llama Tore Grundén. Es el próximo a matar en su lista.

—¿Será posible que vaya a matarle en el tren? —preguntó Martinsson incrédulo.

—No lo sabemos —contestó Wallander—. Pero no podemos permitirnos más asesinatos. Tenemos que detenerla antes.

—Hay que avisar a los colegas de Hässleholm —dijo Hansson.

—Lo haremos por el camino. Que Hansson y Martinsson vengan conmigo. El resto puede empezar a registrar la casa. Y a hablar con Katarina Taxell.

Hizo un gesto en dirección a la muchacha, que estaba junto a una de las paredes. La luz era gris. Parecía fundirse con la pared, diluirse, borrarse. ¿Podía palidecer tanto una persona que dejara de ser visible? Se fueron al coche. Hansson conducía. Martinsson estaba a punto de telefonear a Hässleholm cuando Wallander le pidió que esperara.

—Creo que es mejor que esto lo hagamos nosotros. Si se arma un caos, no sabemos lo que puede pasar. Esa mujer puede ser peligrosa. Me doy cuenta ahora. Peligrosa también para nosotros.

—¿Cómo no va a ser peligrosa? —dijo Hansson, sorprendido—. Ha matado a tres personas, clavándoles estacas, estrangulándolas, ahogándolas. Si una persona así no es peligrosa, no sé yo quién puede serlo.

—No sabemos siquiera qué aspecto tiene Grundén —dijo Martinsson—. ¿Daremos su nombre por los altavoces de la estación? Ella llevará uniforme, es de suponer.

—Tal vez —contestó Wallander—. Ya veremos cuando lleguemos. Pon las luces. Tenemos prisa.

Hansson conducía deprisa. Con todo, el tiempo escaseaba. Cuando les faltaban veinte minutos, Wallander creyó que llegaban.

Luego tuvieron un pinchazo. Hansson lanzó un juramento y frenó. Cuando vieron que había que cambiar la rueda izquierda trasera, Martinsson quiso llamar de nuevo a los colegas de Hässleholm. Por lo menos podían mandarles un coche. Pero Wallander dijo que no. Lo tenía decidido. Llegarían de todas maneras. Cambiaron la rueda a toda velocidad, con el viento tirándoles de la ropa. Luego siguieron adelante. Hansson volaba ahora, el tiempo se les escapaba de las manos y Wallander trataba de decidir qué iban a hacer. Le resultaba difícil imaginar que Yvonne Ander matase a Tore Grundén delante de los ojos de los pasajeros que esperaban o subían a los trenes. No casaba con su forma de hacer las cosas anteriormente. Llegó a la conclusión de que, de momento, debían olvidar a Tore Grundén. La buscarían a ella, a una mujer de uniforme, y la detendrían lo más discretamente posible.

Llegaron a Hässleholm y Hansson, con los nervios, empezó por equivocarse, aunque aseguró que conocía el camino. Wallander ahora también estaba de mal humor y cuando llegaron a la estación casi empezaron a gritarse unos a otros. Saltaron del coche con la luz de policía. Tres hombres, pensó Wallander, en lo mejor de su vida, que parecían ir a atracar la caja de la estación o, por lo menos, a coger un tren a punto de irse. El reloj indicaba que tenían tres minutos por delante. Las 7:49. Los altavoces anunciaron el tren. Pero Wallander no logró entender si decían que llegaba o que había llegado ya. Les pidió a Martinsson y a Hansson que se calmaran. Saldrían al andén, un poco separados, pero manteniendo siempre el contacto entre los tres. Cuando la encontraran, se acercarían rodeándola y le dirían que les acompañase. Wallander suponía que ése sería el momento crítico. No podían estar seguros de cómo iba a reaccionar. Tenían que estar preparados, no con las armas sino con los brazos. Insistió en ello varias veces. Yvonne Ander no usaba armas. Ellos tenían que estar preparados pero debían reducirla sin disparar.

Luego salieron al exterior. El viento seguía soplando con fuerza. El tren aún no había entrado en la estación. Los pasajeros se protegían del vendaval donde podían. Eran muchos los que iban a viajar hacia el norte ese sábado por la mañana. Llegaron al andén, Wallander delante, Hansson tras él, Martinsson cerca de las vías. Wallander vio enseguida a un jefe de tren hombre que estaba fumando un cigarrillo. La tensión le había hecho sudar. A Yvonne Ander no la veía. A ninguna mujer de uniforme. Buscó con la mirada a un hombre que pudiera ser Tore Grundén. Pero era, naturalmente, inútil. El hombre no tenía rostro. Era sólo un nombre tachado en un macabro cuaderno de notas. Intercambió miradas con Hansson y Martinsson. Luego miró hacia la estación por si ella venía de allí. Al mismo tiempo, el tren entraba en la estación. Se dio cuenta de que algo estaba fallando por completo. Todavía se resistía a pensar que ella tuviera previsto matar a Tore Grundén en el andén. Pero no podía estar completamente seguro. Demasiadas veces le había tocado ver cómo personas muy calculadoras perdían el control de repente y empezaban a actuar impulsivamente y en contra de sus costumbres de siempre. Los pasajeros empezaron a recoger sus equipajes. El tren estaba entrando. El jefe de tren había tirado el cigarrillo. Wallander comprendió que no tenía elección. Tenía que hablar con él. Preguntarle si Yvonne Ander había subido ya al ferrocarril. O si había pasado algo con su horario de trabajo. El tren frenó. Wallander tuvo que abrirse paso entre los pasajeros que se apresuraban a escapar del viento y a subirse al vagón. De repente descubrió a un hombre solo, un poco más allá, en el andén. Iba a coger su maleta. Junto a él había una mujer. Llevaba un abrigo muy largo que el viento azotaba. Un tren se acercaba por el lado contrario. Wallander no llegó a estar nunca seguro de haber entendido la situación. Pero, a pesar de ello, reaccionó como si estuviera muy clara. Se lanzó arrollando a los pasajeros que se interponían en su camino. Tras él iban Hansson y Martinsson sin saber en realidad adónde. Wallander vio cómo la mujer agarraba de pronto al hombre por detrás. Parecía muy fuerte. Casi le levantó del suelo. Más que comprender, Wallander intuyó que la mujer pretendía tirarle contra el tren que entraba por la otra vía. Como no llegaba, dio un grito. A pesar del estruendo de la locomotora, ella debió de oírle. Bastó un segundo de vacilación. Miró a Wallander. Martinsson y Hansson ya estaban a su lado. Corrieron hacia la mujer, que ahora había soltado al hombre. El viento le había levantado el largo abrigo. Wallander vislumbró el uniforme debajo. De repente, ella levantó la mano e hizo algo que por un instante detuvo de golpe a Hansson y a Martinsson. Se arrancó el pelo. El viento se apoderó de él inmediatamente y desapareció por el andén. Debajo de la peluca tenía el pelo corto. Echaron a correr de nuevo. Tore Grundén seguía sin comprender qué era lo que había estado a punto de ocurrir.

—¡Yvonne Ander! —gritó Wallander—. ¡Alto, policía!

Martinsson llegó hasta ella. Wallander vio cómo extendía el brazo para agarrarla. Luego todo sucedió muy deprisa. Ella golpeó con el puño derecho, con dureza y decisión. El golpe le dio a Martinsson en la mejilla izquierda. Se desplomó sin emitir un ruido en el andén. Detrás de Wallander, alguien dio un grito. Un pasajero había comprendido lo que estaba ocurriendo. Hansson se paró en seco al ver a Martinsson en el suelo. Hizo gesto de coger su pistola, pero ya era demasiado tarde. Ella agarró a Hansson por la chaqueta y le dio un rodillazo con toda su fuerza en la entrepierna. Se inclinó un instante sobre él. Luego echó a correr por el andén. Se quitó a tirones el largo abrigo y lo tiró lejos de sí. Ondeó al viento y se lo llevó una ráfaga. Wallander se detuvo junto a Martinsson y Hansson para ver cómo estaban. Martinsson había perdido el conocimiento. Hansson gemía y estaba pálido. Cuando Wallander levantó la vista, ella había desaparecido. Echó a correr por el andén. La divisó a lo lejos cruzando las vías. Se dio cuenta de que no la alcanzaría. Además no sabía cómo estaba Martinsson. Se dio la vuelta y vio que Tore Grundén ya no estaba. Llegaron corriendo algunos funcionarios de los ferrocarriles. En plena confusión, nadie entendía, naturalmente, qué había ocurrido en realidad.

Más tarde Wallander recordaría la hora siguiente como un caos que no parecía acabar nunca. Había tratado de hacer muchas cosas al mismo tiempo. Pero nadie comprendía lo que decía. Además los pasajeros del tren no paraban de dar vueltas a su alrededor. En medio de aquella confusión increíble, Hansson empezaba a recuperarse. Pero Martinsson seguía inconsciente, Wallander estaba furioso porque la ambulancia no llegaba nunca y sólo cuando aparecieron en el andén unos desconcertados policías de Hässleholm, consiguió hacerse, por lo menos, una idea aproximada de la situación. Martinsson había recibido un buen golpe. Pero la respiración era tranquila. Cuando los hombres de la ambulancia se lo llevaron, Hansson había conseguido ponerse en pie y le acompañó al hospital. Wallander explicó a los policías que habían estado a punto de detener a una mujer que trabajaba en el tren. Pero se les había escapado. En ese momento Wallander también advirtió que el tren se había ido. Se preguntó si Tore Grundén se habría subido a él. ¿Se habría dado cuenta siquiera de lo cerca que había estado de morir? Wallander se percató de que nadie entendía sus palabras. Era su placa y su autoridad lo que, a pesar de todo, les hacía aceptar que era un policía y no un demente.

Lo único que le preocupaba, aparte del estado de salud de Martinsson, era dónde se habría metido Yvonne Ander. Llamó a Ann-Britt Höglund durante los agitados minutos del andén y le contó lo sucedido. Ella respondió que estarían preparados en caso de que regresara a Vollsjö. El piso de Ystad fue puesto también bajo vigilancia de inmediato. Pero Wallander dudaba. No creía que se presentara allí. Ahora sabía que la estaban vigilando. Que le estaban pisando los talones y que no cejarían hasta darle alcance. ¿Adónde podía ir? ¿Una fuga al azar? No podía desechar esa posibilidad. Al mismo tiempo, algo contradecía esa alternativa. Ella hacía planes continuamente. Era una persona que buscaba salidas muy bien pensadas. Wallander llamó a Ann-Britt Höglund de nuevo. Le pidió que hablara con Katarina Taxell. Que le hiciera una sola pregunta: ¿tenía Yvonne Ander otro escondite? Los demás interrogantes podían esperar.

—Es que yo creo que siempre tiene una solución de reserva. Puede haber mencionado una dirección, un lugar, sin que Katarina haya pensado en ello como en un escondite precisamente.

—Quizá se decida por el piso de Katarina Taxell en Lund.

Wallander se dio cuenta de que eso podía ser acertado.

—Llama a Birch. Dile que se ocupe él de eso.

—Tiene las llaves del piso —dijo Ann-Britt Höglund—. Lo ha dicho Katarina.

Un coche policial llevó a Wallander al hospital. Hansson se sentía mal y estaba en una camilla. Se le habían inflamado los testículos y se encontraba en observación. Martinsson seguía sin recuperar el conocimiento. Un médico habló de una conmoción cerebral profunda.

—El hombre que le pegó debe de ser muy fuerte.

—Sí —contestó Wallander—. Sólo que el hombre era una mujer.

Abandonó el hospital. ¿Dónde se habría metido? Algo bullía en el subconsciente de Wallander. Algo que podía significar el hallazgo de su paradero o, por lo menos, saber adónde pensaba ir.

Luego se acordó de lo que era. Se quedó completamente inmóvil delante del hospital. Nyberg había sido muy claro. «Las huellas dactilares del torreón tienen que ser de una ocasión posterior.» La posibilidad existía, aunque no fuera muy grande. Yvonne Ander podía parecerse a él. Una persona que, en situaciones apuradas, buscaba la soledad. Un sitio en el que pudiera hacerse una visión de conjunto. Tomar una decisión. Todos sus actos daban la impresión de basarse en una detallada planificación y en un minucioso horario. Ahora la existencia se había derrumbado en torno a ella.

Decidió que, en todo caso, valía la pena intentarlo.

El lugar estaba, naturalmente, acordonado. Pero Hansson había dicho que el trabajo no se reanudaría antes de que obtuvieran los refuerzos pedidos. Wallander supuso también que la vigilancia se haría mediante coches patrulla. Además ella podía acudir al lugar por el camino que había usado antes.

Wallander se despidió de los policías que le habían ayudado. En realidad, aún no comprendían lo sucedido en la estación de ferrocarril. Pero Wallander prometió que se les informaría durante el día. No era más que una detención de pura rutina que se les había escapado de las manos. Nada grave. Los policías que tenían que permanecer en el hospital no tardarían en recuperarse.

Wallander se sentó en el coche y llamó por tercera vez a Ann-Britt Höglund. No dijo de qué se trataba. Sólo dijo que saliera a su encuentro en el desvío de la finca de Holger Eriksson.

Eran más de las diez cuando Wallander llegó a Lödinge. Ann-Britt Höglund le esperaba de pie junto a su coche. El último tramo hasta la finca lo hicieron en el vehículo de Wallander. Se detuvo a cien metros de la casa. Hasta aquí no había dicho nada. Ella le miró inquisitiva.

—Puedo muy bien estar equivocado —dijo Wallander—. Pero tal vez haya una posibilidad de que venga aquí. Al torreón de los pájaros. Ha estado allí antes.

Le recordó lo que había dicho Nyberg de las huellas dactilares.

—¿Qué va a hacer Yvonne Ander aquí? —preguntó ella.

—No lo sé. Pero está acosada. Necesita tomar una decisión de algún tipo. Además no es la primera vez que vuelve por aquí.

Se apearon del coche. El viento soplaba con intensidad.

—Encontramos ropas de hospital —informó ella—. También una bolsa de plástico con unos calzoncillos. Me parece que habrá que partir de la base de que Gösta Runfeldt estuvo encerrado en Vollsjö.

Ya habían llegado a la casa.

—¿Qué hacemos si está en la torre?

—La detenemos. Yo voy por el otro lado del montículo. Si llega, es allí donde deja el coche. Luego tú bajas por el sendero. Esta vez, con las armas en la mano.

—Yo no creo que vaya a venir.

Wallander no contestó. Sabía que la posibilidad de que tuviera razón era grande.

Se colocaron al abrigo del viento en el patio. Las ráfagas habían arrancado las cintas de acordonamiento en el foso donde estaban excavando para encontrar a Krista Haberman. El torreón abandonado se dibujaba nítidamente en la luz del otoño.

—Esperaremos en todo caso un rato —dijo Wallander—. Si viene, ya no tardará.

—Hay orden de busca y captura en toda esta zona —dijo ella.

—Si no la encontramos, no tardará en ser buscada por todo el país.

Se quedaron callados un momento. El viento azotaba su ropa.

—¿Qué es lo que la impulsa? —preguntó Ann-Britt Höglund.

—A eso sólo puede contestar ella. Pero ¿no habría que suponer que también ella ha sufrido malos tratos?

Ann-Britt Höglund no respondió.

—Yo creo que es una persona muy sola. Y ha entendido el sentido de su vida como una vocación de matar en nombre de otros.

—Una vez pensamos que estábamos buscando a un mercenario —comentó ella—. Y ahora estamos a la espera de que una mujer que es jefe de tren aparezca en un torreón abandonado.

—Aquello del mercenario tal vez no estuviera tan traído por los pelos —dijo Wallander pensativo—. Dejando a un lado que es una mujer y que no cobra. Que sepamos. Hay algo que recuerda lo que un día fue una premisa nuestra equivocada.

—Katarina Taxell dijo que la conoció a través de un grupo de mujeres que solían reunirse en Vollsjö. Pero su primer encuentro fue en un tren. En eso tenías razón. Parece ser que le preguntó por una moradura que Katarina Taxell tenía en una sien. No se había creído sus subterfugios. Eugen Blomberg la había maltratado. No me enteré muy bien de cómo ocurrió. Pero nos confirmó que Yvonne Ander había trabajado antes en un hospital y además como auxiliar de ambulancia. En los dos sitios ve a muchas mujeres maltratadas. Luego toma contacto con ellas. Las invita a Vollsjö. Podría decirse, quizá, que constituyen un grupo de apoyo muy informal. Ella se entera de quiénes son los hombres que han maltratado a esas mujeres. Y luego pasa algo. Katarina reconoció también que Yvonne Ander fue a verla al hospital. La última vez le dijo el nombre del padre. Eugen Blomberg.

—Y con eso firmó su sentencia de muerte —dijo Wallander—. A mí me parece además que se ha preparado para esto durante bastante tiempo. Ha debido de ocurrir algo que lo ha desencadenado todo. Lo que es, ni tú ni yo lo sabemos.

—¿Lo sabrá ella?

—Tenemos que partir de esa base. Si no, está loca de remate.

Siguieron esperando. Las ráfagas de viento iban y venían sin cesar. Un coche policial se acercó a la entrada del patio. Wallander les dijo que no volvieran hasta nueva orden. No dio ninguna explicación. Pero se mantuvo muy firme.

Siguieron esperando. Ninguno de los dos tenía nada que decir.

A las once menos cuarto Wallander puso con cuidado la mano en el hombro de Ann-Britt Höglund.

—Ahí está —dijo en voz baja.

Ella miró. Una persona apareció en el montículo. No podía ser otra que Yvonne Ander. Estaba de pie mirando a su alrededor. Luego empezó a trepar al torreón.

—Tardaré veinte minutos en dar la vuelta —dijo Wallander—. Entonces empiezas a ir tú hacia allí. Estaré en la parte de atrás por si intenta huir.

—¿Qué pasa si me ataca? Tendré que disparar.

—Yo impediré que lo haga. Estaré allí.

Fue corriendo al coche y condujo todo lo rápidamente que pudo hasta el camino de carros que llevaba a la parte de atrás del montículo. Pero no se atrevió a ir en el coche hasta el final. Iba jadeando por la carrera. Tardaba más de lo previsto. Había un coche aparcado en el camino. También un Golf, pero negro. Sonó el teléfono en el bolsillo de Wallander. Se detuvo. Podía ser Ann-Britt.

Era Svedberg.

—¿Dónde estás? ¿Qué coño está pasando? —preguntó éste.

—No puedo entrar en eso ahora. Pero estamos en la finca de Holger Eriksson. Sería bueno que vinieras tú con alguien más. Hamrén, por ejemplo. Ahora no tengo tiempo de seguir hablando.

—Llamo porque tengo algo que decirte. Hansson telefoneó desde Hässleholm. Tanto él como Martinsson están mejor. Martinsson ha vuelto en sí, por lo menos. Pero Hansson quería saber si habías recogido su pistola.

Wallander se paró en seco.
—¿Su pistola?
—Dijo que él no la tenía.
—Yo tampoco.
—¿No se habrá quedado tirada en el andén?
Entonces Wallander cayó en la cuenta. Vio todo el desarrollo de los hechos nítidamente delante de sí. *Ella había agarrado la chaqueta de Hansson y le había dado un fuerte rodillazo en la entrepierna. Luego se había inclinado rápidamente sobre él.* Entonces cogió la pistola.
—¡Maldita sea! —exclamó Wallander.
Antes de que Svedberg tuviera tiempo de contestar, cortó la conversación y guardó el teléfono en el bolsillo. Había puesto en peligro a Ann-Britt Höglund. La mujer que estaba arriba en el torreón iba armada.
Wallander corría. El corazón le latía como un martillo en el pecho. Miró el reloj y supuso que ella ya debía de estar andando por el sendero. Se paró de repente y marcó el número de su móvil. No obtuvo respuesta. Seguramente había dejado el teléfono en el coche.
Echó a correr de nuevo. Su única posibilidad era llegar antes. Ann-Britt Höglund no sabía que Yvonne Ander iba armada.
El miedo le hacía correr aún más deprisa. Ya estaba en la parte de atrás del montículo. Ella tenía que estar ya casi junto al foso. «Ve despacio», dijo para si mismo. «Cáete, resbala, lo que sea. No corras. Ve despacio.» Había empuñado la pistola y subía la loma por la parte de atrás del torreón, dando traspiés y tropezando. Cuando llegó a la cima vio que ella ya estaba junto al foso. Tenía su pistola en la mano. La mujer de la torre aún no le había descubierto. Gritó diciendo que estaba armada, que Ann-Britt se fuera corriendo de allí.
Al mismo tiempo apuntó con su pistola a la mujer que estaba de espaldas a él, en lo alto de la torre.
En ese instante sonó un tiro. Wallander vio cómo Ann-Britt Höglund sufría una sacudida y caía de espaldas en el barro. Fue como si alguien le atravesara con una espada su propio cuerpo. Miró fijamente el cuerpo inmóvil en el barro y apenas intuyó que la mujer del torreón se había vuelto rápidamente. Se echó a un lado y empezó a disparar contra la torre. El tercer tiro acertó en el cuerpo de la mujer, que se dobló y perdió al mismo tiempo la pistola de Hansson. Wallander echó a correr por delante de la torre hacia el barro. Se resbaló en el foso y subió al otro lado. Cuando vio a Ann-Britt Höglund, de espaldas en el barro, pensó que estaba muerta. Que la habían matado con la pistola de Hansson y que todo era culpa suya.

Durante un instante no vio otra salida que disparar contra sí mismo. Allí donde estaba, a unos metros de ella.

Luego notó que se movía débilmente. Cayó de rodillas a su lado. Toda la parte delantera de su guerrera estaba ensangrentada. Estaba muy pálida y le miraba con ojos asustados.

—Está bien —murmuró él—. Está bien.

—Iba armada —musitó—. ¿Cómo es que no lo sabíamos?

Wallander notó que se le caían las lágrimas. Luego llamó a la ambulancia.

Más tarde recordaría que, mientras esperaba, estuvo rezando una oración incesante y confusa a un dios en el que, en realidad, no creía. Como a través de una niebla se dio cuenta de la llegada de Svedberg y Hamrén. Poco después, se llevaron a Ann-Britt Höglund en una camilla. Wallander estaba sentado en el barro. No consiguieron que se levantara. Un fotógrafo que se había pegado a la ambulancia le hizo una fotografía de esa guisa.

Sucio, solo, acongojado. El fotógrafo consiguió hacer esa única foto antes de que Svedberg, furioso, le echara de allí. Gracias a las presiones de Lisa Holgersson, la foto no llegó a publicarse nunca.

Mientras tanto, Svedberg y Hamrén bajaron a Yvonne Ander del torreón. Wallander le había dado en la parte de arriba de un muslo. Sangraba mucho pero su vida no corría ningún peligro. También a ella se la llevaron en una ambulancia. Svedberg y Hamrén lograron finalmente arrancar a Wallander del barro y lo llevaron casi a rastras hasta la casa.

Entonces llegó el primer informe de Ystad.

Ann-Britt Höglund había recibido un tiro en el vientre. La herida era grave y su estado, crítico.

Wallander fue con Svedberg a buscar su propio coche. Svedberg dudó hasta el último momento si debía dejar que condujera solo hasta Ystad. Pero Wallander dijo que estaba bien. Se fue directamente al hospital y se sentó en el pasillo a esperar información acerca de cómo evolucionaba Ann-Britt Höglund. Aún no había tenido tiempo de lavarse. Sólo cuando los médicos, al cabo de muchas horas, creyeron estar en condiciones de garantizar que se había estabilizado, Wallander se fue del hospital.

De repente, desapareció. Nadie se dio cuenta de que ya no estaba allí. Svedberg empezó a preocuparse. Pero pensó que conocía a Wallander lo suficiente como para comprender que ahora sólo quería estar en paz.

Wallander abandonó el hospital poco antes de medianoche. El viento seguía siendo intenso y la noche prometía ser muy fría. Se sentó en el coche y fue al cementerio donde estaba enterrado su padre. Buscó la tumba en la oscuridad y se quedó allí un rato, completamente vacío, con el barro que todavía no había tenido tiempo de quitarse. A eso de la una volvió a su casa, llamó a Riga y tuvo una larga conversación con Baiba. Después de eso, se quitó toda la ropa y se metió en la bañera.

Luego se vistió de nuevo y volvió al hospital. Fue entonces cuando, un poco pasadas las tres, entró en la habitación de Yvonne Ander, fuertemente custodiada. Ella dormía cuando entró silenciosamente en la habitación. Estuvo un buen rato contemplando su rostro. Luego se marchó sin decir una palabra.

Pero al cabo de una hora volvió. De madrugada llegó al hospital Lisa Holgersson y dijo que habían conseguido localizar al marido de Ann-Britt Höglund en Dubai. Llegaría al aeropuerto de Kastrup ese mismo día.

Nadie sabía si Wallander se enteraba de lo que se le decía. Permanecía sentado, inmóvil, en una silla. O junto a una ventana, con la vista clavada en el fuerte vendaval. Cuando una enfermera le ofreció una taza de café, se echó a llorar de repente y tuvo que encerrarse en un retrete. Pero casi todo el tiempo se lo pasaba sentado en su silla, sin moverse, mirándose las manos.

Casi al mismo tiempo que el marido de Ann-Britt Höglund aterrizaba en Kastrup, un médico dio la noticia que todos esperaban. Sobreviviría. Y, seguramente, no le quedarían tampoco secuelas de ningún tipo. Había tenido suerte. Pero tardaría en reponerse; la convalecencia sería larga.

Wallander oyó al médico de pie, como si estuviera recibiendo una sentencia. Luego, salió del hospital y desapareció en el viento.

El lunes 24 de octubre se dictó prisión preventiva contra Yvonne Ander por asesinato. Seguía aún en el hospital. No había dicho ni una sola palabra, ni siquiera al abogado que le habían asignado de oficio. Wallander intentó interrogarla por la tarde. Ella no hizo más que mirarle sin contestar a sus preguntas. Cuando estaba a punto de irse, Wallander se volvió desde la puerta y le dijo que Ann-Britt Höglund se salvaría. Le pareció que había una sombra de reacción por parte de ella, como de alivio, quizás incluso de alegría.

Martinsson fue dado de baja por conmoción cerebral. Hansson se reincorporó al trabajo, aunque durante varias semanas le fue difícil caminar y sentarse.

Pero lo principal fue que, en ese tiempo, empezaron la laboriosa tarea de comprender lo que realmente había pasado. De lo único que no consiguieron encontrar una prueba determinante fue de si el esqueleto que, con la misteriosa excepción de una tibia, extrajeron en su totalidad de las tierras embarradas de Holger Eriksson, eran verdaderamente los restos de Krista Haberman o no. Nada indicaba que no lo fueran. Pero nada se pudo demostrar.

Sin embargo, lo sabían. Y una grieta en el cráneo les dio también la deseada respuesta de cómo la había matado Holger Eriksson hacía más de veinticinco años. Pero todo lo demás se fue esclareciendo, aunque despacio y con interrogantes que no se podían cerrar del todo. ¿Mató Gösta Runfeldt a su mujer? ¿O fue un accidente? La única que podía contestar era Yvonne Ander y ésta seguía sin decir nada. Iniciaron un peregrinaje por su vida y salieron con una historia que sólo en parte explicaba quién era y, tal vez, por qué había obrado así.

Una tarde, después de haber mantenido una larga reunión, Wallander terminó diciendo una cosa que parecía pensar desde hacía mucho.

—Yvonne Ander es la primera persona que conozco que esté cuerda y loca al mismo tiempo.

No explicó lo que quería decir. Pero nadie tuvo tampoco la menor duda de que eso expresaba exactamente su opinión.

Todos los días, durante ese tiempo, Wallander fue a ver a Ann-Britt Höglund al hospital. No podía librarse de la sensación de culpa que le atenazaba. En eso, no servía de nada lo que le dijeran. Él consideraba que la responsabilidad de lo ocurrido era suya y punto. Era algo con lo que tenía que vivir.

Yvonne Ander seguía sin hablar. Una tarde, a última hora, Wallander estaba solo en su despacho leyendo de nuevo la voluminosa colección de cartas que había intercambiado con su madre.

Al día siguiente fue a verla a la prisión.

Ese día empezó también a hablar.

Era el 3 de noviembre de 1994.

Justamente esa mañana, el paisaje que rodeaba Ystad amaneció con escarcha.

# Escania
4-5 de diciembre de 1994

Epílogo

La tarde del 4 de diciembre, Kurt Wallander habló con Yvonne Ander por última vez. Que iba a ser la última, él no podía saberlo, aunque no habían quedado en verse de nuevo.

El 4 de diciembre llegaron a un punto final provisional. De repente no había nada que añadir. Nada que preguntar, nada que contestar. Y fue entonces cuando toda la larga y complicada investigación empezó a esfumarse de la conciencia de Wallander. Aunque hacía más de un mes que la habían detenido, la investigación seguía dominando su vida. Nunca, en sus largos años como investigador criminal, había experimentado una necesidad tan intensa de comprender de verdad lo ocurrido. Las acciones delictivas constituían siempre una superficie. Con frecuencia, esta superficie se enredaba luego con su propia vegetación inferior. La superficie y el fondo tenían una relación directa. Pero, a veces, cuando se lograba penetrar a través de la superficie del delito, se abrían abismos insospechados. En el caso de Yvonne Ander, fue eso lo que ocurrió. Wallander perforó una superficie y vio inmediatamente un abismo. Entonces decidió atarse con una cuerda simbólica a la vida, y emprender un descenso que no sabía adónde iba a llevarles, ni a ella ni a él.

El primer paso fue conseguir que rompiera su silencio y empezara a hablar. Lo logró cuando leyó por segunda vez la correspondencia que, durante toda su vida adulta, había cruzado con su madre y que había conservado cuidadosamente. Wallander pensó de forma intuitiva que era ahí donde podía empezar a forzar su inaccesibilidad. Y acertó. Fue el 3 de noviembre, hacía más de un mes. Wallander seguía deprimido porque Ann-Britt Höglund había sido herida. Sabía ya que iba a sobrevivir, que iba a sanar también y que no le iban a quedar más secuelas que una cicatriz en la parte izquierda del abdomen. Pero la sensación de culpa le pesaba de tal modo, que amenazaba ahogarle. La persona que más apoyo le prestó durante ese tiempo fue Linda. Se había presentado en Ystad, aunque en realidad no tenía tiempo, y se había ocupado de él. Pero también le había llevado la contraria y le había obligado a darse cuenta de que la culpa no era, en realidad, suya, sino de las circunstancias. Gracias a ella, logró enderezarse durante aquellas terribles primeras semanas de noviembre. Aparte del esfuerzo por mantenerse en pie, todo su tiempo lo delicaba a Yvonne Ander. Fue ella la que disparó, ella la que pudo haber matado a Ann-Britt Höglund si el azar lo hubiera querido así. Pero sólo al principio tuvo accesos de agresividad y deseos de castigarla. Luego le resultó más importante tratar de entender quién era realmente aquella mujer. Y, al final, fue él quien consiguió romper su silencio. Quien la hizo empezar a hablar. Se ató bien la cuerda y empezó el descenso.

¿Qué fue lo que encontró allí abajo? Durante mucho tiempo abrigó dudas de si, a pesar de todo, no estaría loca, si todo lo que contaba de sí misma no serían sueños trastornados, figuraciones deformadas y enfermizas. Tampoco confiaba en su propio juicio durante ese tiempo y, además, no conseguía muy bien disimular el recelo que le inspiraba. Pero, de algún modo, no dejaba de intuir que ella no hacía más que decir lo que pasaba. Que decía la verdad. Hacia mediados de noviembre las ideas de Wallander empezaron a girar sobre su propio eje. Cuando volvió al punto de partida fue como si le hubieran puesto otros ojos. Ya no dudaba de que decía la verdad. Se dio cuenta, además, de que Yvonne Ander poseía el insólito rasgo de no mentir jamás.

Él había leído las cartas de su madre. En el último paquete que abrió, halló una extraña carta de una policía argelina que se llamaba Françoise Bertrand. Al principio no entendió nada de lo que decía la misiva. Estaba con otras cartas inacabadas de la madre, cartas que nunca se enviaron, y todas ellas de Argelia, escritas el año anterior. Françoise Bertrand envió su carta a Yvonne Ander en agosto de 1993. Le costó varias horas de cavilaciones nocturnas encontrar la respuesta. Luego comprendió. La madre de Yvonne Ander, la mujer que se llamaba Anna Ander, fue asesinada por error, por una coincidencia absurda, y la policía argelina lo silenció todo. Había, al parecer, un trasfondo político, una acción terrorista, aunque Wallander no se sentía capaz de entender del todo de qué se trataba. Pero Françoise Bertrand escribió, muy confidencialmente, contando lo sucedido. Sin haber recibido todavía ninguna ayuda de Yvonne Ander, habló con Lisa Holgersson de lo ocurrido a la madre. Lisa Holgersson le escuchó y, después, se puso en contacto con el Cuerpo Superior de Policía. Con eso, el asunto desapareció, por el momento, del horizonte de Wallander. Y él volvió a leer las cartas de nuevo.

Wallander visitó a Yvonne Ander en la prisión. Poco a poco ella fue comprendiendo que aquel hombre no la acosaba. Era diferente de los otros, de los hombres que poblaban el mundo, estaba ensimismado, parecía dormir muy poco y sufrir de angustia. Por primera vez en su vida, Yvonne Ander descubrió que podía tener confianza en un hombre. En uno de sus últimos encuentros, llegó a confesárselo.

No se lo preguntó nunca directamente, pero creía saber la respuesta. No debía de haberle pegado nunca a una mujer. Si lo había hecho, habría sido una vez. No más, nunca más.

El descenso empezó el 3 de noviembre. Ese mismo día los médicos practicaron a Ann-Britt Höglund la última de tres operaciones. Todo salió bien y su definitiva recuperación podía empezar. Wallander estableció una costumbre durante ese mes de noviembre. Después de sus conversaciones con Yvonne Ander, iba directamente al hospital. En general, no se quedaba mucho tiempo. Pero le contaba a Ann-Britt Höglund lo que iba sabiendo de Yvonne Ander. Ann-Britt Höglund se convirtió en el interlocutor que necesitaba para comprender cómo seguir penetrando en el abismo que empezaba a entrever.

Su primera pregunta a Yvonne Ander se refirió a lo ocurrido en Argelia. ¿Quién era Françoise Bertrand? ¿Qué era lo que había sucedido, en realidad?

Entraba una luz pálida por la ventana en la habitación donde se encontraban. Estaban sentados, uno enfrente del otro, junto a una mesa. A lo lejos se oía una radio y alguien que estaba perforando una pared. Las primeras frases que ella pronunció no llegó a entenderlas nunca. Cuando finalmente se rompió el silencio, fue como un violento estruendo. Él sólo oía su voz. La voz que no había oído antes, la que únicamente se imaginaba.

Luego empezó a escuchar lo que decía. Muy raras veces tomaba notas durante sus encuentros y tampoco tenía magnetófono.

—En algún lugar hay un hombre que mató a mi madre. ¿Quién le persigue?

—Yo no. Pero si me cuentas lo que pasó, y si una ciudadana sueca ha sido asesinada en el extranjero, tenemos que reaccionar, como es natural.

No dijo nada de la conversación que había mantenido unos días antes con Lisa Holgersson. De que la muerte de la madre ya estaba siendo investigada.

—Nadie sabe quién mató a mi madre. Fue una casualidad absurda la que la eligió como víctima. Los que la mataron no la conocían.

Ellos se justificaban a sí mismos. Consideraban que podían matar a cualquiera. Incluso a una mujer inocente que dedicaba su vejez a realizar todos los viajes que nunca antes pudo hacer por falta de tiempo y dinero.

Él advirtió su amarga rabia y ella no hizo nada por ocultarla.
—¿Por qué estaba con las monjas?
Ella levantó de pronto la vista de la mesa y le miró a la cara.
—¿Quién te ha dado a ti permiso para leer mis cartas?
—Nadie. Pero son tuyas. De una persona que ha cometido varios crímenes. De otro modo, claro que no las hubiera leído.

Ella bajó la vista de nuevo.
—Las monjas —repitió Wallander—. ¿Por qué vivía con ellas?
—No tenía mucho dinero. Vivía donde era más barato. No podía sospechar que eso le acarrearía la muerte.
—Eso ocurrió hace más de un año. ¿Cómo reaccionaste cuando llegó la carta?
—Ya no tenía ninguna razón para esperar. ¿Cómo iba yo a justificar el no hacer nada, cuando a nadie más parecía importarle?
—Importarle, ¿qué?
Ella no contestó. Él esperó.
Luego cambió la pregunta.
—¿Esperar a qué?
Contestó sin mirarle.
—A matarles.
—¿A quiénes?
—A los que estaban en libertad, a pesar de lo que habían hecho.

Entonces se dio cuenta de que había pensado con acierto. Fue al recibir la carta de Françoise Bertrand cuando se desencadenó una fuerza, encerrada hasta entonces en su interior. Acariciaba ideas de venganza. Pero aún podía controlarse a sí misma. Luego, se reventaron los diques. Empezó a tomarse la justicia por su mano.

Wallander pensó después que en realidad no había mucha diferencia con lo sucedido en Lödinge. Ella era su propia milicia ciudadana. Se colocó al margen de todo para impartir su propia justicia.
—¿Fue eso? ¿Querías hacer justicia? ¿Querías castigar a los que, injustamente, no comparecían ante los tribunales?
—¿Quién busca al hombre que mató a mi madre? —contestó ella—. ¿Quién?

Luego volvió a encerrarse en el silencio. Wallander pasó revista mentalmente a cómo había empezado todo. Unos meses después de llegar la carta de Argelia, allana la casa de Holger Eriksson. Fue el primer paso. Cuando le preguntó si era así, no se sorprendió siquiera. Daba por hecho que él lo sabía.

–Sabía lo de Krista Haberman. Que fue ese vendedor de coches el que la mató.

–¿Quién te lo dijo?

–Una mujer polaca que estaba en el hospital, en Malmö. Hace ya muchos años.

–¿Trabajabas en el hospital entonces?

–He trabajado en diferentes ocasiones. Hablé muchas veces con mujeres maltratadas. Aquella mujer tenía una amiga que conoció a Krista Haberman.

–¿Por qué entraste en casa de Holger Eriksson?

–Quería demostrarme a mí misma que era posible. Además, quería encontrar señales de que Krista Haberman había estado allí.

–¿Por qué hiciste la fosa? ¿Por qué las estacas? ¿Los tablones cortados? ¿Sospechaba la mujer que conocía a Krista Haberman que el cuerpo estaba enterrado junto a aquella acequia?

No contestó. Pero Wallander comprendió. Pese a que la investigación resultó difícil de aprehender, Wallander y sus colegas habían seguido pistas acertadas sin acabar de darse cuenta. Yvonne Ander representaba la brutalidad de los hombres en su manera de quitarles la vida.

Durante los cinco o seis primeros encuentros que Wallander mantuvo con Yvonne Ander, repasó metódicamente los tres asesinatos, aclaró detalles confusos y perfiló las imágenes y circunstancias que antes quedaban sin precisar. Siguió acercándose a ella sin magnetófono. Después de los encuentros, se sentaba en el coche y hacía anotaciones. Cuando las pasaba a limpio, una copia iba a Per Åkeson, que estaba preparando un proceso que no podía conducir más que a una condena triple. Pero Wallander era consciente de que apenas escarbaba en la superficie. El verdadero descenso apenas había empezado. La capa superior, las pruebas, la mandarían a la cárcel. Pero la auténtica verdad a la que él pretendía llegar no la alcanzaría hasta tocar fondo. En el mejor de los casos.

Ella tenía que someterse, a un reconocimiento psiquiátrico forense. Wallander sabía que era inevitable. Pero insistió en que se pospusiera. En ese momento, lo más importante era que pudiera hablar con ella con calma y tranquilidad. Nadie se opuso. Wallander tenía un argumento que nadie podía dejar de lado. Todos comprendían que lo más probable era que volviera al silencio si la molestaban.

Era con él y con nadie más con quien estaba dispuesta a hablar.

Siguieron avanzando, lentamente, paso a paso, día tras día. Fuera de la cárcel el otoño se hacía más profundo y les llevaba hacia el invierno. Wallander nunca obtuvo respuesta a por qué Holger Eriksson había ido a buscar a Krista Haberman a Svenstavik para matarla poco después. Probablemente lo que ocurrió fue que ella le negara algo que estaba acostumbrado a obtener. Tal vez fue una disputa que degeneró en violencia.

Luego pasaron a hablar de Gösta Runfeldt. Ella estaba convencida de que Gösta Runfeldt había asesinado a su mujer. De que la ahogó en el lago Stångsjön. Incluso aunque no lo hubiera hecho, era merecedor de su destino. La había maltratado tanto que ella, en realidad, sólo deseaba morir. Ann-Britt Höglund tenía razón cuando sospechó que a Gösta Runfeldt le habían asaltado en la tienda. Ella se enteró de su viaje a Nairobi y le atrajo a la tienda con la excusa de que tenía que comprar flores para una recepción al día siguiente, a primera hora de la mañana. Le derribó de un golpe, la sangre del suelo era suya. La ventana rota fue una maniobra de distracción para que la policía pensase que era un atraco.

A eso siguió una descripción de lo que, para Wallander, fue lo más horroroso de todo. Hasta ese momento, trataba de entenderla sin permitir que prevalecieran sus sentimientos. Pero ya no fue posible. Ella contó con toda tranquilidad cómo desnudó a Gösta Runfeldt, cómo le ató y le hizo entrar en el viejo horno de amasar. Cuando ya no podía controlar sus necesidades, le quitó la ropa interior y le puso sobre un plástico.

Luego le llevó al bosque. Él no tenía ya fuerza ninguna, le ató a un árbol y luego le estranguló. Fue en ese momento cuando, a los ojos de Wallander, Yvonne Ander se convirtió en un monstruo. Daba igual que fuera hombre o mujer. Era un monstruo al que se alegraba de haber logrado detener antes de que tuviera tiempo de matar a Tore Grundén o a cualquier otro de la macabra lista que había confeccionado.

Ése fue también el único error que había cometido. No quemar la libreta en la que hacía sus borradores antes de pasarlos al cuaderno principal. Al registro, que no tenía en Ystad, sino en Vollsjö. Wallander no se lo había preguntado. Pero ella lo confesó de todas maneras. Era el único de sus actos que no podía entender.

Wallander pensó con posterioridad si eso no significaba que, en realidad, quería dejar un rastro. Que en lo más hondo de sí misma deseaba que la descubrieran y que le impidieran seguir matando.

Pero no estaba seguro. A veces pensaba que era así y otras, lo contrario. No consiguió nunca esclarecer este punto.

Sobre Eugen Blomberg no tenía mucho que decir. Ya había contado cómo barajaba unos trozos de papel entre los que había uno con una cruz. El azar decidía el que salía. Exactamente igual que el azar había matado a su madre.

Ésa fue una de las contadas ocasiones en las que él entró en su relato. Por lo general, la dejaba hablar libremente, se limitaba a hacerle preguntas de apoyo cuando ella no sabía cómo continuar. Pero entonces la interrumpió.

–Hacías, pues, lo mismo que los que mataron a tu madre. Dejabas que el azar eligiera a tus víctimas. La casualidad era la que mandaba.

–No se puede comparar –contestó ella–. Todos los nombres que yo tenía merecían la muerte. Con mis papeles, yo les daba tiempo. Prolongaba su vida.

Él no insistió porque vio que, de alguna manera oscura, ella tenía razón. Pensó, en contra de su voluntad, que estaba en posesión de una verdad insondable y completamente suya.

También pensó, al leer las anotaciones en limpio, que lo que tenía en las manos era, ciertamente, una confesión. Pero era también una narración, aunque muy incompleta aún. Era la narración que podría explicar el verdadero contenido de la confesión.

¿Llegó a conseguir su propósito? Wallander fue siempre muy parco al hablar de Yvonne Ander. Remitía a sus informes. Pero en ellos, como es natural, no estaba todo. La secretaria que los pasó a limpio se quejó a sus colegas de que resultaban a veces dificilísimos de leer.

Pero lo que sí se deducía, lo que quedó como testamento de Yvonne Ander, fue el relato de una vida con experiencias terribles en la niñez. Wallander no podía dejar de pensar que la época que le había tocado vivir, casi la misma que la de Yvonne Ander, giraba en torno a una sola y decisiva cuestión: ¿qué es lo que estamos haciendo con nuestros hijos?

Ella contó que su madre había sufrido los malos tratos constantes del padrastro, el hombre que ocupó el lugar de su padre biológico que, a su vez, había empalidecido y desaparecido en su memoria como una fotografía borrosa e inexpresiva. Pero lo peor era que el padrastro había obligado a su madre a abortar. Ella no pudo disfrutar nunca de la hermana que su madre llevaba en su seno. No llegó a saber si era verdaderamente una hermana, tal vez fuera un hermano, pero para ella era una hermana abortada brutalmente, contra la voluntad de su madre, en su propia casa, una noche a principios de la década de los cincuenta. Recordaba aquella noche como un infierno de sangre. Y cuando estaba contándole justamente eso a Wallander, levantó la vista de la mesa y le miró derecho a los ojos. Su madre yacía encima de una sábana extendida sobre la mesa de la cocina, el médico que iba a practicar el aborto estaba borracho, el padrastro, encerrado en el sótano, probablemente borracho también, y a ella se le privó de su hermana y quedó marcada de forma indeleble para ver el futuro como unas tinieblas, con hombres amenazadores acechando en todas las esquinas, violencia agazapada detrás de cada sonrisa amable, de cada respiración.

Luego, puso barricadas a sus recuerdos en un espacio interior secreto. Estudió, se hizo enfermera, y tuvo siempre la vaga idea de que era obligación suya vengar un día a la hermana que no llegó a tener, a la madre que no pudo alumbrarla. Recogió historias de mujeres maltratadas, buscó mujeres muertas en campos de barro y en lagos de Småland, esbozó pautas, anotó nombres en un registro, jugó con sus papeles.

Y, después, asesinaron a su madre.

Ella se lo describió a Wallander casi poéticamente. «Como un lento maremoto», dijo. «No fue más que eso. Comprendí que había llegado el momento. Pasó un año. Planifiqué, perfeccioné el horario que me permitió sobrevivir todos aquellos años. Luego fui cavando una fosa por las noches.»

Luego fue cavando una fosa por las noches.

Exactamente esas palabras. «Luego fui cavando una fosa por las noches.» Tal vez ésas eran las palabras que mejor resumían la experiencia de Wallander después de las muchas conversaciones con Yvonne Ander aquel otoño.

Pensó que era como un retrato de la época en que vivía.

¿Qué fosa estaba cavando él mismo?

Sólo quedó una pregunta sin respuesta. Por qué, de pronto, a mediados de los años ochenta, se había reciclado como jefa de tren. Wallander sabía que el horario era la liturgia que seguía, el manual de la regularidad. Pero no vio nunca motivo suficiente para profundizar en ello. Los trenes se convirtieron en su mundo propio. Tal vez el único, tal vez el último.

¿Se sentía culpable? Per Åkeson se lo preguntó. Muchas veces. Lisa Holgersson, menos; sus colegas casi nunca. La única, aparte de Per Åkeson, que insistió verdaderamente en saberlo, fue Ann-Britt Höglund. Wallander contestó la verdad: no lo sabía.

—Yvonne Ander es una persona que hace pensar en un muelle tenso —le contestó—. No sé expresarlo de otra manera. Si hay culpa. O si no la hay.

El 4 de diciembre, terminaron los interrogatorios. Wallander no tenía nada más que preguntar; Yvonne Ander, nada más que decir. El pliego de confesión estaba preparado. Wallander había llegado al fondo del largo descenso. Ahora podía dar un tirón a la cuerda invisible que llevaba en la cintura, y volver arriba. El examen psiquiátrico forense iba a empezar, los abogados, que olisqueaban sensacionalismo en torno al juicio contra Yvonne Ander, ya estaban preparándose y sólo Wallander adivinaba lo que iba a ocurrir.

Yvonne Ander volvería a callar. Con la decidida voluntad que sólo tiene el que sabe que no hay nada más que decir.

Cuando estaba a punto de irse, le preguntó dos cosas sobre las que aún no había obtenido respuesta. Una era un detalle que ya no tenía ninguna importancia y era más bien una expresión de su curiosidad.

—Cuando Katarina Taxell llamó a su madre desde la casa de Vollsjö se oían golpes. Nunca conseguimos descifrar de dónde procedía el ruido.

Ella le miró sin entender. Luego su severa fisonomía se abrió en una sonrisa que fue la única que vio Wallander a lo largo de todas las conversaciones que mantuvieron.

—A un labrador se le estropeó el tractor en la finca de al lado. Estuvo golpeando con un martillo para soltar algo de la parte de abajo. ¿Es posible que se oyera por teléfono?

Wallander asintió con la cabeza.

Ya estaba pensando en su última pregunta.

—El caso es que me parece que nos hemos visto antes. En un tren.

Esta vez fue ella la que asintió.

—¿Al sur de Älmhult? Te pregunté a qué hora llegaríamos a Malmö.

—Yo te reconocí. Por los periódicos. De este verano.

—¿Te diste cuenta ya entonces de que íbamos a detenerte?

—¿Por qué iba a hacerlo?

—Un policía de Ystad que se sube a un tren en Älmhult. ¿Qué iba a hacer allí, sino seguir la pista de lo sucedido a la esposa de Gösta Runfeldt?

Ella sacudió la cabeza.

—No se me ocurrió. Pero debería haberlo pensado, claro.

Wallander no tenía nada más que preguntar. Ya sabía lo que quería saber. Se levantó, murmuró unas palabras de despedida y se fue.

Por la tarde, Wallander pasó, como de costumbre, por el hospital. Ann-Britt Höglund estaba dormida cuando llegó. La tenían en la unidad de vigilancia después de someterse a la última operación.

Todavía no había despertado, pero Wallander obtuvo la confirmación que buscaba hablando con un médico. Todo había ido bien. Dentro de medio año podría reincorporarse al trabajo.

Wallander salió del hospital poco después de las cinco. Ya había oscurecido, dos o tres grados bajo cero, no hacía viento. Condujo hasta el cementerio y fue hasta la tumba de su padre. Las flores, marchitas, se habían helado y estaban pegadas al suelo. No habían pasado ni tres meses desde que salieron de Roma. El viaje se le hizo muy presente allí, junto a la tumba. Se preguntó qué pensaba su padre en realidad cuando hizo su escapada nocturna a la Piazza de España, a las fuentes, con aquel brillo en los ojos.

Era como si Yvonne Ander y su padre hubieran estado cada uno en una orilla de un río haciéndose señas con la mano. A pesar de que no tenían nada en común. ¿O sí lo tenían? Wallander se preguntó qué tenía él mismo en común con Yvonne Ander. No hubo respuesta, naturalmente.

Aquella tarde, junto a la tumba, en el oscuro cementerio, finalizó también la investigación. Todavía quedaban papeles que tendría que leer y que firmar. Pero no quedaba nada que investigar. El caso estaba resuelto, terminado. El examen psiquiátrico forense la declararía en posesión de sus cinco sentidos. Si conseguían que dijera algo. Luego, sería condenada y encerrada en la cárcel de Hinseberg. La investigación de lo ocurrido cuando murió su madre en Argelia, preseguiría. Pero eso no tenía nada que ver con su trabajo.

La noche del 5 de diciembre durmió muy mal. Al día siguiente decidió ir a ver una casa que estaba justo al norte de la ciudad. Además visitaría un criadero de perros en Sjöbo donde tenían a la venta varios cachorros negros de labrador. El 7 de diciembre tenía que viajar a Estocolmo para contar, al día siguiente, su manera de entender el trabajo policial en unos cursos de la Academia de Policía. No sabía por qué había dicho que sí, de repente, cuando Lisa Holgersson volvió a pedirle que diera aquellas charlas. Y ahora, allí en la cama, sin poder dormir, preguntándose de qué coño iba a hablar, no entendía cómo logró convencerle.

Pero sobre todo pensó en Baiba aquella inquieta noche del 5 de diciembre. Se levantó varias veces a mirar por la ventana de la cocina el movimiento de la farola.

Justo a la vuelta de Roma, a finales de septiembre, acordaron que ella vendría, y además pronto, no más tarde de noviembre. Iban ya a decidir en serio si ella dejaría Riga para trasladarse a Suecia. Pero, de pronto, a ella le fue imposible venir, el viaje se aplazó, primero una vez, luego otra. Había siempre razones, razones excelentes incluso, para que no pudiera venir, no todavía. Wallander la creía, desde luego. Pero en algún lugar experimentaba una inseguridad. ¿Existía ya entre ellos, imperceptible, una grieta que no había visto? Y en ese caso, ¿por qué no la veía? ¿Porque no quería?

Ahora, en todo caso, iba a venir. Se encontrarían en Estocolmo el 8 de diciembre. Él iría directamente a esperarla al aeropuerto de Arlanda cuando saliera de la Academia. Por la noche estarían con Linda y al día siguiente bajarían a Escania. No sabía cuánto tiempo podía quedarse. Pero esta vez iban a hablar seriamente del futuro, no sólo de su próximo encuentro.

La del 5 de diciembre fue una larga y prolongada noche en vela. El tiempo era algo más templado. Pero los meteorólogos anunciaban nieve. Wallander peregrinaba como un alma en pena entre la cama y la ventana de la cocina y tomaba algunas notas en un intento vano de encontrar una forma de empezar lo que tenía que decir en Estocolmo. Al mismo tiempo, pensaba constantemente en Yvonne Ander y en su relato. Ella era lo más presente en su conciencia y tapaba incluso los recuerdos de Baiba.

En quien pensaba muy poco era en su padre. Quedaba ya muy lejos. Wallander había notado que a veces le resultaba difícil recordar todos los detalles de su arrugado rostro. Entonces se veía obligado a coger una fotografía y mirarla bien para que la imagen del recuerdo no desapareciera completamente. En el mes de noviembre fue a ver a Gertrud algunas noches. La casa de Löderup estaba muy vacía. El taller, frío y poco acogedor. Gertrud daba siempre una impresión de serenidad. Pero también de soledad. A él le parecía que se había reconciliado con la idea de que era un hombre mayor el que había muerto. Y que, además, había tenido una muerte preferible a irse apagando en una enfermedad que, poco a poco, le habría privado del juicio.

Tal vez durmiera unas horas de madrugada. Tal vez se pasara toda la noche en blanco. A las siete de la mañana, sin embargo, ya estaba vestido.

A las siete y media fue a la comisaría en el coche, que renqueaba sospechosamente. Esa mañana estaba todo muy tranquilo. Martinsson se había acatarrado, Svedberg estaba, muy en contra de su voluntad, en misión de servicio en Malmö. El pasillo aparecía desierto. Se sentó en su despacho y leyó las notas, ya pasadas a limpio, de la última conversación con Yvonne Ander. En su mesa había también una copia del interrogatorio que Hansson hiciera a Tore Grundén, el hombre al que ella pensaba empujar a la vía del tren en la estación de Hässleholm. En su pasado existían los mismos ingredientes que en todos los demás nombres del macabro registro de la muerte. Tore Grundén, un empleado de banco, incluso estuvo en la cárcel por malos tratos a mujeres. Cuando Wallander leyó el papel de Hansson, notó que éste le había dejado muy claro, y muy intencionadamente, que había estado a punto de ser hecho pedazos por un tren en marcha.

Wallander observó que entre sus colegas había cierta comprensión respecto a lo que Yvonne Ander había hecho. Eso le resultaba sorprendente. Que hubiera esa comprensión. A pesar de haber disparado contra Ann-Britt Höglund. A pesar de haber atacado y matado a hombres. No acababa de entender por qué. Como norma, un grupo de policías estaba muy lejos de constituir un coro de partidarios de una mujer como Yvonne Ander. Se podría preguntar incluso si en el cuerpo de policía había una actitud especialmente favorable hacia las mujeres. Sobre todo, cuando carecían de la especial capacidad de resistencia que tanto Ann-Britt Höglund como Lisa Holgersson tenían.

Garabateó su nombre y dejó a un lado los papeles. Eran las nueve menos cuarto.

La casa que iba a ver estaba al norte de la ciudad. El día antes recogió las llaves en la agencia. Era una casa de piedra de dos pisos, situada en el centro de un jardín grande y antiguo. La casa tenía muchos ángulos y ampliaciones. Desde el piso superior se veía el mar. Abrió la puerta y entró. El dueño anterior se había llevado los muebles. Las habitaciones estaban vacías. Recorrió la silenciosa vivienda, abrió las puertas que daban al jardín y trató de imaginarse que vivía allí.

Para su sorpresa, le resultó más fácil de lo que pensaba. Era evidente que no estaba tan apegado a su piso de Mariagatan como temía. Se preguntó si Baiba también se sentiría a gusto. Hablaba de que tenía ganas de alejarse de Riga, de vivir en el campo, pero no demasiado lejos, no demasiado aislada.

Aquella mañana no le costó mucho decidirse. Compraría la casa si le gustaba a Baiba. También el precio hacía que los indispensables préstamos no le resultaran demasiado gravosos.

A las diez un poco pasadas, salió de allí. Se fue directamente a la agencia inmobiliaria y prometió dar una respuesta definitiva a la semana siguiente.

Tras la visita a la casa, se dispuso a ver un perro. El criadero estaba camino de Höör, a las afueras de Sjöbo. Los perros ladraron dentro de sus jaulas cuando entró en la explanada del patio. La dueña era una mujer joven que, para sorpresa suya, hablaba con marcado acento de Gotemburgo.

—Quisiera ver un labrador negro.

Ella se los enseñó. Los cachorros eran muy pequeños y estaban con la madre.

—¿Tienes hijos? —le preguntó ella.

—Desgraciadamente, no en casa —contestó Wallander—. ¿Hay que tenerlos para poder comprar un cachorro?

—En absoluto. Pero es que no hay perros que se lleven tan bien con los niños como éstos.

Wallander le explicó la situación. Tal vez comprase una casa a las afueras de Ystad. Si lo hacía, también podría tener un perro. Lo uno dependía de lo otro. Pero empezaba por la casa.

—Tómate el tiempo que necesites. Te reservaré uno de los cachorros. Piénsatelo, pero no demasiado, claro. Hay mucha gente que quiere labradores. Siempre llega el día en que no tengo más remedio que venderlos.

Wallander dijo lo mismo que en la agencia. A la semana siguiente le daría la respuesta. Se quedó de una pieza al oír el precio. ¿Cómo podía costar tanto un cachorro?

Pero no hizo ningún comentario. Ya sabía que compraría el perro si compraba la casa.

Salió del criadero a las doce. Al tomar la carretera, de pronto no supo adónde iba. ¿Iba a algún sitio siquiera? No tenía que ver a Yvonne Ander. Por el momento, no tenían nada más que decirse. Se verían de nuevo. Pero no ahora. El punto final provisional se mantenía por el momento. Tal vez Per Åkeson le pidiera que completase algún detalle. Pero no lo creía. El sumario estaba ya más que instruido.

Lo cierto era que no tenía ningún sitio adonde ir. Justo ese día, el 5 de diciembre, no había nadie que le necesitara de veras.

Sin tenerlo demasiado claro, se dirigió a Vollsjö. Se detuvo junto a Hansgården. No se sabía lo que iba a pasar con la casa. Era propiedad de Yvonne Ander y lo seguiría siendo, seguramente, durante todos los años que permaneciera en la cárcel. No tenía parientes próximos, sólo su hermana muerta y su madre, también muerta. La cuestión era si tendría amigos siquiera. Katarina Taxell había dependido de ella y recibió su apoyo, al igual que las otras mujeres. Pero, ¿amigos? Wallander se estremeció al pensarlo. Yvonne Ander no tenía ni una sola persona allegada. Salió de un vacío para matar.

Wallander se apeó del coche. La casa respiraba abandono. Al dar la vuelta, notó que había una ventana entreabierta. No debía estar así. Podían entrar a robar. La casa de Yvonne Ander podía ser objeto de ataques de cazadores de trofeos. Wallander fue a buscar un banco de madera y lo puso delante de la ventana. Luego entró en la casa. Miró a su alrededor. Nada indicaba por el momento que hubiera entrado alguien. La ventana había quedado abierta por descuido. Recorrió las habitaciones. Contempló el horno con repugnancia. Por ahí pasaba una frontera invisible. Al otro lado de ella, no podría comprender nunca a aquella mujer.

Pensó de nuevo que la investigación había terminado. Habían puesto fin a la macabra lista, habían interpretado el idioma del asesino y, finalmente, la habían encontrado. Por eso se sentía superfluo. Ya no era necesario. Cuando regresara de Estocolmo volvería a ocuparse de los coches que pasaban de contrabando a los antiguos países del este.

Sólo entonces volvería a la realidad completamente.

Sonó el teléfono en medio de aquel silencio. Hasta que dio la segunda señal no advirtió que sonaba en su bolsillo. Era Per Åkeson.

—¿Te molesto? ¿Dónde estás?

Wallander no quiso decir dónde estaba.

—En el coche. Pero estoy aparcado.

—Supongo que no lo sabes. No habrá juicio.

Wallander no entendía. La idea no le cabía en la cabeza. Aunque debería haberlo hecho. Debería haber estado preparado.

—Yvonne Ander se ha suicidado —prosiguió Per Åkeson—. En algún momento, esta noche. Esta mañana han hallado su cadáver.

Wallander contuvo el aliento. Algo se resistía aún, se negaba a ceder.

—Parece que tuvo acceso a unas tabletas. Lo que no debía haber sido posible. Por lo menos, no tantas como para poder suicidarse. Algunas personas de muy mala leche van a preguntarse, naturalmente, si fuiste tú quien se las dio.

Wallander entendió que no era una pregunta disimulada. Pero contestó, de todas maneras.

—Yo no la ayudé.

—Dicen que daba una impresión de tranquilidad. Todo estaba muy ordenado. Parece que se decidió y lo llevó a cabo. Morir durmiendo. Desde luego, se la puede comprender.

—¿Se puede?

—Ha dejado una carta a tu nombre. La tengo delante de mí.

Wallander asintió en silencio al teléfono.

—Voy para allá. Estaré ahí dentro de media hora.

Se quedó de pie con el teléfono en la mano. Intentando decidir qué sentía de verdad. Vacío, tal vez una leve sombra de injusticia. ¿Algo más? No consiguió aclararlo.

Controló que la ventana quedaba bien cerrada y salió de la casa por la puerta exterior, que tenía cerradura de seguridad.

El día era muy claro. El invierno acechaba en algún sitio, muy cerca ya.

Fue a Ystad a buscar su carta.
Per Åkeson no estaba. Pero la secretaria sabía de qué se trataba. Wallander entró en el despacho. La carta estaba encima de la mesa.
La cogió y se dirigió en automóvil hasta el puerto. Fue andando hasta el rojo edificio de la Defensa Naval y se sentó en un banco.
El texto era muy corto.
«En algún lugar de Argelia hay un hombre desconocido que ha matado a mi madre. ¿Quién le busca?»
Eso era todo. Tenía una letra bonita.
«¿Quién le busca?»
Había firmado la carta con su nombre completo. En la parte de arriba, a la derecha, había escrito la fecha y la hora.
«5 de diciembre de 1994. 02:44.»
El penúltimo dato de su horario, pensó Wallander.
El último no lo escribe ella. Lo escribe el médico que dice cuándo cree que le sobrevino la muerte.
Después ya no hay nada.
El horario cerrado, la vida terminada.
La despedida formulada como una pregunta o una acusación. ¿O ambas cosas?
«¿Quién le busca?»

No se quedó mucho rato sentado en el banco porque hacía frío. Lentamente, rompió la carta en tiritas y la echó al mar. Se acordó de que una vez, hacía unos años, había roto también una desafortunada carta a Baiba en el mismo sitio. Y también la había echado al mar.
La diferencia era, sin embargo, grande. A ella volvería a verla. Muy pronto, además.

Se quedó de pie viendo desaparecer en el agua los trozos de papel. Luego, se marchó del puerto y fue al hospital a ver a Ann-Britt.

Tal vez algo había terminado por fin.
El otoño de Escania empezaba a ser invierno.

Colofón

Muchos son los que han contribuido, muchos a los que hay que dar las gracias. Por ejemplo, a Bo Johansson, en Alafors, que conoce el mundo de las aves y compartió ese conocimiento. A Dan Israel, que lee el primero y el último, descubre agujeros, propone las salidas y critica siempre con dureza, pero con un entusiasmo indomable. Y luego hay que dar las gracias sobre todo a Eva Stenberg por su forma de tomar resueltamente el mando del trabajo de lectura de galeradas; a Malin Svård, que formó la retaguardia y se ocupó de que los horarios, reales y simbólicos, fueran exactos; y a Maja Hagerman, porque habló de los cambios de comportamiento de las vecinas desde los años cincuenta hasta la actualidad.

Hay también otras personas a las que dar las gracias. Están incluidas.

En el mundo de la novela hay cierta libertad. Lo que se describe pudo haber ocurrido exactamente como está descrito. Pero tal vez ocurrió, a pesar de todo, de una manera algo distinta.

En esta libertad entra también el que uno pueda trasladar un lago, cambiar un cruce de carreteras o reconstruir una Maternidad. O añadir una iglesia que quizá no existe. O un cementerio.

Cosa que he hecho.

Henning Mankell, Maputo, abril de 1996

Últimos títulos

593. Los violines de Saint-Jacques
     Una historia antillana
     Patrick Leigh Fermor

594. La tía marquesa
     Simonetta Agnello Hornby

595. Adiós, Hemingway
     Leonardo Padura

596. Las vidas de Louis Drax
     Liz Jensen

597. Parientes pobres del diablo
     Cristina Fernández Cubas

598. Antes de que hiele
     Henning Mankell

599. Paradoja del interventor
     Gonzalo Hidalgo Bayal

600. Hasta que te encuentre
     John Irving

601. La verdad de Agamenón
     Crónicas, artículos y un cuento
     Javier Cercas

602. De toda la vida
     Relatos escogidos
     Francisco Ayala

603. El camino blanco
     John Connolly

604. Tres lindas cubanas
     Gonzalo Celorio

605. Los europeos
     Rafael Azcona

606. Al encuentro de mí misma
     Toby Litt

607. La casa del canal
     Georges Simenon

608. El oficio de matar
     Norbert Gstrein

609. Los apuñaladores
     Leonardo Sciascia

610. La hija de Kheops
     Alberto Laiseca

611. La mujer que esperaba
     Andreï Makine

612. Los peces de la amargura
     Fernando Aramburu

613. Los suicidas del fin del mundo
     Leila Guerriero

614. El cerebro de Kennedy
     Henning Mankell

615. La higuera
     Ramiro Pinilla

616. Desmoronamiento
     Horacio Castellanos Moya

617. Los fantasmas de Goya
     Jean-Claude Carrière y Milos Forman

618. Kafka en la orilla
     Haruki Murakami